現代漢語

修訂二版

國家圖書館出版品預行編目資料

現代漢語 / 程祥徽, 田小琳著. -- 修訂二版. --
臺北市：書林出版有限公司, 2024.10
　　面；　　公分
ISBN 978-626-7193-87-7(平裝)

1. CST: 漢語 2.CST: 語言學

802　　　　　　　　　　　　113012358

現代漢語 修訂二版

作　　　者	程祥徽・田小琳
編　　　輯	劉純瑀
校　　　對	王建文・甘雅俞
出　版　者	書林出版有限公司
	100 台北市羅斯福路四段 60 號 3 樓
	Tel (02) 2368-4938・2365-8517　Fax (02) 2368-8929・2363-6630
台北書林書店	106 台北市新生南路三段 88 號 2 樓之 5　Tel (02) 2365-8617
學校業務部	Tel (02) 2368-7226・(04) 2376-3799・(07) 229-0300
經銷業務部	Tel (02) 2368-4938
發　行　人	蘇正隆
郵　　　撥	15743873・書林出版有限公司
網　　　址	http://www.bookman.com.tw
經 銷 代 理	紅螞蟻圖書有限公司
	台北市內湖區舊宗路二段 121 巷 19 號
	Tel (02) 2795-3656 (代表號)　Fax (02) 2795-4100
登　記　證	局版臺業字第一八三一號
出 版 日 期	2015 年 3 月修訂一版，2024 年 10 月修訂二版初刷
定　　　價	550 元
I S B N	978-626-7193-87-7

本書原由三聯書店(香港)有限公司以書名《現代漢語(修訂版)》出版
©2013 Joint Publishing (H.K.) Co. Ltd. 經由三聯書店(香港)有限公司授權
書林出版有限公司在台灣地區出版本書

原書責任編輯 李玥展/書籍設計 吳冠曼/排版 周敏

欲利用本書全部或部分內容者，須徵得書林出版有限公司同意或書面授權。
請洽書林出版部，Tel (02) 2368-4938。

現代漢語

程祥徽　田小琳　著

修訂二版

吕叔湘原序

　　一门课程教学的成功，在很大程度上决定于所用的教材。评价一种教材的优劣，主要看它的时代性和针对性。所谓时代性，指的是它是否概括了这门学科的最新成就。所谓针对性，指的是它是否考虑到学习的人的历史和地方背景。程祥徽、田小琳二位合编的《现代汉语》，一方面尽可能容纳汉语研究和教学工作中的最新成果，如采用最近推行的教学语法体系；一方面特别注意到港澳学生的语言背景，从着重说明粤方言和普通话的语音比较，港澳地区的流行词语，以及汉字的繁体、简体等等。无论从时代性或是针对性方面看，这本《现代汉语》都有它独到之处。我预祝它在实际教学中取得应有的成功！

吕叔湘
1988·10·1

目錄

緒 論 ········· 001

一、語言與言語 ········· 002
　（一）語言 002（二）言語 005

二、共同語與方言 ········· 006
　（一）共同語 006（二）方言 008

三、中國的語言 ········· 010
　（一）世界的語言 010（二）中國的語言 010

四、漢語與漢語方言 ········· 012
　（一）漢語 012（二）漢語方言 015（三）普通話和方言的關係 018

五、語言的規劃與研究 ········· 020
　（一）語言的規劃 020（二）語言的研究 021

第一章　語音 ········· 025

第一節　語音的屬性 ········· 026

一、語音的物理屬性 ········· 026
　（一）音色 026（二）音高 027（三）音強 027（四）音長 028

二、語音的生理屬性 ········· 028
　（一）肺和氣管 029（二）喉頭和聲帶 029（三）咽腔 029（四）口腔 030
　（五）鼻腔 030

三、語音的社會屬性 ········· 031

i

第二節　語音的分析 ⋯⋯⋯⋯⋯⋯⋯⋯⋯⋯⋯⋯⋯⋯⋯⋯⋯⋯⋯ 033

一、語音的分類 ⋯⋯⋯⋯⋯⋯⋯⋯⋯⋯⋯⋯⋯⋯⋯⋯⋯⋯⋯⋯⋯ 033
（一）元音 034（二）輔音 037

二、音素符號 ⋯⋯⋯⋯⋯⋯⋯⋯⋯⋯⋯⋯⋯⋯⋯⋯⋯⋯⋯⋯⋯⋯ 040
（一）漢語拼音方案 040（二）注音字母 044（三）國際音標 045

第三節　語音的綜合 ⋯⋯⋯⋯⋯⋯⋯⋯⋯⋯⋯⋯⋯⋯⋯⋯⋯⋯⋯ 050

一、音節的特徵 ⋯⋯⋯⋯⋯⋯⋯⋯⋯⋯⋯⋯⋯⋯⋯⋯⋯⋯⋯⋯⋯ 050

二、普通話音節的構成要素 ⋯⋯⋯⋯⋯⋯⋯⋯⋯⋯⋯⋯⋯⋯⋯⋯ 051
（一）聲母 051（二）韻母 057（三）聲調 071

三、普通話音節結構 ⋯⋯⋯⋯⋯⋯⋯⋯⋯⋯⋯⋯⋯⋯⋯⋯⋯⋯⋯ 076

四、拼音方法 ⋯⋯⋯⋯⋯⋯⋯⋯⋯⋯⋯⋯⋯⋯⋯⋯⋯⋯⋯⋯⋯⋯ 082
（一）雙拼法 082（二）三拼法 082（三）聲介合母法 082

五、普通話拼音規則 ⋯⋯⋯⋯⋯⋯⋯⋯⋯⋯⋯⋯⋯⋯⋯⋯⋯⋯⋯ 083

第四節　語音的變化 ⋯⋯⋯⋯⋯⋯⋯⋯⋯⋯⋯⋯⋯⋯⋯⋯⋯⋯⋯ 085

一、歷史音變舉例 ⋯⋯⋯⋯⋯⋯⋯⋯⋯⋯⋯⋯⋯⋯⋯⋯⋯⋯⋯⋯ 085

二、語流音變類型 ⋯⋯⋯⋯⋯⋯⋯⋯⋯⋯⋯⋯⋯⋯⋯⋯⋯⋯⋯⋯ 086
（一）同化 086（二）異化 087（三）弱化 089（四）兒化 098
（五）"啊"的連音同化 104（六）"一" "不"的變調 106

第五節　普通話音系 ⋯⋯⋯⋯⋯⋯⋯⋯⋯⋯⋯⋯⋯⋯⋯⋯⋯⋯⋯ 107

一、普通話音系的構造 ⋯⋯⋯⋯⋯⋯⋯⋯⋯⋯⋯⋯⋯⋯⋯⋯⋯⋯ 107
（一）從聲母來看 107（二）從韻母來看 107（三）從聲調來看 108

二、普通話音系的特點 ⋯⋯⋯⋯⋯⋯⋯⋯⋯⋯⋯⋯⋯⋯⋯⋯⋯⋯ 108
（一）聲母方面 108（二）韻母方面 111（三）聲調方面 113

三、語音對應規律 ··· 114
（一）聲母的主要對應規律 115（二）韻母的主要對應規律 117
（三）聲調的主要對應規律 120

第二章　漢字 ··· 125

第一節　文字用圖形記載語言 ························· 126
一、文字是語言的代用品 ···························· 126
二、最早的文字是圖形文字 ·························· 127
三、漢字的最初形態是圖形文字 ······················ 128

第二節　傳統的漢字造字法 ··························· 129
一、象形與指事 ···································· 130
（一）象形 130（二）指事 131
二、會意與形聲 ···································· 132
（一）會意 133（二）形聲 135
三、轉注與假借 ···································· 140
（一）轉注 140（二）假借 142

第三節　漢字的字體 ································· 147
一、甲骨文 ·· 147
二、金文 ·· 148
三、篆書 ·· 149
四、隸書 ·· 151
五、草書 ·· 153
六、楷書 ·· 155

iii

七、行書 ································· 157

第四節　漢字的性質和字理 ················· 158

　一、漢字的性質 ··························· 158

　二、漢字的字理 ··························· 159

第五節　漢字的功績 ······················· 162

　一、統一書面語 ··························· 162

　二、蘊含歷史文化訊息 ····················· 163

　三、反映古人的生活和思維方法 ············· 163

　四、反映語音和詞義發展變化 ··············· 164

第六節　繁簡由之 ························· 166

　一、字數問題 ····························· 167

　　（一）字數多的原因 167（二）字數多的對策 169

　二、筆畫問題 ····························· 172

　　（一）筆畫多的原因 172（二）筆畫多的對策 173

　三、繁簡由之 ····························· 174

　　（一）棄繁就簡的發展趨勢 174（二）繁簡相通的造字方法 176

　　（三）繁簡由之是漢字重新統一的必經之路 177

　四、規範字與繁體字對照 ··················· 178

第三章　詞彙 ······················· 199

第一節　語素和詞 ························· 200

　一、語素——構詞的最小單位 ··············· 200

（一）單音節語素 200（二）雙音節語素和多音節語素 204

　　　（三）語素的古今變化 206

　二、詞——造句的最小單位 ··· 207

第二節　詞的結構 ··· 209

　一、五種基本結構 ··· 209

　　　（一）並列關係（聯合關係） 209（二）偏正關係（修飾關係） 210

　　　（三）主謂關係（陳述關係） 212

　　　（四）動賓關係（支配關係、述賓關係） 212

　　　（五）動補關係（補充關係、述補關係） 212

　二、其他結構方式 ··· 213

　　　（一）附加式 213（二）重疊式 214

第三節　詞的聲音 ··· 215

　一、語音和語義的關係 ·· 215

　二、單音詞、雙音詞和多音詞 ·· 215

　　　（一）單音詞、雙音詞 215（二）多音詞 217

　三、同音詞 ·· 219

　　　（一）詞源不同發音相同 219（二）詞義分化形成同音詞 220

第四節　詞的意義 ··· 221

　一、詞義和概念 ·· 221

　二、單義和多義 ·· 222

　三、同義和反義 ·· 224

　　　（一）同義詞 225（二）反義詞 231

　四、詞義的演變 ·· 233

　　　（一）詞義的擴大 234（二）詞義的縮小 235（三）詞義的轉移 235

第五節　詞彙的構成 ····· 237

一、基本詞 ····· 237

二、一般通用詞 ····· 240

三、專業詞 ····· 241
（一）專門術語 241（二）行業語 242

四、文言詞 ····· 243

五、方言詞 ····· 246

六、外來詞 ····· 248
（一）外來詞的構成 248（二）外來詞的歷史淵源 250
（三）運用外來詞需要注意的問題 252

七、字母詞 ····· 253
（一）字母詞的類型 253（二）運用字母詞應注意的問題 255

八、社區詞 ····· 256
（一）社區詞的形成 256（二）香港社區詞和香港社會 257
（三）運用社區詞應注意的問題 259

九、成語、慣用語、諺語、歇後語 ····· 260
（一）成語 261（二）慣用語 270（三）諺語 271（四）歇後語 274

第六節　詞彙和社會生活 ····· 275

一、詞彙忠實反映社會生活的變化 ····· 275

二、新詞的產生和舊詞的消亡 ····· 276
（一）新詞的產生 276（二）舊詞的消亡 278

三、運用新詞新語需要注意的問題 ····· 279

四、如何看待網路詞語 ····· 279

第四章　語法 ─── 287

第一節　語法是關於語言結構的科學 ─── 288

一、語法分析語言的結構 ─── 288

二、漢語語法結構的特點 ─── 288

三、語法分析的基本單位 ─── 293

四、語法分析的三個平面 ─── 295

第二節　語素 ─── 299

一、實素和虛素 ─── 299

二、實素的分類 ─── 300

三、虛素的分類 ─── 301

第三節　詞類 ─── 303

一、詞的分類標準 ─── 303

二、實詞和虛詞 ─── 304

三、實詞的分類 ─── 306

（一）名詞 306（二）動詞 309（三）形容詞 312（四）數詞 313

（五）量詞 314（六）代詞 316

四、虛詞的分類 ─── 319

（一）副詞 319（二）介詞 322（三）連詞 323（四）助詞 325

（五）嘆詞 327（六）擬聲詞 330

第四節　短語 ─── 333

一、短語的分類 ─── 333

（一）按短語的內部結構關係分類 333（二）按短語的語法功能分類 334

（三）按實詞、虛詞之間的組合分類 335

vii

二、常用短語分析 335
（一）名詞性短語 336（二）動詞性短語 341（三）形容詞性短語 353

（四）主謂短語 355（五）介賓短語 358（六）固定短語 359

三、短語的擴展 361
（一）多項定語的名詞性短語 362（二）多項狀語的動詞性短語 363

（三）"狀＋動＋補＋賓"式的動詞性短語 363

四、短語在句法分析中的重要性 364

第五節　句子 367

一、句子的分類 367
（一）按照結構分類 367（二）按照用途分類 368

二、單句的構成 368
（一）主謂句 369（二）非主謂句 374

三、句子分析法 377
（一）句子成分分析法 377（二）層次分析法 380

四、特殊句式 382
（一）"把"字句 382（二）"被"字句 384（三）連動句 385

（四）兼語句 386（五）存現句 387

五、句子的語氣 388
（一）陳述句 389（二）疑問句 390（三）祈使句 393（四）感嘆句 394

六、複句 395
（一）句子的複雜化 395（二）複句的結構類型 397

（三）複句中的關聯詞語 407（四）多重複句 409

第六節　句群 415

一、句群是大於句子的語言片段 415

二、句群的組合方式 416
（一）直接組合 416（二）關聯組合 417

三、句群的分類 ·········· 418

（一）並列關係 418（二）承接關係 419（三）選擇關係 420

（四）遞進關係 420（五）轉折關係 421（六）因果關係 421

（七）假設關係 422（八）條件關係 423（九）總分關係 423

（十）解證關係 424

四、句群和複句 ·········· 424

五、句群和段落 ·········· 426

第五章　修辭和風格 ·········· 443

第一節　修辭 ·········· 445

一、修辭和修辭學 ·········· 445

二、修辭學研究語言要素的表現力 ·········· 446

（一）語音修辭 446（二）詞語修辭 451（三）句子修辭 454

三、修辭格的運用 ·········· 458

（一）比喻 458（二）比擬 461（三）借代 464（四）誇張 465

（五）對偶 466（六）排比 468（七）反覆 470（八）設問 471

（九）頂真 473（十）映襯 474（十一）回文 475（十二）拈連 476

（十三）婉曲 476（十四）仿詞 478（十五）雙關 478（十六）反語 479

第二節　風格 ·········· 481

一、語言特點不是語言風格 ·········· 481

二、語言風格的定義 ·········· 484

（一）運用語言和具體運用語言 484（二）溝通場合和言語氣氛 485

（三）語言風格和言語氣氛 485

三、語體的基本類型 ·········· 486

（一）日常溝通語體 487（二）公文格式語體 490（三）科學論證語體 491

（四）文藝語體 492（五）新聞語體 493（六）廣告語體 494

四、語體成分的交錯 ···································· 495

五、傳統風格觀念的有關論述 ···························· 499

　　（一）風格體現人的修養 499（二）風格的原則是意辭統一 499

　　（三）風格的標準是得體 500（四）文藝風格分類 500

六、現代風格學的功用 ································· 502

　　（一）指導人們表達得體 503（二）引領語文教學方向 504

　　（三）總結作家語言風格 505

附錄　程祥徽、田小琳著《現代漢語》評介 ············· 515

修訂版後記 ··· 523

作者簡介 ··· 526

緒論

一、語言與言語

（一）語言

語言是人類社會特有的現象。它在人類社會流通，是人類社會不可或缺的東西。現代語言學主要是從功能與結構兩方面來討論語言的特徵。

從功能上說，語言是人類特有的一種符號。

語言符號的作用在於表達思想、傳遞資訊。這就是語言的"溝通功能"，許多關於語言的定義都認為"語言是人類社會的溝通工具"。語言的溝通功能通過聲音這一媒介來實現。即是說，說話人用聲音傳遞資訊，聽話人也通過聲音接收資訊。因此，語言這種符號是以聲音（而不是以動作、顏色等）為主要標記。但並不是任何聲音都能成為語言符號的標記，語言符號的聲音必須是語音。語音具有系統性的特徵，並且總是跟一定的意義相聯繫。平常說"語言是有聲的"，其最重要的含義是"人類的語言是有語音的"。現代生物學研究發現，像黑猩猩或大猩猩這一類"聰明"的動物，在某種情況下也會發出具有簡單意義的聲音。但是這種聲音不是語音，它們的所謂"語言"是極其簡單的。因此，人類學家和語言學家都認為，有聲語言是人類區別於其他動物的最重要標誌之一。

語言的功能之一是充當思維的工具，思維是通過語言來實現的。思維和語言的產生很難分先後，它們的關係就像雞與雞蛋的關係。思維，要以語言為材料才能進行；思維，其實是選擇和組織詞語在人腦中運作的過程。當一個人在思考"今天天氣好，我們去郊遊"的時候，其實是在運用和排列"今天""天氣""好""我們""去""郊遊"這些詞語。所以沒有語言便沒有思維。而思維的結果，又必然表現為有聲語言的形式。試想如果沒有"今天天氣好，我們去郊遊"的有聲形式，我們從何而知你曾經有過"今天天氣好，我們去郊遊"的思維過程呢？

不過，我們提到語言功能通常是指它的溝通功能，即人類以語言作為傳遞資訊與接收資訊的依據。說話與聽話之間有一條"言語鏈"：說話人以聲音為媒介，將所要表達的思想傳遞給聽話人；聽話人同樣通過傳來的聲波接收說話人送出的資訊。聲波在這一條鏈上居於樞紐的地位，形成了"發音→傳遞→感知"的複雜過程。這個過程使得人與人的溝通成為可能，使得人類的社會活動（物質生產與精神文明）得以協調，使得社會得以維繫。因此，語言是人類最重要的溝通工具。

"語言是人類最重要的溝通工具"，這是與其他溝通工具相比較而言的。語言以語音為媒介傳遞資訊與接收資訊，也就是通過聽覺達到溝通目的；但傳遞資訊與接收資訊還可以採取其他方式，比如通過視覺或觸覺。十字路口的紅綠燈表示"停止"與"通過"，握手、擁抱可以達意傳情。還有經常見到的"手勢語"表達約定俗成的意義，複雜的"旗語"甚至可以傳達很複雜的內容。但所有這些方式都建立在有聲語言的基礎上，都不如有聲語言來得靈活豐富。在功能上即使可與有聲語言抗衡的文字，也有很大的局限。文字是以視覺為依據的溝通工具。一個北方人初來港澳，言語不通，可以運用字條達到溝通目的，比如用出示字條的方式購物或乘車。但這種依據視覺的溝通工具未免過於煩瑣，比如購物時討價還價就得不斷傳遞字條，或者根本不能達到溝通的目的。試想在沒有燈光的夜間，字條傳遞資訊的功能如何發揮？更重要的是，文字是語言的記錄，沒有被記錄的語言在先，何來記錄語言的文字在後？由此可見，語言是人類溝通工具中最重要的一種，其他溝通工具都只能起輔助作用。

從結構上看，語言是一個複雜的系統。

首先，這個系統包括人類生理的、感知的子系統。人類特殊的生理結構，形成了獨特的發音器官，使之有可能發出各種不同的複雜聲音。這些聲音是可以分類的，可以分析的，也是可以歸納的；人類特殊的生理結構，也形成了獨特的感知器官，使之能夠準確地接收各種不同的聲音，並加以儲存，然後進行組合、分析和判斷。發音器官和感知器官的功能通過聲學的原理連結起來，形成了一個完整的系統。這個系統是只有人類才具備的。人類的特殊性就在於能夠把分析能力、感知能力、判斷能力、記憶能力等各種能力都有效地整合在這個系統之中。如果沒有這個系統，語言的產生和使用是不可能的。

其次，這個系統也包括語音、詞彙、語法的子系統。一般的聲音本身沒有意義，比如 b、p、m、f 或 a、ei、ang、ong 本身沒有意義。但是這種聲音組合成為系統，承載一定意義以後，就成為語音。語音是有意義的。所以說語言是語音和意義的結合物，語音是負荷着意義的，意義是通過語音來表達的。簡而言之，語音和意義是語言的形式和內容，兩者成為語言的兩極。而詞彙和語法則是溝通兩極的橋樑。意義是通過詞彙來體現的，這就是詞彙的語義；語義的組合必須通過語法才能組織起來成為句子，表達比較完整的意義。因此，傳統語言學的看法是：如果把語言比作建築物，那麼詞彙就像是建築材料，語法就像是建築物的結構規則。詞彙只有接受語法的構建方可建成樓房屋宇。語音則是語言的物質外殼，它使語言成為可運用的工具。

構建建築物的建築材料有大有小，小至沙泥磚瓦，大至房舍高樓，甚至於摩天大廈、王室皇宮。語言建築物的形態亦相仿，小至最小的意義單位——語素；進而是能夠自由運用的造句單位——詞，以及詞的擴充形式——短語（詞組）；再進而則是語言使用的單位——句子，直至句群。在語言成分的結構中，語素無所謂結構形式，詞、短語、句子卻是逐層結構起來的。在結構的方式和規則上，詞、短語和句子是相通的。例如"春遊"（詞）、"春日出遊"（短語）、"春季的日子出城郊遊"（短語或句子），在結構上是逐層擴充的關係。

傳統語言學研究的極限是句子和句群；但現代語言學的研究範圍擴大了，篇章結構、口語長篇，甚至巨著的語言問題，都可能成為研究的對象。

最後，這個系統還包括社會意識和文化傳統的子系統。人類生理的、感知的系統是沒有差別的，聾啞人、缺語症患者等部分人群生理、感知系統的局部缺失是另一回事。但是不同語言裏的語音、詞彙、語法子系統，以及子系統之間的聯繫卻是不一樣的。例如"紅、黃、藍、綠"的意思，漢語說 hóng、huáng、lán、lǜ，英語說 red、yellow、blue、green；漢語"開門、開收音機、開車、開船"的動詞都說"開 kāi"，英語要用四個不同的動詞分別說 open、turn on、drive、sail；漢語口語說"你問我，我問誰？"翻譯成英語不能說 You ask me, I ask who?，必須說 Why are you asking me? 或者 How am I supposed to know?。為什麼有這些差別？其中的原因很複雜，但歸根究底都是因為說漢語的人和說英語的人所擁有的社會意識和文化傳統是不同的。這些社會意識和文化傳統經歷着漫長的歷史演變，一直到現在還在演變，是生動奧妙的，也是非常複雜的。

從語言可以看出，人類跟其他動物的根本區別就在於：人類能把自身的幾種功能聯繫在一起，綜合成一種系統，這種系統就是語言。借用電腦的術語，也可以說語言是一種連結平台，這個平台把人類有關智力的幾個部分都綜合起來了。任何其他動物都不具備這種能力。

（二）言語

"語言是工具"，這是一個比喻，是就功能而言的。一般的工具都是物質，或者說都是看得見、摸得着的。語言因其有聲，所以也是一種物質，但是表面上是看不見、摸不着的。平常聽到的是人在說話和說出來的話，這個話就是語音。憑藉現代的語音技術，通過語圖儀和頻譜儀，可以看到各種語音的不同形式。

語言就像一個倉庫。這個倉庫裏分門別類儲存着語言的語音、詞彙和語法系統。每個人說話時都不需要動用倉庫裏的所有東西，而是根據表達需要，從"語言倉庫"中選詞造句，表達思想，傳遞資訊。但語言倉庫設在何處？有的語言學家認為語言是個人心理現象（19世紀後期德國新語法學派的主張）或社會心理現象（20世紀的社會心理學派）。其實，語言雖然只存在於每一個正在說話的人的嘴裏，但它是一種社會現象，是每一個說話人所說的話的總和，又是每一個說話人用來說話的材料和依據。哲學上有一組"一般"與"個別"的範疇：語言是一般，每個人說的話是個別。個別是一般的表現形式，而一般通過個別表現。語言學稱語言的個別為言語。

言語是每一個人的說話過程和說出來的話。語言學稱說話過程為言語行為，稱說出來的話為言語作品。

言語和語言是不可分割的。語言是一個體系，處於備用的狀態，等待着溝通者使用但還沒被採用，它有完整的語音系統、詞彙系統和語法系統。每一種語言都有它的特殊之處，親屬語言都有彼此對應的地方。一種語言的特殊之處是該語言的民族特點；一種語言在不同歷史時期有不同的特點，構成語言的時代特色。具體語言學，例如"現代漢語"，所要研究的是這種語言在現代狀態下的語音系統、詞彙系統和語法系統，以及這種語言的民族特點和時代特色。

語言還有另外一種狀態，即處於正在使用的狀態。處於使用狀態的語言其實就是言語。言語是根據表達的需要從語言中選取語音、詞彙、語法材料的行為（言語行為），同時也是選取語言材料所構成的句子、句群以至長篇巨著（言語作品）。言語行為不會是盲目的，它要考慮溝通的目的與任務，配合溝通的不同性質與環境，透過語言的材料去營造一種與環境相協調的氣氛。現代語言學認為，不同的氣氛就是不同的風格。為了術語的明確起見，我們稱語言的民族性、時代性為語言的民族特點與時代特點，語言中存在的是"特點"；而不同溝通環境的不同氣氛，我們稱之為"風格"，風格是專對言語而言的。傳統語言學主要研究語言各要素（語音、詞彙、語法）的系統和規則，以及語言的民族特點與時代特點，現代語言學的風格學則研究言語的風格。言語風格在現代漢語的研究中是一個薄弱環節，需要整理中國古代有關言語風格的零星論述和文體風格的大量論著，借鑒現代語言學的風格學說，建立漢語風格學的理論和系統。

二、共同語與方言

（一）共同語

共同語又叫標準語，是對方言而言的。方言現象表現出語言發展的離心傾向，共同語則顯示出語言發展的向心趨勢。共同語有兩種，一種是在方言形成以前的共同語，那是一種比較貧乏和簡陋的共同語，使用它的人口不會多。後來人口增加而向周圍擴散，分別組合成新的社會結構。不同地區由於經濟生活、地理條件以及政權力量的局限，形成天然的鴻溝與人為的鴻溝，將不同地區的人群分隔開，語言也就在各自封閉的環境中發展，形成方言。經過漫長的歲月，由原來的共同語分化出來的方言不斷豐富發展，為不同地區的社會溝通服務，而原來的共同語卻不復存在了。

另一種共同語是在方言勢力雄厚之後形成的。這種共同語的形成不是由於語言內部結構的原因，而是由於外部的社會原因，如政治、經濟、文化的影響。方言是小農生產時代和封建社會的產物。因為是小農生產，社會成員的經濟生活自給自足，無需遠離家園出外謀生；因為是封建制度，諸侯割據，壁壘森嚴，不同地區間的溝通受到政權力量的限制。方言因此而發展，直至互不明瞭的地步。到了商業社會，農業人口向城市集中，城市的工業產品推銷到農村去，各地封閉型的社會受到衝擊，不同方言區的人交往頻繁了，方言的阻隔作用也就突出地暴露出來。於是，共同語的產生成為不同方言區的人的共同要求，各地的人在約定俗成的基礎上認可某種活的方言為共同語的基礎。這種在方言基礎上產生的共同語不再像原始共同語那樣貧乏簡陋了，而是具備了相當完整與精密的語音、詞彙、語法系統。每個現代民族都有這種性質的共同語，它是語言發展中經過文學加工並合乎語言規範的高級形態。

一種方言可以因文學的影響而充當民族共同語的基礎方言，進而發展成為正式的民族共同語。義大利民族的共同語在托斯卡尼（Tuscany）方言的基礎上形成，是因為但丁（Dante Alighieri）、薄伽丘（Giovanni Boccaccio）等人用這種方言寫成文學作品，借助文學的力量，使方言的影響擴展開去。

一種方言發展成為共同語，除了文學的影響，政治、經濟的力量是更重要的動力。漢民族共同語以北方官話為基礎方言，以北京話為語音標準，是由於北方一直是中華民族活動的中心地帶，北京更是八百年來的政治、文化中心，金、元、明、清等朝代都曾定都於此，許多著名的文學作品如《紅樓夢》、《水滸傳》等都以北京話或北方話寫成。憑藉這些影響，北方話取得了充當漢民族共同語的基礎方言的資格。

共同語是歷史的產物，不是個人或集團的選擇。例如有人曾主張以武漢方言為漢民族共同語的基礎，所持理由是武漢位居全國地理中心，全國向這裏的方言靠攏最公允不過；有人主張以廣東話為漢民族共同語的基礎方言，因為它是國父孫中山先生所用的語言，國父的語言理所當然地應是代表國家的語言。但是這些主張都行不通，原因就是人為的構想不能取代歷史的選擇。歷史的事實尤其能說明問題。滿族統治者入主中原後，在處理行政事務上放棄自己的民族語言而以漢語的北方官話為全國共同語。雍正六年上諭稱："朕每引見大小臣工，凡陳奏履歷之時，唯有福建、廣東兩省之人仍係鄉音，不可通曉。夫伊等以見登仕籍之人，經赴部演禮之後，其敷奏對揚尚有不可通曉之語，則赴任他省又安能於宣讀訓諭、審斷詞訟皆歷歷清楚，使小民共知而共解乎？官民上下語言不通，必致吏胥從中代為傳述，於是添飾假借，百弊叢生，而事理之貽誤者多矣。……應令福建、廣東兩省督撫轉飭所屬各府、州、縣及教官，偏為傳示，多方教導，務期語言明白，使人通曉，不得仍前習為鄉音。"（《十二朝東華錄》）所謂"鄉音"即閩粵方音，所謂"鄉言"即閩粵方言。不用鄉音、鄉言就是提倡用漢民族共同語。不僅福建、廣東兩省的"舉人生員貢監童生不諳官話者不准送試"（《癸巳存稿》），而且在"蒙古、漢軍錯屯而居"的"滿洲故里"的"屯居者漸習為漢語"（《吉林外記》卷三）。

　　共同語是由說基礎方言的人群和說非基礎方言的人群共同選定的，即是說，共同語必須取得說不同方言的人感情上的接受與心理上的認同。漢民族共同語的形成就是一個典型的例證。一個說閩語的人與一個說粵語的人相遇，他們會不約而同地運用普通話。儘管他們的話分別打上各自方言的烙印，但聽者大致聽得懂，說者也說得心安理得。只有在這種情形之下，一種基礎方言才有可能發展成為共同語。

（二）方言

　　方言是歷史形成的，既跟空間有關，也跟時間有關。原來說同一種語言的人民，由於移民的原因，逐漸定居於不同的區域，不同地區之間交通不便，人們往來很少，原來所說的共同語言採取了不同的演變方式，造成不同的演變結果，久而久之就形成了不同的方言。所以說，方言是相對共同語而言的。

　　有人說方言就是地方話，是在一個局部地區流通的話。這只是一個通俗的說法，但不夠周全，不夠準確。因為一個局部地區流通的可能是另外一種語言，而不是語言之下的方言。比如青海省循化縣流通着三種話——撒拉話、藏話和漢話。其中撒拉話是一種獨立的語言，它與藏語、漢語沒有親屬關係；循化縣的藏話是藏語的一種方言；循化縣的漢話是漢語的一種方言。

　　方言與方言的差別，方言與共同語的差別都是方言之間的差別，即是一種語言之內的差別。這種差別一般來說都比較小，主要表現在語音方面，詞彙、語法方面當然也有差異，不過比語音小，特別是基本詞彙和語法結構，差異則更微。方言之間差別無論多大，都有一定的對應規律。例如廣州話動詞後綴"緊"，相當於普通話的"着"或"正（動詞）着"，廣州話的"讀緊""寫緊""講緊""食緊"……相當於普通話的"正讀着""正寫着""正說着""正吃着"……正是這個緣故，同一方言區的人學習其他語言或方言時所犯錯誤的類型往往是相同的。例如廣州話判斷句有"係……㗎嘅"的句型，廣州人學說普通話常常將它套作"是……來的"，例如，"他是醫生來的""我不是學生來的"，句子裏多了"來的"。普通話有所謂廣東普通話、上海普通話、福建普通話等，說明不同方言區的人初學普通話時極易代入各自方言的特有成分，使普通話在不同方言區附着該方言的特色。這種"代入"和"附着"都帶有普遍性和類型性。

　　語言間的差別和方言間的差別在性質上是不同的。方言間的差別是一種語言之內的差別，不同方言的基本詞彙與語法結構通常是相近或極為相近的。有些方言之間不能相通，那主要表現為語音的差異，書面語則在很大程度上相通，例如漢語各方言擁有共同的書面語。語言間的差別則是不同語言的語音、詞彙、語法都自成系統，不與其他語言相通；或者不同語言雖屬同一原始語言的後代語，但分化程度深，連語法結構也有較大距離，不同語言之間又沒有共同的標準語，也沒有共同的書面語言，那麼，它們就各自獨立成為語言了，例如藏語和漢語。這兩種語言在語音、基本詞彙和語法結構等方面至今仍有某些對應規則可尋——藏語安多方言的"三"是 [sam]，"五"是 [ŋɑ]，"他"是 [kʼɔi]，相當於廣州話"佢"；"太陽"是 [nima]，相當於上海話"日頭"；……但畢竟相異處多於相同點，所以認為它們是兩種不同的語言。

三、中國的語言

（一）世界的語言

有人的地方就有語言，所以世界上存在很多的語言。有人問，世界上到底有多少語言？這個問題很難回答，沒有人能夠完全說清楚。有的語言學家估計，全世界每年消失或正在消失的語言就多達 2500 多種，由此就知道世界語言數量之多了。不過，除了漢語、英語、法語、西班牙語、俄語、德語、阿拉伯語、日語、義大利語等說的人很多、流行地域很廣的語言之外，也有很多語言是不為他人所知的。

語言和語言之間有很多共同之處，也有很多不同之處。有的語言學家根據語言結構特點，把世界的語言分為孤立語、黏着語、屈折語三種類型。這種分類方法把語言分為低級的發展階段和高級的發展階段，往往不符合很多語言實際的情況，現在採用者很少。多數語言學家則是根據語言之間發生學上的遠近關係，按照"語系—語族—語言"的層次，對世界上的語言進行分類。例如有漢藏語系、印歐語系、南島語系、南亞語系等語系；印歐語系下面有日耳曼語族、羅曼語族、斯拉夫語族、印度—伊朗語族等等；英語、德語、荷蘭語等屬於日耳曼語族，俄語、烏克蘭語、波蘭語等屬於斯拉夫語族。當然，這種分類方法也不是完全沒有問題的，但比三種類型的分類法好得多。

（二）中國的語言

中國是世界上語言種類最多、最複雜的國家之一。根據中國語言學家最新的調查結果，中國境內的語言包括漢語在內，多達 130 種，其中有 20 多種是最近這些年才陸續發現的。

根據最新繪製的《中國語言地圖集》（2008 年版），中國境內的 130 種語言分別屬於不同的語系、語族和語支。以下是劃分的譜系表：

漢藏語系	漢語
	藏緬語族：藏語、羌語、景頗語、彝語、緬語5個語支
	侗台（壯侗）語族：壯傣語、侗水語、黎語、仡央語4個語支
	苗瑤語族：苗、瑤語兩個語支
阿爾泰語系	突厥語族：西匈語、東匈語兩個語支
	滿通古斯語族：滿語、通古斯語兩個語支
	蒙古語族：蒙古語、土族語
南亞語系	孟高棉語族：佤語、布朗語、德昂語、克木語、克蔑語、布興語、莽語、戶語、布芒語等語言
	越芒語族：京語、　語、布賽語等語言
南島語系	分佈在台灣的泰雅語、賽德克語、賽夏語、布農語、鄒語、卡那卡那富語、沙阿魯阿語、魯凱語、排灣語、卑南語、阿美語（阿眉斯語）、雅美語、噶瑪蘭語、巴則海語和邵語
	分佈在海南省三亞市的回輝語
印歐語系	塔吉克語、俄羅斯語

　　從這個譜系表可以看出，中國的語言主要屬於漢藏語系和阿爾泰語系。屬於南亞語系的如京語（即越南語）；屬於南島語系的如台灣高山族所使用的十多種語言；屬於印歐語系的如新疆維吾爾自治區的塔吉克語和俄羅斯語。另外還有個別語言如朝鮮語，其系屬未定。

　　大家都知道中國有56個民族，但語言卻是130種，可見民族和語言之間存在着錯綜複雜的不平行關係。語言可以成為民族的一個標誌，但並不是必然的標誌。中國人數最多的少數民族壯族，大部分人口已改說漢語；滿族的人口已經超過千萬，現在幾乎都說漢語；回族、畬族、仡佬族則完全說漢語。據2000年全國人口普查資料和有關文獻的資料，中國略多於50%的少數民族人口，即約有5800萬人使用本民族語言。其中蒙古語、藏語、維吾爾語、哈薩克語、朝鮮語5種語言的使用人口近2000萬人，佔蒙古族、藏族、維吾爾族、哈薩克族、朝鮮族2280萬總人口的90%左右（蒙古族和藏族有一部分人口不使用本民族語言）。

壯、苗、布依、侗、哈尼、黎、傈僳、拉祜、佤、納西、羌、土、景頗、載瓦、彝、傣、柯爾克孜、錫伯語等 18 種語言使用人口約 3400 萬人，約佔這 18 個民族總人口 4548 萬人的 3/4 左右（苗族、侗族、羌族、土族、錫伯族等民族中有較多的人口不使用本民族語言）。剩下的其他少數民族大約有 500 萬人口，卻使用着 100 來種語言。因此，幾個民族使用同一種語言，或一個民族使用幾種不同的語言，這是很常見的。

由此可以看出中國語言的多樣性和複雜性。中國語言的基本情況有統一和分歧兩個方面。全國有一百多種少數民族語言，漢語是中國最主要的語言，但漢語裏東南各省方言差別很大。因此一般的人都知道中國語言分歧的方面，忽略中國語言統一的方面。中國人口 95% 說漢語，使用全國統一的文字。漢語方言中最重要的官話方言，分佈在長江以北和西南各省區的廣大地區，從南京到烏魯木齊，從昆明到哈爾濱，雖然相距幾千公里，但官話方言的一致性很高，通話基本上沒有困難。20 世紀 50 年代以後中國推廣普通話，進一步加強了中國語言的統一性。

四、漢語與漢語方言

（一）漢語

有文字記載以來，漢語經歷了古代漢語、近代漢語和現代漢語三個不同的發展階段。現在我們說到漢語的時候，一般指的是現代漢語。

漢語是漢族所使用的語言，也是境內回族、滿族等其他一些少數民族所通用的語言。漢語分佈於中國大陸幾乎所有的省市自治區，還分佈於香港、澳門和台灣地區；東南亞各國以及歐洲、美洲許多國家的華人、華僑也通行漢語（有的國家和地區叫華語）。據最新的資料估計，中國境內使用漢語的人口多達 12 億 689 萬人，港澳台地區和世界其他地區使用漢語的人口至少也在 5000 萬人以上。因此，從分佈地域和使用人口來說，漢語既是中國最主要的語言，也是世界上最主要的語言之一。

漢語有共同語和方言的差別。這種差別早在兩千多年以前就見於文獻記載。《論語》載："子所雅言，詩書執禮，皆雅言也。"(《論語·述而》)雅言又稱正言，"猶今稱國語，或標準語"(錢穆《論語新解》)；楊伯峻直稱雅言為普通話（見《論語譯注》）。漢代揚雄(公元前 53—公元 18)的《輶軒使者絕代語釋別國方言》更以"雅言"或"通語"與"方言"對舉。這種雅言或通語是兩千多年以前中國各地的書面共同語；在書面共同語之外，口語在不同方言區幾乎無節制地發展，直至形成許多差別顯著甚至互相不能通話的方言系統。宋元以來，漢語的發展呈現兩種明顯的趨勢：一是反映北方口語的書面語"白話文學"的產生和發展，這是現代漢語書面形式的主要源頭；一是元明以來北京口語"官話"擴散到各個方言區，這是現代漢語口頭形式"普通話"的前身。一千多年以來，中國的政權力量集中在北方地區，而其代表城市是北京。許多重要的文學著作（如宋人話本、元曲和明清的白話小說以至"五四"以來的優秀作品）多半採用北方方言或是以北方方言為基礎的語言。1324 年編成的《中原音韻》歸納了當時共同語的語音系統，指出："混一日久，四海同音，上自縉紳講論治道及國語翻譯，國學教授言語，下至訟庭理民，莫非中原之音。"這中原之音，粗而言之是北方語音，細而言之是大都（北京）語音（亦有認為洛陽語音）。到了明朝，北京話作為共同口語的雛形地位更加明朗，"官話"的名稱出現了。明朝初年出版的兩本供朝鮮人學習漢語的會話書《朴通事》和《老乞大》，提供的都是當時的北京口語。經過長期的醞釀，漢語的共同語終於在北方話，特別是北京話的基礎上形成了。從這個簡要的歷史可以知道，當我們說"漢語"的時候，要有整體漢語的概念。就是說，漢語包括漢語的共同語和漢語的方言；現代漢語包括現代的漢語共同語和現代的漢語方言。本書所說的"現代漢語"主要指的是現代漢語的共同語。

現代漢語的共同語有許多名稱。20 世紀 20 年代以後人們管它叫國語，50 年代以後中國改叫普通話；台灣地區一直沿用舊名，仍然叫國語；香港、澳門地區原來叫國語，現在也叫普通話；海外華人社會則稱之為華語。英文譯名 mandarin 出現得很早，可能是"滿大人"的音譯，意指清朝官員使用的語言或處理公務所用的語言，與明朝開始出現的"官話"名稱多少有些淵源；也有人認為 mandarin

來自葡萄牙語 mandarim 或拉丁語 mandarinus，原來是指稱"中國官吏"的。這些稱呼異名同實，都是指現代漢語的共同語。

所有語言的共同語都要有明確統一的標準，因此共同語又叫作標準語，英文叫作 standard language。標準語的基礎是受過教育的人的言語，它被說其他地方方言和社會方言的人當作模式來模仿，儘量在正式談話、寫作以及教外國人學習時使用。例如在英國，標準英語是受過教育的人說的英國南部的英語。英國廣播公司（BBC）即採用它的標準發音（received pronunciation）作為其播音員的發音。"標準英語"只是一種理想，絕大多數人說的不是標準英語而是"可接受的英語"。漢語也有同樣的情形：純正的漢語共同語並非所有的人都能掌握，絕大多數人說的是向標準語靠攏的"藍青官話"。純正的境界很難達到，但是標準不可以廢棄，否則就會造成語言的混亂與使用的困難，甚至各地的"可接受的共同語"或附着不同方言色彩的"藍青官話"都有可能分裂為不同的方言。正因為如此，確立共同語的標準是十分必要的。

漢語共同語的標準包括三個方面。

第一、語音方面：以北京語音為標準音。語音不能像詞彙那樣吸收各地方言的成分，而必須以一個地點的音為標準，否則就無標準可遵循。充當漢民族共同語標準音的北京音是經過規範的北京音，或稱北京的文學語言的語音。"文學語言"是語言學的一個術語，意指語言的加工形式。電台、電視台播音員的語音一般可認為是標準的語音。

第二，詞彙方面：以北方方言（即官話）為基礎。如果說北京話是地點方言，那麼北方方言便是地域方言。地域方言的範圍比地點方言大得多。標準語不以地點方言的語音為標準，就會使標準語失去標準；標準語不以地域方言的詞彙為基礎，就會使標準語陷於貧乏。所謂以北方方言為基礎，就是一方面需要剔除北方方言中的土俗成分，另一方面允許吸收北方方言以外已經通行的方言詞、無法意譯的外語詞，以及有生命力的文言詞。

第三，語法方面：口語語法採取北方方言的口語語法規則，書面語語法可以借鑑公認的典範白話文著作的語法用例，例如曹禺的話劇，老舍、白先勇的小說,秦牧的散文,傅雷的翻譯作品,趙元任、王力、呂叔湘的學術著作,以及其他優秀的報刊文章。

總結起來說,中國對現代漢語共同語的表述是以北京音為標準音、以北方方言為基礎方言、以典範的白話文著作的語法用例為規範。作為語言學的一個科目,"現代漢語"的使命是描述現代漢民族共同語的語音、詞彙、語法系統,提出學習的重點和難點,以期提高人們實際使用語言的能力及語言學的理論素養。

(二)漢語方言

漢語自古就有方言分歧。例如《禮記·王制》說:"五方之民,言語不通,嗜欲不同。"許慎〈說文解字敘〉說:"諸侯力政,不統于王,……言語異聲,文字異形。"《孟子·滕文公上》記載孟子斥楚人許行是"南蠻鴃舌之人"。這些都說明漢語在我國古代方言差別就已經很大。這種狀況一直延續下來,所以《顏氏家訓·音辭篇》就說:"夫九州之人,言語不同,生民以來,固常然矣。"連《康熙字典》一開頭都說:"鄉談豈但分南北,每郡相鄰便不同。"

現代漢語方言仍然十分複雜。如果以是否能夠互相通話為標準,可以把現代漢語分為幾十種甚至數百種方言。但方言學家是根據漢語內部各種方言的區別特徵,同時參考歷史、地理等其他人文因素,來給漢語方言分類的。有的學者分為八區,也有學者分為七區。按照不同需要,還有其他的分類方法。最新編製的《中國語言地圖集》(2008 年版)則把漢語方言分為十區。下面根據《中國語言地圖集》的分類,大致說說各類方言的主要分佈區域、縣市數和人口數,以及有代表性的方言點。

1. 官話(即北方方言):分佈於黑龍江、吉林、遼寧、內蒙古、北京、天津、河北、河南、山東、山西、江蘇、安徽、陝西、甘肅、寧夏、青海、新疆、浙江、江西、湖北、湖南、重慶、四川、雲南、貴州、廣西等 26 個省市區,1577 個縣市旗區。總人口 79858 萬人。如北京話、濟南話、鄭州話、武漢話、合肥話、南京話、成都話、昆明話、西安話、蘭州話等。

2. 晉語:分佈於山西、陝西、內蒙、河北、河南 5 個省區,194 個縣市旗。

總人口 6305 萬人。如太原話、呼和浩特話、延安話等。

3. 吳語：分佈於上海、江蘇、浙江、安徽、江西、福建 6 個省市，160 個縣市區。總人口 7379 萬人。如上海話、蘇州話、寧波話、溫州話等。

4. 閩語：分佈於福建、浙江、江西、台灣、廣東、海南、廣西 7 個省區，154 個縣市。總人口 7500 萬人。如福州話、廈門話、台北話、海口話等。

5. 客家話：分佈於江西、湖南、福建、廣東、香港、台灣 6 個省區，110 個縣市。總人口 4220 萬人。如梅縣話、上杭話、于都話等。

6. 粵語：分佈於廣東、廣西、香港、澳門 4 個省區，141 個縣市區。總人口 5882 萬。如廣州話、香港話、澳門話等。

7. 湘語：分佈於湖南、廣西 2 省區，64 個縣市。總人口 3637 萬人。如長沙話、湘潭話等。

8. 贛語：分佈於江西、湖南、湖北、安徽、福建 5 個省，102 個縣市。總人口 4800 萬人。如南昌話、萍鄉話等。

9. 徽語：分佈於安徽、浙江、江西 3 個省，19 個縣市。總人口 330 萬人。如黃山話、績溪話等。

10. 平話和土話：分佈於湖南、廣西、廣東 3 個省區交界的地區，60 個縣市。總人口 778 萬人。如廣西的南寧平話、湖南南部的江永土話等。

根據這個分類，漢語方言分佈於除了西藏以外的所有省市區。西藏並不是沒有漢語方言，只是因為調查資料缺乏，且那裏的漢語方言還沒有形成固定的分佈區域，所以暫時沒有分類。

以上這個分類是從大處着眼的，每一個大類底下還可以分成若干方言片、方言小片，最後才是具體的地點方言。我們平時說的北京話、上海話、長沙話等等都是說的具體方言點。從這個分類還可以看出，漢語方言的分佈是很不均衡的。官話方言（即北方方言）分佈範圍最大，使用人口最多，長江以北，京廣線以西的大半個中國，除了山西及其毗鄰的一些地區外，幾乎都是官話的天下。從北部的哈爾濱到西南的昆明，從東端的連雲港到西部的烏魯木齊，好幾百萬平方公里，好幾億人口，人們互相通話基本上沒有大的問題。這個狀況充分體現了漢語方言高度的統一性。不過，根據官話內部的差別，方言學家還進一步把官話分為東北官話、北京官話、冀魯官話、膠遼官話、中原官話、蘭銀官話、江淮官話、西南官話八個方言區。其中的西南官話分佈於湖北、四川、重慶、雲南、貴州、廣西等省市區，是分佈範圍最廣的官話之一。除了官話以外，其他的九個方言區從分佈範圍到使用人口都相對平衡。晉語主要分佈於山西及其毗鄰的陝西、內蒙、河南、河北的一些地區，處於中國北部，顯得比較特別，所以有的學者主張也把它劃到官話大區裏面去。吳語、閩語、客家話、粵語、湘語、贛語、徽語、平話土話都分佈於長江以南，京廣線兩側以東地區，有時候統稱為東南方言。東南方言足以表現漢語方言的複雜性和分歧性。由於歷史上移民的關係，方言還有很多的"方言島"，更使方言的分佈五方雜處，錯綜複雜。因此，一個省區內有多種方言，甚至一個縣境內也有多種方言，而且這些方言還不能互相通話，這種現象在東南各省區是很常見的，即使在北方地區也不足為怪。例如廣西境內有粵語、官話、閩語、客家話、湘語、土話平話等六類方言（如果加上境內的各種少數民族語言，廣西堪稱語言博物館）；浙江的溫州地區有甌語、蠻話、閩南話、畬話、客家話等多種方言；陝西的漢中地區有中原官話、江淮官話，還有湘語、贛語；四川境內主要通行西南官話，但卻星星點點散佈着許多說客家話、說湘語的村鎮。所以民間俗諺有云："五里不同俗，十里不同音"。過一條河，翻一座山，說話腔調就不一樣，說的就是方言複雜和分歧的情況。

下面舉一些例子說明方言的複雜性和差異性。東南地區方言的聲調、韻母一般都很多，但聲母相對少，例如廈門話、梅縣話有7個聲調，廣州話有9個聲調，福建廈門、廣東潮州一帶的方言韻母多達90多個，但廈門話的聲母歸併以後卻只有15個。北方一些方言正好相反，例如青島、煙台一帶的方言只有3個聲調，北京話不算輕聲也只有4個聲調，韻母只有36個，可是聲母卻多達22個。更有意思的是，不同的聲韻調組合可以使方言的讀音異彩紛呈。例如西寧人說"書說刷帥"，聽起來很像北京人說"夫佛發飛"；福建泰寧一帶人說"拖吞袋糖"，很像北京人說"海渾害紅"；浙江金華有的地方說"扮本幫兵"，很像北京人說"磨買貓煤"；山西聞喜一帶說"飄瓢票"，很像北京人說"挑條跳"；湖南桃江一帶說"豆條頭談",很像北京人說"勞遼樓藍";湖南漣源一帶"皮陪婆盤盆"跟"眉煤磨忙門"完全同音。北京人聽香港人說"勁歌金曲"有如聽鳥在歌唱。說到方言的詞彙現象,也很精彩。例如做飯的鐵鍋,福建、台灣一帶都叫"鼎",而廣東、江西、浙江、上海、江蘇一帶多叫"鑊",北方地區多叫"鍋";我你他的"他",上海、福建、台灣一帶都叫"伊",廣東、江西、浙江、江蘇一帶多叫"渠";是什麼的"是",粵語、客家話地區都說"係";"班房"在香港話裏不是牢房而是教室,"地牢"在香港話裏不是地面下的牢房而是樓房的最下一層。幾乎所有方言都說"狗",只有福州及其附近的幾個縣叫"犬",完全保留了古漢語書面語的說法。還有湖南南部很多地方管"一座山"叫"一粒山";山西平遙"一個人"可以說"一條人"。至於同一個事物在方言裏有不同的說法,那就多了。例如北京叫"白薯",濟南叫"地瓜",太原叫"紅薯",武漢叫"苕",成都、西安、長沙叫"紅苕",合肥、揚州、蘇州叫"山芋",南昌叫"(蘿蔔)薯",廣州、廈門、梅縣叫"番薯"。"蚯蚓"北京叫"蛐蟮",濟南、西安、武漢、合肥等地叫"蛐蟮",南昌叫"寒蟬",廈門叫"塗蚓",福州叫"地龍"。語法上的分歧要小一些,但差別也很多。例如詞序不同,武漢話把"將才(剛才)、祈求"倒過來說成"才將、求祈";港澳把"整齊、要緊、素質"說成"齊整、緊要、質素";杭州話"小王撥小周打敗得",如果沒有上下文,既可以表示"小王把小周打敗了",也可以表示"小王被小周打敗了";蘭州話可以說"把鑰匙給媽給給了"、"誰把毛衣給你侄兒給給了","給"字同時出現在一個句子裏,分別做動詞、介詞和助詞。總之,以上這樣的例子是不勝枚舉的。

(三)普通話和方言的關係

漢語是由漢語方言組成的,沒有漢語方言也就沒有漢語。北京話本身也是一種方言。現代漢語的共同語普通話,是在北方方言(即官話)的基礎上,經過整理取捨,並吸納了其他方言的多種因素,在歷史上逐漸形成的。因此,普通話和方言的關係可以概括為一句話:普通話存在於方言之中,又在方言之上。

中國實行推廣普通話的政策。這個政策有利於國家的統一,有利於經濟和文化的發展，有利於促進中國與世界的廣泛交流與合作。但推廣普通話要根據歷史的和現實的實際情況，不要一刀切。例如在香港、澳門地區要充分尊重"兩文三語"和"三文四語"的現實；在台灣要尊重"國語"與普通話的差別。在中國大陸推廣普通話，也是着眼於大家能用普通話順暢交流，並非要求人人都能說標準的北京音。

　　語言是社會民族文化的最主要載體。漢語方言的複雜和分歧，反映了中國文化的多元化和多樣性。例如，江浙一帶的"吳儂軟語"形成了百聽不厭的彈詞，西北地方的"陽剛之聲"形成了膾炙人口的秦腔；河南的梆子、山東的呂劇、湖北的漢劇、湖南的湘劇、四川的川劇、安徽的黃梅戲、廣東的粵劇、福州的閩劇、閩台的薌劇、客家的山歌等等文化藝術形式，無不深深植根於當地的方言之中。方言就像一面鏡子，從裏面可以看到我們民族的民俗文化、歷史變遷與社會發展。方言是我們的一種財富，也是一種資源。

　　隨着中國現代社會經濟文化的高速發展以及普通話的推廣和普及，漢語方言也處於急劇的變化之中。一方面是各類方言迅速向中心城市的方言靠近，形成了一些非常強勢的中心方言，例如廣州話、上海話、南昌話、廈門話等；另一方面是使用人口很少、通行範圍很小的弱勢方言迅速向周圍的中心城市方言靠近，甚至直接向普通話靠近，從而出現了很多處於瀕危狀態甚至消失的方言，例如黑龍江省的舊時"站話"、廣東西部地區的"正話"，零散分佈於廣東、海南一帶的"軍話"，還有分佈於福建、浙江一帶的畬族人說的漢語方言"畬話"等等。語言或方言的集中和統一是現代社會一種不可避免的趨勢，但很多語言或方言的消失，又意味着一種地域文化的消亡，這是人類文化的一種無法彌補的損失。語言學家和方言學家正在努力尋找兩者之間的平衡點，既要不失時機地推進語言統一的進程，又要千方百計地保存正在消失的語言或方言。

五、語言的規劃與研究

(一) 語言的規劃

人類創造語言之後，又創造了文字。文字是語言的視覺形式，它突破了語言所受到的時間和空間的限制，能夠發揮更大的作用。

但是，語言文字也會產生問題，我們可以總稱為語言問題。解決語言問題需要語言規劃。例如如何選擇國家的共同語，如何處理共同語和方言的關係等等，都需要事先規劃。如果規劃不好，這一類的問題有時候會讓人覺得很棘手，很難辦，很可能由此引發民族矛盾，甚至引發局部戰爭。歷史上這樣的例子很多，例如加拿大法語區與英語區由於語言立法所引起的矛盾，在一段時間裏幾乎危及國家的統一；印度和巴基斯坦的語言爭端，也曾一度引發兵戎相見。當然，把語言問題處理得很好的，從而促進民族和國家和諧的例子也很多，例如新加坡和瑞士為國家語言所做的語言規劃，都被認為是很成功的。

語言規劃最常涉及的問題是官方語言和雙語或多語。

官方語言（official language）是指政府、法庭和公務上使用的語言。在多方言的國家，其官方語言大概都是民族共同語；在多語言的國家，其官方語言可能不止一種，一個國家之內多官方語言的存在不罕見。中國是個多民族、多語言、多方言的國家，語言現象十分豐富，語言問題也相當複雜。一方面，各民族的語言地位平等，分別在自己民族的地區通行；另一方面，中國是個統一的國家，在國際事務中以漢語的普通話為對外語言，這種語言早已成為聯合國六大工作語言之一。中國各民族的語言分別與漢語的普通話或當地的漢語方言建立雙語或多語關係，各民族地區實行雙語政策。同是多語國家，實行的多語政策可能不一樣，例如新加坡以四種語言為官方語言：英語、華語、馬來語和泰米爾語。同是實行雙語政策的國家，其具體做法也可能不同，例如加拿大在境內不同地區分別以英語和法語為官方語言。中國實行的雙語政策是以漢語為軸心，分別與不同的少數民族建立雙語或多語的關係。

"雙語"有"個人雙語"和"社會雙語"之分。個人雙語（bilinguality）是指個人掌握了兩種或兩種以上語言，具有這種語言能力的人通稱"雙語人"（bilingual）。最高層次的雙語人是在社會生活中形成的，如澳門的"土生葡人"（多數為葡中混血兒及其後代），他們的語言能力是"習得"（acquisition）而非"學得"（learning）的。布龍菲爾德說："如果學外語學得跟本地人一樣，同時又沒忘掉本族語，這就產生了雙語現象，即同時掌握兩種語言，熟練程度和本地人一樣。"（《語言論》）只能說幾句第二語言的人不算雙語人。"社會雙語"（bilingualism）又叫"雙語制"或"雙語現象"，是指一個社會有兩種語言流通。社會雙語的形成有多種不同的原因：民族的遷徙、民族間的交往或雜處、外族的入侵或長期佔領等等。

（二）語言的研究

前面說過，語言是一個很複雜的綜合系統，這個系統跟語言之外的很多社會文化也是密切相關的，因此有很多的問題需要專門的研究。這種研究從早期的語文學發展到現代的語言學，已經有兩千多年的歷史了。

從研究對象和研究性質來說，可以把語言研究大致分為三類：

一是語言普遍問題的研究。例如語言是如何產生的，又是什麼時候產生的，這就是語言起源的問題，一直引起語言學家的很大興趣；語言與語言之間有很多共同之處，也有很多不同之處，這就是語言的共性和個性，據此可以對語言進行不同的分類，這個也是語言學家長期以來追求的目標；語言是怎麼演變的，從語言與語言、語言與方言的比較中，從對不同時代的語言的比較中，可以看出語言發展的規律以及今後演變的趨勢，這就是語言的共時比較和歷時比較，形成了長久不衰的歷史比較語言學。這一類的問題很多，對這一類語言普遍問題的研究可以概括為普通語言學，也有人叫它理論語言學。

二是具體語言的本體研究。例如對漢語的研究就是具體語言的研究。研究的指向只是涉及漢語本身的各個方面，包括漢語和各個方言的語音、詞彙和語法，也包括漢語發展過程中各個階段的面貌和演變狀態，還包括漢語與其他語言，特別是周邊各民族語言之間的關係，等等。這個研究可以概括為漢語語言學。同樣的道理，還可以有英語語言學、法語語言學、俄語語言學等。

三是語言的擴展性研究。把語言學的研究跟其他學科聯繫起來，形成跨學科的綜合研究，就是語言的擴展性研究，這種研究最近幾十年來取得了迅速的進展。例如用社會學的方法研究社會上不同階層人群的語言使用和語言表現，就是社會語言學；研究人們怎樣通過語言認識外部世界，不同的語言如何影響人們對外部世界的認識，就是心理語言學；研究語言跟民族文化的關係，從詞語的來源、人名地名的變遷、語言方言間的相互借用等來考察社會民族、宗教信仰、民俗源流，就形成了文化語言學、民族語言學或人類語言學。現在還有計算語言學、統計語言學、經濟語言學、工程語言學等等。總之，語言是許多社會現象和自然現象的綜合平台，語言學是可以跟很多社會人文科學和自然科學發生關聯的。不過，有人說現代科學發展的瓶頸在於語言學，則誇大了語言學的作用，言過其實了。

中國很早就有調查研究語言的傳統，西漢揚雄所著《輶軒使者絕代語釋別國方言》（簡稱《方言》）比歐洲18世紀出版的最早的方言詞彙專著《大俄羅斯方言詞典稿》早了1700多年。但是中國早期語文學的研究重點在文字，主要是從文獻經典注釋出發，着重研究漢字音、形、義三者之間錯綜複雜的聯繫。許慎的《說文解字》、據說是孔子門人所作的《爾雅》、陸法言的《切韻》、陸德明的《經典釋文》等一大批重要著作，都達到了很高的成就。但是這種研究有一個缺點，就是在一定程度上忽視了各個不同時代的漢語口語研究，語言和文字脫節了。中國現代語言學是在中國傳統語文學的基礎上，隨着"西學東漸"以後在19世紀末以後發展起來的。最近幾十年來雖取得了重要進展，但留下來等待研究的問題還是很多，具有很大的發展空間。

◉ ▲ 思考與練習

一、思考與討論題

① 中國有56個民族、130種語言。如何正確處理這些語言之間的關係？

② 香港有中英兩種官方語言，澳門有中葡兩種官方語言，你認為這種雙語雙言政策對社會發展有什麼好處？

③ 以你所說的方言為例（例如粵方言、閩方言、客家話），將它與共同語進行一些比較，說說方言與共同語的聯繫與差異。

④ 以當前一些雙語社會（例如加拿大）、多語社會（例如新加坡）的語言狀況為例，說明執行正確的語言政策的重要性。

⑤ 你認同"語言能力是一種財富"的說法嗎？試以實例加以論證。

⑥ 推廣普通話會導致方言消滅嗎？請談談你的看法。

二、練習題

① 普通話的定義是 _____

_____

② 請舉出10種少數民族語言的名稱。

③ 請寫出中國方言的10個方言區。

第一章

語 音

第一節　語音的屬性

人類說話的聲音就是語音。它具有三種性質：

第一，語音是一種聲音；

第二，這種聲音是人的發音器官發出來的；

第三，語音不同於一般的聲音，語音這種聲音是有意義的。

從第一點看，語音是一種物理現象；從第二點看，語音是一種生理現象；從第三點看，語音是一種社會現象。

一、語音的物理屬性

語音是一種聲音，所以具有一切聲音都有的物理屬性。聲音是由物體振動而發出的，語音的發出也是由於發音體的振動，這發音體就是聲帶。語音也和其他聲音一樣，一經振動，會在周圍的物質（空氣）中產生疏密相間的波紋，這種波紋叫作聲波。聲波表示聲音的運行走動。傳播聲波的物質叫媒介物。聲音如無媒介物幫它傳播（例如真空筒裏的鐘聲），我們就無法聽到。

把語音看作物理現象，它具有音色、音高、音強和音長四個要素，其中音色是最重要的要素。

（一）音色

音色又叫音品、音質，是聲音的個性。比如張三、李四都是你的朋友，他們在室外講話，你隔門聽得出哪些聲音是張三發出的，哪些聲音是李四發出的。這是因為張三、李四具有不同的音色。音色的不同取決於發音體的不同、發音方式的不同和發音時共鳴器形狀的不同。鑼和鼓的音色為什麼不同？因為它們的發音體不同，鑼是銅做的，鼓是皮做的。京胡與二胡可以用相同的弦（發音體），但它們發出的聲音何以差別很大？因為它們的發音方式不同，京胡和二胡雖然都用弦，但兩種弦所引起的振動頻率不一樣；另外它們共鳴器形狀也不一樣，京胡的共鳴器是小竹筒，二胡的共鳴器多用硬質木料製成，質料與形狀大小都與京胡有異。語音音色的情形也相類似，張三、李四的音色不同，是因為他們的發音體不完全相等（例如聲帶的長短厚薄不等），共鳴器（例如咽腔、口腔、鼻腔）的形狀大小也不可能完全等同。人耳聽到的聲音往往是複合振動產生的複合音。所謂複合振動，是指一個振動包含着一個主要振動和許多次要振動。主要振動產生基音（振動次數最低的那個音），次要振動產生陪音。複合音裏陪音的多少和陪音的強弱構成聲音的音色，而共鳴器的作用正是影響陪音的多少與強弱。

語音裏每一個不同的聲音都各有不同的音色。學習語音，要善於分析和操縱發音體（聲帶）和共鳴器（主要是口腔），發出表達思想感情所需要的各種不同音色的聲音來。

（二）音高

音高是聲音的高低。它是由物體在單位時間（例如一秒鐘）內振動次數的多少決定的。單位時間內振動次數多，聲音高；反之，聲音低。音高在漢語中表現為聲調、語調。漢語的聲調具有構詞辨義的功能。普通話的"優等──油燈""同意──統一""包袱──報復──抱負""清醒──情形──慶幸""時事──實施──史詩──誓師──逝世"，都是靠不同的聲調區別開來的。漢語的語調則可以改變句子的語氣，例如"我錯了"末字唸降調，是敘說語氣；末字高揚，是疑問語氣。

（三）音強

音強是聲音的強弱或重輕。它是由發音體振動幅度（振幅）的大小決定的。所謂振幅是振動物體從平衡位置到兩邊的最大移動距離。振幅大，聲音強；振幅小，聲音弱。在普通話的構詞功能上，強音又叫重音，弱音又叫輕聲，重音和輕聲具有辨義的作用。例如"褒貶"兩個音節都讀重音，意思是"褒"和"貶"；"貶"字讀作輕聲，"褒貶"的意思只剩下"貶"的一面。"兄弟"二字重讀，意思是"兄"和"弟";"弟"字輕讀,"兄弟"的意思也只剩下"弟"的一面。這種用輕重讀音的辦法區別語義的現象,在漢語的很多方言裏也是常見的。在語調上,重音可以顯示言語的邏輯關係或起強調感情的作用。例如"他壞透了",重音在"他",表示的是言語的邏輯關係,指出壞者不是別人而是"他";重音在"透",表示的則是說話人的感情程度。

(四)音長

音長是聲音的長短。它是由物體振動持續的時間決定的。物體振動時間長,聲音就長;否則,聲音就短。音長對普通話的詞彙、語法不起重大影響,但在漢語的某些方言裏卻起重要作用。粵語、閩語、客家話等區別舒聲和入聲的方言,其舒聲(平上去)的聲調都是長音,帶塞音尾 [-p] [-t] [-k] 的入聲都是短而促的音,廣州話韻母主要元音的長短具有區別意義的作用,例如"三衫"的元音長,"深心"的元音短。漢語有的方言(如山西臨汾、寧夏銀川、青海西寧)還可以用延長元音的辦法來表示指示代詞所指的遠近,元音越長則表示所指事物距離說話人越遠。另外音長還有表達情態的作用。憂鬱、悲痛、失望、猶疑、冷淡的時候,話總會說得慢一些,字音也會拉得長一些;興奮、激動、暴怒、慌亂、緊張、急迫的時候,話則說得快一些,字音也會顯得短促。

音高、音強、音長三者很少孤立出現,尤其是音強與音長的關係十分緊密。重讀音節往往唸得慢一些、長一些,例如"別去了"的重音在"別"字上,長音也在"別"字上。

二、語音的生理屬性

語音是由人類的發音器官發出的。人類如果沒有利用發音器官發出語音,就根本不會有語言。因此,語音是一種重要的生理現象。

人類的發音器官分五部分。

（一）肺和氣管

語音是通過人類呼出的氣流衝擊發音體聲帶發出的。肺供給聲帶振動所需的空氣量。氣管是空氣的通道，它把肺部送出的氣流送到聲帶的所在地——喉頭。

（二）喉頭和聲帶

喉頭由甲狀軟骨、環狀軟骨和一對杓狀軟骨構成，位於頸前正中部，男性頸部向前突出的部位即是甲狀軟骨的所在。喉頭內藏聲帶。

聲帶是人類的發音體，由兩片有彈性的薄膜構成，兩片薄膜之間的空隙叫聲門。聲帶的前端固定在甲狀軟骨上，後端分別繫在兩片杓狀軟骨上。兩根聲帶好像胡琴上的兩根弦，從肺部送出的氣流好像胡琴的弓。胡琴的弓沒碰到弦，不會有聲音出現。氣流自由地通過聲門，聲帶不產生振動，亦無聲音產生；如果氣流很強，會感覺到氣流是從聲帶邊緣摩擦而過的。發不送氣的清輔音（如漢語的b、d、g）和送氣的清輔音（如p、t、k）時聲帶的狀態就是這樣的。胡琴的弓碰到弦，聲音出現了。聲門緊閉，氣流衝擊聲帶而出，聲帶振動，聲音也就有了。發元音（如a、o、e）和濁輔音（如m、n、l、r）時聲帶的狀態便是如此。胡琴弦的長短鬆緊影響聲音的高低，所以京胡的聲音高，二胡、大胡的聲音低；弦緊的時候聲音高，弦鬆的時候聲音低。聲帶的長短鬆緊，同樣決定聲音的高低。男子聲帶比女子聲帶長，所以正常情況下男聲比女聲低；但當男子故意拉緊聲帶（京劇中的青衣）和女子故意放鬆聲帶（女低音歌唱家），也可以發出與正常情況不同的音高。

喉頭上部有一個活動的蓋子，生理學的書上叫"會厭軟骨"。厭者，迫也。"此義今人字作壓。"（段玉裁《說文解字注》）會厭軟骨起開關喉頭的作用，有人稱之為"喉蓋"。喉蓋下垂，關住喉頭，使口腔與食道相通；喉蓋上升，打開口腔到喉頭的通路。呼吸和發音時，喉蓋總是開放的。

（三）咽腔

咽腔是一個空腔，位於口腔與喉頭之間。它的作用是調節聲帶放出的聲音，是人類發音的共鳴器之一。

（四）口腔

口腔是人類發音最重要的共鳴器。

口腔的大門是上下唇，二門是上下齒。往裏進，上齶分齒齦、硬齶、軟齶和小舌；下齶最重要的部分是舌頭。

舌頭是能夠活動的器官，在製造音色方面起最重要的作用。一個人如果沒有舌頭，能發出的聲音將是極有限的。嬰兒還不會運用舌頭的時候，只會發"爸爸""媽媽"一類不需舌頭調節的聲音。成人可以發出極多種聲音，特別是從口技演員的嘴裏可以聽到鷄啼、犬吠、馬嘶、虎吼、雷鳴、雨淅，等等。原因是人類懂得操縱發音器官，能隨意改變共鳴器形狀，製造出千變萬化的聲音。改變共鳴器形狀，以舌頭所起的作用最大。因此許多語言都以"舌頭"代指"語言"，例如英文的 tongue、俄文的 язык，或者用"舌頭"形容人的語言能力，例如漢語的"舌人、舌耕、舌戰、學舌、饒舌、搖舌、長舌婦、三寸不爛之舌、巧舌如簧"等，假如舌頭真的爛了，那是斷然發不出多種聲音的。

（五）鼻腔

鼻腔是一個固定的空腔，僅為空氣的通路，也是人類發音的共鳴器。

1	上下唇	2	上下齒
3	齒齦	4	硬齶
5	軟齶	6	小舌
7	舌尖	8	舌葉
9	舌面	10	舌根
11	咽腔	12	會厭軟骨
13	聲帶	14	氣管
15	鼻腔	16	鼻孔

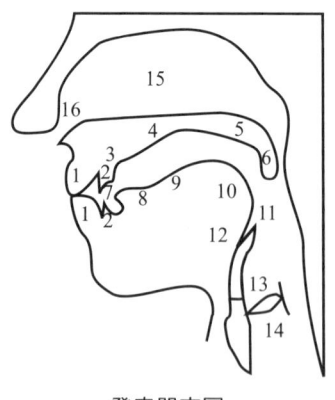

發音器官圖

人類的發音器官好比一座綜合工廠：肺部供給發音所需的空氣量，是動力車間；聲帶受氣流的衝擊而成聲音，是製造車間；咽腔、口腔、鼻腔則是加工車間，將聲帶發出的聲音加工複製，造成各種不同的產品——語音傳於外界。

三、語音的社會屬性

語音的社會性是語音的本質屬性。

從聲學角度看，語音是一種物理現象；從發音器官分析，語音是一種生理現象。物理屬性、生理屬性都不是只有人類語音才具備，某些"聰明"的動物如黑猩猩等也具有語音的某些生理屬性，但是它們都只是"聲音"而不是"語音"。語音區別於聲音的本質特徵是：語音具有嚴格的社會屬性。

語音的社會屬性可以從幾方面去考察。

第一，語音是人類發音器官發出來的、具有一定意義、能起社會溝通作用的聲音。語言的聲音和它所代表的意義是互相依存的統一體。一方面，不代表任何意義的聲音不能稱之為語音；另一方面，意義必須借助於語音才能表達出來。語音是語言的物質基礎，沒有語音，語言就失去了它所依附的客觀實體。

第二，語音和意義之間的聯繫是社會習慣形成的，是受到社會約束的。我們知道，人類的發音器官是相同的，但不同的語言所包含的語音內容並不一樣。一種語言所使用的最小語音單位不過幾十個，發音器官可以把它們組合成各種不同的複雜語音形式，代表無數的詞語，使語言獲得無比豐富的表現能力。這種音義的聯繫，各種語言不一樣，但說同一種語言的人卻必須互相認可，共同遵守。如"絲"和"詩"在北京人的嘴巴裏和耳朵裏都可以被分辨得很清楚："絲"是平舌音，"詩"是翹舌音；在香港人的嘴巴裏和耳朵裏卻沒有分別。有的方言 n、l 分得很清楚，有的方言硬是很難辨析。按理說，人類發音器官的構造都差不多，因此對同一個音的辨別能力和發音能力不應有太大的懸殊，可是事實並不如此。生理學上無法解釋這種現象，只有從語音的社會屬性中得到說明。即是說：在一個具體的語言社會或方言社會中，某類音的差別並不影響公眾對詞義的正確理解，那麼這種差別就會被放過；如果語音的差異導致詞義的改變，這種差異就不容忽視了。人的辨音能力和發音能力完全是社會賦予的，語音是後天習得的。這是作為社會現象的語音與生理現象的發音相去甚遠的地方。

第三，語音的存在與變化有一條社會"約定俗成"的原則。例如漢語裏的"飛、方、芳、房"這些字，古代漢語裏是讀近似於 b 或 p 聲母的，"張、暢、場"這些字，古代漢語裏是讀近似於 d 或 t 聲母的，現在的廈門話等很多方言還保留着這個讀法。到了現代漢語普通話裏，"飛、方、芳、房"都讀成 f 聲母了，"張、暢、場"分別讀成 zh、ch 聲母了。這個變化就是按照"約定俗成"的原則類推發展來的。

第二節　語音的分析

一、語音的分類

　　語音是可以切分的。我們可以把說出來的一段語音單位（話語）切分為若干音段。音段有大有小，例如根據語音停頓切分的音段就是一句話，這是比較大的音段，其中包括很多小的音段。最小的音段發音時應該是穩定不變的，聽覺上也應該只聽成一個音。例如單獨發 a 這個音的時候，無論發音時間有多長，發音器官在發音過程中是始終不變的。這個最小的音段通常也叫音素。所謂"最小"，是說這個音素相當於化學中的元素，分析到了不可再分析的地步。

　　聽覺上最容易分辨的音段是音節。在漢語裏，音節的界限非常清楚，一個音節絕大多數的情況下寫出來就是一個漢字。"他說話字字清楚"說的是每個音節都清楚。從音節與音素的關係來說，一個音節所包含的音素有多有少：可能只有一個音素，如普通話的"阿"（a）字；可能有兩個音素，如"歐"（o、u）字；可能有三個音素，如"外"（u、a、i）字；還可能有四個音素，如"苗"（m、i、a、o）字。

　　一個音素有一個特定的口腔形狀或發音動作，而且只能有一個，所以每一個音素都有一個特定的音色。a（阿）的發音自始至終只有一個口腔張開的動作，所以只是一個音素，ai（愛）發音時口腔大開，然後略閉，因為有兩個發音動作，所以包含兩個音素。i 和 u 是兩個不同的音素，發 i 時唇呈扁平狀，發 u 時唇撮為小孔，共鳴器形狀變了，音色也就不同了。所以確切一點說，音素是具有特定音色的最小語音單位。

　　從發音時發音體（聲帶）和共鳴器（口腔鼻腔）所處的狀態分析，音素分元音、輔音兩大類。

（一）元音

　　元音又叫母音、響音。"元""母""響"表示這類音素在發音中的重要地位。元音有兩個特性：第一，聲帶振動；第二，氣流不受阻礙。由這兩個特性還可以推出元音的其他性質：因為發音時聲帶振動，所以元音都是有聲的，故稱"響音"，也都是有音高的，例如 ɑ 有各種聲調的 ɑ；因為發音時氣流不受口腔各器官的阻礙，所以元音不是氣流碰擊或摩擦發音器官後產生的噪音，而是受發音器官調節得出的悅耳動聽的樂音。

　　元音的音色主要是由舌頭和嘴唇的活動決定的，給元音分類，最方便的辦法就是以舌位的高低、前後和嘴唇的圓展程度這三個方面來確定。

　　（1）舌位的高低——舌位高的是高元音，舌位低的是低元音；

　　（2）舌位的前後——舌位靠前的是前元音，舌位靠後的是後元音；

　　（3）嘴唇的圓展——嘴唇圓的是圓唇元音，嘴唇不圓的是不圓唇元音。

　　舌位的高低還可以進一步細分為高、半高、半低、低這四度；舌位的前後之間還有一個央的位置。我們可用一個常見的國際音標常用元音舌位點陣圖表現出來：

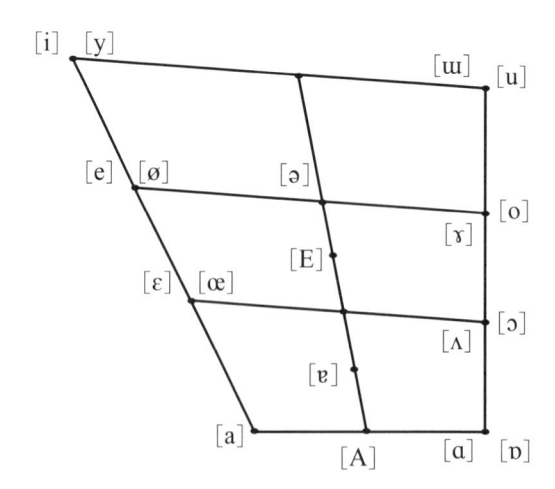

看這個元音圖，上下四條橫線表示舌位高、半高、半低、低；左右兩條斜線豎線表示舌位的前後；八個大圓點外側的 [i e ɛ a ɑ ɔ o u] 表示 8 個定位元音（又叫標準元音），其中 [i e ɛ a] 是不圓唇的，[ɒ ɔ o u] 是圓唇的，跟它們相對的 [y ø œ] 則是圓唇的，[ɑ ʌ ɯ] 則是不圓唇的。除此之外，還有一個高低之間的中元音 [E]，前後之間的央元音 [ə ɐ ʌ]。

元音舌點陣圖之外，還有 4 個舌尖元音：

    不圓唇 圓唇

舌尖前元音 [ɿ]   [ʮ]

舌尖後元音 [ʅ]   [ʯ]

以上一共 23 個元音。這裏還不包括相鄰元音之間的很多過渡元音，例如 [i] 跟 [e] 之間有過渡元音 [ɪ]，[ɛ] 跟 [a] 之間有過渡元音 [æ] 等等。這些過渡元音在語言裏（如漢語很多方言）都是實際存在的，詳見下文 2005 年國際音標全表。不過，學習的時候最主要的是學好 8 個定位元音。8 個定位元音的用例如下：

[i] 北京話的"一、衣"[i]

[e] 廣州話"基"[kei]、"經"[keŋ]

[ɛ] 廣州話"茄"[k'ɛ]、"鏡"[kɛŋ]

[a] 廣州話"家"[ka]、"交"[kau]

[ɑ] 蘇州話"街"[kɑ]、"鞋"[ɦɑ]

[ɔ] 廣州話"哥"[kɔ]、"江"[kɔŋ]

[o] 北京話"鍋"[ko]

[u] 北京話"烏"[u]

我們上面說的元音都是口腔元音，一般說元音的時候所指的也是口腔元音。發口腔元音的時候，聲音只從口腔出來，口腔就是共鳴腔。還有一種元音叫鼻化元音。發鼻化元音時，聲音從口腔和鼻腔同時出去，形成兩個共鳴腔，國際音標裏用加鼻音符號 [˜] 來表示，口腔元音加上這個符號以後就變成同部位的鼻化元音，如 [ĩ]、[ã]、[ẽ] 等等。在漢語方言裏鼻化元音是很常見的。

國際音標輔音字母表

發音部位 發音方法			雙唇	唇齒	齒間	舌尖前	舌尖後	舌葉(舌尖及面)	舌面前	舌面中	舌根(舌面後)	小舌	喉壁	喉
塞音	清	不送氣	p			t	ṭ			c	k	q		ʔ
	清	送氣	pʻ			tʻ	ṭʻ			cʻ	kʻ	qʻ		ʔʻ
	濁	不送氣	b			d	ḍ		ɟ		g	G		
	濁	送氣	bʻ			dʻ	ḍʻ		ɟʻ		gʻ	Gʻ		
塞擦音	清	不送氣		pf	tθ	ts	tʂ	tʃ	tɕ					
	清	送氣		pfʻ	tθʻ	tsʻ	tʂʻ	tʃʻ	tɕʻ					
	濁	不送氣		bv	dð	dz	dʐ	dʒ	dz					
	濁	送氣		bvʻ	dðʻ	dzʻ	dʐʻ	dʒʻ	dzʻ					
鼻音	濁		m	ɱ		n	ɳ		ɲ	ɲ	ŋ	N		
閃音	濁					r	ɽ					R		
邊音	濁					l	ɭ		ʎ					
濁擦音	濁					ɬ								
擦音	清		ɸ	f	θ	s	ʂ	ʃ	ɕ	ç	x	χ	ħ	h
	濁		β	v	ð	z	ʐ	ʒ	ʑ	j	ɣ	ʁ	ʕ	ɦ
無擦通音及半元音	濁		w ɥ	ʋ		ɹ				j(ɥ)	(w)			

036 | 現代漢語

（二）輔音

輔音又叫子音、啞音。"輔""子""啞"表示這類音素在構成字音的過程中起輔助作用。輔音也有兩個特性：第一，有的輔音發音時聲帶不振動，有的發音時聲帶振動；第二，氣流一定受阻。每一個輔音發音時都有氣流受阻的現象，沒有氣流的受阻和除阻就沒有輔音，所以氣流受阻是輔音最重要的特徵，分析輔音就要分析氣流如何受到阻礙和怎樣破除阻礙。聲帶不振動的輔音實際上只有一股碰擊或摩擦而出的氣流，並沒有真正的聲音產生，當然也就不會有音高，你想發一個有不同高音的 s 是不可能的，s 是一個輔音。氣流克服阻礙所得的音帶有爆破或摩擦的成分，是聲音中的噪音。聲帶震動的輔音雖然帶有樂音成分，但氣流不可避免地受發音器官的阻礙，產生碰擊或摩擦的噪音，因此這類輔音是樂音與噪音的複合音。

根據輔音的特徵，可以從發音部位和發音方法來給輔音分類。以上是漢語裏常用到的主要輔音的國際音標表。

這個表列出的是漢語多數方言裏常見的輔音，實際的輔音表要比這個複雜，詳見下文 2005 年國際音標全表。根據這個輔音表，我們知道，輔音主要是以發音部位和發音方法來分類。說發音方法的時候還要說到輔音的清濁和送氣不送氣。

1. 發音部位

發音部位是指發輔音時氣流受到阻礙的地方。阻礙氣流暢通的一般是兩個發音器官，所以一提到輔音的發音部位就要想到哪兩個發音器官在阻礙氣流的通行。根據發音部位的不同，可將常見的輔音分為五類：

（1）唇音

① 雙唇音：上下唇阻住氣流，如普通話的 b、p、m。

② 唇齒音：上齒下唇阻住氣流，如普通話的 f，蘇州話"肥"[vi]。

（2）舌尖音

① 齒間音：舌尖在上下齒之間阻住氣流，如英文 thin 的 th[θ]。山東一帶的漢語方言裏常見齒間音。

② 舌尖前音：舌尖與上齒背阻住氣流，如普通話的 z、c、s。

③舌尖後音：舌尖與硬齶前部阻住氣流，如普通話的 zh、ch、sh、r。

（3）舌葉音：舌葉（舌尖與舌面前部之間）與硬齶前部阻住氣流，如廣州話"渣、叉、沙"的聲母，記音時可以分別寫成 [ts、tsʻ、s]，但實際音值更接近舌葉音 [tʃa、tʃʻa、ʃa]。

（4）舌面音

①舌面前音：舌面前部與硬齶阻住氣流，如普通話的 j、q、x。

②舌面中音：舌面中部與硬齶阻住氣流，如山東牟平話"鷄"[cʻi]、"欺"[cʻi]、"希"[çi] 的聲母。

③舌根音：舌根（舌面後）與軟齶阻住氣流，如普通話的 g、k、h。

（5）小舌音、喉壁音、喉音：分別由小舌和喉部阻住氣流，漢語裏最常用的是喉音的 [ʔ] 和 [h]，如上海話"北"[poʔ]、"答"[taʔ]、"鴨"[aʔ] 等字的收尾音，以及"黑"[həʔ] 的聲母。

2. 發音方法

發輔音時氣流受到阻礙的方式和破除阻礙的方法叫"發音方法"。根據發音方法的不同，可將常見的輔音分為六類：

（1）塞音：發音時氣流通路被發音器官堵塞，氣流突破阻礙衝出。塞音不能延長，所以又名暫音。如普通話的 b、p、d、t、g、k。

（2）塞擦音：發音時氣流通路堵塞，阻礙被突破後，發音器立即形成一道窄縫，氣流從窄縫中擠出。塞擦音以塞音的發音方法始，以擦音的發音方法終。塞擦音能夠延長，所以又名久音。如普通話的 j、q、zh、ch、z、c。

（3）擦音：發音時氣流通路縮小，氣流從狹窄的通路中擠出。擦音也是能夠延長的久音。如普通話的 f、r、h、x、s、sh。

（4）鼻音：開始時氣流由口腔通往外界的道路被堵；接着軟齶小舌下垂，鼻腔通路打開，氣流衝擊聲帶從鼻腔透出；最後發音器官恢復原狀。如普通話的 m、n、ng。

（5）邊音：開始時舌尖抵住上齒齦，接着氣流衝擊聲帶由舌頭兩邊透出，最後發音器官恢復原狀。如普通話的 l。

（6）顫音（或稱滾音）、閃音、邊擦音、通音及半元音等：

顫音是舌尖或小舌連續顫動而發出的音。好像一小串連續不斷的塞音，氣流通道不斷地堵住，打開，再堵住，再打開。漢語方言裏很少有顫音，但中國的少數民族語言裏（如某些藏語方言）是有舌尖顫音 [r] 的。

閃音是舌頭顫動一次發出的音，如英語 very 的第二個音節的輔音就是它。但漢語方言裏還沒有發現有閃音的記錄。

邊擦音是先擦後邊的音，擦音和邊音結合成一個音，摩擦成分較重。漢語方言裏常見的是舌尖前部位的清邊擦音 [ɬ]，如福建莆仙話"索"[ɬo]。

通音及半元音，發音時氣流受到的阻礙很小，但畢竟受到那麼一點兒阻礙，使聲音帶有摩擦成分，如普通話的"吳、無、五"實際讀音是 [wu]，"一、衣、依"實際讀音是 [ji]。其中開頭的 [w] [j] 就是通音及半元音。

3. 清濁和送氣不送氣

發音方法除了指形成阻礙的方式與破除阻礙的方法，還指發輔音時聲帶的振動與不振動、呼氣的強與弱。

聲帶不振動發出的輔音叫清輔音，聲帶振動發出的輔音叫濁輔音。在以上的六類輔音裏，塞音、塞擦音、擦音、邊擦音都有清濁之分。而鼻音、邊音、顫音、閃音、通音及半元音等都是濁音。在漢語裏，多數方言除了鼻音、邊音、通音和半元音外，一般都是清輔音，例如北京話的 b、p、f、d、t、g、k、h、j、q、x、z、c、zh、ch、sh 等。但上海、蘇州、寧波、溫州一帶的吳語，還有長沙、湘潭、韶山一帶的湘語等少數方言都有很多的濁輔音，如上海話"婆"[bu]、"地"[di]、"茄"[ɡɑ]、"橋"[dziɔ] 等。

輔音還有送氣強弱之分。送氣強的叫送氣音，送氣弱的叫不送氣音。在以上的六類輔音裏，塞音、塞擦音兩類都有送氣和不送氣兩套，送氣音如普通話的 p、t、k、q、c、ch；不送氣音如普通話的 b、d、g、j、z、zh。在漢語裏，這兩套讀音都可以形成對立，例如北京話"幫 bāng"與"滂（滂沱大雨）pāng"不同音，"張 zhāng"與"昌 chāng"不同音，"精 jīng"與"清 qīng"不同音，這都是由聲母的送氣不送氣對立造成的。擦音、鼻音、邊音等其他幾類輔音雖然也都有氣流呼出，但並不存在送氣與不送氣的對立。因此，在多數的情況下，把輔音分成送氣和不送氣兩類是專指塞音和塞擦音而言的。

二、音素符號

音素符號有字母和音標兩種。

字母是拼音文字的書寫單位，是一種文字現象。字母記錄語音單位，語音不斷發展，字母也需要不斷變化，以使兩者盡可能保持一致。字母與語音各有發展規律，兩者不相適應的地方主要表現為字母的發展不能經常地、及時地反映語言的變化。例如英文字母 c 表示 [s]（如 city）和 [k]（如 come）兩個音素，而 [s] 又有 s 表示，[k] 更有 k 和 q 代表。g 表示 [g]（如 go），還表示 [dʒ]（如 general），而 [dʒ] 主要是由 j 表示；g 還可以表示零，即不代表任何音，如 gnash（切齒、咬牙）等。因此，字母記音是不準確的。

音標卻能夠準確地記錄語音，因為音標不允許隨便變通，即使需要變通也是有嚴格限制的。精密記音的音標要求一個符號代表一個音素，一個音素用一個符號為標記。音標用作字母將會失之煩瑣，但是用作分析、描寫語音現象和歸納、整理語音系統卻是最合適不過的。

就我們學習現代漢語的需要而言，有三種記音符號。

（一）漢語拼音方案

《漢語拼音方案》是用拉丁字母拼寫漢語的一種方案。1958 年 2 月 11 日全國人民代表大會批准公佈，1982 年國際標準化組織正式承認為拼寫漢語的國際標準。

《漢語拼音方案》是在分析了北京語音的基礎上制訂出來的一套拼音字母和拼音法式。

1. 字母表

字母表列 26 個字母，依照拉丁字母順序排列：

Aa　Bb　Cc　Dd　Ee　Ff　Gg

Hh Ii Jj Kk Ll Mm Nn
Oo Pp Qq Rr Ss Tt
Uu Vv Ww Xx Yy Zz

其中 v 只用來拼寫外來語、少數民族語言和漢語的方言，不用以拼寫普通話。字母的手寫體依照拉丁字母的一般書寫習慣。

這個字母表的每個字母都有它的本來發音，也叫"字母本音"。因為字母本音音量微弱，面目含混，不易辨別，教學或應用輔音字母有很多不便，因此在字母本音之外給每個字母以名稱。"字母名稱"是字母的姓名或稱呼，是在本音的前或後加上元音構成的。例如 b 的本音有如水泡破裂的聲音，它的名稱是在水泡破裂音的後面加一個元音 e（應答的虛詞"欸"），唸作 be（近似"鱉"音）；f 則在本音前加 e，讀音與英文字母 f 相近。字母本音雖然音量微弱，卻代表輔音的本來面貌或實際音值，拼音的時候應當用字母本音。

2. 聲母表

本音	b p m f	d t n l
呼讀音	玻 坡 摸 佛	得 特 訥 勒
本音	g k h	j q x
呼讀音	哥 科 喝	基 欺 希
本音	zh ch sh r	z c s
呼讀音	知 蚩 詩 日	資 雌 思

在給漢字注音的時候，為了使拼式簡短，zh ch sh 可以省作 ẑ ĉ ŝ。

與字母名稱的作用相同，聲母有"呼讀音"。聲母呼讀音裏的元音都是加在聲母之後，如 b 的呼讀音是 bo，f 的呼讀音是 fo。b 組聲母加 o 配成呼讀音，d 組和 g 組聲母加 e 配成呼讀音，其餘三組聲母配 i。不同組的聲母配不同的元音，這是依聲母的發音趨勢而定的，符合漢語語音習慣。還有一點與字母相同，就是拼音的時候要用聲母的本音。

3. 韻母表

	i　衣	u　烏	ü　迂
a　啊	ia　呀	ua　蛙	
o　喔		uo　窩	
e　鵝	ie　耶		üe　約
ai　哀		uai　歪	
ei　欸		uei　威	
ao　熬	iao　腰		
ou　歐	iou　憂		
an　安	ian　煙	uan　彎	üan　冤
en　恩	in　因	uen　溫	ün　暈
ang　昂	iang　央	uang　汪	
eng　亨的韻母	ing　英	ueng　翁	
ong　轟的韻母	iong　雍		

　　韻母表分四列。第一列是 a、o、e 和以 a、o、e 開頭的韻母，通常把這些韻母叫作開口呼；第二列是 i 和以 i 開頭的韻母，通常把這些韻母叫作齊齒呼；第三列是 u 和以 u 開頭的韻母，通常把這些韻母叫作合口呼；第四列是 ü 和以 ü 開頭的韻母，通常把這些韻母叫作撮口呼。

　　從橫排看，第二、三、四列的韻母向第一列韻母看齊，即 i、u、ü 以後的部分要與第一列韻母相同或相近。例如第九行 an、ian、uan、üan 是向 an 看齊的；而第十行 en、in、uen（與聲母相拼時為 un）、ün 是向 en 靠近的。

　　關於這個韻母表，還有以下幾點需要特別注意：

（1）變讀或兼代

　　變讀或兼代，是指一個字母在不同條件下不止一種讀音。《漢語拼音方案》

規定了兩個變讀或兼代字母：

i 讀作"衣"，又兼作"知、蚩、詩、日"的韻母 [ɿ] 和"資、雌、思"的韻母 [ʅ]。換言之，用漢語拼音字母拼寫的 zhi、chi、shi、ri、zi、ci、si 讀作"知、蚩、詩、日、資、雌、思"。

e 讀作"厄"，但在 ie（耶）、üe（約）、ei（欸）三個韻母裏，e 不讀"厄"而讀"欸"，亦即注音字母的ㄝ。單獨給"欸"注音時寫作 ê，以免與韻母表裏的 e（鵝）相混。

（2）省略或省寫

《漢語拼音方案》規定了三種省略或省寫：

ü 兩點的省略。ü 行韻母（即 ü、üe、üan、ün）除了單表字音之外，只跟 n、l、j、q、x 五個聲母相拼。當 ü 行韻母與 j、q、x 三個聲母相拼時，ü 上兩點省略。例如"居、區、虛、決、缺、靴、捐、犬、宣、軍、群、訓"寫作 ju、qu、xu、jue、que、xue、juan、quan、xuan、jun、qun、xun。但是與 n、l 聲母相拼時，ü 上兩點不能省略，例如"女、呂"仍然寫作 nü、lü。

iou、uei、uen 三個韻母前拼聲母時，中間的那個元音省略。例如"秀、隊、寸"寫作 xiu、dui、cun。之所以可以省略，是因為省略後與省略前聲音相近，為求書寫的簡潔，故作省略。

兒化單用時寫作 er，用作韻尾的時候寫成 r。例如："兒童"寫作 ertong，"花兒"寫作 huar。

（3）y、w 的使用規則

按國際通例，y、w 是半元音符號。《漢語拼音方案》採用這兩個字母主要不是用它們來表示半元音的音值，而是顧及國際拼音習慣及用來起隔音作用（隔音問題詳見"5. 隔音符號"）。

i 行韻母單表字音時，如果韻母中只有一個元音，i 前加 y，即 yi（衣）、yin（因）、ying（英）；如果韻母中有兩個或三個元音，i 改作 y，即 ya（鴨）、ye（耶）、yao（腰）、you（憂）、yan（煙）、yang（央）、yong（雍）。

u 行韻母單表字音時，如果韻母中只有一個元音，u 前加 w，即 wu（烏）；

如果韻母中有兩個或三個元音，u 改作 w，即 wa（蛙）、wo（窩）、wai（歪）、wei（威）、wan（彎）、wen（溫）、wang（汪）、weng（翁）。

ü 行韻母單表字音時，ü 轉變為 yu，即 ü 前加 y，同時去掉 ü 兩點，如 yu（迂）、yue（約）、yuan（冤）、yun（暈）。

4. 聲調符號

聲調符號是標記聲調的符號。《漢語拼音方案》規定四種聲調符號：

陰平　　陽平　　上聲　　去聲
　ˉ　　　ˊ　　　ˇ　　　ˋ

聲調符號的平直彎曲表示字音有無升降及如何升降。一個字音如果只有一個元音，聲調符號標在這個元音上，例如 tī（梯）、tí（提）、tǐ（體）、tì（替）。一個字音如果不止一個元音，聲調符號標在主要元音上，如 duō（多）、duó（奪）、duǒ（躲）、duò（舵）。一個字音如果唸得比正常情形下輕短，是"輕聲"現象。輕聲以不標聲調的辦法來表示，例如 mā ma（媽媽）、shí tou（石頭）。

5. 隔音符號

在雙音或多音詞裏，字音的界限可能發生混淆。以 i、u、ü 開頭的字音如果與前面的字音發生混淆，可以用 y、w 隔開。y、w 的作用是使字音界限分明，例如"愛"寫作 ai，"阿姨"寫作 ayi；"留"寫作 liu，"禮物"寫作 liwu。以 a、o、e 開頭的字音如果與前面的字音混淆，就要使用隔音符號"'"了。《漢語拼音方案》規定："a、o、e 開頭的音節連接在其他音節後面的時候，如果音節的界限發生混淆，用隔音符號（'）隔開，例如 pi'ao（皮襖）。"如果不用隔音符號，會誤為"飄"。

從《漢語拼音方案》各項拼寫規則（尤其是變讀或兼代、省略或省寫）看，漢語拼音字母已不是純粹的音標，它多少含有拼音文字的意味，可以說帶有實驗性的拼音文字或過渡性的拼音文字的性質，但是應該強調它的功能仍然是注音。

（二）注音字母

注音字母原來是專門用來標注北京語音的音標，它目前仍然是台灣用來標注國音的主要音標。

注音字母是 1913 年由北京"讀書統一會"議定，1918 年北洋政府教育部正式公佈的。在它正式公佈前後，有過一些變動，最後定為 40 個字母，即聲母 24 個：ㄅㄆㄇㄈ万ㄉㄊㄋㄌㄍㄎㄫㄏㄐㄑㄬㄒㄓㄔㄕㄖㄗㄘㄙ，韻母 16 個：ㄚㄛㄜㄝㄞㄟㄠㄡㄢㄣㄤㄥㄦㄧㄨㄩ。注音字母在識字教育和統一讀音上起過積極作用，但它作為音標，有許多缺點。

注音字母標音不夠細密。它不以一個字母代表一個音素為原則，許多字母是以一個符號代表兩個音素的結合體，如ㄞ（ai）、ㄟ（ei）、ㄠ（ao）、ㄡ（ou）、ㄢ（an）、ㄣ（en）、ㄤ（ang）、ㄥ（eng）、ㄓ（zhi）、ㄔ（chi）、ㄕ（shi）、ㄖ（ri）、ㄗ（zi）、ㄘ（ci）、ㄙ（si）。用這樣的音標描寫、分析語音是不靈活、不便利的。

注音字母標音有些不夠精確。一個字母既可以代表這個音值，又可能代表另外一個音值。例如ㄣ、ㄥ在"根""耕"裏代表 en、eng，拼作"ㄍㄣ""ㄍㄥ"，在"金""精"裏卻代表 n、ng，拼作"ㄐㄧㄣ""ㄐㄧㄥ"，即少了 e。這種現象不利於正音工作。

注音字母數目多達 40 個；形體參照漢字筆畫創擬而成，大都不能連書；而且它是專為標注北京語音而設計的，如果參照借用來記錄漢語方言和其他語言，非常困難。因此，目前除台灣以外，其餘地方不大採用注音字母了。

（三）國際音標

國際音標（International Phonetic Alphabet），原義是"國際語音字母"，簡稱 IPA，於 1888 年由"國際語音協會"創擬，後來經過多次的修訂和補充。下頁是 2005 年版的國際音標全表。

國際音標大部分採用拉丁字母，也採用歐洲其他語言的字母或另創新符號。它的優點是：

第一，記音精確。國際音標的一個符號代表一個音素，而且只代表一個音素，沒有變通。世界上任何一種拼音字母都不如國際音標記音精確。

第二，音素完備。國際音標可以用來給世界上一切語言標音，可以標出世界

THE INTERNATIONAL PHONETIC ALPHABET (revised to 2005)

CONSONANTS (PULMONIC)

© 2005 IPA

	Bilabial	Labiodental	Dental	Alveolar	Postalveolar	Retroflex	Palatal	Velar	Uvular	Pharyngeal	Glottal
Plosive	p b			t d		ʈ ɖ	c ɟ	k ɡ	q ɢ		ʔ
Nasal	m	ɱ		n		ɳ	ɲ	ŋ	ɴ		
Trill	ʙ			r					ʀ		
Tap or Flap		ⱱ		ɾ		ɽ					
Fricative	ɸ β	f v	θ ð	s z	ʃ ʒ	ʂ ʐ	ç ʝ	x ɣ	χ ʁ	ħ ʕ	h ɦ
Lateral fricative				ɬ ɮ							
Approximant		ʋ		ɹ		ɻ	j	ɰ			
Lateral approximant				l		ɭ	ʎ	ʟ			

Where symbols appear in pairs, the one to the right represents a voiced consonant. Shaded areas denote articulations judged impossible.

CONSONANTS (NON-PULMONIC)

Clicks	Voiced implosives	Ejectives
ʘ Bilabial	ɓ Bilabial	ʼ Examples:
ǀ Dental	ɗ Dental/alveolar	pʼ Bilabial
ǃ (Post)alveolar	ʄ Palatal	tʼ Dental/alveolar
ǂ Palatoalveolar	ɠ Velar	kʼ Velar
ǁ Alveolar lateral	ʛ Uvular	sʼ Alveolar fricative

OTHER SYMBOLS

ʍ Voiceless labial-velar fricative
w Voiced labial-velar approximant
ɥ Voiced labial-palatal approximant
ʜ Voiceless epiglottal fricative
ʢ Voiced epiglottal fricative
ʡ Epiglottal plosive

ɕ ʑ Alveolo-palatal fricatives
ɺ Voiced alveolar lateral flap
ɧ Simultaneous ʃ and x

Affricates and double articulations can be represented by two symbols joined by a tie bar if necessary. k͡p t͡s

VOWELS

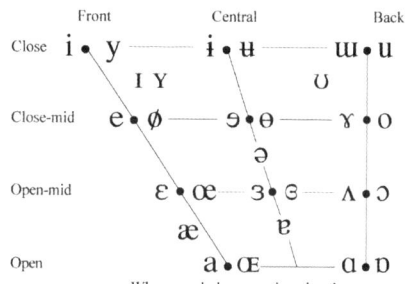

Front — Central — Back

Close: i • y — ɨ • ʉ — ɯ • u
    ɪ ʏ — ʊ
Close-mid: e • ø — ɘ • ɵ — ɤ • o
    ə
Open-mid: ɛ • œ — ɜ • ɞ — ʌ • ɔ
    æ — ɐ
Open: a • ɶ — ɑ • ɒ

Where symbols appear in pairs, the one to the right represents a rounded vowel.

SUPRASEGMENTALS

ˈ Primary stress
ˌ Secondary stress ˌfoʊnəˈtɪʃən
ː Long eː
ˑ Half-long eˑ
˘ Extra-short ĕ
| Minor (foot) group
‖ Major (intonation) group
. Syllable break ɹi.ækt
‿ Linking (absence of a break)

DIACRITICS

Diacritics may be placed above a symbol with a descender, e.g. ŋ̊

̥	Voiceless	n̥ d̥	̤	Breathy voiced	b̤ a̤	̪	Dental	t̪ d̪
̬	Voiced	s̬ t̬	̰	Creaky voiced	b̰ a̰	̺	Apical	t̺ d̺
ʰ	Aspirated	tʰ dʰ	̼	Linguolabial	t̼ d̼	̻	Laminal	t̻ d̻
̹	More rounded	ɔ̹	ʷ	Labialized	tʷ dʷ	̃	Nasalized	ẽ
̜	Less rounded	ɔ̜	ʲ	Palatalized	tʲ dʲ	ⁿ	Nasal release	dⁿ
̟	Advanced	u̟	ˠ	Velarized	tˠ dˠ	ˡ	Lateral release	dˡ
̠	Retracted	e̠	ˤ	Pharyngealized	tˤ dˤ	̚	No audible release	d̚
̈	Centralized	ë	̴	Velarized or pharyngealized	ɫ			
̽	Mid-centralized	e̽	̝	Raised	e̝ (ɹ̝ = voiced alveolar fricative)			
̩	Syllabic	n̩	̞	Lowered	e̞ (β̞ = voiced bilabial approximant)			
̯	Non-syllabic	e̯	̘	Advanced Tongue Root	e̘			
˞	Rhoticity	ɚ a˞	̙	Retracted Tongue Root	e̙			

TONES AND WORD ACCENTS

LEVEL — CONTOUR

e̋ or ˥ Extra high — ě or ᷄ Rising
é ˦ High — ê ᷅ Falling
ē ˧ Mid — ᷇ High rising
è ˨ Low — ᷆ Low rising
ȅ ˩ Extra low — ᷈ Rising-falling
↓ Downstep — ↗ Global rise
↑ Upstep — ↘ Global fall

046 | 現代漢語

上已知語言的一切音素。如果發現國際音標不能表示的語音，相關專業人員都可按實際需要隨時增添音標或附加符號。

第三，形體簡明。國際音標基本上採用拉丁字母的形體——拉丁字母的印刷體（如 a）、手寫體（如 ɑ）、大寫（如 E）、小寫（如 e）、倒排（如 ɐ）、合體（如 æ）或在字母上添加符號；此外還採用一些斯拉夫字母。這些字母筆畫簡單，構形明確，在世界範圍內通行很廣，凡熟悉拉丁字母的人都能很快地掌握它。

可以說，國際音標是目前世界上比較精確、完善的音標，也是國際上最通行的音標。國際上出版的詞典或語音學著作，很多都是採用國際音標標音的。中國在調查記錄漢語方言和少數民族語言時，也是使用國際音標的。記錄漢語方言聲調時所用的五度制標調法也已經正式進入國際音標系統。

為了使用和識別的方便，行文書寫國際音標時經常加上音標方括弧 [ ]，例如"北京" [pei tɕiŋ]。在不引起誤會的情況下，也可以省去這個方括弧。

以下為漢語拼音字母、注音字母與國際音標對照表：

第一表

聲母標寫及例字 \ 發音方法	不送氣的清塞音和塞擦音	送氣的清塞音和塞擦音	鼻音	清擦音	濁擦音	濁邊音
拼音字母 國際音標 注音字母 例　字	b p ㄅ 布	p p' ㄆ 鋪	m m ㄇ 木	f f ㄈ 夫		
拼音字母 國際音標 注音字母 例　字	d t ㄉ 德	t t' ㄊ 特	n n ㄋ 納			l l ㄌ 勒
拼音字母 國際音標 注音字母 例　字	g k ㄍ 格	k k' ㄎ 客		h x ㄏ 黑		
拼音字母 國際音標 注音字母 例　字	j tɕ ㄐ 基	q tɕ' ㄑ 欺		x ɕ ㄒ 希		
拼音字母 國際音標 注音字母 例　字	zh tʂ ㄓ 知	ch tʂ' ㄔ 癡		sh ʂ ㄕ 師	r ʐ ㄖ 日	
拼音字母 國際音標 注音字母 例　字	z ts ㄗ 資	c ts' ㄘ 雌		s s ㄙ 思		

第二表

四呼	韻母標寫及例字 \ 韻尾	無韻尾元音			i韻尾		u韻尾		n韻尾		ŋ韻尾		
開口呼	拼音字母	ɑ	o	e	ai	ei	ao	ou	an	en	ang	eng	ong
	國際音標	A	o	ɤ	ai	ei	au	ou	an	ən	aŋ	əŋ	uŋ
	注音字母	ㄚ	ㄛ	ㄜ	ㄞ	ㄟ	ㄠ	ㄡ	ㄢ	ㄣ	ㄤ	ㄥ	ㄨㄥ
	例　字	啊	喔	鵝	哀	欸	熬	歐	安	恩	昂	亨	轟
齊齒呼	拼音字母	i	ia	ie			iao	iou	ian	in	iang	ing	iong
	國際音標	i	ia	iɛ			iau	iou	iɛn	in	iaŋ	iŋ	yŋ
	注音字母	ㄧ	ㄧㄚ	ㄧㄝ			ㄧㄠ	ㄧㄡ	ㄧㄢ	ㄧㄣ	ㄧㄤ	ㄧㄥ	ㄩㄥ
	例　字	衣	呀	耶			腰	憂	煙	因	央	英	雍
合口呼	拼音字母	u	ua	uo	uai	uei			uan	uen	uang	ueng	
	國際音標	u	ua	uo	uai	uei			uan	uən	uaŋ	uəŋ	
	注音字母	ㄨ	ㄨㄚ	ㄨㄛ	ㄨㄞ	ㄨㄟ			ㄨㄢ	ㄨㄣ	ㄨㄤ	ㄨㄥ	
	例　字	烏	蛙	窩	歪	威			彎	溫	汪	翁	
撮口呼	拼音字母	ü		üe					üan	ün			
	國際音標	y		yɛ					yɛn	yn			
	注音字母	ㄩ		ㄩㄝ					ㄩㄢ	ㄩㄣ			
	例　字	遇		月					淵	暈			

第一章　語音 | 049

第三節　語音的綜合

一、音節的特徵

　　一個經驗老到的鐘錶工人，一定會敏捷地將一個鐘錶拆散開來，經過一番檢驗，查出哪些地方已經磨損，於是更換新的部件，然後再將散置的零件組裝成運行無誤的鐘錶。語音學家研究語言，也會熟練地將聽來的聲音拆開，找出這個聲音究竟有哪些成分，然後再拼合成為整體的聲音。語音學講"語音的綜合"，主要就是講音素是如何組成音節的。

　　音節是由音素構成的語音自然單位。這裏所說的"自然單位"，是指聽起來音節好像是不可分析的整體，實際上大多數音節是由兩個或更多音素拼合而成的。用方塊漢字說明音節的特徵是一個最簡便的方法。方塊漢字與音節基本上是一對一的關係，即一個漢字只代表一個音節；一個音節用漢字來記錄，只能是一個漢字。例如一個"大"字代表一個 dà 的音節，"燦爛"兩個漢字代表 cànlàn 兩個音節。"不用"是兩個音節，表現為兩個漢字形體；北京話口語裏"不用"可以合成一個音節 béng，漢字也相應地用一個形體"甭"表示。曾經有人想突破漢字的一個形體表示一個音節的原則，用一個形體代表兩個或更多的音節，例如用"阶"表"階級"，用"邝"表"幹部"，用"兯"表"人民幣"，用"圕"表"圖書館"，但是卻不成功，原因就是漢字必須以一個形體表示一個音節。至於個別雙音節漢字如"瓩（千瓦）""浬（海里）""吋（英寸）"等等，則是譯寫外來詞的一種特殊寫法，相沿成俗，是一種例外的情況。

　　在實驗語音學上，喉頭肌肉的一鬆一緊造成一個音節，肌肉緊張增強的地方是音節的中心。從音素性質上說，音節的中心通常在元音或主要元音上。普通話的音節中心總是一個元音或一個主要元音，聲調符號就標在這個元音上。

　　在一般的音節裏，元音處於核心地位，輔音在元音的前面或後面，依附於元音。在漢語裏，由元音和輔音構成的音節共有以下四種基本類型：

（1）V　　（2）C-V　　（3）V-C　　（4）C-V-C

這裏 V 代表元音，C 代表輔音。聲調總是依附在元音上面。C-V-C 型後面的 C 只限於 [-p -t -k -ʔ -m -n -ŋ]，在普通話裏只限於 [-n -ŋ]（-n -ng）。元音是可以擴展的，例如北京話"押" [ia] 由 VV 型擴展為 CVV 型，"表" [piao] 則由 C-V 型擴展為 C-VVV 型。現在還沒有發現輔音也可以擴展的漢語方言，所以沒有 CC-V、V-CC 之類的音節類型，但中國少數民族語言裏是有的。

二、普通話音節的構成要素

普通話音節的結構方式十分整齊，也很有規則。每個音節都有聲母和韻母，然後在整個音節上配以聲調。聲母、韻母、聲調是普通話音節的三個構成要素。

（一）聲母

普通話音節開頭的輔音叫聲母。聲母要具備兩個條件：一是位於音首，二是輔音。例如"巴"（ba）這個音節的聲母是b。沒有聲母的音節稱零聲母音節，意思是這類音節也是有聲母的，它的聲母是零聲母，例如"愛"（ai）。零聲母的概念很有科學的價值，因為許多零聲母音節原來是有聲母的，只是在語音的發展過程中脫落了，例如廣州話的"愛"讀如 ngoi，ng 是"愛"的聲母，香港粵語的"愛"有聲母脫落的趨勢，有些青少年讀如 oi。有了"零聲母"的概念還可以維持"漢語的每個音節都有聲母和韻母"的公式。

普通話聲母共 22 個（包括零聲母）：

b p m f　　　d t n l

g k h　　　　j q x

zh ch sh r　　z c s

○（零聲母）

按照上文說過的發音方法和發音部位，可以把普通話的聲母畫成下面的圖表。表中 [ ] 內為相應的國際音標：

發音方法 \ 發音部位		唇		舌尖			舌面	舌根
		雙唇	唇齒	舌尖前	舌尖中	舌尖後		
塞音	不送氣	b[p]			d[t]			g[k]
	送氣	p[pʻ]			t[tʻ]			k[kʻ]
塞擦音	不送氣			z[ts]		zh[tʂ]	j[tɕ]	
	送氣			c[tsʻ]		ch[tʂʻ]	q[tɕʻ]	
擦音	清		f [f]	s[s]		sh[ʂ]	x[ɕ]	h[x]
	濁					r[ʐ]		
鼻音	濁	m[m]			n[n]			
邊音	濁				l[l]			
零聲母		○[ø]						

這個表裏的舌尖中音也可以併入舌尖前音。

可以看出，普通話的聲母是比較簡單的。

方言區的人學習普通話聲母，b、p、m、d、t 可說沒有什麼困難，難點主要是：f 與 h 的分辨，n 與 l 的區別，zh、ch、sh 與 z、c、s 的區分，以及 g、k、h 與 j、q、x 的分別。說粵語的人學習普通話聲母也大致上會遇到這些困難；此外，粵語的 [ts、tsʻ、s] 包含了普通話的 z、c、s 和 zh、ch、sh，因此要有意識地記住普通話裏那些讀 zh、ch、sh 的字。現將說粵語的人學習普通話聲母的難點歸納於下。

一是 f 的範圍太廣。"烽、火、飛、花"四個字，廣東人唸起來都是 f-，普通話卻是 f-、h-、f-、h-。廣東話一個 f，要分化到普通話的 f、k、h、x 四個聲母中去：仍然唸 f 的如"夫、非、翻、分、方"；應該換作 k 的如"枯、科、寬、苦、款"；應當改為 h 的如"呼、歡、婚、荒、霍"；應該讀作 x 的如"薰、訓、勳"。

二是 n、l 不分。"男學生穿藍制服"，"男"應該唸 n-，"藍"應該唸

l-。"惱怒"都唸 n-，"老路"都讀 l-。

三是 y 開頭的字太多，應該分別派入 y-（妖煙羊因葉）、r-（人日入讓熱）、x-（休欣現賢型）、q-（丘欽泣泅）、n-（虐擬逆孽）。

四是 g、k、h 與 j、q、x 的區別，以及 j、q、x 與 z、c、s 的分辨。"斤斤計較"四個字都應當以 j 開頭，而不是以 g 開頭；"基金"和"資金"的不同是"基"唸 j-，"資"唸 z-。

五是沒有 zh、ch、sh、r。zh、ch、sh 不是誤讀為 z、c、s，就是誤讀為 j、q、x。

針對這些難點，列舉聲母練習材料於下。

n

nínìng（泥濘）　　nǎonù（惱怒）　　niǎoniǎo（裊裊）
niǔní（忸怩）　　niǔnie（扭捏）　　niúnǎi（牛奶）
néngnai（能耐）

l

lìluo（俐落）　　lìlái（歷來）　　lǐlùn（理論）
lìliàng（力量）　　lǚlì（履歷）　　láilì（來歷）
lěiluò（磊落）　　lǎoliàn（老練）　　liúlǎn（瀏覽）
liúlì（流利）　　liúlàng（流浪）　　liáoliàng（嘹亮）
liàolǐ（料理）　　lěngluò（冷落）　　línglì（伶俐）
língluò（零落）　　línglóng（玲瓏）　　língluàn（凌亂）
liánluò（聯絡）　　lǒngluò（籠絡）　　lúnliú（輪流）

g

gǔgé（骨骼）　　gǔguài（古怪）　　Gùgōng（故宮）
gǎigé（改革）　　guāgé（瓜葛）　　guīgé（規格）
gēnggǎi（更改）　　gěnggài（梗概）　　gǒnggù（鞏固）

gōngòng（公共）　　guǎnggào（廣告）　　guàngài（灌溉）

k

kèkǔ（刻苦）　　kēkè（苛刻）　　kèkòu（尅扣）
kāikǒu（開口）　　kāikěn（開墾）　　kuīkong（虧空）
kǎnkě（坎坷）　　kāngkǎi（慷慨）　　kōngkuò（空闊）
kōngkuàng（空曠）　　kuānkuò（寬闊）

h

hūhuàn（呼喚）　　héhuǒ（合夥）　　hǎohàn（好漢）
huàhé（化合）　　huāhuì（花卉）　　huòhài（禍害）
huòhuàn（禍患）　　huáihèn（懷恨）　　huīhuò（揮霍）
huīhuáng（輝煌）　　huǐhèn（悔恨）　　huǐhuài（毀壞）
huìhuà（會話）　　hānhòu（憨厚）　　hánghǎi（航海）
huǎnhé（緩和）　　huǎnghu（恍惚）　　huánghūn（黃昏）
huǎnghuà（謊話）

j

jījí（積極）　　jījù（積聚、激劇）　　jījǐng（機警）
jìjiào（計較）　　jíjiàn（急件）　　jījīn（基金）
jùjí（聚集）　　jùjué（拒絕）　　jǔjué（咀嚼）
jiājù（傢具）　　jiǎjiè（假借）　　jiājuàn（家眷）
jiējìn（接近）　　jiéjú（結局）　　jiéjiǎn（節儉）
jiéjīng（結晶）　　jiějué（解決）　　jièjiàn（借鑑）
jiāojí（焦急）　　jiāojì（溝通）　　jiūjìng（究竟）
jiǔjīng（酒精）　　jiùjì（救濟）　　juéjù（絕句）
juéjìng（絕境）　　jǐnjí（緊急）　　jìngjiè（境界）
jǐngjiè（警戒）　　jīngjù（京劇）　　jīngjí（荊棘）
jīngjì（經濟）　　jiāngjūn（將軍）　　jiānjué（堅決）
jiǎnjǔ（檢舉）

q

qíqū（崎嶇）	qíquán（齊全）	qìquán（棄權）
qǔqiǎo（取巧）	qiàqiǎo（恰巧）	qīqiao（蹊蹺）
qiūqiān（鞦韆）	qīnqi（親戚）	Qínqiāng（秦腔）
qiānqiǎng（牽強）	qīngqī（清漆）	

x

xìxiǎo（細小）	xǐxìn（喜信）	xūxīn（虛心）
xiēxi（歇息）	xuéxí（學習）	xuéxiào（學校）
xiǎoxué（小學）	xiǎoxīn（小心）	xiàoxiàng（肖像）
xiāoxi（消息）	xiūxué（休學）	xiūxi（休息）
xiūxiǎng（休想）	xuèxīng（血腥）	xīnxiān（新鮮）
xīnxíng（新型）	xiánxiá（閒暇）	xiǎnxiàn（顯現）
xiànxiàng（現象）		

z

zìzài（自在）	zìzūn（自尊）	zǔzōng（祖宗）
zàozuò（造作）	Zàngzú（藏族）	zēngzǔ（曾祖）
zōngzú（宗族）	zuìzǎo（醉棗、最早）	

c

cūcāo（粗糙）	Cáo Cāo（曹操）	cuòcí（措辭）
cuīcán（摧殘）	cuīcù（催促）	cāngcù（倉猝）
céngcì（層次）	cōngcōng（匆匆）	

s

sīsuǒ（思索）	sùsī（素絲）	sǎosao（嫂嫂）
sāosī（繅絲）	sōusuǒ（搜索）	suǒsuì（瑣碎）
sān suì（三歲）	sōngsǎn（鬆散）	

zh

| zhìzhǐ（制止） | zhīzhū（蜘蛛） | zhízhào（執照） |

zhízhèng（執政）	zhùzhǐ（住址）	zhǔzhāng（主張）
zhézhōng（折中）	zhāozhù（昭著）	zhāozhāng（昭彰）
zhōuzhī（周知）	zhuózhuàng（茁壯）	zhǎnzhuǎn（輾轉）
zhànzhēng（戰爭）	zhēnzhuó（斟酌）	zhēnzhòng（珍重）
zhēnzhū（珍珠）	zhēngzhá（掙扎）	zhēngzhí（爭執）
zhèngzhí（正直）	zhèngzhì（政治）	zhèngzhāng（證章）
zhèngzhòng（鄭重）	zhuànzhù（撰著）	

ch

chíchú（踟躕）	chíchěng（馳騁）	chūchāi（出差）
chūchǒu（出醜）	chōuchá（抽查）	chóuchú（躊躇）
chóuchàng（惆悵）	chōuchù（抽搐）	chǎnchú（剷除）
chéng chē（乘車）	chéng chuán（乘船）	chángchù（長處）

sh

shíshī（實施）	shíshì（時事）	shìshī（誓師）
shìshì（逝世）	shīshě（施捨）	shūshì（舒適）
shùshāo（樹梢）	shūshu（叔叔）	shǒushi（首飾）
shǎngshí（賞識）	shēnshì（紳士）	shěnshèn（審慎）
shénshèng（神聖）	shēngshū（生疏）	

r

| róuruǎn（柔軟） | rěnrǎn（荏苒） | rěnràng（忍讓） |
| réngrán（仍然） | róngrěn（容忍） | ruǎnruò（軟弱） |

聲母綜合練習

fènghuáng（鳳凰）	jiānláo（監牢）	zànchéng（贊成）
chéngrèn（承認）	jīchǔ（基礎）	huájī（滑稽）
Zhū Jiāng（珠江）	zérèn（責任）	xuānchuán（宣傳）
jìhuà（計劃）	huíjiā（回家）	jiànkāng（健康）
guànjūn（冠軍）	Huáng Shān（黃山）	zūjīn（租金）

juānxiàn（捐獻）	kuākǒu（誇口）	zhǎnlǎn（展覽）
zhùzhái（住宅）	zūnjìng（尊敬）	liànxí（練習）
xúnzhǎo（尋找）	kōngqì（空氣）	qiànkuǎn（欠款）
gāngqín（鋼琴）	qìngzhù（慶祝）	quàngào（勸告）
Liáoníng（遼寧）	Zhīnǚ（織女）	rèxuè（熱血）
chūrù（出入）	zīrùn（滋潤）	Niúláng（牛郎）
zhíjiē（直接）	xiàohuà（笑話）	císhàn（慈善）
jièshào（介紹）	kǎolǜ（考慮）	qúnzhòng（群眾）
sìjì（四季）	shíjì（實際）	chéngshì（城市）
xǐshuā（洗刷）	rěnnài（忍耐）	cūnzhuāng（村莊）
huánjìng（環境）	sǔnshī（損失）	zǐxì（仔細）
rènao（熱鬧）	xǐhuan（喜歡）	xǔkě（許可）
xiézhù（協助）	nénglì（能力）	gēnjù（根據）
kǎoshì（考試）	xìnghuā（杏花）	kēxué（科學）
xuǎnjǔ（選舉）	xùnsù（迅速）	yǎnjiǎng（演講）
gǎngkǒu（港口）	rénshēn（人參）	zhùcè（註冊）
xuěhuā（雪花）	chènshān（襯衫）	shūcài（蔬菜）
xiōnghuái（胸懷）	zhìhuì（智慧）	cúnzài（存在）
cāicè（猜測）	cìxù（次序）	jìhuì（忌諱）

（二）韻母

普通話音節中除聲母以外的部分稱作韻母，例如"巴"（ba）這個音節的韻母是 a。普通話的韻母一共有 36 個（如加上舌尖元音韻母 -i[ɿ]、-i[ʅ] 和捲舌元音韻母 er[ɚ] 則實際為 39 個）。

從語音組合的關係看，普通話韻母有三種形式：

第一，只有一個元音的韻母叫單韻母，也叫單元音韻母，如"巴"（ba）的 a；

第二，由兩個或三個元音組成的韻母叫複韻母，也叫複元音韻母，如"包"

（bao）的 ao、"標"（biao）的 iao；

第三，由元音和輔音組成的韻母叫鼻韻母，也叫帶鼻音韻母，如"班"（ban）的 an、"幫"（bang）的 ang、"江"（jiang）的 iang。

下面分別討論。

1. 單韻母

單韻母是由一個元音構成的韻母。普通話共有 10 個單韻母，其中 6 個是最基本的。下面是普通話單韻母表：

	舌面韻母					舌尖韻母		翹舌韻母
	前		央	後		舌尖前	舌尖後	央
	展	圓	自然	展	圓	展	展	自然
高	i[i]	ü[y]			u[u]	-i[ɿ]	-i[ʅ]	
半高				e[ɤ]	o[o]			
中								er[ɚ]
半低	(ê)							
低			a[A]					

i 舌位最高，舌面前部隆起，唇展。發音時口腔幾乎閉合，但實際上有一條讓氣流自由通過的通路，氣流通過口腔各部位時不會受到摩擦或阻礙。例如"衣、移、椅、義"等字。在書寫上，如果 i 前沒有聲母（即"自成音節"），按規定應寫作 yi。i 前加寫一個 y，為的是起"隔音"的作用，"阿姨"寫作 ayi 就可以與"哀"ai 相區別了。

u 舌位最高，舌面後部隆起，唇圓。例如"烏、無、五、霧"等字。在書寫上，u 自成音節時寫成 wu，"愛屋及烏"寫作 aiwu-jiwu。

ü 舌位的高低前後與 i 相同，只是發音時唇撮成小孔，是 i 的圓唇音。例如"迂、魚、雨、玉"等字。ü 自成音節時寫作 yu，書寫上省卻字母上的兩點，減少書寫和印刷的不便。

　　a舌頭位置最低，舌面中部略略隆起，嘴唇形狀似圓似展，處於"自然唇"狀態。例如"阿"字。

　　o舌位略高於a，舌面後部隆起，唇呈圓形。例如公鷄的啼聲"喔"。

　　e舌位高度與o相同，亦是舌面後部隆起，但唇呈扁狀，可稱為o的不圓唇音。普通話的"阿諛"的"阿"以及"俄、惡、餓"都念e。

　　6個典型的單韻母之外，還有一個舌面前不圓唇單韻母、一個翹舌單韻母和兩個舌尖單韻母。

　　ê舌位半高，舌面前部隆起，唇展。韻母ê除語氣詞"欸"外單用的機會不多，只出現在複韻母ie、üe中。

　　er是翹舌單韻母，即在發單韻母e的時候翹起舌尖，例如"兒、耳、二"等字。粵語沒有這個韻母。

　　舌尖單韻母是指"知、吃、詩、日"和"資、雌、思"這兩組字音中的韻母。"知"組字音的韻母可稱舌尖後單韻母，其音值是發響亮的"知"音時所得到的音；"資"組字音的韻母可稱舌尖前單韻母，其音值則是發響亮的"資"音時所得到的音。舌尖後單韻母和舌尖前單韻母都寫作 -i，也可以說，zhi、chi、shi、ri裏的韻母是舌尖後單韻母 -i[ʅ]，zi、ci、si 裏的韻母是舌尖前單韻母 -i[ɿ]，都不要讀成"衣、移、椅、義"那樣的 i 音。舌尖單韻母不能單獨成音節，前面必須加聲母。《漢語拼音方案》用一個字母i代表舌尖單韻母 -i[ʅ]、-i[ɿ] 和單韻母 i。

　　單韻母由單元音構成，而單元音又是構成其他類型韻母的因素，因此發準單韻母對於學習整個韻母至為重要。發準單韻母可以說是練就學習全部韻母的基本功。

　　下面列舉單韻母的例子。

第一章　語音　| 059

a

bàba（爸爸）	bāla（扒拉）	māma（媽媽）
mǎdá（馬達）	màzha（螞蚱）	fǎmǎ（砝碼）
lǎba（喇叭）	lǎma（喇嘛）	lāta（邋遢）
Lāsà（拉薩）	gālár（旮旯兒）	háma（蛤蟆）
hǎdá（哈達）	chànà（剎那）	

o

bōbo（餑餑）	bóbo（伯伯）	bómó（薄膜）
pópo（婆婆）	mópò（磨破）	

e

tèsè（特色）	géhé（隔閡）	gēshě（割捨）
hégé（合格）	kèchē（客車）	hézhé（合轍）
hèsè（褐色）	zhéhé（折合）	

i

bǐjì（筆記）	pīlì（霹靂）	píqì（脾氣）
dìdi（弟弟）	tǐjī（體積）	lìji（痢疾）
lìyì（利益）	jítǐ（集體）	jílì（吉利）
jìyì（記憶）	xīqí（稀奇）	xīyī（西醫）
yìlì（毅力）	yíyì（疑義）	yìyì（意義、異議）

u

bùshǔ（部署）	pùbù（瀑布）	pǔsù（樸素）
fùlù（附錄）	fǔzhù（輔助）	fúwù（服務）
dúshū（讀書）	dūcù（督促）	dúsù（毒素）
tǔlù（吐露）	lùtú（路途）	gūfù（姑父、辜負）
gǔwǔ（鼓舞）	hùzhù（互助）	zhùfú（祝福）
zhūrú（侏儒）	chūbù（初步）	shūfù（叔父）
shùmù（樹木、數目）	sùdù（速度）	wǔshù（武術）

wǔrǔ（侮辱）　　　hùshū-búdù（戶樞不蠹）

ü

nǚxu（女婿）　　　lǚjū（旅居）　　　jǔyǔ（齟齬）

qūyù（區域）　　　yǔjù（語句、雨具）

er

ér（兒、而）　　　ěr（耳、爾）　　　èr（二）

-i（後）

zhīchí（支持）　　zhǐchǐ（咫尺）　　zhīshǐ（支使）

zhīshi（知識）　　zhírì（值日）　　　shíshì（時事）

shǐshī（史詩）　　shìshī（誓師）　　shìshí（事實）

shìshì（逝世）　　shírì（時日）　　　rìshí（日蝕）

-i（前）

zīzī（孜孜）　　　zìsī（自私）　　　sīzì（私自）

sìcì（四次）

2. 複韻母

複韻母是由兩個或三個元音組成的韻母。其發音特點是：複韻母所包含的幾個元音總是由一個向另一個滑動，而不是由一個向另一個跳動，因此在聽感上，複韻母好像是不可分析的聲音。複韻母中的元音響度不等。其中只有一個元音最響，其餘的一個或兩個元音短而弱，總是處於"欲發即止"狀態。因此由兩個元音組成的複韻母（也稱二合複韻母），不是前一個元音的響度大（稱前響複韻母）就是後一個元音響度大（稱後響複韻母）；由三個元音組成的複韻母（也稱三合複韻母）則有前響、中響、後響三種可能，但普通話語音特點是：三個元音組成的複韻母，其響度最大的元音處於中間的位置，即都是中響複韻母。

下面是普通話複韻母表：

	二合複韻母		三合複韻母（中響）
	前響	後響	
開口呼	ai[ai] ei[ei] ao[au] ou[ou]		
齊齒呼		ia[ia] ie[iɛ]	iao[iau] iou[iou]
合口呼		ua[ua] uo[uo]	uai[uai] uei[uei]
撮口呼		üe[yɛ]	

再具體分析普通話的複韻母。

先看兩個元音組成的複韻母，即二合複韻母，分"前響""後響"兩種。

前響二合複韻母有 4 個：

ai 發音由一個長而響的 a 滑行到短而輕的 i，i 其實並沒有真正發出來，它處於"欲發即止"的狀態。"派、太、蓋、菜"等字的韻母都是 ai。

ei 由響亮的 e 向 i 過渡，i 唸得輕短模糊。"被、費、給、黑"等字的韻母都是 ei。

ao 的 a 聲音長而響，過渡到 o 的時候輕短而模糊。"報、炮、到、告"等字的韻母都是 ao。

ou 的 o 長而響，u 短而輕，由 o 滑到 u，聽感上 ou 是一個整體，實際上可以看出兩個發音動作（即兩個口腔形狀）。"溝、抽、收、肉"等字的韻母是 ou。

ia 發音時正待把 i 發得清楚一點兒，已經過渡到 a 上面了。i 輕短而模糊，a 重長而清晰，就是複韻母 ia，"家、掐、瞎"等字的韻母是 ia。

ie（還有複韻母 üe）中 e 的音值不是單韻母 e，而是舌位比 e 略低、唇形不

圓的 ê，相當於國際音標的 [E]。ie 的發言前弱後強。"別、貼、捏、街"等字的韻母是 ie。

ua 由 u 向 a 滑動，u 弱 a 強。"瓜、誇、花、抓"等字的韻母是 ua。

uo 由 u 過渡到 o，u 弱 o 強。"過、闊、禍、坐"等字的韻母是 uo。

üe 由 ü 滑向 e，ü 弱 e 強。"決、缺、學"等字的韻母是 üe。

三合複韻母共 4 個，都是由 i 或 u 加前響二合複韻母構成的，因此三合複韻母中響度最大的元音都在中間。即是說：三合複韻母都是中響複韻母。

iao 由 i 過渡到 ao。"標、挑、澆、蕭"等字的韻母是 iao。

iou 由 i 滑行到 ou。"謬、丟、牛、秋"等字的韻母是 iou。iou 如果前面加聲母，可簡寫為 iu，"謬、丟、牛、秋"的拼寫形式是 miù、diū、niú、qiū，聲調符號標在後面的元音 u 上。

uai 由 u 到 ai，"怪、快、壞、帥"等字的韻母是 uai。

uei 由 u 過渡到 ei。"堆、推、追、雖"等字的韻母是 uei，拼寫規則與 iou 相似，uei 與聲母相拼時，寫作 ui，聲調符號標在後面的元音 i 上。"堆、推、追、雖"的拼寫形式是 duī、tuī、zhuī、suī。

下面提供一些普通話複韻母的練習材料。

ai
báicài（白菜）　　hǎidài（海帶）

ei
bèilěi（蓓蕾）　　mèimei（妹妹）　　léiléi（纍纍）

ao
bàogào（報告）　　bàodǎo（報導）　　bǎodāo（寶刀）
bàozào（暴躁）　　máocao（毛糙）　　dǎogào（禱告）
tāotāo（滔滔）　　táopǎo（逃跑）　　tǎohǎo（討好）
láosao（牢騷）　　láodao（嘮叨）　　láokào（牢靠）
gàoráo（告饒）　　gāocháo（高潮）　　háotáo（嚎啕）

hāocǎo（薅草）	hàozhào（號召）	chǎonào（吵鬧）
zǎocāo（早操）	zāogāo（糟糕）	cāoláo（操勞）
cǎogǎo（草稿）	sāorǎo（騷擾）	

ou

dǒusǒu（抖擻）	dòukòu（豆蔻）	lòudǒu（漏斗）
kōulou（膒瞜）	kòulóu（佝僂）	kòutóu（叩頭）
kǒutóu（口頭）	hóutóu（喉頭）	chǒulòu（醜陋）
shòuròu（瘦肉）	zǒugǒu（走狗）	zǒushòu（走獸）
Ōu Zhōu（歐洲）		

ia

jiājià（加價）	jiǎyá（假牙）	qiàqià（恰恰）

ie

diēdie（爹爹）	diédié（喋喋）	tiēqiè（貼切）
jiějie（姐姐）	jiéyè（結業）	xièxie（謝謝）
xiēyè（歇業）	yéye（爺爺）	

üe

yuēlüè（約略）	yuèqǔ（樂曲）	yuèyuè（粵樂）

ua

guà huà（掛畫）	guà huā（掛花）	huāwà（花襪）
shuāshuā（刷刷）	wáwa（娃娃）	guāguā（呱呱）

uo

duòluò（墮落）	duōsuo（哆嗦）	nuòruò（懦弱）
luōsuo（囉嗦）	luòtuo（駱駝）	guōguo（蟈蟈）
guòcuò（過錯）	kuòchuò（闊綽）	zhuóluò（著落）
zhuōzuò（拙作）	zuòluò（座落）	cuōtuó（蹉跎）
cuòguò（錯過）		

iao

piāoyáo（飄颻）　　piāomiǎo（縹緲）　　miáotiao（苗條）
miǎoxiǎo（藐小）　　tiáoliào（調料）　　jiàotiáo（教條）
qiǎomiào（巧妙）　　xiāotiáo（蕭條）　　xiāoyáo（逍遙）
xiǎoqiáo（小橋）　　yǎotiǎo（窈窕）

iou

niúyóu（牛油）　　Liúqiú（琉球）　　jiùjiu（舅舅）
qiújiù（求救）　　yōujiǔ（悠久）　　yōuxiù（優秀）

uai

shuāihuài（摔壞）　　shuāibài（衰敗）　　páihuái（徘徊）
Huái-Hǎi（淮海）

uei

tuìwèi（退位）　　guīduì（歸隊）　　kuíwěi（魁偉）
huìduì（匯兌）　　zuìkuí（罪魁）　　zhuīsuí（追隨）
cuīwéi（崔嵬）　　cuīhuǐ（摧毀）　　wēiruí（葳蕤）
wěisuí（尾隨）　　guǐguǐsuìsuì（鬼鬼祟祟）

複韻母綜合練習

gāodù（高度）　　dàolù（道路）　　bùgào（佈告）
kāitóu（開頭）　　dàbù（大步）　　cháoliú（潮流）
zǒulù（走路）　　jiāo shuì（交稅）　　lièduì（列隊）
liǎojiě（瞭解）　　gàosu（告訴）　　shòuzuì（受罪）
xiāomiè（消滅）　　jiàoshòu（教授）　　yóupiào（郵票）
wèilái（未來）　　tiàoyuè（跳躍）　　shǎoshù（少數）
xiǎoshù（小數）　　shǒubiǎo（手錶）　　kǒuhào（口號）
bǔkǎo（補考）　　juéduì（絕對）　　táozǒu（逃走）
gàiyào（概要）

3. 鼻韻母：鼻韻母是元音後面加一個鼻輔音構成的韻母。能夠與元音結合構成鼻韻母的輔音只有 n[n] 和 ng[ŋ]。n 的發音部位與 d、t、l 相同，ng 的發音部位與 g、k 一樣。在鼻韻母中，n、ng 充當整個韻母的尾音，發音輕弱而且短暫，只是表示發音的趨向與氣流通過的途徑，音值並不明顯。具體分析起來，n 尾鼻韻母的發音是前面的元音行將終止時，舌尖漸漸挪向上齒齦，發輕微短暫的鼻輔音 n。ng 尾鼻韻母則是元音的發音快要結束時，舌根上抬，抵住軟齶，堵塞氣流的口腔通路，使氣流不得不改道鼻腔，發出帶舌根鼻音的鼻韻母。n 尾鼻韻母與 ng 尾鼻韻母各有 8 個。它們大致上以 an、en，ang、eng 為基礎，前面配以 i-、u-、ü- 組成普通話的 16 個鼻韻母：

	i-	u-	ü-
an[an]	ian[iɛn]	uan[uan]	üan[yɛn]
en[ən]	in[in]	uen[uən]	ün[yn]
ang[aŋ]	iang[iaŋ]	uang[uaŋ]	
eng[əŋ]	ing[iŋ]	ueng[uəŋ] (ong) [uŋ]	(iong) [yŋ]

這些韻母的發音要領是：

an 先發 a，緊接着舌尖接觸齒齦，支配氣流由鼻腔透出。"班、刊、三、然"等字的韻母是 an。

ian 韻母 an 前加 i 即是 ian。"編、天、兼、先"等字的韻母是 ian。

uan 韻母 an 前加 u 即是 uan。"端、關、酸"等字的韻母是 uan。

üan 韻母 an 前加 ü 即是 üan。"捐、圈、宣"等字的韻母是 üan。

en 先發 e，緊跟着舌頭前伸，使舌尖接觸齒齦，但不讓氣流從口腔透出，而讓氣流通過鼻腔出來。"奔、噴、根、森"等字的韻母是 en。

in 先發 i，緊跟着舌頭前伸，使舌尖接觸齒齦，但不讓氣流從口腔透出，而讓氣流通過鼻腔出來。"賓、民、金、新"等字的韻母是 in。

uen 韻母 en 前加 u 即是 uen，在書寫上，uen 與聲母相拼時，省去中間的 e，寫成 un 就行了。這種處理與 iou、uei 相同。"倫敦"的韻母是 uen，寫作 Lundun。

ün 與 in 的情形相似，確實的音值為 ü 直接拼 n。"軍、群、勳"等字的韻母是 ün。

ang 由 a 過渡到 ng，ng 不要真正發出音來。"幫、當、鋼、張"等字的韻母是 ang。

iang 輕而短的 i 後緊接 ang 就是 iang。"江、槍、香"等字的韻母是 iang。

uang 輕而短的 u 後緊接 ang 就是 uang。"光、慌、莊、雙"等字的韻母是 uang。

eng 先發 e，緊接着舌頭後縮，使舌根碰到軟齶，氣流由鼻腔出來。"崩、燈、扔、增"等字的韻母是 eng。

ing 很像 eng 前加 i（注音字母就是這樣處理的），但確實的音值是 i 直接拼 ng。"明、寧、零、晴"等字的韻母是 ing。

ueng 韻母 eng 前加 u 即是 ueng。 按《漢語拼音方案》規定，這個韻母只能用來標寫自成音節的字（即不拼聲母的字）。"翁、甕、蕹"等字要標寫為 weng。

ong 與 ueng 相當接近，注音字母將它們作一個韻母處理。仔細分析起來，"翁、甕、蕹"等不拼聲母的字標如 ueng 是對的；"東、通、中、松"等有聲母的字寫作 ong 也完全符合實際的語言狀況。ong 的發音是 o 後緊接 ng，整個韻母只有一次口腔形狀，發 o 時的口腔形狀。

iong 韻母 i 加 ong 成 iong。這個韻母很像 ü 加 eng（注音字母就是這樣處理的），《漢語拼音方案》規定寫作 iong。"窘、窮、兄"等字的韻母是 iong。

下面提供一份鼻韻母練習材料。

an

pāntán（攀談）	fānbǎn（翻版）	fànlàn（泛濫）
tānlán（貪婪）	nánchǎn（難產）	nánkān（難堪）
lànmàn（爛漫）	lángān（欄杆）	lǎnhàn（懶漢）
gǎnlǎn（橄欖）	gānhàn（乾旱）	gǎntàn（感嘆）
kāntàn（勘探）	hánzhàn（寒戰）	Hándān（邯鄲）
zhānrǎn（沾染）	zhǎnlǎn（展覽）	shānbǎn（舢舨）
cànlàn（燦爛）	sǎnmàn（散漫）	àndàn（暗淡）

ian

biànqiān（變遷）	biànjiān（便箋）	piànmiàn（片面）
Miǎndiàn（緬甸）	miánxiàn（棉線）	diānlián（顛連）
diànxiàn（電線）	tiānqiàn（天塹）	tiánjiān（田間）
liánmián（連綿）	jiǎnyàn（檢驗）	jiǎnbiàn（簡便）
jiǎndiǎn（檢點）	jiànjiàn（漸漸）	qiǎnxiǎn（淺顯）
xiānyàn（鮮艷）	xiāntiān（先天）	yǎnbiàn（演變）

uan

guànchuān（貫穿）	guànchuàn（貫串）	zhuānguǎn（專管）
zhuānkuǎn（專款）	zhuǎnwān（轉彎）	wǎnzhuǎn（婉轉）

üan

quánquán（全權）	Xuānyuán（軒轅）	yuānyuán（淵源）
yuánquán（源泉）	yuánquān（圓圈）	yuányuán（源源）

en

běnfèn（本分）	fēnfēn（紛紛）	fènhèn（憤恨）
gēnběn（根本）	zhènfèn（振奮）	shēnchén（深沉）
shěnshèn（審慎）	rénshēn（人參）	rènzhēn（認真）

in

pīnyīn（拼音）	línjìn（鄰近）	línqín（林檎）

jīnyín（金銀）　　jǐnjǐn（僅僅）　　qīnjìn（親近）
qīnxìn（親信）　　xīnqín（辛勤）　　yīnxìn（音信）
yīnqīn（姻親）　　yīnqín（慇懃）　　yìnxìn（印信）

uen

Lúndūn（倫敦）　　gǔngǔn（滾滾）　　Kūnlún（崑崙）
húntun（餛飩）　　hùndùn（混沌）　　wēnshùn（溫順）
wēncún（溫存）

ün

jūnyún（均匀）　　xúnxún（循循、恂恂）　　zuìxūnxūn（醉醺醺）

ɑng

bāngmáng（幫忙）　　mángcháng（盲腸）　　fàngdàng（放蕩）
tángláng（螳螂）　　zhāngláng（蟑螂）　　chángcháng（常常）
chángláng（長廊）　　chǎngfáng（廠房）　　shàngdàng（上當）
shāngchǎng（商場）　　āngzāng（骯髒）

iɑng

liàngxiàng（亮相）　　liǎngliǎng（兩兩）　　liǎngyàng（兩樣）
jiāngyǎng（將養）　　qiāngqiāng（鏘鏘）　　xiǎngliàng（響亮）
Xiāng Jiāng（湘江）　　xiǎngxiàng（想像）

uɑng

kuángwàng（狂妄）　　huánghuáng（惶惶、煌煌、遑遑）
zhuàngkuàng（狀況）　　zhuānghuáng（裝潢）
shuānghuáng（雙簧）　　wǎngwǎng（往往）

eng

péngchéng（鵬程）　　fèngcheng（奉承）　　fēngzheng（風箏）
fēngshèng（豐盛）　　zhēngténg（蒸騰）　　chěngnéng（逞能）
shēngchēng（聲稱）

ing

píngdìng（評定）	píngjìng（平靜）	píngxíng（平行）
mǐngdǐng（酩酊）	mìnglìng（命令）	dīngníng（叮嚀）
língxíng（菱形）	jīngyíng（經營）	qīngjìng（清靜）
qīngmíng（清明）	qíngjǐng（情景）	qīngtíng（蜻蜓）
qīngxǐng（清醒）	qíngxíng（情形）	qìngxìng（慶幸）
xìngmíng（姓名）	yīngmíng（英明）	yìngxìng（硬性）

ueng

| wēngwēng（嗡嗡） | wèng（甕） | |

ong

tōngróng（通融）	tǒngtǒng（統統）	tōnghóng（通紅）
tóngkǒng（瞳孔）	lóngzhòng（隆重）	lǒngtǒng（籠統）
gòngtóng（共同）	kōngdòng（空洞）	hōngdòng（轟動）
chōngdòng（衝動）	zǒngtǒng（總統）	cōngróng（從容）

iong

| qióngxiōng（窮兇） | xiōngyǒng（洶湧） | xióngxióng（熊熊） |

鼻韻母綜合練習

ānkāng（安康）	fánmáng（繁忙）	chàngtán（暢談）
dāndāng（擔當）	kuānchǎng（寬敞）	shénshèng（神聖）
zhēnchéng（真誠）	chéngzhèn（城鎮）	rénchēng（人稱）
běnnéng（本能）	píngmín（平民）	jìnxìng（盡興）
qīngxīn（清新）	pǐnmíng（品茗）	xīnyìng（心硬）
duǎnzhuāng（短裝）	guānguāng（觀光）	kuánghuān（狂歡）
huāngluàn（慌亂）	kuānguǎng（寬廣）	liǎnxiàng（臉相）
jiānqiáng（堅強）	biānjiāng（邊疆）	yánjiāng（岩漿）
xiàngqián（向前）	zūnzhòng（尊重）	dōngsǔn（冬筍）
Zhōngwén（中文）	Yīngwén（英文）	nóngcūn（農村）

jiǎnyǐng（剪影）	xiāngyàn（香艷）	guāngmáng（光芒）
lànmàn（爛漫）	kēngqiāng（鏗鏘）	pánshān（蹣跚）
yùnxíng（運行）	shēngmìng（生命）	cóngqián（從前）
zhāngchéng（章程）	chènshān（襯衫）	tiányuán（田園）
qiānxùn（謙遜）	yǐnhǎng（引航）	fǎnyìng（反應）
wāngyáng（汪洋）	hángkōng（航空）	míngshēng（名聲）
juānxiàn（捐獻）	quāndiǎn（圈點）	

（三）聲調

聲調是能夠起構詞作用或辨義作用的音高（和音長）。它是附加在一個個音節上面的。漢語的任何一個音節都有固定的音高。同一個音節，音高不同，詞義各異。例如讀作高而平的 yīng 是"英雄"的"英"，讀作向上升的 yíng 是"輸贏"的"贏"，讀作降而後升的 yǐng 是"電影"的"影"，讀作自高而下的 yìng 是"軟硬"的"硬"。廣州話"星期一"的"一"與"星期日"的"日"，區別只在前者比後者聲調略高。

聲調主要由音高構成。人類可以發出各式各樣的音高，例如尖銳的嬰兒哭喊，低沉的喚豬聲等等；但只有起構詞、辨義作用的音高才構成聲調，例如上舉普通話的"英、贏、影、硬"，廣州話的"一、日"。同時，聲調的音高是在各類聲調的比較中看出的。例如一個"溝"字，女音要比男音高，童音要比成年人的聲音高；就是同一人，興奮時要比憂傷時聲音高。但是這樣的高低不起構詞、辨義的作用，因而算不了聲調的差別；聲調不以這樣的高低為標準。音節的相對高低，例如"溝"字與"狗"字，才會引起詞義的改變。音節與音節相對的音高才是語言的聲調。

除了音高，音長也與聲調有一定的關係。實驗的結果，北京話的"衣、儀"音長約 0.5 秒，"義"約 0.6 秒，"以"約 0.7 秒。但是我們聽起來這幾個音節只有高低起落的區別，時間長短的差異感覺不到；而且即使覺察出音長的不同，也不會改變音節所負荷的意義。可見音高是構成普通話聲調的主要因素。但是要識別一些有"入聲"的方言聲調，除了依據音高，音長也是值得參考的，因為漢語很多方言的入聲是以"短促急收藏"為特徵的。

音節聲調的實際高低長短叫調值。調值可以分類，凡調值相同的音節歸為一類叫作調類。用來稱呼不同調類的名稱叫調名；用來標記不同調類的線條或數字叫調號，即聲調符號。

調值通常用"五度標記法"來描寫。五度表示音節調值的"低、半低、中（不高不低）、半高、高"，可用"1、2、3、4、5"表示。音節的高低用線條的直曲表示；音節的長短用線條的長短標明，入聲常用最短的線條即"點"來註明。例如廣東話的"堪"，調值是高平，即55，調類為陰平；廣州話的"恰"，調值短而高，即5，調類為陰入。用五度標記法表示，左邊的是"堪"，右邊的是"恰"：

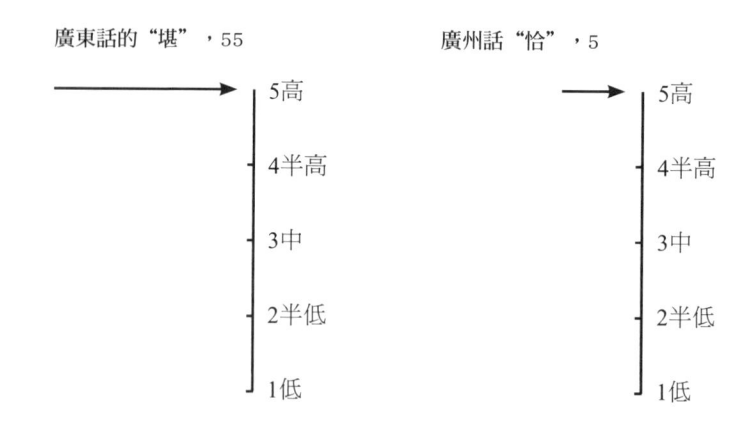

廣東話的"堪"，55　　　　　廣州話"恰"，5

```
→ 5高              → 5高

  4半高              4半高

  3中                3中

  2半低              2半低

  1低                1低
```

漢語的聲調有多少個，要看不同的方言來說。一般說來，北方地區的方言（包括西南、西北地方的官話）聲調少，北京話不包括輕聲是4個聲調：陰平、陽平、上聲、去聲。青島、煙台、銀川、烏魯木齊一帶的方言只有3個聲調。有學者在甘肅發現過只有2個聲調的方言。東南地區的方言聲調都比較多，例如吳語、閩語、客家話、贛語等聲調都在5-8個之間。粵語的廣州話甚至多達9個聲調。這裏所說的4個調、3個調或9個調都是指調類的數目。漢語調類的歸併或命名是根據古今聲調演變的不同來確定的。

　　普通話的聲調不算輕聲也是 4 個調類：陰平、陽平、上聲、去聲；它相應的調值分別是：高平 55、中升 35、低降升 214、高降 51。以"媽、麻、馬、罵"四字為例，可以畫出下圖表示：

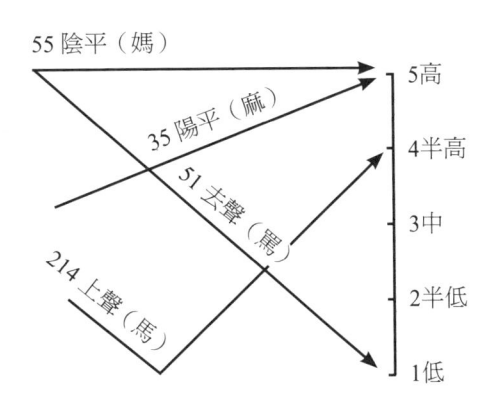

```
55 陰平（媽）─────────────→ 5 高
     35 陽平（麻）────────→
          51 去聲（罵）──→ 4 半高
                              3 中
          214 上聲（馬）      2 半低
                              1 低
```

　　普通話用 ─ ╱ ╲ ╲ 這四個含有描寫或象徵意味的調號分別表示陰平、陽平、上聲、去聲。聲調符號標在音節的元音上──如果只有一個元音，當然是標在這個元音上；如果有兩個或三個元音，就標在主要元音（響度最大的那個元音）上；特例是 -iu、-ui 兩個韻母，聲調符號標在最後一個元音上。例如"氣、球、飛、飄"的標調形式是：qì、qiú、fēi、piāo。

　　學習普通話聲調，可以用"唱"的方法。例如"這"字是去聲，我們可以唱出 zhe 的四個聲調：zhē、zhé、zhě、zhè，然後用 zhe 的去聲 zhè 去唸它。

　　學習普通話聲調要注意陰平與去聲不要相混、上聲與陽平不要相混。例如下列三組短語中加點字詞一、四聲顛倒，意思便完全不同：

一般懂了──一半懂了
（陰平）　　（去聲）

兵家必爭──病假必爭
（陰平）　　（去聲）

堆放危險——對方危險
（陰平、去聲）（去聲、陰平）

上聲要唸得再低一點兒，不要與陽平混同。例如 rěnxīn（忍心）不要唸作 rénxīn（人心），yǒuqián（有錢）不要唸作 yóuqián（油錢），等等。

以下練習材料集中在陰平和去聲的問題：

－－－－（四字均為陰平）

chūn	tiān	huā	kāi	（春天花開）
qiū	tiān	fēng	shōu	（秋天豐收）
shēng	dōng	jī	xī	（聲東擊西）
xiū	qī	xiāng	guān	（休戚相關）
bēi	gōng	qū	xī	（卑躬屈膝）

ヽヽヽヽ（四字均為去聲）

yì	shù	chuàng	zào	（藝術創造）
yì	qì	yòng	shì	（意氣用事）
qù	è	wù	jìn	（去惡務盡）
duì	zhèng	xià	yào	（對症下藥）
qìng	zhù	shèng	lì	（慶祝勝利）

－－（陰平＋陰平）

bāozū（包租）	cānguān（參觀）	cāntīng（餐廳）
cūcāo（粗糙）	fāshāo（發燒）	gōngsī（公司）
hūxī（呼吸）	hūnyīn（婚姻）	jiābīn（嘉賓）
jiābān（加班）	jīntiē（津貼）	kāfēi（咖啡）
shāngxīn（傷心）	xiāngcūn（鄉村）	xīngqī（星期）
zhāobiāo（招標）	zhōngxīn（中心）	zhuāngxiū（裝修）
zōngxiōng（宗兄）	zūjīn（租金）	

一ヽ（陰平＋去聲）

bāngzhù（幫助）　　bōsòng（播送）　　cāngkù（倉庫）
chēhuò（車禍）　　dēngpàor（燈泡）　　duōbàn（多半）
fāxiàn（發現）　　fābào（發報）　　gāojià（高價）
gōnggòng（公共）　　gānzàng（肝臟）　　huānlè（歡樂）
jīliè（激烈）　　jiālì（佳麗）　　jīngjì（經濟）
kāihù（開戶）　　shīwàng（失望）　　tānpài（攤派）
zhīpiào（支票）　　zhēntàn（偵探）

ヽ一（去聲＋陰平）

bàgōng（罷工）　　bìxū（必須）　　chàngxiāo（暢銷）
cìjī（刺激）　　dàxiā（大蝦）　　dìngdān（訂單）
fùwēng（富翁）　　guàshī（掛失）　　guòqī（過期）
huàzhuāng（化妝）　　jiàoshī（教師）　　kuànggōng（礦工）
lìxī（利息）　　lùshī（律師）　　lùyīn（錄音）
mùjuān（募捐）　　niànshū（唸書）　　wàikē（外科）
xuèyā（血壓）　　zàishuō（再說）

ヽヽ（去聲＋去聲）

bìyè（畢業）　　dàoqiàn（道歉）　　dìxià（地下）
diànshì（電視）　　dìnghuò（訂貨）　　duìhuàn（兌換）
fànzuì（犯罪）　　gùkè（顧客）　　guàhào（掛號）
guìxìng（貴姓）　　huìlù（賄賂）　　jì xìn（寄信）
lìrùn（利潤）　　màoyì（貿易）　　nèibù（內部）
shèngdàn（聖誕）　　Shèshì（攝氏）　　wàihuì（外匯）
zhànghù（帳戶）　　zìdòng（自動）

三、普通話音節結構

普通話音節的結構成分是聲母、韻母、聲調。這三種成分的結構方式是：聲母置於音節之首，韻母跟在聲母的後面，聲調附在整個音節之上。普通話的韻母細分起來，又有五種組合方式，即：

韻母＝元音

　　＝元音＋元音

　　＝元音＋元音＋元音

　　＝元音＋輔音n或ng

　　＝元音＋元音＋輔音n或ng

如果韻母只有一個元音，這個元音無疑是韻母的主要成分，漢語語音學稱之為韻腹或主要元音；如果韻母不止一個元音，發音響亮程度最高的元音為韻腹，先於韻腹的叫韻頭或介音（取介乎韻腹與聲母之間的意思），後於韻腹的叫韻尾。經過歸納可以獲知，充當韻頭或介音的只有舌位最高的i、u、ü，充當韻尾的只有i、u、o和n、ng。這樣，我們可以得出結論：

結構最簡單的音節只有一個元音，這個元音處於韻腹的地位；

結構最複雜的音節包括聲母、韻頭、韻腹、韻尾四個部分；

音節結構的其他方式是除韻腹之外，其餘任何部分都可闕如；

普通話音節結構的種種方式可列表如下。

例詞	音節結構	聲母	韻母				聲調
			韻頭（介音）	韻腹（主要元音）	韻尾		
					元音	輔音	
小球	四部俱全	x	i	a	o		上聲
		q	i	o		u	陽平
王維	缺聲母		u	a		ng	陽平
			u	e	i		陽平
北京	缺韻頭	b		e	i		上聲
		j		i		ng	陰平
國家	缺韻尾	g	u	o			陽平
		j	i	a			陰平
陰雲	缺聲母、韻頭			i		n	陰平
				ü		n	陽平
月夜	缺聲母、韻尾		ü	e			去聲
			i	e			去聲
植樹	缺韻頭、韻尾	zh		i[ʅ]			陽平
		sh		u			去聲
魚兒	缺聲母、韻頭、韻尾			ü			陽平
				er			陽平

　　漢語的每一個音節都是有聲調的。在聲母與韻母的結合體之上配以聲調，才成為完整的音節。普通話如果不論聲調，聲母與韻母的結合體約 400 個，如果配以四個聲調及其變體（輕聲），可得約 1330 個音節。請看以下"普通話音節表"。這個音節表是聲母、韻母、聲韻拼合關係的總和，是聲韻拼合規則具體而生動的表現，它全面地反映出普通話的語音面貌。學會了聲韻母後就讀音節表，可以邊讀邊寫邊鞏固。

第一章　語音 | 077

普通話音節表

四呼韻母 \ 聲母 例字	b	p	m	f	d	t	n	l	g
開口呼 a（a 啊）	ba 八	pa（爬）	ma 媽	fa 發	da 搭	ta 他	na（拿）	la 拉	ga 嘎
o（o 喔）	bo 玻	po 坡	mo 摸	fo（佛）					
e（e 鵝）			me 麼		de（德）	te（特）	ne（訥）	le（樂）	ge 哥
ê（ê 欸）									
er（er 兒）									
-i [ɿ, ʅ]									
ai（ai 挨）	bai 掰	pai 拍	mai（埋）		dai 呆	tai 胎	nai（奶）	lai（來）	gai 該
ei（ei 欸）	bei 杯	pei 呸	mei（美）	fei 飛	dei（得）		nei（內）	lei（類）	gei（給）
ao（ao 熬）	bao 包	pao 拋	mao 貓		dao 刀	tao 掏	nao（腦）	lao 撈	gao 高
ou（ou 歐）		pou 剖	mou（謀）	fou（否）	dou 兜	tou 偷	nou（耨）	lou（樓）	gou 鉤
an（an 安）	ban 斑	pan 潘	man 滿	fan 帆	dan 擔	tan 貪	nan（南）	lan（藍）	gan 甘
en（en 恩）	ben 奔	pen 噴	men（門）	fen 分	den（扽）		nen（嫩）		gen 根
ang（ang 昂）	bang 幫	pang（旁）	mang（忙）	fang 方	dang 當	tang 湯	nang（囊）	lang（狼）	gang 缸
eng（eng 鞥）	beng 崩	peng 烹	meng（盟）	feng 風	deng 登	teng（疼）	neng（能）	leng（冷）	geng 耕
齊齒呼 i（yi 衣）	bi 逼	pi 批	mi 咪		di 低	ti 踢	ni（泥）	li（里）	
ia（ya 呀）								lia（倆）	
ie（ye 耶）	bie 憋	pie 撇	mie（滅）		die 跌	tie 貼	nie 捏	lie（列）	
iao（yao 腰）	biao 標	piao 飄	miao（苗）		diao 雕	tiao 跳	niao（鳥）	liao 撩	
iou（you 憂）			miu（謬）		diu 丟		niu（牛）	liu 溜	

078 | 現代漢語

k	h	j	q	x	zh	ch	sh	r	z	c	s
ka (卡)	ha 哈				zha 扎	cha 插	sha 沙		za 咂	ca 擦	sa 撒
ke 科	he 喝				zhe 遮	che 車	she 奢	re (熱)	ze (則)	ce (冊)	se (色)
					zhi 知	chi 吃	shi 詩	ri (日)	zi 資	ci 疵	si 思
kai 開	hai (海)				zhai 摘	chai 拆	shai 篩		zai 栽	cai 猜	sai 腮
kei 尅	hei 黑				zhei (這)		shei (誰)		zei (賊)	cei 甏	
kao (考)	hao 蒿				zhao 招	chao 抄	shao 稍	rao (擾)	zao 糟	cao 操	sao 搔
kou 摳	hou (後)				zhou 州	chou 抽	shou 收	rou (肉)	zou 鄒	cou (湊)	sou 搜
kan 刊	han 憨				zhan 沾	chan 摻	shan 山	ran (然)	zan 簪	can 參	san 三
ken (肯)	hen (很)				zhen 真	chen (臣)	shen 深	ren (人)	zen (怎)	cen (岑)	sen 森
kang 康	hang 夯				zhang 張	chang 昌	shang 商	rang (讓)	zang 臟	cang 蒼	sang 桑
keng 坑	heng 哼				zheng 爭	cheng 稱	sheng 生	reng 扔	zeng 增	ceng (層)	seng 僧
		ji 基	qi 七	xi 西							
		jia 家	qia 掐	xia 瞎							
		jie 接	qie 切	xie 些							
		jiao 交	qiao 敲	xiao 消							
		jiu 究	qiu 秋	xiu 修							

普通話音節表（續）

四呼韻母 \ 聲母 例字		b	p	m	f	d	t	n	l	g
齊齒呼	ian（yan 煙）	bian 邊	pian 偏	mian（棉）		dian 掂	tian 天	nian（年）	lian（連）	
	in（yin 因）	bin 賓	pin 拼	min（民）				nin（您）	lin（林）	
	iang（yang 央）							niang（娘）	liang（糧）	
	ing（ying 英）	bing 兵	ping 乒	ming（明）		ding 丁	ting 聽	ning（寧）	ling（靈）	
合口呼	u（wu 烏）	bu（不）	pu 撲	mu（母）	fu 夫	du 都	tu 禿	nu（奴）	lu（路）	gu 姑
	ua（wa 蛙）									gua 瓜
	uo（wo 窩）					duo 多	tuo 托	nuo（挪）	luo（羅）	guo 鍋
	uai（wai 歪）									guai 乖
	uei（wei 威）					dui 堆	tui 推			gui 規
	uan（wan 彎）					duan 端	tuan（團）	nuan（暖）	luan（亂）	guan 關
	uen（wen 溫）					dun 噸	tun 吞		lun 掄	gun（棍）
	uang（wang 汪）									guang 光
	ueng（weng 翁）									
	ong					dong 東	tong 通	nong（農）	long（隆）	gong 工
撮口呼	ü（yu 迂）							nü（女）	lü（律）	
	üe（yue 約）							nüe（虐）	lüe（略）	
	üan（yuan 冤）									
	ün（yun 暈）									
	iong（yong 雍）									

080 ｜ 現代漢語

h	j	q	x	zh	ch	sh	r	z	c	s
	jian 堅	qian 千	xian 先							
	jin 金	qin 親	xin 心							
	jiang 江	qiang 腔	xiang 香							
	jing 京	qing 青	xing 興							
hu 呼				zhu 朱	chu 出	shu 書	ru（如）	zu 租	cu 粗	su 蘇
hua 花				zhua 抓	chua 欻	shua 刷				
huo（火）				zhuo 桌	chuo 戳	shuo 說	ruo（若）	zuo（坐）	cuo 磋	suo 蓑
huai（懷）				zhuai 拽	chuai 揣	shuai 摔				
hui 灰				zhui 追	chui 吹	shui（水）	rui（銳）	zui（嘴）	cui 催	sui 雖
huan 歡				zhuan 專	chuan 川	shuan 栓	ruan（軟）	zuan 鑽	cuan（竄）	suan 酸
hun 昏				zhun 諄	chun 春	shun（順）	run（潤）	zun 尊	cun 村	sun 孫
huang 荒				zhuang 莊	chuang 窗	shuang 雙				
hong 轟				zhong 中	chong 充		rong（容）	zong 宗	cong 匆	song 松
	ju 居	qu 區	xu 虛							
	jue 蹶	que 缺	xue 靴							
	juan 捐	quan 圈	xuan 宣							
	jun 軍	qun（群）	xun 勳							
	jiong（窘）	qiong（窮）	xiong 兄							

第一章　語音　｜　081

四、拼音方法

將一個漢語音節拆開成聲母和韻母,並且再從複韻母、鼻韻母中找它們的構成要素,這些都是在作語音的分析;如果將聲母、韻母拼合成音節,那就要看綜合的功夫了,這綜合的功夫就是拼音。拼音是音素與音素結合而成音節的過程;漢語拼音則是聲母和韻母結合成音節的過程。

拼音的要領是要將組成音節的幾個要素結合得十分緊湊嚴密。這個結合體給聽者的初步印象是一個完整的、幾乎不可再分析的語音單位,只有經過語音的分析,才能找出它的組成成分。因此,音節內部的各個成分是通過滑行方式過渡的。成分與成分之間的界限很難劃分。從音素的發音動作看,音節領頭的音素,其音尾期不太明顯;音節結尾的音素,其音首期模糊難辨;而處於音節中段的音素,其音首期與前一音素的音尾期合流,其音尾期與後一音素的音首期歸併。例如 u、a、i 三個音素通過滑行的方式結合在一起,便是"歪、外"一類音節;如果這三個音素跳躍般讀出,則是"吳阿姨"一類意思無疑了。

漢語拼音有多種方法,主要是:

(一)雙拼法

這是漢語傳統的拼音方法。雙拼法將一個音節分析成前後兩部分,前一部分是聲母,後一部分是韻母,聲、韻相拼得出音節。例如"光"的拼法是 g-uang。

(二)三拼法

這是包含有介音(韻頭)的音節的一種拼音法,即以"聲母—介音—韻母(韻腹及韻尾)"的公式拼出音節。例如"光"的拼法是 g-u-ang。

(三)聲介合母法

聲母與介音相拼成"聲介合母",再以聲介合母拼韻母的主要成分。這種拼法叫聲介合母法,其公式是:"(聲母+介音)—韻母"。例如"光"的拼法是gu-ang。

以上三種拼音方法各具特點。雙拼法是傳統的拼音方法，運用這種方法可使漢語音節的結構面貌（即聲母系統、韻母系統）一目了然，不至於把聲韻體系搞得支離破碎。三拼法接近拼音文字（如英文）的拼法，便於習慣了拼音文字的人士使用，外國人學漢語就常取此法。聲介合母法能較有效地幫助克服介音丟失的現象，如把"光"字拼作gu-ang，就易克服把"光"字唸作"剛"（無介音u）的現象。其實三種拼音方法是可以交叉使用的，比如說粵語的港澳人唸"光"一類字音，往往丟掉了介音u，那就不妨在分析了聲韻結構（雙拼）後採取三拼法和聲介合母法作一番正音工夫。

五、普通話拼音規則

聲韻拼合有一定規則，不是任何聲母與任何韻母都可以拼在一起的。例如普通話b、p、m不能與介音是u的韻母（不是單個兒的u）相拼，粵語b、p、m卻可以與-u-拼合："杯、陪、妹"粵語拼作bui、pui、mui，普通話只可拼作bei、pei、mei。

普通話的主要拼音規則有以下幾條：

（1）唇音b、p、m、f與合口呼韻母相拼，只拼單個兒的u，不拼其他。例如只有pùbù（瀑布）、fùmǔ（父母）等音節形式，而無bua、buo、buai、bui、buan、bun、buang、bueng。

（2）唇音b、p、m、f拼o，不拼e、uo；其他聲母與之相反，即只拼e、uo，不拼o。例如只有bómó（薄膜）、pòluò（破落）、fótuó（佛陀）、guógē（國歌）、héhuǒ（合夥）、cuōhé（撮合）等音節形式，而無be、pe、me（"麼"讀如me是輕聲造成的，非輕聲讀音是mo）、fe、do、to、zho、cho、sho、ro、zo、co、so。

（3）舌面音j、q、x只拼齊齒呼韻母和撮口呼韻母；與之相反，舌尖前音z、c、s，舌尖後音zh、ch、sh和舌根音g、k、h只拼開口呼韻母和合口呼韻母。

例如jiāxiāng（家鄉）、qǔjué（取決）、cúnzài（存在）、cèsuǒ（廁所）、zhànchuán（戰船）、shīrùn（濕潤）、guānkàn（觀看）、Huáng Hé（黃河）等。

（4）b、p、m、f和d、t不拼撮口呼韻母，沒有bü、pü、mü、fü、dü、tü等音節形式。

（5）唇齒音f不拼齊齒呼韻母，沒有f與i或以i開頭的韻母相拼的音節。

普通話拼音規則可列如下表，"＋"代表可以相拼，"－"代表不能相拼。

聲母 ＼ 四呼	開口呼 a o e a- o- e-	齊齒呼 i i-	合口呼 u u-	撮口呼 ü ü-
○（零聲母）	＋	＋	＋	＋
b p m	＋	＋	＋，－	－
f	＋	－	＋，－	－
d t	＋	＋	＋	－
n l	＋	＋	＋	＋
g k h	＋	－	＋	－
j q x	－	＋	－	＋
zh ch sh r	＋	－	＋	－
z c s	＋	－	＋	－

第四節　語音的變化

語音的變化可以從"縱""橫"兩方面加以考察。"縱"的方面是指語音的歷史演變，屬於歷史語音學（漢語歷史語音學稱為漢語音韻學）的研究範圍。"橫"的方面是指一個時期內語音之間的互相影響而引起的語音變化。如果把一連串語音比作流水，那麼言語就是語流，語流中的語音相互影響而發生的變化叫作語流音變。

一、歷史音變舉例

宋代蘇軾有一首著名的作品〈念奴嬌·赤壁懷古〉：

大江東去，浪淘盡，千古風流人物。故壘西邊，人道是，三國周郎赤壁。亂石穿空，驚濤拍岸，捲起千堆雪。江山如畫，一時多少豪傑。

遙想公瑾當年，小喬初嫁了，雄姿英發。羽扇綸巾，談笑間，檣櫓灰飛煙滅。故國神遊，多情應笑我，早生華髮。人生如夢，一尊還酹江月。

根據韻腳和諧的原則，在蘇軾那個時代，"物、壁、雪、傑、發、滅、髮、月"八個音節在"讀書音"的發音中韻母應該相同或相近，姑且假定為 id 或接近 id；八個音節的調類也應相同，根據現代方言材料，可以假定它們都是以不破裂的塞音為韻尾的"入聲"。可是用普通話朗讀這首宋詞，就會發覺原來相同或相近的韻母以及原來相同的聲調都起了變化。在韻母方面，宋代的一個 id（或接近 id 的音）變作 a（發、髮）、u（物）、i（壁）、ie（傑、滅）、üe（雪、月）；在聲調方面，入聲派到普通話的陰平（發）、陽平（傑）、上聲（雪）、去聲（物、壁、滅、髮、月）中去了。

由這個例子可以看到歷史音變大體上是怎樣一個形態。這種音變現象不是現代漢語的研究課題，現代漢語研究語音變化只是着重在語流音變上。

二、語流音變類型

（一）同化

一個音受前後音的影響，變得跟前後音性質相同或相近的現象，稱作"同化"現象。語言的同化現象一定是兩個成分之間的事：起同化作用的成分和受同化的成分。起同化作用的成分通常是強者，受同化的成分則常常是弱者。例如，粵語 yadman（一元）的 yad（一）的韻尾 d 受 man（元）的聲母 m 影響，變得與 m 相同，即變為 yam 了。我們說 d 被 m 同化了。d 在韻尾的位置，發音時舌尖點到上齒齦即止；在整個音節中，d 的音量可說是強弩之末，完全處於弱者的地位。m 卻在一個音節之首，是在鼓足了氣流之後發出的鼻音，它的發音過程甚至還可以延長（即抿嘴發長m），自然也就是強者身份。因此強者 m 同化了弱者 d。

強弱是相對的，一個音在此流中是強者，在彼流中可能成了弱者；強弱又是依語言習慣而定的。例如在漢語中，一般的情形是：

送氣音強，不送氣音弱；

濁輔音強，清輔音弱；

翹舌音強，平舌音弱；

圓唇音強，不圓唇音弱；

最低最高元音強，半低半高元音弱，央元音最弱；

輔音作聲母強，輔音作韻尾弱；

普通話上聲強，普通話陽平弱；

普通話重音強，普通話輕聲弱。

普通話語音同化現象很多，例如：

rénmín → rémmín（人民）

miànbāo → miàmbāo（麵包）

tǎnkè → tǎngkè（坦克）

Gānsù → Gānsū（甘肅）

再如"惺忪"字在"惺忪"中念 sōng，在"怔忪"中卻讀作 zhōng，這顯然是被"怔"（zhēng）聲母 zh 同化了，即：zhēng sōng → zhēng zhōng（怔忪）。

（二）異化

兩個相同或部分相同的語音，由於互相影響，其中一個變得與另一個不相同了，這種現象叫作語音的異化。例如普通話"枇杷""琵琶"的讀書音是 pípa，兩個音節的聲母都是送氣的清塞音；口語讀作 píba，即第二個音節的聲母變作不送氣的清塞音，與第一個音節的聲母相異。

普通話聲調的異化最為明顯。而聲調的異化又以相連的上聲音節異化和疊音詞的聲調異化最為突出。

1. 相連上聲音節的異化

兩個上聲音節相連，最後一個上聲音節保持原調，前面的音節則由上聲變作陽平。例如：

旅館	lǔguǎn	→	lǘguǎn
老闆	lǎobǎn	→	láobǎn
彼此	bǐcǐ	→	bícǐ
打賭	dǎdǔ	→	dádǔ
所以	suǒyǐ	→	suóyǐ
跑馬	pǎomǎ	→	páomǎ
儘管	jǐnguǎn	→	jínguǎn
勇敢	yǒnggǎn	→	yónggǎn
保險	bǎoxiǎn	→	báoxiǎn
苦惱	kǔnǎo	→	kúnǎo

三個或三個以上上聲音節相連，要按語義劃分單位，再以變調規律發音。三個上聲音節相連，不外乎三種形式。

（1）1＋1＋1 形式，例如：

| 手與腳 | shǒu yǔ jiǎo→shǒu yú jiǎo 或 shóu yú jiǎo |
| 穩準狠 | wěn zhǔn hěn→wěn zhún hěn 或 wén zhún hěn |

（2）1＋2形式，例如：

| 買古董 | mǎi gǔdǒng→mǎi gúdǒng |
| 請賞臉 | qǐng shǎngliǎn→qǐng shángliǎn |

（3）2＋1形式，例如：

| 演講者 | yǎnjiǎngzhě→yánjiángzhě |
| 跑馬場 | pǎomǎchǎng→páomáchǎng |

四個上聲音節相連，通常是兩個"兩個上聲音節"的相加，可列如公式：4＝2＋2。

久仰久仰	jiǔyǎng jiǔyǎng→jiúyǎng jiúyǎng
豈有此理	qǐ yǒu cǐ lǐ→qí yǒu cí lǐ
古典舞蹈	gǔdiǎn wǔdǎo→gúdiǎn wúdǎo

按語義劃分單位，再按變調規律發音，這一原則很重要。運用這一原則可以減少歧義現象的發生。例如"李小姐"可以讀作 Lí xiáojiě，也可讀如 Lǐ xiáojiě（即"1＋2"的形式），但以讀如後者為好，否則會被誤解為"黎小姐"。"柳組長"以讀作 Liǔ zúzhǎng 為宜，如果讀作 Liú zúzhǎng，聽者一定以為是"劉組長"。四個上聲音節相連或更多個上聲音節相連，都可以按語義劃分單位，再按變調規律發音。例如：

請允許我＝1＋2＋1
qǐng yǔnxǔ wǒ→qǐng yúnxú wǒ

你有五本稿紙＝2＋2＋2
nǐ yǒu wǔ běn gǎozhǐ→ní yǒu wú běn gáozhǐ

我也打洗臉水＝（1+1+1）+（2+1）=3+3

wǒ yě dǎ xǐliǎnshuǐ→wǒ yé dǎ xíliánshuǐ 或 wó yé dǎ xíliánshuǐ

2. 疊音形容詞的聲調異化

疊音詞是兩個相同音節構成的詞。普通話常用的疊音形容詞如果不是陰平，其第二個音節變作陰平。例如：

chángchángr de（長長兒的）→chángchāngr de
mǎnmǎnr de（滿滿兒的）→mǎnmānr de
mànmànr de（慢慢兒的）→mànmānr de

（三）弱化

音節連讀，其中有的音節發音減弱。發音減弱的現象就是弱化現象。音節弱化往往引起聲母、韻母發生變化。在普通話裏，音節弱化特別明顯地引起聲調的變化，形成一種沒有固定調值的調類——輕聲。

1. 弱化引起聲母發生變化

bíqí（荸薺）→bíji（q弱化後變成j）
hútú（糊塗）→húdu（t弱化後變成d）

2. 弱化引起韻母發生變化

máfán（麻煩）→máfen（a弱化後變成央元音e）
núcái（奴才）→núcei（a弱化後變成央元音e）
zǒuzhuó（走着）→zǒuzhe（uo弱化後變成央元音e）
chīliǎo（吃了）→chīle（iao弱化後變成央元音e）
hǎodi（好的）→hǎode（高元音i弱化後變成央元音e）
luóbǔ（蘿蔔）→luóbo（高元音u弱化後變成半高元音o）
rénjiā（人家）→rénjie（低元音a弱化後變成半低元音e）

chūqù（出去）→chūqi（圓唇元音ü弱化後變成不圓唇元音i）

dòufǔ（豆腐）→dòuf（fu弱化後韻母u丟失）

rènshí（認識）→rènsh（shi弱化後韻母丟失）

zěnmōbàn（怎麼辦）→zěmbàn（mo弱化後韻母o丟失）

3. 弱化引起聲調發生變化

普通話的每一個音節本來都有固定的音高，但是音節弱化以後，聲調會變得輕短而模糊，不一定保持原有聲調的音高，這種音變現象叫輕聲。輕聲是普通話語音的最突出的特點。在個別情形下，輕聲起區別詞義的作用，例如"事"字重讀時，"本事"是指"本來的意思"；"事"如果輕讀，則是指"本領""才能"或"技能"。又如"鬥法"，"法"字重讀是指"用法術相鬥"或"使用計謀、暗中爭鬥"（例如"鷹派與鴿派鬥法"）；"法"字輕讀則指鬥的方法，"法"字且有詞尾的味道（例如："怎麼個鬥法？"）。在絕大多數情況下，輕聲造成一種獨特的風格——即鮮活的北京話的風味。舉一個最簡單的例子："他們走了嗎"五個字，如果字字重音，其效果就跟背書一樣；但如果把"們""了""嗎"讀得十分輕短，這個句子的口語風味即刻呈現了出來。

輕聲不能自成一個調類，因為它沒有固定的調值。"仙子、童子、虎子、赤子"裏的"子"重讀，四個"子"有共同的調值；"孫子、兒子、傻子、胖子"裏的"子"輕讀，四個"子"沒有相同的音高，其中數"傻子"的"子"聲調最高，"胖子"的"子"聲調最低，它們沒有統一的音高。由此可見，輕聲既失去了重讀時的音高，又沒有自己固定的調值，它不過是四聲的變體。它的實際音高以它前面的那個重讀音節的調值為轉移，標記的方法是在輕讀音節上不加符號，好像是球場上沒有號碼的球員——或者說它的符號就是"沒有符號"。

輕聲字的實際音高是它前面那個重讀音節的聲調趨勢的減弱或延伸。具體地說：

輕聲字在陰平、陽平後唸半低調，聽起來好像是輕短的去聲，例如：

bāofu（包袱）　　　cāngying（蒼蠅）　　　dōngxi（東西）

gānzhe（甘蔗）	gēbo（胳膊）	gūniang（姑娘）
jiāhuo（傢伙）	qīfu（欺負）	shūfu（舒服）
dézui（得罪）	fúqi（福氣）	hángjia（行家）
méimao（眉毛）	mántou（饅頭）	pútao（葡萄）
suíhe（隨和）	tóufa（頭髮）	túdi（徒弟）

輕聲字在上聲後唸半高調，聽起來好像是輕短的陰平，例如：

bǐfang（比方）	diǎnxin（點心）	ěrduo（耳朵）
ěxin（噁心）	fǎnzheng（反正）	hǎochu（好處）
huǒji（夥計）	kǔtou（苦頭）	lǎba（喇叭）
mǎtou（碼頭）	mǎimai（買賣）	nuǎnhuo（暖和）
shǐhuan（使喚）	xǐhuan（喜歡）	yǎba（啞巴）

輕聲字在去聲後唸低調，好像包含在一個延伸的去聲字裏面一樣，例如：

bièniu（彆扭）	dàfang（大方）	dàifu（大夫）
dòufu（豆腐）	gàosu（告訴）	jiàqian（價錢）
kèqi（客氣）	lìqi（力氣）	piàoliang（漂亮）
rènao（熱鬧）	shìqing（事情）	tàiyang（太陽）
tòngkuai（痛快）	yuèliang（月亮）	zuìguo（罪過）

該唸輕聲的地方不唸，不該唸輕聲的地方卻唸了，都會給人彆扭的感覺。那麼，哪些字該輕讀，哪些字不該輕讀呢？一般地說，普通話下列情況該唸輕聲：

結構助詞和語氣助詞，例如：

shéi de shū	誰的書？
wǒ de.	我的。
nǐ de shū ma?	你的書嗎？
shì a.	是啊。

| dúwán le ma? | 讀完了嗎？ |
| zhèng dúzhe ne. | 正讀着呢。 |

類似詞尾那樣的音節，例如：

| shítou（石頭） | shūzi（梳子） | zánmen（咱們） |
| shuōzhe（說着） | jiànguo（見過） | shuìle（睡了） |

名詞後面的方位詞和動詞後面的介詞，例如：

| shēnshang（身上） | jiāli（家裏） | xiāngxia（鄉下） |
| guàzai（掛在） | | |

重疊雙音詞的第二個音節和重疊四音詞的第二個音節，例如：

jiějie（姐姐）	xīngxing（星星）	wènwen（問問）
mími-hūhū（迷迷糊糊）	pòpo-lānlān（破破爛爛）	
mànman-tēngtēng（慢慢騰騰）		

詞嵌部分，例如：

xiēyixie（歇一歇）	tányitán（談一談）	dǒuyidǒu（抖一抖）
shìyishi（試一試）	tuīdefān（推得翻）	bàndedào（辦得到）
shuōbuchéng（說不成）	dǎbuguò（打不過）	húlihúdū（糊里糊塗）

　　還有不少約定俗成的輕聲詞，需要大家記憶。下面列有《普通話常用輕聲詞表》，收詞 330 個。這個詞表所提供的輕聲詞已經劃定了一個最小的範圍，排除了帶有方言色彩的詞，排除了使用頻率不高的詞，也排除了可讀輕聲可不讀輕聲的詞，是對學習普通話在掌握輕聲方面的最基本的要求。一般規範詞典所列，超過這個範圍，也要注意學習掌握。

普通話常用輕聲詞表

（2011年12月31日）

詞目	拼音	詞目	拼音	詞目	拼音
愛人	àiren	差事	chāishi	提防	dīfang
巴掌	bāzhang	柴火	cháihuo	嘀咕	dígu
爸爸	bàba	摻和	chānhuo	地道	dìdao
白淨	báijing	稱呼	chēnghu	地方	dìfang
擺設	bǎishe	出息	chūxi	弟弟	dìdi
幫手	bāngshou	鋤頭	chútou	弟兄	dìxiong
包袱	bāofu	畜生	chùsheng	點心	diǎnxin
包涵	bāohan	窗戶	chuānghu	東家	dōngjia
報酬	bàochou	刺蝟	cìwei	東西	dōngxi
本事	běnshi	湊合	còuhe	懂得	dǒngde
奔頭兒	bèntour	耷拉	dāla	動彈	dòngtan
荸薺	bíqi	打扮	dǎban	斗篷	dǒupeng
比畫	bǐhua	打發	dǎfa	抖摟	dǒulou
扁擔	biǎndan	打量	dǎliang	豆腐	dòufu
彆扭	bièniu	打手	dǎshou	嘟囔	dūnang
玻璃	bōli	打算	dǎsuan	端量	duānliang
伯伯	bóbo	大方	dàfang	端詳	duānxiang
薄荷	bòhe	大爺	dàye	隊伍	duìwu
簸箕	bòji	大意	dàyi	對頭	duìtou
補丁	bǔding	大夫	dàifu	敦實	dūnshi
裁縫	cáifeng	耽擱	dānge	哆嗦	duōsuo
蒼蠅	cāngying	燈籠	dēnglong	耳朵	ěrduo

詞目	拼音	詞目	拼音	詞目	拼音
風頭	fēngtou	閨女	guīnü	記得	jìde
風箏	fēngzheng	哈欠	hāqian	傢伙	jiāhuo
奉承	fèngcheng	蛤蟆	háma	嫁妝	jiàzhuang
甘蔗	gānzhe	含糊	hánhu	煎餅	jiānbing
幹事	gànshi	行當	hángdang	見識	jiànshi
高粱	gāoliang	和氣	héqi	交情	jiāoqing
疙瘩	gēda	核桃	hétao	街坊	jiēfang
哥哥	gēge	紅火	hónghuo	結實	jiēshi
哥們兒	gēmenr	後頭	hòutou	姐夫	jiěfu
胳膊	gēbo	厚道	hòudao	姐姐	jiějie
跟頭	gēntou	厚實	hòushi	戒指	jièzhi
工夫	gōngfu	狐狸	húli	舅舅	jiùjiu
公公	gōnggong	胡琴	húqin	覺得	juéde
功夫	gōngfu	葫蘆	húlu	咳嗽	késou
姑姑	gūgu	糊塗	hútu	口袋	kǒudai
姑娘	gūniang	花哨	huāshao	窟窿	kūlong
骨頭	gǔtou	餛飩	húntun	快活	kuàihuo
固執	gùzhi	活潑	huópo	寬敞	kuānchang
寡婦	guǎfu	火候	huǒhou	困難	kùnnan
官司	guānsi	火燒	huǒshao	喇叭	lǎba
棺材	guāncai	夥計	huǒji	喇嘛	lǎma
罐頭	guàntou	機靈	jīling	懶得	lǎnde
規矩	guīju	脊梁	jǐliang	榔頭	lángtou

詞目	拼音	詞目	拼音	詞目	拼音
浪頭	làngtou	駱駝	luòtuo	木頭	mùtou
老婆	lǎopo	媽媽	māma	哪個	nǎge
老實	lǎoshi	麻煩	máfan	那個	nàge
老太太	lǎotàitai	麻利	máli	奶奶	nǎinai
老爺	lǎoye	馬虎	mǎhu	難為	nánwei
姥姥	lǎolao	買賣	mǎimai	腦袋	nǎodai
姥爺	lǎoye	饅頭	mántou	能耐	néngnai
累贅	léizhui	忙活	mánghuo	泥鰍	níqiu
冷戰	lěngzhan	冒失	màoshi	念叨	niàndao
籬笆	líba	玫瑰	méigui	念頭	niàntou
裏頭	lǐtou	眉毛	méimao	娘家	niángjia
力氣	lìqi	妹夫	mèifu	奴才	núcai
厲害	lìhai	妹妹	mèimei	女婿	nǚxu
俐落	lìluo	門道	méndao	暖和	nuǎnhuo
利索	lìsuo	眯縫	mīfeng	瘧疾	nüèji
痢疾	lìji	迷糊	míhu	牌樓	páilou
連累	liánlei	苗條	miáotiao	盼頭	pàntou
涼快	liángkuai	苗頭	miáotou	朋友	péngyou
糧食	liángshi	名堂	míngtang	疲塌	píta
亮堂	liàngtang	明白	míngbai	屁股	pìgu
溜達	liūda	模糊	móhu	便宜	piányi
囉唆	luōsuo	磨蹭	móceng	漂亮	piàoliang
蘿蔔	luóbo	蘑菇	mógu	婆家	pójia

詞目	拼音	詞目	拼音	詞目	拼音
婆婆	pópo	石頭	shítou	跳蚤	tiàozao
葡萄	pútao	時候	shíhou	頭髮	tóufa
欺負	qīfu	使喚	shǐhuan	唾沫	tuòmo
蹊蹺	qīqiao	似的	shìde	娃娃	wáwa
前頭	qiántou	事情	shìqing	外甥	wàisheng
親戚	qīnqi	收成	shōucheng	外頭	wàitou
清楚	qīngchu	收拾	shōushi	晚上	wǎnshang
親家	qìngjia	叔叔	shūshu	尾巴	wěiba
拳頭	quántou	疏忽	shūhu	委屈	wěiqu
熱鬧	rènao	舒服	shūfu	穩當	wěndang
人家	rénjia	舒坦	shūtan	窩囊	wōnang
人們	rénmen	熟悉	shúxi	稀罕	xīhan
認得	rènde	順當	shùndang	媳婦	xífu
認識	rènshi	思量	sīliang	下巴	xiàba
掃帚	sàozhou	算計	suànji	下水	xiàshui
商量	shāngliang	算盤	suànpan	下頭	xiàtou
上司	shàngsi	孫女	sūnnü	嚇唬	xiàhu
上頭	shàngtou	踏實	tāshi	先生	xiānsheng
燒餅	shāobing	抬舉	táiju	顯得	xiǎnde
少爺	shàoye	太太	tàitai	相聲	xiàngsheng
舌頭	shétou	特務	tèwu	消息	xiāoxi
牲口	shēngkou	挑剔	tiāoti	謝謝	xièxie
石榴	shíliu	笤帚	tiáozhou	心思	xīnsi

詞目	拼音	詞目	拼音	詞目	拼音
薪水	xīnshui	秧歌	yāngge	丈人	zhàngren
星星	xīngxing	吆喝	yāohe	帳篷	zhàngpeng
猩猩	xīngxing	妖精	yāojing	招呼	zhāohu
行李	xíngli	鑰匙	yàoshi	兆頭	zhàotou
行頭	xíngtou	爺爺	yéye	折騰	zhēteng
兄弟	xiōngdi	衣服	yīfu	這個	zhège
休息	xiūxi	衣裳	yīshang	枕頭	zhěntou
秀才	xiùcai	意思	yìsi	芝麻	zhīma
絮叨	xùdao	應酬	yìngchou	知識	zhīshi
學問	xuéwen	硬朗	yìnglang	指甲	zhǐjia（口語中多讀zhījia）
尋思	xúnsi	用人	yòngren	指頭	zhǐtou（口語中多讀zhítou）
丫鬟	yāhuan	冤枉	yuānwang	妯娌	zhóuli
丫頭	yātou	月亮	yuèliang	主意	zhǔyi（口語中多讀zhúyi）
衙門	yámen	雲彩	yúncai	轉悠	zhuànyou
啞巴	yǎba	在乎	zàihu	莊稼	zhuāngjia
煙筒	yāntong	扎實	zhāshi	壯實	zhuàngshi
胭脂	yānzhi	柵欄	zhàlan	狀元	zhuàngyuan
嚴實	yánshi	張羅	zhāngluo	作坊	zuōfang
硯台	yàntai	丈夫	zhàngfu	琢磨	zuómo

（"普通話輕聲詞兒化詞規範"課題組制定，課題組成員：晁繼周、金惠淑、史定國、潘雪蓮。）

（四）兒化

普通話裏，一個音節與 er（兒）音節合成一個音節的現象稱作兒化現象。與輕聲一樣，兒化在個別情況下起區別詞義和語法意義的作用。例如：

肝（人的肝）	肝兒（一般動物的肝）
白麵（小麥磨成的粉）	白麵兒（海洛因，一種毒品）
加油（加上一點兒油）	加油兒（多使點兒勁）
擦（動詞）	擦兒（名詞，黑板擦兒）
錯（形容詞）	錯兒（名詞，沒錯兒）
個（量詞）	個兒（名詞，大個兒）

但是在絕大多數情況下，兒化創造一種特殊的風味，令人一聽就會感覺到它是北京的土產，例如："你有空兒，咱們一塊兒看電影兒去。"北京口語中的兒化音多得無法統計，甚至"魂、軸、雲、雨、天"都可以兒化。對於初學普通話的人來說，掌握兒化是第二步的要求。我們在這裏講兒化，並不要求初學者立即掌握，而是為了使初學者認識北京語音的全貌。

兒化在發音上的特點是一個"化"字，要把 er 音"化"到前面的音節裏面，使前面那個音節的韻母獲得翹舌的性質，這個韻母叫"兒化韻"。er 則失去了獨立的地位，充任前面那個音節的韻尾。發兒化韻要掌握一個要領：不要在完整地唸完一個音節之後再唸 er，而要把它和後面的 er 當作一個音去唸。這樣，被兒化的那個音節勢必要根據發 er 音的需要，考慮是否調整和如何調整自己的韻母或韻尾。例如"唱歌兒"，ge + er，ge 不用調整韻母，因為 ge 的韻母與 er 的舌位相同；"小鷄兒"，ji + er，ji 後面需要加一個過渡到 er 的元音 ê 或 e 之類，變作 jiêr 或 jier。標記漢字時，這種變化不必寫出來，只在被兒化的音節後加一個 r 就夠了。

1. 兒化韻的發音規律

（1）被兒化的音節丟失韻尾，例如：

air → ar   xiǎoháir→xiǎohár（小孩兒）

　　　　　　 yíkuàir→yíkuàr （一塊兒）

eir → er   dāobèir→dāobèr（刀背兒）

　　　　　　 màisueir[1]→màisuer（麥穗兒）

anr → ar   huābànr→huābàr（花瓣兒）

　　　　　　 míngdānr→míngdār（名單兒）

　　　　　　 bǐjiānr→bǐjiār（筆尖兒）

　　　　　　 yìdiǎnr→yìdiǎr（一點兒）

　　　　　　 guǎiwānr→guǎiwār（拐彎兒）

　　　　　　 cháguǎnr→cháguǎr（茶館兒）

　　　　　　 huāyuánr→huāyuár（花園兒）

　　　　　　 yānjuǎnr→yānjuǎr（煙捲兒）

enr → er   qiàoménr→qiàomér（窯門兒）

　　　　　　 shùgēnr→shùgēr（樹根兒）

　　　　　　 bīngguenr→bīngguer（冰棍兒）

　　　　　　 méizhuenr→méizhuer（沒準兒）

（2）被兒化的音節減弱韻尾的鼻音成分[2]，例如：

angr → ãr   yàofāngr→yaofãr（藥方兒）

　　　　　　 guāyāngr→guayãr（瓜秧兒）

　　　　　　 jìngkuàngr→jingkuãr（鏡框兒）

engr → ẽr   bǎndèngr→bandẽr（板凳兒）

ongr → õr   yínghuǒchóngr→yinghuochõr（螢火蟲兒）

1　研究音變現象，有時不按拼寫規則拼寫，下遇這種情形，不再加注。
2　鼻音成分用 ~ 加在元音上表示，帶 ~ 的元音叫鼻化元音。

xiǎoxióngr→xiaoxiōr（小熊兒）

（3）被兒化的音節在韻母後面加 e 或把韻母（或韻尾）換作 e。加 e 的如：

ir → ier　　　　　zhōupír→zhoupier（粥皮兒）

　　　　　　　　　wányìr→wanyier（玩意兒）

ür →üer　　　　　guīnǚr→guinüer（閨女兒）

　　　　　　　　　xiǎoqǔer→xiaoquer（小曲兒）

換作 e 的如：

-i[ɿ]r →er　　　　guāzǐr→guazer（瓜子兒）

　　　　　　　　　méicír→meicer（沒詞兒）

-i[ʅ]r → er　　　　shùzhīr→shuzher（樹枝兒）

　　　　　　　　　méishìr→meisher（沒事兒）

iêr → ier　　　　shùyêr→shuyer（樹葉兒）

üêr → üer　　　　mùtóujuêr→mutoujuer（木頭橛兒）

inr → ier　　　　shāoxìnr→shaoxier（捎信兒）

ünr→üer　　　　hóngqúnr→hongquer（紅裙兒）

兒化韻的發音規律有時綜合地表現在一個音節的發音上。例如 dianyingr（電影兒），既按第 2 條規律減弱 ying 的鼻音成分，又按第 3 條規律將 ir 變作 ier，只不過 ir 不是純粹的口腔元音，而是鼻音的 ĩr 變 iẽr，於是"電影兒"的發音由 dianyinger 變作 dianyẽr。

此外，由於被兒化的音節與 er 的舌位並不發生衝突，所以無須改變被兒化的音節的發音。兒化後無須改變發音的韻母有：

ar　　耙兒、豆芽兒、大褂兒

or　　泡沫兒、幹活兒、口哨兒、小鳥兒

er　　山歌兒、大個兒

100 ｜ 現代漢語

ur　　　　牛犢兒、黃豆兒、小妞兒

2. 兒化韻在詞義、語法、風格方面的特點

（1）帶有喜愛感情色彩的名詞常常兒化（下文兒化音節按原韻母寫出，後加 r，讀時可按上文說的發音規律折合），如：

xiǎohái r（小孩兒）　　xiǎobiàn r（小辮兒）　　huā r（花兒）
lǎotóu r（老頭兒）　　yíduì r（一對兒）　　bǎobèi r（寶貝兒）
lǜcǎo r（綠草兒）　　shāngē r（山歌兒）　　píngguōliǎn r（蘋果臉兒）

（2）含有細小意思的名詞常常兒化，如：

zhū r（珠兒）　　suì r（穗兒）　　pào r（泡兒）
jiǔzhōng r（酒盅兒）　　shǒujuàn r（手絹兒）　　dòuyá r（豆芽兒）
xìnghú r（杏核兒）　　huāshēngdòu r（花生豆兒）　　yùmǐlì r（玉米粒兒）

（3）疊字形容詞的第二個音節要讀兒化，如：

gāogāo r de（高高兒的）　　huánghuāng r de（黃黃兒的）
hǎohāo r de（好好兒的）　　dàndān r de（淡淡兒的）

（4）一部分由動詞、形容詞轉化來的名詞要唸兒化韻，如：

diàn r（墊兒）　　bàn r（伴兒）　　gài r（蓋兒）
dǎmíng r（打鳴兒）　　dǎgǔn r（打滾兒）　　méijiù r（沒救兒）
méizhǔ r（沒主兒）　　tǎohǎo r（討好兒）　　màidāi r（賣呆兒）
jiùjìn r（就近兒）　　bǐjiān r（筆尖兒）　　dǎduǎn r（打短兒）

科學術語、專有名詞、公告、命令、聲明、合約等等不用兒化音節；名詞以外的詞大多數也不兒化。

實際語言有與規律不相一致的地方，因為語言現象不按照規律來，而是規律

從語言現象歸納出來，這就需要我們多掌握一些語言素材，規律只能輔助我們掌握語言現象。"大褂兒"並不小，但在北京話裏讀兒化韻；"白麵兒""小偷兒"並不帶有喜愛的感情色彩，依然要唸兒化韻；"邪門兒"也讀兒化音。並非名詞的"玩兒""顛兒（了）"也都要兒化。

下面列有〈普通話常用兒化詞表〉，共收兒化詞 100 個。這個詞表對兒化詞劃定了一個最小的範圍，已經排除了帶有方言色彩的詞，排除了使用頻率不高的詞，排除了可讀可不讀兒化的詞，是對學習普通話在掌握兒化詞方面的最基本的要求。一般規範詞典所列超過這個範圍，也要注意學習掌握。

普通話常用兒化詞表

（2011年12月31日）

詞目	拼音	詞目	拼音
白麵兒	báimiànr	大夥兒	dàhuǒr
擺攤兒	bǎitānr	豆腐腦兒	dòufunǎor
半道兒	bàndàor	豆花兒	dòuhuār
包乾兒	bāogānr	豆角兒	dòujiǎor
被窩兒	bèiwōr	鋼鏰兒	gāngbèngr
奔頭兒	bèntour	哥兒	gēr
冰棍兒	bīnggùnr	哥們兒	gēmenr
差點兒	chàdiǎnr	個兒	gèr
出攤兒	chūtānr	個頭兒	gètóur
打盹兒	dǎdǔnr	公子哥兒	gōngzǐgēr
打嗝兒	dǎgér	骨朵兒	gūduor
打滾兒	dǎgǔnr	瓜子兒	guāzǐr
打雜兒	dǎzár	光棍兒	guānggùnr
大褂兒	dàguàr	蟈蟈兒	guōguor

詞目	拼音	詞目	拼音
活兒	huór	納悶兒	nàmènr
加塞兒	jiāsāir	腦門兒	nǎoménr
姐兒	jiěr	年頭兒	niántóur
姐們兒	jiěmenr	娘兒	niángr
絕招兒	juézhāor	娘們兒	niángmenr
靠譜兒	kàopǔr	胖墩兒	pàngdūnr
口哨兒	kǒushàor	跑調兒	pǎodiàor
褲衩兒	kùchǎr	破爛兒	pòlànr
快板兒	kuàibǎnr	槍子兒	qiāngzǐr
老伴兒	lǎobànr	繞彎兒	ràowānr
老兩口兒	lǎoliǎngkǒur	仁兒	rénr
老頭兒	lǎotóur	嗓門兒	sǎngménr
遛彎兒	liùwānr	石子兒	shízǐr
露餡兒	lòuxiànr	收攤兒	shōutānr
馬褂兒	mǎguàr	送信兒	sòngxìnr
沒門兒	méiménr	蒜瓣兒	suànbànr
沒譜兒	méipǔr	挑刺兒	tiāocìr
沒準兒	méizhǔnr	頭兒	tóur
麵條兒	miàntiáor	玩兒	wánr
模特兒	mótèr	玩意兒	wányìr
末兒	mòr	圍嘴兒	wéizuǐr
哪兒	nǎr	味兒	wèir
那兒	nàr	餡兒	xiànr

第一章　語音　| 103

詞目	拼音	詞目	拼音
小辮兒	xiǎobiànr	一會兒	yīhuìr
小孩兒	xiǎoháir	一夥兒	yīhuǒr
小夥兒	xiǎohuǒr	一塊兒	yīkuàir
小倆口兒	xiǎoliǎngkǒur	有門兒	yǒuménr
小人兒	xiǎorénr	有譜兒	yǒupǔr
小偷兒	xiǎotōur	月牙兒	yuèyár
心眼兒	xīnyǎnr	雜拌兒	zábànr
壓根兒	yàgēnr	找碴兒	zhǎochár
煙嘴兒	yānzuǐr	照面兒	zhàomiànr
腰板兒	yāobǎnr	這兒	zhèr
爺兒	yér	抓鬮兒	zhuājiūr
一點兒	yīdiǎnr	準譜兒	zhǔnpǔr
一股腦兒	yīgǔnǎor	走神兒	zǒushénr

（"普通話輕聲詞兒化詞規範"課題組制定，課題組成員：晁繼周、金惠淑、史定國、潘雪蓮。）

（五）"啊"的連音同化

"啊"單唸為 a，通常讀輕聲。"啊"連在其他音節後面，往往把前一音節的音尾拉過來作為自己的音首，這種音變可稱連音同化。連音同化後的"啊"主要有六種形態的變化：

（1）前一音節的尾音為 i、ü 時，"啊"前加 i，即為 ia，漢字寫作"呀"。公式為 i/ü ＋ a → ia（呀）。例如：

nǐ a!（你啊！）→ nǐ ya!（你呀！）

yǔ a!（雨啊！）→ yǔ ya!（雨呀！）

（2）前一音節的尾音為 u、o 時，"啊"前加 u，即為 ua，漢字寫作"哇"。公式為 u/o + a → ua（哇）。例如：

kǔ a!（苦啊！）→kǔ wa!（苦哇！）

hǎo a!（好啊）→hǎo wa!（好哇！）

（3）前一音節的尾音為 n 時，"啊"前加 n，即為 na，漢字寫作"哪"或"呐"。公式為 n+a→na（哪／呐）。例如：

gàn a!（幹啊！）→gàn na!（"幹哪！"或"幹呐！"）

nán a!（難啊！）→nán na!（"難哪！"或"難呐！"）

（4）前一音節的尾音為 ng 時，"啊"前加 ng，即為 nga，漢字仍寫作"啊"，因為沒有表 nga 的漢字。公式為 ng+a→nga（啊）。例如：

chàng a!（唱啊！）→chàng nga!（唱啊！）

máng a!（忙啊！）→máng nga!（忙啊！）

（5）前一音節的尾音為 -i[ɿ] 時，"啊"前加 [z]（s 的濁音），即為 [za]，沒有相應的漢字，仍可寫作"啊"。公式為 -i[ɿ]+a → [za]（啊）。例如：

zì a!（字啊！）→zì [za]（字啊！）

cí a!（詞啊！）→cí [za]（詞啊！）

（6）前一音節的尾音為 -i[ʅ]時，"啊"前加 r，即為 ra，也沒有相應的漢字，可以照舊寫"啊"。公式為 -i[ʅ]+a→ra（啊）。例如：

chī a（吃啊！）→chī ra!（吃啊！）

shì a（是啊！）→shì ra!（是啊！）

(六)"一""不"的變調

1. "一"的變調

"一"的本調是陰平,"一"的後面連接陰平、陽平、上字的時候,"一"要改唸去聲。例如:

一生	yīshéng	→	yìshēng
一邊	yībiān	→	yìbiān
一齊	yīqí	→	yìqí
一直	yīzhí	→	yìzhí
一筆	yībǐ	→	yìbǐ
一手	yīshǒu	→	yìshǒu

"一"的後面是去聲字,"一"則變陽平,例如:

一定	yīdìng	→	yídìng
一切	yīqiè	→	yíqiè
一貫	yīguàn	→	yíguàn

2. "不"的變調

"不"的本調是去聲,但在另一個去聲字前卻要改唸陽平。例如:

不料	bùliào	→	búliào
不錯	bùcuò	→	búcuò
不幸	bùxìng	→	búxìng
不愧	bùkuì	→	búkuì

第五節　普通話音系

一、普通話音系的構造

從上面各個小節的討論中，我們可以看出普通話的語音是一個完整的系統，語音的系統語音學上叫作音系。在這個系統中聲母、韻母和聲調共存於一個組合結構之中，而且是互相制約的。這從以下普通話拼音規則便可以明瞭：

（一）從聲母來看

b、p、m 只能跟開口呼、齊齒呼以及合口呼的 u 韻母相拼，不能跟撮口呼和 u 韻母以外的合口呼相拼。f 只能拼開口呼和合口呼的 u 韻母，跟其他所有韻母都不能相拼。

d、t 除了不拼撮口呼韻母外，可以跟其他所有韻母相拼；n、l 可以拼所有韻母。

g、k、h 只能跟開口呼、合口呼的韻母相拼，不能跟齊齒呼、撮口呼的韻母相拼。而 j、q、x 正相反，只能跟齊齒呼、撮口呼的韻母相拼，不能跟開口呼、合口呼的韻母相拼。

z、c、s 和 zh、ch、sh、r 只能跟開口呼韻母、撮口呼韻母相拼，不能跟齊齒呼、撮口呼的韻母相拼。z、c、s 拼 i 時讀 [ɿ]，zh、ch、sh、r 拼 i 時讀 [ʅ]，[ɿ] 和 [ʅ] 在普通話音系裏是屬於開口呼的。

零聲母可以跟所有韻母相拼。

（二）從韻母來看

開口呼韻母除了不拼 j、q、x 外，可以跟所有聲母相拼。

齊齒呼韻母跟 b、p、m，d、t、n、l，j、q、x，以及零聲母相拼，不跟 f、g、k、h，z、c、s，zh、ch、sh、r 相拼。

合口呼中單個的 u 韻母，除了不拼 j、q、x 以外，可以跟所有聲母相拼，合口呼中其他韻母不能與 b、p、m、f 和 j、q、x 相拼。

撮口呼韻母只跟 n、l、j、q、x 和零聲母相拼，不能與其他聲母相拼。

（三）從聲調來看

普通話陰平、陽平、上聲、去聲四個聲調跟聲韻母也有密切的制約關係。最明顯的一條就是，普通話讀塞音、塞擦音聲母（如 b、t、j、zh 等），聲調是陽平的字，一定是古入聲的全濁聲母字。例如："拔" bá、"達" tá、"傑" jié、"轍" zhé，等等。對保留全濁聲母的方言區（如上海）人士來說，認識普通話聲調的這種結構關係，對於學好普通話是很重要的。

二、普通話音系的特點

特點是在比較之中得出的。普通話可與外語（例如英語）比較得出漢語的民族特點，也可與古代漢語比較得出現代漢語的特點，還可以與現代的漢語方言比較得出漢民族共同語的特點。這裏講普通話的音系特點，主要是拿普通話語音與現代漢語其他方言的語音作比較，找出普通話有而方言無，或普通話無而方言有的東西，並且只能說說最主要的特點。

（一）聲母方面

1. 普通話沒有全濁聲母

輔音分清音和濁音。全濁輔音就是發音時聲帶振動的塞音、塞擦音和擦音。普通話聲母只有清的塞音、塞擦音和擦音（b、p、f、d、t、j、q、x、z、c、s、zh、ch、sh，g、k、h），而沒有相應的全濁聲母。但是，上海一帶的吳語方言，湘潭一帶的湘語方言是有全濁聲母的。廣州話等粵語方言也沒有全濁聲母，但還可以通過聲調的不同來判別：上海、湘潭一帶讀清音聲母的，普通話讀陰調，廣州話一般也都讀為陰調（陰平、陰上、陰去、上入、中入）；上海、湘潭一帶讀全濁聲母的，普通話讀陽調，廣州話一般也都讀陽調（陽平、陽上、陽去、陽入）。例如下面普通話讀塞音、塞擦音的例字裏，上海話的甲類字讀清音聲母，乙類字讀全濁音聲母；廣州話的甲類字讀陰調，乙類字讀陽調。

	甲類字	乙類字
b	比布把百悲碑北飽本兵	避被拔步白倍薄抱辦病
p	批普怕破拍派配飄片烹	皮蒲爬婆牌排盤貧朋瓶
d	滴賭搭多刀到點短黨等	弟地讀奪隊道淡電定動
t	踢土拖脫腿貪天湯聽通	徒台桃條頭談團糖騰同
g	古瓜割國蓋怪鬼關根光	跪櫃共
k	哭課客開口寬肯困筐孔	葵狂
z	資足卒祖左宰嘴走葬增	字自雜昨坐在賊罪鑿贈
c	粗醋擦菜催草餐村倉	慈才裁曹蠶殘存層從叢
zh	知織主遮捉窄照準壯終	佇直治住助濁棧撰丈鄭
ch	尺初出車抽春昌廠窗充	遲除鋤茶柴巢潮船林蟲
j	基橘家九見積姐焦酒精	極巨舊件近集絕就賤淨
q	欺丘欠勸輕取秋千槍請	旗橋權罩求齊前全牆晴

2. 普通話不分尖團音

尖團音是尖音和團音的省稱。所謂尖音就是聲母為z、c、s，韻母為i、ü或以i、ü開頭的音節；所謂團音就是聲母為j、q、x（在有的方言裏可能是g、k、h），韻母為i、ü或以i、ü開頭的音節。在普通話裏，尖音與團音合併，都唸團音，因此"精＝經jīng，青＝輕qīng，星＝興xīng"。這叫尖團不分，這是普通話的一個重要語音特點。下面再舉一些例子說明。以下兩組字裏，甲類是尖音字，乙類是團音字，普通話兩類字同音，都讀為團音：

	甲類字	乙類字
ji	跡擠祭	基己季

qi	妻齊砌	期旗氣
xi	惜洗細	希喜系
xie	斜寫泄	鞋血蟹
qiao	瞧憔雀(白讀音)	僑橋巧
jiu	揪酒就	究久救
qiu	囚泅酋	求球裘
jian	煎剪箭	肩柬件
qian	遷錢淺	謙鉗遣
xian	鮮線羨	掀限獻
jin	津盡進	金近禁
jiang	將獎匠	江講降
qiang	槍牆搶	腔強
xiang	相箱想	香鄉享
jing	睛井淨	京景竟
qing	青清蜻	輕卿傾
qu	趨取趣	區曲去
xu	須需戌	虛墟
xue	薛削雪	靴學穴
jun	駿俊竣	郡菌

在有的方言裏，以上這兩類字是不同音的。例如以下幾對陰平調的字在老派的南京話中都不同音：擠 [tsi] ≠ 雞 [tɕi]，妻 [ts'i] ≠ 欺 [tɕ'i]，西 [si] ≠ 稀 [ɕi]；廣州話以下幾對字也不同音：尖 [ˏtsim] ≠ 兼 [ˏkim]，潛 [ˏts'im] ≠ 鉗 [ˏk'im]，漸 [tsim⁼] ≠ 儉 [kim⁼]。老派南京話尖音字聲母讀 [ts、ts'、s]，團音字讀 [tɕ、tɕ'、ɕ]；廣州話尖音字讀 [ts、ts'、s]，團音字讀 [k、k'、h]，它們都叫分別尖團。南方方言裏能區分尖團音的很多。

3. 普通話區別平舌音和翹舌音

許多方言平舌音（舌尖前音）z、c、s[ts、tsʻ、s] 與翹舌音（舌尖後音）zh、ch、sh[tʂ、tʂʻ、ʂ] 不分，其中大多數是只有平舌音，沒有翹舌音，把普通話的翹舌音都讀成平舌音。例如"增、爭"聲母都是 z[ts]；"草、炒"聲母都是 c[tsʻ]，"桑、商"聲母都是 s[s]。也有少數方言只有翹舌音，沒有平舌音，把普通話的平舌音都讀成翹舌音，例如湖北鍾祥方言"增、爭"聲母都是 zh[tʂ]；"草、炒"聲母都是 ch[tʂʻ]；"桑、商"聲母都是 sh[ʂ]。還有的方言平舌音、翹舌音互混，時而平舌音，時而翹舌音，兩類音不固定。普通話平舌音與翹舌音區別明顯，"增、草、桑"的聲母是 z、c、s；"爭，炒、商"的聲母是 zh、ch、sh。再比較普通話中跟 i[ɿ，ʅ] 韻相拼的兩類字：

	甲類字		乙類字
zi[tsɿ]	資孜子紫自字	zhi[tʂʅ]	之知直職只指志致
ci[tsʻɿ]	差（參差）瓷辭此次刺	chi[tʂʻʅ]	癡遲池齒翅赤
si[sɿ]	思斯死四似巳	shi[ʂʅ]	獅詩時使是事市

普通話這兩類字不同音，在很多方言中是同音的。普通話翹舌音 ri[ʐʅ] 只有去聲的"日"字，這個字的讀音比較特殊。

（二）韻母方面

1. 普通話沒有 -m 韻尾，只有 -n、-ng 兩個韻尾

南方很多方言有 -m -n -ng 三個韻尾，普通話只有 -n、-ng 兩個韻尾。普通話把方言裏的 -m 韻尾字都讀成 -n 韻尾了。例如"膽探南蘭站蠶三監咸甘碩含嵌針深森林金琴心佔閃點甜念"等字廈門話、廣州話都讀 -m 韻尾，普通話都讀 -n 韻尾。普通話 -n 韻尾與 -ng 韻尾共有七對，分別得很清楚；但有的方言雖然也只有 -n、-ng 兩個韻尾，有的時候卻是分不清楚的。下面以武漢話、南京話、西寧話為例（只標韻母。為了比較方便，武漢等三處方言用於比較的韻母作了簡化處理）：

例字	普通話	武漢話	南京話	西寧話
根 庚	en eng	en	eng	en
斤 京	in ing	in	ing	in
昆 空	uen ong	uen ong	uen ong	uen
熏 胸	ün iong	yn iong	yn iong	yn
三 桑	an ang	an ang	ã	an ang
關 光	uan uang	uan uang	uã	uan uang
連 良	ian iang	ian iang	ian iã	ian iang

　　從這個表裏可以看出，武漢話不分 [en] 與 [eng]，都讀成 [en]，也不分 [in] 與 [ing]，都讀成 [in]；南京話也不分 [en] 與 [eng]，但都讀成 [eng]，也不分 [in] 與 [ing]，但都讀成 [ing]，還不分 [an] 與 [ang]，都讀成 [ã]，不分 [uan] 與 [uang]，都讀成 [uã]；西寧話跟武漢話一樣不分 [en] 與 [eng]，都讀成 [en]，也不分 [in] 與 [ing]，都讀成 [in]，西寧話還不分 [uen] 與 [ong]，都讀成 [uen]，不分 [yn] 與 [iong]，都讀成 [yn]。

　　2. 普通話複韻母比較齊整

　　普通話的複韻母，特別是前響複韻母比有些方言豐富。例如與上海話相比，普通話有好些複韻母在上海話裏唸作單韻母。

例字	普通話	上海話
快買 菜來	ai	[ɑ] [e]
內悲	ei	[e]
曹操	ao	[ɔ]
漏斗	ou	[ɤ]

3. 普通話介音 i、u、ü 比較明顯

例如"爹"字普通話讀 die，廣州話讀 dê，缺了介音 i。"多鑼左錯鎖"普通話讀 duo、luo、zuo、cuo、suo，廣州話讀 do、lo、zo、co、so，缺了介音 u；"對推吞莊瘡"廣州音也是缺少介音 u；"光曠爽"等字的廣州音則是介音 u 不甚顯著。武漢話的"多鑼左錯鎖對推吞"也是丟失了介音 u。

4. 兒化韻是普通話的重要特徵。

（三）聲調方面

1. 沒有入聲

"入派三聲"，即古代漢語的入聲歸進普通話的平聲、上聲、去聲中去了；普通話平聲分陰平、陽平，所以入聲實際上是歸進了普通話的陰平、陽平、上聲、去聲。例如普通話陰平中的"錫脫昔"，陽平中的"毒族合"，上聲中的"尺帖鐵"，去聲中的"末熱麥"，就都是古代漢語的入聲。許多南方方言如粵語、閩語、吳語現在仍然保留入聲，而其中又以粵語的入聲保留得最完整。

2. 有輕聲

輕聲與兒化是普通話音系最突出的兩個特徵。輕聲與兒化現象前面已作專題講述。

三、語音對應規律

語言與語言之間，語言與方言之間，或方言與方言之間，語音常常有一定的對應關係，這種關係就叫語音對應。研究語音對應得出的規律就叫語音對應規律。掌握語音對應規律可以幫助更好更快地學習一種語言或方言。上面討論普通話語音的時候，很多地方實際上都說到語音的對應規律。

下面用國際音標標音，把普通話的 [u] 韻與廣州話的部分 [u] 韻作一下比較，看看兩者之間有什麼對應關係：

普通話	例字	廣州話
₌fu	夫膚敷俘孵麩	₌fu
₌kʻu	枯	₌fu
₌xu	呼	₌fu
ˬfu	扶芙符	ˬfu
ʿfu	府俯腑斧甫撫	ʿfu
ʿkʻu	苦	ʿfu
ʿxu	虎	ʿfu
fuˀ	婦	ʿfu
fuˀ	賦富副	fuˀ
kʻuˀ	庫褲	fuˀ
xuˀ	戽~水	fuˀ
ʿfu	腐輔	fuˀ
fuˀ	付傅赴訃父附負	fuˀ
₌ku	姑辜孤	₌ku
ʿku	古估賈股鼓	ʿku
kuˀ	故固雇顧	kuˀ
uˀ	烏汙	₌u
₌xu	胡湖鬍狐壺	₌xu

ˈu	塢	ˈu
ˈxu	滸水~	ˈu
uˀ	惡好~	uˀ
xuˀ	戶滬互護	uˀ
₌u	吾梧吳蜈	₌ŋ
ˈu	五伍午忤仵	ˈŋ
uˀ	誤悟晤	ŋˀ

從這個比較中，可以得出廣州話和普通話之間的兩條語音對應規律：

第一，凡是普通話讀 [u] 韻的，廣州話也是 [u] 韻。廣州話讀 [u] 韻的，普通話還有其他讀法。

第二，普通話讀 [u] 韻的字，廣州話還讀自成音節的 [ŋ]。

就是說，普通話的 [u] 韻對應於廣州話的 [u] 韻和 [ŋ] 韻。也從這個對應中，我們還可以知道一個重要信息，廣州話讀 [ku] [xu] 的，普通話也讀 [ku] [xu]；廣州話讀 [fu] 的，普通話有的也讀 [fu]，有的還讀 [k'u] [xu]，這個跟古音的來歷有關。

就漢語而論，語音對應可以是聲母的對應，可以是韻母的對應，也可以是聲調的對應，當然也有聲韻調整個音節的對應。下面還以廣州話舉例，說說廣州話與普通話之間最主要的幾條語音對應規律。為了方便起見，下面的標音也都用國際音標。

（一）聲母的主要對應規律

1. 廣州話讀 p、p'、m、f 普通話也讀 p、p'、m、f（b、p、m、f），差別如下：

廣州話	例字	普通話
p	胖啤埔(黃~)	p'
p'	柏倍蚌抱豹婢鰾	p
m	晚妄味吻無侮物	ø

| f | 乎花謊灰悔昏火貨 | x |
| | 科課苦款魁闊 | k' |

2. 廣州話讀 t、t'、n、l 普通話也讀 t、t'、n、l（d、t、n、l），差別如下：

廣州話	例字	普通話
t	特突凸	t'
t'	淡怠禱堤肚盾舵	t

3. 廣州話讀 ts、ts'、s 普通話也讀 ts、ts'、s（z、c、s），但廣州話的 ts、ts'、s 包含了普通話讀 tṣ、tṣ'、ṣ（zh、ch、sh）和 tɕ、tɕ'、ɕ（j、q、x）的字，例如：

廣州話	例字	普通話
ts	伺巳寺俗誦僧	s
	榨展盞爪罩者真朱追	tṣ
	顫觸	tṣ'
	積煎匠井酒絕俊	tɕ
	夕襲謝序袖習像象席續	ɕ
ts'	賽似松速隋隨	s
	茶產場潮尺程池充楚川	tṣ'
	昭診拯柱桌卓	tṣ
	杉設署奢矢束始	ṣ
	七臍前俏秦情泉	tɕ'
	祥翔肖纖邪徐旬斜巡尋	ɕ
s	沙曬山善上少社沈失收	ṣ
	昔先消笑卸信性秀婿迅	ɕ
	禪常臣承崇船唇仇愁	tṣ'

4. 廣州話讀 k、k'、h 普通話分別讀 k、k'、x（g、k、h），廣州話的 ŋ 普通話一般讀 ø（零聲母），但廣州話的 k、k'、h 包含了普通話 tɕ、tɕ'、ɕ（j、q、x）的字，例如：

廣州話	例字	普通話
k	幾記加肩江叫介斤糾	tɕ
k'	其鉗強芹求曲拳確卻	tɕ'
h	希下向校咸血幸兄雄	ɕ
	凱砍康考可肯坑孔口	k'
	乞恰欠怯去犬	tɕ'

（二）韻母的主要對應規律

廣州話與普通話韻母的對應關係非常複雜，最主要的是廣州話讀 [-m] 韻尾的字，普通話都讀成 [-n] 韻尾了；廣州話讀 [-p] [-t] [-k] 韻尾的字普通話都讀成元音韻或元音尾韻了。對於港澳地區的人來說，學習普通話的時候要特別注意這兩類字的讀法。

1. 廣州話讀 am、ɐm、im 韻普通話分別讀 an、iɛn、in、ən（an、ian、in、en）韻，例如：

廣州話	例字	普通話
am	慚淡函嵐男三貪暫站	an
	監減鹹岩	iɛn
ɐm	今禁琳欽心飲	in
	暗甘含憾砍	an
	岑沉任森甚	ən
im	店尖臉欠甜嫌炎焰淹	iɛn
	禪冉占閃	an

2. 廣州話讀 ap、ɐp、ip 韻普通話分別讀 a、ia、i、iɛ、ɤ、ʅ（ɑ、iɑ、i、ie、e）韻，例如：

廣州話	例字	普通話
ap	插答納踏眨砸	a
	夾匣鴨狹頰	ia
ɐp	急及粒泣吸揖邑	i
	鴿合瞌磕	ɤ
	什十拾汁執	ʅ
ip	疊劫獵聶貼頁	iɛ
	涉攝	ɤ

3. 廣州話讀 at、ɐt、ɔt、øt、it、ut、yt 等韻母普通話分別讀 a、ia、ua、i、u、y、uai、iɛ、yɛ、ɤ、o、uo（ɑ、iɑ、uɑ、i、u、y、uɑi、ie、üe、e、o、uo）等韻母，例如：

廣州話	例字	普通話
at	八察達發辣薩紮撒	a
	刮滑刷挖	ua
	壓押	ia
ɐt	畢吉蜜匹乞膝一逸	i
	不拂骨忽窟突物	u
	日失虱實侄質	ʅ
ɔt	割葛何褐渴	ɤ
øt	出怵述卒	u
	律戌恤	y
	摔率蟀	uai
it	別跌傑列蔑孽切泄	iɛ

	徹熱設折	ɤ
ut	缽勃末茉潑	o
	活括闊	uo
yt	絕訣缺月厥	yɛ
	奪說脫	uo

4. 廣州話讀 ak、ɐk、ɛk、ek、ɔk、ok、œk 等韻母普通話分別讀 i、u、y、ʅ、ɤ、o、ao、ou、uo、iau、yɛ（i、u、ü、e、o、ao、ou、uo、iao、üe）等韻母，例如：

廣州話	例字	普通話
ak	策額革赫客責肋	ə
	白百拆拍窄	ai
	帛魄舶	o
ɐk	測德勒特則	ɤ
	陌默墨	o
ɛk	笛屐劈踢錫	i
	吃尺石	ʅ
ek	碧辟滴激寂力戚席	i
	斥式適釋值職	ʅ
ɔk	鐸國獲諾朔索昨	uo
	鄂閣各恪樂（快～）	ɤ
	泊駁莫膜	o
	覺確學嶽	yɛ
	薄雹落烙剝	ao
ok	畜促毒穀酷陸木叔	u
	菊局綠曲欲旭	y
	肉熟軸	ou
œk	戳若爍桌酌	uo

| 爵略虐雀約 | yɛ |
| 腳藥鑰削嚼 | iau |

（三）聲調的主要對應規律

參閱前面第三節第三小節"聲調"。

上面說的都是從廣州話看普通話的，也可以反推過來從普通話看廣州話。利用自己所熟悉的方言，找出方言與普通話語音的對應關係。這是學習普通話的有效途徑。

思考與練習

一、思考與討論題

① 語音有哪三種屬性？最本質的是哪一種屬性？語音的社會屬性主要表現在哪幾個方面？

② 什麼叫音素分析法？什麼叫聲韻調分析法？請舉例說明。

③ 為什麼說漢語是聲調語言？請將你的方言的聲調與普通話的聲調作一比較。

④ 語流音變是各種語言普遍存在的現象，請舉例說明普通話的音變。

⑤ 輕聲現象是北京音系的特點，請說出必讀輕聲詞的規律。

⑥ 請舉例說明《漢語拼音方案》具有國際化、音素化、簡易化的特點。

⑦ 普通話與方言之間的語音對應規律有哪幾種？請以普粵對比舉例說明。

⑧ 你會漢語拼音輸入法嗎？試評論這種輸入法的好處。

二、練習題

① 請寫出下列元音的發音方法。

　　例　i　　前、高、不圓唇元音

　　(1) e　　　　　　　　(2) o

　　(3) a　　　　　　　　(4) ü

② 請寫出下列輔音的發音部位和發音方法。

　　例　b　　雙唇、不送氣、清、塞音

　　(1) p　　　　　　　　(2) m

　　(3) k　　　　　　　　(4) q

　　(5) z　　　　　　　　(6) f

③ 判斷下列定義的正誤，正確答案在(　)內打✓，錯誤答案在(　)內打×。

　　(1) 普通話只有6個單元音韻母。　　　　　　　　(　　)

　　(2) 發元音時聲帶一定振動。　　　　　　　　　　(　　)

　　(3) 音素是最小的語音單位。　　　　　　　　　　(　　)

(4) 所有的輔音只能做聲母。　　　　　　　(　　)

(5) 一個音節必須要有韻母和聲調。　　　　(　　)

(6) 漢語拼音書寫的普通話音節最多可以有6個音素。(　　)

④ 請將下列韻母歸類。

ai　uen　iao　ü　uai　ün　ao　uei　ong　ua　eng　i　uan　o

單韻母	
複韻母	
鼻韻母	

⑤ 分析下列音節的音節結構。

| 漢字 | 拼音 | 聲母 | 韻母 |||| 聲調 |
| | | | 韻頭 | 韻腹 | 韻尾 || |
					元音	輔音	
機	jī						
良	liáng						
巧	qiǎo						
濁	zhuó						
血	xuè						
甘	gān						

⑥ 請舉出20個常用輕聲詞。

⑦ 請舉出20個常用兒化詞。

⑧ 試用漢語拼音正詞法，為下列一段話注上拼音(請按下面中文分詞的提示寫。注意句首的詞和地名需要大寫)。

在 浩瀚無垠 的 沙漠 裏，有 一 片 美麗 的 綠洲，綠洲 裏 藏着 一 顆 閃光 的 珍珠。這 顆 珍珠 就 是 敦煌 莫高窟。它 坐落 在 我國 甘肅 省 敦煌 市 三危 山 和 鳴沙 山 的 懷抱 中。

⑨ 區別舌尖前音、舌尖後音及舌面音，請讀以下繞口令。

四是四，十是十。
要想說對四，舌頭碰牙齒。
要想說對十，舌頭別伸直。
十四是十四，四十是四十，
不要把四當成十，不要把十當成四，
不要把十四當成四十，不要把四十當成十四。

七加一，七減一，加完減完等於幾？
七加一，七減一，加完減完還是七。
七巷有一個錫匠，西巷有一個漆匠。
七巷的錫匠拿了西巷漆匠的漆；

西巷的漆匠也拿了七巷錫匠的錫。

七巷的錫匠嘲笑西巷漆匠拿了錫,

西巷的漆匠譏笑七巷錫匠拿了漆。

雜誌社出雜誌,雜誌出在雜誌社。

有政治常識、歷史常識、寫作指導、詩詞注釋;

還有那,植樹造林、治理沼澤、

栽種花草、生產手冊,種種雜誌數十冊。

⑩ 朗讀下列句子(注意:"一、不"要按變調讀出)。

(1)沒有一片綠葉,沒有一縷炊煙,沒有一粒泥土,沒有一絲花香,只有水的世界,雲的海洋。 (王文傑〈可愛的小鳥〉)

(2)一個人的一生,只能經歷自己擁有的那一份欣悅,那一份苦難,也許再加上他親自聞知的那一些關於自身以外的經歷和經驗。(謝冕〈讀書人是幸福人〉)

(3)它不像漢白玉那樣的細膩,可以刻字雕花,也不像大青石那樣的光滑,可以供來浣紗捶布。(賈平凹〈醜石〉)

(4)這兩個建議很關鍵。因為對於一個八歲的孩子而言,他不會做的事情很多。於是他穿過大街小巷,不停地思考:人們會有什麼難題,他又如何利用這個機會?([德]博多·舍費爾〈達瑞的故事〉,劉志明譯)

(5)爸爸等於給我一個謎語,這謎語比課本上的「日曆掛在牆壁,一天撕去一頁,使我心裏着急」和「一寸光陰一寸金,寸金難買寸光陰」還讓我感到可怕;也比作文本上的「光陰似箭,日月如梭」更讓我覺得有一種說不出的滋味。(林清玄〈和時間賽跑〉)

第二章

漢字

第一節　文字用圖形記載語言

　　語言學有一門"普通語言學"分支學科。"普通語言學"是對"具體語言學"而言的。普通語言學好像語言學中的哲學，它從各具體語言的紛繁現象中抽象出一般規律，建立起語言學的理論體系，用以概括雜陳的語言現象，對各種語言現象作出理論的闡釋。文字也是普通語言學的研究對象之一。不同的文字也是有共同規律可尋的，例如文字是晚於語言的社會現象，文字的發展有其自身的規律，並不與語言的發展對等，等等。為了更加瞭解漢字的特點，我們首先談文字學的幾點基本原理。

一、文字是語言的代用品

　　人類初有語言的時候，語言只有口頭形式而無書面形式。遠古時代，人類既無使用文字的必要，也無創造文字的條件。在那個時代，人類的溝通活動是極其簡單的，大約只在協調勞作與抒發情感時才有語言的發出。語言以聲音作為傳遞訊息與接收訊息的媒介，而語言的聲音是一種特殊的聲音，其特殊性表現為語言的聲音都是有意義的，並不是雷聲、雨聲、哭聲、笑聲、噴嚏聲、打鼾聲……遠古人類憑藉口頭的有聲語言就可以滿足溝通的需要。人類社會在一個很長的歷史時期單有口頭語言而無文字，即使現代，也有許多民族只有耳治的口語而無目治的書面語。

　　文字是文明時代的產物。隨着生產的提高，產品交換出現了；隨着交通的發展，人與人的阻隔解除了；隨着文明的創造，歷史的記載成了必需；於是，單憑口頭的有聲語言已不敷應用，口頭的有聲語言的代用品文字也就應運而生了。

　　文字是語言的代用品。這個結論有幾層意思：第一，語言的存在在先，文字的出現在後。語言是與人類同時產生的，它是人之所以成為人的條件之一；文字却是近幾千年前才出現的社會現象。世上只存在有語言無文字的民族，不存在有文字無語言的社會。第二，文字是記錄語言的。語言有語音、詞彙與語法；文字記錄語言的哪一個要素？一般地說，文字記錄語言的語音，並不直接與語言的詞義掛鈎。文字記錄語音，語音包含語義。舉個例子：面對一張用漢字寫成的通告，並不是所有會說漢語的人都能看懂；只有那些識漢字的人才看得懂那張通告，不識漢字的人是看不懂的；但是識漢字的人如果將那張通告讀出聲來，那不識漢字而會說漢語的人也就懂得了通告的內容。這個例子說明，所謂識得一個字，無非是曉得了這個字形所表示的聲音，通過字音，進而瞭解了字義。

二、最早的文字是圖形文字

　　文字的根本特性是以形體表示語音，而語音是體現語言的意義的。因此，一個形體是否表示語音，能否讓識字的人讀出聲音來，成為鑑別這個形體屬於不屬於文字的根本標誌。有兩個概念需要分辨開來：文字圖畫與圖形文字。文字圖畫是一種圖畫，其圖形並不表示確定的聲音，它所表達的意念也並非確定的，其被理解的程度要視認同者的多寡而定。例如香港很流行"♡"這個文字圖畫，它可以表示"心"，也可以表示"愛"，還可以表示其他意思，它所表達的意念是不確定的，也沒有固定的讀音，甚至根本不表示聲音。一支點燃的香煙被一根線劃開——這幅文字圖畫所要表達的意念（禁止吸煙）城市人大多可以領悟，但誰也讀不出它的聲音，因為它本來就沒有聲音。如果說"♡"之類是摩登的文字圖畫，是文字產生之後的文字圖畫，那麼還有一種古代的文字圖畫，文字產生前已存在，而文字正是由古時的文字圖畫脫胎而來的。古時的文字圖畫是文字的前身。一旦古代的文字圖畫線條簡化，並且固定地表示語言的聲音，那麼這種圖形就不再是圖畫而是文字了。因為這種文字的圖畫痕跡還很深，所以可以稱之為圖形文字。例如古代漢字⛰，它畫的是山的形狀，可以視為圖畫，但因其線條簡化了，並且表示漢語的"山"的聲音，所以它就是圖形文字。文字學稱圖形文字為象形文字。

三、漢字的最初形態是圖形文字

象形文字好像是實物的素描或速寫，其特徵是以簡化了的線條勾勒實物的形狀，所謂"畫成其物，隨體詰詘"是也。例如是"口"，是"山"，是"鳥"。名詞中的具體名詞比較適合用象形文字表示，抽象名詞就不容易畫了，例如"德、義、廉、恥"等等。動詞也比較難以象形文字表示，例如"吃、喝、愛、恨"等等。形容詞、副詞則更難適應象形文字，例如用什麼圖形表示"好、壞，很、極"一類詞呢？我們的先祖不斷改進和豐富形體表意的方法，形成新的表意系統，始終堅持形體表意的傳統。

第二節　傳統的漢字造字法

　　傳統漢字學大致講兩個內容：傳統的漢字造字法和漢字的幾種主要字體。

　　漢字屬於表意文字體系，每個漢字以它有個性的形體表示單音節語素的聲音。漢語要用多少個漢字記錄？這個數字是很難精確地統計出來的。1965 年所看到的甲骨文字有 4500 個左右，參照商、周兩代的金文和其他石刻等文物上的文字，去其重複相等的，周、秦文字大約是 4000 個左右。4000 個字就是 4000 個有個性的形體。西漢揚雄著《訓纂編》，收字 5340 個。東漢許慎著《說文解字》，收字 9353 個。三國時魏國的李登著《聲類》，選收 11520 字；同時期的張揖著《廣雅》，却收了 18150 字。晉代呂忱著《字林》，收字 12824 個。北魏楊承慶著《字統》，收字 13734 個。南朝梁代的顧野王著《玉篇》，字數達 16917 個。宋代陳彭年等著《廣韻》，收字 26194 個。宋代丁度等著《集韻》，收字包括重文和多音，達 53525 個。宋代梅膺祚等著《字彙》，選收 33179 字。明代張自烈著《正字通》，收字 33440 個。清代張玉書等著《康熙字典》，收字 47043 個。民國初年中華書局出版的《中華大字典》收字 48000 多個。1961 年日本人諸橋轍次主編的《大漢和辭典》收錄 49964 個字（包括日本造的字和詞）。1968 年台灣中國文化學院出版部出版《中文大字典》，收字 49880 個。1985 年開始分卷定稿陸續出版的《漢語大字典》收列單字 56000 個左右。

　　如此多的形貌不同的漢字是怎樣造出來的呢？漢字的使用者也就是漢字的發明者，他們在實際使用漢字的過程中根據溝通的需要，製造出一個又一個的字形，積少成多，約定俗成。後代整理文字的人回過頭去一看，發現數以千計或萬計的字原來在構造方法上是有規律可尋的；說明使用漢字的先民們具有高度的抽象能力，而漢字的構形則具有科學性。後人把漢字造字法歸納為六種，即所謂"六書"。"六書者，乃後人研求文字歸納而得其構造，可分六類，固非先立此六法以造文字也。"（馬敍倫《說文解字六書疏證》卷二十九）

　　關於六書的所指及排列次第，人們一般認為是象形、指事、會意、形聲、轉注、假借。

　　轉注、假借兩書排在六書最後，並不表示這兩種方法出現最晚，特別是"假借"，有人認為"假借與漢字相終始"，"據古文字學家們統計，甲骨文字中的常用字，假借字佔百分之九十以上"（殷煥先《漢字三論》）。六書中的象形、指事、會意、形聲，被認為"造字"的方法，轉注則被認為"解字"的方法，假借被認為"用字"的方法。因此，轉注、假借排在真正的造字方法後面。

一、象形與指事

　　象形字和指事字都是"獨體之文"，"文"指獨體字，古人稱"獨體為文，合體為字"，統稱"文字"。

（一）象形

　　許慎說："象形者，畫成其物，隨體詰詘，日月是也。"（〈說文解字敘〉）許慎給六種造字方法下定義採取八個字的韻文體。僅用八個字概括一種造字方法的特徵是很不容易的，難得許慎下的定義沿用至今已經一千九百多年。根據許慎所下的定義，象形這一書的特點是：畫出實物的形貌，隨着物體的曲折變化而曲折變化，"日"字、"月"字就是如此。象形就是給實物寫生或畫圖，但文字畢竟不同於圖畫，象形字給實物畫圖只是取實物的特徵部分，略去許多不必要的部分，亦即儘量減弱圖繪成分，加強符號作用。例如羊的特徵在角，所以古文寫作 或 ，現在寫作"羊"；鼠的特徵在齒和尾，所以古文寫作 ，現在寫作"鼠"；山的特徵在峰，所以古文作 ，現在寫作"山"。概括而言，認識象形需把握兩點：一是象實物的形貌，二是取實物的特徵部分而象之。

　　象形字的圖形性在古文字（甲骨文、金文、大篆、小篆）中保留得比較明顯，在今文字（隸書、楷書）中已經減退，甚至變成只起區別作用的"記號"。例如：

牛：甲骨 ▽　　　金文 ▽

馬：甲骨 ▽　　　金文 ▽

鳥：甲骨 ▽　　　小篆 ▽

鼎：甲骨 ▽　　　小篆 ▽

　　象形造字法本是最簡單的造字法，但是歷代文字學著述把它搞得複雜不堪。比如有人將象形分作六類：獨體象形、合體象形、象形兼聲、象形加偏旁、形有重形、象形有最初本形（鄭知同）；有人分象形為正例、變例，正例是純象形字，比較容易理解，變例則分一字象兩形、減文象形、合體象形、象形兼意、形兼意而略意、兩形加意、形兼意兼聲、似無形而仍為象形等等（王筠）。例如在王筠的體系中，"臼"字被釋為"外象臼形，中象米形"，屬"合體象形"；"果"字被釋為"田象果形，木是會意"，屬"象形兼意"；"眉（眉）"被釋為"象眉形，目會意，象額理紋"，屬"兩形加意"；"衣"字開頭兩筆像衣領，接着的四筆像衣襟，"衣"屬似無形而仍為象形等等。而這些字的歸屬在其他文字學著作中又並不完全相同，例如"果""眉"在朱宗萊的《文字學形義篇》裏列為"合體象形"。

　　依據許慎給象形法下的定義，象形字應只限於獨體，即所謂"獨體象形"或"象形正例"；倘在獨體的象形之外又加其他部件，當屬於其他造字法——象形之外的五種方法或"六書"之外的造字方法。

（二）指事

　　許慎說："指事者，視而可識，察而見意，上下是也。"（〈說文解字敘〉）制訂這個定義與制訂象形的定義不同。象形的定義是從"象形"這種方法上着眼的，意思是說，所謂象形，就是畫出實物的樣子，隨着實物的曲折變化而曲折變化，如同寫生或攝影那樣。指事的定義却是從效果上着眼的，意思是說這種字你看上去可以認出（即指事字形上的象形部分），然而你要"察一察"才能體味出它的意思來。例如"刃"字，一眼看上去可以認出"刀"，再尋味一下，刀口上有一橫，這一短橫指出了字義的所在。

指事字由兩個部分組成，其基礎部分是已有的象形字，如"刀"，這是"視而可識"的；基礎之外是符號部分，如"、"，這是"察而見意"的。指事字等於象形字加指示性的符號，例如"木"是個象形字，在這個象形字下端加一橫作指示性符號，成為指事字"本"；指示性符號加在上面，則構成指事字"末"。指事造字法的特徵可以作這樣的表述：用給象形字加注指示性符號的辦法表示比較概括的字義。常常用作舉例的指事字有：

凶：小篆 凶。凵象低窪的地方，乂是指示性符號，指出此處危險。

甘：小篆 甘。口就是"口"，－是指示性符號，指出口中含着甜品。

血：小篆 血。皿就是"皿"，－是指示性符號，指出皿中盛的是"血"。

象形字與指示性符號相組合是指事字的主要造字途徑，此外"凡獨體之文而非象有形之物者"亦都是指事字，如一、二、三、上、下、八等等。這些字不是象形字，可是出現很早。它們是那些持"指事"先於"象形"的主張的人最好的理由，認為"未有文字，先有符號"，而一、二、上、下之類正是此種符號之變相。這類字數量有限，未可成為指事先於象形的充足理由。指事字有些是"獨體之文"，所以近似象形字；有些是由象形字與指示性符號兩個構件組成，所以近似會意字。指事造字法可以理解為介乎象形與會意之間的造字方法。象形、指事、會意三種造字法可列出公式作一比較：

象形字＝獨體的象形字

指事字＝獨體之文而非象有形之物／象形字＋指示性符號

會意字＝象形字＋象形字

二、會意與形聲

會意字和形聲字都是"合體之字"。

（一）會意

許慎說："會意者，比類合誼，以見指撝，武信是也。"（〈說文解字敘〉）象形字、指事字都是獨體字，會意字則是合體字，即會意字的各個構件都是可以獨立成字的（指事字却只有基礎部分可獨立成字，指示性符號為加在象形字上的筆畫，不是獨立的字）。"比類合誼，以見指撝"八個字中，"以見指撝"的意思與指事定義中的"察而見意"差不多，會意定義的重心是"比類合誼"四字。從字面上解釋，"比"就是"並"或"合併"；"類"就是"種類"，事物的種類或字的種類；"合"即"會""會合"；"誼"是"義"的本字，"義"是假借來表示"誼"的。段玉裁說："誼者，人所宜也。先鄭周禮注曰：'今人用義，古書用誼。'誼者本字，義者假借字。指撝與指麾同，所謂指向也。比合人言之誼，可以見必是信字；比合戈止之誼，可以見必是武字，是會意也。會意者，合誼之謂也。"（〈說文解字敘〉注）理解會意定義，關鍵是"會"字，"會"是"會合"之會，不是"領會"的會。會合兩個或多個獨體的象形字或指事字的意思而成一個新字，即是會意字。例如：

采：甲骨文 🌿，以"爪"與"木"兩個象形字組成，其會合意是用手採摘。

竄：以"穴""鼠"二字組成。"鼠"在"穴"中，表示"逃竄"的意思。

則：金文 𣂕，由"鼎"和"刀"二字組成，"刀"在"鼎"上刻字，所刻之字即章"則"、法"則"。

盥：小篆 𥁓，由皿、水及兩隻手組成。皿中有水，兩隻手在水中洗，是為盥。

人們領悟會意字的字義是常有出入的。例如"武"字由"止""戈"二字組成，"武"字常被理解為一隻腳印（止）加一件兵器（戈），表示一個人拿着兵器。人拿着兵器幹什麼？是征伐用兵呢，還是用武器去制止戰爭呢，抑或是以"戈"為道具跳舞慶祝勝利呢？這三種解釋全都有；甚至有人認為"武"並非會意，所持理由是"戈"和"止"不能"比類合誼"（腳不能拿戈），"武"與"舞"同字才對。再如"信"字由"人""言"二字組成，一種理解是："人"之"言"為"信"（口信、書信）；另一種理解是："人"之"言"要講"信用"，所謂"言必信，行必果"（《論語·子路》）是也。另外還有人認為"信"

第二章　漢字 | 133

中的"言"字是形聲字，而形聲字晚於會意字，因此"信"是從言人聲，也是一個形聲字；也有人認為"信"字可以寫作"㐰"，從口人聲，則大概可屬指事。

會意的分類很紛雜，大都因分類的角度不統一而造成的。比如王筠認為"囚"字是"因形會意"，"位"是"順遞會意"。同是"人"，在"口"中就要觀其形才能通其義；"立"着就要合"人""立"兩字以遞見其義。"囚""位"二字顯然是從構件的意義聯繫上着眼分析的。王筠又分會意為"並文會意"（如"林"）、"重文會意"（如"炎"）、"疊文會意"（如"品"），這顯然是從構件的數量及位置上着眼作分析的。前兩類依據會意字的"內容"劃分得出，後三類依據會意字的"形式"劃分得出，分類標準有欠統一。至於他又分會意為"會意兼形"（如"莫"）、"會意兼事"（如"舁"）、"意外加形"（如"爨"，其中的"冖""大""林""火"是會意，"同"是加形）、"變文會意"（如"屯"）、"省文會意"（如"梟"）、"反文會意"（如反"正"為"乏"）、"倒文會意"（如倒"㞢"為"帀"）等，也有分類標準不一之處（前三類從字義上分析得出，後四類從結構上分析得出），而且從字義上分出的類是很難掌握的，因為會意字由象形字組成，哪個象形字沒有"形"的特徵？哪個象形字沒有"意"的問題？

再比如我們可根據字的結構和部件將會意字分作"異文會意"（兩個或兩個以上不同的"文"或"字"構成的字，如"男、婦、鳴、摯、祭"）、"同文會意"（兩個或兩個以上不同的"文"或"字"構成的字，如"林、炎、棗、品、毳"）、"對文會意"（正反相對的兩個不同形體構成的字，如"北、鬥、舛"）。

一個會意字為什麼由某幾個象形字（或指事字）會合而成有時是說不清楚的，例如"人"在"木"下是"休息"的"休"，為何不是樹倒壓傷了人？兩"人"在"土"上為"坐"，為何不是一個人？這裏面有社會生活習慣的問題，有歷史時代背景的問題，有民族共同心理的問題，概括到語言學理論上，就是一個"約定俗成"的問題。讓人類學、社會學、民族學去解決這些問題，語言文字學，特別是對形態變化不夠豐富的漢語漢字，還是多從結構或形式上着手分析為好。通過結構或形式的特徵說明意義或內容，將內容的分析與形式的分析結合起來，將會比較準確地說明漢語漢字現象。

（二）形聲

許慎說："形聲者，以事為名，取譬相成，江河是也。"（〈說文解字敘〉）這個定義中有兩個字需解釋：事和名。事就是事物，名就是字。"以事為名"是說根據事物來造字。這裏的所謂造字，主要是在已有的象形字中找出一個可以表示該事物類屬的字形，然後"取譬"，也就是從已有的象形字中找出一個能與所造新字的聲音相譬配（相同、相近或相類）的字形，這兩個字形"相"配而"成"新字。這個新字就是形聲字。這就是說，形聲字是合兩個舊字（多是象形字）而成的新字；形聲字中的兩個構件，一表義，一表音，表義的構件叫"形符"（或意符），表音的構件叫"聲符"（或音符）。段玉裁說："以事為名，謂半義也；取譬相成，謂半聲也。江河之字，以水為名，譬其聲如工可，因取工可成其名。"（〈說文解字敘〉注）"形聲"的名稱就是概括義和音的。例如：

斧：由形符"斤"和聲符"父"組成。"斤"甲骨文𠂆，像斧子形，"斤"就是"斧"，後來給"斤"加上聲符"父"，使整個字的讀音更明顯。

切：由形符"刀"和聲符"七"組成。"切"的本義是用"刀"切開，"七"是"切"的近似音。"㘿"是錯字，因為"土"不知作何解。

膏：由形符"肉"和聲符"高"組成。"膏"的本義是"脂肪"。《說文解字》："膏，肥也。从肉，高聲。"

暫：由形符"日"與聲符"斬"組成。"暫"與時間有關，《廣雅·釋詁》："暫，猝也。"義指"倉猝"或"突然"；現在表示"暫時"，都和時間有關，所以以"日"作形符。

"形符"表義不表音，"聲符"表音不表義，這是形聲字的正例。例如"訂訃認譏訌讓訊訕議託記講諱謳訝訟論許諷訪評詁證"等字中，"言"是純粹的形符；"湖糊蝴醐猢煳瑚䴖胡衚鶘鬍"等字中，"胡"是單純的聲符。這種"用形定義，用聲諧音"的情形乃是形聲字的正例。正例之外，有些形聲字的聲符既表音，還兼表義。聲符兼表義的形聲字是形聲字的變例，例如"仲""衷""忠"三字，形符分別是"人""衣""心"，聲符是"中"，"中"也同時有"中間""正中""中心"的意思。又如："驂，駕三馬也。从馬，參聲。""駟，一乘也。从馬，四聲。"（《說文解字》馬部）這兩個形聲字的形符為"馬"，聲符"參""四"除表字的讀音外，還表駕馬的數量，它們同是"兼表義"的聲符。有這一批"兼表義"的聲符，所以"形聲"與"會意"常生混淆。

　　形聲、會意兩種方法得兼的字是有的。從理論上說，一種造字法與另一種造字法之間必有內在聯繫，例如指事字是在象形字基礎上加指示性符號而成的，會意字則是會合象形字或指事字的意思而成的新字，形聲字的構件也都是現成的象形字、指事字或會意字。"其"是象形字，起表義作用；在"箕"裏"其"卻成了形聲字的聲符，起表音作用。"云"是象形字，起表義作用；在"雲"裏"云"也變作形聲字的聲符，起表音作用。"刀"是象形字，"刃"是指事字，"忍"是"从心刃聲"的形聲字，"認"又是"从言忍聲"的形聲字。"刀、刃、忍、認"之間是字與字的聯繫，也是造字法與造字法的聯繫。會意與形聲同為"合體字"，創字者或用字者造合體字時常在會意與形聲兩法中作選擇，許多異體字正是異在造字方法的不同，如：

會意	形聲
泪	淚
埜	野
犇	奔
岩	巖
岳	嶽

在形聲字內部，構件的選擇也是常常發生的，形符的選擇如：

　　詠——咏，詞——歌，歎——嘆，脣——唇，盂——杯，槃——盤，鷄——雞，餹——糖，煖——暖，煇——輝，砲——炮，鑪——爐，剷——鏟，箷——椸，姪——侄，庽——寓，袱——帕，闚——窺，牆——墻，絪縕——氤氳，等等；

聲符的選擇如：

袴——褲，孃——娘，撿——掩，僊——仙，癥——症，楳——梅，蹟——跡，餽——餼，罎——罐，綫——線，踧——踩，煙——烟，髻——鬘，猨——猿，螘——蟻，洩——泄，嚥——咽，俛——俯，麪——麵，蹠——跖，澣——浣，等等。

選擇形符着眼於形符的表義功能，選擇聲符要考慮聲符的表音效果。但既是選擇，最好選擇功能最強、書寫最簡同時能夠顧及對方（形符顧及表音，聲符顧及表義，在實際情況中主要是聲符顧及表義）的構件。倘使這一選擇構件的原則運用於聲符的選擇上，而被選的聲符有能兼顧表義與不能顧及表義兩者，用字人或創字人沒有理由不選前者。"形聲兼會意字"或"會意兼形聲字"就是這樣產生出來的。（"形聲兼會意"比較合乎邏輯，因為按六書次第，"會意"在先，"形聲"在後，只有後來者兼有先行者，不應先行者兼有後來者。）例如："娶"既是形聲（形符"女"，聲符"取"），同時會"取女"之意；"婚"既是形聲（形符"女"，聲符"昏"），同時會"禮娶婦以昏時"之意。段玉裁說："形聲相合無意義者為至純之例，餘皆變例。"這個意見是正確的。這就是說，聲符以單純表音而不兼表意義的情形居多，而"形聲兼會意"僅屬變例。

形聲與會意的區別可從字音與字義兩方面去考察。

從字音上看，會意字的字音是整個字的音，例如"鳴"的字音不是"口"，也不是"鳥"，而是整個"鳴"字的音；形聲字的字音則是聲符所示的音，如"鳴"的字音是"鳥"。

從字義上看，會意字由兩個或多個象形字會合而成，其字義取兩個或多個象形字相會合的意思，例如"鳴"的字義是"鳥叫"；形聲字也是由兩個象形字組成，每個象形字都具有意義，但形聲字的字義並非構件意義的總匯，而是屬於形符所提供的意義範疇，例如"鳴"的字義是一種聲音——在形聲字系統中，"口"可以作為表示聲音範疇的形符。

形聲法在漢字發展進程中起了"柳暗花明"的作用。文字的本質是表音。

然而漢字的象形字是表形文字，屬比較古老的文字形態；指事字在象形字的基礎上作指點性的說明，開始具有表義性質；會意字則是相當典型的表義文字了。象形字、指事字、會意字始終未能將漢字引向表音階段。可以畫出圖形的字是有限的，可以會合象形字而成新字的字也不多，因此僅有象形字、指事字、會意字不能滿足社會溝通的需要。文字倘能具備表音性能才可獲生命力，"因為有些事物是畫不出，有事物是畫不來，譬如松柏，葉樣不同，原是可以分出來，但寫字究竟是寫字，不能像繪畫那樣精工，到底還是硬挺不下去。來打開這僵局的是'諧聲'，意義和形象離開了關係。這已經是'記音'了，所以有人說，這是中國文字的進步。"（魯迅〈門外文談〉）宋朝的鄭樵早已說過："形不可象，則屬諸事；事不可指，則屬諸意；意不可會，則屬諸聲，聲則無不諧矣。"（《通志·六書略》）。形聲造字法以有限的形符與漢字的表義傳統相銜接，又以無限的聲符給漢字注入新生命，將漢字的發展引向一條獨特的道路上。形聲法一用開，新字大量湧現。甲骨文中，形聲字僅佔總字數的20%；《說文解字》9353個字中形聲字7697個，佔總字數82%；現代漢字中形聲字佔90%以上。形聲法化解了漢字不足的危機，滿足了社會需要，將中華民族的文化遺產記載下來，這是形聲法的歷史功績。

　　世上的事常常有利亦有弊。因為形聲法是漢字的能產手段，所以漢字數量無限膨脹，今日之漢字已無法統計出精確的數字，而漢字之多主要多在形聲字。科學家以"气"為形符造了"氕氘氚氙氚氢氟氨氦氧氪氫氬氮氰"等新字；以"金"為形符造了"釔釓釙釷釤釩釹釩釩釩鈣鈦鈈鋇鎢鈰鉍鈷鉬鉭鉀鈾鉑鈮銨銥鋱鉺銪鋁鋼鈴鋙鉻鉋鉫鋅銻鉽鋰鋯鋼錇錆鍺錇錸鍘鍀錳鐃鎂鍶鍽鎵鍋錚鐦鐒鐥鏷鐿鐳鐯鐄鑷"等新字。可以肯定地說，沒有一個人能夠認全所有的漢字。另外，所謂"形符表義，聲符表音"也有很大的局限。"形符"的局限表現為：同一類屬的事物或現象用不同的形符，例如"急"以"心"為形符，"躁"為何用"足"為形符？"欺"用"欠"，"騙"為何用"馬"？"房"屬"戶"，"屋"為何屬"尸"？"豺"屬"豸"，"狼"為什麼屬"犬"？"形符"名曰表義，但"義"在何處？例如"權"何以從"木"？"威"何以從"女"？"形符"一經定型便很難隨事物或觀念的改變而更易，例如直到今天，漢字仍然用"心"去"思想"（而不是用腦），仍然用"木"字邊的"橋"去表示石橋或金屬橋樑，仍然用"石"製碗，用"絲"造紙。形符在形聲字中的位置也是混亂的，例如：

形符在左	佔
形符在右	胡
形符在上	苦
形符在下	辜
形符在外	固
形符在兩旁	做
形符在一角	居
有形無聲	商

"聲符"的局限比"形符"還要大。首先，聲符數量幾乎無限。聲符太多，勢必起不到音標作用，同一個音往往有多個不同的聲符。例如同以"人"為形符的yi字，聲符至少有"衣、尹、義、奇、失、意"，構成"依、伊、儀、倚、佚、億"等字。其次，聲符並不代表確定的音值，起不到表音的作用，常常引人發生"秀才識字讀半邊"的錯誤，例如以"台"為聲符的字可讀tai（苔、胎、炱、鮐、邰、駘），可讀zhi（治），可讀chi（笞），可讀shi（始），可讀ye（冶），還可讀yi（怡、詒、胎、貽、飴）。"也"讀ye，以"也"為聲符的字卻不讀ye，而讀di（地）、ta（他、她、牠）、chi（池、弛、馳）、yi（貤、訑、迆、酏）。再次，聲符不能反映語音的變化，例如"海，天池也，以納百川者。从水每聲。"（《說文解字》）現在還有誰讀"海"為"每"？"滑，利也。从水骨聲。"（《說文解字》）現在還有誰讀"滑"為"骨"？尤其是一些所謂"省聲"的形聲字，認起來有如猜謎，例如"鶯"，从"鳥"，"榮"省聲；"瀯"，从"井"，"瑩"省聲；"犖"，从"牛"，"勞"省聲；"凴"，从"凡"，"營"省聲；"濚"，从"水"，"熒"省聲；"熒"卻是會意字："屋下鐙燭之光，从焱冂。"（《說文解字》）从"熒、營、勞、瑩、

榮"等形體上本已看不出發音,再加"省聲"後的聲符形體相同而表音實異,那就更難從形聲字上看出字音了。

形聲字既不能精確表義,也不能準確表音,許多形符和聲符甚至變成純粹起區別作用的"記號",但形聲法畢竟是漢字造字的主要方法。

三、轉注與假借

轉注字和假借字都是在字與字之間建立關係。字與字輾轉為注是轉注字,同音字被借來運用叫假借字。

(一)轉注

許慎說:"轉注者,建類一首,同意相受,考老是也。"(〈說文解字敘〉)轉注字一定至少是兩個字,字與字之間的關係是彼此可以注釋;倘若將轉注字的每一個字分開來考察,那只能求證出每一個字的造字特點,無法看出字與字之間的轉注關係。例如"老"字由人、毛、匕三個構件組成,是個會意字;"考"字从老省丂聲,是個形聲字。

轉注定義共八個字,從形、音、義三方面指出轉注字的特點。先看後四個字"同意相受"。"同意"就是"同義"。轉注字一定是同義字。"相受"是"相互授受",即是彼此注解。"同意相受"四字從字義上指出轉注字的特點。

再看前四個字"建類一首"。文字學家對這四個字的解釋歷來眾說紛紜,而解說的歧點是在"類""首"二字上。"類"字有從字形、字音兩方面去詮釋的,"首"字也有從字形、字音兩方面作解說的。

從字形方面解釋"類"的如:"《說文解字》一書凡五百四十部,其分部即'建類'也。"(江聲《六書說》)意思是說,《說文解字》五百四十個部,就是五百四十個類;"類"即是"部""分部""部首"。從字音方面解釋"類"的如:"何謂建類一首?類謂聲類。……首者,今所謂語基。"(章太炎《國故論衡·轉注假借說》)

從字形方面解釋"首"，是把"首"字視作"一部之首"，比如《說文解字》"屮、屯、每、毒、芬、芔、熏"在一個部裏，"屮"是這個部的"首"。"建，猶造也；類，謂字類也。一首猶云同旁也。建類一首者，謂造此二字其偏旁相同也。"（高亨《文字形義學概論》）從字音方面解釋"首"的認為"首"是"字音之首"，字音之首是聲母，因此"'一首'是說轉注二字的音，必須是同聲母，或同韻母，或聲韻雖都不同屬一母但有密切通轉的關係的。"（蔣周《漢字淺說》）

　　漢字具有形、音、義三要素。分析漢字現象不可能在形音義三者之外得出結論。轉注字是一組相互為注的字。這些字不只在義的方面輾轉為注；如果僅僅是義的互注，轉注字就會與同義詞混同，而同義詞是詞彙現象而不是文字現象。這些字也不能只是字形的替換（主要是形符的替換，例如傅東華先生認為"用一個形聲字的引申義換了形旁另造一個形聲字的造字法叫作轉注"），因為許多異體字就是以形符的改換而構成的。轉注字相互為注，必然不能撇開字義、字形（漢字的字形是反映字義的）而單看字音有無聯繫，因為字音的聯繫並非必然，字義相同或相近不能完全證明字音也相同或相近。轉注字必須從字義、字形、字音三方面去鑑別，即：字義相通，字形（主要是形聲字的形符或部首）相類，字音（字音的全部或局部）相近。例如：

　　逆——迎　　"逆，迎也。从辵屰聲。關東曰逆，關西曰迎。宜戟切。""迎，逢也。从辵卬聲。語京切。"（《說文解字》）"逆，迎也"說明字義相通；兩字俱從"辵"說明形符相同；兩字的反切上字均屬"疑"母，說明部分字音（聲母）相同。

　　通——達　　"通，達也。从辵甬聲。他紅切。""達，行不相遇也。从辵羍聲。詩曰挑兮達兮。徒葛切。"（《說文解字》）"通，達也"說明字義相通；兩字俱"从辵"說明形符相同；兩字的反切上字"他"為"透"母，"徒"為"定"母，俱屬舌頭音，說明部分字音（聲母）相近。

　　盂——盌　　"盂，飯器也。从皿亏聲。羽俱切。""盌，小盂也。从皿夗聲。烏管切。"（《說文解字》）"盌，小盂也"說明字義相通；兩字俱从"皿"說明形符相同；兩字的反切上字"羽"屬"為"母，"烏"屬"影"母，同是喉音，說明部分字音（聲母）相近。

第二章　漢字　│　141

頂──顛　"頂，顛也。从頁丁聲。都挺切。""顛，頂也。从頁真聲。都秊切。"(《說文解字》)"頂、顛"二字字義、部首、反切上字俱相同，是典型的"雙聲轉注字"。

恊──愶──協　這三個字同音，全是"胡頰切"。造字法也相同，全是會意，"恊，从劦从心"；"愶，从劦从思"；"協，从劦从十"。三個字的字義也是相通的："恊，同心之和"；"愶，同思之和"；"協，眾之同和也"。(《說文解字》)

坡──陂──阪　"坡，阪也，从土皮聲。滂禾切"；"陂，阪也，一曰沱也。从𨸏皮聲，彼為切"；"阪，坡者曰阪，一曰澤障，一曰山脅也。从𨸏反聲。府遠切"。(《說文解字》)"坡"與"陂"義同，都是"阪也"；音近，聲母同類，同屬重唇；形符相近，"土"作形符與"𨸏"作形符可同屬一類，"𨸏，中國山無石者"(《說文解字》)，用現代話說就是"土山"。而"阪"與"陂""坡"在形、義方面的相通很明顯，音方面"阪"的反切上字"府"屬輕唇，與"坡、陂"的重唇原是同類的。

甭──嫑──覅──甮　"甭"，北京方言，是"不用"的合音，表示不需要；"嫑"，青海漢語方言，是"不要"的合音，表示不需要；"覅"（或寫為"勿要"），吳方言，是"勿要"的合音，表示不要；"甮"亦是吳方言，是"勿用"的合音，表示不用。這四個字義同、形體結構相似，字音都屬合音，又有"雙聲"或"疊韻"關係，可以輾轉為注。

（二）假借

許慎說："假借者，本無其字，依聲託事，令長是也。"（〈說文解字敘〉）假借法是一種以不造字為造字的方法。假借字是在造字的時候，依尚未造出的那個新字的字音要求，從已有文字中借一個字來代替。因此假借又可叫作"同音假借"。假借字全都是"記號字"，例如數目"八"用"分"字開頭兩筆的"八"來代替。"八，別也，象分別相背之形。凡八之屬皆从八。博拔切。"(《說文解字》)意思是說"八"字的本義是一刀劈下去將物件劈成兩瓣兒，許慎認為它是象形字。在"分、公、半"等會意字中，"八"以其本義充當會意字的構件："分"是用"刀"來"八"物；"公"是"八""厶"（私）

為"公";"半"是將一頭大"牛""八"為兩"半"。而用來表示數目字,"八"純粹只有表音的作用。數目"八"字就是個假借字,將數目"八"代入到"假借"的定義中就是:本無數目"八"這個字,依着數目"八"的聲音,借來一個聲音相同的字,把數目"八"寄託在借來的字形裏。

"假借"定義比較明白,但所舉"令""長"二例卻令人費解。研究假借的根本方法是首先尋出字的本義,然後找出它的假借義,例如上述"八",其本義是"別也",其假借後表示數目字的"八"。本義與假借義毫無關係,僅僅"依聲託事"而已。一個字的本義與後來的意義如有關聯,那就不是本義與假借義的關係,而是本義與引申義的關係了。前後字義無關者是假借,屬文字現象;前後字義有關者是引申,屬詞彙現象。例如"牢",本義是"閑養牛馬圈也"(《說文解字》);後來用"牢"中的牲畜作祭祀,於是"牢"多了"祭祀用的牲畜"的意思;"牢"不止用來關牛馬,也可用來關"人",於是"牢"字多了一個"牢房"的意思;"牢"用來關"鳥"呢,就是"牢籠";關牛馬也好,關人也好,關鳥也好,但凡"牢"都要結實、堅固,於是"牢"又多了"牢固""牢靠"的意思;物質的東西要"牢",意識的東西也可與"牢"相配,例如"牢記"。這許許多多的"牢"在詞義上存在本義與引申義的關係,在文字上是一個多義字。"令""長"二字亦都是多義字。"令"字有"發號施令"的"令","法令"的"令","使令"的"令","中書令""郎中令""縣令"的"令"以及"令尊""令堂"的"令"等義,"發號施令"的"令"是"令"字的本義,其餘的"令"都由本義引申出來,並不是假借了"令"的聲音而另外成字。"長"字最早的意思是像人披長髮,甲骨文為 𠂉,應當是個名詞;字義由具體走向抽象,作"長短"之"長"解應是形容詞;作"滋長""成長"解,"長"是個動詞,字音也有了變化,讀zhǎng不讀cháng;此外"長"還具有"首長""出長"(出任首腦)"長輩"等義。"長髮"之"長"是"長"的本義,其餘的"長"俱為引申義,並不是假借"長髮"之"長"而另成新字。因此,許慎關於假借字的舉例其實是字的引申義的舉例,不能說明假借現象。

假借分"本無其字"的假借和"本有其字"的假借兩種。

第二章　漢字　| 143

"本無其字"的假借如：

萬 "百千萬"的"萬"字無法象其形、指其事、會其意，於是用了"假借"法來"造"這個字。"萬"字甲骨文作 ，像蠍子形。"謂蟲名也，假借十千數名，而十千無正字，遂久假不歸。"（段玉裁）所謂"十千無正字"，就是說"十千""本無其字"，遂借表示蟲名的"萬"字來指稱，而且有借無還，原來的蟲名只好用另造的形聲字"蠍"表示。

而 作連詞、代詞、語氣詞用的"而"字如何造？"依聲託事"最簡便。"而"字原屬象形，小篆作 ，《說文解字》釋為"頰毛也，象毛之形"，即上面的"一"表示鼻端，"一"下的"丨"表示人中，兩旁是兩腮的髯，裏層是下巴上的鬚。（古代"髯""髭""鬚"有別。）"而"被借去表示"本無其字"的那個連詞、代詞和語氣詞，也是借走了不再歸還。

自 "自己"的"自"與"自從"的"自"也是假借一個同音字而成的新字。"自"的本義是"鼻子"，小篆作 。《說文解字》說："自，鼻也，象鼻形。""自"被借走表示"自己"的"自"、"自從"的"自"之後，另造了一個從"自"從"畀"的形聲字"鼻"；"自"不再有"鼻"的意思，只在一些合體字中還保留鼻的本義，如：臭、息。

其 "其"在古代有廣泛的用途，例如作代詞（各得其所）、連詞（"其真無馬邪，其真不知馬也"）、副詞（其奈我何）、助詞（北風其涼）等。給這個虛詞造字很難，於是借用已有的象形字"其"。"其"甲骨文作 ，是簸箕的象形，即"其"的本義是簸箕，"其"字被借走，也是"久假不歸"，它的本義只有另造一字表示，即以"其"為聲符、"竹"為形符的形聲字"箕"。

戚 親戚之"戚"、憂戚之"戚"是一個常常用到的字，這個字也是假借而來的。"戚"字金文作 ，本義是兵器中的大斧，《說文解字》說："戚，戉也。"《詩經》有"干戈戚揚"的句子。"戚"字借作"親戚""憂戚"之"戚"以後，"干戈戚揚"的本義仍然保留。也就是說，"戚"字並未"久假不歸"，而是本義與假借義並存（但不是本義與引申義的關係，因為它們之間沒有字義的聯繫）。

"本有其字"的假借在文字學中稱作"通假"。"通假"是在文字中已經有了一個字（即"本字"），但是為了表音明顯、書寫便捷或者風格典雅而"故意"運用另一個同音字；"通假"是故意寫"別字"。既然是"故意"，就不是真的別字，而是"同音替代字"。故意寫的別字，與本字同音的替代字、"本有其字"的假借字就是通假字。通假現象在古時很普遍，普遍到如果不能鑑別通假現象即讀不懂古書的地步。朱駿聲說："不知假借者，不可與讀古書。"（〈說文通訓定聲自序〉）例如：

"由"是"猶"的通假字：

以若所為求若所欲，猶緣木而求魚也。（《孟子·梁惠王上》）
民歸之，由水之就下，沛然誰能禦之（《孟子·梁惠王上》）
今之樂由古之樂也。（《孟子·梁惠王下》）

"歸"是"饋"的通假字：

朋友之饋，雖車馬，非祭肉，不拜。（《論語·鄉黨》）
歸孔子豚。（《論語·陽貨》）

"蚤"是"早"的通假字：

四之日其蚤。（《詩經·豳風·七月》）
蚤起，施從良人之所之。（《孟子·離婁下》）
旦日不可不蚤自來謝項王。（《史記·項羽本紀》）

"惠"是"慧"的通假字：

君子懷刑，小人懷惠。（《論語·里仁》）
甚矣，汝之不惠！（《列子·湯問·愚公移山》）

上句的"惠"用本義，即"恩惠"；下句的"惠"用通假義，即"聰明智慧"。

"畔"作"叛"的通假字也很常見：

第二章　漢字 | 145

不吾叛也。（《左傳·襄公三十一年》）

寡助之至，親戚畔之。（《孟子·公孫丑下》）

士卒多飢死，乃畔散。（《史記·吳王濞列傳》）

第一句中的"叛"是本字，第二、三句中的"畔"是"叛"的通假字。

現代人為求風格的典雅有時也用一些通假字，例如以"柬"為"簡"的通假：請柬；以"譚"為"談"的通假：天方夜譚；以"翔"為"詳"的通假：翔實。

"六書"小結如下：

第一，六書理論是古代文字學的珍貴遺產，《說文解字》是運用六書理論分析漢字的範例。一部《說文解字》描繪了古代漢字的面貌，忠實地將小篆以至六國古文保存下來。藉助《說文解字》，可以向上推認金文、甲骨文，可以向下為隸書、楷書提供淵源。

第二，六書可分三組：象形、指事屬於獨體之文；會意、形聲歸於合體之字；轉注、假借都要從字與字之間的關係上去認識。從數量、能產及適應範圍的廣度來看，象形、形聲、假借三書是最重要的造字方法：象形字提供造字的構件；形聲法上接漢字的表義傳統，下啟漢字表音之門，是能產性最高的造字方法；假借適應範圍很廣，並且貫串於漢字發展的整個過程。

第三，〈說文解字敘〉第一次給六書加以解說，具有開創性的功績；但以字數相等、平仄相協的對偶句給六書下定義卻限制了六書特點的表述，尤其是給"轉注""會意"下的定義，更是引起後人無休止的爭議。六書的舉例有當有不當，當者如象形的"日月"，形聲的"江河"；不當者如假借的"令長"。

第三節　漢字的字體

在現實社會與文化生活中，廣泛流通的漢字多為幾種主要字體。例如印刷品正文多為楷書，手寫的文字多為行書，商店招牌不少是隸書，印章少不了篆刻，對聯、條幅之類藝術品則常有草書出現。因此，現代人也要具備一點兒字體的常識。

古往今來，漢字的字體主要有甲骨文、金文、篆書、隸書、草書、楷書、行書七種。

一、甲骨文

甲骨文是三千五百年前流行在中原黃河流域的文字，清光緒二十五年（公元1899年）在河南省安陽縣西北五里的小屯村首次發現。甲骨文因為將文字刻在龜甲、牛骨上而得名。甲骨文所記載的內容主要是殷代人問卜的詞語，比如問出入、風雨、征戰、田獵等等。例如："뀸（珏）貞，今三月帝令多雨"（圖一）的內容是卜雨。甲骨文形體的特點主要有以下三點：

1. 有刀刻痕跡，體勢瘦挺，圓筆較少。例如圖中的"貞""今""帝""雨"等字。

2. 形體不固定，同一個字可以有不同的寫法，例如"龜"可以寫成 等等，"羊"可寫作 等等，"車"可寫為 等等。

3. 行文的格式不統一，有的從左至右，有的從右至左，有的在豎寫的款式中插入橫寫，各種格式都有，大抵遷就龜甲、牛骨的紋路行文，所以難免款式不一。

（釋文）
令多雨
三月帝
其（珏）貞令

圖一

二、金文

　　金文是鑄刻在銅器上的文字，又叫鐘鼎文或銘文。這些鑄字的銅器大多是周朝的遺物，商朝的也有，但為數不多。因此，金文主要代表周朝的文字，著名的"大盂鼎"上的文字是公元前 11 世紀末期金文的代表作（圖二）。

圖二　大盂鼎

金文承接甲骨文而來。甲骨文是用金屬的刻刀或石刀刻在堅硬的龜甲牛骨上，所以方筆多，線條細，體勢瘦挺；金文却是鑄在銅器上的，可以在造字模的時候加工修改，故圓筆多，線條粗，體勢肥壯。金文的這些特點在"大盂鼎"上都有明顯的反映。例如圖二中的"大""天""王""正""有"等字的體態就與甲骨文有顯著的區別。

	甲骨文		金　文	
大	大		大	（右起第二列第六字）
天	天		天	（右起第二列第四字）
王	王		王	（右起第一列第四字）
正	正		正	（右起第三列第八字）
有	又		有	（右起第二列第五字）

三、篆書

篆書有"大篆""小篆"之分。大篆又稱"籀文"，相傳"宣王太史籀作大篆十五篇，與古文或異"（〈說文解字敘〉），大篆或籀文因此而得名。

大篆是春秋戰國時期秦國的文字。我們所能看到的大篆只有《說文解字》解說小篆時舉出的一些"重文"，共計 223 個；至於〈說文解字敘〉提到的"與古文或異"的"古文"，則是春秋戰國時期秦以外六國的文字，《說文解字》舉出的重文亦有不少古文。

小篆是秦始皇統一六國以後實行"書同文字"政策的結果。當時"書同文字"的措施主要是"取史籀大篆，或頗省改"（〈說文解字敘〉），即是對太史籀所作的大篆（按理亦應包括大篆以外的六國古文）略加省改。略加省改後的大篆是秦時的規範文字，故稱"秦篆"，秦篆因與大篆相對，故又稱"小篆"。例如：

大篆	古文	小篆	方式
車		車	省
敗		敗	省
囧		囧	改
秋		秋	省
子	𝕫	子	省、改
養		養	改
飴		飴	改

《說文解字》所收錄的 9353 個漢字全是典型的小篆。而成篇的小篆作品則有"泰山刻石"（圖三）、"嶧山刻石"（圖四）等。

圖三　泰山刻石

圖四　嶧山刻石（複刻本）

（釋文）
廿六年皇帝盡並
兼天下諸侯黔首
大安立號為皇帝
乃詔丞相疾綰
法度量則不壹
歉疑者皆明壹之

（釋文）
爭理功戰日作流
無萬數陀及五帝
一家天下兵不寢
定利澤長久群臣
經紀皇帝曰金石

小篆筆畫圓渾，線條規整，結構固定，大小統一，是漢字發展史上第一次規範運動的成果。小篆給"古文字"作了總結，又給"今文字"的發展奠定了基礎。

四、隸書

隸書是由快筆寫成的小篆演化而來的字體。小篆快寫的結果，線條由弧線拉成了直線，字形由圓形展開成方形，筆畫也由繁變而為簡了。小篆的"隸變"減少了漢字的象形色彩，削弱了漢字的表義性。例如小篆字體的"春""泰""奉""秦""奏"等字，它們的線條以弧線居多，它們的字形均成圓形，它們的筆畫都較繁複，特別是各個字的上部，原來都是不同的形體表示不同的意思，"隸變"之後卻混同為一個形體，也無從由形體看出意義來，合流成一個共同的"記號"。

春，小篆 ，《說文解字》釋為"从艸从日，草春時生也，屯聲"。小篆上部的"艸"同底部的"日"表示"艸春時生"的意思，字的中間部分"屯"表示讀音。隸變後字上部什麼意思也表示不出。

泰，小篆 ，《說文解字》釋為"滑也。从廾从水，大聲"。"泰"就是"太"，或者是"大大"、很大。小篆的頭部是"大"字，兩旁是兩隻手，底部是"水"。有人認為"大"是"衣"的譌變，全字的意思是用雙手在水中洗衣，即上海話"汏衣裳"的"汏"字。隸變後衣服（或"大"）和雙手都看不到了。

奉，小篆 ，《說文解字》解為"承也，从手从廾，丰聲"。小篆字形表示中間的兩隻手捧著上頭的一個物件。隸變後兩隻手沒有了，頭上的物件也看不出了。

秦，小篆 。小篆字形的上部象杵形，兩邊是雙手，下面是禾，全字的意思是雙手舉杵舂禾。隸變後雙手舉杵的形象看不到了。

奏，小篆 ，《說文解字》釋為"進也，从夲从廾从屮。屮，上進之義"。意思是說字頭上的屮是初生的草，有"上進"之義；中間是雙手形；下面的夲是"進趣"的意思。《說文解字》："夲，進趣也。从大从十。大十猶兼十人也。"奏的本義是進言、上書、呈財物，小篆的字形尚能體現這個意思，隸變後雙手和初

第二章　漢字　| 151

生的草都不見了。

　　隸書的特徵是"蠶頭燕尾"（也叫"波磔"），即橫寫的"一"字起筆似蠶頭，收筆有一波勢，好似燕尾。隸書除有實用價值之外，還是一種書法藝術。圖五、圖六、圖七都是漢代的碑刻，它們都具有隸書"蠶頭燕尾"的共同特徵，又各有自己的不同風格。例如圖五〈石門頌〉筆力沉着，體勢豪放；圖六〈曹全碑〉則神韻瀟灑，體態秀麗；圖七〈張遷碑〉却多用方筆，古樸典重。

圖五
石門頌

圖六
曹全碑

圖七
張遷碑

五、草書

　　草書是潦草的隸書。潦草的起因是為求書寫便捷，而潦草的結果是筆勢連綿，筆畫簡化，逐漸只存字的輪廓。早期的草書有"章草"（圖八），後有"今草"（圖九），後來更有"狂草"（圖十、圖十一）。不難看到，章草明顯地保有隸書波磔的痕跡，頗具"隸意"。例如圖八右起第一列第三、四字，第二列第七、九字，第三列第四、六、七字：

　罪　　人　　夂　　變　　游　　亭　　長

圖八　皇象　急就章

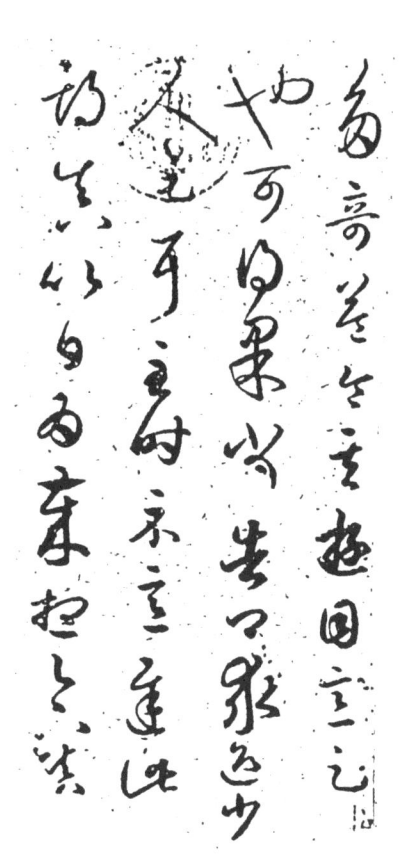

圖九　王羲之　遊目帖

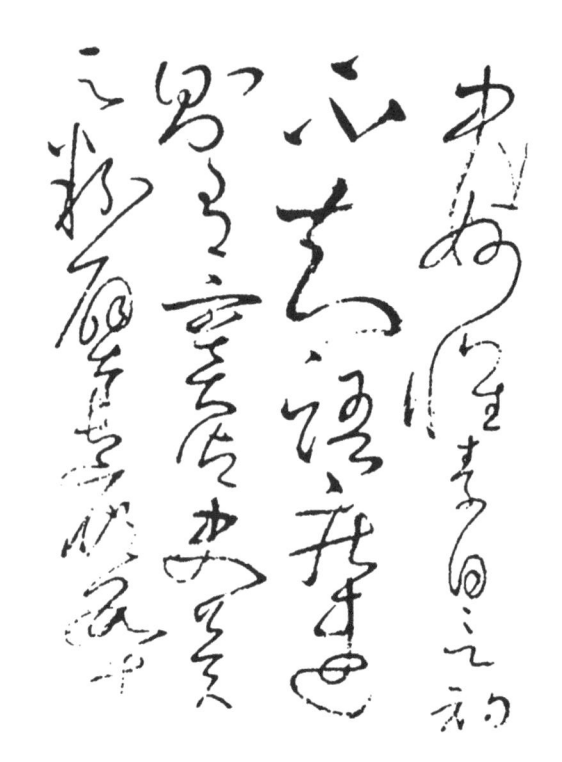

圖十　張旭　肚痛帖　　　　　圖十一　懷素　自敍帖

（釋文）
中妙懷素自言初
不知語疾速
則有寶御史冀
云粉壁長廊數十

　　今草則完全失去了隸書的意味，不僅筆畫連綿，而且字與字也常相連。圖九的釋文是："……多奇，益令其遊目意足也。可得果，當告卿求迎。少人足耳。至時示意。遲此期真，以日為歲。想足下鎮……"後來草書越草越狂，形成了一種書法藝術，幾乎完全失去了實用價值。

六、楷書

楷書又叫"真書""正書",是減省隸書的"波磔"而成的一種字體。我們今天常說的"正楷"就是典型的楷書。楷書的特徵若與隸書比較最易看出:

1. 隸書有波磔,楷書沒有波磔。

2. 隸書的體勢由裏向外展開,特別是橫筆和捺筆,都要拉出字形之外,使整個形體表現為扁方形;楷書却由外向裏集中,形體表現為豎長形。

圖十二　歐陽詢　九成宮醴泉銘

圖十三　褚遂良　雁塔聖教序

著名的歐陽詢〈九成宮醴泉銘〉（圖十二）、褚遂良〈雁塔聖教序〉（圖十三）、顏真卿〈自書告身帖〉（圖十四），以及柳公權〈玄秘塔碑〉（圖十五）是楷書的典範作品。

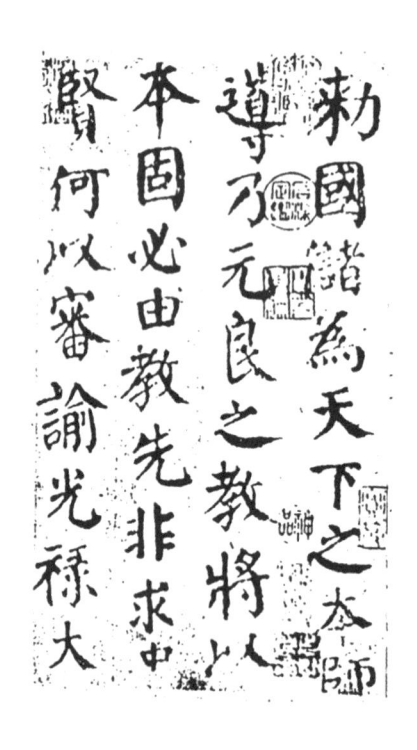

圖十四　顏真卿　自書告身帖　　　　圖十五　柳公權　玄秘塔碑

七、行書

　　行書是介乎楷書與草書之間的字體。楷書過於拘謹，草書過於狂放，行書則近楷而不拘，近草而不放。行書筆畫連綿而各字獨立，各字獨立而不像楷書那樣工整。行書介乎楷草之間，楷書成分多的行書叫"行楷"，草書成分多的行書叫"行草"。行楷如王羲之〈蘭亭序〉（圖十六），行草如顏真卿〈祭姪季明文稿〉（圖十七）。

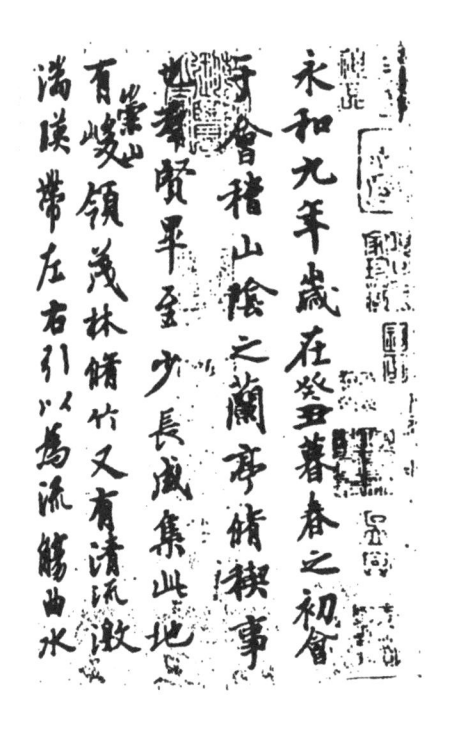

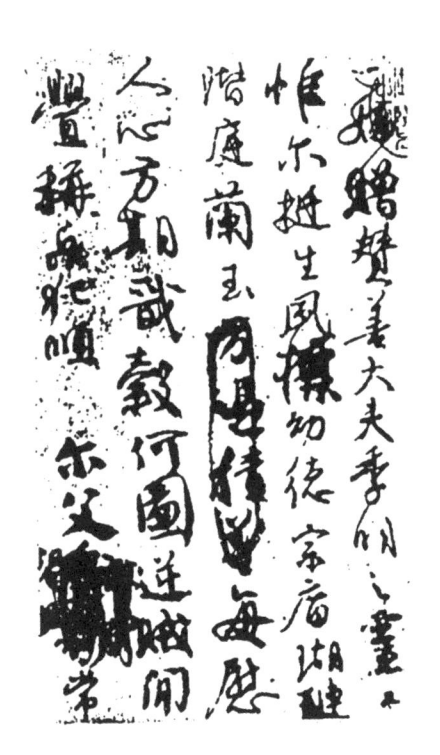

圖十六　王羲之　蘭亭序　　　　　　　　圖十七　顏真卿　祭姪季明文稿

第四節　漢字的性質和字理

　　漢字學產生於漢代，《說文解字》是一部標誌性的不朽著作，當時列入"小學"的範疇。傳統"小學"到了唐宋時代分為訓詁、體勢、音韻三類，逐漸形成文字、音韻、訓詁學科三分的局面。音韻學很快獨立成一門學科，文字與訓詁長期糾纏在一起，難以分割。直到20世紀初，文字斷代的觀念逐步強化，才使漢字學獨立成為可能。近二、三十年來，現代漢字學又有長足發展。

一、漢字的性質

　　關於文字的性質，過往的看法是文字分為表形、表意、表音三個由低級向高級遞進的階段，而且總是後一個階段比前一個階段先進。實際上文字的性質取決於這種文字的形體與語言如何聯繫。從理論上說，世界上的文字只能有兩種體系。費爾迪南·德·索緒爾說："只有兩種文字體系：（1）表意體系。一個詞只用一個符號表示，而這個符號不取決於詞賴以構成的聲音。這個符號和整個詞發生關係，因此也就間接地和它所表達的觀念發生關係。這種體系的典範例子就是漢字。（2）通常所說的'表音'體系。它的目的是要把詞中一連串連續的聲音模寫出來。表音文字有時是音節的，有時是字母的，即以言語中不能再縮減的要素為基礎。"索緒爾把世界上的文字體系分為兩個大類，是從文字記錄語言的本質出發的。口頭語言有兩個要素——音和義，記錄語言的文字只能從中選擇一個要素來作為構形的依據，要麼文字形體直接顯示語義，要麼直接顯示語音。拿漢字和英文比較，可以清楚看出二者構形依據的不同。例如，英語 book 直接拼出了意義為"書"的這個詞的聲音而成為這個詞的載體。漢語"冊"則用皮緯穿竹簡的形態表達了它所記錄的"書冊"一詞的意義而成為這個詞的載體。因此，漢字屬於表意文字的體系。

　　需要說明的是，表音文字絕非只記錄音而與義無關，表意文字也不是只記錄義而"與詞賴以構成的聲音無關"。在記錄語言的詞的職能上，表意文字和表音文字並無區別。表音文字和表意文字一樣，都是"和整個詞發生關係"，只是前者連接詞的紐帶是語音，後者是意義而已。為了不把文字記錄語言的職能和它構形的依據混淆，慣常的說法是：英文是拼音文字，漢字是表意文字。

二、漢字的字理

所謂漢字是表意文字，是說漢字根據所表達的意義來構形，漢字的形體總是攜帶着可供分析的意義訊息。漢字形體中可分析的意義訊息是由部件來傳遞的，所以，分析漢字需要使用"部件"這個概念。所謂部件，又叫"構字的部件"，是指一個形體充當所構字的一部分。例如"日、月"是"明"的部件，"木"是"林"的部件，"亻、也"是"他"的部件。"女"是"媽、姐、妹、姑、姨、婆、奶"的部件，"口"是"吃、喝、味、叫、喊"的部件。

所謂漢字的字理，就是漢字的構字理據。建立部件的概念有利於分析漢字的字理。分析漢字部件，傳統上有"偏旁""部首"之說。"偏旁""部首"都是"部件"，但"偏旁""部首"用於指稱左右結構的字較適合，不能包括所有的部件，例如"照"字。"照"字的結構是：

照——昭
　　昭——日　召
　　　　召——刀　口

"照"分析到第一層，部首已經可以看到，"灬"是它的部首，但是這個字並沒有分析完，還要經過兩個層次才能分析完。而且，"偏旁"這個概念指稱左右結構的字更合適些，"照"是上下結構，它的兩部分還要有一個合適的概念來指稱。再如"器"字。"器"這個字的組合不是一層一層的，而是一次性的：

器——口　口　犬　口　口

这种情况，用偏旁来指称它们就更不合适了。如果我们把分析下来的形体都叫"部件"，就可以贯穿整个字的分析：对有层次的结构来说，第一次分析出来的两部分称"一级部件"，第二次分析出来的两部分称"二级部件"，第三次分析出来的两部分称"三级部件"，可以一直贯穿到最后。对每一个字来说，分析到最后的部件，称作"末级部件"，也叫"基础部件"。对没有层次的结构来说，可以都称一级部件，同时也就是末级部件。汉字的基础部件是有限的，掌握了那些有限的基础部件，分析汉字就可以举一反三了。

这就是说，建立部件概念有利于依照汉字结构的客观类型和组合程序来拆分汉字，找出部件组合的理据。例如"颖"字，按理据拆分先拆成"禾、顷"，再把"顷"拆成"匕、页"，讲解起来才是合理的。如果不这样拆，直接把"页"先拆出来，就会出现一个"匕+禾"的部件，这个部件在部件规范里是找不到的，是不合理的。

有了部件这个概念，重要的就是如何从一个汉字里把部件分析出来，然后又如何将它们对接起来。

现代汉字是指书写现代汉语的楷书字，它由历史上的隶书、楷书直接演变而来。从个体字形看，又是自甲骨文以来各代字形直接或间接积淀的结果。从科学测查和量化的结果看，这种汉字构型理据仍得以大量保留。而且，这种理据可以分析或追寻。

例如：小篆中的"勹"（bāo）像人两手曲形有所包裹的样子，凡从"勹"的字，多有圆曲、周遍、包裹、内聚等意思。而在现代汉字里，这一形体演变后，不像曲形包裹状了。但是，依靠组合和聚合，以群体作背景，仍能显示其构意。如包（婴儿在襁褓中，意为包裹）、匊（两手捧着细碎的米，意为掬起）、旬（日子经十而一度循环，意为十日）……在组合的另一部件配合下，"勹"字的构形理据能够显现。而且，许多从它的字类聚后，理据表现得更为明显。

又如，楷书的"罒"在构字时是"网"的变形，它虽已失去网形，但却具有网意，为罟、罗、詈、置……提供理据；"矢"已不像一支箭，但却具有箭的意义，因而可以给矩、短、矮、矫……提供理据；"隹"已失去短尾鸟的形状，但卻從語言中承襲了 zhui 音，因而可以給誰、椎、碓等字提供聲音訊息。

　　漢字構形理據的客觀性及其可追溯性，免除了部件拆分的主觀隨意性，決定了拆分正誤的可辨性，也保存了它的歷史文化本來面貌，所以，部件規範必須使依理拆分充分體現。

第五節　漢字的功績

一、統一書面語

　　從文字與語言的關係上着眼,漢字適應漢語的特點,是一種好文字;從文字與社會的關係上看,漢字彌補了漢語方言分歧嚴重的"缺陷",給世世代代中國人提供了統一的書面溝通工具,為民族的團結、國家的統一發揮了積極的作用。

　　漢語方言分歧現象十分嚴重,幾種大方言的差異超越了歐洲有些語言之間的差異。一個上海人、一個廈門人、一個廣州人相遇,倘若他們各自使用自己的方言,語言交流是無法實現的。漢字不是表音文字,所以不同方言區的人儘可以用自己的方音去讀它,比如同一個"人"字,北京人讀 ren,上海人讀 nin,福建人讀 lang,廣州人讀 yan,還有讀 yin（東北）、zen（四川）、nen（武漢）、en（湖北洪湖）等等的。聽不懂不要緊,看得懂就行了。所以北方人來香港到百貨公司購物,售貨員不懂北方話,北方人不懂廣州話,但可以通過交換字條的方式做成買賣。這就是說,在相互不能溝通的方言口語之外有一種超方言的溝通工具存在,這就是用漢字書寫下來的漢語書面語。匈牙利人巴拉奇·代內什說:"來自不同地方的中國人見面談話,如果聽不懂對方的話,就用手指在空中比畫,或者寫在手掌上,畫在沙土上。如果沒有方塊字作橋樑,他們只能是四川人、河南人、廣東人;有了方塊字,他們才都是中國人,不僅是同一個國家的公民,而且是同一個偉大文化的主人。"

　　漢語方言分歧已有很長的歷史了。孔子沒有明說方言的存在,但《論語》記載孔子提倡"雅言"即共同語,可見方言在兩千五百年前既已存在,因為如果沒有方言的分歧,何來提倡雅言的必要。孟子在書裏明明白白記載學習方言的方法,即到該種方言流通的地方去學習。兩三千年來方言分歧現象沒有消除,可是超方言性質的漢族書面語在這段歷史時期一直連綿地使用下來,補充了口頭的共同語尚未最終形成的不足。從歷史的橫斷面看,每個時期的不同方言區的人民用漢字彼此交流，維繫一個統一的社會；每個時期的政府與民眾之間亦用漢字取得溝通，使政令下達、民意上通。從歷史的縱線看，中華民族的歷史及古代文化，靠漢字記寫的文獻典籍流傳下來；古代的經濟生活、社會制度，民族的性格、心理、思維方法、審美觀念，以及漢語的發展演變都可以在漢字上得到反映。

二、蘊含歷史文化訊息

漢字和中華文化具有互相印證、互相解釋、互相依存的關係。

文字是用形體或形象表現出來的書面符號。漢字構形，就是對形象或形體的選擇。我們把這個選擇形象生成字元的做法稱作取象，取象所表達出的構字意圖稱作構意。構意和取象都要受到造字者和用字者文化環境和文化心理的影響，因而漢字的原始構形理據中必然帶有一定的歷史文化訊息。

甲骨文中，手牽象作"為"，寫作 ，表示在古代中國社會曾以"象"作耕畜，用於農業生產；說明至少在兩千年前的甲骨文時代中國已經進入農業社會。

漢字中有不少"女"作部件的字。"女"字是個象形字，是對實體進行描繪；"婦"字主要是描述家庭的分工，如"婦，服也。从女持帚灑掃也。"（《說文解字》）其他如"奴、妒、妬、妨、妄、婪、奸、姦"等等，則說明在一段歷史時期內中國婦女處於比較低賤的社會地位。

三、反映古人的生活和思維方法

許許多多會意字反映古人的構思方法、心理狀態以及哲學信念。例如以"三"表示多：三車為轟，三水為淼，三金為鑫，三口為品，三日為晶，三鹿為粗（麤），三人為眾（众），三木為森，三隻鳥在樹上為集（雧）。"古人數字的觀念以三為最多，三為最神秘（三光、三才、三綱、三寶、三元、三官大帝、三身、三世等等）。由一陰一陽的一畫錯綜重疊而成三，剛好可以得出八種不同的方式。這和《洛書》的由一二三四五六七八九配合而成魔術方乘一樣。這種偶然的發現,而且十二分的湊巧,在古人看來是怎樣的神奇,怎樣的神秘喲。"(郭沫若《中國古代社會研究》)許多形聲字表現了古代漢族人民對客觀事物類屬的觀念,例如與魚有關的都加上"魚"旁:魴魷鮁鰒鮑鮐鮭鯽鱘鯊鰱鯽鰹鰣鯉鰷鯨鯧鯿鰈鱷鰉鯨鰜鱅鱈鼈鱉鱔鱒鮎鯢鱖鼇鰲,等等;與鹿有關的都加上"鹿"旁:麂麋麈麖麇麇麌麝麞麛麑麒麟麚麢麘,等等。是否从"魚"的字都屬魚類?不是,鱷鼈鼇鰲就不屬魚類,其中"鱷"屬爬蟲類;"鼈字从魚者,古人以其形似魚,誤為魚類也";"鼇",是"大鼇","鼇"屬爬蟲類。是否从"鹿"的字都屬鹿類?也不是,例如:"麤,山羊之大者,細角,見《說文》;熊虎之子絕有力者名。"麤與鹿無關。又如:"麢,大羊,亦作羚。"麢與鹿也沒有關係。與魚無關的東西用魚旁字表示,與鹿無關的東西用鹿旁字表示,不過反映了古人的認識水準與類屬觀念。此外,象形字突出事物的某個部分或角度,例如"鹿"字強調角和目:𠂤,"馬"字突出馬鬃:𩡧,"人"字取其側面:𠂉。還有:

象 虎 豕 犬 鼠 牛 羊

象突出長鼻,虎突出身上的花紋和張開的虎口,豕(豬)突出大腹,犬(狗)突出向上捲起的尾巴,鼠以碎食物突出其覓食的行為。牛羊描繪頭部,為了區別,牛角向上翹起,羊角向下彎曲。在甲骨文中,取象於動物形體的字十分豐富,顯然是狩獵生活在文字構形上的反映。指事字以某個部分作為示意的集中點(如"刃"字將指示性符號加於刀口,"甘"字將指示性符號畫入口中),也都反映了古代漢族人民的審美觀念與理解事物的方法。

四、反映語音和詞義發展變化

漢語語音、詞義的發展亦都可以從漢字身上找到依據。例如"古無輕唇(即 f)",現代的輕唇(f)在古代是重唇(b 或 p);"古無舌上(即 zh、ch)",現代的舌上(zh、ch)在古代是舌頭(d、t)。這兩條規律從漢字身上可明顯地看出。古時聲符相同的字必同音。據此,凡從"反"的字讀音必定相同,"返、販、飯"讀 fan,但"扳、板、坂、阪、版"却讀 ban,"叛、鏊"讀 pan,這種現象至少說明古代 f 與 b、p 不分,然後再參考其他資料,例如方言材料等等,證實古代有 b、p 無 f。"古無舌上"的現象也可從漢字身上得到說明,例如現在從"者"的字中,"猪、諸、煮、渚、箸、著、赭"讀 zhu,"褚、儲、躇"讀 chu,但"都、堵、睹、賭"讀 du,"屠"讀 tu。參照其他資料,原來古代有 d、t 無 zh、ch。

　　漢語詞義的演變發展也可以從漢字上看出。例如"枕"曾經是"木"製的,"碗"曾經是"石"製的,"紙"曾經是"絲"製的。時代變遷了,物質生活與文化生活發展了,但漢字却記載了過往歷史階段的陳跡,具有生動的認識意義與永恒的歷史意義。

　　漢字的孳乳在形聲字中可以找到一些標記,那就是前人所說的"右文說"。古人曾經看到,形聲字的有些聲符具有提示孳乳字來源的作用,可以用來把同源字聯繫在一起。這裏我們來繫聯幾個以"肖"為聲符的字。

　　第一組是名詞:

　　稍,苗末。禾麥葉末端漸小處稱麥稍。

　　艄,船尾。船尾端漸小處是船艄,所以站在船尾撐船的人叫艄公。

　　霄,雲端。雲的最高、最遠的頂端,看起來越來越小,所以叫雲霄。

　　鞘,鞭頭。皮鞭的頂端細小,稱鞭鞘。

　　梢,樹端。樹木枝條的末端漸小處稱樹梢。

　　這組名詞共同的特點是,它們表示的都是在末端逐漸細小的部位。

　　第二組是動詞:

　　消,水消減。也就是使水漸漸少起來。

　　銷,金消減。也就是使金屬漸漸消融。

　　削,用刀使被削的東西漸漸減少。

　　這組動詞共同的特點都是使一種東西漸漸消融或減少。

第六節　繁簡由之

現代漢字有繁簡之分。

繁簡現象是各個時代都曾發生過的文字現象。歷史上的許多朝代都以繁體字為漢字的正宗，簡體字只在民間流行，不登大雅之堂。現代漢字的繁簡二體卻都具有法定地位，例如中國大陸的簡化漢字經全國人民代表大會和國務院批准頒行，可以在任何場合使用，早已成為法定文字，並獲聯合國與其他許多國際組織的認同；新加坡、馬來西亞等國亦正式宣佈採用簡體字。台灣、香港、澳門等地雖無明文規定，卻仍然以繁體字為漢字的正統，簡體字主要以手寫體形式在民間流通。於是，繁簡二體在不同地區分別都是標準文字。不同地區使用不同形體的漢字已成為歷史事實，不可能因個人的主觀意志而改變。唯一可行的路是從學術角度分析漢字的現狀，克服心理上的障礙，努力把繁簡之間的距離縮短而不是拉大，促使會簡體的人學一些繁體，識繁體的人學一點兒簡體，做到繁簡由之。甚至不妨從現行的簡體字中篩選出一些，取得不同地區的共識，進而成為不同地區的法定漢字。

繁簡漢字之間本無不可逾越的鴻溝。簡體常常起於民間的手寫形式，然後漸漸打入繁體字系統，個別地（不是成批地）取代繁體字的地位。三十年前的香港報紙就常以"虫"代"蟲"，以"咀"代"嘴"，以"伙"代"夥"等，即有簡體個別地打入繁體系統的跡象。中國大陸簡化字之所以在外間世界曾經掀起一陣波瀾，主要原因不在簡化字是否簡得科學合理，而是大家缺乏成批地接受簡化字的心理準備。事實上中國通用的簡化字很多都能從反對簡化字的人筆下找到，例如"头""听""証""体""寿""台""庄"，等等。簡化字最受詬病的無非是某幾十個字的簡化方式，例如"后"（代"後"）、"斗"（代"鬥"）容易誤解；"广"字缺乏美感；"郁""鬱"粵音有異，"于""於"分明是兩個不同的姓氏；也不宜借"郁"代"鬱"，"干"代"干幹乾"，引出的混亂更多。但如果心理上的障礙排除了，簡化的技術問題是不難解決的。

漢字的繁簡在字數與筆畫上表現得最為明顯，談漢字的繁簡也常常把話題集中在字數與筆畫上。

一、字數問題

漢字最突出的一點是字數多，多得統計不出一個精確的數字。

（一）字數多的原因

字數多有三個原因，一是漢語的詞（單音詞）都有字為書面符號，二是不用的漢字還計算在字數裏，三是異體並存。

漢語的詞（主要是單音節詞）或語素都有字作為書面符號，語言中出現了新詞或新語素，文字常常要相應地造出新字。新詞不斷湧現，新字也就不斷增加。新字追趕新詞，常有追趕不上的情形。例如報載"陝西省……礦藏豐富，出產的金屬有鐵、孟（金旁）、各（金旁）、太（金旁）、月（金旁）……"（1988年3月15日澳門《市民日報》）。所謂"孟（金旁）、各（金旁）、太（金旁）、月（金旁）"就是"錳、鉻、鈦、鈅"，因為來不及鑄字模，所以只好以"金旁"二字作注，說明新字追趕新詞但始終落在新詞後面。

已經不再使用的漢字是計算在漢字總數中的。所謂已經不再使用的漢字可以說是歷史的陳跡，也可以說是一批"死字"。例如：

裹，《說文解字》解為"書囊也"。

爇，《說文解字》解為"以火乾肉"。

鮒，鯽魚古代稱"鮒"。

燹，《說文解字》解為"火也"；《正字通》解為"兵火也"。

再如與"馬"有關的許多字也都是"死字"：

騭 zhì，公馬。

騇 shè，母馬。

駣 tiáo，三歲馬。

騋 lái，高七尺的馬。

䯧 wò，馬名。

騉駼 kūntú，馬名，馬身牛蹄善登山。

騋 là，駿馬名。

騄駬 lù'ěr，駿馬名。

驦駼 fēitù，駿馬名。

騕褭 yǎoniǎo，良馬名。

騊駼 táotú，良馬名。

騧 guā，黑嘴的黃馬。

騨 tuó，黑斑紋的青毛馬。

駓 pī，毛色黃白相雜的馬。

駰 yīn，黑帶白花的馬。

騂 xīng，紅毛的馬或牛。

騑 fēi，駕車的馬。

駤 kuāng，馬耳彎曲。

馹 rì，驛站送信的車。

駜 bì，馬肥壯的樣子。

駉駉 jiōng，馬肥壯的樣子。

騤騤 kuí，馬強壯威儀的樣子。

騔 gé，馬跑得快。

駾 tuì，驚慌奔跑。

驫 biāo，形容眾馬行走。

此外還有"駻騂駒駝䮍駞駄䮞駃騠駔駿駛駏䮞駖駗駢駞騋駸駿驁駽驍駰騆驟騜騤騵騏騨騱駥驤鶩騣騄騶騢驂驃驄驈驊驋驌驎驏驒驔驕驖驙驚驛驚驟驝"等等。這些"死字"都算在漢字總數中，漢字當然就多起來了。

異體並存也是漢字數目龐大的原因之一。例如：吝＝悋，炒＝䵚，煮＝鬻，雷＝靁，集＝雧，岩＝巖，萱＝蕿、蘐、蕙、蕙，襪＝韤、韈、袜、絑，等等。

異體字徒然增加漢字總數，而且增加認字的困難。

（二）字數多的對策

對付字數多有兩個辦法：淘汰異體及制訂常用字表。

1. 淘汰異體

淘汰異體就是正式宣佈一些異體字再不要出現在一般性的印刷物中，淘汰異體同時要做的工作是選定正體。淘汰異體與選定正體的總原則仍是"約定俗成"，具體做法可參考以下幾點：

（1）以筆畫簡單的字為正體，淘汰筆畫複雜的異體，例如以"炒、煮、集、雷"為正體，淘汰異體"䎱、鬻、雧、䨮"。

（2）以書寫順手的字為正體，淘汰書寫彆扭的異體，例如以"冰、鞍、裙、揪"為正體，淘汰異體"冫、䩞、裠、揫"。

（3）以表音作用比較明顯的字為正體，淘汰表音不甚準確的異體，例如以"玳、瑰、搗、蛔"為正體，淘汰異體"瑇、瓌、擣、蛕（蚘）"。

（4）以表義作用比較明顯的字為正體，淘汰表義較差的異體，例如以"唇、斃、艷、拓"為正體，淘汰"脣、獘、豔（艶）、搨"。

1955年12月中國公佈《第一批異體字整理表》，共列810組異體字，共1865個字，每組選取一個作為正體，淘汰其餘1055個異體。下面僅摘錄其中一部分，以供參考。

呆〔獃〕	錘〔鎚〕	皋〔皐〕	迥〔逈〕
〔騃〕	匆〔悤〕	〔臯〕	韭〔韮〕
庵〔菴〕	〔怱〕	鈎〔鉤〕	局〔侷〕
杯〔盃〕	凑〔湊〕	够〔夠〕	〔跼〕
〔桮〕	篡〔簒〕	雇〔僱〕	决〔決〕
背〔揹〕	村〔邨〕	挂〔掛〕	考〔攷〕
绷〔繃〕	耽〔躭〕	〔罣〕	扣〔釦〕
秘〔祕〕	荡〔盪〕	果〔菓〕	裤〔袴〕
痹〔痺〕	捣〔搗〕	蚝〔蠔〕	款〔欵〕
遍〔徧〕	〔擣〕	恒〔恆〕	况〔況〕
冰〔氷〕	凳〔櫈〕	哗〔譁〕	坤〔堃〕
并〔併〕	雕〔彫〕	晃〔榥〕	昆〔崑〕
〔並〕	〔鵰〕	迹〔跡〕	〔崐〕
〔竝〕	〔琱〕	〔蹟〕	弃〔棄〕
布〔佈〕	吊〔弔〕	奸〔姦〕	羌〔羌〕
采〔寀〕	睹〔覩〕	剑〔劍〕	〔羗〕
〔採〕	妒〔妬〕	僵〔殭〕	丘〔坵〕
厕〔廁〕	朵〔朶〕	脚〔腳〕	却〔卻〕
册〔冊〕	峨〔峩〕	叫〔呌〕	〔郤〕
锵〔鏘〕	罚〔罰〕	劫〔刼〕	群〔羣〕
场〔塲〕	珐〔琺〕	〔刧〕	绕〔遶〕
痴〔癡〕	峰〔峯〕	〔刦〕	冗〔宂〕
耻〔恥〕	佛〔彿〕	杰〔傑〕	软〔輭〕
仇〔讐〕	〔髣〕	捷〔捷〕	升〔陞〕
床〔牀〕	杆〔桿〕	晋〔晉〕	〔昇〕
捶〔搥〕	扛〔摃〕	径〔逕〕	尸〔屍〕
棰〔箠〕	杠〔槓〕	炯〔烱〕	虱〔蝨〕

笋〔筍〕	胭〔臙〕	侄〔姪〕
它〔牠〕	岩〔巌〕	〔妷〕
碗〔盌〕	〔巖〕	志〔誌〕
〔椀〕	〔嵒〕	周〔週〕
〔㼝〕	宴〔讌〕	猪〔豬〕
污〔汙〕	〔醼〕	注〔註〕
〔汚〕	咽〔嚥〕	踪〔蹤〕
弦〔絃〕	验〔驗〕	
闲〔閒〕	焰〔燄〕	
线〔綫〕	咏〔詠〕	
厢〔廂〕	涌〔湧〕	
效〔効〕	游〔遊〕	
〔俲〕	逾〔踰〕	
蝎〔蠍〕	欲〔慾〕	
携〔攜〕	冤〔寃〕	
〔擕〕	〔宠〕	
〔撝〕	岳〔嶽〕	
幸〔倖〕	韵〔韻〕	
凶〔兇〕	灾〔災〕	
汹〔洶〕	〔烖〕	
修〔脩〕	〔菑〕	
绣〔繡〕	赞〔贊〕	
叙〔敘〕	〔讚〕	
〔敍〕	噪〔譟〕	
勋〔勳〕	扎〔紥〕	
烟〔煙〕	〔紮〕	
〔菸〕	占〔佔〕	

2. 制訂常用字表

制訂常用字表是一項科學性很強但是鮮為人重視的工作。漢字有五六萬個，其中哪些是常用字？哪些是次常用字？應從大量的文字資料中根據字的出現頻率統計得出。制訂常用字表的工作開始得很早，一千八百年以前的三國時代就開始有人編寫《千字文》，為學童提供常用字課本。近代《千字文》一類的書越來越多，每本字數大致在一千以上、兩千以下。上世紀 50 年代根據漢字在報刊書籍中出現頻率的高低編過一本《常用字表》，內收常用字 1010 個，次常用字 490 個，共計 1500 個；此外選定補充常用字 500 個，合成 2000 常用字。掌握 2000 常用字，大致可以讀懂一般性的通俗讀物。1981 年公佈的《信息交換用漢字編碼字符集基本集（GB2312-80）》，列"第一級漢字"（即常用字）3755 個，"第二級漢字"（即次常用字）3008 個（包括部首），總共 6763 個常用、次常用字。6000 多個字還是多了一些，但比起漢字的總數却是少了近九成。

二、筆畫問題

漢字的筆畫少至一畫多至三、四十畫，例如並不太生僻的"齉"字就有三十六畫。筆畫多是漢字的又一個突出特點。

（一）筆畫多的原因

筆畫多有兩個原因，一是漢字需要以筆畫的增減來區分漢字的形貌，二是無節制地運用形符。

每一個漢字都有自己獨特的形體，數以萬計的漢字就要有數以萬計的不同形體。這樣多的不同形體從哪裏來？主要是對原有字形稍作改動：或者調整原字的筆畫，或者增減原字的筆畫，或者增加原字的構件。早期的漢字幾乎把簡單筆畫的形體用盡了（一、二、三、四、人、口、手、止、日、月、山、川……），後來只有用給原字增減筆畫的方法（多數為增加筆畫）來造新字，例如先有了"火"，而後有"炎、焱、燚"；先有了"霜"，而後有"孀、驦、鸘"。

無節制地運用形符是漢字筆畫繁多的又一原因。打開任何一部按部首排列的字典，那些筆畫多的字大都是形符繁複的字，如形符是"鼠"的字、形符是"齒"的字、形符是"鼻"的字、形符是"鼓"的字、形符是"龜"的字、形符是"龍"的字，等等。形聲法的發明本來化解了漢字造字的危機，但疊牀架屋地運用形符或無節制地運用形符却使漢字的筆畫大增，例如"爪"在"木"上為"采"，後來再加提手旁成為"採"，這提手就和"爪"重疊了；"梁"字本有"木"，後來又加個"木"旁成為"樑"。"蒙龍"本是聯綿字，描繪模糊不清的境界，但形容山水要用"水"字旁，寫成"濛瀧"；指日光不明要用"日"字旁，寫成"曚曨"；指月光不明要用"月"字旁，寫成"朦朧"；指目光不明是否要寫成"矇矓"，指心境不明朗是否要加豎心旁？濫加形旁的現象在香港也是存在的，例如將"充分"的"分"寫成"份"，將"男士""女士""各界人士"的"士"寫成"仕"，將"麵包"的"包"寫成"飽"，將"度日""度假"的"度"寫成"渡"，幾乎到了"約定俗成"的地步。形符的增用，無疑增加了字的筆畫。

（二）筆畫多的對策

　　對付筆畫多沒有一定的方法，中國大陸推行的是：凡可以使筆畫比原字筆畫少而又能保留原字特徵或輪廓的方法都可取用。例如：

省略原字構件	务（務）	咸（鹹）	表（錶）
	号（號）	类（類）	乡（鄉）
	云（雲）	处（處）	洼（窪）
	丽（麗）	制（製）	尸（屍）
	恳（懇）	爷（爺）	盘（盤）
	医（醫）	宝（寶）	从（從）
	竞（兢）	虫（蟲）	涩（澀）
	丰（豐）	烛（燭）	齿（齒）
保留原字輪廓	齐（齊）	寿（壽）	变（變）

第二章　漢字　| 173

改用象徵符號	龟（龜）	东（東）	昼（晝）
	办（辦）	协（協）	苏（蘇）
	冈（岡）	风（風）	区（區）
	来（來）	丧（喪）	伞（傘）
	汉（漢）	邓（鄧）	对（對）
	师（師）	临（臨）	坚（堅）
	学（學）	兴（興）	誉（譽）
	尝（嘗）	层（層）	坛（壇）
採取重文符號	枣（棗）	轰（轟）	聂（聶）

三、繁簡由之

（一）棄繁就簡的發展趨勢

漢字筆畫在其歷史進程中有的增多，有的減少，即有繁有簡，例如"龝"字變為"秋"，是由繁到簡，"益"字孳生出"溢"，是由簡到繁。只是因為"由繁到簡"多，"由簡到繁"少，故常稱"簡化"而不用"繁化"一詞。近期有學者提出以"規範字"代"簡化字"，用"標準字"代"繁體字"或"正體字"。

從時間上看，各種字體都有由繁變簡的現象。例如甲骨文的 ✽ 變為金文的 ✽，小篆變成 ✽，後來隸書、楷書都是"星"。又如"圍"字，甲骨文的 ✽ 字有四隻腳印，中間的小方塊表示城池或建築物，城池四周有腳印，意思就是"圍"。後來四隻腳印變成了三隻、兩隻（兩隻腳印的外面加一座大方城），寫為：✽ ✽ 圍 圍 圍 圍。

甲骨文 ✽ 是一幅水中有魚群的圖畫，✽ 則是一幅手執網捕魚的圖畫；金文少了三條魚却多了一隻手：✽；大篆沒有手與網，魚的數目為兩條：✽；小篆僅留下一條魚，但魚的象形痕跡依然保存：✽。"車"字甲骨文作 ✽ ✽ ✽ ✽，車輿都是兩個，而且有轅有輪；金文也不簡單：✽，是甲骨文第五形的豎寫；後來簡化為兩個車輪一個車輿：車。

每一次字體變更而筆畫得到簡省的例子很多，特別是由籀文（大篆）轉變為小篆時筆畫的省減尤其明顯。段玉裁說："凡籀文多緐（即'繁'）重，如𠱭𠱭，乃𠄎，敗𣀙，宜𩫖，副䨱，昔䐓，員鼎，囿⿴。"

從空間看，各地的簡化現象在同時發生。例如甲地將"蔬"字簡作"苏"（sh、s不分，如西南官話），乙地將"蔬"簡作"芙"或"苻"（shu、fu不分，如西北方言），最終確定的規範既不是"苏"，也不是"芙"或"苻"，"蔬"仍然是"蔬"，因為不同地區的簡寫都不能正確表示普通話讀音。"藏"字情形亦如此，甲地將之簡作"芷"，乙地將之簡作"艾"，"芷""艾"的聲符都與"藏"音不符，所以"藏"仍然是"藏"。

港澳地區漢字是與其他漢語社會的文字同步發展的。港澳地區雖以繁體漢字為正統，但簡體漢字同樣在廣泛流傳，其中手寫體的簡體字特別多。即使是印刷品，簡體字的數量也是可觀的。下面所列簡體字是 1980 年代從香港報章上摘取來的。

臺証　　　　　　　　　　（臺證）

晒版　　　　　　　　　　（曬）

帐稅　　　　　　　　　　（賬）

呤件　　　　　　　　　　（零）

帮助　　　　　　　　　　（幫）

宣布　　　　　　　　　　（佈）

坟墓　　　　　　　　　　（墳）

石英表　　　　　　　　　（錶）

尼龍袜　　　　　　　　　（襪）

咸牛肉　　　　　　　　　（鹹）

盛大献映　　　　　　　　（獻）

燒腊飯店　　　　　　　　（臘）

第二章　漢字　| 175

聯系機搆　　　　　　　　　　　（繫）
打腊工人　　　　　　　　　　　（蠟）
認罪退贓　　　　　　　　　　　（臟）
流膿痒痛　　　　　　　　　　　（癢）
瀟洒賭王　　　　　　　　　　　（灑）
大學失窃　　　　　　　　　　　（竊）
原庄版本　　　　　　　　　　　（裝）
耀記蝗油庄　　　　　　　　　　（莊）
制造和銷售　　　　　　　　　　（製）
黑人中堅自荐　　　　　　　　　（薦）
每戶售粮四噸　　　　　　　　　（糧）
九七問題冲擊　　　　　　　　　（衝）
他們是胡塗虫　　　　　　　　　（蟲）
酒樓伙記太殷勤　　　　　　（夥、慇、懃）
綉花枕頭套百多元一個　　　　　（繡）
扮演了一個不光采的角色　　　　（彩）
恒隆事件影响拆息漲至23厘　　（響、釐）
西德宝富丽冬暖夏涼双面床褥　（寶、麗、雙、牀）

（二）繁簡相通的造字方法

傳統的六書造字法與現時簡化字造字法有相通之處，因為簡化字並沒有對原來的漢字制度作徹底改革，只不過是以書寫便捷與強化表音為目標，對原有漢字的筆畫和結構作有限度的調整。簡化字與繁體字相比，在結構方式上既有繼承也有創新，所繼承的正是六書傳統，特別是六書中的形聲和假借。

採取形聲法造就簡化字有幾種情形，例如：

新形聲字取代舊形聲字：帮（幫）、响（響）、冲（衝）、伙（夥）。

筆畫簡單的聲符代替原聲符：惧（懼）、递（遞）、痒（癢）、虾（蝦）。

筆畫簡單的形符代替原形符：愿（願）、猫（貓）、粘（黏）、敘（敍）。

港澳地區流行的簡體字也有許多是用形聲法構成的，例如：

袜（褲）形符是衣，聲符是夫。這個具有粵方言特色的簡體字很受港澳人歡迎，在港澳社會甚為流通，許多報章都出現印刷體的"袜"字。

咭（卡）原字由上下兩字構成，取其"上下之間"即為"卡"的意思，是個會意字。"咭"以口為形符，以吉為聲符，符合粵方言的音值，是個十分通行的簡體字。"信用咭""銀行咭""聖誕咭""九折咭""一咭傍身，世界通行"……"咭"字通行甚廣。

其他如"呤"（零）、"蚧"（蟹）、"呔"（胎）等等也都是用形聲法創造的簡體字。

採取假借法造就簡化字方式簡單，數量很大。"同音假借"如："板"（闆）、"丑"（醜）、"刮"（颳）、"几"（幾）、"台"（臺、檯、颱），等等。"刪形留聲"如："表"（錶）、"合"（閤）、"家"（傢）、"舍"（捨）、"致"（緻），等等。

富有港澳地區特色的簡化字很多是取假借途徑形成的，例如酒樓的菜譜將"椒鹽"的"椒"寫作"召"，"炒雙魷"的"魷"寫成"尤"，報紙廣告將"時裝"的"裝"寫作"庄"。

（三）繁簡由之是漢字重新統一的必經之路

"繁簡由之"是 1984 年在香港出版的一本小書的書名，後來逐漸被認為是一個處理港澳地區用字問題的口號。1988 年這本小書開始在台灣印行。港澳是東西文化的匯點，也是世界華人文化的匯點。港澳人與中國大陸、台灣和世界各地華人有頻密的文字往來，要經常閱讀用繁體或簡體出版的書報文件。港澳人身處"繁簡包圍圈"中，若要"左右逢源"，若要適應身處的這個特定社會，若要借助這種獨有的條件在東西文化交流方面作更多貢獻，就必須既懂繁體字又懂簡體字。

文字是人與人溝通的工具，多識一種文字則多一份方便。漢字的繁簡之別遠沒有不同類型的文字那樣嚴重，繁簡並存是一種文字體制內的一小部分字存有兩種書寫形式。認識了繁體再認簡體，或認識了簡體再認繁體，都比學習掌握另一種類型的文字容易得多，尤其是已經認識了繁體的人再認簡體，幾個小時就可奏效。繁體在先，簡體在後，繁體通過快書、連筆、草寫等手寫形式過渡為簡體，因此凡會繁體的人多少都會一些簡體。識繁體的人不妨再全盤翻檢一下簡化字表，以便更有效地閱讀簡化字排印的書刊，與只會簡化字的人溝通；只識簡體字的青少年也不妨再學點兒繁體字，以便更順利地閱讀古籍，吸取古典文化的滋養。繁簡由之，有百利而無一害。

四、規範字與繁體字對照

　　簡化字在中國通用將近六十年了。這六十年中國與台灣從政治上逐步走向和解，漢字也隨之由繁簡對立走向協商，預期漢字會在未來走向新的統一，"繁簡由之"只不過是一條必經的途程。如果放大我們的視野，整個漢字的歷史何嘗不是一個"繁簡由之"接另一個"繁簡由之"的過程？在每一個過程中，一方面既要求繁簡各自堅守自己的規範，同時又要求包容對方的標準。沒有各自的標準，文字會減弱負載思想信息的功能。出現在語用中的一些現象就是因為沒有信守這個原則，例如中國城鄉出現"萬裏江山一片紅"的楹聯，聯中"萬裏"既非繁體，也非簡體，而是用字人既不遵守繁體標準，也不遵守簡體規範，寫了別字。在漢語詞庫裏面，繁體、簡體都只有"萬（万）里"。"岳飛"成了"嶽飛"，"范經理"成了"範經理"，"白洋淀"成了"白洋澱"，"叶韻"變成"葉韻"，都是這樣的問題。

　　為方便漢字使用者瞭解簡繁字之間的對應關係，特列舉《通用規範漢字表》（由教育部和國家語言文字工作委員會發佈）後附的《規範字與繁體字對照表》。這個表收錄了與2546個規範字相對應的2575個繁體字，對94組一個規範字對應多個繁體字（或傳承字）的字際關係進行了分解。具體分解方法是：簡繁字的對應以字為單位，凡一個簡化字對應多個繁體字的，分解為多項，音不同的分別列出各項的拼音，標音一律採用漢語拼音方案，只標注主要讀音和以音別義的音。

詞例以雙音詞和短語為主，虛詞或難以找到相應短語的單音詞先出義項，後面用括弧舉例。只列現代漢語義項，個別有特殊讀音的文言義項一併列出。不同義項用"；"隔開。"～"用以替代與簡化字相同的字，這些字在繁體字系統中仍然使用，與同一字頭下對應的其他繁體字在職能上有分工。具體分解如下：

	簡化字	對應的繁體字	標音	義項及詞例	說明
1	坝	埧	bà	平地（沙坪　）	
		壩	bà	水壩，堤壩，河壩	
2	摆	擺	bǎi	擺放，擺開；擺闊，擺威風；搖擺，擺手，擺動；鐘擺；擺事實	
		襬	bǎi	下襬，衣襬	
3	板	～	bǎn	木板，鋼板；板報，板書；走板，快板；呆板，死板；板正	
		闆	bǎn	老闆	
4	辟	～	bì	辟惡，辟邪；復辟	
			pì	大辟	
		闢	pì	開闢；精闢，透闢；闢謠	
5	表	～	biǎo	外表，表面；表哥，表叔；表示，發表，表達；表率；表格，表冊；姓	
		錶	biǎo	鐘錶，懷錶，手錶	
6	别	～	bié	分別，告別；別人，別稱；區別，辨別；差別，天淵之別；類別，性別，職別；別針；別上門；姓；副詞（別走了，別是他來了）	
		彆	biè	彆不過，彆扭	

	簡化字	對應的繁體字	標音	義項及詞例	說明
7	卜	~	bǔ	占卜，卜卦；預卜，生死未卜；姓	
		蔔	bo	蘿蔔	
8	才	~	cái	才能，多才多藝；幹才，奇才；姓	
		纔	cái	副詞（纔來就要走；現在纔明白；纔有幾個人）	
9	冲	沖	chōng	沖洗；沖茶；沖帳	
		衝	chōng	要衝，首當其衝；橫衝直撞；衝突，衝撞，衝犯	
			chòng	這小伙子幹活兒真衝；酒味兒很衝	
10	丑	~	chǒu	子丑；姓	
		醜	chǒu	醜陋；醜態，出醜	
11	出	~	chū	出來，出去；出席，出場；出軌，出界；出佈告，出題目；出產，出煤，出活兒；出問題；發出，出芽兒，出汗；出名，出面；出納，量入為出；看得出	
		齣	chū	三齣戲	
12	当	當	dāng	相當；應當；當面；當今，當場；充當；承當；當家，當權；銳不可當；瓦當；姓	
			dàng	恰當，得當；一個人當兩個人用；當作；當真；典當，贖當	
		噹	dāng	擬聲詞（金屬器物撞擊聲）	
13	党	~	dǎng	党項；姓	
		黨	dǎng	黨章，黨校；死黨，結黨營私；黨同伐異；父黨，母黨	

	簡化字	對應的繁體字	標音	義項及詞例	說明
14	淀	~	diàn	白洋淀	
		澱	diàn	沉澱，澱粉	
15	冬	~	dōng	冬季，隆冬；姓	
		鼕	dōng	擬聲詞（敲鼓或敲門聲）	
16	斗	~	dǒu	升斗；熨斗，漏斗，煙斗；北斗星，斗柄；圓形的指紋；斗胆，斗室；姓	
		鬥	dòu	械鬥，拳鬥；鬥爭；鬥蛐蛐兒；鬥智，鬥嘴；鬥眼	
17	恶	惡	è	無惡不作，罪大惡極；兇惡，惡劣，惡習，惡感	
			wù	好惡，深惡痛絕	
		噁	ě	噁心	
18		發	fā	發貨，分發；發射，發炮；發生；發言，發表，發揚，發育，發家，暴發戶；發酵，麵發了；發散，揮發；發現，揭發；發黃，發潮；發怒，發笑；發麻，發癢；出發；發起，奮發；發人深省；一發子彈	
		髮	fà	頭髮，毛髮，理髮，髮型	
19	范	~	fàn	姓	
		範	fàn	錢範，鐵範；典範，規範，模範，師範；範圍，就範；防範	
20	丰	~	fēng	丰采，丰姿，丰韻	
		豐	fēng	豐富，豐滿，豐收，豐盛；豐碑，豐功偉績；姓	

	簡化字	對應的繁體字	標音	義項及詞例	說明
21	复	復	fù	反復無常，循環往復；答復，復信，敬復；恢復，光復，收復，復原；報復，復仇；復發，死灰復燃，無以復加，一去不復返，復蘇；姓	
		複	fù	重複，複寫，山重水複；複合，繁複，複姓	注："覆蓋、覆滅"的"覆"不再簡化。
22	干	~	gān	干戈；干犯；干連，干涉；干祿；天干，干支；姓	
		乾	gān	乾燥，乾柴；乾洗；餅乾，葡萄乾兒；外強中乾；乾笑，乾號；乾親，乾媽；乾瞪眼，乾打雷不下雨	注："乾"讀qián用作"乾坤""乾隆"時不簡化。
		幹	gàn	樹幹，骨幹，幹細胞；幹部；埋頭苦幹；能幹，幹練，幹才；他幹過隊長	
23	谷	~	gǔ	山谷，谷地，萬丈深谷，谷底；姓	
			yù	吐谷渾	
		穀	gǔ	五穀雜糧；穀草，穀穗兒；《穀梁傳》	注："不穀、穀旦"的"穀"不簡化。
24	刮	~	guā	刮鬍子；搜刮	
		颳	guā	颳風	
25	合	~	hé	合辦，同心合力；符合，合情合理；折合，合計；理合聲明；回合；姓	
		閤	hé	閤上眼；閤家團聚	

	簡化字	對應的繁體字	標音	義項及詞例	說明
26	后	~	hòu	皇后，后妃；皇天后土；姓	
		後	hòu	後門，後院；後天，日後，後輩；後排，後半夜；後代	
27	胡	~	hú	胡人；胡琴，胡桃，胡蘿蔔；胡鬧，胡說，胡搞，胡作非為；胡同；姓	
		鬍	hú	鬍子，鬍鬚，鬍子拉碴	
28	划	~	huá	划船，划槳，划艇；划得來，划算	
		劃	huá	劃玻璃，劃根火柴，劃了個口子	
			huà	劃分，劃界，劃清；劃撥，劃轉，劃付；計劃，籌劃，策劃	
29	回	~	huí	回家，回鄉，回程；回頭，回身；回拜，回報，回絕；一回，回合；回族，回民，回曆；姓	
		迴	huí	迴旋，迂迴	
30	汇	匯	huì	匯合，匯流；匯款，匯票；外匯，換匯，匯率；匯編，匯展，匯集；總匯	
		彙	huì	彙報，彙編，彙展，彙集；詞彙	
31	伙	~	huǒ	伙食，伙房，開伙，搭伙	
		夥	huǒ	同夥，夥計，夥伴；合夥，入夥；夥同，團夥；一夥人	注：作"多"解的"夥"不簡化。
32	获	獲	huò	捕獲，俘獲，獲取；獲得，獲勝，獲利，不勞而獲	
		穫	huò	收穫	

	簡化字	對應的繁體字	標音	義項及詞例	說明
33	几	~	jī	茶几,几案;姓	
		幾	jī	幾乎	
			jǐ	幾多,幾時,幾許,幾曾;幾本書,幾次	
34	饥	飢	jī	飢餓,如飢似渴,飢不擇食,飢寒交迫	
		饑	jī	饑荒,連年大饑,饑饉	
35	家	~	jiā	家庭,家常,家財;人家,農家,漁家;專家,畫家,政治家;儒家,法家,百家爭鳴;上家,下家,公家;家禽,家畜,家蠶;家兄,家父	
			jia	姑娘家,學生家;老三家	
		傢	jiā	傢伙;傢具;傢什	
36	姜	~	jiāng	姓	
		薑	jiāng	生薑,薑黃	
37	借	~	jiè	借用,借債,借條,借貸,借宿	
		藉	jiè	藉故,藉端;憑藉,藉口,藉題發揮	注:其他義如"慰藉、狼藉、枕藉"以及讀 jí(踐踏,侮辱;姓)時不簡化。
38	尽	盡	jìn	取之不盡;自盡,同歸於盡;盡頭,盡善盡美,山窮水盡;盡情,盡力;盡職,盡責,盡忠,盡孝;前功盡棄;盡數收回,盡人皆知	

	簡化字	對應的繁體字	標音	義項及詞例	說明
	尽	儘	jǐn	儘下雨,儘自;儘早,儘快,儘先	
39	据	~	jū	拮据	
		據	jù	佔據,據為己有;據點,據說,憑據;依據,據理相爭;憑據,證據,字據,論據;姓	
40	卷	~	juàn	讀書破萬卷,手不釋卷,卷帙;畫卷,卷軸,卷軸裝;卷子,答卷,交卷;卷宗	
		捲	juǎn	捲尺,捲心菜,捲煙;鋪蓋捲兒,膠捲;一捲紙;席捲	
41	克	~	kè	克勤克儉;克己,以柔克剛;量詞:千克	
		剋	kè	攻剋,剋復,剋敵制勝;剋化、剋制,剋期;剋扣,剋減	注:"剋"讀kēi,義為訓斥、打人時不簡化。
42	夸	~	kuā	夸父追日	
		誇	kuā	誇口,誇大;誇獎	
43	困	~	kùn	為病所困,困局,困窘;圍困,困守;困難,困厄,困苦;困乏,困頓	
		睏	kùn	睏倦,睏覺	
44	了	~	le	助詞(吃了飯,睡着了)	
			liǎo	了賬,沒完沒了,不了了之,了斷,了局;了不相涉,了無;辦得了;姓	

	簡化字	對應的繁體字	標音	義項及詞例	說明
	了	瞭	liǎo	瞭解，一目瞭然，瞭如指掌	注："瞭"讀liào，表"瞭望、瞭哨"時不簡化。
45	累	~	lěi	連累，牽累，累及	
			lèi	勞累，累人，累了一天	
		纍	léi	纍贅，果實纍纍	
			lěi	積纍，日積月纍，成千纍萬，罪行纍纍；纍次，纍年，連篇纍牘	
46	里	~	lǐ	鄰里；故里；里程；姓	
		裏	lǐ	襯裏，衣服裏；裏面，這裏，裏屋，往裏走	
47	历	歷	lì	經歷，來歷，歷練；歷屆，歷代，歷史；歷陳，歷數，歷歷在目；姓	
		曆	lì	曆法，陽曆，農曆；日曆，掛曆，天文曆	
48	帘	~	lián	酒帘	
		簾	lián	窗簾，垂簾聽政，門簾	
49	卤	鹵	lǔ	鹵素；鹵族	
		滷	lǔ	鹽滷，滷水；滷味，滷製，滷鷄；打滷麵；茶滷	
50	蒙	~	mēng	發蒙，蒙頭轉向	
			méng	蒙頭蓋腦，蒙上一張紙；蒙受，蒙冤，蒙難；蒙昧，啟蒙；姓	
			měng	蒙古，蒙古包，蒙古族	

	簡化字	對應的繁體字	標音	義項及詞例	說明
	蒙	濛	méng	細雨濛濛	
		懞	méng	樸實敦厚之意	
		矇	mēng	欺上矇下，矇人；瞎矇	
			méng	眼睛失明之意	
51	弥	彌	mí	彌補，彌縫；欲蓋彌彰，彌足珍貴；彌漫，彌天；姓	
		瀰	mí	瀰漫，瀰天大謊	
52	面	~	miàn	臉面，面孔；面向，背山面水；表面，水面，地面；當面，面談；鞋面兒，布面兒；平面；正面，片面，全面，面面俱到；上面，前面，外面；一面鏡子，兩面旗子，見過一面；姓	
		麵	miàn	麵粉，白麵，豆麵；藥麵兒，胡椒麵兒；麵條兒，掛麵	
53	蔑	~	miè	輕蔑，蔑視	
		衊	miè	污衊	
54	仆	~	pū	前仆後繼	
		僕	pú	僕人，奴僕；姓	
55	朴	~	piáo	姓	
		樸	pǔ	儉樸，誠樸，樸素	
56	千	~	qiān	千斤，千萬；千方百計，千軍萬馬，千慮一得，千姿百態；姓	
		韆	qiān	鞦韆	

第二章 漢字 | 187

	簡化字	對應的繁體字	標音	義項及詞例	說明
57	签	簽	qiān	簽發，簽押，簽字；簽呈，簽注意見	
		籤	qiān	抽籤兒，求籤；牙籤兒；標籤兒，書籤兒	
58	纤	縴	qiàn	縴繩，拉縴，縴夫	
		纖	xiān	纖細，纖微，纖維，纖小	
59	秋	~	qiū	秋季，深秋，秋高氣爽，秋毫；麥秋；千秋，一日不見，如隔三秋；多事之秋	
		鞦	qiū	鞦韆	
60	曲	~	qū	彎曲，曲線，曲徑通幽，河曲；是非曲直；姓	
			qǔ	曲調，戲曲，高歌一曲；作曲	
		麴	qū	大麴，麥麴	
61	舍	~	shè	屋舍，宿舍，寒舍；豬舍；退避三舍	
		捨	shě	捨棄，四捨五入，捨近求遠；施捨，捨粥，捨藥	
62	沈	~	shěn	姓	注："沈"讀chén 時應寫作"沉"。
		瀋	shěn	瀋陽；墨瀋未乾	
63	术	~	zhú	白术，蒼术	
		術	shù	技術，學術，美術，術語；戰術，權術；姓	

	簡化字	對應的繁體字	標音	義項及詞例	說明
64	松	~	sōng	松樹，松鼠；姓	
		鬆	sōng	鬆散；鬆腰帶；鬆口氣，鬆勁；鬆脆；鬆綁，鬆手，肉鬆，魚鬆	
65	苏	蘇	sū	紫蘇，白蘇；流蘇，蘇醒，死而復蘇；蘇州，江蘇，蘇繡；蘇聯；姓	
		嚕	sū	嚕囌	
66	台	~	tāi	台州，天台	
			tái	兄台，台鑒；姓	
		臺	tái	瞭望臺，塔臺，亭臺；講臺，舞臺，主席臺；鍋臺，磨臺，燈臺，蠟臺；井臺，窗臺兒；一臺戲，一臺機器	
		颱	tái	颱風	
		檯	tái	寫字檯，梳妝檯	
67	坛	壇	tán	天壇，登壇拜將；講壇，論壇；花壇；文壇，詩壇，影壇，球壇	
		罈	tán	罈子，酒罈，一罈醋	
68	涂	~	tú	姓	
		塗	tú	塗抹，塗改，塗染；塗畫，塗寫；塗掉；泥塗，生靈塗炭；塗田，灘塗	
69	团	團	tuán	圓團，團形；紙團，線團；團聚，團圓，團結；團長，團員，入團，共青團；代表團，訪問團，劇團，團隊；一團亂麻	
		糰	tuán	麻糰，菜糰子	

第二章　漢字　|　189

	簡化字	對應的繁體字	標音	義項及詞例	說明
70	万	~	mò	万俟（複姓）	
		萬	wàn	萬千，萬一；萬全，萬不得已，萬不能行；姓	
71	系	~	xì	系統，系別；院系，中文系；侏羅系	
		係	xì	關係；確係實情	
		繫	jì	繫鞋帶，繫紐扣	
			xì	聯繫；繫馬，繫縛；繫戀，繫念	
72	咸	~	xián	咸同，咸亨，老少咸宜；姓	
		鹹	xián	鹹味，苦鹹，鹹水，鹹菜，鹹津津	
73	向	~	xiàng	方向，朝向，偏向；向東走；向來；介詞；姓	
		嚮	xiàng	嚮往；嚮導；人心所嚮	
74	吁	~	xū	長吁短嘆，氣喘吁吁	
			yū	喝止牲口的聲音	
		籲	yù	呼籲，籲請，籲求	
75	须	須	xū	須臾；必須，須要，須知	
		鬚	xū	鬍鬚，鬚眉，觸鬚，鬚髮，鬚根	
76	旋	~	xuán	盤旋，旋轉，螺旋，迴旋；凱旋；旋渦；旋即；旋律；姓	
			xuàn	旋風	
		鏇	xuàn	鏇床，鏇零件；酒鏇	
77	叶	~	xié	叶韻	

	簡化字	對應的繁體字	標音	義項及詞例	說明
	叶	葉	yè	樹葉，枝葉，葉落歸根；百葉窗，肺葉；二十世紀中葉；姓	
78	余	~	yú	姓	
		餘	yú	剩餘，多餘，餘力，餘音繞樑，不遺餘力；興奮之餘，業餘；三十餘人，四百餘斤	
79	郁	~	yù	郁金香，馥郁，郁烈；姓	
		鬱	yù	鬱鬱蔥蔥；鬱悶，抑鬱，憂鬱	
80	御	~	yù	駕御，御人之術；御花園，御史，御用	
		禦	yù	抵禦，防禦，禦寒	
81	云	~	yún	人云亦云，不知所云	
		雲	yún	雲彩，雲朵，雲雨，雲遊；雲南；姓	
82	芸	~	yún	芸香，芸草；芸芸眾生；姓	
		蕓	yún	蕓薹	
83	脏	臟	zàng	內臟，心臟，肝臟，五臟六腑	
		髒	zāng	骯髒，髒亂	
84	折	~	shé	樹枝折了，桌子腿撞折了；折本兒，折耗；姓	
			zhē	折跟頭；折騰	
			zhé	骨折；損兵折將；曲折，百折不撓；轉折；折服，心折；折扣，折價；七折；不折不扣；一折戲	
		摺	zhé	摺疊，摺紙；奏摺	

	簡化字	對應的繁體字	標音	義項及詞例	說明
85	征	~	zhēng	出征，征討，征伐；征途，長征	
		徵	zhēng	徵兆，象徵；信而有徵，徵引；徵稅；徵兵；徵地；徵稿	注："徵"讀 zhǐ 表"古代五音（宮商角徵羽）之一"時不簡化。
86	症	~	zhèng	症狀，急症，對症下藥	
		癥	zhēng	癥結，癥痼	
87	只	祇	zhǐ	祇是，祇要，祇好，祇有；姓	
		隻	zhī	隻身，隻字不提；一隻鳥	
88	制	~	zhì	因地制宜，制定；限制，管制，節制；制度；姓	
		製	zhì	製造，製革，縫製，煉製	
89	致	~	zhì	致敬，致謝，致電；致力，專心致志；致富，學以致用；招致，致癌，致殘；以致，致使；興致，景致，毫無二致；姓	
		緻	zhì	細緻，精緻，工緻	
90	钟	鍾	zhōng	鍾愛，鍾情；姓	
		鐘	zhōng	鐘樓，鐘鼓；時鐘，鳴鐘，警鐘；鐘錶，鐘擺，鐘點	
91	种	~	chóng	姓	
		種	zhǒng	物種；人種，種族；語種，工種；麥種，種禽；種類	
			zhòng	種植，種田，種牛痘	

	簡化字	對應的繁體字	標音	義項及詞例	說明
92	朱	~	zhū	姓；朱筆	
		硃	zhū	硃砂	
93	筑	~	zhù	擊筑；貴陽的別稱；姓	
		築	zhù	建築，修築，構築	
94	准	~	zhǔn	准許，批准，准予，准考證	
		準	zhǔn	水準，準繩，標準，準則；準此辦理；瞄準；準科學，準將，準平原；準保	

　　簡繁關係不能一一對應的問題主要產生在應用領域，特別是電腦簡繁自動轉換和文言文印刷等語言生活領域，如把"頭髮（头发）"錯轉為"頭發"、把"乾淨（干净）"錯轉為"幹淨"等，給一些領域帶來不便。這些問題，可以通過電腦軟體技術的改進（如研製"簡繁漢字智慧轉換系統"）來解決。

思考與練習

一、思考與討論題

① 簡述表意文字、表音文字的概念,以及漢字屬於哪一種體系的文字。
② 超方言性質的漢字對於中國人有怎樣的意義?
③ 請舉例說明漢字本身如何體現漢字語音的發展變化。
④ 形聲字的形符和聲符各有什麼優點?各有什麼局限?請舉例說明。
⑤ 為什麼漢字發展到今天,形聲字佔的比例最大?
⑥ 為什麼漢字的字數那麼多?人們是如何解決這一問題的?
⑦ 漢字有幾種主要的字體?你喜歡哪一種?
⑧ 你認為漢字有哪些功績?請舉例說明。
⑨ 你認為漢字將來會走拼音化的道路嗎?為什麼?
⑩ 你能"識繁寫簡"還是能"寫簡識繁"呢?説説你對"繁簡由之"主張的看法。
⑪ 香港、澳門、台灣以及海外部分華人社區使用繁體字,你覺得以後兩岸四地實現"書同文"的前景如何?

二、練習題

① 判斷下列説法的正誤,正確答案在(　)內打✓,錯誤答案在(　)內打×。

(1) 語言的聲音都是有意義的。　　　　　　　　　　　　(　　)
(2) 文字圖畫和圖形文字都是文字。　　　　　　　　　　(　　)
(3) 象形文字比較適合表示具體的名詞和動詞。　　　　　(　　)
(4) 漢字是形音義的結合體。　　　　　　　　　　　　　(　　)
(5) 漢字反映了古代中國的經濟生活、社會制度、民族心理、思維觀念的發展。
　　　　　　　　　　　　　　　　　　　　　　　　　　(　　)
(6) 象形造字法,一是象實物的原貌,二是象實物的特徵。(　　)
(7) 指事字和會意字的造字途徑都是象形字與指事性符號相組合。
　　　　　　　　　　　　　　　　　　　　　　　　　　(　　)
(8) 假借字的本義和假借義毫無關係。　　　　　　　　　(　　)

② 寫出下列字的造字方法（象形、指事、會意、形聲）。

例　刃　指事

(1) 末　　　　　　　　(2) 涉

(3) 湖　　　　　　　　(4) 校

(5) 爸　　　　　　　　(6) 硫

(7) 竄　　　　　　　　(8) 馬

(9) 固　　　　　　　　(10) 男

③ 指出下列形聲字的表意的"形符"和表音的"聲符"。

		形符	聲符			形符	聲符
例	暫	日	斬	例	篁		皇
(1)	盛			(2)	釀		
(3)	偉			(4)	松		
(5)	嫁			(6)	娶		
(7)	淚			(8)	獄		
(9)	饋			(10)	蟻		

④ 請指出下列簡化字的造字方法。

		造字方法			造字方法
例	书（書）	草書楷化	例	历（歷、曆）	合併通用字
(1)	后（後）		(2)	习（習）	
(3)	网（網）		(4)	干（乾、幹）	
(5)	业（業）		(6)	专（專）	
(7)	乱（亂）		(8)	只（隻）	
(9)	凄（淒、悽）		(10)	云（雲）	

第二章　漢字 | 195

⑤ 請圈出下列句子中的通假字，並指出其本字。

例　國中有大鳥，止王之庭，三年不蜚又不鳴。（《史記·滑稽列傳》）
　　　　　　　　　　　　　　　　　　　　　　　　　（　飛　）

(1) 學而時習之，不亦説乎？（《論語·學而》）　　　　（　　　）

(2) 河曲智叟亡以應。（《列子·湯問·愚公移山》）　　（　　　）

(3) 將軍身被堅執鋭。（《史記·陳涉世家》）　　　　　（　　　）

(4) 政通人和，百廢具興。（〈岳陽樓記〉）　　　　　　（　　　）

(5) 大事書之於策。（〈春秋左氏傳序〉）　　　　　　　（　　　）

(6) 留動而生物，物成生理，謂之形。（《莊子·天地》）（　　　）

(7) 逝將去女，適彼樂土。（《詩經·魏風·碩鼠》）　　（　　　）

(8) 謂霸王之業，欲以力征，經營天下。（《史記·項羽本紀》）（　　　）

(9) 寡助之至，親戚畔之。（《孟子·公孫丑下》）　　　（　　　）

(10) 有求則卑辭，無欲則驕嫚。（《漢書·西域傳》）　　（　　　）

⑥ 利用聲符類推可以記憶成組的普通話字音，例如用"皇"作聲符，可以類推記憶下列一組同音字：凰、隍、喤、遑、徨、餭、湟、惶、媓、瑝、煌、鍠、蝗、篁、艎、鰉。試另舉例。

⑦ 説明在以"女"字為形符的字之中，有哪些字反映了婦女在社會中的地位。

⑧ 參考字典或詞典中的"部首檢字表"，請指出下列漢字的部首。

		部首			部首
例	籤	竹	例	麪	麥
(1)	弊		(2)	脊	
(3)	貳		(4)	氈	
(5)	少		(6)	鬱	
(7)	穎		(8)	颶	
(9)	尷		(10)	齦	

⑨ 請完成下列成語：在( )裏填上正確的字，並在橫線上寫上拼音。

	成語	拼音 (括號內字)		成語	拼音 (括號內字)
例	(櫛)風沐雨	zhì	例	狗尾續(貂)	diāo
(1)	禍起( )牆		(2)	花團錦( )	
(3)	萬馬齊( )		(4)	不絕如( )	
(5)	萬頭( )動		(6)	( )籌交錯	
(7)	面面相( )		(8)	東施效( )	
(9)	積微成( )		(10)	為虎作( )	
(11)	不( )之譽		(12)	不容置( )	

⑩ 請改正下列成語中的錯別字：圈出錯字，並把正確的字寫在_____上。

	成語	改正		成語	改正
例	草⓪人命	菅	例	黃⓪美夢	梁
(1)	嬌枉過正	_____	(2)	暗然銷魂	_____
(3)	痛心急首	_____	(4)	披星帶月	_____
(5)	好高鶩遠	_____	(6)	相形見拙	_____
(7)	風糜一時	_____	(8)	挺而走險	_____
(9)	原遠流長	_____	(10)	一愁莫展	_____
(11)	義憤填膺	_____	(12)	流言飛語	_____

第三章

詞彙

第一節　語素和詞

一、語素——構詞的最小單位

對漢語的結構進行層層分析，從較大的語言片斷一直分析到最小的語言單位，就是語素。語素是最小的語音和語義的結合體，語素又是構詞的最小單位。比如下面一句話：

<u>大</u> <u>小</u> 的 <u>島</u> <u>擁</u> <u>抱</u> <u>着</u>，<u>偎</u> <u>依</u> <u>着</u>，<u>也</u> <u>靜</u> <u>靜</u> 地 <u>恍</u> <u>惚</u> 地 <u>入</u> <u>了</u> <u>睡</u> <u>鄉</u>。（魯彥〈聽潮〉）

如果分析到詞，這個句子有十六個詞，再進一步分析到語素，這個句子有二十個語素，即上句加橫線的都是一個個語素。這些語素除了"恍惚"是雙音節語素以外，都是單音節語素。

"恍惚"是古漢語中留下來的聯綿詞，"恍惚"不能再分割，只表示一個完整的意思。不同於"偎依"，"偎"和"依"是同義語素，都表示"親熱地靠着，緊挨着"的意思。"偎"可以獨立構成詞，"孩子偎在媽媽身邊"；"依"也可以獨立構成詞，"他依在門邊，不肯進來"。所以說，語素"偎"和"依"就是構成一個詞"偎依"的最小單位。

由此可見，構詞單位有單音節語素，如"偎""依"，也有雙音節語素，如"恍惚"。下面就從音節的角度來分析漢語的語素。

（一）單音節語素

單音節語素是漢語語素的基本形式，因為從古代漢語到近代漢語到現代漢語，單音節語素都佔了絕大多數，而且它有很強的構詞能力，能夠適應社會不斷向前發展，詞彙量不斷增多的需要。再從另一個方面看，雙音節語素、多音節語素在數量上沒有增長的趨勢，使單音節語素在構詞能力上能保持遙遙領先的地位。

單音節語素的構詞能力表現在兩個方面：一是看它能不能獨立成詞，二是看它和其他語素組合成詞的能力強不強。依這兩個標準，單音節語素又可以分為三種情況，即自由的語素、半自由的語素和不自由的語素，所謂"自由""不自由"這是一種相對的說法，不必看得太絕對。

　　1. 自由的語素

　　自由的語素構詞的本領最強，它能獨立成詞（構成單音節詞），又能和其他語素組合成詞，組合時的位置也相當靈活，在前、在後、居中都可以。下面從"一輪金色的太陽正在晚霞的餘輝中漸漸下降"這句話裏，找三個自由的語素來分析。

　　"金"，可以代表不止一個語素，在"五金""合金"這類詞裏，表示"金屬"（金、銀、銅、鐵、錫等）的意思；在"金鼓齊鳴""鳴金收兵"這些成語裏，表示"古時金屬製的打擊樂器，像鑼的樣子"；還表示一種貴重金屬，通稱"金子""黃金"等，由這種意義可以形成尊貴、貴重的比喻義。我們取"貴金屬"這一語素義來看"金"的構詞能力。

　　"金"可以獨立成詞："金（Au）是一種金屬元素，是一種貴金屬。"

　　"金"又可以和其他語素組合，形成許多合成詞，"金"在組合中的位置有前有後，還可居中：

金幣　金銀　金錶　金鍊　金鎊　金舖　金子　金箔　金錠　金磚　金礦
黃金　赤金　純金　鍍金　淘金
點石成金　披沙揀金　沙裏淘金　惜墨如金　一諾千金　眾口鑠金
煉金爐　煉金術

　　"晚"，作為"晚上""夜晚"的語素義，可以獨立成詞用在句子裏："他一天忙到晚，很少休息！"

　　也可以和其他語素自由組合成詞：

晚上　晚會　晚飯　晚間　晚霞　晚安　晚班　晚報　晚車　晚宴　晚妝
夜晚　今晚　昨晚　明晚　早晚　傍晚　向晚

"下"，作為動作義可以單獨構成動詞，作為趨向動詞，可以表示動作行為由高處到低處，由上級到下級："下雨了""下了一場大雪"（用"高處到低處"義）。

也可以和其他語素自由組合成詞：

下種　下降　下落　下馬　下凡　下台　下去　下來　下水　下廠　下場
下沉　下垂　下跌　下墜
上下　坐下　躺下　跪下　趴下　降下
能上能下　下車伊始　騎虎難下　雙管齊下

2. 半自由的語素

比起自由的語素，半自由的語素構詞的本領稍遜一籌，它沒有獨立成詞的能力，但是和其他語素組合成詞的能力相當強。下面選用上文句子中的三個半自由語素來分析：

"陽"，作為"太陽""日光"的意思，在現代漢語中已經不能單獨成詞，但是它可以和其他語素自由組合成詞。例如：

陽光　陽傘　陽台　陽畦　陽坡　陽曆　陽面　陽春　陽關道
太陽　殘陽　朝陽　夕陽　向陽　斜陽　炎陽　艷陽　驕陽
陽光工程　陽傘效應

"輝"，作為"閃耀的光彩"的意思，也只能和別的語素組合才能成詞：

光輝　餘輝　清輝　夕輝　蓬蓽增輝　虹霓揚輝　輝煌　輝映

"覺"，作為"人或動物的器官對刺激的感受和辨別能力"這個意思，"覺"不能單獨成詞，可以組成下列詞語：

覺察　覺得　覺悟
視覺　聽覺　感覺　觸覺　味覺　嗅覺　錯覺　發覺　知覺

3. 不自由的語素

這類語素和半自由語素相同的一點是都不能獨立成詞，但它比起半自由語素又有不自由的地方，就是組詞的位置往往是固定的，或在前，或在後。這類語素數量不太多。例如，構成名詞的前綴"阿、老"，在序數前的"第、初"，構成名詞的後綴"子、兒、頭"，由比較實在的意義虛化而來的語素"者、員、家、手、派、性、化、熱、迷、族"等。例如：

阿	阿姨	阿哥	阿貓	阿狗
老	老師	老虎	老鷹	老百姓
第	第一	第二	第三	第六
初	初一	初四	初五	初六
子	桌子	房子	窗子	刀子
兒	花兒	草兒	苗兒	小孩兒
頭	石頭	木頭	饅頭	苗頭
者	記者	讀者	作者	愛好者
員	駕駛員	營業員	宇航員	服務員
家	觀察家	軍事家	旅行家	藝術家
手	選手	好手	一把手	拖拉機手
派	改革派	中立派	保守派	新潮派
性	科學性	藝術性	抽象性	邏輯性
化	科學化	現代化	電腦化	資訊化
熱	港台熱	旅遊熱	長跑熱	出國熱
迷	歌迷	影迷	戲迷	球迷
族	上班族	新潮族	追星族	啃老族

在以上三類語素中，自由的和半自由的語素在數量上佔大多數。單音節語素是構詞的基本形式，這就使得漢語詞彙的音節多為雙音節和單音節的，限制了詞語向多音節發展。

（二）雙音節語素和多音節語素

1. 雙音節語素

前面講到的單音節語素是一個音節表示一個意義，寫到書面上是一個漢字。雙音節語素是兩個音節表示一個意義，寫出來是兩個漢字。比如朱自清的散文〈月朦朧，鳥朦朧，簾捲海棠紅〉中的幾個句子，就有雙音節語素構成的詞：

花葉扶疏，上下錯落着，共有五叢；或散或密，都玲瓏有緻。

試想在月圓朦朧之夜，海棠是這樣的嫵媚而嫣潤；枝頭的好鳥為什麼卻雙棲而各夢呢？

像"扶疏"（枝葉茂盛，高低疏密有致的樣子）、"玲瓏"（精巧細緻）、"朦朧"（模糊不清）、"嫵媚"（姿容美好可愛）都是雙音節語素構成的一個詞。

雙音節語素有古代漢語中遺留下來的，傳統語言學上稱作"聯綿字"。"聯綿"具象地說明了這兩個字是不能分開的。用現代語言學的說法，這是由雙音節語素構成的聯綿詞。從音節特點來看，又有雙聲的、疊韻的、非雙聲疊韻的、雙聲疊韻的四種，既雙聲又疊韻的很少（如"輾轉"）。例如：

雙聲的（兩個字的聲母相同）：

蹊蹺	崎嶇	坎坷	忐忑	璀璨	淋漓	流連	躊躇	踟躕
枇杷	蜘蛛	參差	倉促	慷慨	澎湃	伶俐	惆悵	歔欷
荏苒	猶豫	恍惚	拮据	唐突	琉璃	蒙昧	忸怩	倜儻

疊韻的（兩個字的韻母相同、相近）：

匍匐	窈窕	婆娑	縹緲	銀鐺	蹁躚	從容	爛漫	菡萏
蜿蜒	齷齪	徘徊	逍遙	佝僂	嬋娟	趔趄	扶疏	綢繆
迤邐	悠悠	蔥蘢	傀儡	苗條	霹靂	蹉跎	徜徉	邋遢

非雙聲疊韻的（兩個字的聲母和韻母不相同）：

牡丹　蟋蟀　崢嶸　囹圄　滂沱　扶搖　妯娌　趔趄　迤邐
蝙蝠　婀娜　瑪瑙　鷗鶿　蓊鬱　茉莉　裕裎　伉儷　奚落

雙音節語素構詞的情況除了漢語本身已有的，還有就是音譯外來詞的情況。比如：

一次是在印度。我們由德里經孟買、海德巴拉、幫格羅、科欽，到翠泛頓。然後，沿着椰林密佈的道路，乘三小時汽車，到了印度最南端的科摩林海角。

（劉白羽〈日出〉）

這個句子中的地名都是音譯的，其中有雙音節的：印度、德里、孟買、科欽，都是兩個音節合起來表示一個意義，也不能拆開。

除了音譯的地名、人名以外，雙音節語素構成的外來詞還有不少。例如：

浮屠　菩薩　羅漢　剎那　袈裟
伽藍　涅槃　金剛　如來　閻羅
咖啡　的士　檸檬　沙律　雪碧
安培　歐姆　伏特　瓦特　加侖
沙發　吉他　拷貝　馬達　摩托
培根　雅思　托福　坦克　尼龍

這些詞已經在漢語詞彙中佔有一席地位，成為一般通用詞。

2. 多音節語素

三個或三個以上的音節構成一個語素，這類語素叫多音節語素。多音節語素多用來構成外來詞。像前一例句中的"幫格羅、翠泛頓、科摩林、海德巴拉"，都是音譯的地名。除了音譯的地名、人名常常是多音節語素以外，也有一些名詞由多音節語素構成。例如：

凡士林　高爾夫　咖啡因　巧克力　賽因斯　伊妹兒
可卡因　法西斯　喀秋莎　卡路里　婆羅門　威士卡

第三章　詞彙　| 205

阿斯匹靈　盤尼西林　福爾馬林　歇斯底里　可口可樂
阿彌陀佛　法西斯蒂　費厄潑賴　布爾喬亞　蓋世太保
德謨克拉西　煙土披利純　哀的美敦書　普羅列達里亞

（三）語素的古今變化

先看下面一段古文，選自《戰國策·魏策》：

秦王使人謂安陵君曰："寡人欲以五百里之地易安陵，安陵君其許寡人！"安陵君曰："大王加惠，以大易小，甚善；雖然，受地於先王，願終守之，弗敢易！"秦王不說。安陵君因使唐雎使於秦。

其中的"易"是交換的意思，這個意思在現代漢語中保留在"交易"這個雙音節詞裏，不單說"易"了。"惠"在現代漢語裏也不單說，可以說"恩惠"。"說"即"悅"，現代說"高興"，"悅"不單說，保留在"愉悅""喜悅""和顏悅色"這些詞語裏。

這類例子可以從先秦兩漢的古籍中找到很多。這說明了在古代漢語中，單音節語素裏自由的語素不少，自由的語素可以單獨構成單音節詞。但是，如果單音節的同音詞越來越多，溝通中意義混淆的情況、歧義的情況就會增多，難免會感到不方便。因而即使在古代，雙音節詞也佔有相當的數量。比如漢朝《樂府詩集》中的名篇〈陌上桑〉，就有不少雙音節詞。樂府詩多是搜集、整理的民間詩歌，應該比較接近當時的口語。

陌上桑（節選）

日出東南隅，照我秦氏樓。秦氏有好女，自名為羅敷。羅敷善蠶桑，採桑城南隅；青絲為籠繫，桂枝為籠鈎。頭上倭墮髻，耳中明月珠；緗綺為下裙，紫綺為上襦。行者見羅敷，下擔捋髭鬚。少年見羅敷，脫帽著帩頭。耕者忘其犁，鋤者忘其鋤；來歸相怨怒，但坐觀羅敷。

詩中的"東南、秦氏、好女、青絲、桂枝、籠鈎、明月、緗綺、紫綺、行者、髭鬚、少年、悄頭、耕者、鋤者"等,都可以說是雙音節的合成詞了。

隨着社會向前發展,人們認識的新事物越來越多,思維越來越趨於嚴密,表達新概念的詞語也隨之增多,由兩個語素組合成的雙音節合成詞能夠適應溝通的需要,因而數量越來越多。這樣,古代大量的自由語素就可能變為半自由的語素,存在於合成詞中。比如:《左傳·曹劌論戰》中的一段,許多自由語素構成的詞,現在已不能單說,這些語素多成為半自由語素,括號內的合成詞是現代的說法:

既克,公問其故(緣故)。對(對答)曰:"夫戰(作戰),勇氣也。一鼓作氣,再而衰(衰退),三而竭(枯竭)。彼竭我盈(充盈),故克之。夫大國,難測(推測)也,懼(恐懼)有伏(埋伏)焉。吾視(視察、審視)其轍(車轍)亂,望(觀望)其旗靡(披靡),故逐(追逐)之。"

許多自由的語素變為半自由的語素,這並沒有改變單音節語素是語素的基本形式,從古到今,單音節語素的數量仍然是佔了壓倒性優勢。

總之,語素演變的情況主要表現為自由的單音節語素和半自由的單音節語素的相互轉化。由於自由的單音節語素減少,因而單音詞也隨之減少;由於半自由的單音節語素增加,因而由半自由的單音節語素構成的雙音詞也隨之大量增加。半自由的單音節語素不能獨立構詞,必須和其他語素(自由的、半自由的、不自由的)組合才能構詞。合成詞增多,漢語的詞彙可以得到極大的豐富,產生了許多的詞族,使漢語更能區分細微的語義,從而提高了漢語的表達力。

二、詞——造句的最小單位

下面這個句子,構成它的單位就是詞(每個詞下畫一橫線):

孩子們 就 巴不得 落雨 天,陰雲 漫漫,幾 個 雨點 已 使 他們 的 靈魂 得到 了 滋潤;一旦 大雨 滂沱,他們 當然 要 樂 得 發狂。(李廣田〈山水〉)

詞是介於語素和短語（詞組）之間的造句單位。它比起語素，是高一級的語言單位；比起短語（詞組），又是低一級的語言單位。

　　一般分析句子，都分析到詞為止。因為作為造句單位，詞就是最小的具有一定意義的能夠獨立運用的語法單位。

　　和詞來比較，語素是最小的語言單位，它也具有一定的意義，但是語素不能獨立運用，比如上例"靈魂"這個詞，是"心靈"的意思，不能再拆為語素"靈"和"魂"來理解；"陰雲"指天陰時的雲，語素"陰"是修飾語素"雲"的，也不能拆開。作為造句單位，詞是可以獨立運用的。句子的意思是通過一個個詞互相組合搭配，表達出來的。

　　短語也是具有一定意義的能夠獨立運用的單位，比如"落雨天""陰雲漫漫"，前一個是偏正式短語（"落雨"修飾"天"），後一個是主謂式短語（"漫漫"是陳述"陰雲"的）。但是，就意義方面來說，就能夠獨立運用來說，短語都不是最小的單位。

　　從漢語的書面形式上看，詞的界限是看不出來的，每個句子都是用漢字寫出來的，一個字並不等於一個詞。不同於拼音文字，詞的界限看得很清楚。如果用《漢語拼音方案》的字母來拼寫，詞的界限可以看得清楚。不過也要在正詞法上作若干規定，不然有些詞的界限不好劃分（詞和語素、詞和短語都有劃界的問題）。

　　上例按照漢語拼音正詞法可以作如下拼寫：

　　Háizimen jiù bābudé luòyǔ tiān, yīnyún mànmàn, jǐ gè yǔdiǎn yǐ shǐ tāmen de línghún dédào le zīrùn; yídàn dàyǔ pāngtuó, tāmen dāngrán yào lè de fākuáng. (Lǐ Guǎngtián 〈Shānshuǐ〉)

第二節　詞的結構

考察詞的性質、作用，先要瞭解詞的內部結構方式，這部分內容是詞彙和語法都要涉及到的。前面講到單音節語素是漢語語素的基本方式，是構詞的最活躍的分子，這一節着重分析單音節語素以什麼方式組合成為雙音的合成詞。

一、五種基本結構

語素組合成詞，基本上有五種結構方式，即並列關係（或稱聯合關係）、偏正關係（或稱修飾關係）、主謂關係（或稱陳述關係）、動賓關係（或稱支配關係、述賓關係）、動補關係（或稱補充關係、述補關係）。這些名稱也都來自句法結構的名稱，可見漢語各級語言單位組合的一致性。

下面分別舉例分析：

（一）並列關係（聯合關係）

1. 兩個語素意義相同、相近，彼此沒有修飾等關係，以並列的方式組合成詞。例如：

海洋　城市　房屋　朋友　語言　聲音
道德　思想　法律　疾病　功績　財富
研討　學習　講演　開拓　照射　沉浸
糾結　閱讀　咀嚼　懼怕　疲乏　奔馳
美麗　寬闊　明亮　溫暖　輝煌　寧靜
嚴厲　慌忙　恐怖　偏僻　荒蕪　孤單

這些詞的意義和構成它們的兩個語素義大致上是相同的。其中有些語素是自由的，如"照""射"，有些語素是半自由的，如"朋""友"。半自由的語素

"朋",在古代漢語中是自由的,《論語》中有"有朋自遠方來,不亦樂乎?"的說法,"朋"指"朋友"。

2. 兩個語素意義是相類的,如果從概念上分析,它們是同一等級的。比如:

尺寸　骨肉　血肉　水土　領袖　牛馬
斤兩　腿腳　手足　山水　禽獸
狐狸　妻子　窗戶　兄弟　國家
　·　　·　　·　　·　　·

這一類詞大都是名詞,其中第三行的例詞,詞義常取其中一個語素的意義(下面加點的語素),又叫複合偏義詞。

3. 兩個語素意義相對、相反。比如:

出納　收發　開關　動靜　裁縫　買賣
矛盾　東西　是非　利害　肥瘦　深淺
褒貶　好歹　長短　睡覺　忘記
　　　·　　·　　·　　·

這一類詞,詞義不是語素義的簡單相合,比如,"出納"表示一個單位(企業、公司等)中現金、票據的付出和收進,或者擔任這種工作的人。"收發"指一個單位收進和發出的公文、信件,或者擔任這種工作的人。"動靜"指動作和說話的聲音,或者打聽、偵察的情況,例如"屋子裏有什麼動靜"。

像"好歹""長短""睡覺""忘記"這一類詞,詞義也是偏重在一個語素上(下面加點的語素義)。比如:"孩子要有個好歹,我怎麼向他媽媽交代。"

(二)偏正關係(修飾關係)

1. 受修飾或限制的語素是名詞性的。前面修飾或限制的語素,可以是名詞性的、形容詞性的,以至動詞性的。以下分三類舉例:

(1)修飾的語素是名詞性的:

電腦　鋼管　鐵路　書桌　筆架　牛皮

國徽　市花　海浪　月宮　星光　火箭

（2）修飾的語素是形容詞性的：

高山　大河　青山　綠葉　薄餅　厚被
軟床　硬糖　輕車　黃土　好人　低級

（3）修飾的語素是動詞性的：

跑車　食品　用品　吊燈　溜板　跳板
飛碟　飲料　提琴　掛錶　鬧鐘　跳繩

2. 受修飾或限制的語素是形容詞性的。例如：

筆直　水準　新高　酷熱　橢圓　長方
棗紅　雪白　墨綠　土黃　綿長　噴香
冰冷　火熱　陰冷　水嫩　爛熟　火急

3. 受修飾或限制的語素是動詞性的。例如：

輕視　小看　微笑　痛哭　朗讀　亂彈
飛奔　強攻　歡呼　急救　牢記　流逝
嚴辦　浩劫　濫用　龜裂　面洽　凝思

　　偏正關係用以構造新詞是常用的辦法。例如：飛船、飛碟、電腦、激光、手機、代溝，等等。現代漢語的構詞規範，一般是修飾、限制的語素在前，受修飾、限制的語素在後（動補關係單列一項）。在有些方言中，如粵方言的詞語，有些偏正關係式的構詞是"正"在前，"偏"在後，即受修飾的語素位於修飾語素前面。如：鷄公、貓公、人客、布碎、木枕、臭狐、熊人。

（三）主謂關係（陳述關係）

兩個語素之間的關係是陳述和被陳述的關係，好像一個主謂短語、主謂句濃縮在一個詞裏。比如：

人為　性急　心疼　眼花　耳熟　面生
肩負　耳塞　地震　海嘯　風靡　山崩
鼠竄　氣虛　血虧　口吃　蜂起　鳥瞰

（四）動賓關係（支配關係、述賓關係）

前一個語素往往是動詞性的，支配後面一個名詞性的語素，好像動詞帶了一個賓語，也可以叫述賓關係。例如：

跨欄　上網　撈本　免職　負債　輸血
登陸　還價　留神　投資　斥資　簽名
司儀　領隊　越軌　下台　叫座　出席
過期　改日　封口　費力　避暑　給力

（五）動補關係（補充關係、述補關係）

前一個語素往往是動詞性的，有時是形容詞性或名詞性的，後一個語素從不同角度補充說明前一個語素，也可以叫述補關係。例如：

擴大　縮小　提高　降低　說明　記住
打倒　看清　佈滿　貶低　標明　表明
浸透　揭破　擊潰　慘烈　插入　充滿
書本　馬匹　布疋　紙張　車輛　人口

二、其他結構方式

（一）附加式

在一個自由語素或半自由語素前面或後面加上一個"附加成分"，就形成附加式構詞。這個"附加成分"的位置，或一定在前，或一定在後，所以它是個不自由語素。前面也已作了介紹。

前加成分有"老、阿、初、第"等。例如：

老外　老鄉　老闆　老公
阿姨　阿媽　阿哥　阿妹
初一　第二

後加成分有"子、兒、頭"，它們的語法意義是加在別的語素後，構成名詞，是名詞詞性的一種標誌。"兒"有時有小稱、愛稱的意思，"子"有時可以附加貶義。例如：

桌子　窗子　瓶子　帽子　橘子　蚊子
頭子　鼻子　腰子　腦子　臉子　嫂子
花兒　畫兒　蓋兒　盒兒　門兒　刀兒
頭兒　桃兒　味兒　亮兒　尖兒　三輪兒
石頭　木頭　磚頭　罐頭　骨頭　碼頭
風頭　苗頭　口頭　舌頭　指頭　說頭

還有一些附加成分，是實在意義被虛化了的語素。例如"性、家、員、手、式"，等等，這些語素構詞性很強，可以形成大量新詞，新詞有些是雙音節的，也有不少是三音節以上的。例如：

藝術性　科學性　可塑性　實用性
作家　藝術家　科學家　實幹家

海員　服務員　潛水員　研究員

舵手　二把手　多面手　神槍手

仿古式　學生式　民族式　義大利式

（二）重疊式

單音節語素也可以重疊構詞。例如：

爸爸　媽媽　寶寶　猩猩　星星

重重　忡忡　惴惴　湍湍　惶惶

剛剛　常常　漸漸　往往　偏偏

第三節　詞的聲音

一、語音和語義的關係

語言是聲音和意義的統一體，表示意義的聲音是語音。語音就像一個負載體，它既有生理基礎，又有物理基礎，因此說它是語言的物質外殼。意義則是被語音所負載的對象，它反映了人對主觀和客觀世界的種種認識。負載了意義的聲音才是有聲語言。關於語音的特質在第一章已做了詳盡說明。

任何一級語言單位，不論大小，都是語音和語義的結合體，比如，語素就是最小的語音和語義的結合體。"天"的意義就由 tiān 這個音節來表示的。至於為什麼用 tiān 來表示，不用別的音表示，這是由語言的約定俗成的性質決定的。同一個概念，不同的民族用各自社會約定俗成的語音去表示，可見語言的社會屬性。

作為詞，它的音可能是單音節的，雙音節的，以至三音節、四音節或更多的音節的。詞的聲音所負載的往往是概念，概念則反映事物和它的本質屬性。

二、單音詞、雙音詞和多音詞

構詞單位語素的音節特點，直接影響到詞的音節的構成。語素在音節上的單音節化的傾向，相對控制了詞的音節數量。

（一）單音詞、雙音詞

由單音節語素構成的詞是單音詞，由兩個單音節語素構成的合成詞是雙音詞，由雙音節語素構成的詞也是雙音詞。在現代漢語裏，雙音詞和單音詞在數量上佔了優勢。從古代漢語到近代漢語，再到現代漢語，詞彙由單音詞佔優勢向雙音詞佔優勢發展，是詞彙內部發展的規律之一，也是現代漢語的特點之一。

雙音詞（主要是雙音合成詞）的增多，適應了漢語發展的不斷需要，這從以下幾個方面可以看出：

1. 減少了單音節同音詞在運用中容易混淆的情況。

現代漢語的音節大約有 1300 多個，一般字典、詞典收字大約在 8000 到 10000 個左右，一個音節要負擔好幾個字，只負擔一個字的音節是很少的，大多數要負擔七八個以至十五六個字。字是語素的書面形式，同音字多，也意味着單音節的同音詞多。而單音同音詞多，容易會引起歧義，常常會給溝通帶來不便。雙音合成詞就可以大大減少這些麻煩，不僅相混的情況少了，還可以產生一系列詞，表達更豐富的意思。

2. 便於形成詞族，可以通過一族詞來清楚地表示概念的種屬關係、上下位詞的關係。

上位詞與下位詞相對，上位詞在詞義的關係中，相對於種概念；下位詞相對於屬概念。例如，"果樹"是"梨樹""桃樹"的上位詞，"梨樹""桃樹"是"果樹"的下位詞。

思維的基本單位概念是要靠語言中的詞或短語來表示的，雙音合成詞形成的詞族提供了區分概念的方便。例如：

果樹——梨樹、桃樹、杏樹、李樹、棗樹、椰子樹

蔬菜——白菜、菠菜、芹菜、莧菜、香菜、洋白菜

電器——電燈、電扇、電爐、電鈴、電腦、電視機

3. 雙音合成詞使得同義詞大大豐富起來，適應思維和表達越來越精細嚴密的要求。

同義詞豐富是詞彙豐富的重要標誌。許多同義詞，往往借助於有一個相同的語素和一個不同的語素組合在一起，顯示出它們的同異。例如：

稱讚　稱許　稱賞　稱頌　稱譽　稱揚　稱道

讚美　讚許　讚賞　讚頌　讚譽　讚揚　讚嘆

4. 雙音合成詞的組詞方式，為組造新詞提供了方便。

兩個單音節語素都表示意義，組合起來又十分自由，因而新詞產生往往從語素庫中選擇適當的語素來組成。例如"飛碟"這個詞，"飛"和"碟"都是漢語已有的語素，用偏正式的組合方式，表示人們看到空中這個物體時，它是"飛"的狀態，形狀又像一個"碟子"的樣子。用"飛碟"來表示"空中不明飛行體"這個概念，音節少，且十分具象，使用漢語的人心理上容易接受。也有用 UFO 來表示空中不明飛行體的，這個英文詞語 "unidentified flying object" 的縮寫詞又可稱為字母詞，只在一定範圍內使用。

再如"電腦、電郵、傳真、宇航、飛船、光纖、視頻、網路、上網"等，這些新詞也都是雙音合成詞。

（二）多音詞

1. 三音節詞

三音節詞中有一部分是音譯的外來詞，這部分數量不多，繼續組造新詞的能力有的沒有，有的很弱。例如：

婆羅門　托拉斯　梵婀玲　德律風　麥克風
雷米封　尼古丁　凡士林　巧克力　迪斯可

到了現代，三音節詞有進一步發展的趨勢。出現了這樣的組詞方式：
雙音節語素（由兩個自由或半自由語素構成）＋單音節語素（半虛化或虛化了的不自由語素）。

這種組詞方式產生了為數不少的三音節詞，前面講不自由語素時舉了一些例子，再補充一些例子：

輸電網　鐵路網　通訊網　關係網
語言學　修辭學　語法學　文字學
實習生　侍應生　見習生　留級生

工作狂　購物狂　虐待狂　殺人狂

搶劫犯　盜竊犯　政治犯　刑事犯

成功感　滿足感　失落感　優越感

人生觀　世界觀　藝術觀　科學觀

這一類的三音節詞數量仍有增長的趨勢，使得漢語詞彙得到豐富。其他的三音節詞數量也有增長，例如：

大排檔　廣角鏡　衛星城　地球村

官二代　富二代　打工仔　打工妹

生物鐘　連鎖店　遊戲機　淘寶網

航天器　航天服　核武器　正能量

2. 四音節和四音節以上的詞

四音節詞中，成語佔了相當的數量。漢語的成語多是四字格的，四個語素根據不同的組合關係，組合成一個固定的成語格式。關於成語下文還會專門講述。

另一類四音節和四音節以上的詞，往往是一些較複雜的概念，雙音詞容納不下概念的內涵。例如：

遺傳因素　遺傳工程　生物化學　邊緣科學　宇宙飛船

物質文明　精神文明　人工智能　電子商務　單身貴族

電子顯微鏡　反彈道飛彈　飛船返回艙　環境保護規劃

晶體管功率放大器　多彈頭分導重返大氣層運載火箭

還有一類四音節詞，後兩個語素或前兩個語素往往表示一個類概念，如"分子、主義、問題、垃圾"等。例如：

活動分子　獨身主義　問題裁判　垃圾食品

積極分子　享樂主義　問題銀行　垃圾郵件

有些專有名詞，往往在四音節以上。例如：

香港中文大學　香港專業教育學院　北京大學研究生院

香港特別行政區　澳門特別行政區　香港特別行政區基本法

漢語詞的音節，一般到四音節就形成了一個飽和點。四音節以上往往是一些科學術語、專有名詞。四音節的詞常常會回縮到雙音節，四音節以上的詞有時會回縮到雙音節或三音節等。

生物化學——生化　文學藝術——文藝　科學技術——科技

香港澳門台灣——港澳台　亞洲非洲拉丁美洲——亞非拉

香港大學——港大　東京大學——東大

奧林匹克運動會——奧運會——奧運

帕拉林匹克運動會——帕運會——帕運（身障選手參與）

總體來看，漢語詞彙的音節數是有奇數，有偶數，雙音詞的數量仍在不斷增長，單音節詞也不少，三音節詞較過去增多，四音節詞到了一個飽和點。在句子裏，雙音節詞、單音節詞、三音節詞、四音節詞等交錯使用，使得句子節奏和諧，可以有整齊、參差等靈活多變的音節格式，豐富了表達的方式。

三、同音詞

同音詞是指聲音完全相同而意義不同的那些詞，又叫同音異義詞。同音詞主要有兩種類型：

（一）詞源不同發音相同

這一類同音詞數量較多，有單音的，也有雙音的。例如：

登——燈——蹬——瞪——噔——鐙——簦

西——吸——硒——錫——唏——稀——汐——熙——惜

按語——暗語　裁減——裁剪　會意——會議

筆直——比值　工事——攻勢　堅固——兼顧

隱情——引擎　敍述——序數　樹木——數目

受意——授意——受益　異義——異議——意義

陸路——碌碌——轆轆　復合——覆核——負荷

油船——郵船——遊船　中心——衷心——忠心

（二）詞義分化形成同音詞

一個詞產生了與原義不同的新義，新義逐漸獨立於原義，使人幾乎看不出新義和原義的關係，這種情況下，也會產生同音詞，但詞形是相同的。

好（形容詞）　　好人　好衣料　好孩子　　——表示性質

　（副詞）　　　好大　好痛快　好壞　　　——表示程度

刻（動詞）　　　刻字　刻石　刻圖章

　（時間詞）　　一刻鐘　三點三刻

在（動詞）　　　他在倫敦。

　（介詞）　　　他在家休息。

　（副詞）　　　他在看書呢！

漢語裏同音詞不少，會不會在口頭交談時帶來不便，以至產生歧義呢？事實上，因為交談時總有一個語言環境，所以，詞在句子裏，它的意義是清楚的。

利用同音詞來形成"雙關"，那是一種運用語言的藝術。例如：

楊柳青青江水平，聞郎江上踏歌聲。

東邊日出西邊雨，道是無晴卻有晴。

"道是無晴卻有晴"中的"晴"，實際上是承前兩句的語義，說的是"情感"的"情"。在第五章修辭部分還會講到這種雙關的現象。

在依音序排列的字典裏，同音字都排列在一起。每個字都是單音節的，有的是單音詞，有的只是單音節語素。所以，要注意區分同音字和同音詞。

第四節　詞的意義

一、詞義和概念

　　詞有聲音和意義兩個方面，詞的聲音所負載的便是詞義，和人的思維聯繫起來說，就是概念的內涵。這裏先談談詞和概念的關係。

　　語言是思維的存在形式，思維的單位包括概念、判斷、推理，它們總要表現為一定的語言形式，也就是詞、短語、句子、句群等。人們經過分析、綜合、比較、概括，認識了某種事物的本質屬性和特有屬性，概括出它的特徵，形成概念。比如，關於"人"的概念，是能夠製造工具並能使用工具勞動、能思想會說話的高等動物。這個概念在漢語裏，就靠單音詞"人"（rén）來表達。概念要借助於詞或者短語表達出來，使各種事物、現象有了通用的名稱，說到一個詞，人們就有了共同的理解。其實，"人"這個概念的內涵，也就是"人"這個詞的基本意義。又如，"電解"，從思維角度看，它所反映的概念的內涵就是利用電流的作用分解化合物，像把水電解為氫和氧等；從語言的角度看，"利用電流的作用分解化合物"，也是"電解"這個雙音合成詞（主謂式結構）的詞義。

　　那麼，詞和概念豈不成了一一對應的了？不是的。詞和概念的關係十分密切，但並不是一一對應的。詞屬於語言範疇，概念屬於思維範疇。這表現在：

　　第一，任何概念都要通過詞或短語表達，但是，並不是所有的詞都表示概念，漢語有些虛詞不表示概念。有時一個概念用一個詞來表示，有時一個較複雜的概念要用短語表達。如："人——中國人——聰明的中國人——一個聰明的中國人"。

　　第二，概念是人類思維的結果，語言則往往和民族的形成連在一起，所以，不同的民族用不同的語言形式表示同樣的概念。比如，漢語用"書"（shū）所表示的概念（裝釘成冊的著作），英語用 book，俄語用 КНИГА，德語用 Buch 表示。

就是在漢語裏，不同的方言區對同一概念的表述有時也不一樣，如："白薯——甘薯——紅苕——紅薯——地瓜"等。也有一些詞帶有不同的修辭色彩，但都表示一個概念，如"洋灰——水泥——士敏土""蕃茄——西紅柿——洋柿子""爹——爸爸——老子——父親"等。

第三，一個詞往往不止表示一個概念，還可以表達兩個以上不同的概念。比如"消息"這個詞，用在下面兩句話裏分別表達不同概念：

今天報上有好消息。（有關人或事的情況報導）

他一走四十年，一點兒消息都沒有。（音信）

"消息"就是多義詞，多義詞的多種義項，往往表示多種概念。

瞭解了概念和詞的聯繫與區別，對於表達時做到概念準確、用詞恰當是很有好處的。

二、單義和多義

一個詞只表示單一的意義，無論用在什麼地方都是這個意思，叫單義詞。表示人或者事物的名稱、專有名稱、科學術語等的詞，有許多是單義詞。例如：

中國　漢族　魷魚　《三國演義》

咖啡　葡萄　椰子　扇子

鐳　電容　熒光　飛碟　雞尾酒

機械化　核潛艇　高爾夫球　試管嬰兒　航空母艦

四個現代化　原子反應堆　電子計算機　經濟地理學

有的詞有好幾個意義，這些意義在不同程度上有聯繫，這類詞叫多義詞。詞典上，多義詞的釋義會列出好幾項，每一項就是一個義項。

多義詞的第一個義項，常常是它的基本意義，也就是最主要、最常見的意義。一般來說，基本意義也是這個詞最初產生的意義，即本義，但是，也有些基本意義並不是本義，本義可能不常用了。先看多義詞的例子，例如：

根：

① 高等植物的營養器官，分直根和鬚根兩大類：樹根。
② 物體的下部或某部分和其他東西連着的地方：耳根、牆根、根基。
③ 事物的本原，人的背景底細：禍根、刨根問底、知根知底。
④ 根本地、徹底：根絕、根治、根究。
⑤ 依據、作為根本：根據、無根之談。
⑥ 量詞，用於細長的東西：兩根筷子、一根木頭。
⑦ 比喻子孫後代：他是長子長孫，是他們家的根。

"根"的第一個義項，是它的基本意義，第二、三、四、五、六義項都是從這個基本意義引申出來的，第七個義項則是由比喻而產生的新義。

由基本意義衍生出來的意義有引申義和比喻義，這種衍生義也可叫作轉義。引申義和基本意義總是有一定的聯繫，引申的情況很複雜，可以反映出思維的細密。比如，"樹根"的"根"是樹的最底部，因而引申出"耳根""牆根"；樹的根可說是樹的本原，因而引申出事物的本原也可以叫"根"，"你為什麼對這件事刨根問底？""根"就指事情的本原。甚而至於由名詞的"根"引申出量詞的"根"，"根"常呈細長狀，因而用於細長的東西前面來表示量，如"一根頭髮""兩根柱子"。總之，引申義和基本義聯繫或緊或鬆，總有千絲萬縷的關係。如果詞與詞之間完全沒有意義上的關聯，就應該看作是同音詞，而不是一詞多義了。比如作為姓氏的"根"，和比喻子孫後代的"根"就是兩個詞了。再如"花錢"的"花"和"花朵"的"花"，也是兩個詞。

比喻義是運用聯想、比喻產生的詞的一種固定意義。說一個人"斷根"了，就指他沒有子孫後代，如同一棵樹沒有了根，長不出新的枝葉，無法繁衍。詞的比喻義和修辭中的比喻格有區別，修辭的比喻是臨時性的，如：

這姑娘純潔得像一枝亭亭的白荷花。

"白荷花"用來作比，但它本身並沒有一個義項表示純潔義。而詞的比喻義是它本身的一個固定義項。如"鬼門關"，指迷信傳說中的陰陽交界的關口，比喻義則是"兇險的地方"。又如"架空"，原指房屋、器物下面用柱子等撐住而離開地面，由這個基本意義產生了兩個比喻義：

① 比喻沒有基礎：如，半年蓋成這大樓，沒有具體辦法，這設想只能架空。

② 比喻表面推崇、暗中排擠，使掌權的人失去實權：如，誰不知道末代皇帝是被架空的。

一詞多義是語言中的正常現象。多義詞佔相當大的數量，顯示語言能用多種方式來適應思維發展的需要。人們對外界和自身的認識總是越來越深入細緻，當歸納出一個新概念時，一定有相應的詞語來表述它，如果新概念的表述總是用新詞，詞彙庫不知要膨脹多大才能容納。所以，給已有詞增加表示的概念的方法是可行的。這也是詞語豐富自身的一個辦法。

一詞多義，在語言溝通中並不會引起混淆。詞在句子中，就受到語言環境的制約，這個環境使得多義詞總是呈現出它的其中一個義項，而不是多個義項。大量的多義詞和同音詞所以能夠存在，並使得語言這一溝通工具保持簡便，語言環境的制約起了很大作用，有了語言環境便可解釋歧義，消除歧義。再以"架空"一詞的三種用法為例：

這兩幢大樓的通道設計想採用架空的辦法。

年輕人不要把自己的理想架空。

這職位是虛設，誰當這官兒也是被架空。

由這三個句子看出，"架空"一詞受到上下文的限制，每次只能呈現出一個意義，不會引起誤解。

三、同義和反義

同義，指詞的詞彙意義基本相同或相近；反義，指詞的詞彙意義相對或相反。漢語的同義詞和反義詞都極為豐富，為在不同場合的得體表達提供了方便的選擇。

（一）同義詞

同義詞又可以分為意義相同和相近的。意義相同的又叫等義詞，意義相近的叫近義詞。同義詞中數量最多的還是近義詞。

等義詞是指詞所表示的概念是相同的，即概念的內涵和外延都相同。例如：

母親——媽媽——娘

誕辰——生日

鐳射（雷射）——萊塞——激光

文通——文法——語法

士敏土——洋灰——水泥

電子計算機——計算機——電腦

無——沒有

兩個或兩個以上的詞，表示一個相同的概念，從理論上說是不需要的。為什麼語言中存在等義詞？這是因為它們在用法上有區別，它們可供不同的語言環境去選擇，以表達得恰當得體。"母親""誕辰"多用於書面語，"媽媽""娘""生日"則是口語上常用的，"娘"還帶有方言詞色彩；"誕辰"較"生日"多用於隆重嚴肅的場合，如"孫中山先生誕辰一百週年紀念"，如用"生日"就不妥。"激光""水泥"都採用了漢語語素構詞來表達一個新事物的名稱，"鐳射""萊塞""士敏土"則是用音譯的辦法，採用外來詞來表述，其中"鐳射"是音譯兼意譯的方式（香港寫作"鐳射"，台灣寫作"雷射"）。"洋灰"在語素"灰"前加"洋"表示這東西是外來的，又如"洋火、洋油、洋布"等。我們認為這兩個詞的規範用"激光""水泥"較好，但是別的說法會在某個時期、某個地區使用，帶有不同的詞義色彩，仍要承認它們是等義詞。"電子計算機"構詞五音節，太長，因而有雙音節的"電腦"作為別稱，也可簡稱為

第三章　詞彙 | 225

"計算機"。"無"則帶有文言味兒,"沒有"是現代白話。

　　由上面的例子分析可見,等義詞儘管代表的概念是重合的,但它們的詞義色彩有區別,表現在書面語和口語的區別,標準語和方言的區別,意譯詞和音譯詞的區別,文言和白話的區別,等等。因而這部分等義詞在表達上所起的作用是積極的。

　　近義詞則是一般所指的同義詞的主流。它是漢語詞彙豐富、表現力強的一個重要標誌。善於選用同義詞,可以使表達更細緻、嚴密、貼切,為語言的修辭提供了豐富材料。近義詞在基本意義上既有共同點又有差異,如果說兩個近義詞分別代表兩個概念的話,這兩個概念是交叉概念,如下圖:

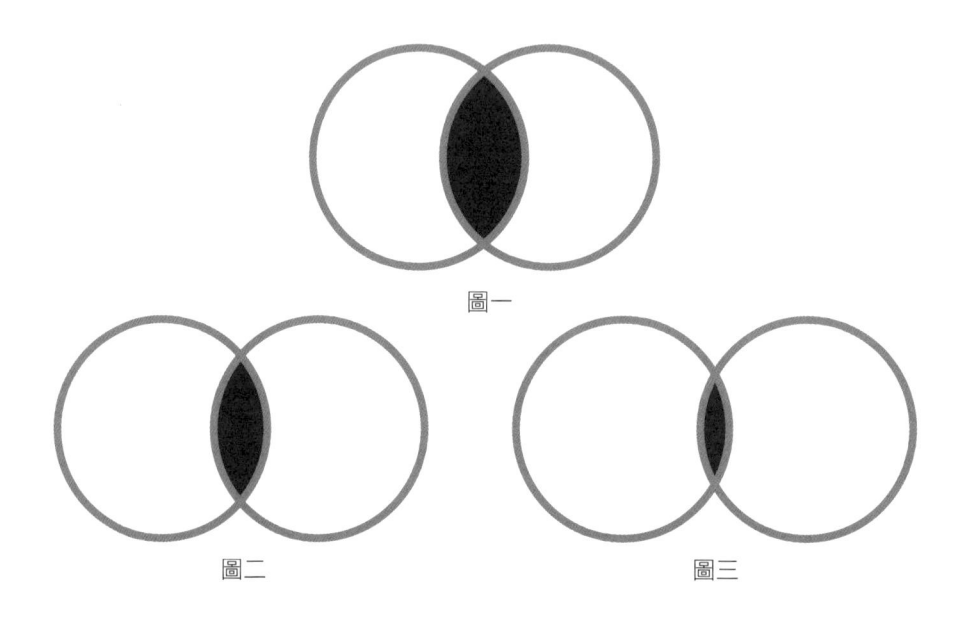

圖一

圖二　　　　　　　　　　圖三

　　這三個圖只是一種示意圖,表示近義詞共同和差異部分的多少是不同的。
　　如果從語素構詞的角度看,近義詞有以下七類:
1. AB──AC

繁榮──繁華　　供給──供應

歸結──歸納　　守衛──守護

保證——保障　　卑下——卑微

悲傷——悲痛——悲哀——悲慟

豐富——豐盛——豐厚——豐滿

關心——關懷——關切——關注

稱讚——稱譽——稱頌——稱道

公道——公平——公允——公正

2. BA——CA

淒涼——悲涼　　燃燒——焚燒

散步——漫步　　枉然——徒然

稀有——少有　　專長——特長

馴服——征服——制服

着重——側重——偏重——倚重

鬱悶——煩悶——愁悶——苦悶

絢麗——瑰麗——艷麗——綺麗

鑑別——辨別——識別——區別

3. AB——CA

急迫——火急　　理睬——答理

融解——消融　　適宜——合適

曲解——歪曲　　奇異——離奇

離別——分離　　枯萎——乾枯

4. BA——AC

訣竅——竅門　　懷疑——疑惑

謹慎——慎重　　判斷——斷定

偏差——差錯　　平安——安全

流放──放逐　　內行──行家

5. AB──BA

士兵──兵士　　發奮──奮發
講演──演講　　嫉妒──妒嫉
長久──久長　　離別──別離
感情──情感　　魂靈──靈魂
素質──質素　　要緊──緊要

6. AB──CD

熬煎──折磨　　傍晚──黃昏
抱歉──負疚　　慈祥──和藹
出處──來源　　抖擻──振作
底細──內情　　咆哮──怒吼

7. 上述幾種構詞情況交錯兼有

季節──節令──時令
疆土──疆域──領土
征服──制服──制伏
害怕──懼怕──恐懼──畏懼
晃動──晃盪──晃悠──搖晃
禍首──罪魁──元兇──首惡
發抖──顫抖──顫慄──哆嗦

　　前四種類型可以看作一大類，即構詞的語素有一個相同，有一個不同，這不同的語素顯示出兩個詞的差別。第五種類型是同素異序式的構詞，嚴格說，算等義詞，可用於句式中調節音節的韻律。第六種是構詞語素完全不同的。第七類是

228 ｜ 現代漢語

一組同義詞中，可能有上述六種情況的交錯現象。

作為近義的同義詞，它的作用是可供在詞語義、褒貶義、輕重義、莊諧義等不同方面進行選擇。

首先是詞語義的選擇。比如"殘疾"和"殘廢"，相同的地方是都指人的肢體、器官或其功能方面的缺陷；"疾"是病的意思，"廢"卻有沒有用的意思，因而"殘廢"帶給人消極的感覺，"殘疾"卻並不一定"廢"了。社會上這一群體的相關組織，叫"殘疾人協會""殘疾人福利基金會"。可見詞語義的差別有時很細微。

褒貶義的選擇表現出表達者的感情色彩。在港澳地區"殘疾"又有"傷殘""殘障"作同義詞。而"傷殘"又有"傷健"作同義詞。其實，從"殘廢"到"殘疾、傷殘、殘障"，到"傷健"，可看出人們在組造詞語上的文明程度的提高。又比如對於智力低下、不明事理的人，口語裏叫"傻子""呆子""癡呆"，方言詞裏有"癡子"。在香港則有"弱智人士"或"智障人士"的叫法，顯然，這些叫法不含有任何貶義，同時表現出對這種人的同情色彩。對於"老年癡呆症"的名稱，兩岸四地都感到這個詞需要更名，在台灣已普遍改稱"老年失智症"；香港一些團體用分組比賽命名的方式，挑選了"腦退化症"一詞，隨後，香港腦科學會及老年精神科學會等聯盟又建議將"老年癡呆症"正名為"認知障礙症"，認為這個名稱比較合乎醫學科學，兩個新名稱都消除了原名稱的消極因素。這種做法是有積極意義的。下列幾組同義詞在感情色彩上均有褒貶的差異，或者有中性詞和褒義、貶義的差異：

充斥──充滿　　斗膽──大膽

免職──解職　　嘉賓──來賓──客人

嘍囉──幫兇──僕從

居心──存心──用心

叛亂──暴動──起義──革命

間諜──特務──特工人員──地下工作者

輕重義的選擇，表現出在語義上、語氣上的輕重區別。比如："毛病、缺點、錯誤"在語義上一個比一個重，"曲解、歪曲"在語氣上"歪曲"更重一些。下列幾組詞都有輕重義的差別：

成績——成就　　確實——確鑿
檢查——反省　　表揚——表彰
相信——信任　　快速——火速
連累——牽連——株連
得罪——冒犯——觸犯
聽從——服從——遵從

莊諧義的選擇使得在莊重的場合和一般場合用詞得體。有些詞帶有莊重的色彩，特別是一些書面語詞和文言詞，常用於隆重的場合，如外交談判、紀念會、追悼會，也用於政府的報告、文件、行政機關的上下行公文。比如"公告""通告"都帶有莊重色彩。下列幾組同義詞帶有不同的莊諧義：

勸告——奉勸　　祝賀——慶祝
生日——誕辰　　說明——闡明
書信——書簡　　相信——信賴
行為——行徑　　小看——輕視
巴結——趨附　　下賤——卑鄙

在辨析同義詞中又應該注意哪些問題呢？除了上述的注意辨析同義詞的各種不同詞義色彩以外，還要注意以下幾點：

1. 在同義詞組中找出具有代表性的中心詞，這個中心詞一般來說是中性的，是較常用的，並且是普通話的標準詞。它的詞義能代表這一詞組的共同意義。可以用它來確定這一同義詞組和其他詞的界限，可以用它來和本組的任何一個詞比較出細微的差異。這樣既可以確定同義詞組的共性，又可以明瞭每個詞的個性。下列的同義詞組都以第一個詞為中心詞：

幫助——贊助——援助——協助——輔助——扶助
忘記——忘掉——忘懷——忘卻——遺忘

2. 前面講到同義詞構詞的特點，有不少同義詞中具有相同的構詞語素。但是，並不是有相同構詞語素的詞就是同義詞，"虛心"和"心虛"意思完全不一樣。"偏見、偏激、偏差""冷淡、冷僻""濃重、厚重"都不是同義詞組。

3. 表示種屬關係的詞，也不能看作同義詞，因為這些詞所表示的概念是邏輯裏上位詞和下位詞的關係，不是同一級的。比如："人"和"女人"，"樹"和"果樹"，"筆"和"毛筆"等。

4. 同義詞主要是從詞彙意義去辨析的，而不是從詞的語法意義去辨析。事實上大量的同義詞組，詞性是一致的，比如："精華、精粹、精髓"是名詞，"變動、更改、改動、改變"是動詞，"誠懇、懇切、誠摯"是形容詞。但是，這也不排除有的同義詞組中有詞性不一致的情況，如："喜歡、高興、愉快"，"喜歡"是動詞，"高興、愉快"是形容詞。又如："持續、延續、連續、繼續、陸續"，"持續、延續、繼續"是動詞，"連續、陸續"是副詞。

（二）反義詞

詞義相反或者相對的詞叫反義詞。詞義完全相反的詞，表示概念中的矛盾概念，即非此即彼，如"生"與"死"，如圖四所示。詞義相對的詞，表示概念中的反對概念，如"黑"與"白"，它們表示的顏色的意義相對，但不是非此即彼的關係，因為顏色中還有紅、黃、藍、綠等，如圖五所示。

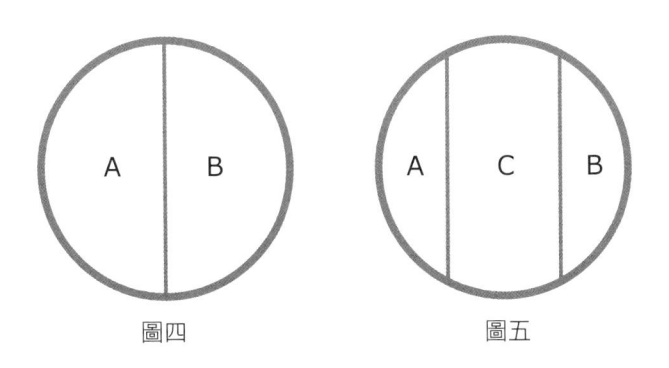

圖四　　　　　圖五

反義詞的詞性一般相同，以形容詞的反義詞為最多，其次是動詞和名詞。例如：

形容詞的反義詞：

高——矮　大——小　扁——圓

甘——苦　吉——凶　老——新　香——臭　相對——絕對

安全——危險　笨重——輕巧　繁榮——蕭條

華麗——樸素　雅致——俗氣　嶄新——破舊

偉大——渺小　新鮮——陳腐　甜美——苦澀

仁慈——殘忍　朦朧——清晰　慷慨——吝嗇

動詞的反義詞：

存——亡　背——向　得——失

哭——笑　忙——閑　抑——揚

贊成——反對　萎靡——振作　虧本——盈利

延長——縮短　離職——復職　獨立——依附

扶植——推翻　凍結——融化　暴露——隱藏

名詞的反義詞：

裏——外　上——下　南——北

日——夜　賓——主　主——客

謠言——事實　邪氣——正氣

原因——結果　天堂——地獄　順差——逆差

平面——立體　朋友——敵人　和平——戰爭

反義詞在語言中的作用不同於同義詞，同義詞使表達貼切、細緻，反義詞則着重於通過對照增強語言的鮮明性。反義詞的連用，可以把一個事物或一種道理的正反兩面都擺出來，形成對比，使人加深認識。比如下面幾段話：

232 ｜ 現代漢語

每一個字，每一句話，以至每一個標點，都擺在紙上的時候，我們的思想到底是清楚還是混沌，是深刻還是膚淺，是嚴整還是雜亂，都明白顯示出來了。

"山窮水盡疑無路，柳暗花明又一村"的苦惱和喜悅，在寫文章的過程中是常常會經歷到的。

運用反義詞要注意一詞多義的反義現象，即多義詞常常不止有一個反義詞，每個義項都可以找到不同的反義詞。比如，"老"的反義詞可以是"小""少""幼""嫩""新"等，比較下列句子中不同反義詞組的意義：

人老了，常和小孩子一樣，俗話說：老小、老小嘛！
這是老少兩代人的共同心聲。
"老吾老以及人之老，幼吾幼以及人之幼。"這古話說得多好！
老韭菜葉子不要了，只挑嫩的。
這衣服式樣太老了，要新樣子。

四、詞義的演變

前面講到詞語的本義、基本意義、衍生意義（引申義、比喻義），已經涉及到詞義演變的問題。詞語的意義是發展變化的。隨着社會的發展，人們對客觀事物的認識不斷加深，詞語的意義也會變化。把古今詞義作一比較，會發現許多詞的意義都有變化，詞彙系統正是通過這個變化來豐富發展自己。對於新事物、新概念，可以用組造新詞的辦法來適應溝通需要，也可以用改變、增加詞語的意義來適應溝通需要。

例如，今天所說的"洗"，意義很廣，可以說"洗衣服、洗碗、洗手、洗腳"等，凡是用水去掉物體上面的髒東西，都可以叫"洗"。但是在古代，"洗"的意義是由"洗""滌""濯"分別承擔的。"濯"用得最廣；"洗"只指洗腳，《漢書·黥布傳》裏說："漢王方踞床洗。"就是說"漢王正坐在床上洗腳"的意思；"滌"一般指洗器物。後來"洗"逐漸代替了"濯""滌"，在現代漢語中，"濯""滌"

都不能單獨成詞,成了半自由的構詞語素,如"洗濯、濯足、洗滌、蕩滌"。

再如,現在所說的"兵",常作"戰士"義,但是在古代"兵"最初的意義是兵器、武器,賈誼〈過秦論〉裏說:"斬木為兵,揭竿為旗。"也可以引申為"軍事"義、"軍隊"義。例如:"兵法、兵書、紙上談兵、兵強馬壯"等。作為"兵士"的意思是後起的意義,上古時"兵、卒、士"意義不同,"兵"一般指武器,可以泛指軍隊;"卒"是步兵;"士"是打仗時在戰車上的戰士。"兵"的本義現在保留在一些成語裏,如"短兵相接、堅甲利兵、兵不血刃、秣馬厲兵"。常用的基本意義則是"兵士"。

又如,今天所說的"睡",就是睡覺的意思,這是個後起義。古代"睡"指坐着打瞌睡,賈誼〈治安策〉中"將吏被介冑而睡","睡"保留着古義。在牀上睡覺(不一定睡着),古代叫"寢"。"臥"則是趴在几上睡覺,後來也引申為躺在牀上(也不一定睡着)。"眠"的本義是閉上眼睛,後引申為睡眠。"寐"才是睡着了,《詩經·衛風·氓》裏說"夙興夜寐",就是早起晚睡的意思。到了中古以後,"睡"既有了"寐"義,又有了"寢"義。現代漢語中的"寢室""臥室""睡房"中的"寢、臥、睡"就是同義語素了。

詞義的種種演變歸納起來主要有三種類型:詞義的擴大,詞義的縮小,詞義的轉移。以詞義的擴大較為多見。

(一)詞義的擴大

在語言運用中,詞語的意義不斷擴展,應用範圍比以前廣泛,有的是從基本意義引申出來的,有的是通過比喻手法產生的,還有一些是從特定的意義擴大為普遍的意義。比如:

好:原義是容貌美,《戰國策·趙策三》:"鬼侯有子而好。"是說鬼侯(商代諸侯名)有個女兒容貌很美。後引申擴大為好、善的意思。現代主要表示優點多的、使人滿意的,如好人、好東西、好事情等,不限於長得好。

航行:原指船在水裏行駛,由"航"的造字結構可以看出:从舟亢聲。後擴大為飛機在天上行駛也叫航行。"航"作為構詞語素,語義擴大,因而不僅有航行、航海，還有航空、航天、宇航。

包袱：原指用布包起來的包兒。又經比喻產生了新義，指影響思想或行動的負擔，如"他最近思想包袱很重"。詞義也擴大了。

有一些專有名詞，詞義逐漸擴大，成為通稱。比如："江、河"：上古漢語"江、河"都是專稱，"江"是長江，"河"是黃河。後起義泛指一般的江河。

諸葛亮：三國時蜀漢的政治家。因他足智多謀，所以後世用"諸葛亮"來比喻足智多謀的人。如俗語說"三個臭皮匠，勝過一個諸葛亮"。

阿斗：三國蜀漢後主劉禪的小名，他為人庸碌，後來"阿斗"用來比喻無能的人。如"不要自以為聰明，把別人都當作阿斗"。

詞義擴大的例子很多，以稱謂來說，像"叔叔、伯伯、爺爺、奶奶"這些有血緣關係的親屬稱謂，詞義也有所擴大，孩子見到父一輩、祖一輩的人，不一定有親緣關係，也可以叫"張叔叔、王伯伯、孫爺爺、侯奶奶"等，以表示禮貌、尊敬。

（二）詞義的縮小

詞義由表示較寬泛的意思，縮小為表示範圍小的。這一類不算多。例如：

瓦：原指一切用泥土燒成的土器，現在專指鋪屋頂用的建築材料，即磚瓦的瓦。瓦的原義還保留在一些合成詞中，如瓦盆、瓦器。

勾當：原來和"事情"同義，不論好壞事都可叫作"勾當"。現在"勾當"帶有明顯的貶義，只有說壞事情才用，如"那人幹了不可告人的勾當"。

丈人：古時候對老年男子的尊稱。到了唐代以後縮小為"岳父"的意思。

（三）詞義的轉移

詞語原表示一個意義，後來轉移到表示另一個意義，原義消失。也包括了詞義褒貶義的轉移、輕重義的轉移。

權：本義為秤，秤錘。衡為秤桿。"權衡"由秤輕重的意思比喻為衡量、考慮，這意思保留在"權衡輕重"這個成語裏。由這個意思轉變為有支配的力量叫權，比如"當權、有權有勢、權貴、權門、掌握大權"中的"權"都是"權力"的意思。在現代漢語中,"權"作為秤、秤錘的意思幾乎完全消失了。

犧牲：原義是古代祭祀用的牲畜,現代漢語的"犧牲"表示為了正義的目的捨棄自己的生命或利益。詞義發生了轉移。

嘍囉：或寫作僂儸,唐宋時有聰敏、能幹義,又可作"健兒"解。《水滸傳》裏多用嘍囉,沒有貶義。後由健兒義轉為稱強盜的部下,現在轉為比喻壞人、惡勢力的僕從,原義消失。

第五節　詞彙的構成

前面講詞的結構、詞的聲音、詞的意義,是從細部來看詞;這一節則要從整體的角度來看,即詞在詞彙系統中的地位和作用。從這一角度來看,基本詞、一般通用詞、專業詞構成了詞彙系統。再從詞彙的來源上看,文言詞、方言詞、外來詞、社區詞也是詞彙構成的不可缺少的部分。

一、基本詞

基本詞是詞彙中的基礎部分,是根基。儘管它的數量在詞彙中佔的比例不算大,但是它表示的概念都是很重要的。它反映人類對自然界、對人類社會本身認識的一些最基本的概念,這些概念對於生活在任何社會發展階段的人都是必要的。

基本詞主要有以下幾類:

第一,自然界的現象和事物:

風雨　雷電　日月　星雲
天地　山海　江河　水火
花草　樹木　果蔬　稻穀
雞鴨　牛馬　鳥獸　魚蟲

第二,人體各部位器官名稱:

頭　臉　心　手　腳　嘴　耳朵　鼻子

第三,表示人的稱謂:

我　你　他　我們　你們　他們

第四，表示人或事物的動作及發展變化：

吃　說　住　走　生　死　活　睡
想　看　寫　飛　跑　開　關　起

第五，表示生活資料和生產資料的名稱：

油　鹽　米　麵　菜　鍋　碗　盆
犁　刀　斧　鋤　車　船　房　屋

第六，表示方位和時間的概念：

上　下　左　右　東　西　前　後
年　月　日　春　夏　早　午　晚

第七，表示事物的性質或狀態：

大　小　長　短　高　低　厚　薄
深　淺　冷　熱　黑　白　苦　甜

第八，表示數量概念：

一　二　十　百　千　萬　億　兆
斤　兩　尺　寸　分　個　條　枝

基本詞的特點是穩固性、普遍性和能產性。

1. 穩固性

以上列舉的許多詞，從來源看，在三千多年前的甲骨文資料裏就有。因為它們所表示的概念很重要，使得這些詞生命長久，地位穩固。儘管人們對於這些事物的認識在不斷深化，概念的內涵在不斷豐富，但這些事物的名稱仍一直保留。比如"風、雨、雷、電"，我們今天的認識要比古代科學得多，這些詞仍從古至今都使用。不少基本詞，像"人、馬、牛、羊、上、下、大、小、一、二"，等等，來源很古。我們並不覺得它們是古語詞。

基本詞的穩固性又是相對的，它也不可能一成不變，它也有消長，有新陳代謝。它的變化主要有幾種情況。首先是和社會發展情況密切相關，比如古代人們從事農業和漁獵所用的工具現在許多都不用了，"矢"在當時是基本詞，現在則不用了，還作為語素保留在合成詞和成語中，如"弓矢、流矢、飛矢、有的放矢、眾矢之的"等。而後世發明的"槍"則進入基本詞。其次，由於雙音詞的擴展，一些單音節的基本詞被雙音節的代替。如"耳朵——耳，鼻子——鼻，太陽——日，月亮——月"。也有的單音詞為後起的單音詞所更換，如"鞋"代替了"履"，"腳"代替了"足"，"頭"代替了"首"等。

2. 普遍性

基本詞為使用這種語言的社會全體成員所使用，不分階層、行業、地區、年齡以及文化程度，人人都使用，所以普遍性又可叫作全民性。詞彙中有些詞如方言詞、專業詞，就不能說具有全民性。

3. 能產性

這是指基本詞可以作為根詞來繁衍新詞。比如"電"，從語素的角度說，它是自由語素，可獨立成詞，它再和其他語素組合，常常形成詞族，詞族反映出詞彙的一定的系統性，並不是雜亂無章的。以"電"形成的詞族來看：

電池　電錶　電車　電燈　電話
電機　電鈴　電爐　電腦　電扇
電視　電梯　電筒　電眼　電椅
電鐘　電鑽　電站　電台　電網

這只是以"電"作為修飾成分的偏正式合成詞的一部分。當一個和"電"的關係緊密的新事物需要獲得新名稱時，它可以借助這個詞族的構詞方法來形成，"電視""電腦"的出現就是這樣的。

根詞也可以是雙音節的，比如：

電子──電子版　電子信箱　電子貨幣　電子辭典　電子認證
航空──航空信　航空兵　航空港　航空器　航空母艦
宇宙──宇宙觀　宇宙飛船　宇宙火箭　宇宙空間　宇宙速度

一般來說，穩固性、普遍性、能產性被看作確定基本詞的標準。不過有些基本詞能產性不強，像表示人稱和指示的代詞，表示親屬稱謂的詞，都是表達中不可缺少的基本詞，但它們沒有作為根詞構造新詞的能力。

二、一般通用詞

基本詞以外的詞語，除少數罕見的，都是一般通用詞。一般通用詞數量非常大，而且它對於社會的發展變化反應最敏感，新詞首先成為一般通用詞。關於新詞新義的問題，下文還要專門分析。

舉例來說，中國實行改革開放政策以來，隨着社會的迅速發展，產生了許多新詞新語：

特區　招標　調控　保八　裸婚　裸退
專業戶　專業村　個體戶　城中村　網際網路
特區人　自主權　合同制　利得稅　利改稅
經濟特區　開放城市　新興產業　宏觀調控　小康社會
溫室效應　浮動工資　網路市場　三資企業　夕陽產業
指令性計劃　指導性計劃　菜籃子工程　米袋子工程　科學發展觀
電子出版物　電子計算機　可再生資源　網路綜合症　網路計算機
厄爾尼諾現象（聖嬰現象）　載人航天工程　聯產承包責任制

這些詞都進入到一般通用詞的範圍，在報刊上，在社會上流通。

有時一種新事物，表示它的新詞可能以多種樣式出現，這就要有一個約定俗成的過程，逐漸確立某一個新詞的地位。比如下列幾組詞：

飛碟——空中不明飛行物——UFO

宇宙飛船——穿梭機——飛船

宇航員——宇宙飛行員——太空人

鐳射——萊塞——激光

　　這些詞在某個階段會同時在一般通用詞中流通。像第一組，UFO 是英文縮寫，要進入漢語詞彙系統開始比較困難，首先是在一部分技術人員中流通；目前《現代漢語詞典》也已將它收錄在"西文字母開頭的詞語"中。"空中不明飛行物"把概念的內涵表達得相當準確，但作為一個詞音節長達七個，表達起來不甚方便。"飛碟"是雙音節合成詞，利用比喻手段造詞，形象生動，用得越來越廣泛了。

　　隨着社會不停地向前發展，科學技術的日新月異，新事物如同雨後春筍，語言中的新詞語也會不斷湧入一般通用詞。一般通用詞還會從文言詞、方言詞、外來詞、社區詞中吸收營養，豐富自己，擴大儲存量。

三、專業詞

　　專業詞是社會發展、語言發展的一個必然產物，由於科學分門別類的研究和人們社會分工的不同，就會出現專門術語和行業語，它們豐富了詞彙，同時也是一般通用詞的一個來源。

（一）專門術語

　　指社會科學、自然科學等各個不同科學領域所用的術語。屬於專門知識範圍，科學性強，有關人士應用術語討論、研究問題十分方便。比如語言學的術語，有些只是專業人士討論問題或教學時才用到，像研究古音的音韻學的術語："等韻、等呼、四呼、對轉、旁轉、聲紐、濁音、反切"等；研究現代漢語語音的術語："音素、音位、音系、軟輔音、硬輔音、同化、異化、弱化，尖團音"等。

專門術語和一般通用詞的界線並不是很清楚。隨着社會生產力的發展、科學技術知識的普及、教育程度的提高、傳播媒介部門的宣傳，相當多的專門術語逐漸為社會上的一般人所知，進入一般通用詞。比如，隨着世界上新的技術革命浪潮的衝擊，以電腦、遺傳工程、光纖、雷射等為代表的新技術迅速跨入當代生產和生活的領域，許多專門術語成為一般通用詞進入溝通活動。比如資訊科學和電腦的應用密切配合，產生了許多新詞語：

電腦　機器人　超人力　機械手
資訊　資訊論　資料庫　資訊網
微型電腦　微處理機　電腦終端機
資訊科技　資訊反饋　資訊資源
真跡電報　圖像傳真　衛星轉播
虛擬市場　網路市場　電子市場
人工智能電腦　辦公室自動化設備

這些詞語時常出現在報端，生活在現代社會的人們會對它們越來越熟悉，而且中國網民已數以七、八億計，有關電腦網路的詞語不再是科技人員才會運用的專門術語。

（二）行業語

行業語是社會上某一行業用的詞彙，俗稱"行話"。由於社會分工不同，各行各業所用的與工作有密切關係的詞彙也就不同。

比如印刷行業，要印出一本書來，製作過程中會用到種種行話。假定這是一本精裝書，印刷者要知道書面部分的書殼、封面板紙的規格，書體部分的毛書、襯紙、內文、插圖、插頁、套頁的製作要求，以及書脊部分成圓脊還是方脊，等等。用紙的名稱又有多種：書紙（道林紙）、粉紙、新聞紙、輕粉紙等。製版印刷又有凸版、平板、凹板、孔板等多種方法。裝釘時，精裝書一般要用鎖線膠裝，其他裝釘的方法還有鐵線釘裝（騎馬釘、平釘）、膠裝、平裝及特殊裝釘法等。

這些行話為印刷行業的從業人員提供了溝通的方便。一般的人雖然天天看書，卻並不瞭解這些行話的意思。

行話也可以進入一般通用詞。由於各行各業活動的交流，從業人員工作的流動，有些行話就為行外更多的人所知。在某些地區，一些行話成為一般通用詞，則受到社會因素的直接影響。像香港，是一個商業社會，又是世界的金融中心之一，這種特定的社會條件，使得商業的行話、金融業方面的行話在社會上十分流通，甚至家喻戶曉。比如"股票、經紀、股東、恒生指數、藍籌股、紅籌股、九九金、炒金、期金、期貨、按揭、買樓花"等。

專門術語、行業語以外，還有一種"隱語"，多是一些行幫和不正當的集團所用，本來就不屬於全民的詞彙。比如，香港的黑社會組織（三合會、和勝和、新義安、14K 等）就有自己一套套的隱語，例如："和頭酒、山主、坐館、龍頭、副山主、先鋒、番主、紅棍、白紙扇、草鞋、齋坐"，等等。

四、文言詞

這裏以下所討論的文言詞、方言詞、外來詞和社區詞，指的是已為現代漢語詞彙系統所吸收的那一部分。

文言詞又叫古語詞，習慣上稱書面保存下來的古代詞，有文言色彩。文言是一種定型化的書面語言，標準的文言是以先秦典籍所反映的古代漢語為基礎。文言相傳兩千多年，雖然它和人們的口頭語言距離越來越大，但由於社會的原因和漢字記載的方便，一直流傳到現代。文言中常用的一些古語詞，必然影響到現代漢語的詞彙，並且有一部分已進入現代漢語詞彙，這是歷史的傳承。

進入現代漢語詞彙的大致有以下幾類：

1. 表達效果好的文言詞，沒有適當的白話詞可以代替。這些詞並不生僻，在書面或某些場合常常用到，它的詞義內涵豐富，如換成現代口語可能要用好幾個詞。例如：

凱旋　衛冕　蟬聯　就範　銘感

鄙薄　銜命　蒼穹　囊括　鵲鰈

醞釀　掌故　台鑒　桎梏　目擊

屏棄　罹難　聘請　斟酌　縝密

畛域　甄別　瞻念　獎掖　商榷

再以下列例句來看它們在表達上的作用：

在這次足球賽中，上一屆的世界冠軍隊決心衛冕。（保持冠軍的地位）

在這一屆世界乒乓球錦標賽中，中國乒乓球隊囊括了七項冠軍。（把全部包羅在內）

武術運動員李連杰七次蟬聯全能冠軍。（連續保持某種稱號）

可見文言詞能使得表達簡練、生動。

2. 文言虛詞的一部分

文言虛詞是文言的重要語法手段。其中一部分保留至今。比如：

之　與　及　於　則　而　所　乎

然則　從而　於是　縱然　於是乎

然而　尚且　雖則　幸而　以至於

有時用於固定的句型或配對的關係詞語："之所以⋯⋯是因為⋯⋯""幾分之幾""不是⋯⋯而是⋯⋯""有利於⋯⋯""以⋯⋯為首""在⋯⋯領導之下"。

有些虛詞還能與其他語素組合構成新詞：

以：以上　以下　以外　以東　以前
　　以使　以便　以免　以防　以期

之：之上　之下　之外　之間　之後

所：所說　所聞　所見　所有　所謂

3. 歷史詞語

這也是一部分古語詞，表示歷史上曾經出現過、存在過而現在已經消亡的事物，它們指稱歷史事件、人物、現象、行為等。這些詞雖然一般情況下不用，但是在敘述、評論、說明歷史事件、人物時會用到，讀歷史題材的作品，看歷史題材的戲劇、電影時都會遇到，因而瞭解歷史詞語的意思也是詞彙的一種積累。比如，反映科舉制度的詞語現在不用了。科舉是隋唐到清代封建王朝分科考選文武官吏後備人員的制度，沿襲一千多年，到清光緒三十一年（1905年）才廢除。有關科舉制度的詞有很多，如"科場、科第、鄉試、會試、殿試、狀元、榜眼、探花、八股文"等。《儒林外史》中寫范進中舉：

范進三兩步走進屋裏來，見中間報帖已經升掛起來，上寫道："捷報貴府老爺范諱進高中廣東鄉試第七名亞元。京報連登黃甲。"

鄉試中舉，第一名叫"解元"，第二名至第十名叫"亞元"，"京報連登黃甲"是說以後還會有會試、殿試連續的捷報。殿試錄取進士分為三等，叫"三甲"，榜用黃紙寫，所以叫"黃甲"。可見，歷史詞語如果掌握得不足，閱讀有關書籍就會遇到困難。

4. 成語的一部分

有些成語帶有鮮明的文言色彩，因為成語大多有歷史淵源，有些成語則保留着文言語素。例如：

暗渡陳倉　筆路藍縷　東施效顰　煮鶴焚琴　懸壺濟世
爾虞我詐　姑妄言之　觥籌交錯　不刊之論　彈冠相慶
固若金湯　沆瀣一氣　櫛風沐雨　鱗次櫛比　涕泗滂沱

只舉"涕泗滂沱"為例，在古漢語中，"涕"指眼淚，"泗"指鼻涕。後來"淚"代替了"涕"，"涕"代替了"泗"，而"泗"就不用了。

運用選擇文言詞要注意語言環境，文言詞除了有簡練的作用外，常帶有莊重、嚴肅的意味，可用於隆重的場合，也可用於外交場合，重要的公文、信函也常選用文言詞，例如：書信的提稱語有"台鑒、大鑒、雅鑒、鈞鑒、勳鑒、閣下"等；書信的結尾敬辭有"肅此 敬達，伏乞 鑒察，崇肅 奉稟，伏祈 垂察"等；對別人的尊稱有"令尊、令堂、令嚴、令慈、尊夫人、賢伉儷、貴公子、女公子、令嬡"等等。如果向別人介紹自己的妻子時說"這是我的夫人"，便貽笑大方了。

一般來說，最好避免文白夾雜的用法，白話文中，能用白話詞語說明白，就應少用文言詞。文言詞加多了，影響表達的順暢，也使得語言風格不協調，生僻的文言詞更不必用。

五、方言詞

方言是漢語的地方變體，在某個區域內使用。普通話以北方方言為基礎方言，顯示了它在詞彙方面依據的基礎。現代漢語詞彙是在廣泛地吸收了北方方言的具有全民性的詞彙和其他方言的一些詞語的基礎上形成的。

現代漢語詞彙吸收方言詞來豐富自己，是有一定的原則。一般來說，有些方言詞在規範的詞彙庫中沒有和它意義相當的詞，而表達上又迫切需要，就會被吸收。比如："搞"原是湘方言的詞，現被吸收，而且用得很廣泛，相當於"做、幹、辦、弄"這樣一些意思，但詞義色彩又不完全相同。可以說"搞鬼、搞小動作、搞什麼名堂；搞工作、搞運動、搞衛生、搞比賽；搞點兒吃的、搞點兒喝的；搞關係、搞對象"，等等。這些用法很難用別的詞代替。近年，粵方言的"搞定""搞笑"也為《現代漢語詞典》所吸收，因為人們已普遍使用。又如，"垃圾"是吳方言詞，比北方方言的"髒土"意思明確，包括了髒土和所有沒用的要扔掉的破爛東西，因而被吸收。已經吸收的方言詞還有"尷尬、老闆、癟三、標致、便當、曉得、裏手、名堂、貨色、花頭、挺括、買單"，等等。

規範的詞語和方言詞語的差別主要有以下幾點（主要以粵方言詞語作為比較的對象）：

1. 用不同的詞來表達相同的概念。

例如普通話中的"辦公室、辦公樓"，粵方言叫"寫字間、寫字樓"；普通話的"上班、下班、回家",粵方言說"返工、收工、返屋企"。這一類不少。

2. 同一個詞,表達的意義卻有區別,即同形異義詞。

例如普通話的"地牢"是指地面下的牢獄,粵方言則指地下室;普通話的"地下"指地面之下,粵方言指的卻是地上的一層。有的褒貶意義、色彩完全不同,例如,普通話說的"窩心"指因受到委屈或侮辱後不能表白心中的苦悶,心中很不舒服;而在台灣和粵方言地區則指很貼心,很合心意:"她送我的禮物很窩心"。

3. 詞義相同,但構詞語素的次序不同。

普通話:客人　鞦韆　乾菜　素質　逼迫　擁擠　錄取
方　言:人客　韆鞦　菜乾　質素　迫逼　擠擁　取錄

4. 詞義相同,但構詞語素有一個相同,一個不同。

普通話:皮毛　小孩兒　圍巾　板擦　口渴　手套　開水
方　言:皮草　小童　　頸巾　粉擦　頸渴　手襪　滾水

這不同的語素,有時是近義語素,如"皮毛"和"皮草"中的"毛、草","皮草"指的就是"皮毛",其構詞語素的"草",可由成語"不毛之地"的"毛"來轉注釋義;有時是從不同角度表現事物的特點,如"圍巾"和"頸巾"中的"圍、頸"。

5. 詞義相同,構詞語素兩個都不相同,但均為同義近義語素。

普通話:臥室　冰箱　冰棍兒　有空　零錢　下課　碰撞
方　言:睡房　雪櫃　雪條　　得閒　散紙　落堂　撞板

6. 由方言語素構成的地方色彩極重的方言詞,有的字的寫法也是其他方言區的人不認識的。

例如粵方言中的"甴曱"是蟑螂的意思。再如"佢哋(他們)、冇(沒有)、嘢(東西)、邊度(哪兒)、嘅(的)、咗(了)、攞嚟喇(拿來吧)"等。

以上各類的方言詞,只是在粵方言區通行,很難被普通話詞語吸收,因為同樣的概念在普通話中已有詞語表達，社會已約定俗成。有些詞還有可能進入，如"塞車""手袋""買單"（已收入《現代漢語詞典》）。方言區的人要對普通話詞語和方言詞的對應規律有一些瞭解，便於掌握更多的規範詞語。

在表達時，無論是書面還是口頭上，要力求達到規範，就要避免方言詞的干擾。只有文學作品的創作在運用方言詞上可以放寬限制，那是為了增加作品的地方色彩，準確生動地描寫環境、塑造人物。例如，豐子愷的散文〈吃瓜子〉，描寫上海人很會吃瓜子，"從容自由，真是'交關寫意'！""交關""寫意"都是吳方言詞，表示十分舒服（這兩個詞《現代漢語詞典》也已吸收）。

六、外來詞

外來詞又稱借詞，是從其他民族的語言中吸收的詞。世界上各種語言的交流是正常的現象，任何一種語言都把吸收外來詞作為豐富自己詞彙的一個重要手段，漢語也不例外。至於吸收外來詞的多少，則由種種因素決定，包括社會的因素，對外交流情況，本民族掌握外語的水準，特別是語言文字本身的性質則是根本的長期起作用的因素。中國實行改革開放政策以來，加上 1997 年和 1999 年香港和澳門回歸祖國，吸收外來詞的社會條件越來越好。

下面從外來詞的構成、外來詞的歷史淵源、運用外來詞應注意的問題等方面來分析。

（一）外來詞的構成

漢語的外來詞分為音譯、音譯+漢語語素、音譯+意譯、借用等幾種類型。

1. 音譯

人名、地名一般都用音譯，如華盛頓、倫敦、巴黎，雷根（列根、里根）、柴契爾（戴卓爾）、戈巴契夫（戈爾巴卓夫）、奧巴馬（歐巴馬）等。音譯詞是外來詞中的主體，它們很多已成為詞彙中的常用詞，前面講雙音節語素時已舉了不少例子，多是食品、用品、物理單位等名稱。再補充一些例子：

哈達　喇嘛　糌粑　氆氌　溫樸

戈壁　浩特　阿訇　納粹　探戈

坦克　雷達　盧布　邏輯　休克

蒙太奇　模特兒　托拉斯　白蘭地　高爾夫

2. 音譯＋漢語語素

　　純粹音譯，往往從字面上看不出詞的意義，所以，在音譯後面添上一個語素，這個語素多是表示類概念的。比如"啤酒"，"啤"從音的方面已完成了譯詞的作用（英文 beer），但是"啤"是什麼？用慣了漢字的人會提出問題，感到生疏，加上一個"酒"，就明白了很多，"啤酒"是一種酒而已。因而，這種構詞方式受到歡迎，已進入漢語詞彙的有：

卡車　卡片　啤酒　沙皇

喬其紗　道林紙　檸檬茶　沙拉油

乒乓球　芭蕾舞　卡賓槍　法蘭絨

霓虹燈　香檳酒　吉普車　沙丁魚

三文魚（鮭魚）　桑拿浴　迷你裙　呼拉圈

蹦極跳（高空彈跳）　保齡球　唐寧街　華爾街

愛滋病　漢堡包　披薩餅　爵士樂

披頭士　拉力賽　康樂球　高爾夫球

浪漫主義　巧克力糖　巴拿馬帽　雅魯藏布江

也有漢語語素加在前面的，前一半意譯，後一半音譯：

奶昔　冰淇淋　星巴克　新西蘭（紐西蘭）　白俄羅斯

3. 音譯＋意譯

這種方式是吸收外來詞的理想方式，可惜不很容易構詞。例如：

酷　幽默　雷射　引擎　浪漫　繃帶　基因　迷你　香波（洗髮精）

第三章　詞彙　| 249

駭客　奔馳　維他命　俱樂部　拖拉機　席夢思　味美思　樂口福
烏托邦　蓋世太保　可口可樂

4. 借用

這類詞主要是從日語直接借來，其中也有不同情況。有的是日語從古代漢語借走，現代漢語又吸收了回來的；有的是日語本身構詞，因用漢字寫出，兩個漢字的組合，如同兩個語素的組合，借用起來很方便，這類詞用起來不像音譯的外來詞，好像是漢語原有的詞。例如：

革命　同志　勞動　教育　現象
社會　經濟　權利　文明　意識
政黨　政策　議會　幹部　特權
物質　定義　反應　物理　化學
場合　舞台　服務　手續　支部

（二）外來詞的歷史淵源

各個民族、各個國家的交往必然影響到語言的交流，語言的交流明顯地反映在詞彙方面。當本民族的詞彙中沒有合適的詞來表示外族人發現、發明的新事物時，常常用吸收外來詞的方法。

和世界各主要語言比較來看，漢語詞彙中吸收外來詞的數量不算多。一個是社會原因，中國在幾千年的封建社會中，實行閉關自守政策，和外面交往少，直到 19 世紀中後期和外界交往才漸多起來。當代國際交流日益頻繁，但吸收外來詞語也不是一朝一夕的事，要有消化的過程，即社會約定俗成的過程。另一個是語言文字內部的原因，漢語、漢字和世界上其他主要語言差距都比較大，構詞的語素以單音節為基本形式，漢字又是形音義的結合體，如果外語的一個詞有四五個音節或更多，音譯出來就要用四五個以至更多的漢字來書寫，如"德謨克拉西"表示的是英語 democracy，而每一個漢字都不表示意義，這種詞使用漢語的人心理上不易接受，後來改譯為"民主"，這是個雙音節詞，每個語素表示意義。

這第二個原因恐怕是很重要的一個原因。如果漢字是拼音文字，吸收外來詞的情況就會不同於現在。

從歷史上看，漢語吸收外來詞有以下幾個比較明顯的階段。

上古漢語裏，漢代從西域吸收一些外來詞，如阿拉伯語的"八哥、祖母綠"，古伊朗語的"獅子（師子）"，古大宛語的"目宿（苜蓿）、葡萄（蒲陶）"等，數量很少。

東漢以後，到魏晉、隋唐時期，佛教從印度傳入，隨着佛教的盛行，吸收了一批外來詞。佛教思想對中國的哲學、文學、藝術和民間風俗都有一定影響，中國人翻譯和撰寫的佛教著述，到唐代開元年間有 1076 部、5048 卷之多，翻譯中有些事物名稱漢語沒有，必定要用外來詞。吸收的多為梵語的詞。例如，"佛"是梵文 Buddha（佛陀）音譯的簡稱，又音譯作"浮屠、浮圖、沒馱、勃馱"等，由音譯的"佛"再加了一個漢語語素構成了一個外來詞詞族：

佛牙　佛曲　佛性　佛法　佛學　佛寺
佛經　佛音　佛教　佛號　佛門　佛珠

如"伽藍"，是梵語 Samgharama 的音譯，是"僧伽藍摩"的略稱，是佛教寺院的通稱。略為雙音節是遷就漢語構詞習慣，又衍生出"伽藍鳥、伽藍神"等新詞。又如，"阿彌陀佛"是"阿彌陀婆佛陀"的音譯略稱，還可省作"彌陀、彌陀佛"，一般所說唸佛，就是指唸阿彌陀佛名號。

來源自佛教的詞一批是音譯的，如"塔、魔、剎那、袈裟、菩薩、羅漢、涅槃"等；一批是用漢語語素構成的詞語，如"升天、慈悲、淨土、解脫、超度、化緣"等。後一類就不算是外來詞了。

西方天主教曾於元代和明末及鴉片戰爭後幾次傳入中國。翻譯《聖經》，也帶來一批外來詞。比如"彌撒"，音譯自拉丁文 missa。來中國傳教的天主教、耶穌教傳教士也把當時西方的科學文化介紹到中國來，值得一提的是義大利傳教士利瑪竇，他和徐光啟合譯了古希臘數學家歐幾里德著的《幾何原本》等，自然也帶來一些自然科學的新詞語。他的《西字奇跡》（1605 年）是第一份用拉丁字母拼寫漢字讀音的方案，對以後用拉丁字母給漢字注音有啟蒙作用。

鴉片戰爭以後，又進來一批外來詞，這裏面有許多是在漢語裏已有等義詞的，這種情況有人比喻為語言的污染。比如，不說"先生、小姐"，而要說"密司特、密司"，不說"再見"，而說"古的拜、拜拜"。特別是廣東一帶，在19世紀末20世紀初存在大量的音譯外來詞，因為廣東是中國同西方世界接觸最早的地區，這些外來詞至今仍保留在粵方言裏。這種語言現象常常帶有社會性的因素。

19世紀末20世紀初，中國有識之士為尋求救國向西方學習。特別在五四運動以後，在哲學、政治、經濟、歷史、文學藝術、自然科學各學科，出現了大量譯作，外來詞自然隨之增多。

上世紀七、八十年代以來，中國實行對外開放政策，和各國交往頻繁，互派留學生增多，加上科學技術的新發展，漢語詞彙中的外來詞數量逐漸增多。香港、澳門由於特殊的歷史原因和社會地位，有大量的外來詞已經或正在被吸收。這些外來詞的使用，可以看成漢語標準語吸收外來詞的一種"試驗"，可以供普通話詞彙選擇，對於豐富漢語詞彙是不無裨益的。

（三）運用外來詞需要注意的問題

1. 如果在漢語詞彙中或前或後已有符合漢語構詞特點的詞語，就不必再用外來詞。例如，五四時期曾經盛行一時的不少多音節的音譯詞已經讓位給雙音合成詞和三、四音節的詞：

德謨克拉西——民主　　賽因斯——科學
狄克推多——獨裁　　　巴力門——國會
梵婀玲——小提琴　　　德律風——電話
哀的美敦書——最後通牒　煙士披里純——靈感
印貼利更追亞——知識份子

2. 注意書寫音譯詞用規範的寫法。同一人名、地名不同地區的華人社會有不同譯法，這些應有一定的規範以方便溝通。有些詞，因時代不同譯法不同，一般應以當代譯法為準。有些詞則同時有意譯、音譯多種，經過一段溝通過程，約定俗成，也最好用一種譯法。

七、字母詞

字母詞是將外來詞的拉丁字母寫法（一般是縮寫）直接書寫引入，或將拉丁字母和漢語語素組合成詞，也是外來詞的一種類型。這種類型早年已有，例如：阿Q、A城、B君、X光。這類詞開始數量很少，因為人們不習慣看方塊漢字的書中夾雜着外來字母，覺得這是兩回事，風馬牛不相及，或者說不願意外文字母破壞中文書寫的美觀。字母詞大量出現在中文的書寫中大概也就是近幾十年的事。改革開放，和世界接軌，資訊科技突飛猛進，電腦進入辦公室、進入家庭，字母詞也就隨着這資訊時代湧現出來。在電視、廣播、報紙和網路等媒體上，字母詞已經大量湧現，有的字母詞詞典收詞在兩千個以上。例如，香港人熟悉的字母詞CEPA，中文是"中國與香港關於建立更緊密經貿關係安排"，來自英文Closer Economic Partnership Arrangement的縮寫，顯然，這個字母詞更方便大家互相交流。如果完全不接受字母詞，一來是不符合字母詞存在的客觀實際，二來也缺乏開闊的語言觀，我們不必這樣閉關自守。

（一）字母詞的類型

1. 字母＋漢語語素

在構詞中，漢語語素多在後面。例如"A股、B股、AA制、B超、U盤、SIM卡、VISA卡（香港用'VISA咭'）、BP機（又叫'尋呼機'或'呼機'，香港用'BB機'，台灣用'B.B.Call'）、SOHO族、T恤衫、AB型血、T型台、TT產業、K房、X染色體、Y染色體、SOS兒童村"等。也有漢語語素在前面的，例如"阿Q"。還有字母在漢語語素中間的，例如："三K黨"（美國的一個種族主義仇恨組織，三K是英文Ku Klux Klan的縮寫）。

2. 漢字＋字母

在構詞中，漢字在前面，較少見。"卡拉OK"是20世紀70年代日本發明的一種音響設備，日語是"無人樂隊"的意思，可以供人在該機的伴奏下演唱。"卡拉"音譯自日語，OK來自英語orchestra。上面舉的"阿Q""三K黨"，"阿""三"均有語素義，"卡拉"無語素義。

3. 純字母詞

例如：WTO、WHO、APEC、CEPA、AIDS、GTP、VIP、DNA、ISO、VCD、DVD、UFO、KTV（卡拉OK和TV組合的縮寫）、SPA、GRE、GPS、MBA、SARS、CEO、TOEFL、OL、NG、QQ、IQ、EQ、IT、USB、Wi-Fi。這一類很多同時用中文意譯詞，例如WTO，同時用"世界貿易組織""世貿組織""世貿"。也有純字母詞和中文意譯詞同時並用的，例如：WTO（世界貿易組織）、WHO（世界衛生組織）、APEC（亞太經濟合作組織）、SARS（非典型肺炎）、UFO（不明飛行物）、GPS（全球定位系統）。在書面語中，這種形式較好，特別在開始使用的時候，便於理解。等到大家對純字母詞的認識普及了，再單用純字母詞。

4. 用漢語拼音縮寫的字母詞

《漢語拼音方案》的字母表採用通用的拉丁字母，為國際接受，因而也可用漢語拼音縮寫字母詞。例如：GB（國家標準）、RMB（人民幣）、PSC（普通話水平測試）、HSK（漢語水平考試）、WSK（外語水平考試）。

5. 數字＋字母

例如18K（金）、24K（金）、14K（香港一黑社會組織名稱）、F-15（戰機）、3D（三維，D代表dimensional）、MP3、3G等。

6. 數字＋英文

例如7-Eleven（24小時營業的便利店）、3＋X（中國大陸高考用詞，表示考生要應試的科目數，3表示三門均要應試的大科：語文、外語、數學，X則是可自選的小科，由應試專業而定，代表未知數）。

在《現代漢語詞典》第6版正文的最後，附有"西文字母開頭的詞語"，收錄的有外來借詞，有外語縮略語，共239個，均屬上述類型的字母詞。可見，字母詞已開始進入規範詞典，成為漢語詞，儘管數目不多，但也值得我們重視和研究。

（二）運用字母詞應注意的問題

1. 需有限度地使用

漢字書寫是方塊字體系，橫平豎直，字母詞均由拉丁字母組成，或有拉丁字母在其中，兩種文字形體很難融合。在書面語中偶一用之尚可，如字母詞過多，則破壞了中文書寫的和諧，不易被讀者接受。但也不必完全反對禁止，因為字母詞的出現有它在溝通使用中的合理性，中央電視台以 CCTV 作為台標，已流傳至全世界。我們也可將字母詞看作是中西文化交融在文字當中的體現，從語言文字多元化的角度來看這個現象。

2. 需在適合的文體中使用

字母詞常見於報刊文章、科技作品和網路文章。如果是用於正式場合的報告、講話、政府公文等，則不大適合運用，例如，可用 "世界貿易組織" 表達時，不一定非要用 "WTO"。在報刊文章中使用時，為了便於讀者理解，有時可在字母詞後加括號作注釋。因為有的字母詞是英文縮略語，許多讀者不一定理解。

3. 防止濫用字母詞

為防止濫用字母詞，從根本上說，還需做好西文字母詞的翻譯工作，例如 iPad，至今還沒有合適的音譯或意譯的漢語詞。有的雖有相應的漢語詞，但太長或太專業，例如 DNA，譯詞為 "去氧核糖核酸"，一般人要記清楚說出來不容易，還不如 DNA 好記好說。成功的例子像 "飛碟"，有 "飛碟" 的說法，很多人就不用 UFO 了；又像 "非典"，字母詞 SARS 有 "嚴重呼吸症候群" 和 "非典型肺炎" 的譯法，於是又有了 "非典" 的簡易說法，人們習慣了用 "非典"，也就不一定用字母詞了。

有的新概念在兩岸四地的譯法不同，這就需要一段時間整合。例如：字母詞 "USB" "U 盤"，中國的規範用詞是 "閃盤" "快閃記憶體盤"，利用快閃記憶體製造的袖珍型移動記憶體，又可叫 "優盤"，香港叫作 "手指"，台灣叫作 "隨身碟"。一個概念有七種名稱，溝通起來會有障礙，經過一段時期的使用，約定俗成的規則就會起作用，名稱自然就會減少。

八、社區詞

（一）社區詞的形成

1. 社區詞的定義

社區詞即社會區域詞。由於社會制度的不同，社會的政治、經濟、文化體制的不同，以及不同社區人們使用語言的心理差異，在使用現代漢語的不同社區，流通着一部分各自社區的特有詞語。

使用現代漢語的社區包括中國大陸、香港、澳門、台灣；還包括海外華人社區，例如東南亞各國華人社區、美國華人社區、加拿大華人社區、日本華人社區、澳大利亞華人社區、歐洲各國華人社區等等。

舉例來說，流通在中國大陸的社區詞有"三講、海歸、下海、脫產、黃金週、四套班子、反腐倡廉、菜籃子工程、科學發展觀、五個一工程"（上文講一般通用詞已列舉不少中國的社區詞）；香港社區詞有"特首、立法會、公屋、居屋、劏房、生果金、強積金、垃圾蟲、夾心階層、兩文三語、港人港地"；澳門社區詞有"擺名、過班、過班紙、行人情、跛馬、吃詐糊、至尊、發財車、開圍式、坐定粒六、珠稱夜光、刀仔鋸大樹"；台灣社區詞有"拜票、掃街、藍營、綠營、白目、假仙、陸客、陸生、陸配、陸資、走路工、博愛座、三不五時、國民生產毛額、中原標準時間"等等。（香港社區詞釋義，可參考田小琳編著《香港社區詞詞典》，北京商務印書館；台灣社區詞釋義，可參考中華文化總會《兩岸常用詞典》，台北國語日報社。）

2. 社區詞與現代漢語詞彙

社區詞作為新成員進入現代漢語詞彙的架構，可將它和文言詞、方言詞、外來詞並列在一起，作為現代漢語一般詞彙的來源，這符合邏輯分類要求。這四類詞從古今中外四個方面、從各自的貯藏向一般詞彙的詞庫輸送新成員。文言詞是從古代漢語、近代漢語中傳承來的，方言詞是從不同地域的方言中選擇來的，外來詞是從外族語言中借用來的，社區詞是從各個不同的社會區域吸收來的。現代漢語詞彙將古今中外的語言因素融匯貫通在自己的體系中，滋養和豐富着自己。這充分體現了現代漢語詞彙的開放性，也體現了現代漢語詞彙的多元性和多源性。

（二）香港社區詞和香港社會

就歷史和現狀來說，香港都算得上是一個很特殊的社會。它有一套特殊的政治制度，在 1997 年以前由英國殖民管治 150 年，1997 年回歸中國。香港社會一貫具有高速度的經濟發展，以市場經濟為主導，是世界貿易和金融中心之一，也是世界的物流中心之一。"銀行多過米店"就是一個具象的說法。在香港回歸後，特區政府推行"兩文三語"的語文政策，即中文和英文都是書面上的正式語文，在口頭上流通粵語、普通話和英語，香港社會已有近半數的人會使用普通話和英語溝通。這種社會的政治、經濟、文化形態，這種不同於中國大陸的社會背景，使得溝通語言特別在詞彙方面，呈現出香港社區的特色。

在這種政治、經濟、文化背景下，香港有一批流通在本社區的政治詞語：

總督　行政局　立法局　布政司　財政司　律政司
特首　政務司　公務員　民選議員　官守議員
行政會議　立法會　廉政公署　高官問責制　太平紳士
基本法　基本法諮詢委員會　推選委員會
港人治港　高度自治　五十年不變（馬照跑，股照炒，舞照跳）

香港又是一個高度發展的商業社會，是國際金融中心，這使得貿易、金融等方面的詞語由行話大量進入一般通用詞，在溝通中使用頻率很高。例如：

恒生指數　藍籌股　紅籌股　二三線股
中央股票交易所（"金魚缸"）　股票市場

牛市　熊市　淡市　牛皮狀態

聯繫匯率　本地倫敦金市場　本地內部稅收

炒樓花　炒外滙　炒地皮　炒股票

發展商　地產商　豪宅　勾地

信用咭（卡）　中銀咭　財神咭　恒生咭

發鈔銀行　電子貨幣　八達通

本土經濟　本地消費

在新科學技術的應用上，隨着不斷推出新的研究成果、新產品，新名詞就絡繹不絕地出現。例如：

飛翔船　穿梭機　太空船　碎紙機

私人電腦　太空飛船　充電牙刷

機械驢　電子止痛筆　連體電話

子彈火車　軟性磁碟照相機　掛鏡型電視機

人造鐳射引導星　太陽能冰箱

在社會生活方面，香港也流行着自己習用的一些生動詞語。比如，"白馬王子"指女孩子心目中理想的伴侶；"二人世界"指相戀的青年男女或已婚夫婦的二人小圈子；"婚外情"在中國叫"第三者插足"；"家計會"是香港家庭計劃指導會的簡稱，也提倡"計劃生育"，用廣東話說是"生兩個夠嗮數"（生兩個剛好）；"垃圾蟲"指隨意亂丟字紙垃圾的人；"高買"指在店堂公司不告而取，這種偷竊行為叫高買；"小手"指的是扒手，在公共場所偷人東西。

此外，在社會生活方面還有很多生動的社區詞，例如"鬼佬、鬼妹、狗仔隊、棺材本、棺材老鼠、沙灘老鼠、海鮮價、紅色炸彈、綠色炸彈、紅衫魚、咖啡妹、快閃黨、祈福黨、烈火戰車、鄰家女孩、蛇王公僕、食霸王餐、問題少女、時鐘酒店"等（釋義可參考田小琳編著《香港社區詞詞典》，北京商務印書館）。

由上面所舉的一些例子可以看出香港地區流通的詞語和中國大陸有一定的差

異，這從另一個角度說明詞彙總是反映社會生活的，社會形態不同，詞語就有差別。從中國大陸或其他華人社會到香港來的人，雖然都使用漢語，但要注意到在香港流通的詞語；同樣，從香港到中國大陸和其他華人社區時，則要注意到當地流通的詞語。這樣，彼此才會很快溝通，提高交流的效能。限於篇幅，這裏只以香港為例說明社區詞和社會生活的關係。

（三）運用社區詞應注意的問題

1. 社區詞和方言詞不可混為一談

社區詞和方言詞都與地域有關，但不是一回事。舉例來說，上海、福州、廣州三地使用的方言詞不同，分別是吳方言、閩方言、粵方言的方言詞，但使用的社區詞是一樣的，都是中國大陸流通的社區詞；廣州、香港、澳門三地都屬於粵方言區，使用的粵方言詞是相同的，但使用的社區詞卻不同，因為三地社會背景有差異。方言詞是因地域不同而形成，社區詞是因社會制度、社會背景不同而形成的。

中國的方言區如第一章節所述，歷史上早已形成，現代漢語方言地圖已經繪製成功並已出版，方言以地區來劃分，這和歷史上交通、資訊不發達有關。社區詞的社區劃分，是以社會制度、社會背景為界的，所以，在中國範圍內只有四個大社區，即中國大陸、香港、澳門、台灣。在海外，還有不同的華人社區。

從構詞上看，社區詞基本上是以現代漢語的通用語素構詞的，構詞方式也與規範詞語相同；方言詞可用方言語素構詞，構詞方式有時也不同於規範詞語。因此，隨着兩岸四地的交流日益深入和廣泛，社區詞會比方言詞更容易進入規範詞語。

2. 社區詞和社會方言不可混為一談

社區詞和社會方言都和社會有關，但又不是一回事。社會方言是社會內部不同年齡、性別、職業、教育程度的人們在語言使用上表現出來的一些變異，是言語社群的標誌，主要表現在社群所用的特殊用語上。即社會方言是與說話人的身份有關的語言變體。例如，教師在教學時常用的職業用語，大學生在自身圈子所喜用的溝通用語。

社會方言與社會有關，指的是言語社群的社會背景，這與社區詞所說的社會背景內涵是不同的。社區詞所指的社會背景是兩岸四地及各個華人社區的大背景，而不是人們的社會特徵。例如，香港社區詞在香港全社會流通，不分說話人的身份，大家都會理解和運用。所以，社區詞不是社會方言。

3. 吸收社區詞豐富現代漢語詞彙

現代漢語詞彙不僅吸收中國大陸的反映社會特色的新詞新語，在兩岸四地交流日益深入和廣泛時，注意吸收港澳台地區的社區詞，必然有益於大家的互相瞭解，使漢語詞彙更富特色。像"願景"一詞，由台灣時任國民黨主席連戰初次訪問北京時帶來，自《現代漢語詞典》第 5 和第 6 版吸收，釋義為"所嚮往的前景：和平發展的共同～"，就是一個很好的例子。

4. 社區詞交流有利兩岸四地溝通

兩岸四地在各個領域均有頻繁的交流，香港和澳門回歸祖國後自不待說，中國大陸和台灣的交流亦日益廣泛。人們常來常往，需要通過語言互相溝通，大家倘對各個社區流通的社區詞有一些瞭解，彼此之間更容易溝通。像台灣和中國大陸在教育方面交流日漸深入，台灣教育界需要知道中國大陸社區詞"211 工程"，即 21 世紀的 100 所重點大學，有助招生的考慮。如果到澳門去旅遊，看到澳門博彩業的發展情況，需要瞭解一些他們的用語。例如在賽馬或賽狗場上，"神仙過鐵橋"表示穩操勝券，"刀仔鋸大樹"表示以小額的投注博取大的倍數，買中了連着幾場的頭馬（或狗），就叫"過關"或者"穿雲箭"。反映了博彩用語多用修辭手法造詞，這也是澳門社區詞的特點。在賽馬用語上，港澳社區詞是相通的。

九、成語、慣用語、諺語、歇後語

凡語言中習用的結構定型、具有整體性意義的固定短語或句子，統稱熟語。熟語包括成語、慣用語、諺語、歇後語等。成語、慣用語都是一種定型的語素組合，多是四個語素或三個語素的組合，也給人"固定短語"的印象。諺語、歇後語則是固定的語句，因為它們的結構是固定的，所以在運用時，具有語言的建築材料的性質。熟語中，最常用的還是成語。

（一）成語

1. 成語是漢語詞彙的瑰寶

成語數量很大，有的成語詞典收成語七千多條，當然，其中有些已經少用或不用了。成語不僅從數量上，也從詞語的表現力上豐富了漢語詞彙。

從成語的構成看，"四字格"是它的形式特點。四個有意義的語素的組合，在反映訊息上有很大的容量。一個成語可以濃縮一個故事，可以講明一個哲理，運用成語得當，使得表達豐富而簡練，且具有各種修辭色彩。這作用是一般的雙音合成詞達不到的。

下面的用例都可以看出成語的表現力：

道姑道："鬥草蜂聲鬧。"春輝道："昨日我們在百藥圃摘花折草，引的那些蜂蝶滿園飛舞，真是蝶亂蜂狂。今觀此句，古人所謂'詩中有畫'，果真不錯。"（李汝珍《鏡花緣》）

誰知腹中雖離淵博尚遠，那目空一切，旁若無人光景，卻處處擺在臉上。可謂"螳臂擋車，自不量力"！（同上）

此時路旁看的，幾於萬人空巷，大馬路雖寬，卻也幾乎有人滿之患。（吳趼人《二十年目睹之怪現狀》）

案（指案件）中的男人的年紀和相貌，是大抵寫得老實的，一遇到女人，可就要發揮才藻了，不是"徐娘半老，風韻猶存"，就是"豆蔻年華，玲瓏可愛"。（魯迅《且介亭雜文二集·論人言可畏》）

有不少事情，"萬事俱備，只欠東風"，還是不行。母羊奶房裏面，奶是有了，然而不經過小羊這麼用嘴拱幾下，奶汁仍然不容易流出來。（秦牧《藝海拾貝·小羊的刺激》）

但人不能餓着靜候理想世界的到來，至少也得留一點殘喘，正如涸轍之鮒，

急謀升斗之水一樣。（魯迅《墳·娜拉走後怎樣》）

從上面的引例所運用的成語看，成語有兩個基本特徵，一是結構的定型性，一是意義的整體性。

所謂結構的定型性，是說語素排列的語序是固定的，不能隨意更換，也不能用同義、近義語素去更換，或者插入別的語素。比如，"蝶亂蜂狂"不能改作"蝶狂蜂亂"，"萬人空巷"不能說"千人空巷"，"人滿之患"不能說"滿人之憂"。偶一也有變化，但那不是常規。

所謂意義的整體性，是說一個成語表示一個完整的意義，而且許多成語不能望文生義。比如"萬人空巷"，字面意思是街道巷子裏的人全部都走空了，實際上用來形容某件事哄動一時，也常形容慶祝、歡迎的盛況。有人根據字面把"空巷"理解為街巷裏沒有人，那意思完全相反了。再如"涸轍之鮒"，"涸"（hé）是乾的意思，"轍"指車輪輾過的痕跡，"鮒"是鯽魚，字面義是在水乾了的車轍中的小魚。它的比喻義是陷於困境的急需救援的人。

成語具備了這兩個特徵，它的功能便如同一個詞一樣。

成語結構的特點，是充分運用了漢語語素組合的方便，因而它是漢語詞彙中獨樹一幟的一個有機部分。

2. 成語的內部組合

以四個語素組合的成語為例來分析它的內部組合，一般是分兩部分，前兩個語素和後兩個語素各為一部分。這兩部分的組合類似合成詞的組合，體現了語素組詞的一致性。

成語主要的組合關係是並列關係、偏正關係、主謂關係、動賓關係四種，與詞的內部組合關係一致。

（1）並列關係

① 兩個偏正結構並列（偏正／偏正）

花言／巧語　華冠／麗服　清規／戒律　斷壁／殘垣

冷嘲／熱諷　樂善／好施　明察／暗訪　並駕／齊驅

② 兩個主謂結構並列（主謂／主謂）

國富／民豐　鬼使／神差　人老／珠黃　功成／名就
舌敝／唇焦　水漲／船高　山明／水秀　石破／天驚

③ 兩個動賓結構並列（動賓／動賓）

嘩眾／取寵　傾國／傾城　捨本／逐末　傷筋／動骨
說短／論長　圖財／害命　尋花／問柳　憐香／惜玉

（2）偏正關係

袞袞／諸公　花花／世界　萬世／師表　錦繡／河山
振振／有詞　津津／樂道　泰然／自若　九泉／之下

（3）主謂關係

國步／艱難　空話／連篇　桂子／飄香　葉公／好龍
金屋／藏嬌　徐娘／半老　奇貨／可居　前功／盡棄

（4）動賓關係

另起／爐灶　另闢／蹊徑　顧全／大局　曾經／滄海
差強／人意　不拘／小節　不近／人情　枉費／心機

（5）其他關係

① 連動關係

聞雞／起舞　見風／轉舵　按圖／索驥　刻舟／求劍

② 不A／而B（前後有轉折義）

不謀而合　不勞而獲　不期而遇　不期而至

第三章　詞彙 | 263

除了四個語素的二二組合方式，也有三一組合和一三組合的。三一組合，如：一衣帶／水；一三組合，如：瑕／不掩瑜、打／退堂鼓、作／壁上觀、寢／不安席、病／入膏肓，等等。

成語多是四字格形式，也有其他形式，如：

一動不如一靜　　　　　　九牛二虎之力
人不知，鬼不覺　　　　　一而再，再而三
寧為玉碎，不為瓦全　　　前事不忘，後事之師
山雨欲來風滿樓　　　　　心有靈犀一點通
上無片瓦，下無插針之地

3. 成語的來源

成語之所以成為漢語詞彙中的瑰寶，不僅是因為它有極強的表現力，還因為它反映了漢民族幾千年歷史中的種種側面，在探求成語來源時，可以聯繫到漢民族生活的歷史、地理條件、物質生產情況，乃至文化傳統、生活習慣等。

（1）與歷史事件有關

漢族幾千年歷史中，有許多重大的歷史事件，流傳着許多歷史故事，這些成為成語的重要來源。一個成語可以凝聚一個歷史史實、歷史故事、歷史傳說，反映一個哲理。這表現了漢族人重歷史傳統的心理。

春秋戰國時期的歷史反映在成語裏的，比如，"慶父不死，魯難未已"。慶父是春秋時魯莊公的弟弟，莊公死後，他先後殺死兩位國君，造成魯國內亂。不殺掉慶父，魯國的災難不會停止。以後這個成語表示首惡不除，動亂不會停止。再如，"朝秦暮楚"，戰國時秦楚兩大國對立，小國時而附秦，時而附楚。以後用來比喻主意不定，反覆無常的情況。其他還有"退避三舍、臥薪嘗膽、毛遂自薦、秦晉之好、負荊請罪、完璧歸趙、圖窮匕見、春秋無義戰"等。

三國時期也是歷史上的多事之秋。保留至今的成語有"桃園結義、三顧茅廬、樂不思蜀、望梅止渴、草船借箭、煮豆燃萁、過五關斬六將、司馬昭之心路人皆

知、賠了夫人又折兵"等。

其他來自歷史方面的成語還有：

八公山上，草木皆兵　拔幟易幟　逼上梁山
得隴望蜀　東山再起　請君入甕　聞雞起舞　中流擊楫

（2）與豐富的典籍有關

先秦諸子百家以來，典籍浩如煙海，成為成語取之不盡的源泉。

一類成語由古代記載的神話、傳說、寓言故事而來。比如寓言這種文學形式先秦時已盛行，《列子》、《孟子》、《莊子》、《韓非子》裏都有許多生動的寓言，後代不斷繼承發展。寓言多用假託的故事或者擬人誇張手法來說明一個道理，有的是規勸，有的是諷喻，含義深刻。用擬人手法的，比如：

狐假虎威　鷸蚌相爭　螳臂當車　與虎謀皮
井底之蛙　黔驢技窮　百鳥朝鳳　百獸率舞
燕雀處堂　狼子野心　夏蟲不可語冰

用誇張手法的，比如：

鄭人買履　刻舟求劍　揠苗助長　葉公好龍
愚公移山　守株待兔　杯弓蛇影　杞人憂天

還有一類成語是源自古代作品中的名句。比如"杯水車薪"。《孟子·告子上》中記載：

仁之勝不仁也，猶水勝火。今之為仁者，猶以一杯水救一車薪之火也；不熄，則謂之水不勝火，此又與於不仁之甚者也，亦終必亡而已矣。

由"猶以一杯水救一車薪之火也"凝縮為"杯水車薪"，比喻力量太小，無濟於事。又如："剪燭西窗"，來源於唐詩人李商隱的〈夜雨寄北〉詩：

何當共剪西窗燭，卻話巴山夜雨時。

第三章　詞彙　｜　265

"剪燭西窗"原指思念遠方妻子，盼望相聚夜話，後泛指親友聚談。

從歷代作品的名句中習用而來的成語是很多的，如果古書讀得多，對這類成語理解起來就容易。比如：

筚路藍縷　賓至如歸　蹉跎歲月　危若朝露
不脛而走　成仁取義　防微杜漸　開柙出虎
過眼煙雲　囫圇吞棗　空穴來風　簞食壺漿
聊以卒歲　騎者善墮　三豕涉河　淡泊明志

這一類成語，有時不易確定出處，如"強弩之末"，《史記·韓安國列傳》記有："強弩之極，矢不能穿魯縞。"《漢書·韓安國傳》記有："強弩之末，力不能入魯縞。"意思大致相同，比喻強大的力量已經衰竭，不再能起作用。這個說法可能來自口語，是人們用弓箭打獵、打仗，長期積累起來的一種經驗，記載到書面上，同時見於《史記》、《漢書》。

（3）與宗教、習俗有關

西漢末年佛教傳入，詞彙裏吸收了不少佛家語的成語。比如，現在還常用的"道高一尺，魔高一丈"，就是佛家語。"道"指佛家修行到一定階段，"魔"是佛家稱破壞善行的惡鬼或煩惱、疑惑等"迷障"，意思是告誡修行者要警惕外界的誘惑。這個成語可比喻一方的本領勝過另一方。其他來自佛家語的成語有：

一塵不染　不二法門　現身說法　五體投地
筆下超生　牛頭馬面　不可思議　不立文字
百尺竿頭，更進一步　不生不滅　味同嚼蠟
本來面目　放下屠刀，立地成佛

從道家語中吸收的有：

白日升天　靈丹妙藥　點鐵成金　廻光返照
不食人間煙火

成語還反映了漢族生活的種種習俗,民族的文化傳統、民族的心態等。

以習俗來說,南方產竹,在南方的漢族人,生活、生產常和竹子有關,所以有很多成語離不開竹子,比如"青梅竹馬、雨後春筍、胸有成竹、罄竹難書"。以文化傳統來說,古來一直推崇"琴棋書畫",和這四藝有關的成語很多,如"琴瑟之好、琴心劍膽、膠柱鼓瑟、棋逢對手、書香門第、書不盡言、詩中有畫、畫中有詩、雕樑畫棟、畫龍點睛",等等。以民族心態來說,喜歡象徵吉祥的動物"龍、鳳凰、麒麟、龜、仙鶴"等,"虎"也常和"龍"配用,表示威武。這一類成語有:

龍飛鳳舞　龍騰虎躍　生龍活虎　龍爭虎鬥
龍馬精神　藏龍臥虎　鳳毛麟角　龍盤虎踞
鳳凰來儀　鳳凰于飛　鳳鳴朝陽　攀龍附鳳

但是對於"狼、狐狸、狗、老鼠"則抱有惡感,這一類成語有:

狐群狗黨　狐疑不決　狼狽為奸　狼奔豕突
狗急跳牆　狗仗人勢　狼心狗肺　狗尾續貂
鼠目寸光　鼠肚鷄腸　鼠竊狗盜　狗彘不如

漢語成語裏,用"狗"的都是貶義,而英國人則不同,他們喜歡狗,以狗來喻人,則表示褒義。像漢語裏的"愛屋及烏",在英語中直譯是"愛我而愛及我的狗";"扶危濟困"直譯是"幫助跛狗過門"。

還有很多成語來自民間的口頭語言,意思則比較明顯,比如:

一口咬定　一盤散沙　百裏挑一　目不轉睛
齊心合力　卑鄙無恥　精打細算　家常便飯
熟能生巧　橫七豎八　沒精打采　旁觀者清
眉飛色舞　不乏其人　昂首闊步　去粗取精

由成語的來源看,多是有出處的,所以對許多成語不能望文生義,要瞭解它的出典，才能對它的整體義有準確的瞭解。

4. 成語的運用

（1）準確理解成語的意義

成語的意義的單一性是它主要的特徵，要把握住這一點，才能有效地運用它。比如，"程門立雪"說的是宋代學者楊時和游酢向著名儒學家程頤拜師求教的事，楊時、游酢在程家等着拜見程頤，程頤瞑目而坐，根本不理。楊、游二位一直等到程頤睜開眼來，這期間不知什麼時候已經下起雪來，門外積雪已經一尺多深了。這個故事在宋以後的讀書人中流傳很廣，"程門立雪"就用來比喻誠懇求教、尊敬師長的意思。用這個成語，要瞭解它的整體義。比如："各行各業的作坊裏，徒弟要想向師傅學到點兒真本事，都得有'程門立雪'的精神才成。"

像"程門立雪"這樣有出典的成語，要瞭解它的出處和引申義，才能用得有把握。還有些成語，裏面保留古漢語語素，切忌望文生義。比如，"不刊之論"中的"刊"，並不是"刊登""刊出"的意思；"刊"是"削除"的意思，古代把字寫在竹簡上，有錯誤就削去，"不刊"比喻"不能改動"，"不刊之論"形容不能改動或不可磨滅的言論。有人把"不刊之論"當作不能刊登的言論，意思相距很遠。再如，"城門失火，殃及池魚"，"池"指護城河，不是任意的一個水池。城門失火，要用護城河的水去救火，水被用乾了，就會使河內的魚遭殃。這個成語比喻無緣無故受到連累。要懂得"池"的意思，才能準確理解它。

運用成語時，還要注意同義、近義成語的辨析。"杞人憂天"和"庸人自擾"都可以比喻"本來沒有事而自己多事"，但又有區別。"杞人憂天"側重在憂，"庸人自擾"側重在擾；"杞人憂天"主要指心理活動，"庸人自擾"還指沒有必要的具體行動。

（2）注意成語的規範用法

成語的結構的定型性也是成語的主要特徵，不能任意拆開用，或者改換某個語素。前面已經講過。還要特別注意成語的寫法和讀法。

成語的寫法是固定的。有時會因為語素之間字形相似或讀音相同而寫錯。

比如：

誤	正
爛竽充數	濫竽充數
相形見拙	相形見絀
變本加利	變本加厲
嶄露頭腳	嶄露頭角
汗流挾背	汗流浹背
聊若晨星	寥若晨星
居心巨測	居心叵測
戰戰競競	戰戰兢兢
呻吟牀第	呻吟牀笫
如火如茶	如火如荼
揣揣不安	惴惴不安

成語的讀音要按規範讀法，因為不少成語是有典故的，保留了一些古語素，不好認；也還有一些舊讀、異讀的問題，要按照審訂的規範讀音來唸。下面一些成語的讀音都有要注意的地方：

博聞強識	"識"讀 zhì，音同"志"
未雨綢繆	"綢繆"讀 chóu móu，音同"仇謀"
垂涎三尺	"涎"讀 xián，音同"鹹"
咄咄逼人	"咄咄"讀 duōduō，音同"多多"（台灣的標準讀音是 duòduò）
管窺蠡測	"蠡"讀 lí，音同"梨"
囫圇吞棗	"囫圇"讀 hú lún，音同"胡倫"
杳如黃鶴	"杳"讀 yǎo，音同"咬"
櫛風沐雨	"櫛"讀 zhì，音同"志"（台灣的標準讀音是 jié）

第三章　詞彙　| 269

自怨自艾　　"艾"讀 yì，音同"意"
婀娜多姿　　"婀娜"讀 ēnuó，音同"阿（諛）挪"
葉公好龍　　"葉"讀 yè，音同"頁"，不按舊讀 shè

（二）慣用語

慣用語也是一種固定結構，和成語一樣可以當詞看待。慣用語多是"三字格"，三個語素多是一二組合（走／後門、碰／釘子），常是動賓關係；也有二一組合（半瓶／醋、傳聲／筒），多是偏正關係。"四字格"較少（繡花／枕頭、過河／卒子）。

慣用語帶有鮮明的口語色彩，所以結構的定型性不如成語，在使用時慣用語有時可以拆開來，插進別的詞語。比如：

走後門　　　走走後門，試試看。
　　　　　　他走慣了後門的，別人怎麼比。

碰釘子　　　碰幾個釘子就知道了。
　　　　　　碰了一個軟釘子，只好回頭。

慣用語在意義上很有特點，它的意義不是字面上的意義，不是幾個語素意義的簡單相加，而是通過比喻和引申概括出一個新的意義。比如"走後門"，不是指從後門出入，而是比喻一種不正之風，不按正當程序辦事，通過熟人關係辦事而達到個人的某種目的，有很重的譏諷義。再如香港常用的慣用語"擦鞋"，亦是"拍馬屁"的意思，表示為達到某種企圖而對上司進行阿諛奉承。

慣用語在表義上的一個顯著特點，是帶有鮮明的感情色彩，而且多數含有不同程度的貶義。比如：

抬轎子　吹喇叭　踢皮球　潑冷水
吹牛皮　翹尾巴　揭瘡疤　唱高調

背包袱　露馬腳　穿小鞋　炒冷飯
扣帽子　戴帽子　挖牆腳　拉山頭
小廣播　絆腳石　半瓶醋　閉門羹
過河卒　馬後炮　傳聲筒　牆頭草

也有一些慣用語是中性色彩，不含褒貶義。比如"開夜車"（表示工作到很晚）、"打游擊"（比喻沒有固定的地方或工作場所）。

慣用語具象、生動，主要在民間以口語形式廣泛流傳，所以它的使用和社會生活環境有密切關係。上面列舉的慣用語多數在中國大陸廣泛使用。香港地區也有自己流行的慣用語，比如"煲電話粥"，比喻長時間用電話聊天兒，如同煲粥所用的時間。可以說"這個人最喜歡煲電話粥"，"上班時間不能煲電話粥"。再如"炒魷魚"，比喻僱主解僱僱員，和普通話的"捲舖蓋卷兒"同義。可以說"他被工廠炒魷魚了"，也可以活用為僱員自己提出辭職，說"我炒了老闆的魷魚"。又如"五十年不變"，這是說香港 1997 年回歸以後，保持原有資本主義制度五十年不變，這個說法的比喻說法，是"馬照跑""舞照跳""股照炒"等。這幾個慣用語裏，也含有複雜的意思，如果把香港社會看成只是跑馬、跳舞、炒股票，那就太片面了。

恰當地選用慣用語，無疑會增強語言的表現力。

（三）諺語

諺語是一種固定句式，是在民間口頭語言中廣泛流傳的含有某種道理的現成話。它往往是人們從事某種活動的經驗總結。像"三個臭皮匠，勝過一個諸葛亮"，"留得青山在，不怕沒柴燒"，"為人不做虧心事，半夜敲門也不驚"等。

從結構上看，諺語是句子。既是句子，長短便不一，有的形式上是單句，有的是兩個單句的組合，定型性不像成語那樣嚴格。有不少諺語是對聯式的押韻句子，比如：

路遙知馬力，日久見人心。

任憑風浪起，穩坐釣魚船。

三天打魚，兩天曬網。

前門趕走了虎，後門進來了狼。

作為句子形式，諺語在語言片段中可以獨立成句，或是作句子之外的獨立成分。比如：

二諸葛說是個便宜，先問了一下生辰八字，掐算了半天說："千里姻緣一線牽。"就替小二黑收作童養媳。（趙樹理《小二黑結婚》）

我告訴奶奶，一輩子別見她才好：嘴甜心苦，兩面三刀；上頭笑，腳底下就使絆子；明是一盆火，暗是一把刀。（曹雪芹《紅樓夢》）

有什麼法子呢！隔行如隔山，你老得開茶館，我老得幹我這一行！到什麼時候，我也得幹我這一行！（老舍《茶館》）

諺語也可以像一個固定短語，作句子中的一個成分。比如：

古之秀才，自以為無所不曉，於是有"秀才不出門，而知天下事"這自負的漫天大謊，小百姓信以為真，也就漸漸的成了諺語，流行開來。其實是"秀才難出門，不知天下事"的。（魯迅《南腔北調集·諺語》）——作賓語

再從意義上看，諺語所反映的意思大致上可分為兩類，一類是與社會有關的，一類是與自然有關的。

與社會有關的諺語，有的具有教訓、勸戒、諷喻的意義，內容比較健康。比如：

人往高處去，水往低處流。

一寸光陰一寸金，寸金難買寸光陰。

讀不盡的世間書，走不盡的天下路。

謙虛者常思己過，驕傲者只論人非。

捨得一身剮，敢把皇帝拉下馬。

只許州官放火，不許百姓點燈。

也有的內容不夠健康。比如：

人為財死，鳥為食亡。

龍生龍，鳳生鳳，老鼠生兒打地洞。

與自然有關的諺語，又可分為氣象諺和農諺。氣象諺是農民長期觀測天氣變化總結歸納出來的，有一定科學性。比如：

早霞不出門，晚霞出千里。

日暈三更雨，月暈午時風。

東虹轟隆西虹雨。

烏雲接日低，有雨半夜裏。

農諺反映了農業生產上多方面的經驗，代代相傳，在指導耕作上起了積極作用。比如：

種田無定制，全靠看節氣。

寒露早，立冬遲，霜降種麥正當時。

春雨如油夏雨金，管好秋水一冬春。

一粒良種，千粒好糧。

穀子生得乖，無水不懷胎。

在中國長期的農業社會中，氣象諺、農諺代代相傳，對農業生產起了積極作用。進入現代化的社會，農田的科學管理、準確的氣象預報自然會代替諺語所起的傳授知識、指導生產的作用。這兩類諺語從發展上看，數量會趨於減少。

諺語的運用同樣可以增強語言的表現力，因而要注意積累諺語，並恰當選用。

（四）歇後語

歇後語和諺語一樣，也是一種固定句式，在民間口語中廣泛使用。

從結構上看，歇後語又不同於諺語。它由兩部分組成，前一部分是比喻或隱語，後一部分是意義的解釋。就像是個謎語，由謎面、謎底組成。用歇後語時，可以只說前一部分，也可以兩部分都說。

再從構成歇後語的兩部分看，歇後語可分兩類：一種是喻義的歇後語，一種是諧音的歇後語。

喻義的歇後語，前後兩部分有內在的意義聯繫，可以是形象的類推，或者是邏輯的判斷、推理。比如：

八仙過海──各顯神通

周瑜打黃蓋──兩廂情願

魯班門前弄大斧──自不量力

千里送鵝毛──禮輕情義重

丈八高的燈塔──照遠不照近

百年老松，十年芭蕉──粗枝大葉

諧音的歇後語，後一部分用同音成分替換，形成一語雙關，這也是修辭雙關辭格的一種用法。比如：

外甥打燈籠──照舅（舊）

小蔥拌豆腐──一青（清）二白

打破砂鍋──璺（問）到底

納鞋不用錐子──針（真）好

旗杆頂上綁鷄毛──好大的撣（膽）子

臘月裏的蘿蔔──凍（動）了心

歇後語富有濃厚的生活情趣，它的形式本身就是一種修辭方式，因而具有積極的修辭作用。

第六節　詞彙和社會生活

一、詞彙忠實反映社會生活的變化

語言既是人類的溝通工具，它便隨着社會的發展變化而發展變化。但是，語言的發展變化是逐漸進行的，不是採取激變的方式。不論社會發生多大的變革，語言不會採取消滅原有的和完全創新的辦法，只會採用改進和完善現有語言的辦法。

語言的發展變化，反映在它的內部，也就是語音、語法、詞彙系統的發展變化。

語音的發展是非常緩慢的，大概要經幾十年、幾百年才能看出它的變化，它變化的總趨勢是簡化。

語法系統則相對具有穩固性，比如漢語語序的基本固定是語法穩固性的一個特徵。從現有的幾千年史料來看，語法規則也在不斷趨於嚴密化。

詞彙比起語音和語法來，在語言中發展變化最大。社會不斷向前發展，新的政治、經濟、文化制度的產生和發展，舊的政治、經濟、文化制度的沒落和消失，首先會反映在詞彙中。所以說，詞彙對於社會生活的發展變化最敏感，它是語言中最活躍的因素，它的發展變化忠實地反映了社會生活的變化。詞彙的新陳代謝使得語言作為溝通工具能夠適應人們的需要。

在詞彙中，一般通用詞對於社會的發展變化反應最快。基本詞的穩定性和一般通用詞的多變化，使得漢語詞彙既保持了相對的穩定性，又能適應社會溝通的需要。

一般通用詞的變化主要有三種方式：詞義的演變（擴大、縮小、轉移），新詞的產生，舊詞的消亡。詞義的演變在本章第四節裏已經談到，這裏主要說明新詞的產生和舊詞的消亡。

二、新詞的產生和舊詞的消亡

(一) 新詞的產生

1. 新詞的產生反映社會的急速發展

新詞的產生和社會的發展、人們思維的日趨嚴密有直接關係。特別在現代化社會，社會發展的節奏加快，新事物如雨後春筍般出現，科學文化的發展到達"知識爆炸"的階段。對於新的概念，如果原有詞彙庫中沒有適當的詞語來表達，就要創造新的詞語。漢語的語素以單音節為主，組合十分方便，為組造新詞創造了良好條件。因而利用原有語素，可以組合成大量新詞，包括雙音節合成詞，以至三音節和多音節的合成詞。三、四音節以上的合成詞在新詞中數量顯著增多。

比如，中國大陸實行經濟體制改革，實行對內搞活、對外開放的經濟政策，在這方面就湧現了一批新詞，舉例如下：

放權　下海　待業　蝸居　海龜（歸）　海帶（待）
專業戶　個體戶　重點戶　特區人　合同工　農民工　城鎮化
聘任制　組閣制　自主權　利改稅　自由行
民營企業　經濟實體　經濟槓桿　價格改革
宏觀經濟　微觀經濟　土地承包　退耕還林
新興產業　第三產業　合股經營　合資開發
養殖專業戶　種植專業戶　生產者協會　廠長負責制
購銷價格倒掛　炒買炒賣外匯　緊俏耐用商品
企業消化能力　職工家庭經營　農村合作經營　多管道直線流通
聯產計酬承包責任制　家庭聯產承包責任制
多管道、多層次、多種形式的橫向經濟技術聯繫
跨行業、跨地區的多種形式的經濟聯合

如果要研究中國當前社會，或者要做中國貿易，這些新詞就必須瞭解清楚，

否則在溝通中就會遇到新困難。

再如，科學技術方面，正在興起並不斷高漲的世界新技術革命浪潮在衝擊着中國，以電腦、遺傳工程、光導纖維、激光等為代表的新技術迅速跨入了當代社會的生產和生活領域。由於科學技術的普及，反映新技術革命的詞語有很多從行業語進入了一般詞彙。像信息技術方面的許多新詞，開始為較多人熟悉。舉例如下：

電子版　數碼港　雲時代　雲計算
軟件業　信息論　信息碼　信息庫
微博問政　微博議政　微博招聘
電子認證　電子郵件　電子郵箱
電子貨幣　電子垃圾　電子音樂
微創手術　試管嬰兒　試管水稻
移動通信　微電子技術　第五代電腦

新詞語的不斷產生，給生活在現代社會的人不斷提出新的問題。要注意吸收新詞語，擴大自己詞彙庫的貯存，才能更有效地進行溝通。

2. 新詞產生的來源

新詞新語的來源主要有以下幾個方面：

（1）創造全新的詞語。上面所舉新詞產生的例子都屬於這一類。再如"大款、大腕、給力、正能量、啃老族、送溫暖工程、米袋子工程"等。

（2）舊詞語被賦予新義。這一類是語義性的新詞。例如，"同志"一詞原指志同道合的人，在中國大陸也普遍用作一種彼此的稱呼，而在港澳和台灣地區，"同志"主要指同性戀者。這種作為同性戀義的"同志"，就是語義性新詞。由這個新詞組造的"同志家庭""同志團體""同志片"等也都是新詞。再如"菜單"，原指開列各種菜餚的單子，多標有價格，現增加一個新義，即"電腦螢幕上為使用者提供的用來選擇項目的表"（作為"選單"的俗稱），在網際網路上這個詞用得很普遍。

第三章　詞彙 | 277

（3）方言詞語轉化為通用詞語。例如，粵方言詞語"買單、手袋"，東北方言"忽悠、嘚瑟"等。

（4）引進外來詞，包括字母詞。例如，"伊妹兒、e-mail、T型台、愛滋病、SOS兒童村"等。

（5）引進社區詞。例如，香港的社區詞"藍領、白領、物業、寫字樓、按揭、私家路、私家車"等。

（二）舊詞的消亡

社會在新陳代謝，詞彙也隨之新陳代謝。與一批批新詞語產生的同時，也會有一批舊詞語消亡，當然，舊詞的消失不像新詞語產生那樣快，消失的數量也不像新詞那樣多。比較起來，消失得比較快的詞主要是已經不符合新的社會制度、新的道德思想的那些詞。

在中國"文化大革命"的十年動亂期間，曾出現了一大批新詞，是反映"文革"中的種種變動的。比如"紅衛兵、造反派、保皇派、逍遙派、走資派、黑五類、紅五類、大串聯、臭老九、軍宣隊、工宣隊、赤腳醫生、牛鬼蛇神、知識青年、上山下鄉、老三屆"等。這些詞語，隨着對"文革"的徹底否定，絕大部分已經消失了。雖然時代不過是前進了幾十年，這些詞語已不再為新一代所熟悉。它們在社會的日常溝通中消失，但還出現在"傷痕文學"裏（"傷痕文學"指的是在新時期文學發展進程中，描寫"文化大革命"生活事件的文學作品），出現在回憶文革往事的文章裏。有的以調侃的意味給舊詞添上新義，例如"黑五類"，原義已消失，在人們注重健康的今天，代表"黑豆、黑米、黑芝麻、黑棗、黑木耳"這些健康食品。

有一些詞語，在一段時期內消失，但在合適的時機又會重新被起用。比如："公司、經理、老闆、股份、股東"，在中國大陸消失了幾十年之後，改革開放後又重新啟用。"先生、女士、太太、小姐"這些在世界華人社會普遍運用的稱謂，在中國很多地區、很多場合也重新採用。可見，使用或不使用哪些詞語，也都是和社會生活密切關聯的。

三、運用新詞新語需要注意的問題

我們在接受運用新詞新語時要注意幾個問題。

注意約定俗成的原則。新詞新語產生後，在資訊十分發達的現代社會，人們利用傳媒，利用網路，將新詞新語以最快的速度傳播出去。例如，"忽悠"本是東北方言，有用謊話哄騙人的意思。在連續兩年中央電視台的春節晚會節目裏，一個喜劇小品用了"忽悠"人的情節來嘲諷不良的社會現象，一次是哄騙人買了拐，一次是哄騙人買了輪椅。這當然是諷刺現實的作品，告誡善良的人們不要被忽悠。小品播出後，大受歡迎。"忽悠"一詞由方言詞火速進入一般詞彙，被人們廣泛使用。因應社會的需要，《現代漢語詞典》第6版就收納了這個方言詞的新義項。這需要一個約定俗成的過程。

新詞的組造要符合漢語構詞的規律，符合人們使用詞語的心理。像利用諧音形式產生的一系列三音節詞："豆（逗）你玩、蒜（算）你狠、薑（將）你軍、蘋（憑）什麼、油（由）你漲、棉花掌（漲）、鴿（割）你肉"等，都是一個時期人們對物價飛漲的調侃和譏諷，看表面的字義（語素義），不能清楚其中的含義，要費一番思量才能明白，這類詞就只能作為流行語流傳一時，過一階段就會消失了，很難為一般詞彙作為新詞來吸收。

四、如何看待網路詞語

顧名思義，有了網際網路才有網路詞語。目前，兩岸四地及海外華人使用網際網路的人數，數以幾億計，而且，人數在逐年增長。這就是我們要重視網路詞語、研究網路詞語的原因。網路詞語從書寫形式上，突破了漢語書面語的規範，有漢字詞語、字母符號、數字，還有圖形符號（包括表情符號）。從使用性質上看，有電腦網路術語、新事物網路詞語及溝通網路詞語等。我們主要討論反映新事物的網路詞語，研究網路詞語和新詞新語的關係。

網路詞語是現代漢語新詞新語產生的一個來源，網路詞語中的不少漢字詞語已經進入現代漢語詞庫，成為規範詞語的組成部分。例如下面這些詞，都是使用了網際網路後用開的："功能表、病毒、登錄、登入、登出、點擊、防火牆、版主、滑鼠、帖子、發帖、跟帖、當機、主機、首頁、桌面、網蟲、網民、網友、網迷、網癮、網遊、網吧、網咖、網店、網購、網評、網站、網址、網頁、網速"等等。其中一些是利用舊瓶裝新酒，給舊詞賦予新義，例如，"防火牆、帖子、桌面"等。凡用語素"網"開頭的，大部分是新組造的詞。

網路詞語中還有大量的網民慣用的溝通詞語等，其中有漢字詞，例如"青蛙、恐龍、大蝦、小蝦、老鳥、中鳥、霉女、菌男、神馬、醬紫"等；還有字母詞及數字詞，例如："IC（我明白）""LD（老大）""898（分手吧）""987（就不去）"；還有表示喜怒哀樂各種表情的圖形符號。這些在網路上可以廣泛流傳，但很難為一般人的溝通用語所接受。而且這一類詞語及符號，變化大，產生得快，消失得也快，不易進入規範詞庫。

我們的時代已經進入資訊時代，網路詞語將會更大量地產生，我們應該用積極的態度，用開放的語言觀和開放的詞彙觀來看待這一事物。網路詞語的一部分經過人們溝通活動的篩選，可以進入全民使用的詞彙，一部分則保留在網路中使用。現已有多本網路詞語詞典出版，可供讀者使用。

思考與練習

一、思考與討論題

① 為什麼說單音節語素的構詞能力是最強的？
② 簡要說明雙音節詞的增加對於漢語發展的意義。
③ 舉例說明同義詞和反義詞的作用。
④ 舉例說明基本詞的主要類型。
⑤ 吸收方言詞是豐富現代漢語詞彙的重要手段，為什麼？
⑥ 社會上對於使用字母詞有很多不同意見，你同意使用字母詞，還是反對使用字母詞？為什麼？
⑦ 社區詞對於兩岸四地的交流有什麼作用？請舉例說明。
⑧ 什麼是新詞新語？新詞新語的產生有哪些類型？請舉例說明。
⑨ 你熟悉和使用網路詞語嗎？它們有哪些特點？它們能不能進入現代漢語規範詞語呢？
⑩ 學習詞彙知識對於擴大詞彙積累、提高漢語水平有什麼幫助？說說你的體會。

二、練習題

① 判斷下列說法的正誤，正確答案在（　）內打✓，錯誤答案在（　）內打✗。
  (1) 語素的演變主要表現為半自由單音節語素轉化為自由的單音節語素。　　　　　　　　　　　　　　　　　（　　　）
  (2) 從古到今，單音節語素的數量都佔壓倒性優勢。　（　　　）
  (3) 複合偏義詞的意義往往來源其中一個語素。　（　　　）
  (4) 語素為偏正關係的詞語，受修飾和限制的語素只能是名詞性和動詞性的。　　　　　　　　　　　　　　　　（　　　）
  (5) 現代漢語詞彙的發展規律是：單音詞佔優勢向雙音詞佔優勢發展。　　　　　　　　　　　　　　　　　　（　　　）
  (6) 同音詞指的是詞源相同但發音不同的詞。　（　　　）
  (7) 基本詞可以作為根詞產生新詞。　（　　　）

(8) 行業語即不同科學部門的專業詞語。　　　　（　　）

(9) 社區詞是一般通用詞的來源之一。　　　　　（　　）

(10) 字母詞是完全由西文字母構成的。　　　　　（　　）

② 請指出下列合成詞的結構類型，在適當的位置畫✓。

		並列（聯合）	偏正（修飾）	動賓（述賓）	動補（述補）	主謂（陳述）
例	地震					✓
(1)	教授					
(2)	內科					
(3)	夏至					
(4)	改正					
(5)	司機					
(6)	減弱					
(7)	肉麻					
(8)	狂歡					
(9)	口紅					
(10)	濃縮					
(11)	示威					
(12)	裁判					
(13)	耳鳴					
(14)	知己					
(15)	溫柔					
(16)	縮小					
(17)	燒鵝					
(18)	揭露					
(19)	播音					
(20)	選擇					

③ 辨析下列各組同義詞，分別指出其詞義的相同和不同部分。

(1) 河山——山河

(2) 核心——中心

(3) 胡說八道——胡言亂語

(4) 踐踏——蹂躪

(5) 擴大——擴張

④ 目前已經有不少粵方言詞為規範詞語所吸收，例如"買單、手袋、飲茶"等。請再舉出10個方言詞已經進入規範詞語的例子（不限於粵方言詞）。

⑤ 判斷下列詞語屬於單義詞還是多義詞，在適當的位置上畫✓。

		單義詞	多義詞			單義詞	多義詞
例	經濟		✓	例	京劇	✓	
(1)	知識份子			(2)	統一		
(3)	新聞			(4)	崑曲		
(5)	磺胺			(6)	諸葛亮		
(7)	決斷			(8)	風暴		
(9)	奧運會			(10)	《紅樓夢》		
(11)	基地			(12)	刻舟求劍		

⑥ 請分析下列外來詞的構成方式。

		音譯	音譯+意譯	音譯+漢語語素	借詞	字母詞
例	便當				✓	
(1)	蒙太奇					
(2)	BOBO族					
(3)	烏托邦					
(4)	迷你裙					
(5)	幽默					
(6)	革命					
(7)	X染色體					
(8)	俱樂部					
(9)	沙丁魚					
(10)	芭蕾舞					
(11)	比基尼					
(12)	卡拉OK					
(13)	厄爾尼諾現象					
(14)	基因					
(15)	宅男					

⑦ 請舉出20個兩岸四地近二十年來產生的新詞新語。

例　剩男　剩女

⑧ 從下面一段話中挑出哪些是文言詞語，並在該詞下畫 __ 。

人，就有時（或常常）因什麼什麼而不免於悵惘甚至流淚的時候說，都是性高於天、命薄如紙。生涯只此一度，實況中無能為力，就只好做夢，以求慰情聊勝無。黑夜夢太渺茫，所以要白日的，即現實的夢。詩詞，作或讀，都是在做現實的夢。這或者是可憐的，但"天地不仁，以萬物為芻狗"，希求而不能有既是常事，就只好退而安於其次，作或念念"魚龍寂寞秋江冷，故國（讀仄聲）平居有所思"，以至"春花秋月何時了，往事知多少"之類，以求"恰似一江春水向東流"的愁苦時間能夠"化"，化是移情。移情就是移境（由實境而移入詩境），比如讀"姑蘇城外寒山寺，夜半鐘聲到客船"，"今宵剩把銀釭照，猶恐相逢是夢中"之類，短時間因念彼而忘此的情況就更加明顯。由人生的角度看，詩詞的大用就在於幫助癡男怨女取得這種變。變的情況是枯燥冷酷的實境化為若無，溫馨適意的意境化為若有（縱使只是片時的"境由心造"）。（張中行《詩詞讀寫叢話》）

⑨ 從下面一段話中挑出哪些是歷史詞語，並在該詞下畫 __ 。

天聰五年（1631年）七月，皇太極接受漢官寧完我的建議，仿明制設吏、戶、禮、兵、刑、工六部，每部以貝勒一人領其事，下設承政、參政、啟心郎等分掌其職。諸貝勒分掌六部事務，他們和皇太極已不是原先的平列關係，而是封建的君臣隸屬關係。不久皇太極為了直接控制六部，又進一步削弱貝勒的權力，下令"停王貝勒領部院事"，這樣就把貝勒置於國家機構之外，皇太極獨主政務。（左步青《清代皇帝傳略》）

⑩ 下面句子裏都有用詞不夠妥當的地方，試指出並加以改正。

例　　各國運動員邁着強健的步伐，舉着五顏六色的旗幟接受檢閱。

改正："強健"應改為"矯健"，"五顏六色"應改為"五彩繽紛"。

(1) 我空軍飛行員非常狡黠多變，往雲端裏一鑽便躲開了敵機的偵察。

改正：＿＿＿＿＿＿＿＿＿＿＿＿＿＿＿＿＿＿＿＿＿＿＿＿

＿＿＿＿＿＿＿＿＿＿＿＿＿＿＿＿＿＿＿＿＿＿＿＿

(2) 公務員要矯正不良工作作風，誠懇地為市民服務。

改正：＿＿＿＿＿＿＿＿＿＿＿＿＿＿＿＿＿＿＿＿＿＿＿＿

＿＿＿＿＿＿＿＿＿＿＿＿＿＿＿＿＿＿＿＿＿＿＿＿

(3) 專業人士對工程的設計圖紙提出很多有益的建議和意見，我們一律接收。

改正：＿＿＿＿＿＿＿＿＿＿＿＿＿＿＿＿＿＿＿＿＿＿＿＿

＿＿＿＿＿＿＿＿＿＿＿＿＿＿＿＿＿＿＿＿＿＿＿＿

(4) 我們都懼怕他路上發生什麼意外。

改正：＿＿＿＿＿＿＿＿＿＿＿＿＿＿＿＿＿＿＿＿＿＿＿＿

＿＿＿＿＿＿＿＿＿＿＿＿＿＿＿＿＿＿＿＿＿＿＿＿

(5) 在世界政治格局多變的情況下，我們要注意俯視世界形勢，分析問題。

改正：＿＿＿＿＿＿＿＿＿＿＿＿＿＿＿＿＿＿＿＿＿＿＿＿

＿＿＿＿＿＿＿＿＿＿＿＿＿＿＿＿＿＿＿＿＿＿＿＿

第四章

語法

第一節　語法是關於語言結構的科學

一、語法分析語言的結構

語音是語言的物質外殼，詞彙是語言的建築材料，語法則是語言的內部結構。語音、詞彙、語法各司其職，形成語言的三要素。

什麼是內部結構？打個比方來說，香港是聞名世界的水泥森林（或稱"石屎森林"），鱗次櫛比的高樓是怎樣平地而起的呢？只有一堆堆各式各樣的建築材料是不行的，還要按照設計師的要求，把材料進行組合，再把材料（包括經過組合的材料）按照一定的間架結構組裝。大大小小的靜止的語言單位（像詞、短語）就好比是建築材料，只有按照一定的規律經過組合，才能出現在溝通活動中呈動態的句子和比句子大的語言片段，用以表達思想。語言單位組合的規律就是語言的結構方式。

語法就是專門分析語言的結構的，也可以說，它是某一種語言的組合法則的總體。這種組合法則不是某個人規定的，而是使用這種語言的人約定俗成的。

語法這個詞有兩個含義。一是語言的組合法則本身，就這個意義來說，一種語言客觀上只能有一種語法；二是語法學家的語法學說或語法著作，研究者的觀點、方法不同，就會出現不同的學派和著作。語法研究分教學語法（或稱學校語法）和理論語法（或稱專家語法）兩大類。教學語法就是傳統語法；理論語法流派眾多，有結構主義語法（描寫語法）、生成語法（轉換語法）、功能語法，等等。

初學某一種語言的語法，最好先選擇一種學派的語法著作，讀通之後再擴大閱讀面，這樣方便比較，可以做到觸類旁通。

二、漢語語法結構的特點

本章討論的是現代漢語語法。作為一種語言組合的法則，總是有大大小小不少條目，學習中要緊的是把握住組合法則中最本質的東西。對於漢語是母語的人來說，把握住漢語語法結構的特點，以便熟練運用漢語，可以收到事半功倍的效果。對於把漢語作為第二語言來學的人，掌握住漢語結構的特點，則是入門後的一條捷徑。

　　漢語語法系統的研究，不過一百多年的歷史。自 1898 年馬建忠的《馬氏文通》問世以來，幾代語法學家努力探求的，都是漢語語法的特點。北京商務印書館選收 1898 年至 1948 年五十年間國內出版的漢語語法著作十種，成《漢語語法叢書》，朱德熙先生為叢書所作的序中極概括又極中肯地評價了十種書的得失。反映前半個世紀漢語語法研究水平的力作首推呂叔湘的《中國文法要略》和王力的《中國現代語法》，因為這兩部書都力圖擺脫印歐語的羈絆，探索漢語自身的規律。20 世紀 50 年代以來，漢語語法研究又有許多新成果，在揭示漢語語法結構的特點上，可以說有新的突破。比如：丁聲樹、呂叔湘等著的《現代漢語語法講話》，呂叔湘、朱德熙的《語法修辭講話》，朱德熙的《語法講義》，呂叔湘的《漢語語法分析問題》，胡裕樹、黃伯榮、廖序東、張靜、張志公等各自主編的《現代漢語》都從不同的角度提出新的看法。

　　撮其要，漢語語法的特點主要有兩點：

　　第一，如果把一篇文章或講話的語法架構作為一個整體看，各級語言單位在層層組合時，組合的方式或手段有相當一致的地方，這使得整體結構嚴絲合縫。

　　"在印歐語裏，句子跟小於句子的句法結構——詞組——構造不同，界限分明。在漢語裏，詞組和句子的構造原則是一致的。詞組被包含在句子裏時是詞組，獨立時就是句子。"（朱德熙《漢語語法叢書·序》）這段話以印歐語和漢語結構的比較，深入淺出地點明了漢語語法的特點。

　　短語（詞組）和句子的結構一致，還不止於此，語素和語素組合成詞，也可以用幾種基本的句法結構來比擬。《現代漢語語法講話》提出的句法結構（主謂結構、補充結構、動賓結構、偏正結構、並列結構）的方式可以濃縮到一個雙音節的合成詞裏。例如：

　　主謂結構：面熟　膽大　地震　海嘯　山崩

動補結構：看清　記住　放下　提高　縮小
動賓結構：給力　開幕　跨國　投資　減肥
偏正結構：楓葉　電腦　飛碟　街舞　潮語
　　　　　微笑　痛哭　瘋漲　快遞　濃縮
並列結構：海洋　城市　美麗　研討　改革

以主謂結構為例來說，語素和語素組合成詞，詞和詞組合成短語（詞組），詞或短語（詞組）構成句子，都可以利用"主謂"的組合方式，也就是陳述和被陳述的組合關係。

主謂句：他的相貌（臉面、長相）我很熟悉。

主謂短語：相貌熟悉

主謂式合成詞：面熟

當然，所謂詞、短語、句子在組合上的一致，指的是"基本上"，而不是全部。詞的構成除了這五種方式還有其他方式（附加法、重疊法等），短語的組合方式更加多樣，像複指式、兼語式、連動式都不是一般構詞法所能容納的。

詞、短語、句子（主要指單句）在組合上有些地方一致，這是漢語語法結構的第一個"一致"，至於第二個"一致"，就是複句和句群在組合上有些地方一致。複句是由分句（單句）和分句組合起來的，句群是由一個個前後銜接連貫的句子組合起來的，它們所顯示的往往是一個複合判斷或者推理，所表示的是種種邏輯事理的關係，比如：並列、遞進、選擇、轉折、因果、假設、目的、條件、總分、解證等等。這種比較複雜的邏輯事理關係很難用一個單句表達，更難以概括在一個短語或詞裏。

下面舉例來看複句和句群在組合上一致的地方：

（1）垂楊倦了，桂花在隔院送香，黃橙添蓋了顏色，青藤橫撐了纖腰，天上的星兒搖搖欲墜。（易家鉞〈可愛的詩境〉）

（2）那池中的游魚，兩兩三三，交頭接耳的過去了；戲水的白鵝，清影在波中浮耀，紅掌兒翻向青天，年輕的魚兒羞躲了；綠衣仙女似的翠鳥兒，嚶然一

聲，彷彿報道晨妝才了；白鷺有時飛到堤邊，靜悄悄的站着，恰似一個披蓑衣的釣叟。（易家鉞〈可愛的詩境〉）

（3）①當大地剛從薄明的晨曦中蘇醒過來的時候，在肅穆的清涼的果樹園子裏，便飄蕩着清朗的笑聲。②鳥雀的歡噪已經退讓到另外一些角落去。③一些愛在晨風中飛來飛去的小甲蟲便更不安地四方亂闖。④濃密的樹葉在伸展開去的枝條上微微蠕動，都隱藏不住那纍纍的碩果。⑤看得見在那樹叢裏還有偶爾閃光的露珠，就像在霧夜中耀眼的星星一樣。⑥而那些紅色果皮上的一層茸毛，或者是一層薄霜，便更顯得柔軟而潤濕。⑦雲霞升起來了，從那重重的綠葉的罅隙中透過點點的金色的彩霞，林子中回映出一縷一縷的透明的淡紫色的、淺黃色的薄光。（丁玲《太陽照在桑乾河上》）

（1）（2）兩例，都是並列的分句構成的複句。例（1），五個分句（都是單句）分述垂楊、桂花、黃橙、青藤、星星的景況，是並列關係。例（2），四個分句（每個分句又是複句形式）分別描繪游魚、白鵝、翠鳥兒、白鷺，也是並列關係，之間用分號標明界限。

例（3）則是句群，由七個句子構成，描寫清晨的果樹園。像畫畫兒一樣，從不同的角度着筆。分別寫清朗的笑聲，鳥雀的歡噪，不安的甲蟲，果樹的葉子、枝條、碩果，閃光的露珠，紅色的果皮，初升的雲霞。這幾個句子之間也是並列關係。它們是相互關聯的，都圍繞果樹園的清晨來寫，但彼此之間沒有修飾的關係，也沒有其他的推理關係。

可見，複句中分句的組合與句群中句子的組合也有一致的地方。這種一致，不限於並列關係，也還有其他關係，以後還會舉例講到。

各級語言單位組合時的一致性是漢語語法結構的一個重要特點。

那麼，怎樣組合，組合時運用什麼手段，這是組合中的重要問題。

組合的手段，正如很多語法著作中說到的，漢語語法的特點是語序和虛詞。我們認為，語序和虛詞是各級語言單位組合時採用的手段。

語序是語言單位組合時的前後次序，虛詞特別是關聯詞語在組合中着重表示語言單位相互的語法關係。二者之中，語序顯得更重要，因為即使用虛詞來組合時，也仍然有語序的問題。此外，在構詞法則中一般用不上虛詞。這兩種組合手段在分析各級語言單位的結構時會具體講到。

第二，漢語不同於印歐語系中的形態語言，是非形態語言。形態語言中一個詞可能有不同的語法形式，即有詞形變化。詞的形態可以有性、數、格、人稱、體、時、態、式、級等不同的變化。這些變化漢語都沒有，漢語主要是靠語序和虛詞來表示語法意義的。因此，意義範疇在組合中就佔有特別重要的地位，它是在進行語法分析時的重要參考項。

比如漢語詞類的劃分，漢語詞無法根據詞的語法形式（形態）來分類，而是首先要根據詞的語法特點，例如詞在句法結構中的地位和作用等來劃分。只是按這一個標準有時仍很難分得清楚，因而傳統上仍要借助意義範疇這個標準。實詞和虛詞的劃分，首先看它們在句子中的地位和作用，同時也考慮意義的虛實。名詞，前面可受數量詞修飾，在句中主要充任主語、賓語、定語等，同時我們也將它們的意義抽象為人和事物的名稱。

詞和詞的組合要搭配，就支配和被支配的關係來說，一個動詞，一個名詞，為什麼說"增加數量"可以，"增加品質"就不可以？說"提高水平"可以，"增加水平"又不可以？一個很重要的原因就是語義要搭配，要搭配得合乎邏輯，合乎客觀事理。

確定一個句子表達的意思，除了進行結構分析以外，還要受到語言環境的制約，比如語法分析中常常舉到的例子："雞不吃了"，一個意思是"雞不吃食了"，另一個意思是"不吃雞肉了（再喝一點湯）"。到底表達的是哪個意思，要靠語言環境來制約，也就是說句中"雞"和"吃"可以有兩種語義的聯繫，離開了這兩個詞的語義聯繫，就難以確定這個句子的意思。

至於複句的分類，要看所用關聯詞語所起的語法作用，但歸根結底是邏輯事理的分類。

漢語語法分析經常要考慮邏輯、修辭的種種因素，這一點為許多語法學家所重視，如王力、羅常培、呂叔湘、郭紹虞、朱德熙、張志公等，都有過這方面的論述或著作。

羅常培、呂叔湘曾談到，"修辭學和邏輯。這些是和語法密切相關的科學，研究語法不能不同時研究修辭學和邏輯，尤其在編寫語法和作文教材的時候"。

王力在談到漢語語法體系時說："我們平常教學生，常常說這個句子是主謂不合，動賓不合，等等，這實際上是形式邏輯問題。呂叔湘先生和朱德熙先生早年寫過《語法修辭講話》，呂先生跟我通信就說，我這個講話主要是講形式邏輯，形式邏輯的問題用語法術語去解釋。"（《教學語法論集》第21頁，人民教育出版社）

張志公先生的《漢語語法的特點和學習》一書（上海教育出版社 1985 年 7 月第 1 版）裏明確指出："在漢語語法裏，組合時的結構關係同意義關係都是重要的，是不能偏重一方而忽視另一方的。"

這些論述值得我們在研究和學習漢語語法時注意，從而在語言實際運用中，綜合運用語法、邏輯、修辭以至語音、詞彙等各方面的知識。可以說，語音、詞彙、修辭、邏輯都是語法的左鄰右舍。

三、語法分析的基本單位

對一個語言片段進行語法分析，就是分析這個片段的結構。由大的片段分解成小的片段，直至分析到最小的單位。

任何一級語言單位都是語音和語義的結合體，漢語的語言單位從大到小可分為五級：句群、句子、短語（詞組）、詞、語素。語素是最小的語音、語義結合體；詞是由語素構成的，是比語素高一級的語言單位，又是組成短語和句子的單位；短語（詞組）是由詞構成的單位，又比詞高一級；句子是由詞或短語帶上一定的語調、語氣構成的，是語言的最基本的使用單位；句群是前後銜接連貫的一組句子，一個句群有一個明晰的中心意思。句群又可以說是介於句法和章法之間的單位，是構成文章段落的基礎。完整地提出五級語言單位，是對漢語進行語法分析的前提。

下面選取一個語言片段來進行語法分析，這個片段選自安子介的文章〈做人難人難做做難人難做人？〉中的一段"籬笆築到別人家門前"：

①若問一家門前的籬笆應該築在什麼地方？②最公平的回答是應該築在自己的門口。③但有人這樣想：至少可以築在相對兩間屋中間馬路的中間，因為我有一半權利。④這個"行動"自然會引起對面屋主的"反行動"，把他的濕衫曬到你的籬笆內來。⑤如果對方同你一樣有想像力，或預計你會這樣做，在你沒有築籬笆之前，先把他的籬笆築在你的門口前面。⑥這時候發生的"矛盾"所引起的問題就大了。

這個句群由六個句子構成，圍繞的中心意思是第一句的發問，籬笆築在什麼地方。下面有三個不同的回答。第②句是秉公的回答：築在自己的門口。第③句是第二種答案：築在相對兩間屋中間馬路的中間。第④句是上述做法引起的後果。第⑤句是第三種答案：對方先把他的籬笆築在你的門口前面。第⑥句是上述做法會引起的更嚴重的後果。第③④句結合得更緊，第⑤⑥句也結合得更緊。可以說，第②句，第③④句，第⑤⑥句，是對第①句的三種回答。由於想法不同，第③句是對第②句的轉折，第⑤句又是在第③句基礎上的進一步假設。這一組句子前後是銜接連貫的。

再選取其中第⑤句來分析：

如果對方同你一樣有想像力（選擇），或預計你會這樣做（假設），在你沒有築籬笆之前，先把他的籬笆築在你的門口前面。

這是一個多重複句，第一層，前兩個分句和後一個分句是假設關係；第二層，前兩個分句之間又是選擇關係。

再往小切割，只選取上一複句的最後一個分句（單句）來分析（〔 〕表示狀語，〈 〉表示補語）：

〔在你沒有築籬笆之前〕，〔先〕〔把他的籬笆〕築〈在你的門口前面〉。

這個句子承上省略了主語"對方",謂語的中心詞是動詞"築",中心詞前有三個狀語,中心詞後有一個補語。

構成上述單句的有詞和短語,再切割下一個短語來分析:

在你沒有築籬笆之前

這是一個介賓短語,由介詞"在"和方位詞"前"構成"在……前"。"你沒有築籬笆"是"前"的定語,用結構助詞"之"來聯結。再進一步分析,"你沒有築籬笆"是主謂短語,可以按組合層次分析出有多少詞:

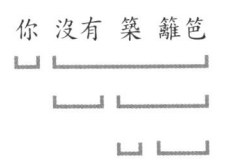

你 沒有 築 籬笆

一共分析出有四個詞:你、沒有、築、籬笆。其中"你""築"都是單音節的單純詞,不能再分析了。"沒有"是合成詞,由兩個自由的語素"沒""有"組合。"籬笆"是合成詞,由"籬"和"笆"組合,這兩個語素在現代漢語構詞中是半自由的語素,存在於一些合成詞或成語中,如"竹籬茅舍""笆門"等。

如上例所示,任何一個語言片段,我們都可以根據它的層層組合的規律對它進行語法分析,一直切割到最小的語言單位語素為止。

四、語法分析的三個平面

在探討漢語語法的研究中,上個世紀 80 年代語法學界提出了語法分析的三個平面,即語法研究應包括三個方面的內容:句法分析、語義分析、語用分析。雖然有關內容在過去的語法研究理論中都曾涉及,但不如三個平面的語法分析理論這樣系統和全面。

1. 句法分析

即對一個語言片段的結構分析。詞與詞按照一定的方式組合起來,構成一定的句法結構，對句法結構進行分析，就是句法分析。主語、謂語、賓語、定語、狀語、補語這些句子成分，都是句法分析的術語。句法意義表示成分與成分之間的意義，例如，主語和謂語之間是陳述和被陳述的意義，動詞和賓語之間是支配和被支配的意義，定語和狀語在中心語前面，它們之間是修飾和被修飾，或者限制和被限制的意義。除了句子成分分析，對句法結構內部的詞與詞之間進行的層次分析，也屬於句法分析。這些分析，都偏重於形式的分析。

2. 語義分析

要瞭解一個句子的意思，單靠句法分析還不夠，還要瞭解句子中各詞語之間的內在的語義關係，進行深層的語義分析。語義關係有多種多樣，例如句中主語與謂語之間的語義關係有施事、受事、與事、處所、時間、工具等。例如：

我去圖書館借書。（"我"是施事主語）

書被別人借走了。（"書"是受事主語）

這個人我和他見過面。（"這個人"是與事主語）

圖書館裏在佈置展覽。（"圖書館裏"是處所主語）

今天是元旦。（"今天"是時間主語）

這把金剪刀給嘉賓剪綵。（"這把金剪刀"是工具主語）

句中動詞與賓語的語義關係有施事、受事、結果、時間、處所、存現、工具、數量等。例如：

來親戚了！（"親戚"是施事賓語）

我看見表妹了。（"表妹"是受事賓語）

平地上起高樓。（"高樓"是結果賓語）

全家一起過春節。（"春節"是時間賓語）

坐高鐵去上海。（"上海"是處所賓語）

河邊長着一棵柳樹。（"一棵柳樹"是存現賓語）

老人家抽煙斗。（"煙斗"是工具賓語）

讓我等了一個鐘頭。("一個鐘頭"是數量賓語)

還有，像偏正式的名詞性短語，定語與中心語的語義關係至少有三種，例如：

圖書館的書（定語"圖書館"是領屬性的）
精美的圖書（定語"精美"是描寫性的）
優秀學生的光榮稱號（定語"優秀學生"與"光榮稱號"是同位性的）

總之，對語法單位之間的語義關係進行分析，還是要通過句法結構的分析去深入瞭解句子內部的語義關係，通過語義關係的分析，又對句法結構作更精密的描寫。此外，語義分析還包括語義成分、語義指向、語義特徵等的分析。例如，句法成分搭配是否妥當，往往要依靠語義特徵來說明。"吃飯"可以成立，"喝飯"不能成立，因為"飯"沒有"液體"的語義特徵，不可與"喝"搭配。本書下文分析主語和謂語之間的語義關係，短語中定語的作用，狀語、補語的語法意義，都屬於語法單位之間的語義關係分析。複句和句群裏，分句和句子組合的客觀事理關係，也涉及語義關係的分析。

3. 語用分析

研究語用偏重於表達，研究人們怎樣運用詞語組成句子來進行相互間的溝通，所以，語用分析是一種動態的分析。語用分析包括話題和述題（說明），預設和焦點，指稱和照應，省略和倒裝，主動和被動，語氣和語調等問題，這些均與使用場合、使用語境有關。

舉例來說，"這類普通的麵食，母親卻能和別人做得不一樣。"從句法平面分析，句中"這類普通的麵食"是主語，它和後面的謂語是陳述和被陳述的關係；從語義平面分析，"這類普通的麵食"是受事，這個句子是主謂謂語句，大主語"麵食"和小主語"母親"之間是受事關係；從語用平面分析，"這類普通的麵食"是話題，是表達者要突出強調的部分。該句如換成"母親能把這類普通的麵食做得和別人不一樣"，話題便轉換了，轉換成為"母親"了。主語屬於句法分析的概念，施事（受事）屬於語義關係的概念，話題屬於語用關係的概念。

語用分析內容還包括句子的溝通用途。例如，"你好啊"，用溫柔親切的語調說，表示真誠的問候；用兇惡加重口氣的語調說，表示對方做了壞事。本書下文關於句子語氣的句類分析，都涉及語用分析。

此外，關於如何藝術地運用語言的問題，即運用語言要注意語言環境，做到得體的表達。這部分的語用分析，包括修辭和語音、詞彙、語法、邏輯等左鄰右舍的關係，本書的第五章修辭與風格，會作詳細的描述。

要注意的是，三個平面理論所說的語義、語用分析都是和句法有關的語義、語用因素。從語法研究的角度看，句法研究是核心，是基礎。以句法研究為出發點，向深層和語義分析相結合，向外層和語用分析相結合。

本書採用教學語法體系，在進行句法分析的同時，也涉及語義分析和語用分析。

第二節　語素

在詞彙一章裏，已經詳細分析了語素構詞的情況。以音節數分類，語素分為單音節語素、雙音節語素、多音節語素，其中單音節語素是語素的基本形式。語素構詞的幾種基本方式也作了介紹。講構詞的組合方式實際上已經涉及到語法問題，就連組合方式的名稱（並列、偏正、主謂、動賓、動補）都是借用的句法結構名稱。

這一節從語法角度來分析語素。

一、實素和虛素

所謂"實"和"虛"，在漢語詞的分類和語素的分類中是兩個很重要的概念。它是就兩方面的標準來看的，一是語法功能，一是意義範疇。就語法功能來說，實素可以以語序為組合手段組成各類實詞，有的實素可以單獨成詞；虛素可以單獨構成詞，也可以和其他虛素組合成虛詞。就意義來看，實素表示較實在的意義，虛素的意義就不大實在，表示的是某種語法意義。

比如"人"和"物"，是兩個實素，"人"可以單獨構成名詞"人"，也可以和其他語素構成許多詞，像"人物""人才""人稱"等。"物"雖然不可以獨立構詞，但可以和其他語素構成許多實詞，如"人物""物產""物價"等。"人"和"物"一前一後構成的名詞"人物"，並不是語素義的簡單相加，而是表示一個概念義，指在某方面有代表性或具有突出特點的人，或者指文學和藝術作品中所描寫的人。像"的""地""得"（在口語中都唸作輕聲 de），就是虛素，它們可以分別構成虛詞，成為虛詞中的結構助詞一類，起語法作用。一般來說，"的"是定語的標誌，如"我的妹妹"；"地"是狀語的標誌，如"認真地讀書"；"得"是補語的標誌，如"讀得好"。就表示的語義看，"的""地""得"都沒有實在的意義。

也有介於實素和虛素之間的半實半虛的情況。有些實素有時可以看成是半實素，比如，"誰"，可以構成疑問代詞，問人（可以指一個人或幾個人），但有時候可以是虛指或任指（"誰先到電影院，誰買票"）。也有一些實素虛化成構詞的不自由語素，如"藝術性、機械化、科學家、小提琴手、第一、老虎"中的"性、化、家、手、第、老"都可以看成是半實半虛的語素。

由此可以看出，實和虛的概念無法一刀切，劃一個涇渭分明的界限。漢語語法中有許多分類也是這樣，不能做到一刀切。這是我們在學習時要注意的一點。

二、實素的分類

根據語素構成的詞的性質，可以把實素分為名素、動素、形素。名素主要構成名詞，動素主要構成動詞，形素主要構成形容詞。

1. 名素：表示人或事物（具體事物或抽象事物）的名稱一類的意義。例如：

人　男　孩　爺　爸　父　母　兒
天　地　雷　雨　花　草　樹　木
國　家　文　化　精　神　氣　質
早　午　晚　晨　暮　春　年　月
來　南　上　下　左　右　裏　外

2. 動素：表示人的動作、行為，事物的發展、變化一類的意義。例如：

走　跑　奔　趕　坐　臥　睡　醒
看　聞　嗅　吃　喝　嚥　品　飲
生　死　消　長　存　亡　在　失
擴　縮　提　降　攻　守　蓋　造
變　動　發　揮　挖　升　抬　創
起　來　上　去　下　過　回　是
願　肯　敢　必　能　要　使　叫

3. 形素：表示人或事物的形象、性質，事物發展、變化的狀態一類的意義。例如：

大　小　胖　瘦　方　圓　厚　薄
堅　硬　冷　熱　粗　細　深　淺
黑　綠　白　紅　藍　香　苦　辣
美　麗　亮　光　明　燦　暗　烏
快　慢　高　低　強　弱　難　易
偉　謙　驕　雅　俗　卑　劣　優

以上這些語素都是單音節的，有的是自由的語素，有的是半自由的語素。

雙音節語素中，有名素，如"葡萄、石榴、苜蓿、菩薩、咖啡、尼龍、安培"，也有動素，如"徘徊、徜徉、澎湃、恍惚、哆嗦"，也有形素，如"參差、腼腆、齷齪、崔嵬"。多音節語素多以名素為主，如"凡士林、巧克力、盤尼西林"。

三、虛素的分類

虛素數量不多，根據它們構成的虛詞的情況看，可以分以下幾類。

1. 獨立構成虛詞，不和其他語素組合。例如：

的　地　得　了　着　過
呢　嗎　吧　啊　啦　呀
和　跟　同　與　及　把
嗨　吓　哦　喂　嗯　噢

2. 可以獨立構成虛詞，也可以和其他語素組合成虛詞。例如：

但　即　雖　而　罷　則　倘　縱
由　於　只　且　因　並　就　尤
或　所　以　及　寧　可　若　抑

3. 必須和其他語素組合，才能構成虛詞。例如：

況　假　固　儘　管　果

第三節　詞類

一、詞的分類標準

　　詞的分類標準問題，在現代漢語語法研究史上是一個長期爭論的問題。因為漢語不是形態語言，沒有詞形變化，劃分詞類就不像形態語言那樣有明顯的憑藉。

　　已經提出來的分類標準有：詞彙意義、詞的句法功能（詞所充任的句子成分）、詞的形態標記、詞彙—語法範疇（詞的意義和詞的語法特點）、語法意義和語法形式相結合的標準等。這些不同標準的提出，為我們開拓了多條的思路，是很有價值的。

　　單以詞彙意義為分類的標準，就不是詞的語法分類。只考慮詞的句法功能，卻容易導致"詞無定類"的說法，因為漢語的句子裏，不僅名詞可以充任主語、賓語，動詞、形容詞也可以充任主語、賓語，修飾名詞的可以是形容詞，也可以是名詞。至於詞的形態標記，漢語裏幾乎可以說沒有，用呂叔湘先生的話來說就是"漢語有沒有形態變化？要說有，也是既不全面也不地道的玩意兒，在分析上發揮不了太大的作用"（《漢語語法分析問題》第 11 頁）。餘下的提法，都是兼顧了幾條標準的，既考慮到詞的語法特點（包括詞法和句法），又考慮到意義範疇（語法意義、詞彙意義）。

　　本節對詞的分類，主要依據詞的語法特點，同時兼顧意義。一個詞的語法特點，就是它的組詞造句的特點，它的詞法和句法的功能。比如名詞，有些從構詞特點上可以看出，"桌子""花兒""木頭""記者""宇航員""老鼠""阿妹"這些詞中，"子、兒、頭、者、員、老、阿"是構成名詞的前綴或後綴，是名詞詞性的一種標誌。當然，更多的名詞不具備這些標誌，還要從詞和詞的組合特點來看它的功能，比如所有的名詞前面都可以受數量詞的限制（"一架飛機、一個城市、一種信仰"），名詞在句中可以充任主語、賓語、定語（"城市的外觀給人留下美好的印象"）。

一個詞的意義，這裏指的是概括義。比如名詞，就是人或者事物的名稱，這裏指的事物，包括具體的和抽象的。有些詞，很難抽象出它的詞彙義，比如"的、地、得"，"了、着、過"，"呢、嗎、吧"，它們沒有什麼很實在的意義，單這樣說也不表達概念，但是它們用在句中卻有幫助其他的詞或句子來表示某種意義的作用，比較下面三個句子：

我吃了荔枝。

我正吃着荔枝呢。

我吃過荔枝。

"了、着、過"附着在動詞"吃"後邊，分別表示"吃"這個動作的完成態、進行態（持續態）、經驗態，所以把它們叫作動態助詞，所表示的是一種語法意義。

二、實詞和虛詞

漢語的詞類首先可以分為實詞和虛詞兩大類，實詞又包括名詞、動詞、形容詞、數詞、量詞、代詞，虛詞包括副詞、介詞、連詞、助詞、嘆詞、擬聲詞。

為什麼不直接分為十二類，而要先分別實虛呢？因為這種分類突出了漢語詞類的特點，尤其是虛詞一類的設立，使人對漢語語法中組合的特點看得十分清楚。傳統語言學側重於文字、音韻、訓詁的研究，缺乏對語法進行系統的研究，但是對於虛詞的語法作用，古人卻很早就注意到了，散見於漢以來的一些著述和古書注疏裏，到了元、明、清三代，都有關於虛詞（虛字）的專門著述。

實詞的特點，從語法功能上看，有以下幾點：

1.能夠帶上一定的語調、語氣獨立成句。例如（括號內為假設的語言環境）：

火！（看見房子起火而驚呼。）

走！（不禮貌地叫別人離開。）

快！快快！（催人加速行動。）

一斤。("買多少葡萄？")

我？（"這花瓶是你摔碎的！"）

2. 能夠作短語或者句子的成分，比如大部分實詞都可以作主語、謂語、賓語、定語等。以形容詞為例：

謙虛是一個人的美德。（作主語）

翡翠碧綠，瑪瑙血紅。（作謂語）

她性格內向，喜歡安靜，不喜歡熱鬧。（作賓語）

勇敢的男孩子人人誇讚。（作定語）

媽媽認真地做每一件事。（作狀語）

看樣子他跑得輕鬆，別人都不大行。（作補語）

3. 實詞在短語和句子中，和其他詞組合時，位置是不固定的，很自由。例如"跳舞"一詞在句子裏可以出現在不同的位置。

跳舞是在今天晚上。

今天晚上大家去跳舞。

他跳舞的姿勢最好看。

在短語裏，實詞前置後置都可以。例如，"大家跳舞""都跳舞""在舞台上跳舞"，還可以有"跳舞好""跳舞難"等。

和實詞的語法功能相區別，虛詞有以下幾個特點：

1. 一般不能獨立成句（嘆詞除外）。

2. 一般不能作短語和句子的成分。這裏有一個例外，副詞可以作短語或者句子成分，但只限於作狀語，不同於其他實詞可以作主語、謂語、賓語等。

3. 在和其他詞組合成短語或者句子時，位置往往是固定的。例如，表示動態的助詞"了、着、過"，總是跟在動詞後邊；表示語氣的助詞"呢、嗎、吧"一定在句子的收尾。

再從意義方面看，實詞表示比較實在的具體的意義，虛詞中大部分沒有什麼實在的意義，表示的是某種語法意義。

從詞的數量方面看，實詞是開放型的。隨着社會不斷向前發展，隨着人類思維的不斷精密，語言裏總要不斷產生新詞，以適應溝通的需要，這些新詞大都是是實詞，特別是名詞。而虛詞是封閉型的，幾乎可以盡數。除了副詞數目較多，約有五、六百個以外，其餘的都在幾十個，或一百多個。

這裏說的實詞、虛詞的分類，也不可能是一刀切的，詞類同樣有半實半虛的情況。比如代詞就可以算是半實詞，它有許多任指、虛指的用法，"誰先到達終點，誰拿獎杯"，這兩個"誰"不僅不是實指，而且還有關聯兩個分句的作用。虛詞類中的副詞，可以算是半虛詞，因為副詞中有一些意義比較實在，甚至可以單說，單獨作謂語。（據研究能獨用的副詞有65個，佔常用副詞總量的13.4%，見陸儉明《現代漢語副詞獨用芻議》。）比如"趕緊、立刻、馬上、不、別、大概、差不多、難怪、難免、當然"等。而有一些副詞意義很虛，並且不可以單說，作句子成分只能作狀語，比如"也、竟、就、又、還"等。此外像趨向動詞"起來""下去"等，有時也可以變得虛起來，和"了、着、過"一樣，表示動態，比如"唱起來""說下去"。這些情況在具體運用時要注意具體分析。

三、實詞的分類

實詞包括名詞、動詞、形容詞、數詞、量詞、代詞，下面摘要分析它們的語法功能。

（一）名詞

名詞表示人或者事物的名稱，這事物可以是具體事物，也可以是抽象事物，以及時間、方位、處所。例如：

媽　歌手　教授　老師　祖父　曾祖父

蛇	獅子	鯨魚	橡樹	梅花	含羞草
燈	電視	飛船	火星	中子	機器人
禪	性格	品德	意思	國家	意識流
年	早晨	今天	秋季	五時	星期日
東	東南	上邊	澳門	亞洲	新加坡

其中，表示時間的可以叫時間名詞，或時間詞，表示方位的可以叫方位名詞，或方位詞。時間詞和方位詞也可以看作是名詞的兩個附類。

名詞有如下語法特點：

1. 名詞前一般可以受數量詞的修飾。如"一位教授、一頭獅子、三枝梅花、五個機器人"。

2. 表示人的普通名詞可以在後面加上"們"，表示多數。如"同學們、先生們、女士們"。如果前面已有數量詞限制，後面就不能再加"們"。比如，不能說"三位先生們"。在專有名詞後面加"們"表示"等人""之輩""之流"，如"阿斗們"。只有在用擬人的修辭手法時，才可以說"兔子們""星星們"。

3. 在詞和詞的組合中，在句子中，名詞可以作主語、賓語、定語，這三個位置對名詞是自由開放的。例如：

電腦正得到廣泛運用。（作主語）
妹妹正在學電腦。（作賓語）
電腦知識是學習內容之一。（作定語）

作謂語則要受到限制，名詞謂語句一般用於表示時間、年齡、籍貫等。例如：

今天冬至。
妹妹十歲。
祖籍廣東梅縣。

4. 時間名詞除了可以作主語、賓語、定語，還可以作狀語，位置在動詞前或者在句首。例如：

我的工作使我每天必須在這小巷中來回許多次。（李廣田〈兩老人〉）
下午四點鐘左右，吳振鐸醫生又踱到客廳的窗邊，去眺望下面的街景去了。（白先勇〈夜曲〉）

時間名詞有時可以作狀語的功能，是一般名詞所沒有的。

5. 方位名詞也是名詞中較特殊的一類。方位詞分單純方位詞和合成方位詞，可列表如下：

方位詞								
單純方位詞	合成方位詞						
^	以+	之+	+邊	+面	+頭	對舉	其他
上	以上	之上	上邊	上面	上頭	上下	
下	以下	之下	下邊	下面	下頭		底下
前	以前	之前	前邊	前面	前頭	前後	跟前　面前
後	以後	之後	後邊	後面	後頭		
東	以東	之東	東邊	東面	東頭		
西	以西	之西	西邊	西面	西頭		
南	以南	之南	南邊	南面	南頭		
北	以北	之北	北邊	北面	北頭		
左			左邊	左面		左右	
右			右邊	右面			
裏			裏邊	裏面	裏頭	裏外	頭裏
外	以外	之外	外邊	外面	外頭		開外
內	以內	之內				內外	
中		之中					其中　當中
間		之間					中間
旁			旁邊				

方位詞的語法功能是：同別的詞或短語組合，構成表示處所或時間的方位短語。方位詞、方位短語可以作主語、定語、狀語等。例如：

　　鋼琴的蓋子上，鋪上了一張黑色的天鵝絨布，上面擱着一隻釉黑紅的花瓶，裏面插着十二枝鮮潔的大白菊。（白先勇〈夜曲〉）——作主語

　　作狀語或補語時，常常是和介詞或動詞組合在一起：

　　你想要認識湖的全貌嗎？請到北極閣上看，請到城頭馬路上看，"一城山色半城湖"，"滿湖荷花繞湖柳"，並沒有什麼誇張。（梁容若〈我看大明湖〉）——作狀語

（二）動詞

　　動詞主要表示動作、行為，存現、變化，心理活動等。例如：

坐　睡　寫　打　保護　反擊　討論　遊行
有　在　出現　消失　提高　擴大　發展
愛　恨　希望　覺得　懷念　喜歡　羨慕

　　此外，還有幾類特殊的動詞：
　　判斷詞，例如：是、如、叫、等於。
　　使令動詞，例如：使、叫、讓、請、派、命令、禁止。
　　能願動詞（助動詞），例如：能、要、會、肯、敢、應該、可以、能夠、願意。
　　趨向動詞，例如：來、去、回、上、下、出、進、起、上來、下去、回來、出去、起來。
　　動詞是一個大類，有共同的語法特點；動詞中又分小類，小類又有自己的語法特點。能願動詞和趨向動詞也可以看作是動詞的附類。
　　動詞的語法特點如下：
　　1. 動詞和形容詞可以合稱為謂詞，即可以在主謂短語、主謂句中充任謂語，

不需要什麼附加條件,只是在邏輯上和語義上要與主語搭配。

2. 以能不能帶賓語為標準,動詞分為及物動詞(他動詞)和不及物動詞(自動詞)。及物動詞都能帶賓語,有的還能帶雙賓語,不及物動詞不能帶賓語。例如:

老媽媽看花,扶着拐杖,牽着孫孫,很珍惜地折下一朵,簪在自己的髮髻上。(李廣田〈花潮〉)——帶賓語

老人稍稍停頓一會兒,彷彿等待小孩問他 那朝山人所尋求的到底是什麼東西。(李廣田〈實光〉)——帶雙賓語

我們並不言語,也不驚喜,只是以和平的微笑望着樹的生長。(李廣田〈樹〉)——不帶賓語

3. 動詞前都可以受副詞的修飾,副詞和動詞的組合是偏正短語的形式之一。副詞中有一類程度副詞,(如"很")用在能願動詞和表示心理活動的動詞前面,不用在其他動詞前。

是否可以加"很"	例詞
✓	喜歡 害怕 想念 討厭
✗	學習 研究 開闢 具有

4. 一部分動詞可以重疊,雙音節動詞重疊是"ABAB"式如"討論討論、研究研究"。重疊後表示動作時間較短或者表示嘗試的意思,重疊後頭的音節唸輕聲:想想,試試,考慮考慮,醞釀醞釀。

5. 動詞後面一般可以帶動態助詞"了、着、過","了"表示動作的完成("吃了早點,寫了封信"),"過"表示有過這種經歷("去過澳門,遊過歐洲"),"着"表示動作的持續("看着小說,喝着白蘭地")。

6. 判斷詞"是"常常用於判斷句"甲是乙"中,在邏輯上稱為繫詞。在判斷句中,甲和乙或是同一關係("曹雪芹是《紅樓夢》的作者"),或是從屬關係("曹

雪芹是世界著名的作家")。是字句還有許多用法。可以表示強調,如"這孩子是調皮"。可以表示讓步,如"這衣服好是好,就是太貴了"。可以表示存在,如"小河旁是柳樹"。還可以表示事物的特徵,如"他是新加坡的,她是馬來西亞的"。

7. 趨向動詞具有動詞的共同特點,可以作謂語。它又有自己的用法,即用在動詞或形容詞後,表示趨向。例如:

無數的小汽艇和艇仔,都向着這停在海中央的大船搶着駛過來,不一會兒,大船像被一群雛雞圍繞着母雞索食般地包圍起來了。(李廉俊〈到香港的那一天〉)

有些趨向動詞用在動詞後表示一種動態,作用和動態助詞"了、着、過"類似,這是一種虛化的用法。例如:

天已黑下來,走着又不怎樣亮的街道⋯⋯(李廉俊〈到香港的那一天〉)

8. 能願動詞(助動詞)除了可以獨立作謂語外,也有特殊的用法,即用在動詞或形容詞的前面,表示可能、意願、需要、必要,等等,後面不直接帶名詞賓語。例如:

雕刻家從此成了名,因為他能夠給古代英雄雕一個石像,使大家都滿意。(葉聖陶〈古代英雄的石像〉)

不管什麼事情,只要能想,到底會弄明白的。(葉聖陶〈蠶和螞蟻〉)

9. 使令動詞常常用於兼語式句中。例如:

交給他,托他送給那個姑娘。(葉聖陶〈跛乞丐〉)

他能夠講很多的有趣的故事,使他們不想踢毽子,不想捉迷藏⋯⋯(葉聖陶〈跛乞丐〉)

（三）形容詞

形容詞表示人或者事物的形狀、性質，或者表示動作、行為的狀態。例如：

大　小　粗　細　好　壞　軟　硬　快　慢
聰明　特殊　美麗　整齊　平靜　混亂　輕鬆
認真　粗心　細心　正確　錯亂　仔細　結實

形容詞的語法特點如下：

1. 形容詞和動詞可以合稱為謂詞，因為它可以充任謂語，而且形容詞前面可以加能願動詞，後面可以帶趨向動詞。例如：

表演時應該輕鬆些。
山朗潤起來了，水漲起來了，太陽的臉紅起來了。（朱自清〈春〉）

但是，形容詞又和動詞有差別：大部分形容詞前面可以用程度副詞來修飾（"十分美麗，很莊嚴"），而動詞中只有能願動詞和表示心理活動的才可以。形容詞不能帶賓語，動詞中的及物動詞可以帶賓語。

2. 形容詞具有修飾名詞和動詞的作用，修飾名詞是作定語，修飾動詞是作狀語。例如：

對着小圓鏡，他端詳自己濃黑的頭髮，寬廣的上額，紅潤的唇。（誠然谷〈舊夢〉）——作定語

人們多數連眼皮都不抬，微微的縮腿讓路。有的看見他，冷冷的調過頭去。（誠然谷〈舊夢〉）——作狀語

3. 形容詞的重疊有多種方式。

單音節形容詞重疊：紅紅的花、綠綠的草

雙音節形容詞重疊：多數用 AABB 式重疊：白白淨淨的臉、整整齊齊的裝束、高高興興的樣子。也有少數用 ABAB 式：煞白煞白的臉、冰涼冰涼的井水。

加重疊式後綴：香噴噴的飯、懶洋洋的神態、慢騰騰的步子。

形容詞重疊的生動形式：黑不溜秋的臉、素了呱嘰的菜、圓咕隆冬的身子。（可參考《現代漢語八百詞（增訂本）》中的〈形容詞生動形式表〉，商務印書館，1999年。）

4. 屬性詞是形容詞的一個附類，也叫區別詞。屬性詞只表示人和事物的屬性或特徵，具有區別和分類的作用。屬性詞往往是成對成組的，例如"男、女，雌、雄，公、母，單、雙，金、銀，葷、素，初等、高等，急性、慢性，大型、中型、小型"等。屬性詞一般只能作定語，能直接修飾名詞和名詞短語，例如"男教師、女學生、西式服裝、中式服裝、大型舞劇、中型詞典、野生人參、首要任務、次要工作"。或與"的"組合，例如"男的、女的、黑白的、彩色的"。也有少數屬性詞還能作狀語，例如"自動控制、定期檢查"。在《現代漢語詞典》第5版和第6版中，典型的屬性詞已有詞類標注。

5. 狀態詞也是形容詞的一個附類。狀態詞表示人和事物的狀態，帶有生動的描繪色彩，上述的一些形容詞的重疊形式，就是狀態詞。例如"雪白、火紅、通紅、漆黑、冰涼、滾燙、噴香、蠟黃、白花花、黑黢黢、綠油油、火辣辣、毛茸茸、稀巴爛、紛紛揚揚、稀里糊塗、黑咕隆冬、白不呲咧、灰不溜秋"等。狀態詞與一般形容詞不同的一點是，它們不能受副詞"不""很"的修飾；作補語時，前面多要加助詞"得"（"打得稀巴爛""變得蠟黃"）。第五章修辭和風格中，講到詞語色彩的協調時，還會涉及對狀態詞的使用。

（四）數詞

數詞表示數目。以不同的分類標準，數詞可以分為以下幾種：

1. 簡單數詞和複合數詞

簡單數詞即"一、二、三……十、百、千、萬、億"。複合數詞如"十一、二十二、三百三十三、四千六百七十一、十萬、六億"等等。

2. 基數詞和序數詞

簡單數詞和複合數詞是基數詞。在整數前加上"第"就是序數詞，如"第一、第四"。序數的表示法還有多種，如"頭班車、末班車，初一、初三，大女兒、二女兒、小女兒"。有時數詞後面直接加名詞也可以表示序數，如"一號樓、二號樓、一連、二連、三班、四班"。

3. 分數和倍數

分數通常用幾分之幾表示。口頭上可以說"三成、八成"（十分之三，百分之八十）。

倍數是在整數後加"倍"，如"五倍、十倍"。

4. 確數和概數

確數即準確的數字，基數、分數都可以是確數。

概數有多種表示法：

去幾天就會回來。

用多少錢儘管來取。

我這兩天實在太忙，過兩天再說。

張老師看上去有五十多歲了。（五十來歲，五十左右，五十上下，五十以上，五十以下）

去個三四趟，路就熟了。（五六次）

（五）量詞

量詞有兩類，表示人或事物的單位的叫物量詞，表示動作、行為的單位的叫動量詞。

1.物量詞，又叫名量詞，其中一部分是從名詞轉化來的。大致上有以下幾類：

個體量詞，例如：個、件、枝、條、項、粒、面

集合量詞，例如：堆、群、捆、班、幫、種、類

部分量詞，例如：些、頁、層、篇、片、把、劑

容器量詞，例如：瓶、碗、缸、杯、盤、盆、籃子

臨時量詞，例如：頭、筆、臉、地、桌子、院子

度量衡量詞，例如：丈、尺、斤、兩、公尺、公分

2. 動量詞，有時可以借用行為工具的名稱（"打一棍子、抽兩鞭子"），也可以借用表示身體動作部分的名稱（"瞪一眼、踢兩腳"）。常用的動量詞有：趟、次、遍、回、場、番、下、眼、口、拳、巴掌、腳、刀子、棒子、棍子。

數詞和量詞常常組合為數量詞，數量詞的語法特點如下：

1. 數詞和物量詞組合修飾名詞，數詞一般不直接加在名詞前面（除了文言的用法，如"一男一女、一草一木"）。數詞和動量詞的組合常常用在動詞後邊，作動詞的補語，少數也有作狀語的。例如：

散文則不必以人物行動為主，只寫一個情節，一段心情，一片風景，也可以成為一篇很好的散文。（李廣田〈談散文〉）——作定語

"我最怕的是冬天，家裏又沒個男人，板壁響一聲，老鼠跳一下……"（吳組緗〈黃昏〉）——作補語

他一腳把球踢進了球門。——作狀語

2. 量詞的應用十分普遍，它使不可計數的事物變得可以計數，在漢語中可計數的事物也用量詞，因而名詞和量詞的配合就顯得很重要。有時，一個量詞可以和多種事物搭配；有時，多個量詞可以和一種事物搭配。搭配是否恰當，要以約定俗成為準。例如：

我慣用雙手交握成各種樣式，遮斷它的光線，把影子投在粉壁上，做出種種動物的形狀，如一頭羊，一隻螃蟹，一隻兔；或則喝一口水，朝陽光噴去，……（陸蠡〈光陰〉）

可以說"一頭羊"，還可以說"一隻羊"；可以說"一隻螃蟹"，也可以說"一個螃蟹"；可以說"一隻兔"，同樣可以說"一個兔子"。

3. 量詞可以重疊，表示包括每一個都在內，如上例的"種種動物"。數量詞重疊，作定語的表示數目多，作狀語的表示依序進行。如果數詞是"一"，重疊時有兩種形式：一（株）一（株）、一（株株）。例如：

榕樹那一把一把的氣根,一接觸到地面,就又會變成一株株的樹幹,母樹連同子樹,蔓衍不休;獨木可以成林。(秦牧〈榕樹的美髯〉)——作定語

因為怕見到他舊時的夾衣、袍、襪,我們倆卻儘是一天一天的捱着,誰也不說出口來,說"要換上件夾衫"。(郁達夫〈一個人在途上〉)——作狀語

4. 數量詞和名詞、動詞的搭配是約定俗成的,在這方面普通話和方言有時有區別。例如:普通話說"一把香蕉",粵方言說"一梳香蕉";普通話說"一瓶水",粵方言說"一樽水";普通話說"一雙襪子",粵方言說"一對襪子";普通話說"打了他一頓",粵方言說"打了他一餐"。

(六)代詞

有指稱作用的詞叫代詞。現代漢語的代詞按語法作用可分為人稱代詞、疑問代詞、指示代詞三類。列表如下:

類別 代替哪些詞	人稱代詞	疑問代詞	指示代詞
人或者事物	你(們) 您 我(們) 咱(們) 他(們)	誰	這(些) 那(些)
	它(們)	什麼	
		哪(些)	
處所		哪兒 哪裏	這兒 那兒 這裏 那裏
時間		多會兒 幾時	這會兒 那會兒
性質、狀態 方式、行動		怎麼 怎樣 怎麼樣	這樣 那樣 這麼樣 那麼樣
數量		多少 幾	這(麼)些 那(麼)些
程度		多 多麼	這麼 那麼

代詞的語法特點如下：

1.代詞的數目並不多，可以說是封閉型的，可以盡數的，但是用法相當複雜。從語法功能上看，代詞指代哪一類詞，就和哪一類詞的語法功能相當。比如，人稱代詞"我、你、他"等的語法功能和名詞差不多，"這樣、那樣、怎麼、怎麼樣"和動詞相當，"那樣"和形容詞相當，"幾、多少"和數詞相當，"這麼、那麼、多麼"等和副詞相當。所以，只能說具有稱代和指別作用是它們的共同特點，實際上有的有稱代作用，有的有指別作用，有的稱代、指別作用兼有。

2.人稱代詞語法功能和名詞相似，所以又叫代名詞。可以作主語、賓語、定語，不作謂語、狀語，不受副詞修飾。它和名詞的區別是，名詞前面可以有修飾語，人稱代詞一般沒有，只有書面上偶爾出現。例如：

有了四千年吃人履歷的我，當初雖然不知道，現在明白，難見真的人！（魯迅〈狂人日記〉）

為什麼偏偏該年紀較大的我來埋葬你呢？（巴金〈哭靳以〉）

第一人稱複數"我們"和"咱們"的用法有同有異。說"我們"，可以包括對方在內，也可以不包括對方在內，有時還可以用於泛指；而說"咱們"，一定要包括對方在內。南方人用"咱們"要注意和"我們"的區別。例如：

親愛的孩子，半年來你唯一的一封信不知給我們多少快慰。（《傅雷家書》）——"我們"不包括對方

母親啊！我們只是互相牽連，永遠不互相遺棄。（冰心〈超人〉）——"我們"包括對方

"咬得菜根，百事可做"，這句成語，便是我們祖先留傳下來，教我們不要怕吃苦的意思。（朱湘〈咬菜根〉）——"我們"是泛指

"咱們挑個大個兒的吧，得看！"胖小子跟擁在身邊的夥伴們說，像商量，又像決斷。（韓少華〈蟈蟈兒〉）——"咱們"包括對方

3.疑問代詞的用法是多種的，表示疑問是經常的用法，還可以表示反問或者

感嘆，有時表示任指，起強調作用，不是有疑而問。例如：

呵，這奇妙的春雨，它正給未來孕育着怎樣景象啊！（嚴陣〈牡丹園記〉）
——表示感嘆

啊，是誰的妙手，搜集了人間所有翡翠，嵌鑲成這面無邊的翡翠幕幔，把藍天遮得一絲縫兒也不露呢？（曹靖華《天涯處處皆芳草》）——不定指

雪片密密地飄着：像織成了一面白網，丈把遠外就什麼也瞧不見，只有灰色的底子上飛着成千累萬的白點。（張天翼〈兒女們〉）——任指

4. 指示代詞裏有的有稱代作用，有的有指別作用，用法是多樣的。比如"這""那"常用來區別事物，"這"表示近指，"那"表示遠指。當然"遠近"的概念是相對的，以一個時點為準，以一個地點為準，都可以有遠近的比較。例如：

從這一邊看那一邊，岸灘，房屋，林木，全都清清楚楚，沒有太湖那種開闊浩渺的感覺。（葉紹鈞〈遊了三個湖〉）

我認識那眼睛，鼻子，和薄薄小嘴。我毫不含糊，敢肯定現在的這一個就是當年的那一個。（沈從文〈老伴〉）

5. 代詞有許多活用法，比如人稱代詞在句中並不都是實指，而是虛指，是不定指；指示代詞"這、那"連起來活用，表示的是強調一切的意思；有的代詞有關聯作用，等等。例如：

每個人都有春天。無論是你，或者是我，每個人在春天裏都可以有歡樂，有愛情，有陶醉。（巴金《春天裏的秋天》）

人，機緣，歷史一直在互相調適，一直會出現錯位與誤植，一直會出現你改變了我與我改變了你，你改變不了我與我改變不了你的情景。（王蒙《一輩子的活法》）

四、虛詞的分類

虛詞包括副詞、介詞、連詞、助詞、嘆詞、擬聲詞，下面簡要分析它們的語法功能。

（一）副詞

用於修飾和限制動詞和形容詞，表示程度、範圍、時間等。副詞是虛詞中數量較多的一類，據統計有五百多個。可分類列表如下：

作用	例詞
表示程度	最 頂 太 極 盡 越 愈 還 很 挺 稍 略 較 更 全 滿 非常 十分 格外 尤其 分外 特別 何等 相當 越發 更加 稍稍 稍微 略略 略微 起碼
表示時間	早 曾 先 正 在 就 便 才 乍 常 每 將 剛 既 已 初 早已 早晚 已經 曾經 原來 起初 正在 立即 即刻 暫且 剛剛 就要 常常 往往 向來 始終 永久 永遠 不時 終於
表示語氣	豈 倒 卻 可 又 寧 偏 難道 反而 反倒 究竟 反正 簡直 畢竟 居然 斷然 偏偏 寧可 寧肯 甚而 竟然 索性 幸虧 幸好 幸而 姑且
表示情貌	恰好 可巧 仍然 依舊 忽然 猛然 公然 故意 明明 特地 彷彿 依稀 終究 不禁 私下 暗中

作用	例詞
表示範圍	總　淨　光　都　全　凡　只 各　獨　僅　止　單 總共　全部　全然　統統　統共 凡是　大凡　大抵　一共　一概 僅僅　單單　唯獨　大半　只是
表示重複、連續	連　總　還　也　又　就　再 一直　一連　連續　時常　時而 層次　陸續　每每　還是　一再 再三　重新　偶爾
表示肯定、否定、估量	硬　確　必　不　甭　非　沒 別　未　白　約　許 就是　一定　必定　確實　的確 必然　必定　務必　沒有 決不　毫不　無須　不免　不妨 大約　約莫　大致　似乎　也許　恐怕

副詞的語法特點如下：

1.副詞的語法功能介於實詞虛詞之間，從大部分副詞的語法功能看，更近於虛詞，所以列入虛詞一類。

有的語法著作把副詞列入實詞，提出如下理由：副詞可以充當句子成分，作狀語，這是其他虛詞（連詞、助詞）不具備的；有些副詞意義也比較實在，更有一些還可以單說。把副詞列為虛詞，理由如下：副詞作句子成分，範圍有限，大部分只能作狀語，極個別的可以作補語（"好極了、好得很"），絕大多數的副詞不具備這個語法特點。不同於其他實詞，可以作多種句子成分；不少副詞意義不夠實在，有的意義很虛，在句中只有語法意義；表示關聯的副詞在句中不能作句子成分。

2.副詞只能作狀語，修飾動詞、形容詞，以及其他副詞。例如：

而現在——一九八一年的冬天，丁玲和陳明竟和我與安格爾，在輕寒斜陽的愛荷華樹林中散步！

我又回頭看了他們一眼，只為證實我不在夢中。（聶華苓〈林中，爐邊，黃昏後〉）

大概，書的種類雖然是數不盡的多，不過，簡單的說來，它們卻只有兩個。它們便是，不得不讀的，以及自己愛讀的書籍。（朱湘〈我的童年〉）

3. 有些副詞有關聯作用，能夠把動詞、形容詞或者短語、句子組合在一起。這一類副詞有的是單用的，有的是前後配對用的，有的和連詞配對用。例如：

美國的孩子童年期間極短，一晃眼像孟夏的草木，已是長得又高又大，嚇人一跳。（水晶〈無情遊〉）

假如我是個詩人，我就要寫出一首長詩，來描繪她們的變幻多姿的旋舞。（冰心〈觀舞記〉）

4. 有少數形容詞修飾動詞，這一類很容易和副詞相混。注意那些不能作定語，也不被修飾的是副詞。如："突然"和"忽然"都表示"情況迅速出現，出人意料"。"忽然"如與"間""之間"搭配，語氣變得舒緩（"我忽然間想起那樁事情"）。"突然"是形容詞，在句中可作多種成分（"事情太突然了、突然禍從天降、他突然出現了"），而"忽然"是副詞，在句中只作狀語（"他忽然出現了"）。

5. 能夠單獨運用的副詞（約六十多個）一般出現在對話形式中，可見這是口語句法中的一個特點。例如：

"這事一定能辦成！""未必，不要太自信了。"

"這事拖來拖去一直沒辦成，我看還是按小林的意思辦算了。""本來嘛！要是按我的意思辦，早就辦成了！"

"小李，快！快趕上他！""好！馬上！"

"你今天特地來這兒？""不，順便。"

（二）介詞

介詞不能單獨用，它用在名詞和名詞性短語前，同它們合起來成為介詞短語，或稱介賓短語。介詞短語通常作動詞、形容詞的修飾、限制成分，表示時間、處所、方向、方式、方法、手段、原因、目的、對象、範圍、關聯、比較、排除等。

常用介詞列表如下：

作用	例詞
表示時間、處所、方向	從　自　打　到　至　往　在　乘 當　朝　向　趁　由　隨　沿　順 自從　隨着
表示方式、方法、手段	按　照　依　本　以　將　憑　把 被　據　根據　鑑於　按照　依照 通過
表示原因、目的	因　為　由於　為了　為着
表示對象、範圍、關聯	對　替　同　與　跟　和 對於　關於　任憑　至於
表示比較	比　和　同　與　跟
表示排除	除　除了　除開　除去

介詞的語法特點如下：

1. 介詞許多是由動詞虛化而來，所以就有和動詞分合的問題。有些介詞意義很難說和動詞的意義沒有聯繫。例如，下面兩組句子中的"在""朝"：

小莉今天整天都在電台。（動詞）
小莉今天整天都在電台排練。（介詞）
紅磚小樓的大門朝南。（動詞）
紅磚小樓的大門朝南開。（介詞）

所以，有的語法書把介詞列為次動詞或副動詞，認為是動詞的一類。可見有些介詞也是半實半虛的詞。

介詞在以下幾方面和動詞有明顯的不同：

第一，介詞不能重疊。

第二，介詞不作謂語裏的主要成分，不單獨成句，前邊一般不加能願動詞。

就介詞的語法功能看，可以脫離動詞，單列一類。

2.介詞和名詞、名詞性短語組合後，在句中常常作狀語、補語、定語。例如：

我們在哈盛強對面街下了車，我一把將玉卿嫂拖到電線杆後面……（白先勇《玉卿嫂》）——作狀語

金燕飛走在前面，慶生挨着她緊跟在後面，……（白先勇《玉卿嫂》）——作補語

由衣廠到她家的那四個街口，走得羅師奶汗流滿面。（伊犁〈墮胎〉）——作定語

3.介詞的用法是很複雜的，像"把""被"都是用法特殊的介詞，用上"把""被"的句子稱為"把"字句和"被"字句，後面講句式時還會講到。此外，像"連、對於、對、關於、由於、為了"等在用法上都有自己的特點。

（三）連詞

把兩個詞或者比詞大的單位（短語、分句、句子甚至段落）連接起來的詞叫連詞。

連接詞和短語的連詞有：和、同、跟、與、以及、並、並且、而、而且、或、或者等。

連接句子的連詞有：不但、而且、雖然、但是、因為、所以、如果、假使、倘若、只有、只要、除非、不論、不管、由於、因此等。

按照表示的邏輯關係，連詞又可作如下劃分：

邏輯關係	例詞
並列	和　同　與　跟　而　及　以及　並且
承接	於是　然後　那麼　接着　跟着　而
遞進	並且　並且　而　而且　況且 尚且　何況　豈但　進而　甚至 甚而　不但　不僅　不單　不光　不只
選擇	或　或者　或是　或則　還是 不是……就是　是……還是　要麼……要麼 要就是……要就是　要是……寧可
轉折	雖　雖然　雖說　雖則　儘管　固然　但 但是　可　可是　而　然而　不過　卻　則　不然
因果	因　因為　由於　所以　因此　因而　唯其　從而 以至　以致
條件	只要　只有　除非　無論　不論　不管　任憑 憑　但凡　凡　凡是　唯有
假設	如　若　倘　要　如果　若是　假如　假若 假使　假設　縱使　倘若　倘使　別說　即使 即令　設若　縱令　就算　就使　要是　否則
目的	為　為了　為着　以　以免　以便　免得　省得

連詞的語法特點如下：

連詞是典型的虛詞，它在短語和句子中只起連接作用，而不起修飾、限制、補充作用。這種連接作用，表明連詞是一種重要的語法手段，它表示的是語法意義，表示詞和詞之間、短語之間、句子之間乃至句群之間、段落之間的邏輯事理關係。

當然，起關聯作用的還不止是連詞，前面講到的一些有連接作用的副詞，一些虛化了的實詞或短語，都有關聯作用，所以，常常把它們合稱為關聯詞語。關聯詞語是表示組合關係的重要標誌。

（四）助詞

助詞是一種特殊的虛詞，它的獨立性最差，意義也最不實在，它們附着在詞、短語或句子後面，有輔助作用，表示一些附加的意義。助詞的作用有一部分相當於別的語言裏的形態變化。

助詞是可以盡數的、封閉型的虛詞。主要有三類，每類有自己的語法特點。列表如下：

類型	例詞
結構助詞	的　地　得　所　似的
動態助詞	着　了　過
語氣助詞	的　呢　了　嗎　吧　啊　啦　哇 唄　麼　喲　罷　嘛　哩　罷了　而已

助詞的語法特點如下：

1. 結構助詞"的、地、得"在短語、句子中分別是定語、狀語、補語的標誌。例如：

我擠出人群，登上城樓的垛口。徐徐的清風迎面吹來，四周的大山蒸騰着薄薄的嵐氣，長城彎彎曲曲地爬過崢嶸的山脊。（禾子〈長城，留在我們身後〉）

樹葉兒卻綠得發亮，小草兒也青得逼你的眼。（朱自清〈春〉）

有人主張"的、地"不分，都用"的"。認為過去曾經不分（如《紅樓夢》），也沒有引起混亂。現代作家的作品有的也都用"的"。例如：

天晚了，夕陽影裏，又有三五人移轉來，寂寞而空洞的叫道："擺渡呀！"

……但老人總是沉默着，咿咿呀呀的搖他的渡船，彷彿不願意聽這些庸俗的世事。（柯靈〈野渡〉）

2. 結構助詞"的"還有一種特殊用法，可以附加在實詞或短語的後面，構成

"的"字短語（或稱"的"字結構、"的"字詞組），用來代替名詞。例如：

遠近的炊煙，成絲的，成縷的，成捲的，輕快的，遲重的，濃灰的，淡青的，慘白的，在靜定的朝氣裏漸漸的上騰，漸漸的不見，……（徐志摩〈我所知道的康橋〉）

3. 結構助詞"所"是文言詞的遺留。它用在及物動詞前，使得"所＋及物動詞"成為名詞性短語。也常跟"被、為"配合，組成"被……所……""為……所……"句型，表示被動。多用在書面語中。例如：

老人生活所需，似乎由一村中大族祠堂所供給，所以村人過渡的照例不必化錢。（柯靈〈野渡〉）

妻不復出聲了，她像感覺到我所說的話太殘忍似的，靜悄悄地躲進房裏去了。（魯彥〈聽潮〉）

4. 結構助詞"似的"，讀作 shìde，有時寫作"是的"，但不寫作"似地"。前面可用動詞"像"配合，組成"像……似的"結構，也可以不用。例如：

那美秀風景的全部正像畫片似的展露在你的眼前，供你閒暇的鑑賞。（徐志摩〈翡冷翠山居閒話〉）

小河從容向全村各處流去，左右縈迴，帶子似的打着巧妙的花結，把一個村子分成許多島嶼。（柯靈〈野渡〉）

5. 動態助詞"着、了、過"用在動詞後邊，表示動作的進行或完成的情狀，"着"表示動作正在進行，"了"表示動作已經完成，"過"表示動作曾經發生。有的語法書把動態助詞稱為時態助詞，這個名稱不夠準確，因為動態助詞並不表示現在、過去、未來這樣的時間概念，表示時間範疇一般用時間詞。下面是動態助詞用例：

未必有什麼新大陸在遙遙地期待我，但我卻甘願冒着風濤，帶着渴望，獨自

在無涯的海上航行。（何其芳〈樹蔭下的默想〉）

我們說了很多的話，隨後是片刻沉默。就在這片刻沉默裏，許多記憶，許多感想在我心裏浮了起來。（何其芳〈樹蔭下的默想〉）

北方的冬天，已經飄飛過雪了。（何其芳〈樹蔭下的默想〉）

6. 語氣助詞用在一個句子後邊，表示說話的語氣。語氣助詞常用的有"的、了、嗎、呢、吧、啊"，可以分別表示各種各樣的陳述、疑問、祈使、感嘆的語氣。此外，語氣助詞常有成句的作用。例如：

船就要到白帝城了。過了白帝城只有十里就是目的地奉節了。（聶華苓《桑青與桃紅》）——表示陳述

霎那間在我迷眩了的視覺中，這草田變成了……不說也罷，說來你們也是不信的！（徐志摩〈我所知道的康橋〉）——表示陳述（加強確定的語氣）

新娘呢？我趁機仔細打量了她一番，她的姿色，就近看來，竟在中等以上，……（於梨華〈交換〉）——表示疑問

轟隆隆，轟隆隆，再急些！再響些吧！（茅盾〈雷雨前〉）——表示祈使

呵，這奇妙的春雨，它正給未來孕育着怎樣景象啊！（嚴陣〈牡丹園記〉）——表示感嘆

7. 大部分助詞（除"所"以外）都念輕聲。結構助詞"的、地、得"是同音詞，口頭上都念 de，這也是"的、地"可以不分寫的一個重要理由。

（五）嘆詞

嘆詞表示感嘆或者呼喚應答的聲音。以表示的各種情緒來看，可以分為以下幾類：

表示喜悅，例如：哈哈　嘻嘻

表示哀傷，例如：唉　哎喲　咳　嗐

表示憤怒，例如：哼　呸　嚇

表示驚訝，例如：唉呀 咦 啊

表示呼喚，例如：喂 嘿 哎

表示應答，例如：嗯 哦 哎 嗨

許多嘆詞是記錄聲音的，而大家發出的聲音並不完全一樣，所以有的嘆詞是多音詞，而且在書面上有多種寫法。試看下表：

嘆詞	讀音	例句
啊	ā	啊，太陽出來啦！
	á	啊，出了車禍了？
	ǎ	啊，有這樣的事？
	à	啊，倒霉死啦！
噯	ǎi	噯，你搞錯了。
	ài	噯，早告訴我我就不湊熱鬧了。
唉	āi	唉！信不信由你了！
	ài	唉！這病怎麼治得好？
哎	āi	哎！你上哪兒去？
哎呀	āi yā	哎呀！我的天哪！
哎喲	āi yō	哎喲！叫我怎麼辦哪？
欸（欸）	ēi	欸，你快去！
	éi（éi）	欸，他怎麼一個人去了？
欸（欸）	ěi（ěi）	欸，怎麼這樣說話呢？
	èi（èi）	欸，來了，來了！
哈	hā	哈！成了闊太太了！
咳	hāi	咳！我怎麼把這麼大的事忘了？
嗨	hāi	嗨，快下海來吧！

嘆詞	讀音	例句
嗨喲	hāiyō	一二，嗨喲！一二，嗨喲！
喝（荷）	hē	喝，鼻子長到眼睛上頭去了。
嚇（唬）	hè	嚇！裁判怎麼這麼不公平！
哼唷	hēngyō	哼唷！哼唷！大家一起用力拉！
哼	hng	哼！我不稀罕你的錢。
嘿	hēi	嘿，挺棒的麼。
嚄	huō	嚄！好大條（魚）呀！
	huò	嚄！好大的個子，過兩米了！
	ǒ	嚄！蠍子，大蠍子！
嚯	huò	嚯，嚇我一跳，原來是你。
姆（嘸）	ḿ	姆，聽見了。
喏	nuò	喏，這是還你的錢。
嗯（唔）	ńg	嗯，幹什麼？
	ňg	嗯，東樓那家又被盜了？
	ǹg	嗯，我知道了。
喔（噢）	ō	喔，原來不是他的錯。
喔唷	ōyō	喔唷！這西瓜真大呀！
哦（喔）	ó	哦，我實在不記得了。
	ò	哦，我想起來了。
呸	pèi	呸！不孝的子孫！
嘶	sī	嘶，小心點兒，別使勁！
噓	xū／shī	噓，小點兒聲。
喂	wèi	喂！看不看電影啊？

第四章　語法　| 329

嘆詞	讀音	例句
嘻	xī	嘻，太有意思了。
呀	yā	呀，漲潮了！
咦	yí	咦，他又上哪兒去了？
喲（唷）	yō	喲，快管管你的兒子吧！
呦	yōu	呦！什麼風把你吹來了！

嘆詞的語法特點如下：

1. 嘆詞是漢語詞類中很特殊的一類詞。它的特殊在於不和任何其他詞發生組合關係，而是自己獨立成為句子（或者複句中的分句）。在非主謂句中，就有一類是嘆詞句。在書面上，嘆詞後有較大的停頓，一般用感嘆號或者問號。較小的停頓用逗號。

2. 嘆詞在句子前面（或句中）要與句子的語調配合起來作用，從上表看，同一個嘆詞用不同的語調，就表達不同的意思。例如：ǎi 嗳，你搞錯了。ài 嗳，早告訴我，我就不湊熱鬧了。

3. 有的嘆詞偶爾被借用作句子成分，帶有動詞性或形容詞性。例如：

他"哎呀"了一聲，從夢中驚醒。
有人躺在路旁的溝裏發出"哼哼"的聲音。

（六）擬聲詞

摹擬事物的聲音的詞叫擬聲詞，或者叫象聲詞。由於擬聲詞的形式和形容詞的生動化形式（"圓咕隆冬、苦了呱嘰、酸不溜丟"）很相似，所以有的語法書把它列為形容詞的一小類。

下面列表介紹一些擬聲詞：

擬聲詞	讀音	例句
叭	bā	槍聲叭叭的響個不停。
嘣	bēng	嘣,大汽球爆炸了!
哧	chī	她哧哧地笑着。
叮噹	dīngdāng	清脆的鈴聲,叮噹!叮噹!
咚	dōng	小鼓敲得咚咚響。
嘎吱	gāzhī	嘎吱一聲,木柵欄門推開了。
咕嘟	gūdū	他把一瓶酒咕嘟咕嘟灌了下去。
轟隆	hōnglōng	轟隆,是炮聲,還是雷聲?
嘩	huā	雨嘩嘩地下個不停。
唧唧	jījī	秋蟲唧唧叫着。
哐啷	kuānglāng	哐啷一聲從廚房傳來。
噗哧	pūchī	她忍不住噗哧笑出了聲。
嗖	sōu	箭嗖的一聲離了弦。
喊喊喳喳	qīqī-chāchā	小姑娘們喊喊喳喳說個不停。
稀里嘩啦	xīli-huālā	稀裏嘩啦敗下陣來。
咿啞	yīyā	小孩咿啞學話時最可愛。
錚錚	zhēngzhēng	交戰中的劍錚錚作響。
吱	zī	頂棚上的老鼠吱吱叫着。

擬聲詞的語法特點如下:

1. 擬聲詞有時用法像嘆詞,不和句中其他詞組合。例如:

撒、撒、撒,像秋天細雨的聲音,所有的蠶都在那裏吃桑葉。(葉紹鈞〈蠶和螞蟻〉)

霍!霍!霍!巨人的刀光在長空飛舞。

轟隆隆,轟隆隆,再急些!再響些吧!(茅盾〈雷雨前〉)

2. 擬聲詞有時用起來像動詞,也可以在後面加動態助詞"了、着"以及虛化了的趨向動詞"起來"等。例如:

開花時節,那蜜蜂滿野嚶嚶嗡嗡,忙得忘記早晚。(楊朔〈荔枝蜜〉)
女孩子們又嘰嘰喳喳起來,吵得人要搗耳朵。

3. 擬聲詞所以能列為形容詞的一小類,是因為它常常在句中作定語或者狀語。例如:

劉姥姥只聽見咯噹咯噹的響聲,很似打羅篩麵的一般,……正發呆時,陡聽得"噹"的一聲,又若金鐘銅磬一般,倒嚇得不住的展眼兒。(曹雪芹《紅樓夢》)——作定語

於是碧色的湖水,被春風輕輕的吹動,山間的溪流也開始淙淙汩汩的流動;……(鄭振鐸〈蝴蝶的文學〉)——作狀語

第四節　短語

一、短語的分類

兩個或兩個以上的詞構成的句法結構單位叫短語。按不同的分類標準，短語可作如下幾種分類。

（一）按短語的內部結構關係分類

短語內部結構關係同語素組合為詞的內部結構關係一致。

有五種基本關係，即並列關係、偏正關係、主謂關係、動賓關係、動補關係：

1. 並列關係，例如：

中學大學　學生和老師　文科理科

港島九龍新界　火星金星水星

又寬又大　美麗而聰慧　勇敢機智

雄偉、浩瀚、瑰麗、神奇

唱歌跳舞　學習並研討　又哭又鬧

試驗、改良並推廣　討論、研究並通過

2. 偏正關係，例如：

兩位演員　高大的樓房　海的酣夢

甜蜜的感情　一切的思念　涼爽的橄欖林

非常漂亮　無限溫暖　童稚的活潑

少有的冷靜　翡翠般的綠

認真讀　閃閃發光　淒涼地笑着

快樂地度過　響雷般地怒吼着

3. 主謂關係,例如:

大雪紛飛　晨光來臨　大廈建成
學習認真　討論熱烈　暮靄沉沉
她的漂亮是有名的　靜不是停滯

4. 動賓關係,例如:

打翻了調色板　騎着駿馬　吹過秧田裏
揭開秘密　架了雲梯　上青天　去上海
吃飯館　曬太陽　恢復疲勞　救火

5. 動補關係,例如:

說明白　收拾乾淨　走到石橋邊
睡得迷迷糊糊　吹得顫波波的
飛舞起來　飄下來　走下去

(二) 按短語的語法功能分類

主要有名詞性短語、動詞性短語、形容詞性短語三種:

1. 名詞性短語,例如:

技術改革　軍事秘密　電腦的重要性
我的家鄉　研討的步驟　良好的願望
五個小姑娘　櫻花盛開的季節
桌子上　小河旁　抽屜裏面

2. 動詞性短語,例如:

學電腦　想他　喜歡游泳　保持安靜

寫小說　去南極　坐飛船　掛着招牌
聽明白　走過來　跳三下　寫得漂亮
明天去　莊嚴宣佈　哪裏去　剛開會
一眼看穿　從雪梨來　會彈琴　能來

3. 形容詞性短語，例如：

非常沉穩　很漂亮　十分聰明
鮮極了　紅得很　亮得耀眼
生動活潑　又高又大　寬敞且明亮

（三）按實詞、虛詞之間的組合分類

1. 實詞和實詞的組合，例如：

藝術修養　思想情操　性格內向
充滿幻想　美麗非凡　女宇航員

2. 依靠虛詞來組合實詞，例如：

清代的文字學　曹雪芹和他的《紅樓夢》
整理得有條有理　連跳帶蹦地跑過來
出版並銷售　既便宜又好　又說又笑

3. 一個虛詞和實詞或實詞性短語的組合，例如：

從南方（來）　向海邊（走）　賣鮮花的

二、常用短語分析

下面我們選擇常用短語作具體分析。

先分析名詞性短語、動詞性短語、形容詞性短語。因為短語用在句子中主要看它的功用，名詞性短語以名詞為主體，功用和名詞相同，動詞性短語以動詞為主體，功用和動詞相同，形容詞性短語以形容詞為主體，功用和形容詞相同，短語的功用清楚了，句子分析也可以化難為易。此外，實詞中的名詞、動詞、形容詞都是開放型的，數量最多，並不斷地增添新詞，而代詞、量詞以及虛詞，數量都有限，特別是虛詞，是封閉型的，這樣，詞和詞的組合中，也是名詞、動詞、形容詞的組合最多。再有，分析主謂句和非主謂句的類型時，也是考慮語法功能，主謂句以謂語的不同類型分類，分為名詞性謂語句、動詞性謂語句、形容詞性謂語句等，非主謂句分為名詞性非主謂句、動詞性非主謂句、形容詞性非主謂句等。這樣，在語法分析上保持了一致性。

（一）名詞性短語

名詞性短語從內部結構來看，主要有偏正關係和並列關係兩種，此外還有幾類特殊的情況：方位短語（或稱方位詞組）、"的"字短語（或稱"的"字結構、"的"字詞組）、複指短語（或稱複指詞組）。

1. 偏正關係

名詞性短語的中心語是名詞，中心語前面的修飾和限制的成分叫定語。"定語＋中心語"構成偏正關係。

（1）定語的作用

定語對中心語主要有限制的作用和描寫的作用，可以分為限制性定語和描寫性定語。

限制性定語：定語可以從領屬、數量、質地、性質、處所、時間、範圍等方面對中心語加以限制，豐富了中心語所表示的概念的內涵，和其他相類的事物相區別。例如：

爸爸的手錶　家鄉的特產　獵人的狗
幾隻麻雀　一棟樓房　本質的結構

羊皮夾克　經濟特區　價值規律

哲學的分類　政治架構　軍事秘密

黃山的景致　昨天的午餐　全部的責任

描寫性定語：定語可以從狀態、形狀、色彩、性質等方面對中心語加以描寫。例如：

寬敞的房間　明亮的光線　綠色窗簾

蔚藍的大海　瘦瘦的身影　大個子

崇高的理想　謙虛的態度　敏捷的思路

虛偽的面孔　輕鬆的步子　混亂狀況

定語的限制和描寫的作用，有時候可以區分得很清楚，有時候是兩種作用都有。表達時，定語的作用很重要，它使人們準確而形象地理解中心語；但也要根據表達需要來選擇定語，不能任意堆砌。

（2）定語的構成

定語可以由名詞、形容詞、代詞以及動詞構成。例如：

學校的風氣　電影雜誌　資訊社會

痛苦的回憶　瀟灑風度　藍寶石

他們的理論　我們學校　他的衣料

討論提綱　開放城市　比賽程序

也可以由指示代詞和數詞、量詞的組合構成。例如：

這三個學生　那兩位老師　哪幾位先生

這種題目　那個姑娘　那次運動會

兩座大樓　一所醫院　兩朵玫瑰

這一情況　這一事件　這一目的

各種短語也可作定語。例如：

廣東廣西的方言　新鮮活潑的口語
辭采優美的文章　身體健壯的小夥子
陷入情網的姑娘　瞭解他的人
洗乾淨了的衣服　收拾整齊了的房間
對於詞彙的敏感　關於他的傳聞

從以上的例子可以看出，各類詞和短語不少可以作定語。當然，形容詞、名詞、數量詞作定語的時候多，動詞作定語的時候比較少。

定語和中心語之間是不是一定需要結構助詞"的"來幫忙，這有三種情況：

① 可用可不用：定語和中心語經常組合的，雙音節形容詞作定語的。例如：

我們球隊　我們的球隊
歷史教訓　歷史的教訓
新鮮蔬菜　新鮮的蔬菜

② 一般需要"的"的幫助：動詞作定語，名詞作領屬性定語，形容詞重疊形式作定語，短語作定語，等等。例如：

跑的姿勢　玩兒的興致（動詞）
三班的桌椅　小寶的鋼筆（名詞）
密密麻麻的小字　綠油油的麥苗（形容詞重疊形式）
老師講過的內容　又白又紅的小臉（短語）

③ 一般不需要"的"的幫助：數量詞作定語，指示代詞"這""那"作定語，單音節形容詞作定語，表示質地、來源等的名詞作定語等。例如：

一輛汽車　三部電腦　五節車廂（數量詞）
這孩子　那時候　哪一天（指示代詞"這""那"）

紅玫瑰　紫葡萄　藍領帶（單音節形容詞）

棉大衣　金華火腿　故宮導遊圖（表示質地、來源的名詞）

2. 並列關係

兩個或兩個以上的名詞並列地組合在一起，構成並列關係的名詞性短語。名詞和名詞可以疊加在一起，也可以用停頓隔開（書面上用頓號或逗號），有時也可以用連詞"和、跟、同、與、及"或者其他虛詞連接起來。例如：

龍眼荔枝　龍眼、荔枝　龍眼和荔枝

油鹽醬醋　豆瓣醬、芝麻醬和花生醬

魚啊蝦的　英語啊法語啊日語什麼的

3. 方位短語

方位短語是"名詞＋方位詞"的組合。方位詞是中心語，名詞是定語。例如：

大殿前面　竹籬上邊　匣子裏面

蓮花峰上　小河旁　花壇中間

廂房內　大江南北　泰山西側

4. "的"字短語

定語帶助詞"的"的名詞短語，有很多可以省去作中心語的名詞，構成"的"字短語，用來指代省去的名詞，語法功能和名詞一樣。

當然，並不是所有定語帶"的"的名詞性短語都可以構成"的"字短語。下列幾種情況才可以構成"的"字短語。

（1）定語是"名詞＋的"，作中心語的名詞表示人或具體事物。例如：

香港大學的（學生）英文程度高。

這雙皮鞋是義大利的（產品）。

（2）定語是"代詞＋的"，如果表示抽象事物和人的稱謂，則中心語不能省。

例如：

我的（文章）不如他的（文章）好。
這些書是你的（書）。
他的媽媽比我的媽媽年長三歲。

（3）定語是"動詞＋的"，但要有附加條件，即作中心語的名詞可以變換為動詞前的主語，或動詞後的賓語。例如：

搖櫓的（人），拉縴的（人）都已經疲憊不堪。（人搖櫓，人拉縴）
他開的（汽車）是名牌貨。（開汽車）

（4）定語是"形容詞＋的"，一般定語是限制性的，而不是描寫性的。例如：

白的（花）是梨花，粉的（花）是桃花。
她買了一件漂亮的連衣裙。

5. 複指短語

又叫同位短語，組合成短詞的兩個或兩個以上的詞，從不同角度來指稱同一個人或同一個事物。例如：

王協教授　班長李小穎
英國首都倫敦　直轄市台北
他們三個人　我們這些中年人
我自己　咱們大夥兒　您這位老奶奶
臘月二十三那天　四月五日清明節

複指短語不同於並列關係的名詞性短語，它指的是同一人或同一事物，不像並列關係指的是不同的人或事物。

6. 名詞性短語的用途

名詞性短語的語法功用和名詞相同，主要作主語、賓語和定語。

作主語，例如：

這裏的空氣是和平的，是幽靜的，……（李廣田〈天鵝〉）
一隻天鵝和一尾鱒魚結了朋友！（李廣田〈天鵝〉）
頭腦裏、文字裏、經驗裏、閱讀裏、思考裏都應該有這個世界。（王蒙《一輩子的活法》）

作賓語，例如：

我平素不大喜愛錶和鐘這一類東西。（陸蠡〈光陰〉）
而文學作品，正是我的歌，我的交響，我的協奏，我的節奏與旋律。（王蒙《一輩子的活法》）

作定語，例如：

他的背影的姿態突然使我回復了從前的心情。（豐子愷〈舊地重遊〉）
心花開了，我笑着跳着，珍視我自己的童年。（唐弢〈童年〉）

（二）動詞性短語

動詞性短語以內部結構來看，有多種類型。動詞後面可以帶賓語，構成動賓關係；動詞後面還可以帶補語，構成動補關係；動詞前面可以有狀語，構成偏正關係；兩個或兩個以上的動詞並列組合在一起，構成並列關係。還有幾種特殊的動詞性短語：一種是能願動詞（助動詞）和動詞的組合，也可簡稱為能願短語；一種是幾個動詞按一定次序的連用，可稱為連動短語；一種是由使令動詞為主體構成的兼語短語。下面分類分析。

1. 動賓關係——動詞＋賓語

動詞和它所支配的賓語在結構上和意義上聯繫都十分緊密。動詞和賓語組合在一起，又稱支配關係，當然這是一個概括的說法，實際上它們在意義上的聯繫是多種多樣的。並非所有的動詞都可以帶賓語，及物動詞（他動詞）可以帶賓語，不及物動詞（自動詞）不帶賓語。

（1）賓語表示的語法意義

受事賓語，賓語是動作的受事，表示動作、行為的對象。例如：

洗芹菜　擦桌子　種茉莉花

炸豆腐　吃鳳梨　打乒乓球

施事賓語，賓語是動作的發出者，即施事成分。例如：

住客人　來人（了）　來警察了

走了一位　曬太陽　吹風

結果賓語，賓語表示動作、行為的結果。例如：

寫文章　挖地道　包餛飩　　麵條

碰了個大疙瘩　繡嫁衣　蓋大廈

工具賓語，賓語表示動作憑藉的工具。例如：

抽煙斗　吃大碗　洗熱水　寫毛筆

處所賓語，賓語表示動作、行為的處所。例如：

去南極　坐飛船　往台灣　吃食堂

存現賓語，賓語表示存現、消失的人或事物。例如：

來了一位客人　跑了一隻狗　長着一棵大樹

掛着一幅名畫　放着盆君子蘭　少了十塊錢

賓語表示和主語有同一關係或從屬關係的事物或人。例如：

香港是國際金融中心　他是家裏的長子

342　｜　現代漢語

京劇是中國的傳統戲曲　小說是文藝作品

《哈姆雷特》是莎翁名著　曹雪芹是《紅樓夢》的作者

賓語表示其他關係（約定俗成）。例如：

恢復疲勞　打掃衛生
救火　養病　救災

（2）賓語的構成

賓語可以由名詞、代詞構成。比如：

試新裝　學電腦　通知他　要什麼

也可由動詞、形容詞構成。比如：

喜歡游泳　想划船　參加討論
保持肅靜　維持安定　愛漂亮

數量詞作賓語。例如：

取一瓶　拿五個　買三件

各類短語作賓語。例如：

集中了全校的教師和學生
參觀了台灣大學、台北市立大學
看見三艘軍艦進港

（3）雙賓語的構成

有的動詞（如"告訴、教、給、送、問、請教、寄、發"等）常常帶兩個賓語。這兩個賓語，一個是指人的，叫近賓語，一個是指事物的，叫遠賓語。例如：

妹妹告訴哥哥　一個秘密。

第四章　語法 | 343

媽媽教我 一首歌。

辦公室給他 一封電報。

大家送老師 一束鮮花。

請教您 一個問題。

（4）體詞性賓語和謂詞性賓語

體賓動詞只能帶體詞性賓語，不能帶謂詞性賓語。謂賓動詞只能帶謂詞性賓語，不能帶體詞性賓語。體詞指的是主要充當主語、賓語，一般不充當謂語的詞，名詞、數量詞、一部分代詞屬於體詞；謂詞指的是主要充當謂語的詞，動詞、形容詞屬於謂詞。體詞性賓語是以體詞為中心的，謂詞性賓語是以謂詞為中心的。例如，只能帶體詞性賓語的及物動詞有：吃、喝、捆、駕駛、團結、搜集、服從、出現、闡明，等等；只能帶謂詞性賓語的及物動詞有：進行、禁止、認為、覺得、感到、主張、打算，等等。例如：

公司的高級管理要能團結公司裏上上下下的人。

他工作中出現了很大的問題。

學校認為宿舍訂立嚴肅的規定是必要的。

他們打算暑假去台灣旅行。

2. 動補關係——動詞＋補語

補語在動詞的後面，補充說明動作、行為發生的時間、地點、結果、程度、趨向、數量等。它和賓語從意念上說作用不同，賓語的作用側重於提出和動作有關的事物，充任賓語的有動詞、形容詞，但更多的是名詞、代詞和名詞性短語；補語側重於提出動作的狀態或結果，充任補語的多是動詞、形容詞等，而不能是名詞或名詞性短語。

（1）補語表示的語法意義

時間補語，補語說明動作發生的時間。例如：

寫了一整天　幹到三月份　談到三更半夜

處所補語，補語說明動作發生的地點。例如：

生於高雄　飛向太空　吃在台南
爬到太平山頂　建在太空站

結果補語，補語說明動作、行為的結果。例如：

染黑　曬乾　洗得乾淨
建成　說完　聽得明白

可能補語，補語表示某種現象出現或某種結果實現的可能性。例如：

看得見　吃得飽　穿不暖

狀態補語，補語說明動作、行為的狀態。例如：

跑得快　飛得遠遠的　急得出了一身汗

程度補語，補語說明動作、行為的程度。例如：

忙得要命　走得累死了　壞透了

趨向補語，補語說明動作的趨向。例如：

走過來　跑下去　站起來

數量補語，補語說明動作的次數。例如：

打三下　踢一腳　去兩次

（2）補語的構成

補語可以由動詞、形容詞及少數副詞構成。例如：

看得見　飛得高　走不動

收拾整齊　打扮得漂漂亮亮

高興極了　好得很

趨向動詞可以作補語（可叫作"趨向補語"）。例如：

爬上去　跳起來　扔過來

返回去　打開來　鑽進去

數量詞也可以作補語（動量詞居多）。例如：

跑幾步　唱兩次　哭一回

歇一歇　唸一遍　切一刀

各種短語也可構成補語。例如：

長得又高又大　收拾得乾淨、整齊

靜得地上掉根針也聽得見

幹得累死人了　逼得他走投無路　疼得我遍地打滾

愁得他吃不下飯，睡不着覺

（3）補語和結構助詞"得"

下列情況補語需要助詞"得"幫助來和動詞組合。

代詞作補語時，例如：

過得怎麼樣　說得怎樣

某些形容詞或者形容詞性短語作補語時，例如：

字寫得歪歪扭扭　跑得這麼快

屋子裏顯得十分寬敞

某些動詞或動詞性短語作補語時，例如：

氣得哆嗦　急得又蹦又跳

跑得直喘大氣

主謂短語作補語時，例如：

講得大家捧腹大笑

嚇得孩子不敢吭一聲

3. 偏正關係——狀語＋動詞

狀語在動詞前面，修飾或限制動詞。在這種結構裏，動詞是中心語。同是修飾成分，定語修飾的是名詞，助詞"的"可作為定語的標誌；狀語修飾的是動詞，助詞"地"可作為狀語的標誌。

狀語表示動作、行為的狀態、範圍、時間、處所、方式、手段、對象等。

（1）狀語表示的語法意義

狀語表示動作、行為的狀態。例如：

激動地說　熱烈歡迎

不疾不徐地走着

狀語表示動作、行為的範圍。例如：

全都回來　通盤合計一下

儘量吃　只來一個

狀語表示動作、行為的時間、處所、方向。例如：

馬上走　現在動身　眼看翻車

從巴黎來　往南方去　屋裏坐

狀語表示動作、行為的方式、手段。例如：

憑一雙手起家　按媽媽說的去做

根據法律規定　依葫蘆畫瓢

狀語表示動作、行為的對象。例如：

跟他回去　替我賠罪

和大家一起唱　把玻璃杯摔了

（2）狀語的構成

形容詞作狀語。例如：

和氣地說　懶洋洋地睡着　冷冷地看着

副詞作狀語。例如：

隨手拿走　剛剛離開　屢次犯規

特別喜歡　終歸要嫁　保準成功

時間詞、處所詞語（方位詞、方位短語）作狀語。例如：

三點到會　下午飲茶　明天啟程

裏邊坐　河邊走走　馬路上轉轉

代詞作狀語。例如：

哪裏去　這樣寫　怎麼做

數量詞作狀語。例如：

一腳踢開　一把拉住　一聲叫住

介賓短語作狀語。例如：

隨他去　沿海邊散步　由山上下來

衝孩子嚷嚷　向台下扔鮮花

其他短語作狀語。例如：

肩並肩密密地挨着　非常熱情地接待
深一腳淺一腳地走着　很為難地說
目光灼灼地望着　上氣不接下氣地說

（3）狀語和結構助詞"地"
下列情況狀語和動詞之間不需要結構助詞"地"：
副詞作狀語時，例如：

再看看　終於成功　很願意
也參加　已經結婚　極喜歡

時間名詞作狀語時，例如：

下午休息　兩點上班　凌晨出發

單音節形容詞作狀語時，例如：

早去　好肯定　慢走

代詞作狀語時，例如：

怎麼做　這樣寫　那麼跑

表示處所的名詞短語、介賓短語作狀語時，例如：

炕上坐　在河邊散步

主謂短語作狀語時，需要用"地"：

精神煥發地邁着大步

態度和藹地說

也有很多情況下是可用可不用"地"的，例如：

認真讀書　認真地讀書
慢慢走　慢慢地走
一股腦兒吞下去　一股腦兒地吞下去

（4）狀語的位置

狀語一般都在動詞的前面。有時表示時間、處所、目的、對象等的狀語又可以用在主語前面，這樣狀語顯得突出，並使句子結構緊密。例如：

今天下午全校開慶祝會。
在懸崖上他停了下來。
為了孩子媽媽吃盡了苦。
關於這篇小說他們寫了不少評論。

4. 並列關係——動詞＋動詞

兩個或兩個以上的動詞並列，組成的短語和動詞功能相同。例如：

跳高、跳遠　又唱歌又跳舞
建設並建成　或同意或贊成或擁護

5. 特殊的動詞性短語

（1）能願短語

這類短語的構成是"能願動詞＋動詞"。有人認為它可以歸併到動賓關係一類（即後面的動詞是賓語），有人認為它可以歸併到偏正關係一類（即前面的能願動詞是狀語）。實際上，上述的兩種情況都可能存在，不像動詞後面加趨向動詞都可以歸入動補關係。因此，本書把這類短語獨立出來分析，不作硬性的歸併。例如：

願意出席　能辦成　肯去

能夠承擔　得參加　要吃

試比較下列兩句：

這類學術研討會他願意出席。（別的會就不大願意出席了。）
他願意出席這類學術研討會。

前一句"願意出席"可以分析為"動詞＋賓語"，後一句"願意出席"似乎又可以分析為"狀語＋動詞"。由此看來，語義的側重點不同，就可以有不同的結構分析。這樣，我們寧可把"能願動詞＋動詞"看成特殊的動詞性短語。

（2）連動短語

連動短語是幾個動詞依序連用。它表面上看起來像並列關係的動詞性短語，實際上二者不同。並列關係的短語各成分之間常常可以互換位置，如"跳高、跳遠"可以換成"跳遠、跳高"，連動短語中動詞的次序往往是一定的。例如：

早上他起牀，洗臉，刷牙，吃早飯。
爸爸上街買報紙看。
小明笑着站起來說，……。

第一句，"起（牀），洗（臉），刷（牙），吃（早飯）"是連續的動作，有先後次序，不可顛倒。第二句，動詞"看"說明"上（街）""買（報紙）"的目的。第三句，"笑着""站起來"說明"說"的一種情態。

（3）兼語短語

以使令動詞（"使、叫、讓"等）為前一個動詞，帶賓語；後一個動詞又以前一賓語為說明、陳述的對象，同時說明前一個行為要達到的目的或產生的結果。例如：

喝酒使人興奮
叫他快點兒來

讓我想一想

為什麼叫兼語短語呢？以第一例為例，因為"人"既是"使"帶的賓語，又是"興奮"的主語，一身兼二職，所以這一類短語叫兼語短語。好像是動賓短語和主謂短語重疊在一起。這三例的層次分析如下：

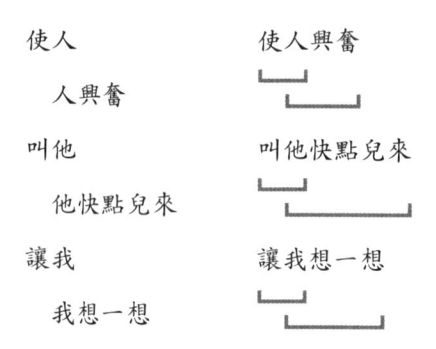

使人　　　　　　使人興奮
　人興奮

叫他　　　　　　叫他快點兒來
　他快點兒來

讓我　　　　　　讓我想一想
　我想一想

6. 動詞性短語的用途

動詞性短語的語法功用和動詞相同，主要作謂語，其次也可以作定語、主語、賓語。

作謂語，例如：

盛夏初秋，蟬經日在綠蔭中臨風高唱，……（賈祖璋〈蟬〉）
所有路上的車輛行人，都要能安全地順利地在橋上通過。（茅以升〈沒有不能造的橋〉）

作定語，例如：

粘滿了銅絲的銅胎是一件值得驚奇的東西。（葉聖陶〈景泰藍的製作〉）
用的色料就是製顏色玻璃的原料，跟塗在瓷器表面的釉料相類。（同上）

作主語，例如：

刺繡，刻絲，象牙雕刻，全都在細密上顯能耐。（葉聖陶〈景泰藍的製作〉）

作賓語,例如:

依山開出的梯田,最高的竟達八十六層,真像是架了雲梯上青天。(碧野〈漢水上游叢山間〉)

(三)形容詞性短語

形容詞性短語以內部結構來看,主要有偏正關係、補充關係、並列關係等。

1. 偏正關係——狀語＋形容詞

形容詞性短語的中心語是形容詞,中心語前面的說明和限制的成分叫狀語。常作形容詞的狀語的是副詞,特別是程度副詞。例如:

很對　十分美麗　最頑固　尤其冷靜
也輕　非常堅強　還大方　特別慎重

形容詞有時也可以再修飾形容詞,作狀語。例如:

空前殘酷　突然嚴肅(起來)

介賓短語作狀語。例如:

這部片子比那部片子好。
小孩子對文娛活動熱心極了。

代詞作狀語。例如:

這樣妖艷　多麼結實

2. 補充關係——形容詞＋補語

形容詞和動詞一樣,後邊可以帶補語,用以補充說明程度、狀況等。例如:

高極了　快得嚇人　胖得走不動
乾淨得很　輕了三磅　紅得耀眼

3. 並列關係——形容詞＋形容詞

兩個或兩個以上的形容詞並列地組合在一起，彼此沒有其他關係。例如：

嚴肅認真　又乾淨又整齊
勇敢堅強　又活潑又聰明

4. 形容詞性短語的用途

形容詞性短語的語法功用和形容詞相同，主要可以作定語、狀語、謂語，也可以作補語、主語、賓語。

作定語，例如：

它們表現了異常頑強的生命力。（秦牧〈花街十里一城春〉）
要找到特別美麗、離奇的貝殼就到特別荒僻的小島去。（秦牧〈海灘拾貝〉）

作狀語，例如：

日子單調、艱難而又恐怖地溜過去。（秦牧《黃金海岸》）

作謂語，例如：

它芳香、甜美、柔軟，而且果實碩大。（秦牧〈"果王"的美號〉）

作補語，例如：

這類果子，在另一些地方可能長得很小很酸很澀，但是在上面這些地方，卻可以長得肥碩香甜，甘美異常。（秦牧〈"果王"的美號〉）

作主語，例如：

（於是）青、赤、白、黑、黃五種顏色就被拿來配木、火、金、水、土，成為顏色上的五行了。（秦牧〈社稷壇抒情〉）

作賓語，例如：

驚嘆魯迅學識的淵博，思想的深邃，戰鬥的勇猛和知人論世的精闢。（秦牧〈辨認文化巨人的長征足跡〉）

以上按短語的語法功用分類，分析了名詞性短語、動詞性短語、形容詞性短語的內部結構及其用途。大量的短語都屬於以上三類短語。但是，也有一些短語不能歸入上述短語，比如，主謂短語、介賓短語，以及固定短語。以下對這幾類短語作簡要的分析。

（四）主謂短語

主謂短語中沒有中心語，主語和謂語之間是陳述和被陳述的關係。

1. 主謂短語的構成

主語是被陳述的對象，謂語起陳述作用，說明主語是什麼或者怎麼樣。

作主語的大多是名詞、代詞或名詞性短語。例如：

小浪就那麼經年累月的一拍一拍的。（葉子〈希臘六音〉）
這是一個白色的小海港。（葉子〈希臘六音〉）
漿洗過似的小白屋，凹凹凸凸地連着。（葉子〈希臘六音〉）

作謂語的大多是動詞、動詞性短語或形容詞、形容詞性短語。例如：

"我們來嘍！"丈夫輕快地笑着喊。（葉子〈一種黃昏〉）
雨停了，小巷子水亮水亮的。（葉子〈三聲不盡唱〉）
這時他的心意的活動比較簡單，又比較鬆弱，故事後還怡然自若……（朱自清〈槳聲燈影裏的秦淮河〉）

實際上，多種詞類和短語可以作主語，或者作謂語，而以上列舉的是常見的。

主語和謂語的關係是很複雜的。如果謂語是動詞或動詞性短語，主語和謂語之間的語義關係是多種多樣的。從語義分析上說，主語可有以下幾類：

施事主語，主語是謂語動詞所表示的動作的發出者，即施事成分。例如：

媽媽教我英語　　大學給了我們良好的教育

狼咬着兔子不放　　熊貓吃綠色的竹子

受事主語，主語是謂語動詞所表示的動作的承受者，即受事成分。例如：

這隻歌我已經會唱了　　這道菜姐姐做得最好

兔子被狼咬着不放　　房子震塌了

與事主語，主語是謂語動詞所表示的動作的參與者，即與事成分。例如：

這個小女孩兒老師教過她跳芭蕾舞

這位新來的老師校長和他談過話

工具主語，主語是謂語動詞所表示的動作的工具。例如：

這把刻刀可以刻圖章

毛筆在宣紙上寫字

處所主語，指明事件發生或狀態存在的處所，或者由謂語對主語表示的處所進行描述、判斷。例如：

草坪上停着一架直升飛機　　天空中飄散着柳絮

陽明山是好地方　　泥濘的草地荒無人煙

時間主語，指明事件發生或狀態存在的時間，或者由謂語對主語表示的時間進行描述、判斷。例如：

今天是端午節　　昨天星期日

上午九點開會　　大年初一下大雪

從表達者的角度看，主語就是他要說的話題，既是話題，則常常表示已經知道的事物，賓語很可能是去表示不確定的事物。試比較：

我想買本好看的小說。（賓語未確定）

好看的小說買來了。（主語已確定）

2. 主謂短語的用途

主謂短語帶上一定的語調、語氣可以構成主謂句，具備主語和謂語兩種成分的句子，一般被認為是完整的句子。

主謂短語一個很大的特點是，可以在句中作多種成分，作主語、謂語、賓語、定語、補語、狀語（常常要加上"像……似的"）等。因此不能把它歸到前面講的名詞性短語、動詞性短語、形容詞性短語裏，它具備獨特的語法功用。這也是漢語句法的一個很重要的特點。

作主語，例如：

他們愛惜清水，就如愛惜他們的金錢。（李廣田〈山水〉）

作謂語，例如：

你的手段我早明白，只要能弄錢，你什麼都做得出來。（曹禺《雷雨》）

這樣的做人、交友、處世態度，這樣的人生基調我至今並不陌生更不丟棄。（王蒙《一輩子的活法》）

作賓語，例如：

我的經驗是，"睡補"好於食補藥補。（王蒙《一輩子的活法》）

現在，我來此看山，看鳥在森林中飛，看湖在山中藍，看雲在腳底下走，看……這一切足夠心靈容納不完的。（羊子喬〈山之旅〉）

作定語（加助詞"的"），例如：

這裏正是當年朱光潛散步、張愛玲聽雨、胡適之發現香港夜景璀璨驚人的同一個地點。（龍應台《大江大海一九四九》）

荷葉上飲了虹光將傾瀉的水珠，垂謝的薔薇將頭枕在綠葉間的暗泣，紅葡萄

酒中隱約復現的青春之夢，珊瑚枕上臨死美人唇邊的微笑，拿來比這時的光景，都不像，都太着痕跡。（蘇雪林〈未完成的畫〉）

作補語（加助詞"得"），例如：

從上至下整個地像一面極大的火鏡，每一條光都像火鏡的焦點，曬得東西要發火。（老舍《駱駝祥子》）

作狀語（加助詞"地"），例如：

他上氣不接下氣地說着遭搶劫的事。
那個陌生人兩眼直直地盯着她的臉。

（五）介賓短語

1. 介賓短語的構成

介賓短語（介賓詞組）又叫介詞短語（介詞詞組），它是由一個介詞和一個名詞或名詞性短語構成的。講介詞時曾談到，介詞許多是由動詞演變來的，是個半實半虛的詞類，所以可以把介詞後面的名詞或名詞性短語看成具有賓語性質的成分。"介賓"的說法是比附着"動賓"來的。

在介詞後面的名詞性短語，最常見的是方位短語（名詞＋方位詞）。

2. 介賓短語的用途

介賓短語最基本的用途是修飾或者限制、說明動詞或形容詞的意義，表示處所、方向、時間、狀態、方式、原因、目的、對象、關聯、比較、排除等，它表示的語法意義如此廣泛，因而在表達中出現頻率是很高的。

作狀語，例如：

在電網恢恢的時代裏，在清流濁流的紛爭裏，在商業掛帥的社會裏，文字傳媒的生存空間是越來越狹窄了。（董橋〈是心中掌燈的時候了〉）

小燕子帶了它的雙剪似的尾，在微風細雨中，或在陽光滿地時，斜飛於曠

亮無比的天空之上,唧的一聲,已由這裏的稻田上,飛到了那邊的高柳之下了。(鄭振鐸〈海燕〉)

作補語,例如:

太陽光射到地球上才八分十八秒鐘,而織女星的光射到地球上要二十七年。(葉至善〈織女星和牽牛星〉)

當時,用象形文字刻在甲骨上面,主要用以占卜,記載戰爭、打獵、求雨等事情。(項弋平〈書籍的變遷〉)

我們就坐在那花香盈盈的曬穀場上說話。(龍應台《大江大海一九四九》)

作定語,例如:

偶讀周亮工的《讀畫錄》,其中有一段關於陳老蓮摹習李龍眠(畫法)的故事,是很耐人尋味的。(孟超〈陳老蓮學畫〉)

有時,介賓短語也可獨立成句子,或分句,不過這種用法不常見。例如:

有許多事情說不清楚,想不清楚:關於生命,關於死亡,關於永恆。關於學問,關於榜樣,關於意義,關於犧牲,關於價值,關於快樂。(王蒙《一輩子的活法》)

在這句子裏,一連串的介賓短語是補充說明"許多事情"的。

(六)固定短語

1.習慣語。結構對稱的習慣語常常是固定短語,例如:

你一言我一語　你一句我一句　仨一群倆一夥

東一頭西一頭　東一句西一句

高一腳低一腳　深一腳淺一腳

東一榔頭西一棒槌

它們多作狀語，修飾動詞，表示某種行為方式，十分具象、生動。比如：

會上你一句我一句說個沒完沒了。

他在凹凸不平的小路上高一腳低一腳地跑着。

2. 四字熟語，主要包括成語和其他四字格熟語。

3. 專有名稱，例如：

北京大學　商務印書館

奧林匹克運動會　中國殘疾人基金會

下面列表對常用短語的結構加以小結：

短語（詞組）類型		舉例
名詞性短語	偏正短語	家鄉的榕樹　良好的習慣 我們的校長　改革步驟
	並列短語	台灣和澎湖　大學、中學、小學 家長以及學生　松樹柏樹
	複指短語	校長王先生　研究員張一弓 王一平教授　金融中心香港
	方位短語	櫻花樹下面　小溪旁邊 博物館裏　金字塔上
	"的"字短語 "所"字短語	媽媽說的　他想像的　學校圖書館的 所親身體驗

短語（詞組）類型		舉例
動詞性短語	偏正短語	飛快地跑來　激烈地爭論 自由地翱翔　非常喜歡
	並列短語	學習和研究　游泳、滑水 討論並且通過　又說又笑
	動賓短語	寫毛筆字　收拾房間 拉窗廉　坐飛機
	動補短語	寫清楚　收拾乾淨　飛起來　走下去
	連動短語	去圖書館借書　笑着說
	兼語短語	叫他去　派人去拿
	能願短語	能夠做到　願意參加
形容詞性短語	偏正短語	很漂亮　異常明亮 十分慌張　非常純潔
	並列短語	勇敢而堅強　光明和黑暗 紅和黑　真善美
	形補短語	快極（了）　乾淨得很 亮得耀眼　靜得出奇
主謂短語		技術發達　前輩教導 機器運轉　鮮花怒放
介賓短語		向天空（發射）　朝南（開） （站）在小河旁　關於他的傳言
固定短語		你一句我一句　負債累累 東一榔頭西一棒槌　洋洋大觀

三、短語的擴展

前面分析的短語，可以是兩個詞的組合，也還有不少是三個或三個以上詞的組合，可由簡單的短語擴展為複雜的短語，就像滾雪球一樣，可以由小雪球越滾越大。因而，短語不一定短。

複雜的短語有多種多樣的情況，下面只舉幾種來分析：

（一）多項定語的名詞性短語

中心語名詞前的定語有時不止一項，而是多項。例如：

一個 穿新衣戴花的小女孩兒

十分年輕稚氣的圓臉

多項定語在安排次序上有一定的規律，也有一定的靈活性。例如：
1. 帶"的"的定語在不帶"的"的定語前。例如：

美麗的紅玫瑰

她的長長的大辮子

2. 數量詞作定語，多在帶"的"的定語之前，也可以在帶"的"的定語之後。例如：

一幕記憶中難忘的希臘話劇

三個性質不同的展覽

十六個幾乎和實體大小相當的動物

希臘南角小島上的一個海灣

這類組合有時會產生歧義，例如：

三位同學的家長

兩個公司的司機

"三位"可能是限制"同學"的，也可能是限制"家長"的，"兩個"可以限制"公司"，也可以限制"司機"。消除這種歧義當然可以靠上下文，表達時也可注意避免，比如，如果說的是同一公司兩個司機，組合可以變為"公司的兩個司機"。

3. 領屬性定語只能前置，不能後置。例如：

我國古代正式的書籍
畫家最得意的新作
曹雪芹的反映清代社會的長篇巨著《紅樓夢》

4. 幾個定語都不帶"的"，一般的次序是：領屬性定語—指示代詞—數量詞—形容詞—名詞。例如：

香港那座新銀行大廈
我們這幾項合理建議
妹妹那條彩色長裙

（二）多項狀語的動詞性短語

動詞前可以有多項的遞加式狀語。例如：

剛才跑上跑下地謝幕
便又活生生地被一把撚熄的爐門給冷閉了
小浪就那麼經年累月地一拍一拍輕撫着岸邊的小石塊

（三）"狀＋動＋補＋賓"式的動詞性短語

一個動詞可以同時有狀語、賓語和補語，或其中的兩個，組合成一個複雜的動詞性短語。其格式有以下以四種：

狀＋動＋補＋賓
狀＋動＋補
狀＋動＋賓
動＋補＋賓

1. 狀＋動＋補＋賓，例如：

（草的和暖的顏色）自然地喚起你童稚的活潑

孤立地去記下來一些名詞與話語

2. 狀＋動＋補，例如：

精闢地描寫出來

用普通的話寫下來

3. 狀＋動＋賓，例如：

也要抓住它們的特點特質

不直接說思鄉之苦

4. 動＋補＋賓，例如：

瞭解到他的為人

去一次澳門

四、短語在句法分析中的重要性

　　短語這一級語法單位在漢語句法分析中佔重要地位，如果對短語的種種組合有了透徹認識，句子結構分析就很容易掌握。因為短語是構成句子的基礎，短語和句子的構造是一致的。這是漢語語法的一個重要特點。

　　這一特點的揭示是近幾十年來漢語語法研究的新成果。只選幾部有代表性的語法論著來看，其中對短語的認識是很有見地的。

　　丁聲樹等著的《現代漢語語法講話》提出了"句法結構"的概念，認為漢語的主要句法結構有五種：主謂結構、補充結構、動賓結構、偏正結構、並列結構。

　　朱德熙先生的《語法講義》中提到的句法結構就是詞組（短語），認為詞組（短語）可以自己獨立成句，也可以是句子的一部分。全書分章分析了偏正結構、述賓結構、述補結構、主謂結構、聯合結構、連謂結構，解決了句子的語法分析問題。

在《漢語語法叢書》的序言中，朱德熙先生為他的詞組（即短語）本位語法體系在理論上作了進一步說明：

"早期的語法著作大都以印歐語法為藍本，這在當時是難以避免的。但由於漢語和印歐語在某些方面有根本區別，這種不適當的比附也確實給當時以及以後的語法研究帶來了消極的影響。在印歐語裏，句子跟小於句子的句法結構——詞組——構造不同，界限分明。在漢語裏，詞組和句子的構造原則是一致。詞組被包含在句子裏時是詞組，獨立時就是句子。早期語法著作想要按照印歐語法的模型把句子和詞組截然分開，事實上又做不到，因此產生糾葛。"

呂叔湘先生研究漢語語法疑難問題的理論著作《漢語語法分析問題》也談到短語（詞組）在漢語中的重要地位：

"把短語定為詞（或者語素）和句子之間的中間站，對於漢語好像特別合適。西方古代語言有發達的形態變化，藉以表達各種語法範疇，形態變化附麗於詞，詞在句子裏的位置比較自由。這樣，詞就是天然的句法單位。以詞為界，把語法分為兩部分，講詞的內部情況的是詞法，講詞和句之間的情況的是句法。這樣劃分，對於近代的西方語言已經不太合適，對於漢語就更不合適了。漢語裏語法範疇主要依靠大小語言單位相結合的次序和層次來表達。從語素到句子，如果說有一個中間站，那決不是一般所說的詞，而是一般所說的短語。"

張志公先生主編的《現代漢語》裏指出"學習漢語的組合，應把詞組作為一個重點，掌握詞組的構成、各種詞組的組合關係和組合中應注意的問題，這樣也就掌握了漢語句法的基礎。"

結合前面對各類短語所作的具體分析，結合理論分析，可以很清楚地看出，短語和句子的構造一致，不同的短語加上特定的語調、語氣就可以成為句子，這是漢語句法的一個特點。

比如，下面是一組短語：

在高家（介賓短語）

堂屋裏（方位短語）

除了一盞剛剛換上一百支燭光燈泡的電燈外（介賓短語）

還有一盞懸在中樑上的燃清油的長明燈（"狀＋動＋賓"式的動詞性短語）

一盞煤油大掛燈（偏正式名詞性短語）

四個繪上人物的玻璃宮燈（偏正式名詞性短語）

把這幾個短語組合在一起，加上一定的語調、語氣（書面上用標點符號表示），就成了一個完整的陳述句，用於靜態的描寫，表示事物的存在：

在高家，堂屋裏除了一盞剛換上一百支燭光燈泡的電燈外，還有一盞懸在中樑上的燃清油的長明燈，一盞煤油大掛燈，和四個繪上人物的玻璃宮燈。（巴金《家》）

下面，在進一步分析句子的內部結構時，我們可以更深入地體會到短語和句子結構的一致性。

第五節　句子

一、句子的分類

　　句子是語言的使用單位。它是由詞或者短語帶上一定的語調、語氣構成的。前面講的語素、詞、短語都不是使用單位，而是備用單位。如果以動靜兩種狀態來比附，句子是動態單位，它活動在溝通中；語素、詞、短語則是靜態單位。比如，"蛇"這個名詞，在字典裏它是靜態的語言單位。如果有一群人走在雜草叢生的樹林裏，其中一個人突然發現有一條蛇在草叢裏爬動，他會驚叫一聲："蛇！"這時，那個名詞"蛇"帶上了驚嘆的語調語氣，便成了動態的語言單位，成了一個句子，完成了一次溝通活動（通知同伴）。當聽到同伴"蛇！"的驚叫時，一個有經驗的人會立即回答："別驚動它！"這是一個帶祈使語氣的句子，這個句子如果不帶語調語氣，就成了一個"狀＋動＋賓"式的動詞性短語："別＋驚動＋它"。

　　這樣看來，成句的語調語氣是句子不可缺少的標誌，有時語氣助詞也是成句的標誌，例如：

櫃子誰打開的？

他怎麼走了？

　　明確了句子的概念，再從不同的標準給句子分類，主要從結構和用途兩個方面來看。

（一）按照結構分類

　　按照結構分類，句子可以分為單句和複句。單句又可以分為主謂句和非主謂句。複句是由兩個或兩個以上的單句構成的，單句成為複句的組成成分，失去獨立性，稱為分句。這一分類可用下表表示：

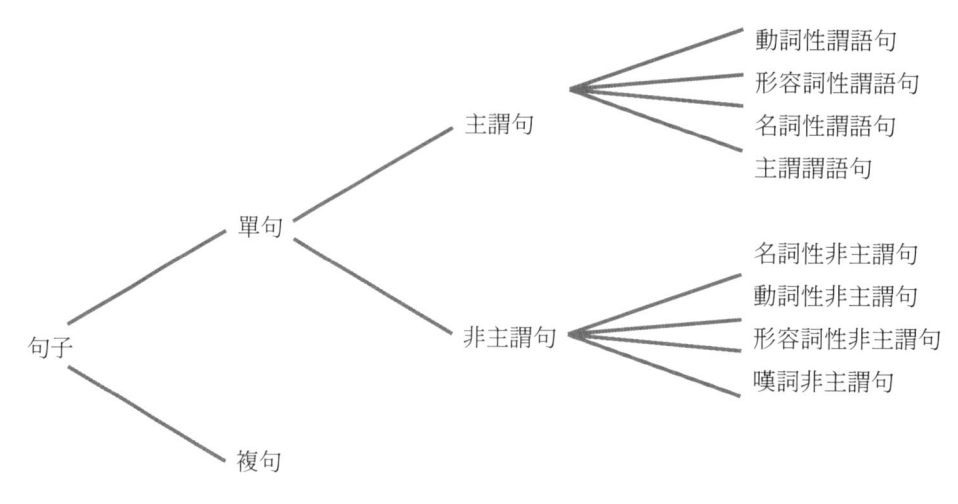

```
                                    ┌─ 動詞性謂語句
                          ┌─ 主謂句 ─┼─ 形容詞性謂語句
                          │         ├─ 名詞性謂語句
                          │         └─ 主謂謂語句
                   ┌─ 單句 ┤
                   │      │         ┌─ 名詞性非主謂句
句子 ─┤             └─非主謂句 ─┼─ 動詞性非主謂句
      │                         ├─ 形容詞性非主謂句
      │                         └─ 嘆詞非主謂句
      └─ 複句
```

語法分析主要是進行語言內部結構的分析。

（二）按照用途分類

　　句子的基本溝通職能，也就是句子的基本用途是表示陳述、疑問、祈使、感嘆。這種表示句子語氣的類型，又叫句類。各式各樣的語調、語氣，多種多樣的感情、情緒，都可以通過陳述句、疑問句、祈使句、感嘆句來表達。

二、單句的構成

　　單句有兩種。一種是由主謂短語構成，叫作主謂句，一種是由單個的詞或主謂短語以外的短語構成的，叫作非主謂句。

　　下面，從葉子的散文〈與兒把話〉中選出一些主謂句和非主謂句。主謂句中，主語和謂語之間用雙豎線"‖"分開：

我‖是中國人？

我‖是澳洲人？

我‖是西班牙人？

我們‖希望你是個長於自然，享於自然，而終感激自然的孩子。

非主謂句不是主謂句的省略式，它補不出確定的主語（或謂語），也毋須補出。例如：

覆你以我羽翼。

饗你以我甜美的乳。

一個好人。

一個快樂的人。

一個真正活出生命的人。

下面這些是省略句，因為每個分句（單句構成）前面的主語承上省略：

孩子，你會忙得很，（你）忙着曬春陽，（你）看杏花，（你）聽鈴聲，（你）感覺山村裏無限的風情水靈；（你）回眸對笑朋友們的訝喜驚愛；（你）更還要忙着應付你喜淘淘、亂紛紛的媽和爹。

（一）主謂句

主謂句包括主語和謂語兩部分，按照謂語的類型，主謂句可分為四種：動詞性謂語句、形容詞性謂語句、名詞性謂語句、主謂謂語句。

1. 動詞性謂語句

謂語是動詞或動詞性短語。主要有下列幾種：

（1）動詞作謂語，沒有賓語。例如：

妹妹‖睡着了。

黃河‖在怒吼。

（2）動詞＋名詞性賓語（賓語用單曲線"～～"表示）。例如：

笑臉‖照亮了我的童年。

我的心裏‖漾起了一線笑痕。

（3）動詞＋近賓語＋遠賓語（雙賓語）。例如：

母校‖教給 我們 做人的道理。
全班同學‖送給王老師 一件珍貴的禮物。

（4）動詞作賓語。例如：

大家‖一致表示贊成。
小王‖從小喜歡跟人辯論。

（5）主謂短語作賓語。例如：

我們‖希望你是個長於自然，享於自然，而終感激自然的孩子。
我‖覺得自己是凱旋歸來的英雄。

（6）動詞＋補語（補語用單尖號"〈　〉"表示）。例如：

果子逐漸稀少起來。葉子‖顯得〈更多〉了。
白鳥‖又霍的飛了〈上去〉。

（7）判斷句，主要動詞是判斷詞"是"，連繫"甲是乙"這個判斷中的"甲""乙"兩項。一般來說，甲和乙是同一關係，或者從屬關係。例如：

蘿蔔‖當然也是一種菜根了。（朱湘〈咬菜根〉）——從屬關係
20世紀中期以後的海外華人，‖是中國有史以來最大規模的知識分子的海外移民。（李黎《海外華人作家小說選‧前記》）——同一關係

也有的時候，甲和乙不是上述的邏輯關係，"是"字句有多種活用法，不過這些用法都限在一定的語言環境中，語義關係才明確。例如：

我是《東方》，王先生是《明報》，李小姐是《成報》。——在說各自訂閱的報紙
他是兩個女兒，我是兩個兒子。——在說各自生育子女的性別

我是小籠蒸包，她是水餃。——在說各自點的點心

還有一種情況是甲和乙同形，這時則含有"雖然""儘管"的意思在內。例如：

（這皮大衣，）好是好，就是太貴了。

行是行，不一定能辦好。

說是說，做還是要做好。

（8）存在句，表示什麼地方存在什麼人或事、物。例如：

草地上有百里香、鋪地錦、野菊和蒲公英。（郭風〈花的沐浴〉）

蔚藍色的天空裏正飄浮着幾朵紅的雲彩，原來東方的天邊正放射出一縷鮮紅的陽光。（蕭傳文〈早晨〉）

牆上貼滿了地圖，桌上堆滿了書籍，地上攤開各式各樣的真跡筆記、老照片、舊報紙、絕版雜誌。（龍應台〈我的山洞，我的燭光〉）

2. 形容詞性謂語句

謂語是形容詞或形容詞短語。主要有下列幾種：

（1）形容詞作謂語。例如：

花心‖黃的，花瓣‖潔白的。

一個人‖輕飄飄的，時差的關係。一顆心‖沉甸甸的，……（於梨華〈王素蕙〉）

（2）形容詞＋補語。例如：

我的心‖寧靜〈下來〉，豁達〈起來〉。

那姑娘‖漂亮得〈不得了〉。

（3）狀語＋形容詞（狀語用方括號"〔〕"表示）。例如：

"原來你一直在門口！"我的口氣‖〔可不〕柔。（於梨華〈王素蕙〉）

樹‖〔更〕綠、草‖〔更〕綠、花兒‖〔也更〕艷，……（邵　〈雨的手〉）

（4）狀語＋形容詞＋補語。例如：

女人過了四十，風度‖〔比容貌〕要緊得〈多〉。（於梨華〈王素蕙〉）

我既疲倦又興奮，走路像踩着雲朵，一個頭‖〔又〕重得〈像壓着一塊巨石〉。（於梨華〈王素蕙〉）

3. 名詞性謂語句

謂語是名詞或名詞性短語。主要有下列幾種：

（1）數量詞或數量詞＋名詞的組合作謂語。例如：

妹妹‖十八歲。

每位同學‖一套新書。

你們班‖多少人？

今天來的‖就這三個人。

（2）偏正關係的名詞性短語作謂語，中心語所指的是主語所指的人或事物不可分離的一部分。例如：

這小姑娘‖大眼睛。

新客廳‖紫色大理石地。

王老太太‖好記性。

小夥子‖急脾氣。

那件女睡袍‖繡花領。

（3）時間詞作謂語。例如：

今天‖元宵節。

明天‖星期三。

四月五日‖清明。

（4）名詞單獨充當謂語。例如：

這小孩‖聾子。

祖籍‖福建漳州。

他‖作家，她‖畫家。

4. 主謂謂語句

謂語是一個主謂短語。主要有下列幾種（為稱說方便，把全句的主語叫大主語，把主謂短語中的主語叫小主語）：

（1）大主語和小主語有一定的關係，比如領屬關係，或者整體與部分的關係。例如：

蘇州園林裏的門和窗，‖圖案設計和雕鏤琢磨工夫都是工藝美術的上品。（葉聖陶〈蘇州園林〉）

白髮婆婆的祖母，‖笑容滿遮着她的臉孔，……

每當走到枇杷攤子旁邊的時候，貪吃水果的我‖喉嚨總要癢起來。（王以仁〈枇杷〉）

（2）大主語在意義上是主謂短語的受事主語。例如：

窗戶‖誰叫打開的？（曹禺《雷雨》）

這樣的事情，‖我們現在不是也時常可以見到嗎？（秦牧〈缺陷者的鮮花〉）

鄉下這條小河的出海口，‖我們幼時常去。

（3）小主語是主謂短語中動詞的受事主語。例如：

他‖什麼世面沒見過。

徐霞客‖泰山去過，黃山也去過。

他這個大學生‖歷史知識十分缺乏。

（二）非主謂句

非主謂句是由單個的詞或者主謂短語以外的短語構成，根據它們的構成分為名詞性非主謂句、動詞性非主謂句、形容詞性非主謂句、嘆詞非主謂句。早期漢語語法研究中，非主謂句受到冷落，實際上，它在溝通中尤其在口語裏，與主謂句同樣重要。近年來語法研究已重視非主謂句的研討，語法結構分類就分為主謂句和非主謂句。

1. 名詞性非主謂句

由名詞或名詞性短語構成。例如：

妹妹指着天邊比天更藍的地方驚叫："海！多美的海！"（聶華苓〈山居〉）

春天。……蔚藍的天，自由的風，夢一般美麗的愛情。（巴金《春天裏的秋天》）

人也有衣架。白長褲，淺藍襯衫，藍底紅心領帶。（於梨華〈姜士熙〉）

殘破的字畫，生銹的鐵罐，剪剩的花綢，塵封的瓷器，泛黃的信箋，漆金的招牌，牙雕的梳子，穿洞的燈罩，鑲金的鋼筆，破裂的硯台，繡花的布鞋，還有五六十年代李麗華張仲文的鐵板掛曆。（董橋〈舊時的月色〉）

2. 動詞性非主謂句

由動詞或動詞性短語構成。例如：

讓我們讚美能夠征服缺陷的大勇者！

讓我們從歷史上某些缺陷者所栽培出來的瑰麗的藝術鮮花中，更好地領略"勇敢"、"勞動"、"創造"這些詞兒的芬芳！（秦牧〈缺陷者的鮮花〉）

挖菜窖，蓋小房，做炕桌，養貓養雞養鳥，自備推子自己理髮，下棋打牌，醃鹹菜，排大隊買包子。（王蒙《一輩子的活法》）

莫枉聽振奮人心的子夜鐘聲，莫有負一年一度的一月一日。用我們踏實的腳步和着時光的節律，在依戀和期待中辭舊迎新，奮發前去！（馮並〈元旦絮語〉）

一部《儒林外史》的用意，只是要想養成這種社會心理。看他寫周進、范進那樣熱衷的可憐，看他寫嚴貢生、嚴監生那樣貪吝的可鄙，看他寫馬純上那樣酸，匡超人那樣辣。又看他反過來寫一個做戲子的鮑文卿那樣可敬，一個武夫蕭雲仙那樣可愛。再看他寫杜少卿、莊紹光、虞博士諸人的學問人格，那樣高出八股功名之外。——這種見識，在二百年前，真是可驚可敬的了！（胡適〈吳敬梓傳〉）

還有比一睜眼，就看到杏花漫天撒更美的意境了嗎？

還有比聽着片片橄欖林裏，傳來的綿羊脆鈴聲入夢更心怡的嗎？

還有那疊費山巒上的層層石堤，叢叢綿………（葉子〈與兒把話〉）

上面列舉的動詞性短語構成的非主謂句，結構都較複雜，有的用於敘事，有的用於祈使，有的用以議論，有的用以抒情。當然，動詞非主謂句也有結構很簡單的，例如：

開門！

向前！

下雨了。

嚴禁煙火。

請勿入內。

3. 形容詞性非主謂句

由形容詞或形容詞性短語構成。例如：

碧綠！可愛的、值得歌頌的顏色！（王怡之〈綠〉）

夠俊。唯一不能改的是他的煙，……（於梨華〈姜士熙〉）

那醉人的綠呀！（朱自清〈綠〉）

"好啊！好啊！"每個人都興奮地贊成了。（邵侗〈唱歌〉）

那麼黑暗，那麼陰冷，悠悠萬年，一個人和一雙蜻蜓碰上了。（聶華苓〈蜻蜓及停屍間〉）

4. 嘆詞非主謂句

由嘆詞構成單句，或者複句中的分句。嘆詞句可以表示各種呼喚應答和喜怒哀樂多種複雜細緻的感情。

啊，紫藤花！你真令人憐愛呢！（徐蔚南〈快閣的紫藤花〉）

"咦？"朋友說，"那就奇了，……"（葉子〈閑閑的人生〉）

"啊呀，怎麼是蝴蝶，是飛蛾嘛！你真是老糊塗了！"（葉子〈一種黃昏〉）

"哈，別驢了，我不相信潑生那麼容易就給搞死了。"（葉子〈也話"潑生"〉）

"唉，說不出來，反正不一樣就是了。"（葉子〈堂上回〉）

"嘩，我種了小白菜、綠蔥、青紅菜，還有那個叫什麼豆的，……"（葉子〈破冬〉）

多種非主謂句的綜合運用，在修辭上可以取得特殊的表達效果，有時使人感到凝練、深沉。例如，聶華苓〈蜻蜓及停屍間〉一文的開頭：

深夜。
失眠。
屋子裏漆黑。一潭冰凍的黑。人就牢牢凍在潭心。

"深夜"是名詞性非主謂句，"失眠"是動詞性非主謂句，"一潭冰凍的黑"是形容詞性非主謂句。這篇文章是寫母親去世後作者悲痛的心情，開始幾句就將讀者帶入一個淒涼的意境。

再如，巴金的《春天裏的秋天》所描寫的春意，也用了大量非主謂句：

春天。……花開放着，紅的花，白的花，紫的花。星閃耀着，紅的星，黃的星，白的星。蔚藍的天，自由的風，夢一般美麗的愛情。

對話中連用非主謂句，顯得乾脆利索，例如，於梨華〈汪晶晶〉中的一段對話：

"你為什麼要嫁醫生？"

"有錢啊！不愁住，不愁吃，高樓大廈，還有汽車，海勃龍大衣，多寫意！"

三、句子分析法

對句子進行分析，有多種方法，這裏主要介紹句子成分分析法和層次分析法。這兩種方法各有特點，想找句子主幹成分，可用成分分析法；想着重瞭解句子組合的層次，可用層次分析法。

（一）句子成分分析法

短語的成分有主語、謂語、賓語、定語、狀語、補語，短語構成句子或者作為句子成分，那麼，短語的成分也就是句子的成分。所以，在分析句子時，仍用主語、謂語、賓語、定語、狀語、補語這些名稱。這也體現出短語和句子構造的一致性。

為了使一個句子的結構分析一目瞭然，可以用符號圖解。用"‖"界分主語和謂語。然後用下加線的辦法表示主語、謂語、賓語，用三種括號表示附加成分。

主語 ═══   謂語 ───   賓語 ～～～

定語（） 狀語〔〕 補語〈〉

如果是非主謂句，用"｜"界分偏正、動賓、動補等關係。這些關係的名稱可在"｜"下標明。

用符號（）〔〕〈〉同時起壓縮句子、顯示主幹的作用。一般情況下不用"═══""───"，只有在主謂短語作句子成分時，可以標明出來，因為"‖"已經分開了主語和謂語。

先分析幾個結構較簡單的句子：

梅雨潭‖是（一個）（瀑布）潭。

主幹：梅雨潭是潭。

我們‖〔都〕喜歡（這種）（白水）豆腐。

主幹：我們喜歡豆腐。

（春天的）腳步‖近了。

主幹：腳步近了。

（牛背上牧童的）短笛‖〔這時候〕〔也〕〔成天〕〔在〕〔嘹亮地〕響。

主幹：短笛響。

（一點點）（黃暈的）光，‖烘托〈出〉（一片）（安靜而和平的）夜。

主幹：光烘托夜。

再分析幾個結構較複雜的句子：

七月二日 ‖〔正〕是（浙江與上海的社員乘車赴會的）日子。

這個句子複雜在賓語部分的中心詞"日子"前的定語，"浙江與上海的社員乘車赴會"本身是個主謂短語，如果要表示出來，符號就畫得較複雜，一般來說，只要用上述畫法就可以。

〔當她的船箭一般駛過去時〕，餘音‖〔還〕〔嫋嫋的〕在（我們）耳際，使我們傾聽而嚮往。

⸺是表示兼語的符號，"我們"是使令動詞"使"的賓語，又是"傾聽而嚮往"的主語。

〔去年冬天〕，歐洲幾個國家，‖例如芬蘭、瑞典，是（少有的）嚴寒。

用△符號表示獨立語，這是一種特殊的句子成分，它位於句首、句中，或句尾，與其他句子成分不發生任何結構關係。也可以叫作"插入語"。下面句中畫△的都是獨立語。

香山上的黃櫨，你們看，葉子全都紅了。

這黃梅雨，看來一兩天停不了。

據說這種中藥配方是他家祖傳的。

這種不合常理的事也虧他做得出來，天知道！
　　　　　　　△△△

用句子成分分析法可以有提綱挈領的好處，在語言教學上很實用，可行性大，就是科學地理解語言也是不可少的。由於句子成分分析法可以清楚地顯現各部分的中心詞，所以又叫中心詞分析法。

下面這個長句子可以用成分分析法檢查：

〔現在〕，我‖〔又〕看到了（那）（闊別了多年的）鄉親，（那）（我從小就住慣了的）（山區所特有的石頭和茅草搭成的）（小）屋子，（那）（崎嶇的）街道，（那）（在村莊上空瀰漫着的）（含有松葉的香氣和牛糞氣味相混合的）炊煙，（那）（熟悉的）（可愛的）鄉音，（那）（膠東人所特有的幽默和爽朗的）笑聲。

去掉括號部分，句子的主幹是："我看到了鄉親、屋子、街道、炊煙、鄉音、笑聲"。

這樣，很快可以發現，動詞"看到"只能和前四個名詞搭配，不能和後兩個名詞"鄉音""笑聲"搭配。因而，句子成分分析法掌握得熟練，可以幫助自己很快檢查出句子的正誤。

句子成分分析法的好處還在於不佔篇幅，可以隨句勾畫，十分方便。

但它也有明顯的弱點，主要是不容易體現句子成分的層次性，有些複雜的句子成分很難再作進一步的細緻劃分，如果要標明，符號就會疊加一起，不易看得清楚。

比如在前一個例句中，賓語是幾個並列成分構成，其中每個短語都是偏正短語，只分析其中一個：

〔現在〕，我‖〔又〕看到了（那）

（我〔從小〕〔就〕住〈慣〉了的）（山區所特有的石頭和茅草搭成的）（小）屋子

就是圖解到這個地步，還有的成分沒有分析完，"山區所特有的"還可以用圓括號括起，表示是"石頭和茅草"的定語。

怎麼才能把句子的層次看得清清楚楚呢？這就要靠層次分析法。

（二）層次分析法

層次分析法是結構主義語言學派首先提出的，由於每次切分都是把語言片段切割成兩個部分，所以又叫二分法；所切割的兩部分都是直接組合的成分，所以又叫直接成分分析法。

任何一種語言的語法構造都是有層次的，層次性是語言的本質屬性之一。比如分析一個句子的結構，可以清楚地看出它是由詞層層組合成的，並不是所有的詞都在一個平面上組合。

層次分析法可以由框式圖解來表示，框式圖解又可以分為由大到小和由小到大兩種。

由大到小，例如：

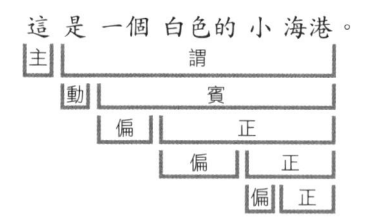

```
這 是 一個 白色的 小 海港。
│主│      謂              │
    │動│     賓            │
        │偏│     正        │
            │偏│   正      │
                │偏│ 正    │
```

由小到大，例如：

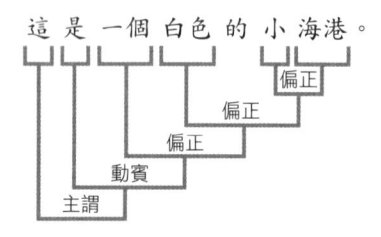

```
這 是 一個 白色 的 小 海港。
                    │偏正│
                │偏正    │
            │偏正        │
        │動賓            │
    │主謂                │
```

下面再舉一些例子來分析，用由大到小的框式圖解：

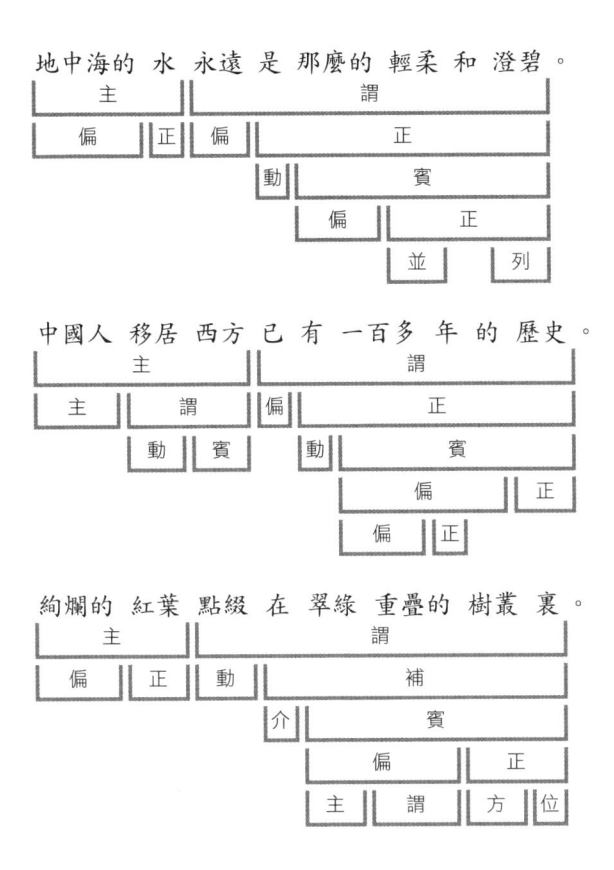

地中海的 水 永遠 是 那麼的 輕柔 和 澄碧。

中國人 移居 西方 已有 一百多 年 的 歷史。

絢爛的 紅葉 點綴 在 翠綠 重疊的 樹叢 裏。

　　上述層次分析法有時會遇到一個問題，例如"狀語＋動詞＋補語＋賓語"的組合，在哪裏切第一刀。一般來說，先從狀語後面分開，再從賓語前面分開，最後切開動詞和補語。如下例：

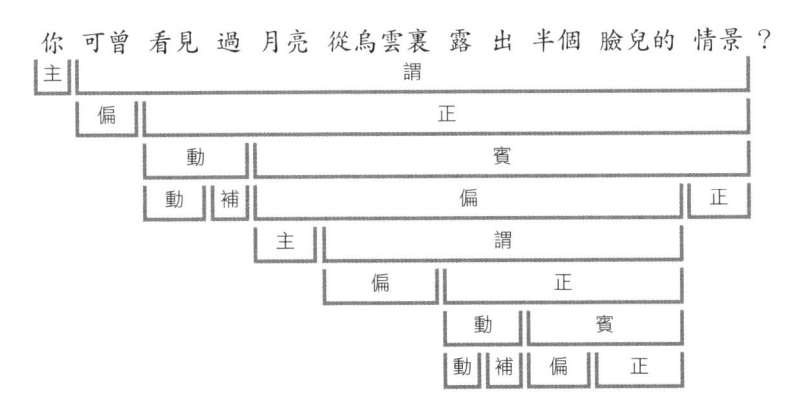

你 可曾 看見 過 月亮 從烏雲裏 露 出 半個 臉兒的 情景？

第四章　語法 | 381

在分析句子時，可以採用上述兩種方法。比如上例，先用句子成分分析法，一次看出各個成分：

你‖〔可曾〕看見〈過〉（月亮從烏雲露出半個臉兒的）情景？

主幹：你看見情景？

句子中較複雜的只有賓語，賓語中心詞"情景"前有一個長定語。定語的結構怎樣，可以用層次分析法來看清楚（用由小到大的框式圖解）：

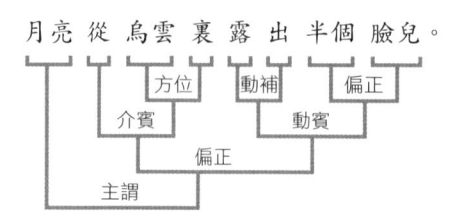

月亮 從 烏雲 裏 露 出 半個 臉兒。
```
                方位    動補   偏正
           介賓          動賓
                 偏正
        主謂
```

由以上各種圖解都可以看出，句子中的詞在組合時是有層次的，並非在一個層面上組合。這就體現了用層次分析法的必要性。

四、特殊句式

這裏分析"把"字句、"被"字句、連動句、兼語句、存現句幾種特殊句式，"特殊"是指句子結構而言，並不是不常用。

（一）"把"字句

介詞"把"將動詞後的受動者提到前面，共同組成介賓短語，充任動詞的狀語，這種句式對受動者帶有處置的意味，所以又叫處置式。其基本形式是"甲把乙怎麼樣"。例如：

有些植物，羞澀地把它們的莖也生到地下去。（秦牧〈榕樹的美髯〉）

他們又把那河水引入村南、村北的新池，於是一曰"南海"，一曰"北

海"。（李廣田〈山水〉）

這種句式對動詞有特定的要求，對動詞前後的成分也有一定要求。

1. 句中的主要動詞是及物動詞（或稱他動詞），並在意念上能支配"把"後帶的受動者。例如，上兩例中的主要動詞"生"是及物動詞，可以支配"它們的莖"；主要動詞"引"也是及物動詞，可以支配"河水"。又如：

把電燈一滅，兩人只有緊抱的痛哭，痛哭，……（郁達夫〈一個人在途上〉）
種蓮，把地種瘦了，……（梁容若〈我看大明湖〉）

"滅"是及物動詞；"種"是及物動詞，可以說"種地"。

如果"把"字句中動詞是不及物動詞，這個句子就是病句。例如：

一天幹下來，把我疲勞死了！
把娃娃們沖個涼，洗個澡。

動詞"疲勞""沖涼""洗澡"都是不及物動詞，不能支配"把"後帶的賓語。

2. 動詞不能是個"光桿司令"，後面要帶補語，至少要有些附加成分；或者動詞本身重疊，或者動詞本身是動補式結構。例如：

要不了多久，兩人把對方都衡量得差不多了！（於梨華《尋‧開場白》）——動詞後帶補語

你去把碗洗洗。——動詞重疊

請把桌子挪動挪動——動詞重疊

他把她騙了！——動詞後有附加成分

我很高興，你把我當作朋友。（於梨華〈葉真〉）——動詞後面還有賓語

把這條狗馬上趕走！——動詞本身是動補式結構

有時歌詞中會出現"把歌唱""把舞跳"這樣的句子，那是為了求整齊的句式，一般不可以這樣說。

3. "把"後面所帶的受動者一般是定指的、已知的人或事物。在上下文中，在一定的語言環境中，溝通雙方都會對它有確定的瞭解。例如：

給我一個剛出灶的烤白薯，我是百事可做的；甚至教我將那金子一般黃的肉通通讓給你，我都做得到。唯獨有一件事，我卻不肯做，那就是把烤白薯的皮也讓給你；它是全個烤白薯的精華，又香又脆，正如那張紅皮，是全個紅燒肘子的精華一樣。（朱湘〈咬菜根〉）

這段話中的"烤白薯的皮"不是泛指，而承上專指"一個剛出灶的烤白薯"的皮。

和介詞"把"有同樣作用的還有"將"，只是修辭色彩不同。用"將"常帶有書面語色彩，有時有文言色彩；口語中常用"把"。例如：

康屢次在我那張畫稿前徘徊，說間架很好，不將它畫完，似乎可惜。（蘇雪林〈未完成的畫〉）

我是一隻孤獨的雁雛，
朔方冰雪中我凍的垂死；
忽然一晨亮起友情的春陽，
將我已冷的赤心又復暖起。　　　　　　　　　　　（朱湘〈南歸〉）

（二）"被"字句

"把"字句、"將"字句是主動句式，"被"字句則是被動句式，強調的重點不同。介詞"被"引進主動者。"被"字句的基本形式是"乙被甲怎麼樣"。例如：

去年六月，搬往什剎海之後，有一次我們在堤上散步，因為他看見了人家的汽車，硬是哭着要坐，被我痛打了一頓。（郁達夫〈一個人在途上〉）

這個句子中最後一個分句用"被"，使得語氣流暢，和前兩個分句主語一致。

"被"字句可以出現主動者，也可以不出現主動者。雖然有時主動者不出現，但根據上下文可以確切補出。例如下面這些類型不同的句子：

其實我們知道，后羿的妻子並不曾偷到什麼不死之藥吞了，逃去月中作了月神，它是被后羿的國相寒浞偷了！（朱湘〈日與月的神話〉）

門是半掩的，被我一推，屋裏兩人被我驚散了。（於梨華〈汪晶晶〉）

榕樹的樹子很小，只有一粒黃豆大小，淡紅帶紫。我們坐在榕樹底下乘涼，有時不知不覺，可以被撒個滿身。（秦牧〈榕樹的美髯〉）

最後一句，"被"字後承上省略了"榕樹的樹子"。

"被"字句和"把"字句可以互換，即施動者（主動者）和受動者換位置，句義大致相同，只是修辭色彩不同。例如：

他把兒子打了一頓。

兒子被他打了一頓。

小夫妻倆把整畝地的稻子割完了。

整畝地的稻子被小夫妻倆割完了。

他把圖書館的書架整理得清清楚楚。

圖書館的書架被他整理得清清楚楚。

"被"字句原來多用於表示貶義或至少是不甚愉快的意思，如："錢包被偷了！""白牆上被塗得五顏六色。""他被校方開除了。"但現在也用於褒義的句子，"他被評為十大傑出青年。""明敏被譽為小畫家。"可見這類句式的運用範圍是從窄到寬。

（三）連動句

連動句指的是謂語由相連的兩個或更多的動詞性短語組成的句子。這幾個動詞性短語共一個主語，當中沒有語音停頓，而且這幾個動詞性短語，不是並列關係，次序不能變動。例如：

午膳後到街上替康買了做襯衫的布料，……（蘇雪林〈未完成的畫〉）

我繞着那些平原轉了好些圈子。（李廣田〈山水〉）

照例——會場裏的人全到齊了坐在那裏等着他。（張天翼〈華威先生〉）

一般來說，連動句的動詞性短語之間有先後、目的、修飾等關係。

1. 先後關係，例如：

我們倆重進飯莊去選一個屋角坐下，……。（徐志摩〈巴黎的鱗爪〉）

倪三小姐從暖屋裏出來站在廊前等車的時候覺着風來得尖利。（徐志摩〈輪盤〉）

2. 目的關係，例如：

老木杆追上去用牛筋穿住死麂的四隻瘦蹄，……（白樺《山間鈴響馬幫來》）

"轟！"老木杆很快一抬槍把黃麂打得跪了一下前蹄，……（同上）

前一個動作"追上去""一抬槍"以後一個動作"穿住……""打"為目的。

3. 修飾關係，例如：

海潮泛着白沫呼嘯着向他撲來，……（蕭平〈海濱的孩子〉）

她閃動着兩隻明亮的眼睛天真地看他們，……（巴金《家》）

吳蓀甫垂着頭踱了一步，……（茅盾《子夜》）

他們下了決心要用一切可能的手段從那九個廠裏榨取他們在交易所裏或許會損失的數目，……（茅盾《子夜》）

所謂"修飾"關係，指的是前一個動作好似說明後一個動作的方式、狀態、手段等。

（四）兼語句

前面分析句子結構已涉及到這類特殊句式。它在結構上的特點是可以看作兩個短語套在一起，前一個短語中動詞後的賓語，是後一個短語中動詞前的主語；前一個動詞一般多為使令動詞，如"使、叫、讓、命令、禁止、派"等。例如：

王和甫招手<u>叫他進來</u>，又指着靠窗的一架華文打字機，<u>叫他坐下</u>；然後命令道："我說出來，你打：……"（茅盾《子夜》）

他在門口稍為停了一會兒，<u>讓大家好把他看個清楚</u>，……（張天翼〈華威先生〉）

賈政聽了這話，又驚又氣，<u>即命喚寶玉出來</u>。（曹雪芹《紅樓夢》）

由於使用了含蓄語言，反而<u>使作品具有更加撼人的力量</u>。（秦牧〈委婉語詞和反語〉）

有時，連動句和兼語句套在一起使用，可以容納更多的意思，且使句式結構嚴整。例如：

聽這樣的朗誦，就時常令人感到不是滋味，甚至大倒胃口。（秦牧〈錯字別字──書面語中的砂礫〉）

他那眼光的堅決和自信能夠叫頂沒有主意的人也忽然打定了主意跟他走。（茅盾《子夜》）

（五）存現句

這是一種特殊的主謂句，經常用於描寫，表現人或事物的存在、出現或消失。

這種句式以處所詞語為主語，動賓短語作謂語。動詞或為"有""是"，或表示一種靜態。動詞後常加"着"，但不表示動作正在進行，而表示動作產生的一種狀態，賓語常是"數詞＋量詞＋名詞"的結構，表示存現的人或事物。例如：

鋼琴的蓋子上，鋪上了一張黑色的天鵝絨布，上面擱着一隻釉黑紅的花瓶，裏面插着十二枝鮮潔的大白菊。（白先勇〈夜曲〉）──三個存現句連用

每隻茶几上，擱着一盞古銅座的枱燈，……（白先勇〈夜曲〉）

岸上有細緻的鳳尾竹，江上有屹立的撐船老，堤上有三兩挑擔的農民，堤下有兩三浣洗的婦女。（於梨華〈王素蕙〉）——四個存現句連用，動詞是"有"

每天餐桌上是一大盆粗菜豆腐，一碗鹹菜和一鍋米飯。（何其芳〈樹蔭下的默想〉）——動詞是"是"

由以上幾個例子可以看出，文學作品中描寫場景的部分常常要用存現句，描寫出某個地方以某個狀態存在着某些人或某種事物。戲劇作品描寫舞台背景更是要用到這類句子。

五、句子的語氣

語氣是構成句子的主要標誌之一。無論是口頭表達還是書面表達，任何句子都有一定的語氣。口頭表達時，句子的語氣一般靠語調、停頓和一些語言標誌（如虛詞中的語氣助詞、嘆詞等）表現出來；書面表達時，句子的語氣一般靠標點符號和一些虛詞表現出來。正確地理解表達者的語氣，對於準確地理解表達者的思想感情是不可缺少的。句子語氣的分析是語用分析的重要組成部分。

句子有種種複雜的語氣，可以從下面一段童話文字裏體現出來：

有一群大雁像是飛累了，停在小河邊休息。

兩個小燕子就鼓起了很大的勇氣，飛到那群大雁跟前去，向他們打聽信兒。

"喂，朋友，你們上哪兒去呀？"

大雁隊長回答說："我們到南方去。"

又問："是到那又暖和又美麗的南方去嗎？"

大雁說："是的。"

小燕子大喜說："那真好極了呀，我們跟着你們走吧，我們也要到南方去呢。"

可是大雁隊長卻搖了搖頭，沒有馬上回答。

小燕子着急地問他："哎，哎，怎麼你不說話呀，是行呢？還是不行呢？"

大雁隊長又朝他倆看了看，說："小朋友，你先別急，我問問你們：你們能吃苦嗎？跟着我們行軍，是很苦的呀！"

小燕子連想也不想的回答說："能，怎麼不能呢？我們這些時離開了娘，在外邊亂飛，吃了多少苦頭啊！"

大雁又問："你們能遵守行軍紀律嗎？能聽從指揮嗎？能不掉隊嗎？能擔任站崗放哨的勤務嗎？"

"能！能！都能！"

"你們有決心嗎？"

"有！有！只要能到南方去見到娘，我們什麼苦也能吃，什麼也不怕，我們有決心！"

就這樣，兩個小燕子就跟着大雁開始了長行軍。（秦兆陽《小燕子萬里飛行記》）

根據這一段話中各類句子的不同語氣，可以將句子歸納為以下四種句類：

（一）陳述句

用來敘述或說明情況、帶有陳述語氣語調的句子，叫陳述句。表述陳述的語氣語調一般是平鋪直敘的，句尾常用語氣助詞"啊""呢""了""的"等。句終用句號。例如：

有一群大雁像是飛累了，停在小河邊休息。

陳述的語氣有時是肯定的，有時是否定的，有的語氣較堅決，有的語氣則常有推測、估計的意味。

表示肯定語氣，例如：

我們到南方去。

是的。

表示否定語氣，例如：

可是大雁隊長卻搖了搖頭，沒有馬上回答。

語氣比較強烈的陳述，肯定語氣可以用雙重否定表示，或者用上一些語氣肯定的副詞、能願動詞（如"一定、必須、應該、應當"等），仍從同一篇童話中舉出一些例子：

要不是有飛行萬里的大志氣，要不是有鋼鐵一樣的決心，要不是經得住艱苦的鍛煉，是不能得到這種快樂的。
大雁們的行軍紀律真是嚴格得很：不到休息時不能休息，不讓嚷叫時就不能嚷叫，該飛快時就飛快，該飛慢時就飛慢，該唱歌時就唱歌，該吃飯時就吃飯。

加重否定語氣的陳述，也要靠一些副詞或者虛化了的代詞。例如：

西風努力向東吹，卻怎麼也吹不到山東半島。
東風努力向西吹，卻怎麼也吹不到喜馬拉雅山。
在中國，各處也不會同時下雨，沒有這麼大的烏雲能遮滿中國的天空，也沒有這麼多的雨點能灑遍中國的土地。

（二）疑問句

用來表示疑問、帶有疑問語氣語調的句子，叫疑問句。疑問語氣語調也有種種不同情況。有的是因為不知道而發問，希望作出回答；有的是問話中把答話的幾種可能都說出來，希望選擇一種作出回答；有的是反問，以加強肯定的語氣，或者引起別人思考，或者有責問的意味；有的是表示商量或請求，答案自明，並不要求回答；有的用疑問表示禮貌、客氣，是陳述句的一種委婉說法，等等。種種疑問語氣，用不同方式表達。有的用疑問代詞，有的用語氣助詞"嗎""吧"，有的用"是……，還是……？"這類句式，等等。疑問句的語調一般末尾是向上揚的，句末用問號。

歸納起來，根據結構形式特點和語義重點，疑問句可以分為特指問句、選擇問句、是非問句、反覆問句和反問句。

1. 特指問句

用疑問代詞對具體的人、物、時間、場所、方式、原因、工具等提出疑問，要求針對疑問句中的疑問代詞作答。句尾可用語氣助詞"呢""啊"，全句帶疑問語調。例如：

你們上哪兒去呀？（我們到南方去。）
小燕子問道："為什麼要學飛呢？那有什麼用呢？"
是誰開闢的這塊土地呢？是誰修建的這座花園呢？

2. 選擇問句

提問時把答話的兩種或幾種可能都說出來，請對方選擇一項來回答。選擇項目之間可用"還是"連接，句尾可用語氣助詞"呢""啊"，全句帶疑問語調。例如：

小燕子着急地問他："哎，哎，怎麼你不說話呀，是行呢？還是不行呢？"

3. 是非問句

要求回答"是"或"不是"，"有"或"沒有"。一般用陳述句的結構，句尾可以加上語氣助詞"嗎""吧""啊"來表示。全句帶疑問語調。例如：

又問："是到那又暖和又美麗的南方去嗎？"（大雁說："是的。"）

"你們有決心嗎？"（"有！有！……"）

"咦，下毛毛雨了？"站在向日葵腳旁的一棵小草兒低聲說。（陳伯吹〈一隻想飛的貓〉）

4. 反覆問句

又稱正反問句。把謂語的肯定形式和否定形式並列，作為選擇的項目提出疑問。句尾可以加上語氣助詞"啊""呢"，全句帶疑問語調。例如：

第四章　語法　｜　391

"你看的什麼書？我想那裏頭一定有很好玩兒的故事吧，你肯不肯講給咱們聽？"（陳伯吹〈一隻想飛的貓〉）

你看沒看這部小說呢？

你到底去不去看電影啊？

5. 反問句

反問句又叫反詰疑問句。前幾種問句都是有疑而問，反問句則常常是無疑而問。反問又有種種不同語氣，有的是為了引起別人思考，有的則是質問對方，有的還帶有嘲諷的意味，都不要求對方回答。例如：

一塊小石頭帶着譏笑的口氣說："歷史全靠得住嗎？幾千年前的人自個兒想的事情，寫歷史的人都會知道，都會寫下來。你說歷史能不能全信？"（葉聖陶〈古代英雄的石像〉）——嘲諷

陳述句有時為了加強肯定的語氣，也可改換為反問句。例如：

"從前你不是跟我們混在一起嗎？也沒有你，也沒有我們，咱們是一整塊。"（葉聖陶〈古代英雄的石像〉）——加強肯定語氣

螞蟻聽蠶有氣沒力地唱它的宣傳歌，忍不住笑了，它說："哪裏來的怪思想！不要工作，這不等於不要生命，不要種族了嗎？"（葉聖陶〈蠶和螞蟻〉）

還有一些疑問句只是為了引起下文，或者作者自己提出問題，自己回答，有的只是表示委婉客氣的一種提法。例如：

Master，直譯是船長或主人。那麼，對他，貝漢廷，怎樣譯更確切呢？（柯岩〈船長〉）

我不想平鋪直敘地從頭說起，吳丙治是誰？從哪裏來？到哪裏去？為什麼管他叫追趕太陽的人？我只想和你們一起搜集他在這條大路上留下的腳印。（柯岩〈追趕太陽的人〉）

可以將這些過程具體計算出來，不知閣下以為如何？（柯岩〈奇異的書簡〉）

以上對於各類疑問句的分析，可以令我們知道疑問句可以是有疑而問，也可以是無疑而問；可以要求回答，也可以不要求回答；可以通過疑問的形式表示商量、要求、啟示、責備、質詢、駁斥、委婉、客氣等種種情態。根據表達上修辭需要，注意句式變換，選擇表示不同情態的疑問句，可以收到良好表達效果。

（三）祈使句

祈使句是用來要求、希望別人做什麼事或者不做什麼事的，目的不同，語氣也不同。有的表示命令，有的表示請求，有的表示禁止，有的表示勸阻。有些禮貌的委婉說法也用祈使語氣。

表示命令禁止的祈使句語氣比較急促簡短，句末常用感嘆號。表示建議和請求的祈使句的語調一般比較舒緩，句末用句號。祈使句有時用語氣助詞"吧"來表示，有時候是陳述句的形式，加上祈使句的語調。按照表達目的不同，可以將祈使句分為四類：

1. 命令祈使句

父親大怒道："你敢違抗我的話！我就是棺材匠，幾時看見人家罵我討厭我？"（葉聖陶〈跛乞丐〉）

那個黑大漢眉一皺，眼一瞪，大聲說："唱成這樣，憑什麼跟人家要錢！再唱一遍！"（葉聖陶〈畫眉〉）

2. 請求祈使句

鯽魚的向上的一隻眼睛看見稻草人，就哀求說："我的朋友，你暫且放下手裏的扇子，救救我吧！我離開我的水裏的家，就只有死了。好心的朋友，救救我吧！"（葉聖陶〈稻草人〉）

在街上，他常常遇見一個孩子，攔住他說："我有一封信，寄給去年的朋友小燕子，請你帶了去吧！"（葉聖陶〈跛乞丐〉）

第四章　語法　| 393

3. 禁止祈使句

父親的手被擋住，狠勁也過去了，就說："饒了你這條小命吧！可是，你不肯繼承我的本業，也就不是我的兒子。今天就離開這裏，不許你再跨進我的大門。"（葉聖陶〈跛乞丐〉）

4. 勸阻祈使句

幸虧他雙手靈活，搶住了斧頭的柄，嘴裏喊道："不要像劈木頭一樣劈你的兒子，我不是木頭呀！"

他聽了十分難過，就安慰婦人說："你不要哭，回去陪着你的孩子吧。……"（葉聖陶〈跛乞丐〉）

（四）感嘆句

帶有喜、怒、哀、樂等各種感情的句子是感嘆句，感嘆句帶有強烈感情，帶有感嘆語氣。句中常用"多""多麼""簡直""太""真"等有強調作用的詞語。感嘆句的語調一般是末尾向下降的，句末用感嘆號。

前面講嘆詞和嘆詞構成的非主謂句——嘆詞句時，已經涉及到感嘆語氣的表達。嘆詞句是感嘆句中常用的句式。

此外，陳述句帶感嘆語氣時，常用語氣助詞"啊"在句末。"啊"有多種音變形式，可以分別寫成"呀""啊"等。例如：

多麼可愛的秋色啊！（峻青〈秋色賦〉）

這時間，也許你不出聲，但是你的心裏會湧上了這樣的感想的：多麼莊嚴，多麼嫵媚呀！（茅盾〈風景談〉）

他恨自己，不該像樹木一樣，定在泥土裏，連半步也不能動。……這真是比死還難受的痛苦哇！（葉聖陶〈稻草人〉）

須知，我原是一個多麼愛讀信的人哪！（柯岩〈奇異的書簡〉）

陳述句有時帶上表示感嘆的標點符號，也可以變為感嘆句。例如：

鯽魚不懂稻草人的意思，只看見他連連搖頭，憤怒就像火一般地燒起來了。"這又是什麼難事！你竟沒有一點人心，只是搖頭！……我應該自己幹，想法子，不成，也不過一死罷了，這又算什麼！"（葉聖陶〈稻草人〉）

感嘆句中用上了"多""真"一類的詞，就對原句的感嘆語氣起了強調的作用。例如：

"看我多榮耀！我有特殊的地位，站得比一切都高。……"
"咱們真平等！"（葉聖陶〈古代英雄的石像〉）

六、複句

（一）句子的複雜化

句子是使用單位，是一個相對完整的語言片段。說它是完整的，就是說它本身一般不依賴上下文就可以表示一個清晰明確的意思。然而，這種完整性還是相對的，可以說，就表達的意思、傳達的訊息而論，完整性幾乎是沒有止境的。因此，已經具有相對獨立、相對完整性的句子，往往還需要進一步充實，進一步發揮。

對於一個句子的進一步的充實和發揮，可以繼續用句子的形式成為原句的下文，比如：

我昨天買了一本書。這本書是新近才出版的。

這類的擴充下文要談的"句群"會專門來分析。類似這樣的擴充，也可以在原句中實現，說成：

我昨天買了一本新近才出版的書。

我昨天買了一本新近才出版的有些新觀點的語法書。

我昨天買了一本新近才出版的語法書，內容很好，但是讀起來有點兒吃力。

這幾個句子顯然從結構上看就複雜一些了。

所以說，一個句子從各個角度一層一層充實下去，就產生了複雜的句子，這就是句子的複雜化。一方面，句子要有餘地可以充實，需要充實；一方面，句子的複雜化也有一定的限度，這樣，才能保持一個句子的清晰性、可理解性。

從表達效果來講，簡單的句子和複雜的句子各有不同的作用，兩種句子分別適用於不同的場合。從結構上看，簡單的句子是複雜的句子的基礎，學習漢語首先需要掌握單句的基本結構，如前邊講過的。同時，也需要掌握簡單的句子是怎樣複雜起來的。

句子的複雜化主要有兩種情況：一種是單句的基本成分的擴充，在句子的主幹上加上繁多的枝葉，或者某個成分是由複雜的短語構成；一種是把意義關係密切的單句組合起來，成為表示各種關係的複句。下面各舉一例來說明：

1. 複雜的單句——"枝葉繁多"型：

大街兩旁那一排高大的白楊樹，也向人家的屋頂上院子裏投下了朦朧的陰影。（峻青〈老水牛爺爺〉）

主幹：白楊樹投陰影。

2. 複雜的單句——"局部發達"型：

第一個從樹上下來生活的猿人，第一個用火烤東西吃的原始人，第一個抓野馬來騎的獵人，第一個從草裏找出五穀來播種的農人，第一個挖獨木舟的漁人，都應該在人類歷史博物館裏各各立個銅像才好。（秦牧〈潮汐和船〉）

主幹：猿人、原始人、獵人、農人、漁人，應該立銅像。（主語特別複雜）

3. 複句——"前後銜接"型：

月亮高高地懸掛在深藍色的夜空上，向大地散射着銀色的光華。（峻青〈老

水牛爺爺〉）

（二）複句的結構類型

複句又稱複合句，與"單句"相對。由兩個或者兩個以上的單句，前後銜接，組成一個複句，複句中的單句失去了獨立性，叫作分句；分句之間在意思上有着必然的邏輯聯繫。先讀下面一段話：

①陰山以南的沃野不僅是遊牧民族的范圍，也是他們進入中原地區的跳板。②只要佔領了這個沃野，他們就可以強渡黃河，進入汾河或黃河河谷。③如果他們失去了這個沃野，就失去了生存的依據。（翦伯贊〈內蒙訪古〉）

這段話由三個複句構成。①句用"不僅……也……"關聯分句，表示進一層的意思，是遞進關係；②句用"只要……就……"關聯三個分句，表示條件關係；③句用"如果……就……"關聯兩個分句，表示假設關係。三個複句是三種結構類型，分句之間都用了關聯詞語。

由上例可以看出，複句中分句間的關係是一種客觀事理關係，分類的話可以有多種類型，下面只列舉常見的幾種。

1. 並列關係

並列複句的幾個分句分別說出幾件事，這些事是相關的，在意義上沒有明顯的主次關係，分句間是並列的，如同前面講到的並列式合成詞、並列式短語那樣的語法關係。這類複句可以不用關聯詞語，也可以用"既……也……""也""一方面……另一方面……""第一……第二……"等表示。例如：

（桃樹、杏樹、梨樹，）你不讓我，我不讓你，（都開滿了花趕趟兒。）紅的像火，粉的像霞，白的像雪。（朱自清〈春〉）

綠色是多寶貴啊！它是生命，它是希望，它是慰安，它是快樂。……我喜歡看水白，我喜歡看草綠。（陸蠡〈囚綠記〉）

玉卿嫂是慶生的乾姐姐，慶生就是她的乾弟弟。（白先勇《玉卿嫂》）

它不再思念它的父母，不再思念那位畫家葉谷夫人，也不再思念那伐木的僕人了。（李廣田〈天鵝〉）

（我一向覺得上海話邪里邪氣的，）既沒有北京話的清脆利索，又沒有廣東話的沾點倦怠的磁性。（於梨華〈馬二少〉）

並列複句中分句是不限數量的，如果表達需要，意思相關的分句可以一個連着一個說下去，不分主次，例如下面的例句，分句可以多達十個：

夏禹治水的時候曾經登大漢陽峰，周朝的匡俗曾經在這裏隱居，晉朝的慧遠法師曾經在東林寺門口種松樹，王羲之曾經在歸宗寺洗墨，陶淵明曾經在溫泉附近的栗里村住家，李白曾經在五老峰下讀書，白居易曾經在花徑詠桃花，朱熹曾經在白鹿洞講學，王陽明曾經在捨身岩散步，朱元璋和陳友諒曾經在天橋作戰……（豐子愷〈廬山面目〉）

這種寫法表示歷代名人曾在廬山進行過各種不同的活動，說明廬山名勝之多。有時，並列複句也有層次，例如：

高尚有高尚的代價，低下有低下的代價，清高有清高的寂寞，無恥有無恥的火爆，智慧有智慧的痛苦，愚傻有愚傻的福氣。（王蒙《一輩子的活法》）

高尚和低下相對，清高和無恥相對，智慧和愚傻相對，三組並列；各組內的兩句又並列。

2. 承接關係

承接關係的複句，常是敘述連續的動作，也可以按時間、空間的順序來安排。可以不用關聯詞語，也可以用"最初……接着……最後……""於是"等。例如：

揪着草，攀着亂石，小心探身下去，又鞠躬過了一個石穹門，便到了汪汪一碧的潭邊了。（朱自清〈綠〉）

他早年畢業於上海滬江大學藝術系，一九四九年隻身到香港，等他的女朋友全家遷出來，再一起到美國。（於梨華〈馬二少〉）

我早上起來，她早已把老呂及兩個小傢夥吃過早飯、像颱風襲過的廚房打掃好，並準備好了我的早餐，自己在房裏讀英語會話。（於梨華〈江巧玲〉）

先是寒暄，再是交談，再是談心。（於梨華《尋·開場白》）

承接複句像並列複句一樣，分句的數目不大受限制，分句用逗號隔開。

3. 選擇關係

選擇關係的複句表示從兩件或幾件事情中選擇一件。用關聯詞語"或者""或""或是"關聯，或者用成對的關聯詞語"不是……，就是……""要麼……，要麼……""是……，還是……"關聯，表示二者居其一，或數者居其一。選擇的語氣可以有強弱差別。例如：

① （鋼琴，提琴，離開木材，同樣無法成琴。哪種樹的木材唱得最好聽呢？）是森林之王的橡樹，或是溫柔的白樺、白楊，或是美麗的丹楓，還是雄強的雪松？（禾子〈木材上的聲學〉）

② 另外有一些人，用他們畢生的勞動鑽研，或者為群眾建造了若干房屋，或者培育出植物的嶄新品種，或者發現某顆新星，或者製成了某種妙藥，或者創造了若干項運動紀錄，或者解決了一項世界數學難題，……（秦牧〈奇跡泉〉）

③ 下面的幾個人物，也許你們認識，也許你們也碰到過，也許，其中一個就是你，或者，像你。（於梨華《尋·開場白》）

④ 那些石料，不是九塊，就是十八塊；不是十八塊，就是二十七塊……。（秦牧〈天壇幻想錄〉）

例句④只表示二者居其一，語氣就比較肯定。這類關聯詞語要成對的用。一般來說，選擇關係的複句都要用關聯詞語，分句間的關係才表達得清楚、明晰。

4. 遞進關係

後一個分句比前一個分句意思進了一層，這種關係是遞進關係。所謂進一層，可以是範圍更大，程度更深，作用更大，影響更遠，數量更多，等等。常用的關聯詞語是"不但……，而且……""不僅……，而且……"，前一分句還可用

"不只"，後一分句還可以用"並且""況且""而""並""也""還"等。有時只在後一分句用關聯詞語。例如：

① 這些熟知水性的年輕人，不但有着在激流中行船的純熟的技巧，而且有着和驚濤急浪進行堅韌頑強的鬥爭的堅強的毅力。（馮牧〈沿着瀾滄江的激流〉）

② 一時間，我又覺得自己不僅是在看畫兒，而且又像是在零零亂亂翻着一卷歷史稿本。（楊朔〈泰山極頂〉）

③ 哥白尼的學說不只在科學史上引起了空前的革命，而且對人類思想的影響也是極深刻的。（竺可楨〈哥白尼〉）

④ 那一點燈光居然鼓舞一個出門求死的人多活了這許多年，而且使到他到現在還活得健壯。（巴金〈燈〉）

關聯詞語的位置在複句中很重要，例句③中，如果把"不只"放到句首，和下一個分句的意思就不連貫了，那就要改換下一個分句的說法。例如：

不只哥白尼學說在科學史上引起了空前的革命，而且還有×××的學說也在科學史上佔有十分重要的地位。

5. 轉折關係

前一個分句說了一個意思，後一個分句在意思上沒有順着說，而是說出了和前一個分句相對或者相反的意思，這兩個分句之間的關係是轉折關係。轉折關係常用成對的關聯詞語"雖然……但是……"來表示，前一分句還可用"儘管""雖說"，後一分句還可用"可是""卻""而""然而""不過"等呼應。有時只在後一分句用關聯詞語。例如：

雖然天山這時並不是春天，但是有哪一個春天的花園能比得過這時天山的無邊繁花呢？（碧野〈天山景物記〉）

儘管在角膜前面只放一個目標，但通過角膜卻可以看到許許多多個像。（王谷岩〈眼睛與仿生學〉）

昆明的氣候四季如春，然而春天仍然是最美好的季節。

蜜蜂是渺小的，蜜蜂卻又多麼高尚啊！（楊朔〈荔枝蜜〉）

轉折的語氣也是有輕有重的，兩個分句意思完全相反，習慣上用"雖然……，但是……"。如果轉折的語氣較輕，有時只在後一分句用"其實""不過"等。例如：

你覺得他配不上你，其實他是個不錯的男人。

可惜，此時沒得你說話的機會，不過，你難道會不同意嗎？（葉子〈與兒把話〉）

6. 因果關係

前一個分句說明原因，後一個分句說明結果，這種前因後果的關係可以用複句表達出來。因果關係有多種類型，一種是已成事實的因果關係，多用關聯詞語"因為……，所以……"表示，或用"由於""因此""因而"等；一種是要經推論的因果關係，多用關聯詞語"既然……，就……"表示。

（1）已成事實的因果關係，例如：

因為水面上生長白蘋，所以就叫作白蘋湖了。（李廣田〈天鵝〉）

（哼哼是一隻小金絲猴。）因為他老愛用他那滑稽的朝天鼻子打哼哼，所以人家就這麼叫他。（賀宜〈哼哼和珍珍〉）

現在由於掌握了物質世界裏頭的原子的運動規律，就可以靠電子計算機去計算。（錢學森〈現代自然科學中的基礎學科〉）

這本集子中的各篇遊記，由於作者不同，描述的對象各異，因此，文筆風格是多種多樣的。（秦牧《畫山綉水·序》）

正因為春天是這麼一個生命活躍的季節，因而，歷來迎春風俗，常寓有歌頌勤奮勞動，讚美除舊佈新等莊嚴的意味在內。（秦牧〈春天的色彩和聲音〉）

前面這些句子都是表示原因的分句在前，表示結果的分句在後。如果用"之所以……，是因為……"這樣帶有文言色彩的關聯詞語，表示結果的分句就提到了前面。例如：

這些怪樣的家具之所以成為必要，是因為這裏有一個茶莊。（茅盾〈風景談〉）

獨創性之所以可貴，因為在任何時候，這都是人們積極精神的標誌，人們精神領域闊大的標誌。（柯靈〈香雪海〉）

有時，分句中只出現一個關聯詞語，例如：

（女孩兒聽着金鈴子叫。）她聽得那麼仔細，所以她幾乎可以分辨每一隻金鈴子叫聲的不同。（賀宜〈星星小瑪瑙〉）

長的草裏是不去的，因為相傳這園裏有一條很大的赤練蛇。（魯迅〈從百草園到三味書屋〉）

（2）需經推論的因果關係，例如：

① 牛郎聽完織女的話，就說："姑娘，既然天上沒什麼好，你就不用回去了。……"（葉聖陶〈牛郎織女〉）

② "既然從下面飛上去不成，為什麼不從上面飛下來呢？"（陳伯吹〈一隻想飛的貓〉）

例句①，"既然天上沒什麼好"，這已是事實，"你就不用回去了"是根據前一分句推斷出的結果，並沒有即刻成為事實。例句②，"從下面飛上去不成"是已知事實，推論出另一論點"從上面飛下來"。

7. 假設關係

前一個分句假設一種情況，後一個分句說明假設的情況實現了就會有的結果。所以假設關係的複句從另一個角度看也是一種因果關係。常用的關聯詞語是成對的："如果……，就……""要是……，就……""假使……，就……"，前一分句還可用"倘""倘若""要不是"，後面用"那麼""便"等呼應。例如：

①（據說古代的北歐人，駕着原始的船舶航行的時候，就常常隨身帶着幾隻鳥，當船航入大洋，四望茫茫，就放出了鳥。）如果鳥向後飛回去，就說明前路尚遠；如果鳥飛回船上，就說明前後離陸地都十分遠；如果鳥飛向前去，就說明陸地近了。（秦牧〈潮汐和船〉）

②要是慶生從房間這一頭走到那一頭，她的眼睛就隨着他的腳慢慢的跟着過去，……要是玉卿嫂坐在旁邊，他不知怎麼搞的，馬上就緊張起來了……（白先勇《玉卿嫂》）

③我應當怎樣地來形容印度卡拉瑪姐妹的舞蹈？

假如我是個詩人，我就要寫出一首長詩，來描繪她們的變幻多姿的旋舞。

假如我是個畫家，我就要用各種的彩色，渲點出她們的清揚的眉宇，和絢麗的服裝。

假如我是個作曲家，我就要用音符來傳達出她們輕捷的舞步，和細響的鈴聲。

假如我是個雕刻家，我就要在玉石上模擬出她們的充滿了活力的苗條靈動的身形。（冰心〈觀舞記〉）

例句①②③，都是連用假設關係的複句，收到很好的修辭效果。

還有一種假設關係，其中又包含了轉折關係，常用"即使……，也……"來關聯，例如：

應用這種羅盤（偏光天文羅盤），即使在陰雲密佈以及黎明或傍晚看不到太陽的時候，也不會迷失方向。（王谷岩〈眼睛和仿生學〉）

野牛的剽悍是世界聞名的，它們即使在日常生活中，眼睛裏也射出一種和家牛迥然不同的兇光。（秦牧〈談牛〉）

不知道為什麼，即使是在喜歡玩鬧的少年時代，看到那種一個人和一隻猴子相依為命的場面，也總有一種悲愴之感的。（秦牧〈中國的吉卜賽〉）

這類句子和轉折關係的複句並不完全一樣，試比較：

即使沒有汽車，我們也要趕到那裏。
雖然沒有汽車，我們也要趕到那裏。

"即使沒有汽車"是一種假設，可能沒有汽車，也可能有汽車；"雖然沒有汽車"是肯定沒有汽車，是已經實現的情況。

8. 條件關係

條件關係也可以看作是一種因果關係。前面的分句提出一個條件，後面的分句說出在這個條件下所要產生的結果。這樣的關係是條件關係。條件關係又分兩種：

（1）唯一條件、有效條件

唯一條件關係複句常用"只有……，才……"關聯，一般表示這個條件是唯一條件，除此以外別的條件都不成。例如：

只有當你在江河上航行，通過水光山色來觀察那隨時變化的景色的時候，才能夠真正領略得到我們祖國的錦繡河山的全部的豐饒和美麗。（馮牧〈沿着瀾滄江的激流〉）

只有各式各樣的體力遊戲——運動或競技——才能替人類保持那份"失用"了而有枯萎之憂的體力。（曹孚〈遊戲〉）

有時也可以用"除非……，不……""除非……，才……"來關聯，表示唯一的條件，這兩種格式表示的意思是一致的。例如：

除非你從現在起珍惜時間，勤學苦練，學習成績不會上去。
除非你從現在起珍惜時間，勤學苦練，學習成績才會上去。

有效條件又稱充足條件。有效條件的複句常用"只要……，就……"關聯，表示有這個條件就會有這樣的結果，但並不否認別的條件也能有這樣的結果。例如：

只要有適當的樹液，樹便會生長起來；只要泉中有新鮮的泉水湧出來，水便會流着。（林語堂〈讀書的藝術〉）

只要遠遠地一絲東風吹來，天上露出了陽光，這櫻花就漫山遍地的開起！（冰心〈櫻花讚〉）

（2）無條件

這類複句在前邊的分句裏先排除一切條件，在後一個分句裏說明在任何條件下都會發生這樣的情形。常用關聯詞語是"無論……，都……""不管……，總……""不論……，都……"等。例如：

① 不管是山櫻也好，吉野櫻也好，八重櫻也好……向它旁邊的日本三島上的人民，報告了春天的振奮蓬勃的消息。（冰心〈櫻花讚〉）

② 搞文學的人，不管他後來成為小說家還是劇作家，年輕時候恐怕很少沒有寫過詩吧。（何其芳〈一封談寫作的信〉）

③ 無論哪一件事，只要從頭至尾徹底做成功，便是大事。（孫文〈立志做大事〉）

④ 不論走到哪裏，當我想到有幾株樹是我所惦念的，我感覺很好。（王蒙《一輩子的活法》）

⑤ 任你走到哪兒，不管是傣族同胞的竹樓下邊，不管是瀾滄江、流沙河畔，不管是邊防戰士的身旁，也不管那迷宮似的，一進去就會迷失方向的原始森林裏，總之，任你在哪兒，只消隨手摘下一個葉片或拔下一根草莖，用手指輕輕兒一揉，一股濃郁的芳香，準會把你熏醉！（曹靖華〈天涯處處皆芳草〉）

例句⑤結構複雜一些，它的主要關係仍是一種無條件的關係。

9. 目的關係

前一分句道出為了一個什麼目的，後一個分句說出要達到這個目的就要去做什麼事情。一般在前一分句用"為了"，例如：

在我開禮品店以前，為了打發時間，我參加了一個本城的中國人集會。（於梨華〈汪晶晶〉）

為了建立適應資本主義發展的學校體系，維新派強烈要求"廢科舉，興學校"，主張"遠法德國，近採日本以定學制"。（高奇〈中國近代學制〉）

為了便利山區的農業發展，開展山區物候觀測是必要的。（白夜、柏生〈卓越的科學家竺可楨〉）

有些帶"為了"的句子是單句，不是複句。比如："為了孩子，母親做了最大犧牲。"這種情況，"為了孩子"被認為是介賓短語，是"做"的狀語。

10. 連鎖關係

分句中有相同的詞來關聯，這相同的詞把兩個分句緊密地聯繫在一起，前一分句怎麼樣，後一分句就跟着怎麼樣，所以叫連鎖關係複句。起關聯作用的詞可以是副詞、疑問代詞、數詞等。例如：

越是難做的數學題，他越要獨立做出來。

時間越長，療效越顯著。

誰要是洩露了國家秘密，誰就要受法律處分。

他的人到哪裏，歌聲也到哪裏。

一分耕耘，一分收穫。

11. 總分關係

前一個分句是總說，後面兩個（或者三個以上）分句是分說，這種關係的複句可以叫作總分關係的複句。例如：

① 田畝間分出紅黃綠三色：紅的是紫雲英，綠的是豌豆葉，黃的是油菜花。（徐蔚南〈快閣的紫藤花〉）

② 閣旁有花園二，一在前，一在後。前面的一個又以牆壁分成為二，前半疊假山，後半疊小池。（同上）

③她喜歡人間的生活：跟爸爸一塊兒幹活兒，她喜歡；逗着兄妹倆玩兒，她喜歡；看門前小溪的水活潑地流過去，她喜歡；聽曉風晚風輕輕地吹過樹林，她喜歡。（葉聖陶〈牛郎織女〉）

這類複句往往不止一個分句，至少三個分句，一個分句總說，兩個分句分說。有時分說的分句不止兩個，如例句③。

12. 解證關係

前一分句提出某種看法、道理、事實、現象，後一分句對其加以解釋、說明、補充、引申等。常用的關聯詞語有："如""即""所謂""就是說""換句話說""意思是說"，等等。也可用冒號引起下文。例如：

我想起了另一位友人的故事：他懷着滿心難治的傷痛和必死之心，投到江南的一條河裏。（巴金〈燈〉）

窗櫺上鑲着一塊水銀斑駁的破鏡子，映出臉的側面：被汗水濡溫的鬢髮，細長的、黯淡無光的眼睛，高聳的白鼻樑，不停地抖動着的皮膚枯燥的闊嘴。（莫言《豐乳肥臀》）

而更典型的喀什噶爾式拉麵是把麵條盤成螺旋——圓形，如中國用的盤香，一鍋麵就這麼一根，再拉起來又如整理打毛衣的羊絨線。（王蒙《一輩子的活法》）

那個年代開一次會很麻煩，開一次會先要務虛，即講一堆不着邊際的話。（王蒙《一輩子的活法》）

（三）複句中的關聯詞語

從以上複句的結構類型分析可以看出，每一種結構類型都有自己特定的關聯詞語。關聯詞語是組合分句成為複句的一種語法手段，它包括連詞、副詞，以及少數的數量詞、代詞，也包括一些短語。關聯詞語用於複句中，可以合用（成對地用），也可以單用。根據運用情況，歸納如下：

1. 可以合用也可以單用的

雖然……但是……

因為……所以……

例如：

雖然大海看起來很平靜，但是那隻單薄的小木船仍在猛烈地晃動着。

雖然大海看起來很平靜，那隻單薄的小木船仍在猛烈地晃動着。

大海看起來很平靜，但是那隻單薄的小木船仍在猛烈地晃動着。

2. 可以合用也可以單用後一個的

不但……而且……	既然……就……
要是……就……	如果……就……
只要……就……	即使……也……
與其……不如……	也……也……
既（不）……又（不）……	又……又……
或者……或者……	還是……還是……
要麼……要麼……	
一方面……另一方面……	

這種關聯詞語單用後一個的較少。

例如：

去爬高峻的泰山，不僅可以鍛練身體，而且可以培養毅力。

去爬高峻的泰山，可以鍛練身體，而且還可以培養毅力。

3. 一般要合用的

| 越……越…… | 一邊…… 一邊…… |
| 一……就…… | 不是…… 就是…… |

不管……都……　　　　　儘管……還是……

一則……二則……　　　　首先……其次……

他一邊看小說，一邊聽音樂。

他一看到蔚藍的遼闊的大海，就禁不住引吭高歌。

關聯詞語可以明顯地標誌分句之間的邏輯事理關係；但有時在一定的語言環境中也可以不用，用意合法體現出邏輯事理關係。

（四）多重複句

1. 什麼叫多重複句

前面說句子複雜化有兩種情況，一種是單句基本成分的擴充，一種是兩個以上的單句組合成複句。這第二種情況並不限於兩個單句的組合，如果複句裏邊的一個分句本身又是一個複句，這個被包孕的複句裏邊的一個分句可以再是複句，這樣一層套一層地組合起來，就成為兩個以上層次的複句，叫作多重複句。例如：

①一杯杯碧綠的新茶，一道道各色花卉的糖點，從來是極具日本色彩的藝術展覽；‖②一句句熱情的話語，一聲聲親切的問候，從來是這次訪問中的友好交流，｜③但此時都匆匆從我眼前流過，‖④從我耳畔掠過。（柯岩〈天涯何處無芳草〉）

這個複句包含兩個層次，第一個層次用"｜"表示，連詞"但"表示了前後分句的轉折關係，①②句是並列關係，③④句也是並列關係，①和②之間是第二個層次，③和④之間也是第二個層次，用"‖"來表示。

多重複句的特點，是可以反映客觀事物間的複雜關係，並且把這種複雜的關係緊緊地聯繫在一起，顯示出人們對事物的認識以及表述的嚴密性。因而，也只有在表達需要時，才用這種複雜的句式。既然用，就要表達得明晰、準確，說得亂麻一團的話，一定要避免。

試比較下面兩段話：

① 我這時已不僅僅是聽見李白、阿倍仲麻呂相互應答吟哦；‖不僅僅聽見鑑真和尚那簷下風鈴的奏鳴……｜而且看見他們那歷盡九死一生，穿風破浪的點點風帆正在海風中徐徐迎面馳近……（柯岩〈在澄藍和碧綠之間〉）

② 這時，我聽見李白、阿倍仲麻呂相互應答吟哦。我聽見鑑真和尚那簷下風鈴的奏鳴。我還看見他們那歷盡九死一生，穿風破浪的點點風帆正在海風中徐徐迎面馳近……

這兩段話意思差不多，例①是二重複句，例②是三個單句組合的語言片段。如果為了強調表示"看見他們那歷盡九死一生，穿風破浪的點點風帆正在海風中徐徐迎面馳近"的意思，就用例①的表達方式好，關聯詞語"不僅僅……，而且……"表示一層進一層的意思，強調的是"而且"帶的分句。

在一般的語言溝通中，在不需要表述得十分嚴密而需要表述得比較簡潔的時候，就寧可把這種句子裏所包含的多層次意思分解開來，用幾個單句或者簡單的複句來表述。這樣，對說的人或聽的人都更方便。

試比較下面兩段話：

③ 這回，兔弟弟再不能不理睬月亮婆婆，它只好老實說："月亮婆婆，我要參加青蛙們的音樂會去。"

月亮婆婆說："不行，你不能去。你還是回去吧。我在這裏望見青蛙們的。它們在池子中央的睡蓮葉子上開音樂會。你怎麼能去！你會游水嗎？"（方軼群《月亮婆婆》）

④ 月亮婆婆說："因為我在這裏望見青蛙們，它們正在池子中央的睡蓮葉子上開音樂會，你如果不會游泳就去不了，所以，你不能去，你還是回去吧！"

月亮婆婆的話在例③中由六個單句構成，在例④中則由一個多重複句構成。顯然，在這種對話中，用例③表述得簡煉、明確、清晰；用例④，帶上許多關聯詞語，反而讓人覺得累贅，也不如例③語氣懇切。

2. 二重複句

多重複句是複句在結構形式上的進一步擴展。多重複句中二重複句是較多見的，即組成複句的分句又是一個複句。所謂二重，就是句子在進行層次劃分時，可以劃出兩個層次。重要的是先要準確地找出第一個層次，然後再看分句的組成是不是又是一個複句。劃分時可在豎線下標明分句之間的關係。例如：

① 今日雖然已經是五月初一，‖但高山中的夜晚仍有點輕寒侵人，│所以這
　　　　　　　　　　　　　（轉折）　　　　　　　　　　　　　　（因果）
一堆火也使周圍的人們感到溫暖和舒服。（姚雪垠《李自成》）

② 如果你下馬坐在一塊岩石上吸煙休息，│雖然林外是陽光燦爛，‖而在這
　　　　　　　　　　　　　（假設）　　　　　　　　　　　（轉折）
遮住了天日的密林中卻閃着煙頭的紅火光。（碧野〈天山景物記〉）

③ 聖金加教堂裏的一切之所以引人注意，│並不完全是因為鑑賞者對這罕有
　　　　　　　　　　　　　　　（因果）
的鹽上的雕刻抱着好奇的心情，‖更重要的還是由於這些雕刻的本身就有着極高
　　　　　　　　　　（遞進）
的藝術價值。（峻青〈地下水晶宮〉）

④ 不管院子裏暴雨如注，│只要他一開口，‖你就覺得他的每個字都很清楚
　　　　　　　（條件）　　　　　　（條件）
地進到你的心底。（巴金〈秋夜〉）

以上四個二重複句，分句間都有關聯詞語作為語法標誌，也都是由總數計三個分句組成。二重複句分句數目沒有一定的限制，分句間的關係更是多種多樣的。例如下面幾個更為複雜的二重複句：

⑤ 我唱着情歌，‖雖然並沒有情人；│我覺得自己是凱旋歸來的英雄，‖雖
　　　　　　（轉折）　　　　　　　（並列）　　　　　　　　　　　（轉折）
然並沒有打過仗。（唐弢〈童年〉）

⑥ 從新石器時代的開始到現在至多不過一萬年左右，‖金屬時代的開始到現
　　　　　　　　　　　　　　　　　　　　　　（並列）
在不過數千年，‖人們開始利用電能到現在不過一百多年，‖原子能的利用則僅
　　　（並列）　　　　　　　　　　　　　　　（並列）
是最近幾十年的事；│而新石器時代以前的發展階段，則動輒以數十萬年到千百
　　　　　　　（轉折）
萬年計。（李四光〈人類的出現〉）

⑦ 我不管你是哪一個戰場，‖我不管你是誰的國家，‖我不管你對誰效忠、
　　　　　　　　　　　　　（並列）　　　　　　　　　　　　　（並列）
對誰背叛，‖我不管你是勝利者還是失敗者，‖我不管你對正義或不正義怎麼詮
　（並列）　　　　　　　　　　（並列）
釋，｜我可不可以說，所有被時代踐踏污辱傷害的人，都是我的兄弟、我的姊
　　（條件）
妹？（龍應台《大江大海一九四九》）

⑧ 唯其（承上文指"描繪的特質"）是個別的，‖所以不籠統；｜唯其是具
　　　　　　　　　　　　　　　　　　　　（因果）　　　　　（並列）
體的，‖所以不空洞；｜唯其是有機的，‖所以不割裂；｜唯其是流動的，‖所
　　　（因果）　　　（並列）　　　　（因果）　　　（並列）　　　　　（因果）
以不呆板；｜唯其是深入的，‖所以不粗疏；｜唯其是暗示的，‖所以不淺露；
　　　　　（並列）　　　　（因果）　　　（並列）　　　　（因果）
｜唯其是主動的，‖所以不因襲；｜唯其是自由的，‖所以不拘執；｜唯其是有
（並列）　　　　（因果）　　　（並列）　　　　（因果）　　　（並列）
情的，‖所以不隔離。（趙友培〈談描繪〉）
　　　（因果）

以例⑧來數，分句數目多到十八個，但層次卻仍然只有二層。可見劃分句子的層次並不按分句的長短和多少，而是看分句之間的組合關係。

3. 三重以上的多重複句

比二重複句的層次還多的有三重複句、四重複句等，組成這種多層次的多重複句的分句，它們之間的語法關係也可以是多種的。

多層次的複句中常見的是三重複句，例如：

① （然而我畢竟寫得這樣多這樣順。）一旦放開手腳，∥∥一旦打開心胸，‖
　　　　　　　　　　　　　　　　　　　　　　　　　　（並列）
如魚得水，∥∥如鳥升空，∥∥如馬撒歡；｜哪兒不是素材，‖哪兒不是結構，‖哪兒
　（並列）　　　（並列）　　　（承接）　　　　（並列）　　　　　（並列）
不是靈感，‖哪兒不是多情應笑我猶無華髮？（王蒙《一輩子的活法》）
　　　　　（並列）

② 雖然是滿月，‖天上卻有一層淡淡的雲，∥∥所以不能朗照；｜但我以為
　　　　　　　（轉折）　　　　　　　　　　（因果）　　　　　（轉折）
這恰是到了好處——酣眠固不可少，‖小睡也別有風味的。（朱自清〈荷塘月
　　　　　　　　　　　　　　　　（並列）
色〉）

③ 如果西湖只有山水之秀和林壑之美，‖而沒有岳飛、于謙、張蒼水、秋
　　　　　　　　　　　　　　　　　（轉折）
瑾這班氣壯山河的民族英雄，‖‖‖沒有白居易、蘇軾、林逋這些光昭古今的詩人，
　　　　　　　　　　　　（並列）
‖‖‖沒有傳為佳話的白娘子和許仙，｜那麼可以設想，人們的興味是不會這麼濃厚
（並列）　　　　　　　　　　　　（假設）
的。（于敏〈西湖即景〉）

④ 雖然我的處境相當可憐，‖我卻有充分的理由感激上天，｜因為我不但不
　　　　　　　　　　　（轉折）　　　　　　　　　　　（因果）
缺乏食物，‖而且食物很富裕，‖‖‖甚至有珍饈到口。（笛福著，方原譯《魯濱孫
　　　　（遞進）　　　　　（遞進）
漂流記》）

　　四重複句有四個層次，五重複句有五個層次，這類複句不多見，在論述嚴密
的議論文和翻譯作品中有時見到。例如：

⑤ 哥白尼的太陽系學說在三百年裏一直是一種假說，｜後來勒維烈從這個太
　　　　　　　　　　　　　　　　　　　　　　　（承接）
陽系學說所提供的數據推算出一定還存在一個尚未知道的行星，‖‖‖‖並且推算出這
　　　　　　　　　　　　　　　　　　　　　　　　　　　　（遞進）
個行星在太空中的位置，‖‖‖加勒於一八四六年確實發現了海王星這顆行星，‖哥
　　　　　　　　　　（並列）　　　　　　　　　　　　　　　　　　　（條件）
白尼的太陽系學說才被證實了，‖‖‖成了公認的真理。（竺可楨〈哥白尼〉）
　　　　　　　　　　　　　　（承接）
⑥ 中國社會革命運動可能遭受挫折，‖‖‖可能暫時退卻，‖‖‖可能有一個時候看
　　　　　　　　　　　　　　　（並列）　　　　　（並列）
來好像奄奄一息，‖‖‖可能為了適應當前的需要和目標而在策略上作重大的修改，‖‖‖
　　　　　　　（並列）　　　　　　　　　　　　　　　　　　　　　　（並列）
可能甚至有一個時期隱沒無聞，‖‖‖‖被迫轉入地下，‖但它不僅一定會繼續成長，
　　　　　　　　　　　　　（承接）　　　　　　（轉折）
‖‖‖而且在一起一伏之中，最後終於會獲得勝利，｜原因很簡單（正如本書所證明
　　　　　　　　　　　　　　　　　　　　　（因果）
的一樣，如果說它證明了什麼的話），產生中國社會革命運動的基本條件本身包
含着這個運動必勝的有力因素。（愛德加・斯諾著，董樂山譯《西行漫記》）

　　以上兩例都是四重複句，其中各分句之間的關係要依靠關聯詞語分辨清楚，
劃分層次要費些思量。下面舉兩個五重複句的例子：

⑦ 雖然葛朗台熱烈盼望太太病好，||||因為她一死就得辦遺產登記，||||| 而這
　　　　　　　　　　　　　　　　　（因果）　　　　　　　　　　　　　　（轉折）
就要了他的命，||| 雖然他對母女倆百依百順，一心討好的態度使她們吃驚，|| 雖
　　　　　　　　（並列）　　　　　　　　　　　　　　　　　　　　　　　（並列）
然歐也妮竭盡孝心地侍奉，| 葛朗台太太還是很快地往死路上走。（巴爾扎克
〈守財奴〉）

⑧ 學術研究工作者也必須抱謙虛、謹慎、嚴肅、認真的態度，| 首先要承認
　　　　　　　　　　　　　　　　　　　　　　　　　　　　　（總分）
自己知識不夠，||| 才能去探索、研究這未知的領域，|| 並且要下定決心，||| 不怕
　　　　　　　（條件）　　　　　　　　　　　　　　（遞進）　　　　　　（並列）
失敗，||| 要從不斷失敗中豐富知識，||||| 把未知的領域逐步縮小，|||| 從而提高學術
　　　（遞進）　　　　　　　　　　（並列）　　　　　　　　　　　（目的）
研究的水準。（吳晗〈說謙虛〉）

第六節　句群

一、句群是大於句子的語言片段

　　句群是大於句子的語言片段。由幾個在邏輯上有密切聯繫、共同表達一個中心意思的各自獨立的句子組成的語言使用單位，叫句群。

　　從語法學角度看，漢語有五級單位：語素、詞、短語（詞組）、句子、句群；從文章學角度看，句子、句群都是構成篇章的材料，文章的段落就是由句子、句群構成的。從語言的實際運用看，組織好句群，是組織好一篇講話、一篇文章的基礎。因此，句群是一面聯繫着句法，一面聯繫着章法，在語言運用中有特殊重要地位的語言單位。

　　試分析下面一個句群：

　　①講起科學，大家都知道這個名詞有廣狹二義。②"狹義的科學"，係指自然科學而言：物理、化學、生物學、天文學、地質學、氣象學、土壤學、礦物學、病理學、衛生學等等都是。③"廣義的科學"，則指一切有系統的學問而言：除了自然科學以外，論理學、倫理學、社會學、法律學、經濟學、政治學，等等，亦得稱為科學。（毛子水〈青年和科學〉）

　　這個句群的中心意思是從廣狹二義給"科學"這個概念下定義。第①句是總說，②③句是分說，前後是銜接連貫的。這個句群構成了議論文〈青年和科學〉的首段。一個句群和一個段落重合。但是文章的篇章段落的組織並不都如此，下文還要專門討論句群和段落的關係。

　　再看散文中的一個句群：

　　①多麼奇特的關係啊。②如果我們是好友，我們會彼此探問，打電話、發簡訊、寫電郵、相約見面，表達關懷。③如果我們是情人，我們會朝思暮想，會噓

寒問暖，會百般牽掛，因為，情人之間是一種如膠似漆的粘合。④如果我們是夫妻，只要不是怨偶，我們會朝夕相處，會耳提面命，會如影隨形，會爭吵，會和好，會把彼此的命運緊緊纏繞。（龍應台〈共老〉）

這個句群也和文章的段落重合，圍繞着人和人之間奇特的關係，分述了好友、情人、夫妻這三種奇特關係的狀況。①是中心句，②③④句並列，當然三句的排列順序是有講究的，情人比好友深了一層，夫妻比情人又深了一層。

二、句群的組合方式

句子和句子怎樣組織起來，成為前後銜接連貫的表達一個中心意思的群體，是有規律可循的。它也如同其他各級語言單位的組合一樣，分為直接組合和關聯組合兩種。

（一）直接組合

句子和句子之間依靠意義上的聯繫組合起來，這意義上的聯繫指的是要符合邏輯事理。思維條理是直接組合符合邏輯的前提。例如：

①咱們畫圖，有時候為的實用。②編撰關於動物植物的書籍，要讓讀者明白動物植物外面的形態跟內部的構造，就得畫種種動物植物的圖。③修建一所房屋或者佈置一個花園，要讓住在別地的朋友知道房屋花園是怎麼個光景，就得畫關於這所房屋這個花園的圖。④這類的圖，繪畫的動機都在實用。⑤讀者看了，明白了；住在別地的朋友看了，知道了，就完成了它的功能。（葉聖陶〈以畫為喻〉）

第①句是這個句群的中心意思，②③句分別舉例，④是②③句的小結，⑤承②③句的意思進一步說明這兩類圖的實際功用。這樣一個句群，是依靠合理的邏輯事理聯繫在一起的。

（二）關聯組合

句子和句子之間依靠關聯詞語或者某種句式組合起來，起關聯作用的詞語、句式能明確地顯示句子之間的邏輯事理關係。例如：

①也許有人想，古代西歐關於九重天的觀念，大概是由中國傳播過去的。②但是，我想，事情決不是這樣。③十四世紀初，西歐人通過《馬哥波羅遊記》才比較多地知道一些關於中國的事情。④但丁的《神曲》也是在十四世紀初寫的，不會受馬哥波羅什麼影響。⑤而且馬哥波羅講的都是地面上的事情，也不會去介紹"九重天"這一類玄虛觀念。⑥更何況，但丁的《神曲》裏面，"九重天"還是一層一層有名字的。（秦牧〈天壇幻想錄〉）

這個句群的中心意思是①②句，之間用了"但是"，表明古代西歐關於九重天的觀念不是由中國傳播過去的。下面是證明這個觀點的論據。③④是並列的兩個論據，用了關聯詞語"也"。⑤⑥分別是③④句的進一層的意思，用了表示遞進的關聯詞語"而且""更何況"。

又如：

①在人類歷史以前就有三種橋。②一是河邊大樹，為風吹倒，恰巧橫跨河上，形成現代所謂"梁橋"，梁就是跨越的橫杆。③二是兩山間有瀑布，中為石脊所阻，水穿石隙成孔，漸漸擴大，孔上面層，磨成圓形，形成現代所謂"拱橋"，拱就是彎曲的梁。④三是一群猴子過河，一個先上樹，第二個上去抱着它，第三個又去抱第二個，如此一個個上去連成一長串，為地上猴子甩過河，讓尾巴上的猴子，抱住對岸一棵樹，這就成為一串"猿橋"，形式上就是現代所謂"懸橋"。⑤梁橋、拱橋和懸橋是橋的三種基本類型，所有千變萬化的各種形式，都由此脫胎而來。（茅以升《橋話》）

第①句是總說；②③④句是分說，是並列關係；第⑤句又是總說，但不是第①句的簡單重複，而是②③④句內容的概括，並引起下文。②③④句不僅用了數詞"一、二、三"來關聯，並且也有相同、相似的句式："一是……，形成現代所謂'梁橋'，……""二是……，形成現代所謂'拱橋'，……""三是……，就是現代所謂'懸橋'。"這種相同句式的運用，也使得幾個句子緊密地關聯在一起。

三、句群的分類

　　如果把句群中句子的組合關係和複句中分句的組合關係相比較，可以發現句群中句子的組合關係也有並列、承接、選擇、遞進、轉折、因果、假設、條件、目的、總分、解證等這些類別。由此可以看出，這兩級語言單位組合上的一致性。詞和短語內部結構組合的一致性，複句和句群組合的一致性，這是漢語語法的特點之一，也從一個方面說明了漢語語法的簡易性。

　　下面分別舉例說明句群的結構類型。

（一）並列關係

　　並列式句群可以用意合法，也可以用關聯詞語組合，常用的關聯詞語有："同時""同樣""另外""此外""相反""也""一方面……另一方面……""第一……第二……""首先……其次……""不在於……是在於……"，等等。例如：

　　（1）①洱海，這面光潔的梳妝鏡，南北長百里，東西寬十餘里，就放在它前面。②蒼山，這扇彩色錦屏，高達八里，寬百餘里，就豎在它背後。（曹靖華〈洱海一枝春〉）

　　（2）①當你爹彈琴時，你會安馨地依偎在媽身邊，溜着烏眼，聆聽出那音色的美妙、和節奏的動盪？②當你媽在看書、寫字時，你會好奇着急地，也想知道發生了什麼故事？③當我們一起去散步旅行時，你會驚訝於那雲彩的變化，和花鳥的鮮活？（葉子〈與兒把話〉）

　　（3）①我們的門前修了暗溝，院後要填平老陰溝，一福。②前前後後都修上了大馬路，二福。③我們有了自來水，三福。④將來，這裏成了手工業區，大家有活作，有飯吃，四福。⑤趕明兒個金魚池改為公園，作完了活兒有個散逛散

逛的地方,五福。(老舍《龍鬚溝》)

(4)①對於一個在北平住慣的人,像我,冬天要是不颳風,便覺得是奇跡;濟南的冬天是沒有風的。②對於一個剛由倫敦回來的人,像我,冬天要是能看見日光,便覺得是怪事;濟南的冬天是響晴的。(老舍〈濟南的冬天〉)

(5)①問題全在選擇,你選擇了高雅,你必須輕蔑那一切的低俗。②你選擇了善良,你必須以德報怨,化仇為友。③你選擇了憑作品吃飯,你就不要再盯着任何頭銜與權力。(王蒙《一輩子的活法》)

(二)承接關係

承接式句群,可以以時間先後為序,以事情發展的線索為序,有條不紊地安排句子。句子之間不常用關聯詞語;有時用時間名詞或者"於是""接着"等詞來關聯。例如:

(1)①前天你沒有事做,閑得不耐煩了,跑到街上一個小酒店裏,打了四兩白乾;喝完了,又要了四兩。②喝得大醉了,同張大哥吵了一回嘴,幾乎打起架來。③後來李四哥把你扶回去睡了。④昨兒早上,你酒醒了,大嫂子把前天的事告訴你。⑤你懊悔得很,自己埋怨自己:"昨兒為甚麼要喝得那麼多酒?可不是糊塗嗎?"(胡適〈新生活〉)

(2)①夕陽把水面映得通紅,把天空也染成萬道彩霞。②轉眼工夫,又變成紫絳色,最後,逐漸增加一層層灰暗。③於是,黃昏的紗幕輕輕地落到水面上。(袁鷹〈歸帆〉)

(3)①劉邦建都長安,史稱西漢,西漢從西元前202年到西元9年。②西漢政權被王莽篡奪,王莽建立了"新朝",不久又為起義軍和豪強地主軍隊所推翻。③劉氏宗室劉秀擊敗各路軍隊在洛陽稱帝重建漢朝,史稱東漢。④東漢從西元25年到西元220年。(蘇叔陽〈我們的祖國叫中國〉)

(4)①好多好多年,我就在這樣的夾竹桃下面走出走進。②最初我的個兒矮,必須仰頭才能看到花兒。③後來,我逐漸長高了,夾竹桃在我眼中也就逐漸

矮了起來。④等到我眼睛平視就可以看到花的時候，我離開了家。（季羨林〈夾竹桃〉）

（三）選擇關係

選擇式句群，句子之間一般要用關聯詞語，可以成對地用，也可以單用。關聯詞語有："是……還是……還是……""或者……或者……""要麼……要麼……"，等。例如：

（1）①似乎人生本來就是一場妥協着演出的戲，問題在知情地妥協？②還是不知情地妥協？③妥協得難過？④還是妥協得平平樂樂？（葉子《破冬·自序》）

（2）①最可憐的是我的大哥，他也是人，何以毫不害怕；而且合夥吃我呢？②還是歷來慣了，不以為非呢？③還是喪了良心，明知故犯呢？（魯迅〈狂人日記〉）

（3）①在報紙的頭條標題嗎？②還是香港的謠言界裏？③還是傅聰的黑鍵白鍵、馬思聰的跳弓拔弦？④還是安東尼奧的鏡底勒馬洲的望中？⑤還是呢？⑥故宮博物館的壁頭和玻璃櫥內，京戲的鑼鼓中、太白和東坡的韻裏？（余光中〈聽聽那冷雨〉）

（四）遞進關係

遞進式句群，句子和句子之間是一層進一層的關係。常用的關聯詞語是在後一句出現，有"而且""並且""並""也""還""更""甚至""何況""況且"，等等。不可以成對地用"不但……而且……"，也不可以在前一句單用"不但"。例如：

（1）①自己因為一向看到的菱角都是兩個角的，就以為天下的菱角都是兩個角的。②而且連人們早已調查出來的菱角的各種狀態都不知道。（秦牧〈菱角〉）

（2）①我這時突然感到一種異樣的感覺，覺得他滿身灰塵的後影，剎時高大了，而且愈走愈大，須仰視才見。②而且他對於我，漸漸的又幾乎變成一種威壓，甚而至於要榨出皮袍下面藏着的"小"來。（魯迅〈一件小事〉）

（五）轉折關係

轉折式句群，顯示句子和句子的意思是全然相反或者相對的。常用的關聯詞語有："但是""但""可是""可""然而""幸而""可惜""不過""其實""儘管如此""雖然"，等等。這些關聯詞語一般單用在後一句中。"雖然……但是……"這樣成對用於複句中的關聯詞語不能成對用於句群的前後句中。例如：

（1）①滿天裏張着個灰色的慢，看不見太陽。②然而太陽的威力好像透過了那灰色的慢，直逼着你頭頂。（茅盾〈雷雨前〉）

（2）①搬到會館後我的屋子裏沒有生爐火，冷得像冰窖。②每天餐桌上是一大盆粗菜豆腐，一碗鹹菜和一鍋米飯。③然而我感到一種新鮮的歡欣。（何其芳〈樹蔭下的默想〉）

（3）①聽人家背地裏談論，孔乙己原來也讀過書，但終於沒有進學，又不會營生；於是愈過愈窮，弄得將要討飯了。②幸而寫得一筆好字，便替人家抄書，換一碗飯吃。③可惜他又有一樣壞脾氣，便是好吃懶做。（魯迅〈孔乙己〉）

比較上面三例，可以看出"然而"轉折語氣較重，"幸而""可惜"轉折意味較輕。

（六）因果關係

因果式句群，表示前因後果的關係，常用的關聯詞語有"因此""所以""其結果""由此看來"等等，放在表示結果的句子的前面。也有時打破常規的語序，將表示原因的句子放在後面，加上關聯詞語"因為""是因為""就因為""原因是""這是因為""由於"等。但是不能在前後句成對地用"因為……所以……"。例如：

（1）①我喜歡海，溺愛着海，尤其是潮來的時候。②因此即使是伴妻一道默坐在屋裏，從閉着的窗戶內聽着外面隱約的海潮音，也覺得滿意，算是盡夠欣幸了。（魯彥〈聽潮〉）

（2）①在許多的果品裏，我最愛落花生。②這並不僅僅因為它價錢賤、好吃，而實在因為落花生這種植物，有許多可貴的德性，可以讓我們深思，可以從它得到許多啟示。（梁容若〈落花生的性格〉）

（七）假設關係

假設式句群，常以關聯詞語來組合，只是在後一句用"那樣""否則""不然""那麼""要不""如果這樣""如果不這樣""如果那麼""如果不那樣"等關聯詞語來表示。不能在前後句分別用"如果……那麼（就）……"。例如：

（1）①妙手寫了好文章，也還是要經過努力，而決不是偶然得來。②假如說"偶"是靈感，看見了什麼，接觸了什麼，有所感，有所會通，因而寫出一點什麼好東西來，那也還是要有先決條件，那便是具有一定的文化水準。③要不，沒有這個水準，即使"偶"，也還是不能"得"的。（吳晗〈談寫文章〉）

（2）①不重要的事情要略去，就是重要的事情，該略去也一定要略去。②否則就寫不出來，或者寫出來了，味同嚼蠟，讀者也不願讀。（杜鵬程〈關於情節〉）

（3）①這無論怎麼說都是一場大悲劇。②李自成自然是一位悲劇的主人，而從李岩方面來看，悲劇的意義尤其深刻。③假使初進北京時，自成聽了李岩的話，使士卒不要懶怠而敗了軍紀，對於吳三桂等及早採取了籠絡政策，清人斷不至於那麼快的便入了關。④假使李岩收復河南之議得到實現，以李岩的深得人心，必能獨當一面，把農民解放的戰鬥轉化而為抗清的戰爭。⑤假使形成了那樣的局勢，清兵在第二年決不敢輕易冒險去攻潼關，而在潼關失守之後也決不敢那樣勞師窮追，使自成陷於絕地。⑥假使免掉了這些錯誤，在民族方面豈不也就可以免掉了260年間為清朝所宰治的命運了嗎！⑦就這樣，個人的悲劇擴大而成為

了民族的悲劇，這意義不能說是不夠深刻的。（郭沫若〈甲申三百年祭〉）

（八）條件關係

條件式句群，也要借助關聯詞語組合，條件的關係才看得比較清楚。常用的關聯詞語有"這樣""才""就""不管""只要這樣""只有這樣""除非這樣"等。例如：

（1）①無論準確也好、鮮明、生動也好，就語言方面講，字眼總要用得恰如其分。②這樣，表現的概念才會準確，也才能使人感到鮮明。（郭沫若〈關於文風問題〉）

（2）①沒有辮子，該當何罪，書上都一條一條明明白白寫着的。②不管他家裏有些什麼人。（魯迅〈風波〉）

（九）總分關係

總分式句群，句子有幾種組合方式：先總說，後分說；先分說，後總說；先總說，後分說，再總說。

（1）①雕刻之精者：一曰勻稱，各部分之長、短、肥、瘠互相比例，不違天然之狀態也。②二曰緻密，琢磨之工，無懈可擊也。③三曰渾成，無斧鑿痕也。④四曰生動，儀態萬方，合於力學之公例；神情活現，合於科學之公例也。（蔡元培〈雕刻〉）

（2）①"花兒為什麼這樣紅？"②首先有它的物質基礎。③不論是紅花還是紅葉，它們的細胞液裏都含有由葡萄糖變成的花青素。④當它是酸性的時候，呈現紅色，酸性愈強，顏色愈紅。⑤當它是鹼性的時候，呈現藍色，鹼性較強，成為藍黑色，如墨菊、黑牡丹等花。⑥而當它是中性的時候，則是紫色。⑦萬紫千紅，紅藍交輝，都是花青素在不同酸鹼反應中所顯示出來的。（賈祖璋〈花兒為什麼這樣紅〉）

（十）解證關係

解證式句群，後一句對前一句的意思加以解釋、證明，或舉例加以說明。常用的關聯詞語有"如""像""例如""比如""譬如""舉例來說""這就是說""也就是說""所謂""意思是"，等等。例如：

（1）①你知道中國最有名的人是誰？②提起此人，人人皆曉，處處聞名，他姓差，名不多，是各省各縣各村人氏。③你一定見過他，一定聽過別人談起他。④差不多先生的名字，天天掛在大家的口頭，因為他是中國全國人的代表。（胡適〈差不多先生傳〉）

（2）①有許多科學，從前學者不把它們當作自然科學看的；現在因為研究方法的變異，已進了自然科學的領域了。②如心理學和地理學就是這樣的科學。（毛子水〈青年和科學〉）

（3）①大家都知道，泰山上有一個快活三里。②意思是在艱苦的攀登中，忽然有長達三里的山路，平平整整，走上去異常容易，也就異常快活，讓爬山者疲憊的身體頓時輕鬆下來，因此名為"快活三里"。（季羨林《牛棚雜憶》）

四、句群和複句

句群和複句有時候可以互相變換，有時候很難變換。一個意思用句群表達，還是用複句表達，要看溝通需要而定。

句群和複句的區別主要有以下兩點：

第一，句群是由兩個或者兩個以上的句子組成的，句子之間在書面上用句終標點（句號、嘆號、問號）；複句包括多重複句是由分句組成的，分句之間書面上只能用句中標點（逗號、分號）。

第二，複句中分句組合的結構比較嚴謹，常常使用或者可以補上成對的關聯詞語。句群裏，句子之間除了表示並列、選擇關係的有時用成對的關聯詞語外，絕大部分不能像複句中那樣用成對的關聯詞語，而常常是單用一個。

下面這個片段，在文章中是複句，我們可以把它變換為句群，意思沒有什麼更改：

如果拿建築來作比喻：在作家心中結胎的意象，有如建築的藍圖；主題、題材、結構、節奏、體裁、媒介等等"構成要素"，有如建築的材料；觀察、體驗、想像、選擇、組合、表現等等"創作法則"，有如建築過程中逐步施工所用的方法；而描繪便像工人的萬能雙手，是最初也是最後的實行家，全靠它來完成心靈工程之全部的創造。（趙友培〈談描繪〉）

把上述複句中點分號（；）的地方，換為句號（。），就成了四個句子構成的句群：

①如果拿建築來作比喻：在作家心中結胎的意象，有如建築的藍圖。②主題、題材、結構、節奏、體裁、媒介等等"構成要素"，有如建築的材料。③觀察、體驗、想像、選擇、組合、表現等等"創作法則"，有如建築過程中逐步施工所用的方法。④而描繪便像工人的萬能雙手，是最初也是最後的實行家，全靠它來完成心靈工程之全部的創造。

再看下面一個句群，它是由四個句子組合成的，前三個句子都是含有多個分句的二重複句，這個語言片段就不能再變換為複句，而以原句群的語言形式為好：

①試就以上比較的各點加以整理，就可以知道描繪的特質是個別的，不是共通的；是具體的，不是抽象的；是有機的，不是機械的；是流動的，不是靜止的；是深入的，不是表面的；是暗示的，不是說明的；是主動的，不是被動的；是自由的，不是公式的；是有情的，不是無情的。②唯其是個別的，所以不籠統；唯其是具體的，所以不空洞；唯其是有機的，所以不割裂；唯其是流動的，所以不呆板；唯其是深入的，所以不粗疏；唯其是暗示的，所以不淺露；唯其是主動的，所以不因襲；唯其是自由的，所以不拘執；唯其是有情的，所以不隔

離。③不籠統則鮮明，不空洞則充實，不割裂則完整，不呆板則活潑，不粗疏則精緻，不淺露則含蓄，不因襲則新穎，不拘執則超脫，不隔離則和諧。④而要達成鮮明、充實、完整、活潑、精緻、含蓄、新穎、超脫、和諧等等的表現，便不能不借重描繪了。（趙友培〈談描繪〉）

這是一個組織得嚴密的推理，第①句為第②句的前提，第②句為第③句的前提，第③句為第④句的前提，層層推理，得出了第④句的結論。而第①句的內容又是以上文為基礎的。每一個複句中的分句又是一一呼應的，有條不紊。因而句群和複句並不是都可以互相變換的。

五、句群和段落

句群是構成文章段落的基礎。它同段落不是相同的概念，雖然有時形式上重合。

段落是文章根據內容的構成劃分出來的，它有明顯的換行、間歇等標誌。它是作者思路合乎邏輯的停頓。

一個段落可以由一個句子構成。例如朱湘〈說推敲〉一文的前幾段：

推敲這詞語的來源，大家都知道：終於賈島選定了"敲"字，是因為它來得響亮些。

響亮些固然是不錯的；不過，據我看來，還有一層旁的、更重要的理由，那便是，

　　　　　　僧敲月下門

這一句詩的意境，因為一個"敲"字的緣故，豐富了許多。

一個段落可以由一個句群構成，二者形式上重合。例如，呂叔湘《語文常談》中的一段：

①語言，也就是說話，好像是極其稀鬆平常的事兒。②可是仔細想想，實在是一件了不起的大事。③正是因為說話跟吃飯、走路一樣的平常，人們才不去想它究竟是怎麼回事兒。④其實這三件事兒都是極不平常的，都是使人類不同於別的動物的特徵。⑤別的動物都吃生的，只有人類會燒熟了吃。⑥別的動物走路都是讓身體跟地面平行，有幾條腿使幾條腿，只有人類直起身子來用兩條腿走路，把上肢解放出來幹別的、更重要的活兒。⑦同樣，別的動物的嘴只會吃東西，人類的嘴除了吃東西還會說話。

這個句群中的句子都是圍繞人類不同於別的動物的特徵這個意思來發揮的。

一個段落也可以由兩個或兩個以上的句群構成。例如，趙友培〈談描繪〉中的一段：

A①但也有人以為描繪與記錄的不同，只在詳略之分：記錄僅記要點和輪廓，而描繪則須詳盡細密地寫出來。②這是不對的。③記錄也可以詳盡，古代左史記事，右史記言，後來成為帝王的起居注；現代用錄音器來作發言的記錄，一字不遺；可說詳盡極了，仍然不是描繪。④唐人以二十字寫一首五絕，如："蒼蒼竹林寺，杳杳鐘聲晚。荷笠帶斜陽，青山獨歸遠。"可說簡單極了，仍然還是描繪。B①又有人以為描繪與判斷的不同，只在主客之分：判斷是絕對客觀的，而描繪是完全主觀的。②這也不對。③判斷未嘗沒有主觀，否則，法官就不會判錯案件，而上訴的程式也可無須規定了。④反之，描繪也不能完全離開客觀的現實，否則，必將成為無人能懂的囈語。

這一段由 AB 兩個句群構成。句群 A 指出，描繪與記錄的不同不在於詳略之分；句群 B 指出，描繪與判斷不同不在於主客之分。從兩個不同方面指出有些人的誤解。

一個段落也可以由句子和句群構成。這裏的句子和句群都是圍繞段意來發揮的。例如：

A①那最輕盈、站得最高的雲，叫卷雲。②這種雲很薄，陽光可以透過雲層照到地面，房屋和樹木的影子依然很清晰。③卷雲絲絲縷縷地飄浮着，有時像一片白色的羽毛，有時像一塊潔白的綾紗。B①如果卷雲成群成行地排列在空中，好像微風吹過水面引起的鱗波，這就成了卷積雲。C①卷雲和卷積雲的位置很高，那裏水分少，它們一般不會帶來雨雲。D①還有一種像棉花團似的白雲，叫積雲。②它們常在兩千米左右的天空，一朵朵分散着，映着溫和的陽光，雲塊四周散發出金黃的光輝③積雲都在上午開始出現，午後最多，傍晚漸漸消散。E①在晴天，我們還會遇見一種高積雲。②高積雲是成群的扁球狀的雲塊，排列得很勻稱，雲塊間露出了碧藍的天幕，遠遠望去，就像草原上雪白的羊群。F①卷雲、卷積雲、積雲和高積雲，都是很美麗的。（朱泳燚〈看雲識天氣〉）

句群 A 由三個句子組成，講卷雲。句子 B 接着講卷積雲。句子 C 是 A、B 的小結。句群 D 由三個句子組成，講積雲。句群 E 由兩個句子構成，講高積雲。F 是最後一句，總說卷雲、卷積雲、積雲、高積雲都是美麗的雲。因而，這個段落是由句群和句子一起構成的，組織得很有條理。

段落還有其他組合樣式，例如，高士其的說明文〈莊稼的朋友和敵人〉中的幾段：

除了這三種元素以外，參加植物營養的供應的還有鈣、硫、鎂、鐵、矽五位朋友。這五位朋友的需要量對於植物來說雖然不大，在一般土壤裏都能找到，但它們的存在也是不可缺少的。

缺少鈣，根部和葉子就不能正常發育；

缺少硫，蛋白質的構造就不能完成；

缺少鎂和鐵，葉綠素就要破產；

缺少矽，莊稼就不能長得壯實。

後四段如果組合在一起，是一個複句，這個複句也可併入上一段。作者這樣分段既有強調的意思，也使得行文活潑。

思考與練習

一、思考與討論題

① 漢語語法有什麼特點？掌握了漢語語法的特點，對於學習漢語有什麼幫助？
② 簡要敘述漢語語法分析的三個平面（句法分析、語義分析、語用分析）。
③ 從語法功能上看，實詞有哪些特點？
④ 從語法功能上看，虛詞有哪些特點？
⑤ 為什麼要在名詞下列出時間詞和方位詞，這兩類詞具備什麼語法功能？
⑥ 及物動詞和不及物動詞的區別是什麼？謂賓動詞和體賓動詞的區別是什麼？
⑦ 形容詞裏有狀態形容詞和屬性形容詞兩個小類，從語法功能上看，為什麼要特別提出這兩類詞？
⑧ 副詞作狀語時可以表示哪些不同的語法意義？
⑨ 以"在、朝"為例，說明介詞和動詞有哪些不同之處。
⑩ 連詞在複句中可表示的邏輯關係有哪些？分別舉例說明。
⑪ 從語義分析上看，主語、賓語和補語各表示哪些語法意義？
⑫ 試舉例說明介賓短語的構成和用途。
⑬ 請評論句子成分分析法和句子層次分析法各自的特點，兩種方法能結合使用嗎？
⑭ "把"字句和"被"字句的各個成分有什麼特殊的要求？
⑮ 從語用角度分析句類（陳述句、疑問句、祈使句、感嘆句）的特點。
⑯ 你認為語法單位要不要包含句群，為什麼？
⑰ 試比較複句和句群常見的關係類型。
⑱ 在寫作中，你如何運用標點符號區分單句、複句和句群？說說你的體會。
⑲ 複句和句群在運用關聯詞語上有什麼相同點和不同點？
⑳ 你在修改病句時採用哪些方法？試結合修改病句的練習題自己歸納總結。

二、練習題

① 判斷下列說法的正誤，正確答案在（　）內打✓，錯誤答案在（　）內打×。

（1）漢語語法不依賴嚴格意義的形態變化，而借助於語序、虛詞等語法手段，來表示語法關係和語法意義。　　　　　　　　　　（　　）

（2）漢語的語言單位從小到大可以分為五級：語素、詞、短語、句子、句群。　　　　　　　　　　　　　　　　　　　　　　　（　　）

（3）從語法功能和意義範疇角度，可以把語素分為實素和虛素。實素可以單獨成詞。　　　　　　　　　　　　　　　　　　　　（　　）

（4）判斷詞類時，不僅要看詞的意義，還要分析詞的語法特點。（　　）

（5）動詞前可以受程度副詞"很""非常"的修飾。　　　　　（　　）

（6）形容詞和動詞可以叫謂詞，因為它們可以都充任謂語。　（　　）

（7）"小張姐姐"是一個偏正短語。　　　　　　　　　　　（　　）

（8）副詞只能作狀語，極個別的副詞可以作補語。　　　　　（　　）

（9）"我有一個問題想問你"是一個兼語句。　　　　　　　（　　）

（10）句子和句群是構成篇章的材料。　　　　　　　　　　（　　）

② 形容詞分別表示性質、狀態和屬性，請將下列的形容詞歸類。在適當的地方畫✓。

		性質	狀態	屬性			性質	狀態	屬性
例	細緻	✓			例	碧綠		✓	
(1)	亮晶晶				(2)	高等			
(3)	大型				(4)	黑咕隆冬			
(5)	美好				(6)	公立			
(7)	火熱				(8)	熱鬧			
(9)	野生				(10)	噴香			
(11)	熱				(12)	男式			
(13)	大方				(14)	高			
(15)	金				(16)	偉大			
(17)	毛茸茸				(18)	稀軟			
(19)	漂亮				(20)	良性			

❸ 辨析詞的語法意義。

（1）"所有"（屬性詞）和"一切"（指示代詞）都表示"全部"的意思。試舉例分析這兩個詞在用法上的異同。

（2）"一齊"和"一起"同作為副詞時，用法上有什麼異同？請舉例說明。

（3）試比較"偶然""偶爾"在詞性上用法上的分別。

（4）辨析表示因果關係的連詞"所以""因此""因而"在用法上的區別。

（5）區分連詞"儘管""雖然""即使"在用法上的區別。

④ 請從句法結構平面判斷下列短語的類型：在_____上填上類型關係。

	短語	類型關係		短語	類型關係
例	一位老師	偏正短語	例	工作認真	主謂短語
（1）	做練習題	_____	（2）	讓我看看	_____
（3）	願意參加	_____	（4）	喝茶談生意	_____
（5）	回家休息	_____	（6）	考慮清楚	_____
（7）	禁止外人出入	_____	（8）	給予處分	_____
（9）	買車的	_____	（10）	重陽那天	_____
（11）	住了幾天	_____	（12）	畢業典禮	_____
（13）	你們兩個	_____	（14）	喜歡安靜	_____
（15）	首都巴黎	_____	（16）	又唱又跳	_____
（17）	坐火車去西藏	_____	（18）	想起來	_____
（19）	命令部隊出發	_____	（20）	抽屜裏邊	_____

⑤ 請用句子成分分析法分析下列句子。請利用下列符號：

主語‖謂語　賓語（定語）〔狀語〕〈補語〉

（1）那家　新　服裝店　已經　開始　營業　了。
（2）明天　我們　一起　去　旺角　二樓　書店。
（3）大明的　祖父　被醫院　搶救　終於　醒　過來　了。
（4）李老師的　話　給我　留　下　了　深刻的　印象。
（5）香港特區、澳門特區　三十幾年來　在各方面　與中國大陸　交流　頻繁。

⑥ 請用層次分析法分析下列句子。
（1）他　的　祖　父　有　兩　個　農　場　和　一　個　果　園。

（2）經　濟　形　勢　下　滑　影　響　大　學　生　就　業。

（3）那是一個風雨交加的夜晚。

（4）在北京長大的湯姆，漢語講得非常流利。

（5）我妹妹明敏，從小在舞蹈學校學習芭蕾舞。

⑦ 試分析下列複句中分句之間的關係，將答案填在（　）內，並在關聯詞語下畫線。

例　不論家鄉的條件有多差，他還是毅然決定留下來。（條件複句）

（1）我不知道他的身體狀況究竟容不容許吃糖果喝濃咖啡，但是他興致盎然，好像在享受一場春日的下午茶。（　　　　　）

（2）只要施點法，就可以驅走他。（　　　　　）

（3）渴望安定的人也許遇見的是一個渴望自由的人，尋找自由的人也許愛上的是一個尋找安定的人。（　　　　　）

（4）因為失去了這一切，所以難民家庭那做父母的，就把所有的希望，孤注一擲地投在下一代的教育上頭。（　　　　　）

（5）只有教育，是一條垂到井底的繩，下面的人可以攀着繩子爬出井來。（　　　　　）

（6）我每天打一通電話，不管在世界上哪個角落。（　　　　　）

（7）華安上小學第一天，我和他手牽着手，穿過好幾條街，到維多利亞小學。（　　　　　）

（8）蒲公英對我不僅是蒲公英，它總讓我想起年輕時讀愛默生。（　　　　　）

（9）他們只是每天在大河畔跟着父母種地、打魚，跟夥伴們在沙裏踢球。（　　　　　）

（10）米加了一點點水，然後加點鹽和油，浸泡一下。（　　　　　）

（11）你站立在小路的這一端，看着他逐漸消失在小路轉彎的地方，而且，他用背影默默告訴你：不必追。（　　　　　）

（12）如果說，在政治和社會新聞裏每天都有事件發生，那麼在這個"原居民"族群的世界裏，更是每時每刻都在發生中。（　　　　　）

（13）假使以他們為新聞主體，二十四小時的跑馬燈滾動播報是播報不完的。（　　　　　）

（14）雖然也可能是萬里之遙，但是那個定點讓你放心——親愛的孩子，他在那裏。（　　　　　）

（15）（她的臉上有種悽惶的神情。）也許拒絕和她說話的兒子令她煩憂，也許家裏有一個正在接受化療的丈夫，也許，她心中壓了一輩子的靈魂的不安突然都在蠢動？（　　　　　）

（龍應台〈目送〉）

⑧ 判斷並分析下列多重複句的層次：第一層次畫一條豎線"｜"，第二層次畫兩條豎線"‖"，第三層次畫三條豎線"‖|"。並在豎線下面寫出分句間的關係。

例　因為無法打開，‖看不見沙漏裏的沙還有多少，‖|也聽不見那沙漏的速度
　　　　　　　　（因果）　　　　　　　　　　　　　（並列）
有多快，｜但是可以確定的是那沙漏不停地漏，‖不停地漏，‖不停地漏。
　　　　（轉折）　　　　　　　　　　　（並列）　　　（並列）
（三重複句）

（1）如果我們選擇的是不要歷史，那麼歷史就會成為他者、異者、對立者的政治與精神資源，政治與精神武器，這些會成為我們自身的一個病灶，一個定時炸彈。

（2）你可能生活在一個偉大的轉變期，你可能做了一些有點動靜的事情，你

可能經歷了事變，你可能是歷史的在場者和參與者⋯⋯然而，你的生活仍然是由一些細節組成的，赤背、炒疙瘩、水龍頭、市場、書報攤、吉他、故宮角亭、公園裏的嘈雜音響，永遠難忘。

（3）一部傑出的作品（注：這裏指《紅樓夢》），能夠被那麼多人包括上層下層奇人偉人下里巴人所接受所喜愛，同時又能被那麼多專家學者往高深裏研究考證，能把它的有關學問探索得深不見底，能使閒人望而卻步、免開尊口，這種現象實在有趣，卻也頗無厘頭。

（王蒙《一輩子的活法》）

⑨ 請修改下列病句，並說明修改的理由。

例　關於今後的就業問題，對於應屆畢業生是最關心的。

改正：關於今後的就業問題，應屆畢業生是最關心的。

理由：原句欠主語，"對於應屆畢業生"是一個介賓短語，介賓短語不能做主語。

（1）近年網路小説作品的品質和數量都大幅度增多了。

改正：_____

理由：_____

（2）作曲家施光南的一生創作了很多富有新疆情調的歌曲。

改正：_____

理由：_____

（3）他老人家平易近人的音容笑貌、循循善誘的諄諄教導，時時縈繞在我的耳邊。

改正：_____

理由：_____

（4）聽了作家莫言領獎時的演講，令我留下了深刻的印象。

改正：_____

理由：_____

（5）山區的考生冒着滂沱大雨和泥濘的道路，趕去考場。

改正：_____

理由：_____

（6）碩士生和博士生寫畢業論文時，都要注意提煉論文的語言和題材。

改正：_____

理由：_____

（7）小明以實際行動，嚴格要求，改正以往的缺點。

改正：＿＿＿＿＿＿＿＿＿＿＿＿＿＿＿＿＿＿＿＿＿＿＿＿＿＿＿

理由：＿＿＿＿＿＿＿＿＿＿＿＿＿＿＿＿＿＿＿＿＿＿＿＿＿＿＿

（8）中醫師陳醫師認為市民治療切忌拖延肩痛問題。

改正：＿＿＿＿＿＿＿＿＿＿＿＿＿＿＿＿＿＿＿＿＿＿＿＿＿＿＿

理由：＿＿＿＿＿＿＿＿＿＿＿＿＿＿＿＿＿＿＿＿＿＿＿＿＿＿＿

（9）這種電腦控制的玩具暢銷國內外，所以最近又改進了工藝流程。

改正：＿＿＿＿＿＿＿＿＿＿＿＿＿＿＿＿＿＿＿＿＿＿＿＿＿＿＿

理由：＿＿＿＿＿＿＿＿＿＿＿＿＿＿＿＿＿＿＿＿＿＿＿＿＿＿＿

（10）深秋的校園，枯黃的樹葉鋪滿一地，學生會廣播站卻播放着歡快的樂曲。

改正：＿＿＿＿＿＿＿＿＿＿＿＿＿＿＿＿＿＿＿＿＿＿＿＿＿＿＿

理由：＿＿＿＿＿＿＿＿＿＿＿＿＿＿＿＿＿＿＿＿＿＿＿＿＿＿＿

（11）倘若到山區學校的路比較遠，可是坐巴士去還是很快就可以到的。

改正：＿＿＿＿＿＿＿＿＿＿＿＿＿＿＿＿＿＿＿＿＿＿＿＿＿＿＿

理由：＿＿＿＿＿＿＿＿＿＿＿＿＿＿＿＿＿＿＿＿＿＿＿＿＿＿＿

（12）這篇文章雖然內容很精彩，語言卻樸實無華。

改正：_____

理由：_____

（13）這家餐廳的服務對象，主要是面向住在附近的學生和居民。

改正：_____

理由：_____

（14）他在彰化八卦山看到台灣一座最大的佛像。

改正：_____

理由：_____

（15）我很遺憾你對這件事所做的決定。

改正：_____

理由：_____

（16）哥哥近日忙於整理珍藏多年的漫畫及中國漫畫發展史。

改正：_____

理由：_____

（17）看到各國救援隊不分晝夜地搜索地震災區的倖存者，使我淚流滿面。

改正：_____

理由：_____

（18）中國現代作家博物館裏陳列着各式各樣的巴金生前用過的東西。

改正：_____

理由：_____

（19）除了作品中出現的人物之外，我好像還感到了一個沒有出場的人物，那就是作者本人。

改正：_____

理由：_____

（20）莫言用現實主義手法所寫的小說，往往闡明了歷史不是一個人創造的。

改正：_____

理由：_____

（21）愛滋病的研究對於他這位富有經驗的醫生卻是陌生的。

改正：_____

理由：_____

（22）作為一個21世紀的青年學生，一定要學習掌握好英語是十分重要的。

改正：_____

理由：_____

（23）現階段政府有關部門正在草擬全面禁止菸草商在電影院宣傳。

改正：_____

理由：_____

（24）北京當代芭蕾舞團來台北演出，受到熱烈歡迎，對演出評價很高。

改正：_____

理由：_____

（25）人患感冒後，往往發冷、高燒、頭疼、流鼻涕等症狀。

改正：_____

理由：_____

（26）難道這不是指的同樣的東西又是指的什麼呢？

改正：_____

理由：_____

⑩ 以葉聖陶的〈以畫為喻〉為例，具體分析文章中前三段句群的組合方式：

　　咱們畫圖，有時候為的實用。編撰關於動物植物的書籍，要讓讀者明白動物植物外面的形態跟內部的構造，就得畫種種動物植物的圖。修建一所房屋或者佈置一個花園，要讓住在別地的朋友知道房屋花園是怎麼個光景，就得畫關於這所房屋這個花園的圖。這類的圖，繪畫的動機都在實用。讀者看了，明白了；住在別地的朋友看了，知道了，就完成了它的功能。

　　這類圖決不能隨便亂畫。首先把畫的東西看得明白，認得確切。譬如畫貓罷，它的耳朵怎麼樣，它的眼睛怎麼樣，你如果沒有看得明白，認得確切，怎麼能下手？隨便畫上豬的耳朵，馬的眼睛，那是個怪東西，決不是貓；人家看了那怪東西的圖，決不能明白貓是怎樣的動物。所以，要畫貓先得認清貓。其次，畫圖得先練成熟習的手腕，心裏想畫貓，手上就得畫成一隻貓。像貓這種動物，咱們中間誰還沒有認清？可是。咱們不能個個人都畫得成一隻貓；畫不成的原因，就在乎熟習的手腕沒有練成。明知道貓的耳朵是怎樣的，眼睛是怎樣的，可是手不應心，畫出來的跟知道的不相一致，這就成豬的耳朵馬的眼睛或者什麼也不像了。所以，要畫貓又得練成從心所欲的手腕。

　　咱們畫畫，有時候並不為實用。看見一個鄉下老頭兒，覺得他的軀幹，他的面部的器官，他的蓬鬆的頭髮跟鬍子，線條都非常之美，配合起來是一個美的和諧，咱們要把那美的和諧表現出來，就動手畫那個老頭兒的像。走到一處地方，看見三棵老柏樹，那高高向上的氣派，那倔強矯健的姿態，那蒼然藹然的顏色，都彷彿是超然不群的人格的象徵；咱們要把這一點感興表現出來，就動手畫那三棵老柏樹的圖。這類的圖，繪畫的動機不為實用，可以說無所為；但也可以說有所為，為的是表出咱們所見到的一點東西，從鄉下老頭兒跟三棵老柏樹所見到的一點東西——就是"美的和諧"、"彷彿是超然不群的人格的象徵"。

第五章

修辭和風格

前四章我們討論了語言各個要素的構造規則；本章我們要研究語言要素運用於溝通環境的情形。本書緒論提過，語言有兩種存在的形態：一種處於備用狀態，另一種處於正在使用的狀態。我們不妨稱備用的語言為靜態語言，正在使用的語言為動態語言。瑞士語言學家費爾迪南·德·索緒爾（Ferdinand de Saussure）在他的語言理論的術語體系中有兩個重要的術語：語言和言語。他認為"語言"（langue）是屬於社會的、集體的；"言語"（parole）則與"語言"相對立，兩者之間可用"言語活動"（langage）來調整。"語言"和"言語"之分，實際上也是我們所說的靜態與動態之分。語言學既要研究處於靜態的"語言"，也要研究處於動態的"言語"。語言和言語具有一般與個別的關係，研究語言就要找出語言要素的構造規律，研究言語則要在語言的使用中發掘出語言要素的表現力。例如從語言角度看，"戰爭和和平""語源學與語義學"是兩個結構相同的詞組，前者用"和"連接兩個地位相等的詞，後者用"與"起連接作用。"和""與"的詞義以及在結構中的地位、作用都是等同的，不同的只是發音。從言語研究的角度看，兩個短語中的"和""與"要互換互替才"美"，因為"戰爭與和平"的"與"使原詞組避開了"和"音的重疊，"語源學和語義學"的"和"使原短語七個撮口呼、齊齒呼音節得到了調整。

　　修辭學和風格學承擔着動態語言的研究、語言使用的研究或言語研究的任務。修辭、風格都是語言運用中產生的言語現象，相互間有密切的聯繫，但它們的概念不同、構成因素不同，在語言運用中所處的地位不同，作為學科，其研究對象、研究的着眼點，以及研究任務、內容都有區別，因而修辭學、風格學是各自獨立、並列挺進的近鄰學科。

第一節　修辭

一、修辭和修辭學

"修辭"是什麼？修辭是在特定的語言環境下，選取恰當的語言形式，表達一定的思想內容，以達到理想的溝通效果的活動。

修辭活動離不開具體的語境，語境有語言性的靜態語境，也有言語性的動態語境。修辭主要是依據動態語境。而隨動態語境選用語言表達手段組成的話語是語言運用的產物。因此，修辭是語用現象或者說是言語現象。

"修辭學"是什麼？修辭學是研究修辭活動的規律的科學。具體來說，就是研究如何依據和利用語境選擇修辭手段，組建能適切表達思想內容的話語，以取得理想溝通效果的規律的學科。言語溝通活動雖然千變萬化，錯綜複雜，但選擇什麼樣的修辭手段、採用什麼樣的組合方式建構話語以提高溝通效果，卻是有規律可循的，而且這些規律也一直被人們自覺或不自覺地使用着、學習着、模仿着。有些修辭規律從古沿襲至今，也有些修辭規律是現代漢語才有的。修辭學就是研究和發掘修辭活動中的客觀規律，用以指導人們修辭實踐的科學。它屬於語言運用科學或者言語學範疇。

中國修辭觀一直認為，修辭不是雕蟲小技，而是與安邦定國、修身立業的大事相關。儒家的"修辭立其誠，所以居業也"（《周易·上經·乾》），"一言而興邦""一言而喪邦"（《論語·子路》）；墨家的"出言談也，……實將欲為其國家、邑里、萬民、刑政者也"（《墨子·非命下》）；法家的"名正則治，名倚則亂，無名則死"（《管子·樞言》）；道家的"樸素而天下莫能與之爭美"（《莊子·天道》），都或直露或含蓄地揭示了立言修辭的社會價值與美學主張。當代中國也十分重視修辭的社會功能，主張語言文字要健康發展，適應社會的要求，更有效地為社會服務。

精湛的修辭藝術還具有巨大的經濟價值。俗話說，"招牌好，招財又進寶"。

美國一些商人稱舌頭、美元、電腦為"三大戰略武器"，舌頭獨居三大武器之首。所謂招牌好就是招牌的命名好，命名好要靠修辭美，修辭美的招牌名字往往能給企業帶來名氣，帶來市場，帶來巨大財富，甚至招牌本身就是一筆財富，例如北京的"同仁堂""盛錫福""東來順"等老字號招牌。廣告用語尤其需要借助修辭手段創造好的商業效果。有一則"中國人壽保險公司"的商業廣告，其畫面是身着運動裝的籃球明星姚明的半身像，廣告詞寫道"要投就投中國人壽"，這是運用"隱喻"和"拈連"的手法把"投保"比作"投籃"，傳遞的訊息是：投保投給中國人壽保險公司會像姚明投籃一樣準確。修辭手法的精妙運用增強了這則廣告的推銷力度，留給觀眾會心的一笑。

因此，修辭學在人文科學體系中佔有一席之地。語音學、詞彙學、語義學、語法學、社會語言學、文化語言學、心理語言學、認知語言學，尤其是研究語言運用的語用學、語言風格學、言語溝通學、公關語言學、商務語言學、命名學等學科的深入研究，都需要借助修辭學的研究成果。修辭學的研究成果對人文科學的其他分支學科也都有借鑑價值。

語言內含語音、詞彙和語法三要素。人類說話就是選擇詞語，按照語法規律組成句子，然後透過語音表達出來的過程。語音、詞彙和語法的表現力是潛在的，修辭則是把語言潛在的表現力發掘出來，在語言運用中選用最適當的語音、詞語和句子結構方式，以達到最好的溝通效果。

二、修辭學研究語言要素的表現力

下面分別說明語音、詞彙、語法三個語言要素在語言運用中的表現力。

（一）語音修辭

語言是聲音和意義的統一體，人們說話寫文章運用語言時不僅要考慮語言的意義，也要考慮它的語音形式。語音形式包括韻律的迴環、聲調的抑揚、音節的勻稱等。語音配合得好不僅能使語言流暢順口，節奏分明，聲律和諧，富有音樂美，而且更有利於思想的傳播、感情的抒發和意境的烘托。因而，無論是口頭表達還是書面表達都要重視語音修辭，充分發揮語音的修辭藝術作用。

每一種語言的聲音都有一些自身的特點和美質。特點和美質，可以生成豐富多彩的語音修辭手段。例如在漢語中有雙聲、疊韻、平仄、節奏停頓、語調等。下面僅從四個方面來談語音修辭手段的恰當運用。

1. 同韻呼應

同韻呼應，通常稱作押韻或叶韻，就是在上下語句或隔句相應的位置上出現相同或相近的韻的字，這些韻字出現在句末叫韻腳。押韻具有語音和諧、節奏悅耳、迴環複杳、便於吟誦、容易記憶的修辭功用。它是韻文體幾乎必用的修辭手段，也是其他文體常用的修辭手段。例如在廣告、演講和標題中押韻就用得很普遍。

> 朝辭白帝彩雲間，
> 千里江陵一日還。
> 兩岸猿聲啼不住，
> 輕舟已過萬重山。
>
> （李白〈早發白帝城〉）

> 最是那一低頭的溫柔，
> 像一朵水蓮花不勝涼風的嬌羞，
> 道一聲珍重，道一聲珍重，
> 那一聲珍重裏有蜜甜的憂愁——
> 沙揚娜拉！
>
> （徐志摩〈贈日本女郎〉）

腰包揣得通鼓，有錢就得擺譜，你別管我是幹啥的，我能請起保姆。（小品〈擦皮鞋〉）

朱光潛在《詩論》中說："韻的最大功用在於把渙散的聲音聯絡貫串起來，成為一個完整的曲調。它好比串珠的串子，在中國詩裏這串子尤不可少。"合轍押韻是詩歌、散文常用的語音修辭手段。有些文學體裁甚至無韻不成體。老舍先生說："快板中的轍（押韻）最為緊要。'打竹板，邁大步，眼前來到羊肉鋪'是快板；'打竹板，上大街，眼前來到同仁堂'不是快板。快板一沒了轍，則唱者聽者也都'沒了轍'！"（老舍《文藝評論集》）

合轍押韻要符合表達內容的需要，最高境界是語音形式與語言內容的統一，切忌生造詞語或生造句式，致使內容表達受到影響。

2. 平仄協調

"平仄"是聲調現象。漢語的每個音節都有聲調，第一章已經講到有關聲調的內容。古漢語的聲調分為平聲、上聲、去聲、入聲，合稱"四聲"；現代漢語的四聲是陰平、陽平、上聲、去聲。按聲調的高低和長短，人們將四聲分為平聲和仄聲兩大類。"平"指古漢語的平聲，"仄"指平聲以外的上去入三聲，即所謂"非平即仄"。平聲語調平緩、高昂、悠長，仄聲語調低抑、短促。平仄相間，聲調協調，能使語言產生抑揚頓挫、高低起伏、婉轉悅耳的聲音效果。老舍有一段話說的就是這個問題："在漢語中，字分平仄。調動平仄，在我們的詩詞形式發展上起過不小的作用。我們今天既用散文寫戲，自然就容易忽略了這一端，只顧寫話，而忘了注意聲調之美。其實，即使寫散文，平仄的排列也還該考究。'張三李四'好聽，'張三王八'就不好聽。前者是二平二仄，有起有落，後者是四字皆平，缺乏抑揚。四個字尚且如此，那麼連說幾句就更該好好安排一下子。'張三去了，李四也去了，老王也去了，會開成了'，這樣一順邊的句子大概不如'張三、李四、老王都去參加，會開成了'，簡單好聽。前者有一順邊的四個'了'，後者'加'是平聲，'了'是仄聲，揚抑有致。"（〈戲話淺論〉）

正如老舍所說，協調平仄是漢語音樂美的一種特有的修辭手段。文藝體裁最講究音樂美，特別是韻文和優美的散文，常常安排平仄的交錯變化。古詩文在這方面尤為突出。例如：

大漠風塵日色昏，
仄仄平平仄仄平

> 紅旗半捲出轅門。
>
> 平平仄仄仄平平
>
> 前軍夜戰洮河北,
>
> 平平仄仄平平仄
>
> 已報生擒土谷渾。
>
> 仄仄平平仄仄平

（王昌齡〈從軍行七首之五〉）

古代散文許多也會注意到節奏的反覆,平仄的交替,甚至韻腳的呼應。例如王安石〈祭歐陽文忠公文〉:

> 如公器質之深厚,智識之高遠,而輔學術之精微,故充於文章,見於議論,豪健俊偉,怪巧瑰琦。其積於中者,浩如江河之停蓄;其發於外者,爛如日星之光輝。其清音幽韻,淒如飄風急雨之驟至;其宏詞偉辯,快如輕車駿馬之奔馳。

文中"其積於中者,浩如江河之停蓄;其發於外者,爛如日星之光輝"兩相對仗,上句"蓄"是仄聲,下句以平聲"輝"呼應。"其清音幽韻,淒如飄風急雨之驟至;其宏詞偉辯,快如輕車駿馬之奔馳",則是以"宏詞偉辯"對"清音幽韻",以"輕車駿馬之奔馳"呼應"飄風急雨之驟至",而且是以平聲的"馳"字結尾。

3. 音節配合

漢語詞的音節數量主要是單雙兩類,多音節詞較少。單音節詞、雙音節詞合理佈局,能帶來音節勻稱、音調和協、節奏優美的旋律,給人以美感。為了增強語言的美感,各類文體都很注意音節的配搭。例如:

> 我有衝天的幹勁兒,
>
> 我有美麗的青春!
>
> 是我們青年發明創造,
>
> 叫美麗山河更美更新。

（老舍《女店員》）

第五章　修辭和風格 | 449

"美麗"與"美"意義相同，前面兩處用"美麗"，是為了讓它與"衝天"對應，和"山河"配合；後面用"美"，與單音節詞"新"配合，組成"更美更新"的短語，也顯出均衡的節奏來。

　　如果在音節組合上不協調，雖然在意思上說得通，但讀起來就不順口。例如：

　　① 學習畫應當經常練習寫生。
　　② 中國古代已有人指出早婚的害處，如《韓詩外傳》、《漢書·王吉傳》都認為早婚有損害健康。

　　例①"學習"是雙音節，"畫"是單音節，組合在一起顯得不勻稱，如將"學習"改為"學"，說成"學畫"，或者將"畫"改為"繪畫"，就順口了。例②可以改成"有損健康""有害健康"，還可以改成"對健康有損害"，就是不能說成"有損害健康"。

　　4. 疊音自然

　　疊音也叫"重音""複疊""複字""疊字"，是將相同的音節重疊起來使用。恰當地運用疊音可以增強聲勢，加強語意，加深聽覺印象，誇大描繪效果，增強語言的形象性。因此，古人寫詩配詞特別喜歡運用疊音詞；現代也常用來描寫自然景物，渲染環境氣氛，抒發人物情感。例如：

　　無邊落木蕭蕭下，不盡長江滾滾來。

（杜甫〈登高〉）

　　綠依依牆高柳半遮，靜悄悄門掩清秋夜，疏剌剌林梢落葉風，昏慘慘雲際穿窗月。（王實甫《西廂記》）

　　驚蟄一過，春寒加劇。先是料料峭峭，繼而雨季開始，時而淋淋漓漓，時而淅淅瀝瀝，天潮潮地溼溼，即連在夢裏，也似乎把傘撐着……（余光中〈聽聽那冷雨〉）

　　此外，擬聲、諧音、雙聲、疊韻，節奏和停頓的配合等，也是富有表現力和感染力的語音修辭手段。

（二）詞語修辭

1. 詞語修辭的重要性

說話、寫文章是一連串語句的組合，一段話、一場演說、一段文字、一篇文章都是一連串語句的組合體。詞語是表達意義的基本單位，是話語、文章組合體的基礎材料。古往今來，文學大師沒有不重視詞語修辭的。杜甫的"語不驚人死不休"，盧廷讓的"吟安一個字，撚斷數莖鬚"，皮日休的"吟安五個字，用破一生心"，以及賈島的"兩句三年得，一吟雙淚流"，都是古代詩人進行詞語修辭的佳話。現代作家茅盾也有深切體會："所謂'煉字'這一層功夫實在永無止境，而與一個作家的寫作活動相始終的。"（〈大題小解〉）這些雖然都是從文學寫作角度說的，但也告訴我們詞語修辭在立言中的地位和作用。

2. 詞語修辭的要求

詞語修辭的基本要求包括以下三方面：

（1）符合規範

規範的詞語是指現代白話文的詞語。一般來說，不規範的詞語是指生造的詞語、被割裂的詞語、不通行的簡稱、流傳不廣的方言詞語、有白話對應的文言詞語，以及與民族特點不協調的外族詞語。

生造詞語如"悲緒、妥確、寂感、悶悶默默、哀懇、悲運、輕杳、海海漫漫"。

割裂詞語如"同了意了、服一次務、導不起演"。（"幽他一默""的而且確"在港澳流行，帶有詼諧意味，但不登大雅之堂。）

不通行的或可能產生歧義的簡稱如"未偶（未來偶像）、視生（電視先生）、逃生（曠課的學生）、技院（技術學院）"。

流傳不廣的方言詞語如"單打（粵方言，惡意諷刺）、斷正（粵方言，逮個正着）、巴閉（粵方言，自負或形容場面盛大）、牙擦（粵方言，驕傲自大）、論盡（粵方言，粗心大意而出錯、笨手笨腳等等）、賽過（吳方言，好像）、囡五（吳方言，女兒）、差火（武漢話，人或物品質不到家）"。

與民族風格不協調的外族詞語如"O.T.（over time，超時、加班）、徒士

（size，尺碼、尺寸）、view（風景）"，"這部車很 full（滿），miss 咗巴士（bus）就 call 我"（沒趕上公共汽車就給我打電話）等等。

（2）意義確切

使用語言在詞語的選用上要求意義確切，以精當地表達語用者的思想感情。歷來語言大師常在用詞方面認真推敲，反覆修改。請看下面的例子：

① 經過的年月一多，話更無從說起，所以雖然有時想寫信，卻又難以下筆，這樣的一直到現在，竟沒有寄過一封信和一張照片。從他那一面看起來，是一去之後，杳無消息了。（魯迅〈藤野先生〉）

② "娘，我肚皮餓！……餓。"

人群中還有兩個小孩，……他們也用微弱的聲音來回應他。（巴金〈五十多個〉）

例①"難以下筆"原稿是"不能動筆"，"不能動筆"指無力動筆寫信，語意不準確，改用"難以下筆"。"難以下筆"更能表現怕使老師失望，因而很難提筆寫信的複雜心情。"杳無消息"原稿是"消息全無"，改成"杳無消息"也更能表現藤野先生切望得到魯迅的音訊而不能的失望心情。例②"微弱"原稿是"緩慢"。"緩慢"是就速度而言，"微弱"是從強度方面說的。在這裏用"微弱"比"緩慢"更能傳神。

語言的運用，文章的修改潤色，主要是在詞語的選擇上，尤其是近義詞、同義詞的選用。下面看魯迅作品的一段話：

做醫生的有秘方，做廚子的有秘法，開點心鋪子的有秘傳，為了保全自家的衣食，聽說這還只授兒婦，不教女兒，以免流傳到別人家裏去。"秘"是中國非常普遍的東西。連關於國家大事的會議，也總是"內容非常秘密"，大家不知道。但是，作文卻好像偏偏並無秘訣，假使有，每個作家一定是傳給子孫的了，然而祖傳的作家很少見。（〈作文秘訣〉）

這段話裏，用上了"秘方""秘法""秘傳""秘訣"這樣一組同義近義詞，它們共同的語素是"秘",也就是"秘密"的意思,只是四個詞"秘密"的內容不同罷了。如果只用"秘方",就顯得十分單調了。

詞語選用不當,會影響表達。例如"她一直有失眠的惡習"這個句子,"惡習"是指"惡劣的習氣","失眠"的確是不好的習慣,但"不好"並不"惡劣","習慣"也不是"習氣"。

(3)色彩協調

詞語色彩是指附加在詞語理性意義上的色彩意義,主要包括以下幾種:

感情色彩。這是指人們對詞語所反映的事物的一種主觀評價。詞語根據感情色彩的不同,可分為褒義詞、貶義詞和中性詞,恰當運用帶有感情色彩的詞語,可使語言表達的情感傾向更加鮮明,贊成什麼、反對什麼,可以讓讀者一目瞭然。

語體色彩。顧名思義,這類詞語經常用於某類溝通領域,一般都與一定的語體相聯繫,給人一種特定語體的聯想。如口語中的"小丫頭片子""腦瓜子";公文中的"審批""核准";法律語言的"起訴""求刑";科技文章中的"中子""原子";政論文章中的"政治體制""經濟特區""一國兩制"等。運用時要與特定的語體類型相吻合。

形象色彩。這類詞語能給人以具體形象的感受。如具有形態色彩的"鴨舌帽""光禿禿""羊腸小徑";具有聲音色彩的"嘩啦啦""乒乒乓乓""撲哧撲哧";具有感覺色彩的"冰涼""雷鳴""香噴噴";具有動態色彩的"蜂擁""洶湧""席捲";顏色詞語的"黑黝黝""金燦燦""白花花"等。具有形象色彩的詞語常用於文藝語體,描繪人或事物的形象、情狀或特徵,以增強形象生動的效果。

民族文化色彩。指在詞語的理性意義上附着某種民族文化因素的影響。如"武術""功夫""太極""比翼鳥""跑龍套""鐵飯碗""吉祥如意""張飛穿針——大眼瞪小眼"等,都是植根於漢文化的詞語,含有特定的文化意蘊和民族色彩。又如"梅""松""竹"等詞在漢文化中含有高風亮節、清雅情操的意義。

運用詞語要注重詞語的理性意義,同時要注意與具體的語境相應合,發掘附着在詞語身上的種種色彩意義。否則，便會用詞不當。例如"劫機者的理想又一次破滅了"，顯然"理想"一詞不妥，"理想"是個褒義詞，宜改用中性色彩的"幻想"，或者改用貶義的"陰謀詭計"。"周警長的功績罄竹難書"，"罄竹難書"原指把竹子都用完了，罪惡也寫不盡，只能用在壞的方面，不能用來歌頌功績。"小朋友像蒼蠅一樣來往無蹤，在樹林裏捉迷藏"，"蒼蠅"令人厭惡，用以形容小朋友的天真爛漫，感情色彩不協調。

（三）句子修辭

句子是語言溝通中的基本表達單位，句子修辭在修辭系統中具有重要的地位。句子修辭有多方面的內容，最重要的是句式的選擇。現代漢語的句式豐富多彩，從修辭和語用的角度看最主要的是以下幾方面：

1. 長句和短句

長句是指那些修飾語較長或主謂短語、聯合短語作句子成分而形成的結構比較複雜、字數較多的句子；短句是指那些結構比較簡單、字數較少的句子。

長句內涵豐富，結構緊湊，表意嚴密，有較強的邏輯力量，較多用於書面語體，尤其是政論文章、科技論文、法規公文，等等。它是構成語言精確、嚴謹的重要手段，又是體現繁豐、細膩格調的重要手段。文藝作品也常用長句來表達舒緩的語勢，抒發細膩的感情。短句具有簡潔、明快、乾淨俐落的特點，便於一般的描述，表現緊張的氣氛或抒發激越的感情。它較多用於人物對話描寫，也較多見於通俗科技作品等。它是構成簡約、明快、樸實格調的重要手段。

老舍《駱駝祥子》第十二章結尾部分有一節人物對話描寫，共有 203 個語詞、45 個句子，其中：

一字句 3 個，如："行！"

二字句 11 個，如："幹嗎？"

三字句 6 個，如："沒錯兒！"

四字句 3 個，如："你不冷呀？"

五字句 6 個，如："有賊是怎着？"

六字句6個，如："這是我的鋪蓋。"

七字句3個，如："手兒粘贅還行嗎？"

八字句2個，如："不能拿人家的東西！"

九字句2個，如："我沒拿曹家一草一木。"

十字句3個，如："老程迷迷忽忽的坐起來。"

這說明文藝作品的對話描寫短句子多。《駱駝祥子》中敘事、描寫的文字，也用長句子，這些句子之所以較長，重要原因之一是為了表述嚴密的邏輯關係，使用關聯性詞語較多，例如"就是賃來的車，他也不偷懶，永遠給人家收拾得乾乾淨淨，永遠不去胡碰亂撞；可是這只是一些小心謹慎，不是一種快樂。"這個長句48字是用關聯詞"就是……也……可是……"銜接起來的。

長句和短句各有不同的修辭功用，在一篇文章中，全用短句或長句的現象不多；一般是長短交替，錯綜變化，疏密有致，相得益彰。再看王蒙的一段話，對於長短句的交替使用，增強文章的表現力會更有體會。王蒙在敘述他寫作第二部長篇小說《活動變人形》時，有一段精彩的描寫：

我開始了寫作的瘋狂期。從早到晚，手指上磨起了厚厚的趼子，腰酸背痛，一天寫到一萬五千字，寫得比抄錄得還快，因為抄錄要不斷地看原稿，而寫作是念念有詞，心急火燎，欲哭欲訴，頓足長嘆，比爆炸還爆炸，比噴薄還噴薄。我頭暈眼花。我聲淚俱下。我的喜怒哀樂，我的聯想想像一秒鐘八千萬轉。我是作者，我更像演員，我在嘀嘀咕咕，我在拿腔作勢，我在鑽入角色，我在體驗瘋狂。我從來沒有寫作得這樣辛苦，這樣痛苦！（《一輩子的活法》）

這段話有短到5個字的單句（第三、四句），也有長到79個字的複句（第二句）。但構成複句的分句，也多為四五字短句。這種句式的選擇讓人感覺到作者寫作時的激情，真如達到"瘋狂"的地步。

2. 整句和散句

整句是結構相同或相似的句式；散句是結構長短不同、參差不齊的句式。整句結構勻稱，聲音和諧，表意強烈，能增強語言的氣勢，適宜表達深刻的感受、奔放的感情。散句調遣自如，靈活多變，可用作行雲流水的表述，表現起伏變化的感情，因而在散文作品中最為常見。例如：

　　回到燕園，時隔只有九天，卻彷彿真正換了人間。臨走時，一切都是模模糊糊的，回來時卻一切都清清楚楚，都在光天化日之下了。天空更藍，雲彩更白；山更青，水更碧；小草更綠，月季更紅；水塔更顯得凌空巍然，小島更顯得蓊鬱葳蕤。所有這一切，以前似乎都沒有看得這樣清清白白，今天一見，儼然如故友重逢了。（季羨林《千禧文存》）

　　到夏天去，到海濱去，到浪濤裏去，這裏也有一種逃脫和回歸。我太忙了，不是說時間表日程而是說心力與頭腦。我多麼需要有那麼一個時期，有那麼一個盛夏的節日，穿着T恤，短褲，赤條條換好泳裝，在陽光中，在沙灘上，在大海裏，在海蜇海草與小魚的包圍之中，徜徉，飄蕩，浮游，乘風破浪，弄潮前行，如一條笨魚，如一截木樁，如舟如葫蘆如泡沫也如神仙，仰望藍天晴日，近觀波浪翻騰，承接清風驟雨，傾聽潮頭拍岸，無寵辱，無得失，無上下，無左右，無成敗，無貧富，無真偽，無正誤。（王蒙《一輩子的活法》）

　　在這些段落中，整句和散句結合，整中見散、散中見整，錯落有致，既有整齊美，又有變化美；讓思緒隨着作者徜徉。

3. 常式句和變式句

　　按照正常語序組織的句子，叫常式句；打破正常語序，調換句中某個成分的位置，就成了變式句，也叫倒裝句。變式句包括主謂變位、動賓變位、修飾語與中心語變位、偏句和正句變位。常式句和變式句各有所宜，只要運用得當，都可以收到好的表達效果。一般來說，常式句自然平實，語勢和緩，多用於一般的敘述、描寫、議論，也可見於表達祈使和感嘆的語氣。變式句有突出強調的作用，常給人以奇巧之感。文藝作品常用變式句，政論、新聞有時也用。

　　"不害怕嗎？小姑娘。"他跳下車，朝我走過來。（張抗抗〈橄欖〉）——主謂變位水生不相信地問："誰？"

"阿秀。"阿秀小聲回答。（陳殘雲《香飄四季》）——動賓變位

誰不喜歡呢，從心裏，從靈魂的深處？（吳伯簫〈歌聲〉）——狀語與中心語變位

我喜歡這絢麗燦爛的秋色，因為它表示着成熟和繁榮，也意味着愉快和歡樂。（峻青〈秋色賦〉）——複句中偏句和正句變位

4. 主動句和被動句

在動詞謂語句裏，主語表示施事的是主動句，主語表示受事的是被動句。主動句和被動句着眼點不同，表達重點就不同，體現出的修辭功用和效果就不同。主動句強調的是施動者，被動句強調的是受動者。一般說來，主動句直截了當，簡明有力，所以在實際的語用中，主動句用得較多；而在下面幾種情況下，才多用被動句：突出受動者所受的動作及其帶來的結果；適應結構上的需要，保持敍述角度一致，使前後話題連貫；不必說出或無從說出動作的發出者。例如：

他也躲在廚房裏，哭着不肯出門，但終於被他父親帶走了。（魯迅〈故鄉〉）——突出受動者不愉快的心情

傳說中的牡丹，是被武則天一怒之下逐出京城，貶去洛陽的。（張抗抗〈牡丹的拒絕〉）——突出受動者所受的動作及其帶來的結果

果實纍纍，樹枝被壓彎了，有的樹枝竟然被壓彎了，大多數樹枝不得不用木桿撐着。（峻青〈秋色賦〉）——第二、三句不必說出動作發出者

被動句當中有相當一部分用於敍述不愉快的事，現在，有些愉快的事或順心的事也可運用被動句來表達。例如：

大學二年級，課不多。被莎菲，被昨日文小姐今日武將軍，被桑乾河的太陽、北大荒的泥屋，被矮小的倔強的養雞的女作家，震撼着，感動着，我準備寫一本《丁玲傳》。（王曼曼〈下雪了，我去看丁玲〉）

它被世人所期待、所仰慕、所讚譽，是由於它的美。（張抗抗〈牡丹的拒絕〉）

三、修辭格的運用

修辭格簡稱辭格，它是在長期的言語溝通過程中逐漸定型的、具有獨特結構和獨特修辭效果的表達模式，因而又稱為積極修辭。

漢語的修辭格豐富多彩，修辭學專著有詳盡的論述，本書只談若干常用辭格的運用，包括：比喻、比擬、借代、誇張、對偶、排比、反覆、設問、頂真、映襯、回文、拈連、婉曲、仿詞、雙關、反語等。

（一）比喻

比喻即人們通常說的"打比方"，是用與甲事物本質不同而又有相似點的乙事物來說明甲事物的一種修辭方式。完整的比喻由三個成分組成，即"被比喻物"（本體）、"比喻物"（喻體）、"比喻詞"（聯繫本體和喻體的輔助詞語）。例如：

馬路	如	虎口
花朵	像	蝴蝶
本體	喻詞	喻體

比喻有三種基本類型。

1. 明喻

明顯地用喻體來比喻本體。基本結構方式是"甲像乙"，本體、喻體、喻詞同時出現。常用的喻詞有"像、好像、就像、活像、像是，如、正如、猶如、譬如、宛如、如同，似、好似、恰似、似的，若、彷彿、宛然，一樣、一般、像……一樣、跟……一樣"等。例如：

紫雲英……花紫紅色，數十畝接連不斷，一片錦繡，如鋪着華美的地氈，非常好看，而且花朵狀若蝴蝶，又如雞雛，尤為小孩所喜，……（周作人〈故鄉的野菜〉）

月的純淨、柔軟與平和，如一張睡美人的臉。（朱自清〈月朦朧，鳥朦朧，

簾捲海棠紅〉）

樹葉上的殘滴，映着月兒，好似螢光千點，閃閃爍爍的動着。（冰心〈笑〉）

小屋裏靜得像個深山古洞似的。（老舍《駱駝祥子》）

2. 暗喻

暗喻又叫隱喻。這種比喻是在"暗中"進行的，存於"隱蔽"的狀態中。暗喻沒有"像、如、似、若"一類喻詞標示，需要體察一下，費點兒思量，才能領悟出比喻的味道來。例如：

① "母親啊！你是荷葉，我是紅蓮。"（冰心〈往事七〉）

② 一個大師，就是一個精神的糧倉。（鄧海南〈如果優美的文字離我們而去〉）

③ 血，生命的源泉，友誼的橋樑。（義務捐血公益廣告）

例①本體是"你"和"我"，喻體是"荷葉"和"紅蓮"。例②本體是"大師"，喻體是"精神的糧倉"；"精神的糧倉"又存在本體與喻體的關係，本體是"精神"，喻體是"糧倉"，本體和喻體構成偏正式。例③本體是"血"，連用"生命的源泉"和"友誼的橋樑"兩個喻體。

3. 借喻

本體不出現，喻詞也不出現，直接用喻體表示本體。例如：

他終於逃出了虎口。

落日灑下一河碎銀。

不打落水狗，反被狗咬了。

以上三例本體是"危險境地""落日的餘暉"與"失勢的壞人"，喻體是"虎口""一河碎銀"與"落水狗"。三例都只出現喻體而不出現本體。

明喻、暗喻、借喻是比喻的基本類型，此外，比喻還有許多變通形式。最時興的變通形式是本體和喻體組合成一個偏正短語：喻體在前，本體在後，喻體是修飾本體的；本體在前，喻體在後，結構上是本體修飾喻體，意念上是喻體修飾本體。

喻體在前，本體在後，如：

世界公園的瑞士。
汪洋大海的小農經濟。

本體在前，喻體在後，如：

思想感情的潮水。
智慧的鑰匙。
歷史的列車。

本體和喻體並列或同位，如：

看地球這彈丸在太空裏滾着。

"地球"是本體，"這彈丸"是喻體。本體和喻體是同位結構。

時間，愛情的試金石。

本體"時間"，喻體"愛情的試金石"，可以假定喻詞為"像"或"是"，但這個句子既不是明喻，也不是暗喻，而是比喻的變例——簡喻或略喻，起注釋的作用。

創造一個好的比喻，要找尋貼切、生動而新鮮的喻體。比喻中的喻體與本體在本質上極相似而在外形上極不相似，例如"倆人誰也不肯先說話，閉着嘴先後躺下了，像一對永不出聲的大龜似的。"（老舍《駱駝祥子》）以"一對永不出聲的大龜"比喻性格倔強的兩夫妻互不理睬的睡姿，既具象，又新鮮。

喻體應當是具體、淺顯和為人熟知的事物，因為常常是當本體比較抽象、深奧和為人不知的時候才想到運用比喻來形容描繪一番。例如句子"蛋白質是由二十個'氨基酸'通過不同類型的排列而組成的"不太容易為人理解，文學家就創造了如下的比喻：

正如用十二音律可以作出無數迴腸盪氣的交響樂，二十六個拉丁字母便可構成無數單詞，組成豐富的語言，蛋白質是由二十個"氨基酸"通過不同類型的排列而組成的。（徐遲《結晶》）

本體"二十個'氨基酸'"，不為人熟知，用"十二音律"與"二十六個拉丁字母"作比就淺顯易懂了；"蛋白質"如何由更小的成分組成？用"交響樂""無數單詞"和"豐富的語言"作比也變得易於理解了。

現代作家秦牧說，精彩的比喻"像是童話中的魔棒，碰到哪兒，哪兒就產生奇特的變化。它也像是一種什麼化學藥劑，把它投進濁水裏面，頃刻之間，一切雜質都沉澱了，水也澄清了。"（《藝海拾貝·譬喻之花》）這裏把比喻的作用形象化了。具體來說，恰當地運用比喻可以使深奧的道理淺顯化，抽象的事物具體化，概念的東西形象化，寫人、寫景、狀物栩栩如生。

比喻運用得非常廣泛，是表現各種風格的有效手段。但必須注意：創造一個比喻，要找尋貼切、生動而新鮮的喻體，喻體應當是具體、淺顯和為人熟知的事物，喻體和本體之間在感情色彩上要協調。

（二）比擬

把物比作人，把人比作物或把甲物比作乙物，都叫比擬。"物"指"人"以外的動物和一切非生物。比擬分兩種：把物擬作人叫"擬人"，把人擬作物或把甲物比作乙物叫"擬物"。

1. 擬人

擬人是把物當作人來描寫，或者是物的人格化。例如：

排了隊的小浪開正步走，數不清有多少，喊着口令"一、二——一"似的，朝喇叭口的海塘來了。（茅盾〈黃昏〉）

"排隊""正步走""喊着口令"都是人的動作；人的動作賦予"小浪"，小浪也就人格化了。又如：

梅樹知道冬天人間的寒冷，先送來了唯一的花枝，然後才長綠葉……（柯藍〈早霞短笛〉）

梅樹有知覺（"知道"）、有行動（"送來"），這是用擬人手法寫梅樹。

鳥兒將窠巢安在繁花嫩葉當中，高興起來了，呼朋引伴地賣弄清脆的喉嚨，唱出宛轉的曲子，與輕風流水應和着。（朱自清〈春〉）

"高興"是人的感受，"呼朋引伴""賣弄""唱出"及"應和"是人的動作，將這些動作賦予"鳥兒"，是將鳥兒擬人化了。

他（指方鴻漸）靠紗窗望出去。滿天的星又密又忙，它們聲息全無，而看來始覺得天上熱鬧，一梳月亮像形容未長成的女孩子，但見人已不羞縮，光明和輪廓都清新刻露，漸漸可烘襯夜景。小園草地裏的小蟲瑣瑣屑屑地在夜談，不知哪裏的蛙群齊心協力地乾號，像聲浪給火煮得發沸，幾星螢火優遊來去，不像飛行，像在厚密的空氣漂浮；月光不到的陰黑處，一點螢火忽明，像夏夜的一隻微綠的小眼睛。（錢鍾書《圍城》）

星星"聲息全無"，月亮"見人已不羞澀"，小蟲"在夜談"，蛙群"齊心協力地乾號"，螢火"優遊來去"。這是他看慣的景色，在他的眼裏，周圍環境的物象都人格化了，使他領會到生命的美善，回國的快樂。

2. 擬物

擬物是把人當作物來描寫，或者是人的物性化。最著名的例子如：

在天願作比翼鳥，在地願為連理枝。

白居易在〈長恨歌〉裏把唐明皇與楊貴妃比作"比翼鳥"和"連理枝"，"比翼鳥"屬人以外的生物，"連理枝"屬植物。人在這裏物性化了。再如：

再談到志摩的為人，那比他的散文還有趣！就說他是一部無韻的詩罷！節奏他是沒有，結構更講不到。但那瀟灑勁直是秋空的一縷行雲，任風的東西南北吹。反正他自己沒有方向。（楊振聲〈與志摩最後的一別〉）

"無韻的詩""一縷行雲"都是"物"，用以描寫詩人的為人，即是擬物手法的運用。

把甲物擬作乙物也屬擬物。例如：

倫敦西區有個世代販書的老先生，做買賣毫不花巧，整天只顧悶聲整理鋪子裏的書，從來不說哪本書好，也不費神聽人講價；客人不免一邊付錢一邊抱怨，說是不知道買回去合不合意，老先生聽了也不動心，只說："我並沒有答應送你一座玫瑰園！你再翻清楚才決定要不要吧！"

書本像世事，攤得開的，騙不了人；裏頭有花園，有廢墟，很難說合不合意。誰都不必答應送誰一座玫瑰園；這倒是真的！（董橋《品味歷程》）

這裏，以"玫瑰園""花園""廢墟"來比擬"書本"，是以物擬物，十分具象。

運用比擬受文體的限制較大。寓言、童話、小說等文學作品運用比擬較多。

比擬和比喻常常結合出現，例如"金旺他爹雖是個莊稼人，卻是劉家岇一隻虎"，"金旺他爹是一隻虎"是比擬中的擬物，又是比喻中的暗喻。又如"如果把江漢平原比作健美的少女，也並不過譽，她明麗多姿，光彩照人"，用"健美的少女"比"江漢平原"是比喻，也是比擬中的擬人。

比擬和比喻的區別主要在比擬意在"擬"，比喻意在"喻"。相擬的兩方是交融在一起的，相比的兩方仍是兩個事物。依此，"金旺他爹是一隻虎"應屬暗喻，"把江漢平原比作健美的少女"亦屬比喻，"江漢平原（她）明麗多姿，光彩照人"卻是擬人。

文學作品中，比喻和擬人常常一起運用。例如莫言的小說《紅高粱家族》中，關於紅高粱與爺爺奶奶的幾段描繪，將比喻和擬人、擬物運用到極致：

道路兩邊，板塊般的高粱堅固凝滯，連成一體，擁擁擠擠，彼此打量，灰綠色的高粱穗子睡眼未開，這一穗與那一穗根本無法區別，高粱永無盡頭，彷彿潺潺流動的河流。

我爺爺輩的好漢們，都有高密東北鄉人高粱般鮮明的性格……

奶奶粉面凋零，珠淚點點，從悲婉的曲調裏，她聽到了死的聲音，嗅到了死的氣息，看到了死神的高粱般深紅的嘴唇和玉米般金黃的笑臉。

低垂的天幕，陰沉地注視着銀灰色的高粱臉龐，一道壓一道的血紅閃電在高粱頭上裂開，雷聲強大，震動耳膜。奶奶心中亢奮，無畏地注視着黑色的風掀起的綠色的浪潮，雲聲像推磨一樣旋轉着過來，風向變幻不定，高粱四面搖擺，田野凌亂不堪。最先一批兇狠的雨點打得高粱顫抖，打得野草骸觫，打得道上的細土凝聚成團後又立即迸裂，打得轎頂啪啪響。雨點打在奶奶的繡花鞋上，打在余占鰲的頭上，斜射到奶奶的臉上。

（三）借代

借人或物的特徵代替人或物，借事物的屬性代替事物本身，借具體事物代替抽象概念，都叫"借代"。例如：

屋裏進來了一個着高跟鞋的婦人。……後來，高跟鞋又噔噔地揚長而去。

句子後一個"高跟鞋"就是借代，借婦人的衣着特徵代替婦人。再比如：

你喜歡什麼自行車？永久、鳳凰、飛鴿隨你挑。

"永久、鳳凰、飛鴿"是中國生產的三種自行車的牌子。這裏借牌子代替實物，即借事物屬性代替事物本身。

從他的祖父到他，三代不捏鋤頭柄了。

這是借具體的"不捏鋤頭柄"代替"種田"。

借代和借喻有時不易區分，因為都是不出現本體，但它們卻是兩種不同的辭格。其間區別主要在借喻和本體有"相似點"，借代與本體具有"相關性"。借喻是比喻，借代是指稱。例如"在絲綢之路見到了沙漠之舟"句中，"絲綢之路"是借代——借一個歷史時期運輸絲綢的道路代通往西域的道路；"沙漠之舟"是借喻——可以補出本體"駱駝"。我們可以說"駱駝像沙漠之舟"，不能說"通往西域的道路像絲綢之路"。

使用借代必須注意三點：一是借代的東西要特徵鮮明（例如借"藍領"代"穿藍領子工作服的工人"），二是用作借代的東西必須在上下文有交代（例如借"高跟鞋"代"着高跟鞋的婦人"），三是借代一般不宜用在嚴肅場合。

（四）誇張

故意地言過其實，對人或事的描寫大大超過了真實的程度，這種表現手法叫誇張。誇張的作用並不在於事實的記述，而是在事物的本質或特徵那一點上加以誇張，用"不實之辭"加以描繪，使事物的本質或特徵突顯出來。誇張分為擴大和縮小兩類。誇張是以表面的不實突出地表現本質的真實。

看他垂着三尺長的涎水。

按漢語表達習慣，貪饞一向可用"流口水"的形象來表示，"饞涎欲滴""垂涎三尺"都是形容貪饞的成語。口水哪會垂至三尺？表面的不實（垂着三尺長的涎水）突出地表現了本質的真實（貪饞）。

香港，綠豆大的一塊地方，哪裏容得下這麼多淘金者。

"綠豆大的一塊地方"是對香港的面積作過分縮小的誇張。

遇到不痛快的事就哭鼻子，那真要淹死在淚水裏啦。

"淹死在淚水裏"，是以不實之辭突顯此人哭得多、淚水多。

誇張是文學藝術的固有特點。"一日不見，如隔三秋""一目十行""一日千里""一刻千金""一氣呵成""一落千丈""一髮千鈞"都是誇張。文學作品，尤其是詩歌中的誇張很多。我們都熟悉的浪漫主義詩人李白的〈將進酒〉，在開首兩句便運用了誇張的手法：

> 君不見黃河之水天上來，奔流到海不復回，
> 君不見高堂明鏡悲白髮，朝如青絲暮成雪。

誇張不是虛誇，要有現實基礎。魯迅說："'燕山雪花大如席'，是誇張，但燕山究竟有雪花，就含着一點誠實在裏面，使我們立刻知道燕山原來有這麼冷。如果說'廣州雪花大如席'，那可就變成笑話了。"

誇張還要誇張得充分，使人一看一聽就知道是在誇張，不會與事實混淆。"氣得我一夜沒眨眼"是誇張；"氣得我一夜只睡了三個鐘頭"便可能是事實，並非誇張。引人誤解的誇張是失敗的修辭。

（五）對偶

對偶的字面意思是相對成雙。對偶辭格是指用對稱的字句來造成表達效果。嚴格的對偶要求兩個語句字數對，詞性對，詞義對，語法結構對，音節的平仄也要相對。例如：

> 無邊落木蕭蕭下，
> 不盡長江滾滾來。
>
> （杜甫〈登高〉）

上下兩句都由七字組成，即字數對，都是七個字。

上下兩句各有四個詞，在相對的位置上詞性相同，即詞性相對：

形容詞（無邊）—名詞（落木）—副詞（蕭蕭）—動詞（下）

形容詞（不盡）—名詞（長江）—副詞（滾滾）—動詞（來）

詞義方面的對照是：

上句（出句）：無邊無際的落葉蕭蕭謝下。

下句（對句）：不盡不息的江水滾滾奔來。

語法方面上下兩句同屬主謂結構，上句"落木下"是主幹，下句"長江來"

也是主幹，上下兩句的主語都有定語，上下兩句的謂語亦都有疊音詞充當狀語。

傳統的對偶特別講究上下句音節平仄相對。這兩句的平仄關係是：

平平仄仄平平仄
仄仄平平仄仄平

從語義上看，對偶分正對、反對和串對。正對如：

四面荷花三面柳，
一城山色半城湖。

（濟南大明湖滄浪亭對聯）

上下兩句意義相近，互相補充，是為正對。再如"又是一年春草綠，依然十里杏花紅"，對中"杏花紅"與"春草綠"互作補充，描繪出一幅生機蓬勃的初春景象。反對如：

青山有幸埋忠骨，
白鐵無辜鑄佞臣。

（杭州岳飛墳前鐵檻聯）

"無辜"對"有幸"，"佞臣"對"忠骨"，這在詞面上已屬反對了。佞臣指的是秦檜夫婦，忠骨指的是岳飛父子，語義上的反對更加明顯。

對偶格不僅用於對聯、韻文的對仗，各種類型的廣告用得很多，散文作品和日常語言也常採用，但往往不那樣嚴格。例如：

"讓"獲平安，"搶"出禍端。（交通公益廣告）

"搶"與"讓"相對，上下句音節本當平仄相反，這裏卻是相同，都是"仄仄平平"，不夠嚴謹。

對偶在民間的語用中非常普遍，主要表現為對聯的形式。上至金鑾寶殿，下至茅屋蝸居，隆重如婚喪葬禮，嬉戲如文字遊戲，到處都有對聯的蹤跡。例如：

喜潘家有田有水兼有米

慶何氏添人添口又添丁

上聯把"潘"字拆為"水米田",下聯將"何"字拆為"人口丁"。

(六) 排比

結構相同或相似,語氣連貫,意義關聯的一連串句子或短語排列在一起,叫排比。排比近似對偶。兩者的區別在於:

對偶是一對句子或短語,排比是一連串句子或短語;

對偶裏字同義同的現象少,排比裏字同義同現象卻很常見(甚至故意用相同的字作提挈);

對偶的上下句互相映襯、互相補充,排比的一連串句子不斷加強語勢。例如:

蓋乎秋之為狀也:其色慘淡,煙霏雲斂;其容清明,天高日晶;其氣凜冽,砭人肌骨;其意蕭條,山川寂寥。

這是歐陽修〈秋聲賦〉的一段。以"其"字提挈的四個句子是一組排比,它們的結構有相同處,也有不同處:"其色慘淡"、"其容清明"、"其氣凜冽"、"其意蕭條"相同;"煙霏雲斂"是並列的主謂結構,謂語是動詞;"天高日晶"也是並列的主謂結構,謂語卻是形容詞;"砭人肌骨"是支配關係,"山川寂寥"卻是陳述關係——四個分句的後半截都由四字組成,字數相等,然而結構只是相近或者完全不同。從語意和語氣上看,整組排比語意關聯,語氣連貫。又如:

這是一項艱巨的藝術工程,宏大而又精緻,雄奇而又細膩,莊重而又抒情。它耐觀賞,耐琢磨,耐思考。

文中有兩組排比:第一組以"而又"提挈,第二組以"耐"提挈。兩組排比都很工整。工整的排比再如:

香草在你的腳下,春風在你的臉上,微笑在你的周遭。不拘束你,不責備

你，不督飭你，不窘你，不惱你，不揉你。（徐志摩〈巴黎的鱗爪〉）

凌霄、藤蘿是美麗的，葡萄、西瓜是迷人的，菟絲、牽牛是潑辣的，可是比起落花生來，都像缺少了些什麼。（梁容若〈落花生的性格〉）

長短不齊的排比在語言的使用中常見，如：

我深愧淺陋而且粗疏，臉上一熱，同時腦裏也制出了決不再問的定章，於是看小旦唱，看花旦唱，看老生唱，看不知什麼角色唱，看一大班人亂打，看兩三個人互打，從九點多到十點，從十點到十一點，從十一點到十一點半，從十一點半到十二點，——然而叫天竟還沒有來。（魯迅〈社戲〉）

"看小旦唱，看花旦唱，看老生唱，看不知什麼角色唱"是排比；尺度放寬一點兒，"看一大班人亂打，看兩三個人互打"也可加入到前面的排比之列。至於四個"從……到……"可以視為排比，也可以看作頂真。再如：

我們的小園庭，有時蕩漾着無限溫柔；
善笑的藤娘，袒酥懷任團團的柿掌綢繆，
……
我們的小園庭，有時淡描着依稀的夢境；
雨過的蒼茫與滿庭蔭綠，織成無聲幽冥，
……
我們的小園庭，有時輕喟着一聲奈何；
奈何在暴雨時，雨槌下搗爛鮮紅無數，
……
我們的小園庭，有時沉浸在快樂之中；
雨後的黃昏，滿院只美蔭，清香與涼風，
……

（徐志摩〈石虎胡同七號〉）

這是運用排比手法形成不同的段落，段落之間顯得銜接緊湊。宋代陳騤《文則》說："文有數句用一類字，所以壯文勢，廣文義也。"排比各個部分互相銜接，氣脈貫通，結構相同，節奏鮮明，語意密集，一氣呵成，有一瀉千里的特點。

（七）反覆

為了強調某個意思，突出某種感情，有意重複使用某些詞語或句子的修辭方式，叫作反覆，台灣學者稱它為類疊。反覆有連續反覆和間隔反覆之分。例如：

① 逃，逃，逃，老李心裏跳着這一個字。逃，連鳥兒也放開，叫它們飛，飛，飛，一直飛到綠海，飛到有各色鸚鵡的林中，飲着有各色游魚的溪水。（老舍《離婚》）

② 因為無法打開，看不見沙漏裏的沙究竟還有多少，也聽不見那漏沙的速度有多快，但是可以百分之百確定的是，那沙漏不停地漏，不停地漏，不停地漏……（龍應台〈兩本存摺〉）

③ 蘇蘇是一個癡心的女子：
像一朵野薔薇，她的丰姿，
像一朵野薔薇，她的丰姿——
來一陣暴風雨，摧殘了她的身世。
這荒草地裏有她的墓碑：
淹沒在蔓草裏，她的傷悲，
淹沒在蔓草裏，她的傷悲——
呵，這墓土裏化生了血染的薔薇。

（徐志摩《落葉集·蘇蘇》）

④ 滿足讀者的好奇心，作者需要幻想；把事物集中概括起來，作者需要幻想；使"神龍見首不見尾"的事物纖毫畢現，作者需要幻想；表現自己強烈的願望和想像，作者尤其需要幻想。（秦牧〈幻想的彩翼〉）

例①連續出現了三次"逃"、三次"飛"，使這兩個詞得到強調，抒發出強烈的感情。例②連續出現三次"不停地漏",是在說作者那本存摺裏儲存的"時間",如同沙漏裏的沙在不停地消失,重複的句子表現了作者對於時間的流逝那種無限惋惜又無奈的心情。例③連續出現了兩次"像一朵野薔薇,她的丰姿",突顯蘇蘇的丰姿之美;連續出現了兩次"淹沒在蔓草裏,她的傷悲",強調蘇蘇的遭遇之悲。例④間隔重複了四次"作者需要幻想"這句話,從不同的角度強調了幻想對於作者創作的重要性。恰切運用反覆,可以突出和強調重點,可以抒發強烈的感情和深切的情意,可以渲染濃烈的氣氛,可以增強語言的節奏美。

不論是哪種語體使用反覆辭格,都要從表達的需要出發,只有在確實需要強調某種意思或突出某種感情時,才能使用。為反覆而反覆,只能造成重複囉嗦,有礙文意的表達。

反覆從形式上看與排比有點兒相似,但反覆着眼於字面的重複,排比着眼於結構的相似;反覆的重要功能是強調、突出,排比的主要功用是增強語勢。

(八)設問

自問自答和問而不答,答案從問中領悟,這兩種發問都叫設問,這兩種也分別稱為提問和激問。

1. 提問

提問是自問自答。例如:

借問酒家何處有?
牧童遙指杏花村。

(杜牧〈清明〉)

所謂養之之道,何也?饒之以財,約之以禮,裁之以法也。(王安石〈上仁宗皇帝言事書〉)

我們為什麼愛讀木蘭辭和孔雀東南飛呢?因為這兩首詩是用白話做的。為什麼愛讀陶淵明的詩和李後主的詞呢?因為他們的詩詞是用白話寫的。為什麼愛杜甫的石壕吏、兵車行諸詩呢?因為他們都是用白話做的。為什麼不愛韓愈的南山

呢？因為他用的是死字死話。（胡適〈建設的文學革命論：國語的文學——文學的國語〉）

提問的修辭效果是引人注目。提問用在文章的標題或開頭，能起警醒作用；用在段與段之間，可起承上啟下的過渡作用；用於文中，可使文氣變化；用於結尾，可強化主題，增加回味。辯論用提問，可增雄辯力；詩歌用提問，可以造成跌宕，增強藝術吸引力。

2. 激問

又稱反問。問而不答或答在問中，答案是問話的反面。激問有兩種：

第一種用否定的問話表示肯定的答案。這類激問以否定詞發問，問中包含的答案卻是肯定的。例如：

假如虧了本，我的差事也丟了，那豈不是兩頭空？而且，看魚池，得一天到晚守在那兒，那不是和各方面的關係完全斷絕了？（聶華苓〈王大年的幾件喜事〉）

再如胡適〈差不多先生傳〉一文裏有很多這類激問：

他小的時候，他媽叫他去買紅糖，他買了白糖回來。他媽罵他，他搖搖頭道："紅糖，白糖，不是差不多嗎？"

……

後來他在一個錢鋪裏做夥計：他也會寫，也會算，只是總不會精細；十字常常寫成千字，千字常常寫成十字。掌櫃的生氣了，常常罵他。他只是笑嘻嘻地賠小心道："千字比十字只多了一小撇，不是差不多嗎？"

有一天，他為了一件要緊的事，要搭火車到上海去，他從從容容地走到火車站，遲了兩分鐘，火車已開走了。……搖搖頭道："……八點三十分開，同八點三十二分開，不是差不多嗎？"

"不是差不多嗎？"激問中有否定詞語"不是"，答案就是肯定的了："是差不多"。

第二種用肯定的問話表示否定的答案,這類激問不用否定詞發問,肯定的發問卻包含否定的答案。例如:

他常常說:"凡事只要差不多就好了,何必太精明呢?"

"何必太精明呢?"答案是"不要太精明"。再如:

凱撒曾經帶了許多俘虜回到羅馬來。把他們的贖金充實了公家的國庫,這可以說是野心家的行徑嗎?……你們過去都曾經愛過凱撒,那並不是白白無故會愛他的,那有什麼理由阻止你們現在哀悼他呢?(莎士比亞《凱撒》一劇中安東尼演講詞)

文中兩個反問句都是肯定型的反問,答案便都是否定的:"不可以說是野心家的行徑","沒有理由阻止你們現在哀悼他"。

激問用得恰當,尤其是激問的連串出現或用激問對提問作回應(一般是否定的回答),可以表達理直氣壯的情緒,產生不容置疑的效果。激問可以表現毋庸置疑、毋庸反駁的語氣,增強鼓動力;可以表現激情,增強感染力。

(九)頂真

前一語言單位的結尾作後一語言單位的開頭,這種前後遞接的修辭方式叫"頂真",又叫頂針、聯珠、蟬聯。例如林語堂〈來台後二十四快事〉的一段:

宅中有園,園中有屋,屋中有院,院中有樹,樹上見天,天中有月。不亦快哉。

又如一首廣東民謠:

月光光,照地塘,年卅晚,摘檳榔。檳榔香,摘紫薑。紫薑辣,買菩薩。菩薩靈,買屋樑。屋樑高,買張刀。刀切菜,買籮蓋。籮蓋圓,買隻船。船無底,浸死兩隻老鼠仔。

詞、短語、句子、段落都可以用作頂真。例如：

不要緊。黃昏之後還有晚上，晚上之後還有深夜，深夜之後還有淩晨，淩晨之後還有上午，上午之後還有中午，中午之後還有下午，下午之後還有黃昏。（董橋《辯證法的黃昏》）

有個農村叫張家莊。張家莊有個張木匠。張木匠有個好老婆，外號叫個"小飛蛾"。小飛蛾生了個女兒叫艾艾，……。（趙樹理〈登記〉）

什麼菜配什麼酒，什麼酒吃什麼肉，什麼肉配什麼香料，對兩兄弟而言，是正正經經的一等大事。（龍應台〈為誰〉）

那挺立的樹身，仍舊，

我們擁有最真實的存在，

——只要我們有根。

只要我們有根，

縱然沒有一片葉子遮身，

仍舊是一株頂天立地的樹。

（蓉子〈只要我們有根〉）

頂真用來敘事說理，有利於表達事物之間的連鎖關係，揭示事物之間的發展脈絡；用來描繪景物，能給人明晰的印象；用來抒情，可將感情表達得更加充分自然。頂真語句勻稱整齊，節奏鮮明，讀來語勢暢達，情趣橫生。頂真的構成，必須反映事物之間的內在聯繫，否則，生拼硬湊頂真句式，就收不到好效果。

（十）映襯

用有類似、相關或相反特徵的客體事物來陪襯、烘托本體事物的修辭方式，叫映襯，又叫烘托。映襯分為正襯和反襯兩種：

正襯，是用與主體事物有類似、相關特徵的襯體事物，從正面去烘托本體事物；反襯，是用與主體事物有相反特徵的襯體事物，從反面去襯托主體事物。例如：

這天，是個初冬好天氣，日頭挺暖和，結下一層薄冰的冰河，有些地方凍化了，河水輕輕流著，聲音像敲小銅鑼。（康濯〈我的兩家房東〉）

燕子去了，有再來的時候；楊柳枯了，有再青的時候；桃花謝了，有再開的時候。但是聰明的你告訴我，我們的日子為什麼一去不復返呢？（朱自清〈匆匆〉）

清人毛宗崗在《三國演義》"群英會蔣幹中計"這回的批語中寫道，"文有正襯，有反襯。寫魯肅老實，以襯孔明之乖巧，為反襯也。寫周瑜乖巧以襯托孔明之加倍乖巧，是正襯也。譬如寫國色者，以醜女形之而美，不若以美女形之，而覺其更美，寫虎將者，以儒夫形之而勇，不若以勇士形之，而覺其更勇。"這段話是說正襯和反襯都可以產生突出強調主體的作用。

映襯是文學語體常用以描繪景物、抒發感情和刻畫人物的修辭手段，又是造就含蓄、藻麗效果的常用手段。運用這種辭格時必須注意：主體事物和襯體事物之間要有一定的聯繫，而且聯繫要自然協調，二者主次要分明，不能喧賓奪主。

（十一）回文

回文又叫迴環。無論正讀倒讀都可成文的辭格叫回文或迴環。例如"包不褪色"四字倒讀也有意思："色褪不包"。古代有一些屬於文字遊戲性質的回文詩，如王安石〈碧蕪〉，順讀為：

碧蕪平野曠，黃菊晚村深；
客倦留甘飲，身閒累苦吟。

倒讀為：

吟苦累閒身，飲甘留倦客，
深村晚菊黃，曠野平蕪碧。

古代回文多以字為單位顛倒，現代回文多以詞語為單位顛倒，例如：

讀書不忘救國，救國不忘讀書。

迴環有嚴式和寬式兩種。前者又叫依次迴環，它是前後兩項完全相同的語句依次互換位置；後者又叫錯綜迴環，它有較大自由，是根據需要或增或減或改變個別詞語後，再顛倒其語序。例如：

月光戀愛着海洋，海洋戀愛着月光。（劉半農〈叫我如何不想她〉）

不怕一萬，就怕萬一，萬一在手術台上心房一顫動，則在半秒鐘內，一隻眼就會失明，萬萬不能掉以輕心。（季羨林《千禧文存》）

迴環運用得當，不僅能使語言迴環往復，產生強烈的節奏感和音樂美，而且能言簡意賅地揭示事物之間相互依存、相互制約的關係。

（十二）拈連

將詞語從一個語言環境"拈"進到另一個語言環境，而這兩個語言環境前後相"連"。"拈連"是利用上下文的聯繫，將原來只適用於此環境的詞用於彼環境的修辭手法。例如：

你別看我耳朵聾——可我的心並不聾啊！

要救人，先救心。（救心丸廣告）

"聾"原來只能與"耳朵"配，現在將"聾"從"耳朵聾"的語言環境拈到"心並不聾"的環境。"救"原來只是"救人"，現將意義連為"救心"，說明"救心"是"救人"之本。

拈連是由一個現成詞語的固有意義憑藉特定語境臨時引出新的意義，而新義與固有意義毫不相關。這樣在一個句子裏兩個概念不同的詞語呼應着用，語言就顯得活潑新穎。

（十三）婉曲

不直截了當地說出本意而是用委婉、閃爍的話語暗示出本意的一種修辭方式，叫婉曲。婉曲包括婉言、暗示、婉轉或避諱。

避諱是指遇有犯忌諱的事物，不宜直說該事，而用婉言來說。例如，《紅樓夢》裏，鳳姐兒和尤氏談到賈蓉的媳婦秦氏得了重病，難以治癒，要為她準備後事：

鳳姐兒低了半日頭，說道："這實沒法兒了。你也該將一應的後事用的東西給他料理料理，沖一沖也好。"

尤氏道："我也暗暗地叫人預備了。就是那件東西不得好木頭，暫慢慢地辦吧。"

鳳姐兒所說的"後事用的東西"，尤氏所說的"那件東西"都是不吉利的話兒，她們都不願直說出"棺材"兩字，因而用了避忌的說法。

暗示是指用含混的語言，使人通過聯想理解表達者的本意。先看魯迅〈故鄉〉中對西施楊二嫂的婉曲描寫：

哦，我記得了。我孩子時候，在斜對門的豆腐店裏確乎終日坐着一個楊二嫂，人都叫伊"豆腐西施"。……那時人說：因為伊，這豆腐店的買賣非常好。但這大約是因為年齡的關係，我卻並未蒙着一毫感化。

"這豆腐店的買賣非常好"是暗指豆腐西施楊二嫂長得漂亮，會招人，有人為了看她而來買豆腐，所以生意好。

再看老舍〈月牙兒〉裏的一段話：

我呢，我連哭都忘了怎麼哭了。我只咧着嘴抽達，淚濛住了我的臉。我是她的女兒、朋友、安慰。但是我幫助不了她，除非我得作那種我決不肯作的事。

"那種我決不肯做的事"暗示是做娼妓，像她媽媽一樣，因為娼妓這個詞太難聽，所以作為一個女孩子是不會直說出來的。由以上所舉的兩個例子看，暗示也是一種婉曲。

婉曲能使語言委婉、和緩、含蓄，用來敘事說理，能使人易於接受；用來描寫不幸或傷感之事，能避免引起不愉快，減弱強烈的刺激。它在口語對話中很常

第五章　修辭和風格　|　477

用，在文藝、政論作品和外交辭令中也很常見。

（十四）仿詞

仿詞是比照原來的詞語臨時仿造出新詞語，原詞語和新詞語通常在上下文中先後出現，大眾熟知的原詞語亦可不出現。例如：

在中國端的是鐵飯碗，不愁解僱。到了美國端起了紙飯碗，隨時可能被扔掉。

"紙飯碗"依憑"鐵飯碗"仿造而成。

人家都說狗仗人勢。那年我住菜園的地窩子，門前門後拴了兩匹狗，真是人仗狗勢。

"人仗狗勢"依憑"狗仗人勢"臨時仿造而成。

（十五）雙關

雙關是借語音的聯繫或語義的聯繫，使詞語同時涉及兩種事物。也就是說，雙關表面上說此，實際上指彼。更簡單地說，雙關是言在此而意在彼。

借語音聯繫造成的雙關可叫諧音雙關，例如《紅樓夢》第四回交代賈、史、王、薛四大家族時說：

賈不假，白玉為堂金作馬。
阿房宮，三百里，住不下金陵一個史。
東海缺少白玉牀，龍王請來金陵王。
豐年好大"雪"，珍珠如土金如鐵。

"豐年好大'雪'"的"雪"字，表面是"瑞雪兆豐年"的"雪"，實際上以"雪"諧"薛"，指薛家。

借語義聯繫構成的雙關可叫語義雙關，例如魯迅《阿Q正傳》中的一段：

"嚘,亮起來了。"

阿Q照例的發了怒,他怒目而視了。

"原來有保險燈在這裏!"他們並不怕。

"保險燈""亮起來了"實際上指阿Q頭上的癩瘡疤上不生髮,是光的。

雙關是"指物借意",有弦外之音,恰當地運用,可造成語言的含蓄,也可使語言幽默,生動活潑。運用雙關要求在語音或語義上有明顯聯繫,言外之意要含而不露,使人體會得出,耐人尋味。

(十六)反語

用與本意相反的話來表達本意的修辭方式,叫反語,又叫倒反,也就是通常說的"說反話",反語分反話正說和正話反說兩種。例如:

① 假若當時我已經能夠記事兒,我必會把聯軍的罪行寫得更具體、更"偉大"、更"文明"。(老舍《小花朵集》)

② "輸呀,輸得精光才好呢!反正家裏有老牛馬墊背,我不輸也有旁人替我輸!"(白先勇《永遠的尹雪艷》)

例①"偉大""文明"是褒義詞,這裏是反話正說;例②"輸呀,輸得精光才好"是正話反說,真意為不想輸。

反語的辭面意思和辭裏意思形成強烈的反差和對比,這些反差和對比是耐人尋味的,言語因此富有力度和生動性;反語具有鮮明的感情色彩,用於貶斥,能收到諷刺、嘲弄的修辭效果;用於親朋好友,能增添幽默情趣,讓人感到親切愉快。反語在政論和文藝作品中都廣泛運用,但具體運用時必須根據不同的對象,採取不同的態度,做到愛恨分明,恰如其分。

漢語的辭格豐富多彩。1932年陳望道《修辭學發凡》歸納漢語辭格為四大類三十八格,各格之中又有若干式,總計六七十格。其他修辭學著作所列辭格數目多少不等,如1923年唐鉞《修辭格》(商務印書館)列五類二十七格,1963

年張弓《現代漢語修辭學》（天津人民出版社）列三類二十四式，台灣學者沈謙《修辭學》（上、下，敦繹文化事業股份有限公司，1991年出版）列辭格二十四種，不一而足，本教科書只列舉上述一些常用辭格。

　　修辭手法是應溝通的需要產生的，修辭現象的發生和消失是語言運用中的必然現象。例如"比喻"的運用越來越廣，修辭學對比喻的研究也越來越細；"回文"雖然偶爾用到，但嚴式的回文已明顯減少，"轉品""省略""倒裝"已歸語法學研究，甚至"對偶""排比""設問"也歸入語法學範疇。還有一些辭格歸入詞彙學或語義學，例如"鑲嵌"放進構詞法中討論，"歇後"類似成語和慣用語，放進了詞彙學；"倒反""婉曲""諱飾"都歸語義學，前者為反語義，後二者為婉言義。另一方面，新的辭格隨語言運用的需要在不斷產生。總之，修辭現象的起落或生滅都是正常的，我們應以發展的眼光去看這些問題。

第二節　風格

一、語言特點不是語言風格

　　語言可劃分為靜態語言和動態語言。靜態語言指尚未被具體使用時的語言，即在未被具體使用時，語言的要素已經儲存着，供使用者隨時選用。動態語言指語言要素正被運用以及運用的結果。修辭學研究語言的表達方式和表達效果，將動態語言的課題引進語言學。但是，修辭學沒有進一步探尋動態語言如何與溝通環境、溝通內容相適應的規律，因此修辭學對語言使用的指導作用還是有局限的。研究語言使用與溝通環境、溝通內容的關係的學科叫語言風格學。風格學是最近五十年興起的語言學新部門。

　　語言處於靜止狀態時有特點呈現出來，例如漢語普通話沒有複輔音，語素以單音節為主，而單詞以雙音節為主，語法缺乏形態變化而以語序為主要手段。語言處於運動狀態時也有特點表現出來，例如在家常談吐的場合較少出現書面語言詞彙，很少運用"因為""所以"一類關聯詞語。為了區別不同狀態下的語言特點，高名凱教授提議用"特點"一詞表示靜止狀態下的語言特點，用"風格"一詞表示處於具體運用中的語言特點。單從詞義上分析，"特點"與"風格"很難劃清界限，在某種語境中"特點""風格"還可能是同義詞。語言學硬性規定它們各有所指乃是術語分工的需要和科學研究的需要。有了術語的分工，我們就不難理解這樣的意見："不能把語言風格理解為與個別的語言有所不同的某一語言的特點。"有人習慣於用"風格"指稱我們所界定的"特點"，那也無關緊要，重要的是用語的實際所指。

　　"特點"與"風格"不分對風格的研究是不利的。例如有的語言學家說："語言內部的各種風格，是從屬於語言的民族風格的。不管語言的個人風格也好，語言的體裁風格也好，總不能跳出民族風格之外去。它們不過是在運用民族語言時帶有這樣或那樣的一些特點而已。"（林裕文《詞彙・語法・修辭》）引文中的"特點"是我們所說的"風格",引文中的"風格"既有我們所說的風格("個人風格""語言的體裁風格"),又有我們所說的特點("語言內部的各種風格""語言的民族風格")。撇開術語的分歧不談,引文的要義是說語言的使用必須符合語言的民族特性,沒有指出語言的使用必須與溝通環境、溝通任務相協調。因此,這樣的定義不是風格的定義。

語言的特點也是應當研究的,但那不是風格學的使命。談論語言特點的人常常採取"風格"一詞,術語的糾纏造成學科內容的混淆,因此有正名的必要。

什麼是語言特點?特點是在比較之中得出的。甲語言和乙語言比較,比出語言的"民族特點";同一語言的此時形態與彼時形態比較,比出語言的"時代特點"。

例如比較下列資料可以看出漢語的民族特點。1955年4月21日《人民日報》第四版發表了〈在亞非會議19日下午全體會議上周恩來的補充發言〉的中文原文;此前,1955年4月20日《人民日報》第一版上登載的同名發言稿卻是根據英文譯出來的。這兩份發言稿雖然內容、體裁都完全相同,但前者是漢族語言的原有成品,後者卻通過"中文——英文——中文"的過程,是經歷了兩道翻譯程序的漢族語言。由於在翻譯的過程中接受了外族語言的影響,兩份材料的語言的民族特點就有了很大的差距。試比較其中兩段:

我的主要發言現在印發給大家了。(中文原文)
My main speech has been mimeographed and is being distributed to you .
我的主要發言已經油印出來,即將分發給大家。(從英文譯來)

上邊的引文是個"連動式"句子,"印"和"發"是兩個表示行為先後關係的動詞。(如果認為"印發"是一個詞而不是兩個詞,那麼"印發"這個詞具有"連動"的性質,是由兩個動詞素構成的,這兩個動詞素亦表行為先後的關係。)可是英語不能有兩個或兩個以上主要動詞在一個句子裏連續應用的情形,也就是不能有兩個主要動詞不通過連接詞的連接而用在一起的情形。儘管英語也可以在一個句子裏表達兩個行為的先後關係——用 has been mimeographed 表第一動,用 is being distributed 表第二動，兩動之間以連接詞 and 銜接——但是這種表達方式並不同於漢語。

中國代表團是來求同而不是立異的。在我們中間有無共同的基礎呢？有的。（中文原文）

The Chinese delegation has come here to seek common around, not to create divergence. Is there any basis for seeking common ground among us? Yes, there is.

中國代表團到這裏來是為了尋求共同的基礎，不是為了製造分歧。在我們之間尋求共同的基礎是否有任何根據呢？是的，是有根據的。（從英文譯來）

在這段文字的比較中明顯地可以看出："求同""立異"在漢語裏是一種常見的以文言詞語構成的對偶格。對偶的內容儘管在外族語言裏也能得到表現，——像 seek common ground 與 create divergence 就是——但是文言詞語的對偶所表現的漢語特點卻不能在譯成外國文字時完全體現出來。至於"是的，是有根據的"的說法，則符合英語的表達習慣，先用 yes 肯定一下，然後再加肯定。

語言的時代特點，是語言的民族特點在不同的歷史時期的表現形式，是某一歷史時期的社會生活在語言上的反映。語言是為社會服務的。處在某一特定歷史階段的社會必然以它的時代精神和時代色彩來豐富和感染民族語言，使得語言除了具有民族的韻味以外，還具有不同的時代色彩。

語言的詞彙明顯地反映着語言的時代特點。一方面，產業發展了，科學水平提高了，新事物不斷增多了，語言就以它的新詞新語來反映這些事實，語言詞彙中這批新詞新語既反映了社會的發展變化，也就帶上了語言的時代特色。另一方面，一個時代有一個時代所特有的氣質和精神，這特有的氣質和精神也是以詞語作為表現形式的。體現時代精神的詞語可以是新造的詞語，也可以賦予舊詞舊語以新的內容或新的情感。詞彙反映時代精神的例證可以參考前面第三章詞彙。

語言的語法構造也可以體現語言的時代特點。我們知道，語法是人類思維長期的、抽象化的工作成果，是思維巨大成就的標誌。可是，人類的思維是一種社會現象，它在社會實踐中產生和發展起來，而且隨着社會的向前推進還將不斷地發展。思維的發展一方面以語言作為材料，沒有語言就不可能進行思維；另一方面，思維的發展必然反映在語言尤其是語法的構造上。某一時代科學的發展一方面要以語言為工具，另一方面又促使語言結構更加嚴密完善。所以，語言的時代特點常常可以從語言的語法結構上體現出來。例如五四運動以來，漢語語法向着精密化跨進了一大步，漢語句子成分的完整化和句子結構的複雜化反映着邏輯思維的嚴密和思想方法的進步。而句法成分的完整和句子成分的複雜又表現為句子的延長；為了準確明瞭地表達思想，句子各成分不再隨便省略，因而句子不再縮短；為了細緻精密地表達思想，在句中起修飾、說明、限定作用的成分（定語、補語、狀語、同位語、特指，等等）普遍運用開來，句子也就延長了。五四運動以來的漢語句法不再像古代漢語那樣經常省略句子的主要成分，這就能使聽讀者一目瞭然而不至於"以意逆志"（《孟子·萬章上》），使語言從形式上保障了思想的表述到達精密化和條理化的程度——多用定語能夠更具體地揭示事物的性質、所屬和數量；多用狀語，能將行為發生的特定時間、特定環境、特定目的，以及程度、範圍等狀態從語言形式上給人以鮮明的感受；而採用並列、選擇、轉折、同位、特指等句法手段，則容易使語言條理清晰。正因為如此，句子長度的增加也就是必然的了。

二、語言風格的定義

　　什麼是語言風格？現代語言學的"語言風格"專指"具體運用語言時受到不同的溝通場合和不同的溝通目的制約而構成的特殊的言語氣氛"。這個定義有三點必須加以說明。

（一）運用語言和具體運用語言

　　語言是溝通的工具，是供大眾運用的。語言不被運用，便成為死去的語言，或者說是"歷史的陳跡"。北京大學中文系漢語教研室編寫的《現代漢語》中冊，給語言風格下的定義是："不同的民族、不同的時代、不同的流派以至個人，在運用語言時所表現出來的各種獨特性的總和。"這個定義所規定的"語言風格"無疑是我們所說的"語言特點",但它也講"運用語言":民族運用語言,時代運用語言等,這種運用不是"具體運用"。所謂具體運用語言是指"受到不同的溝通場合和不同的溝通目的制約"的運用。只有"個人"才有語言的"具體運用",民族和時代是無從"具體"運用語言的。

(二)溝通場合和言語氣氛

溝通場合就是溝通環境。一對戀人傾訴衷情是一種溝通場合,也就是一種溝通環境;萬人大會上慷慨陳詞也是一種溝通場合或溝通環境。環境和氣氛是不可分割的:有環境必有氣氛,不同的氣氛是不同的環境的標誌。例如家常談吐的環境通常呈現親切、隨和的氣氛,外交談判的環境通常表現出彬彬有禮而遣詞造句十分考究的氣氛。環境都有氣氛,即使是空蕩蕩的環境也有氣氛,那是一種冷清、空洞的氣氛,而氣氛總是某種環境的氣氛。環境與氣氛相互依存,不可割離。

(三)語言風格和言語氣氛

言語和語言的區別在本書緒論已有說明。簡言之,語言是全民、全社會的,是全體社會成員一致認同的語音、詞彙、語法規則。例如在普通話社會,大家公認 rén 這個聲音表示"人"的意思;而"人"所指是一種能夠使用工具、製造工具,有思想、有語言的高等動物;在句子裏面,"人"可充當主語、賓語或定語。這是語言中的"人"。言語則是指說話的過程,也指說出來的話,是社會成員運用語言材料傳情達意的活動,以及所傳的情、所達的意。語言是言語的材料庫,又是言語所用材料的最大公約數。語言在哪裏?誰都沒見過。言語在哪裏?言語存在於具體的溝通環境中。言語中的語言材料除了具備語言材料本身的意思,還有溝通環境賦予的特定意味。例如"人應該大寫"裏的"人"有說話人的自豪色彩,暗含着對"奴才""應聲蟲"不齒的意味。這就是言語中的"人"。語言風格指語言被使用時表現出來的風格,實際是"言語風格"。

綜合上述三點說明可以看到:在任何一個溝通環境中都必有語言的具體運

用，語言的具體運用就是言語行為，具體運用語言的結果產生言語作品。言語行為和言語作品都會表現出氣氛，這氣氛就是風格。使用語言的人總在自覺或不自覺之中調整環境、言語與氣氛的關係。

三、語體的基本類型

"語體"這個詞有不同的含義。翻查《現代漢語詞典》，它解釋"語體文"是與口語接近的書面文章，也就是俗稱的白話文，"語體"也就是白話。"語體"的另一個義項是在"語言為適應不同的溝通需要（內容、目的、對象、場合、方式等）而形成的具有不同風格特點的表達形式。通常分為口語語體和書面語體"。修辭學講語體，指的是後一種含義。

語體與文體關係密切，但不能攪和在一起。語體是"具有不同風格特點的表達形式"，是語言在運用中呈現出來的風格問題，因此在風格學著作中常將"語體"譯為 stylistics，"語體"和"風格"經常當作同義詞使用。"文體"與"語體"不同，文體的譯名是 literary genre，也就是文學的體裁，只存在於書卷語的溝通之中。舉例來說，老舍運用多種語體寫了一部《駱駝祥子》。多種語體包括祥子等人物的日常溝通語體，以及作者敘述議論時綜合運用的其他語體；而呈現在讀者面前的這部書面作品則屬於小說文體。

由於學科的分工，文體現象交由文藝學、文體學去研究；修辭學則集中研究語體，把語體現象與風格現象結合在一起研究。任何話語或言語作品都毫不例外地從屬於某一種語體，不同的語體有不同的言語特徵，說話、寫文章，"先須辨體"，遵守語體規範，做到得體，否則"失其體制，雖浮聲切響，抽黃對白，極其精工，不可謂之文矣"，由此而得出"語體先行"的結論。

由上述語言風格的定義可以看出，風格與溝通場合是不可割離的。風格是言語在溝通場合呈現出來的氣氛；沒有溝通場合，氣氛就失去了依附，也就沒有氣氛可言了。溝通場合是可以按運用語言材料的特徵和氣氛的特徵加以分類的，例如"家常談吐"的場合多用通俗詞、省略句，少用關聯詞、完整句，言語在這種場合多呈輕鬆、親切的氣氛——根據運用語言材料的特徵和言語的特徵，家常談吐的場合便可劃為一類。從語言運用的特徵上看，不同的類就是不同的語體；從言語氣氛的特徵上看，不同的類就是不同的風格。語體就是風格。語體的分類就是風格的分類。

現代漢語語體大致可分為如下六類：

（一）日常溝通語體

日常溝通語體用於非會議的場合，存在於非專門業務的溝通活動中，例如在市場交易、家常談吐等等不拘形式和毫不拘謹的場合中，使用的便是這種語體。這種語體的書面加工形式有話劇、相聲等以人物對話為主要描寫對象的文學式樣。文學作品雖然允許用作家的語言敘述故事，描寫環境，刻畫人物，但是人物的對話卻不該由作者的語言代替。文學是反映社會生活的，文學作品中的人物的語言也就應該是社會生活中的活生生的語言，即在日常溝通場合中人們運用着的語言。因此，以人物對話為主要描寫對象的文學式樣（小說、話劇），能夠作為日常溝通語體的書面代表。

日常溝通語體是一種使用範圍最廣的語體。它所使用的詞彙無所不包，口頭詞（有文字記載和無文字記載的口頭詞）、方言詞（有文字記載和無文字記載的方言詞）、熟語、歇後語的數量特別多，它所使用的語法格式變化多端，經常運用短句和省略、倒裝、疑問等句式，介詞、連詞、副詞這一類表示語法關係的詞語用得不多，而擬聲詞、語氣助詞這一類摹狀繪聲和表示某種強烈感情的詞語卻用得不少；它又特別注重語音的表情達意性能，日常溝通語體借助語音的重疊來狀物、狀景、狀聲，借助聲調作為各類句型的物質標誌（疑問句以升調為語音標誌，陳述句、命令句、感嘆句以降調為語音標誌，猶疑句、誇張句、驚奇句以聲調的曲折為語音標誌，等等），日常溝通語體在利用語音材料表達某些言語情感方面也是超越其他任何一類語體的——日常溝通語體可以利用語音材料來表達歌頌、讚美、興奮、失望、厭惡、鄙視、質問、懷疑、強迫、命令、請求、打擊、諷刺、挑釁、贊同、反對、友好、敵視、戲謔、幽默等等言語情感。

我們可從《龍鬚溝》裏舉出幾段例子加以說明。《龍鬚溝》是作家老舍運用大眾口語寫成的劇本。這個劇本充滿了北京的俚俗情調；從這個劇本裏，我們可以看到日常溝通語體的許多特徵。

四嫂 娘子，怎這麼早就收了？

娘子 不是要開大會嗎？百年不遇的事，我歇一天工，好開會去。喝，四嫂子，您都打扮好了？我也得換上一件乾淨大褂。這，好比說，就是給龍鬚溝作生日；新溝完了工，老溝玩了完！

大媽 什麼事兒呀，都是眼見為真；老溝還敞着蓋兒，沒填上哪！

……

娘子 自從他得着這點美差，看自來水，這兩天夜裏也不定叫醒我多少遍。一會兒，娘子，雞還沒打鳴兒哪？

……

娘子 是呀，無論怎麼說吧，他總算有了點事兒作；好歹的大夥兒不再說他是廢物點心，我的心裏總痛快點兒！要是夜裏他不鬧，不就更好了嗎。

四嫂 哪能那麼十全十美呢？這就不錯！我的那日子不也是那樣嗎？在外邊，人家不再喊他丁四，都稱呼他丁師傅，或者丁頭兒；你看，他樂得合不上嘴兒；回到家來，他的神氣可足了去啦，吹鬍子瞪眼睛的，瞧他那個勁兒！

不難看出，這段對話運用了許多方言口語："老溝玩了完"，"敞着蓋兒"，"得着這點美差"，"好歹的大夥兒不再說他是廢物點心"，"吹鬍子瞪眼睛的"，等等。這些語言材料一般地只在日常溝通語體裏見到；設若把"百年不遇的事，我歇一天工，好開會去"的"好"字換作文縐縐的"以便"，把"新溝完了工，老溝玩了完"改成學生腔的"新溝工程完畢了，老溝的歷史從此宣告結束"，那麼，日常溝通語體的情味就會喪失殆盡。這段對話，長句子很少，短句子很多，例如"這，好比說，就是給龍鬚溝作生日"一句，便有三次停頓。在其他語體裏，是絕少運用這種停頓方式的。"什麼事兒呀，都是眼見為真"本可不用語氣詞"呀"，同時可以不用句中停頓，可是日常溝通語體卻多用語氣詞和短句子。這段對話還有句子成分的省略，例如第四句後半截"一會兒，娘子，雞還沒打鳴兒哪？"就是在"一會兒"和"娘子"之間省去了"他說"之類。這段對話常有介詞、連詞、副詞的省用，例如"百年不遇的事，我歇一天工，好開會去。"實際上可以在"百年不遇的事"之前，加上一個介詞"為了（這）"。再如：

二春　喝！空城計！媽，看見二嘎子沒有哇？

大媽　（一邊說，一邊由屋中出來）你找他幹嗎？放着正經事不作，亂跑什麼？這些日子，你簡直像掐了頭的蒼蠅！

二春　我沒幹正經事兒？我幹的哪件不正經啊？該作的活兒一點也沒耽誤啊！

大媽　這麼大的姑娘，滿世界跳，我看不慣！

二春　年頭改啦，老太太！我們年輕的不出去，事兒交給誰辦？您說！

……

二春　娘子，看見二嘎子沒有？

娘子　怎能沒看見？他給我看攤子呢！

二春　給……。這可倒好！我特吱旮兒都找到了，臨完……。不知道他得上學嗎？

娘子　他沒告訴我呀！

二春　這孩子！

大媽　他荒裏荒唐的，看攤兒行嗎？

娘子　現在，三歲的娃娃也行！該賣多少錢，言無二價。小偷兒什麼的，差不離快斷了根！（低聲）聽說，官面上正加緊兒捉拿黑旋風。一拿住他，曉市上就全天下太平了，他不是土匪頭子嗎？哼，等拿到他，跟那個馮狗子，我要去報報仇！能打就打，能罵就罵，至不濟也要對準了他們的臉，啐幾口，呸！呸！呸！偷我的東西，還打了我的爺們，狗雜種們！我說，我的那口子在家哪？

這段對話有倒裝——"我們年輕的不出去，事兒交給誰辦？您說！"有歇後——"你簡直像掐了頭的蒼蠅！"，有問句——"看見二嘎子沒有哇？"是有疑而問；"你找他幹嗎？""亂跑什麼？"是責問；"我沒幹正經事兒？我幹的哪件不正經啊？"是反問；"事兒交給誰辦？""不知道他得上學嗎？"是質問；"他不是土匪頭子嗎？"是無疑而問，以造成音節的抑揚；"我的那口子在家哪？"是語氣緩和的探問。這段對話還有省略的運用，例如我們可以把"給……。這可倒好！我犄吱旯旮都找到了。臨完……。不知道他得上學嗎？"理解為"給（你看攤子哪）。這可倒好！我犄吱旯旮都找到了。臨完，（原來在你那兒）。不知道他得上學嗎？"句子裏的省略部分，將二春的"恍然大悟""不以為然"和"稍帶埋怨"的神情表現得更加逼真而含蓄。日常溝通語體的語音表情性能，在這段對話裏也有反映，最後一句"（低聲）聽說，官面上正加緊兒捉拿黑旋風。……"的"低聲"道出，不是把娘子的隱藏着喜悅、唯恐走露風聲的神秘情態表現得惟妙惟肖嗎？

（二）公文格式語體

公文格式語體見於政府機關、公共部門、社會團體、企業部門等處理事務的文件中，例如政府頒佈的法規、軍隊下達的命令、社團之間的資訊交流、業務機構的事務商談，甚至國與國之間的文書往來。

公文格式語體可分公文與應用文兩個小類。公文類包括佈告、通告、命令、通知；應用文類包括條據、公約、合約以及書信（普通書信、專用書信），等等。

公文類和應用文類大體都有固定的格式。公文類一般在第一行中間大寫"佈告""通告""命令""通知"等字樣，第一行後半截小寫發文字號；從第二行起寫正文，正文末了，一般有"特公佈之""此佈""依法懲處""以昭炯戒""特此通告""此令""切切此令""特此通知""為荷""是荷"等叮囑詞語或警戒詞語；末行寫發文機關名稱或首長姓名和年月日。應用文類的條據一般分四部分：第一部分，說明條據的性質，如"今借到"為借條，"今領到"為領條，等等；第二部分是條據的內容（假如是借條，那麼這個部分就要寫明借什麼、借多少、向誰借、歸還方式和日期等）；第三部分具名；第四部分寫日期。公約、合約的格式與條據相仿：第一部分是標題，說明這個公約的性質或這個合約的簽訂者；第二部分是正文，即大家共同遵守的條例或雙方協定的事情；第三部分具名；第四部分寫立約的日期。普通書信一般少不了這五部分：稱謂（"××先生"之類）；正文；致意詞語（"順頌商祺"之類）；具名（"××敬上"之類），日期地點（"×月×日於××市"之類）。專用書信（介紹信、證明書、申請書、保證書、挑戰書、應戰書、倡議書等等）的格式可以與普通書信相同，也可以略加變通——開頭標明專用書信的類別，末尾寫出稱謂（"此致××先生"之類）。

（三）科學論證語體

科學論證語體準確地報導自然現象或社會事件，綜合這些現象或事件的規律，指出這些現象或事件的意義。學術論文、政治報告、社論、評論、宣言等屬證明某種思想觀念的語體，均為科學論證語體。

科學論證語體在詞彙方面的特徵是術語、國際詞的經常運用。術語和國際詞有其相通之處：術語由於有固定的含義，往往為世界人民採用，從而具有國際性（例如化學元素名稱），而國際詞在各國人民共同運用的過程中卻會逐漸確立比較固定的含義（例如外交方面的"白皮書""高峰會議"，等等）。但是它們畢竟不同：術語準確地記載概念，同時用它精確的含義促進概念的發展；國際詞的主要特點卻在於通行的廣泛。然而無論怎樣，科學論證語體總不能沒有術語和國際詞來準確報導自然現象和社會事件，揭示這些現象的本質和規律。

科學論證語體在語法方面的特徵是：複雜結構的句子廣泛運用——長句子很多，大量運用表示時間、地點、條件、程度、範圍、狀態、性質、目的、因果，等等語法關係的詞語；排斥語法的變例——省略句、倒裝句，等等；判斷句用得多。

科學論證語體在篇章方面的特徵是：邏輯性強，結構嚴密。

在表達方式方面，科學論證語體很少運用修辭手法（特別是誇張手法），也很少採用表達語氣的詞語。運用得較多的修辭手法是比喻和設問兩項。

如此看來，科學論證語體在語言運用上的主要特徵是：詞面統一、詞義精確、句式完整、邏輯連貫、結構嚴密和較少運用修辭手法。

（四）文藝語體

文藝語體主要用於文藝領域的言語溝通。它的範圍涵蓋了文藝作品的一切形式，如小說、詩歌、散文、遊記、隨筆、劇本、散文詩、報告文學、傳記文學、兒童文學等，可劃分為散文體（包括劇文體）和韻文體兩大類。

1. 風格符合作品所描寫的社會生活

在散文體文藝作品中，呈現的風格隨作品所描寫的社會生活而轉變。

作品描寫勞苦大眾的生活（例如老舍《駱駝祥子》），則日常溝通的言語風格就濃一些；作品描寫發明家或科學界人士的工作情景，則科學論證的言語風格就多一些。溝通環境的穩定性因素和非穩定性因素在形成文藝作品的言語風格中起特別活躍的作用。（環境的穩定因素包括人物的年齡、性別、所用方言以及受教育程度，環境的非穩定因素指溝通活動的參與者和話題。）由於這些因素的改變，同一作家的作品可以在風格上相差甚遠，甚至面目全非。例如《駱駝祥子》和〈月牙兒〉同是老舍的小說，但"《駱駝祥子》是講洋車夫的，〈月牙兒〉是講暗娼的"，前者"只是樸實的敘述"，後者卻用"近似散文詩的筆法"，"有些故意修飾的地方"。（《老舍選集·自序》）文學作品中的人物身分不同、性別不同、教育程度和生活經歷不同，作家所選擇的體裁不同（"近似散文詩"的小說不同於"只是樸實的敘述"的小說），所有這些環境因素，形成了〈月牙兒〉不同於《駱駝祥子》的風格。此外，文藝作品中的作家敘述情節所用的語言、描寫景物或心理所用的語言、發表議論或抒發感情所用的語言，都不一定與人物對話的語言風格相同。這些站在作家本人立場的語言，往往有許多書面詞、外來詞、文言詞、自創詞，盡力發掘和發揮語音、詞彙、語法的表情能量。

2. 抒情的文藝語體普遍運用書面詞語

書面詞語多見諸書面而少見諸口頭，是經前人鑄煉和作家加工的語言詞彙中的一部分，它往往是古代詞的沿用和作家新創詞的試用，排斥土俗和粗野的性質。例如"謳歌、禮讚、酣暢、暴曬、清寥、悚懼、悸動、殞落、鐵騎、銀燕、白晝、子夜、洪濤、濫觴、弄潮兒、濤聲波語"等等，就一般地出現在抒情作品中。抒情的文藝語體講究言語的含蓄、凝煉和耐人尋味，因而要求詞語留給聽讀者思索、回味的餘地，讓聽讀者經過一番思索、回味之後，領會其中深遠的含意。詞語含有比詞面深刻得多的內容。像徐志摩的抒情散文，這種用詞的風格十分突出。在〈我所知道的康橋〉一文中，出現了以下這些詞語："性靈、嫵媚、聖潔、斑駁、婆娑、凝靜、恣蔓、縞素、裙裾、睥睨、窈窕、玲瓏、巧囀"，等等，都是帶有書面語色彩的。

3. 文藝語體追求用語的語音效果

語音效果包括講求韻腳的和諧、節奏的鮮明、音節輕重的配合和音節平仄的安排。關於這些方面的內容已在前面的"語音修辭"中論述過了。不像其他語體，抒情的文藝作品把對於語音的要求當成語言運用的規則之一。

4. 文藝語體廣泛運用修辭手法

抒情的文藝語體為了語言的形象和生動，幾乎採用了修辭學的全部辭格來描繪事物或抒發情感。翻開一部詩集，我們不難看到比喻、比擬、借代、誇張、對偶、排比、反覆、設問等等辭格的運用。

（五）新聞語體

新聞語體又叫新聞報導語體或報導語體，主要用於新聞報導領域的言語溝通，其修辭個性是：準確報導具體的時間、地點、人物、事件的原因和結果，報導的內容要真實可信，準確無誤，具體清晰，不閃爍其詞，不籠統含糊。這種語體的語用特徵是：

1. 多用動詞

動詞是語言中最生動、最活躍、最富表現力的因素。準確地用來描述人物和事件的動作、行為和變化可以讓文章有"立體感"，使語言新穎、生動。新穎、生動是新聞語體吸引人的重要法寶。

2. 句子簡短

新聞語體以簡短快速為主要特徵，因此宜用短句，尤其是廣播新聞，只能用短句。儘量不用長句、複句，即使用，也儘量化短化簡，使受眾易於理解和接受。

3. 巧用修辭格

新聞語體常常巧妙運用生動具象的修辭格，例如"加息'如影隨形'而來？市場普遍認為年內第六次加息的信號越來越明顯"（《廣州日報》標題，2007年10月15日）（比喻）。"美元'跌跌'不休，歐元'升升'不息。"（《中國時報》2005年7月19日）（對比兼諧音）。"天寒地凍，服務別受凍。"（《新聞晚報》2004年1月4日）（拈連）。這些辭格富有生活氣息，能收到新奇有趣的修辭效果。

4. 篇章結構模式化

主要由標題、概要、導語、主體、背景和結尾等部分構成。

（六）廣告語體

廣告語體主要用於廣告傳播領域的言語溝通。按內容分，可分為公益廣告、慶典廣告、招聘廣告、商品廣告、勞務廣告、文娛廣告等；按媒體分，可分為報刊廣告、廣播廣告、電視廣告、網路廣告、招貼廣告等。它們的語用特點是：

1. 講究語音修辭

廣告語體主要借助口頭表現形式訴之於聽覺，因此非常講究語音修辭，例如注意音節對應整齊、節奏分明、悅耳動聽；運用停頓、重音傳遞語義和突出所要傳遞的訊息；運用押韻和平仄增強語言的節奏感和音樂美；運用疊音、諧音提高語音刺激強度，突出語義訊息，以及借助歌曲、快板、戲曲、相聲等曲藝表達形式增強語言的音樂性等。

2. 講究詞語選擇

廣告語體講究詞語選擇，較多使用商標類名詞、褒義詞語、字母詞語和成語、俗語。

廣告語言主要是用來傳遞關於特定產品或其服務的相關訊息，頻繁使用其產品或服務的商標類名詞，如"救心油，救心油，救心油，救心病第一流"（救心油）、"共創美的前程，共度美的人生"（美的空調）。常常選用褒義色彩濃烈的形容詞來誘使消費者對其產品或服務產生興趣，例如，"新北京，新奧運"（北京市奧申委公益廣告）、"美麗舒適的家園，來自我們的雙手"（公益廣告）。較多使用形式各異的字母詞語，如"創造快樂的 C 生活"（長虹電視）、"獨創 MTV 電影功能"（愛國者彩音盒 F879）。較多使用或仿用成語及俗語、諺語、格言，如"口服心服"（台灣礦泉水廣告）"聰明不必絕頂"（頭髮靈廣告）、"兵來將擋，水來有——堵漏靈"（堵漏靈藥液廣告）。

3. 講究句式選擇

廣告語體用語需要簡明，因而大量運用非主謂句、省略句和短句。

例如，選用名詞性非主謂句："北京人的都市報"（京華時報）；動詞性非主謂句："享受快樂科技"（明基 BenQ）；形容詞性非主謂句："真誠到永遠"（海爾）；省了賓語的句子："張飛都怕！"（舊上海永安堂虎標萬金油廣告）；省了主語和賓語的句子："不只是吸引"（浪莎襪業廣告）；短句如"品位自然高雅"（國強維邦奶茶），"品一品，嘗一嘗，歡樂在東風"（東風飯店廣告）。

4. 講究積極修辭

為了用藝術語言的形式實現商業的目的，選用各式各樣的修辭格，比喻、比擬、借代、誇張、對偶、排比、反覆、頂真、迴環、雙關、設問、反問等都可以使用。例如，香港一則在報紙上刊登的廣告。大標題是："東海海都：'過橋'？有無搞錯！"小標題是："無搞錯，喺東海海都先有 。美味無極限，東海海都創意高。""東海"和"海都"是一位老闆開的兩家高級飯館，這裏巧用了"過橋"這個詞來雙關。"過橋"在香港口語中表示借別人的理念自己來做，這裏卻是推出自己的新菜系"過橋"系列。兩句粵語對白用反問方式顯得風趣幽默。

在人類社會生活中，語言的運用無處不在，語體形式隨之變化無窮。上述分類只不過是列舉了語體的幾個基本形式，其實語體的類別也不斷在創新，例如近年來的網路語體等，因此，我們要注意新語體的產生和發展。

四、語體成分的交錯

語體不是彼此隔絕的，一種語體可以容納別種語體的成分，可以兼具另一語體的某些特色。但是這種交錯只可能發生在語體的成分身上，並不是這一整個語體與那一整個語體的交叉錯綜。也就是說，一種語體容納了別種語體的成分或者兼具了另一語體的某些特色，它的本質仍舊不變。例如敘事詩從內容上看，是要敘說一個完整的故事；而從格式上看，敘事詩又要有抒情成分——詞句的音樂性強，廣泛運用修辭手法，等等。然而敘事詩屬哪一種語體呢？我們說過，語言學研究語言使用的特點和規律，並不一定都要涉及語言表達的思想內容，儘管語言的使用與語言所表達的思想內容有密切的關係。以這個觀點看問題，敘事詩應當歸於文藝語體的範圍。

　　語體成分的交錯出於兩個原因：第一，溝通內容的複雜紛繁，引起語體成分的交錯。語體作為言語的格式類型，必須與言語的內容相適應；一旦言語格式不能滿足言語內容的需要，或者言語內容超越了言語格式的界限，一種語體就會相應地吸收別種語體的成分來實現語言格式與言語內容的新的統一。例如小說《浮沉》由於內容的需要，運用了許多醫療術語——"手術、麻醉、脊柱麻醉、愛克斯光、靜脈、針頭、注射管、高壓消毒器、聽診器、胸腔外科、心瓣狹窄症、闌尾炎、膽炎、急性膽炎、胃潰瘍"，等等。這種情形，便可認為文藝語體交錯着科學論證語體成分。

　　第二，為了某種溝通目的修辭效果，一種語體也常常借用他種語體成分。例如：

音高就是聲音的高低。一個聲音的高低是由它的振動的快慢來決定的。一個發音體發出的聲音，它的振動越快，那麼這個聲音就越高；振動越慢，這個聲音就越低。在物理學上，一個聲音每秒鐘振動的數目叫作振動數。一個聲音越高，它的振動就越快，振動次數也就越多；一個聲音越低，它的振動就越慢，振動次數也就越少。比方有兩個音叉，我們把它們發出的聲音用浪紋計錄下來，在相同的時間內一個有五個振動，一個只有兩個振動，那麼就可以知道頭一個音叉所發出的聲音比第二個所發出的高。

人類語言聲音的高低決定於聲帶的長短或寬緊。一般地說來，女人和小孩兒的聲帶比較短，男子的聲帶比較長，所以女人和小孩兒的聲音常比男人的高。如果是同一個人，那就要依靠於聲帶的寬緊，把聲帶放寬一些，發出的聲音就低一些；把聲帶拉緊一些，發出的聲音就高一些。比方一個男演員扮演青衣的角色，在唱或者道白的時候就常把他的聲帶拉緊。

（岑麒祥《語音學概論》）

男人和女人的聲音，有如此大的差異，這秘密在哪裏呢？當然在嘴裏。可是張開口來看一下，卻會使你失望，口腔的形狀大家差不多。原來關鍵不在口腔，而在聲帶，聲帶在喉頭，眼睛看不到。

還是讓我們打開鋼琴來看看吧。在鋼琴裏，密排着那麼多的鋼條，你撳動一個鍵子，它打着一根鋼條，就發出一個聲音。鋼條長的，發出的聲音低沉圓渾；鋼條短的，發出的聲音高亢清脆。這是因為長的鋼條振動頻率低，而短的振動頻率高。

男人和女人，聲音的差別也正像鋼琴裏的鋼條發的聲音：男人的聲帶比較長，就像鋼琴的長鋼條；女人的聲帶比較短，就像鋼琴的短鋼條。

……

但是人的聲帶究竟不是鋼琴裏的鋼條。男人的聲音可以和女人一樣清脆，女人的聲音可以和男人一般沉穩；梅蘭芳演京戲時，他的說唱十分委婉；越劇都是女演員，但她們扮演男人，在說唱方面卻不亞於真正的男人。

（《十萬個為什麼》）

在左邊的引文中，第一段的開頭是給一般物質的音高下定義。"比方有兩個音叉，……"雖然用了"比方"的字樣，卻不是修辭上的比喻辭格，而是物理實驗的文字記載。第二段的敘述轉到語言的音高上來。在這段文字裏，第一句是給語言音高下的定義，也是後面文字的前提，也可以說，下文敘述的語言音高的兩種現象（女人和小孩兒的聲音比男人的高，同一個人由於聲帶的寬緊也有聲音的低高）只有從這一句得到解釋。總的看來，左邊的引文遣詞準確，造句不用語法的特例，敘述平實無華，邏輯連貫，結構謹嚴，沒有具象的比喻和生動的描繪，只有抽象的論證和邏輯的推斷，屬於科學論證語體。右邊的引文卻先從現象起筆（而不是先下定義），用設問造成活潑的言語氣氛，用比喻道出抽象的道理，不僅借用了大量的修辭手段，而且通篇是以敘事的格式來表達論證的內容。和左邊的引文比較，右邊的引文是一篇通俗的科學讀物，它的出現是為了適應初學者的接受能力，以達到向初學者普及科學知識的目的。通俗的科學讀物突破了科學論證語體的範圍，科學論證語體的某些特徵（例如術語、長句子）出現不多，而其他語體的某些成分（例如比喻、設問、擬人等辭格）卻用了不少。我們可以說通俗的科學讀物便是為了特定的溝通目的而在科學論證語體的基礎上借用了其他語體的成分。

　　為了修辭目的而借用其他語體成分的例子尤其多。例如日常溝通語體可以借科學論證語體的成分來製造詼諧的氣氛，像小說《三里灣》裏范靈芝對馬有翼開玩笑說："……你爹的外號（按指糊塗塗）不簡單，有形成階段，還有鞏固和發展階段。"就是日常溝通語體借用科學論證語體的成分而平添了詼諧的情趣。日常溝通語體還可以用抒情語體的成分來表現諷刺的意味。相聲《妙語驚人》刻畫一個喜歡堆砌辭藻的人物，這人有一段話："當星期日的黎明開始在我窗口出現的時候，我就和我的親愛的枕頭吻別了……"這段話的詼諧意味便是通過文藝語體成分的借用而獲得的。各種語體均有借用其他語體成分來達到某種修辭目的的可能。科學論證語體一般少用口頭詞，人物對話的描寫和人物形象的刻畫也很少見；然而口頭詞、人物對話的描寫和人物形象的刻畫等日常溝通語體的成分何嘗不可以用在科學論證語體裏而使科學論證語體顯得生動活潑呢！

一種語體借用其他語體成分，不會引起風格的改變。風格是一個完整的體系，一種語體借了其他語體成分之後，給予人們的仍然是原有的風格印象，有時反而使原有的風格特色更加鮮明。例如小說為了具象地反映現實，必需對社會生活作具體的描寫，如果作家反映的是某一專門業務的生活，他的作品就很可能出現這門專業的語言風格成分。描寫詩人生活的作品會借用一些抒情的成分，反映哲學家生活的作品會借用一些科學論證語體的成分，這些作品也正因此而將詩人生活和哲學家生活描寫得更加具象、真實。

五、傳統風格觀念的有關論述

在古代中國，風格觀念源遠流長，成果博大精深，內容側重於人格修養、言行統一、言語合於禮教方面。其理論要領有以下幾方面：

（一）風格體現人的修養

中國傳統文化一直重視"人"，認為人是"萬物之靈"，一代又一代的哲人注重人為貴，民為本，尊重人的尊嚴和價值。二千多年前提出的"修辭立其誠"的觀念，其本質就是強調修辭的主體是人。而所謂"人言合一"，重視的正是修辭與修德、修身、立業的關係。這種傳統的文化觀和修辭觀用在漢語風格學裏，就是強調語言使用者的文化因素在語言風格生成中的作用，強調人的內在文化修養是風格生成的根本。

（二）風格的原則是意辭統一

意是辭的內容，辭是意的表現形式。意與辭的統一，質與文的統一，內容與形式統一，是漢語風格學的又一優秀傳統。意與辭關係的研究，在我國有很長的歷史。孔子的"辭達、辭巧"辯證觀，"質、文"統一說，揭示了文質兼美的修辭、風格的表達原則；孟子的"不以文害辭，不以辭害志"提出了話語修辭風格的理論原則。此後如西漢董仲舒《春秋繁露》的"志為質，物為文，文著於質"，東漢王充《論衡》的"名實相符，文質相稱"，晉朝陸機〈文賦〉的"理扶質以立幹，文垂條而結繁"，梁朝劉勰《文心雕龍》的"文附質""質待文""文質相稱"，唐代韓愈〈進撰平淮西碑文表〉的"辭事相稱"論等，一脈相承，闡發了意與辭統一的風格論。現代學者從修辭風格的角度，強調內容決定形式，強調內容與形式的統一，強調風格的創造與讀解都必須遵循意與辭相統一的原則，繼承和發展了漢語傳統的風格學說。

（三）風格的標準是得體

得體是評價漢語修辭和風格創造的基本原則。這一原則已為中國修辭學和語言風格學所繼承，"得體之體就是語體"。從先秦兩漢到現代，有許多學者非常重視得體原則，有許多精闢的論述。例如，先秦諸子的"言而當"（《荀子·非十二子》）；"邦有道，危言危行，邦無道，危行言遜"（《論語·憲問》）；"孔子於鄉黨，恂恂如也，似不能言者。其在宗廟朝廷，便便言，唯謹爾"（《論語·鄉黨》）；"蝦蟆蛙蠅日夜恆鳴，口舌乾擗，然而不聽；今觀晨雞時夜而鳴，天下振動。多言何益？唯其言之時也"（《墨子·佚文》）。此後很多學者談論言辭和風格得體問題都繼承發展了先秦諸子的得體論。例如漢董仲舒《春秋繁露》認為修辭、風格手段不是一成不變的，它"各有所處，得其處則皆是也，失其處則皆非也"；晉陸機〈文賦〉："若夫豐約之裁，俯仰之形，因宜適變，曲有微情"，意即風格的繁簡，詞句的取捨，篇章的謀設，都要隨具體情境來變通；明吳訥《文章辨體·序說》認為"文辭宜以體制為先"。本書著者程祥徽〈語體先行——學習張弓先生關於語體的論述〉中的"語體先行"說，張德明《語言風格學》的"繁簡得當""隱顯適度""華樸相宜"說，黎運漢《漢語風格學》設專章論述"漢語風格的得體性"等，都是對漢語風格傳統得體論原則的承傳發展。

（四）文藝風格分類

語言學中的語言風格與文藝學中的語言風格有緊密難分的聯繫，但畢竟各有側重。古人研究文藝風格有許多精闢的言論，例如漢揚雄的"詩人之賦麗以則，辭人之賦麗以淫。"(《法言·吾子》),梁劉勰《文心雕龍·體性》中的八種表現風格,唐司空圖《二十四詩品》、宋陳騤《文則》、明屠隆《鴻苞集》、清姚鼐《詩辨》、劉大櫆《論文偶記》提出的風格理論和風格類型。文藝學研究風格着眼於藝術的感受,大略可分四對八類:

1. 豪放與柔婉

豪放風格的作品聲律雄亮,辭彩壯麗,筆力雄悍,氣勢浩瀚,境界闊大。描寫壯麗山河,抒發豪情壯志,描繪奔騰場面等的言語作品,大都採用之。其用語特點是:常用雄偉壯麗的名詞、形容詞,動感強的動詞以及誇張的數詞;句子一氣呵成,或用急促有力的短句或用氣勢暢達的長句;常用排比、博喻、反覆、反詰和誇張等辭格。豪放風格最常見於文藝語體,也可見於政論語體。例如李白〈將進酒〉:"君不見黃河之水天上來,奔流到海不復回,君不見高堂明鏡悲白髮,朝如青絲暮成雪……會須一飲三百杯……與爾同銷萬古愁",充分顯示了豪放的風格。

柔婉風格的作品筆墨纖細,氣勢舒緩。表現兒女情長、離愁別緒、曲折複雜的內心感受,描寫風花雪月、鶯歌燕舞、和風細雨,常採用柔婉風格。其用語特徵是:詞語輕盈秀麗,句式參差錯落,常用形象性強的比喻、比擬、重疊、摹繪等辭格。例如李清照的〈聲聲慢〉:"尋尋覓覓,冷冷清清,淒淒慘慘戚戚,乍暖還寒時候,最難將息,三杯兩盞淡酒,怎敵他,晚來風急……"

2. 簡約與繁豐

簡約風格的作品言簡意豐,力求以最經濟的語言表達最豐富的思想感情,闡發帶真理性的結論。其主要的用語特點是:詞語富有概括力,常用緊縮句、省略句、文言句式,篇章短小精悍,直入主題,力避拖泥帶水,這類作品的語言常常成為後世的警語格言。這種風格特別受到楹聯創作、新聞標題、廣告詞語的青睞。例如王安石〈遊褒禪山記〉富有哲理意味的結尾,林則徐的"海納百川,有容乃大;壁立千仞,無慾則剛"。

繁豐風格的作品盡情鋪陳,洋洋灑灑,語言豐腴而內容充實。大凡要特別強調文中要義,細膩地描繪事物大都採取繁豐的筆調。其突出的風格特點是:詞語豐贍，句式多變，辭式繁富。具備這種風格的作品以小說作品最多。例如古典小說《紅樓夢》、現代小說《子夜》、《駱駝祥子》，等等。

3. 蘊藉與明快

蘊藉風格的作品含蓄深沉、委婉曲折，言有盡而味無窮。其所用詞語寓意深廣，常用轉義、引申義、比喻義詞語、委婉詞語和內含傳說、寓言、典故的詞語；常用警句、壓縮句、委婉句、疑問句和跳躍句；常用比喻、比擬、借代、反語、雙關、婉曲、藏詞、拆字、拈連、象徵等辭格。文藝語體常用這些言此意彼的風格手段，呈現出蘊藉含蓄的風格，在政論文章和外交辭令中有時也會用到。

明快風格的作品坦誠爽快，辭直義暢，言明意顯，清楚明白。其風格特點是：多選用意義一目瞭然的通用詞，不用古奧晦澀的詞語；句子結構簡單；辭格易懂易明；篇章結構層次分明。這種風格常用於日常溝通語體，也用於新聞語體。

4. 藻麗與質樸

藻麗風格的作品情思豐富，辭采繽紛，充分運用各種語音手段，選用艷麗多姿的詞語，引用具有濃艷色彩和形象色彩的成語、詩句等，廣泛運用比擬、比喻、誇張、摹擬等辭格，追求文采的華麗。這種風格通常見於文藝語體，特別是散文遊記一類。

質樸風格的作品平實自然，樸實無華，不粉飾，不造作，不渲染，多用口語詞彙、俗語、諺語、通俗詞語，句式簡短平實，多用白描手法，少用描繪類辭格。這種風格主要體現於公文格式語體、新聞語體和科學論證語體。例如寫病假條，只需平白地說明理由，要求給假多少時間，不必描寫疾病多麼痛苦，更無必要論證如不醫治將會如何如何。

六、現代風格學的功用

漢語風格研究，在我國歷史悠久。但自古代以來直至近代，風格論都從屬於文體學、文章學和修辭學的範疇，並未成為獨立的學科，直到上個世紀80年代之後，漢語風格學走上繼往開來的道路，一批相關著作相繼問世：《語言風格初探》（程祥徽，三聯書店〔香港〕，1985年）、《語言風格學》（張德明，東北師範大學出版社，1989年）、《言語風格學》（鄭遠漢，湖北教育出版社，1990年）、《漢語風格探索》（黎運漢，商務印書館，1990年）等。

現代漢語風格學的功用主要為以下三方面：

（一）指導人們表達得體

風格學研究語言的使用須與溝通環境、溝通內容協調，要求我們"到什麼山上唱什麼歌"，在什麼環境說什麼話。如同在悲傷的場合不能唱歡樂的歌一樣，親人聚集場合不應當說外交家談判時說的話，科學報告會上的用語不應當搬到說書、講故事的場合。言語活動和言語作品須切合特定語言環境的風格要求，遵守風格規範，做到得體。得體是言語溝通的根本的原則。葉聖陶說，寫文章、文稿加工"要注意語言的情味。語言的情味要適合文章的內容。內容是嚴肅的，就不宜說嘻嘻哈哈的話。內容是輕鬆的，就不宜說板起面孔的話。語言的情味跟文章的內容配合得好，文章會生色不少，效果就會更好"（〈文稿的挑選和加工〉）。含情味就是符合語體風格格調氣氛的特點，如果在言語溝通的時候說了與氣氛格調不協調的話語不僅十分煞風景、令人尷尬，而且還影響溝通任務的完成。下面看《廣州日報》引用的一個語例：

湖南石門縣宣傳部發公函："卑鄙小人，猶如一條喪家之犬：他的眼光陰冷可怕，面貌令人可憎，讓人第一眼看了就覺得是個黃鼠狼，不是好東西。"（〈官方公文豈能學潑婦罵街〉，見《廣州日報》2009年11月8日）

例中引號內的內容是政府的一份公函，形容的是一位記者。公函屬公文格式語體，具有很強的實用性和嚴肅性。它遣詞文雅，用句樸實，有一定格式，風格基調是簡潔、質樸、莊重，切忌冗長蕪雜、辭藻華麗、粗俗無禮。而上引語例卻用了粗俗、咒罵、醜化、侮辱性質的詞句和修辭手法，語言格調庸俗低下，很不得體。其錯誤就在於所用的風格手段與公文格式語體相悖。

語言風格學從理論上闡明典範風格的基本規律，提供成功的範例供人們學習,並剖析亂用錯用風格的現象,啟發人們有意識地防止在語言風格上出現的弊病,有助於引導人們根據溝通語境與溝通任務來差遣語言,說得體的話,寫得體的文章。

(二) 引領語文教學方向

1980年10月呂叔湘先生在中國語言學會成立大會的報告〈把我國語言科學推向前進〉中指出:"語文教學的進一步發展就要走上修辭學、風格學的道路。"這裏從理論上給語文教學指出了發展方向,說明了語文教學的必然趨勢。

語文學科是基礎學科,它的教學,一方面要提高學生科學文化水準,另一方面要培養學生綜合運用語言的應變能力。要提高這樣的能力,就必須加強語言風格教學,使學生熟悉和掌握各種語體的理論和技巧,因為任何言語作品都歸屬於一定的語體,都有一定的風格規範,無論是構織還是讀解言語作品都要"語體先行",受語體風格規範制約。所以加強語體風格教學有助於提高學生運用語言的能力。

風格學對對外漢語教學有重要的指導作用。外國人學習漢語有重口語和重書面語之別,重口語者只求具備口頭的溝通能力,因而專攻漢語口頭語;重書面語者力求具備書寫和書面翻譯能力,因而專心研讀成篇的書面漢語作品。教外國人學習漢語,如果教學目標是掌握口語,那就要考慮將溝通環境的各種因素貫串於語言教材的編寫與教學過程——既要顧及環境的穩定因素,如溝通者的年齡、性別、所用語言和教育狀況,更要看到環境的非穩定因素,如溝通的參與者和溝通的話題;要把注意力集中到構擬種種不同的溝通場合,使學生在學習過程中即已預演將來會遇到的言語環境。倘若教學目標是現代中國的報章翻譯,則要加強漢語詞彙系統、語法結構,以及當前流行的文風的學習。總之,按風格原理將可編出有針對性與實用價值的教材;這種教材再經具有風格學修養的教師演繹,有可能提高語言教學的效果。

（三）總結作家語言風格

這裏的"語言風格"是指語言的個人風格。語言風格既有個人風格，也有語體風格。為了適應溝通的需要，每一個人都得運用多種語體，而每一個人又有自己運用語言的特徵。語言的個人風格服從語體風格，而在運用各種語體的時候，又有個人風格貫串其中。幾乎每一個人在語言的使用中都有屬於他自己的東西。傑出作家使用語言更有獨特之處。用風格學的手法研究作家語言，就是要研究出作家慣用的風格要素和風格手段，發掘其風格系統。作家的風格系統閃耀着作家的語言光芒，是鑑定作品真偽（是不是出自他的手筆）的憑據，也可以供我們從中吸取風格營養。例如有人認為〈滿江紅〉（怒髮衝冠）不是岳飛作品，依據是岳飛的孫子岳珂沒把這首作品編入《鄂王家集》；另有人"把岳飛的〈滿江紅〉這首詞和其他詩詞，逐句作了比較研究"，確認"這首詞是岳飛所作乃是毫無問題的。句句表現着'岳飛體'，字字敘說着'岳飛格'"。持此論者說："每位詩人都有他常用愛用的詞和字，每位詩人都有他常用慣用的表達詩詞內容的方式，這些都組成了他們詩詞的個性和風格重要明顯的特點。造句，各人有各人的體；遣詞，各人有各人的格。……這就是一個詩人的風格與語言一致性，在判別這個詩人的作品時的威力。"如果我們不能用歷史的考據證明〈滿江紅〉另有作者，那麼此處以風格一致性為論據的結論是有道理的。再如，不曾見到老舍作品用"塊"字作"錶"的量詞，1950年前不曾見到老舍作品用過"搞"。而20世紀40年代老舍在美國寫成的小說《鼓書藝人》從英文譯作中文時（中文原稿遺失，只有英文譯本），卻在譯本中出現了"一塊小錶""沒搞成""搞戀愛"等不屬於原著者所慣用的語言現象。譯者儘管"作了最大的努力"，想"再現""原著的文字風格"，然而因為沒有在翻譯之前先整理老舍的風格系統，所以譯本中游離於原著語言風格之外的東西很多。

文學是語言的藝術，偉大作家是語言的巨匠。有了作家風格體系的研究成果，我們便可從中學習作家駕馭語言的手段或技巧，將之融入言語活動，形成或發展自己的言語個性或言語風格。

思考與練習

一、思考與討論題

① 修辭是語用現象,修辭學屬於語言運用科學,你如何理解這些說法?
② 修辭與語音、詞彙、語法、邏輯是左鄰右舍的關係,試舉例簡要說明。
③ 以你熟悉的古詩詞為例,說明平仄、押韻的修辭作用。
④ 舉例說明同義詞和反義詞在語言運用中的修辭作用。
⑤ 你在寫作中,如何利用長句與短句的配搭,整句與散句的變換來加強文章的表現力?
⑥ 比喻中的明喻、暗喻和借喻在形式上有什麼不同?
⑦ 為什麼說語言特點不是語言風格?
⑧ 風格的標準是得體,你認為什麼是得體?
⑨ 為什麼說日常溝通語體是所有語體的基礎?日常溝通語體有哪些修辭特點?
⑩ 什麼是公文格式語體?兩岸四地(中國大陸與香港、澳門、台灣)的公文格式語體各有哪些修辭特點?你瞭解多少呢?

二、練習題

① 在句子中的橫線上選擇最恰當的詞語填上。
(1)那位女教授在講台上深入淺出,＿＿＿＿＿＿,台下聽眾聚精會神,悉心傾聽。(侃侃而談　誇誇其談)
(2)孟子的名句 "老吾老以及人之老,幼吾幼以及人之幼"在後世廣為＿＿＿＿＿＿。(傳頌　傳誦)
(3)＿＿＿＿＿＿七百多年的古畫,終於重放異彩和人們見面。(淹沒　湮沒)
(4)這女人的憂鬱的眼神似乎＿＿＿＿＿＿了什麼不可告人的秘密。(隱蔽　隱藏)
(5)辦案時,知情人＿＿＿＿＿＿,使人從中找到了疑點。(閃爍其詞　閃爍不定)
(6)他對網友的無端＿＿＿＿＿＿,從來不放在心上,真是大度。(漫罵　謾罵)

（7）今天和媽媽上超級市場都買些什麼東西，你先_____一下，寫在紙上。（計劃　規劃）

（8）這個_____竟然自鳴得意地在人前誇耀他的穢行。（人面獸心　衣冠禽獸）

（9）一聽他的_____口音，我就覺得特別親切。（故鄉　家鄉）

（10）廠長在全體員工大會上_____今年一定能完成生產任務，獲得高利潤。（宣稱　聲稱　聲言）

② 長句和短句的選擇，在寫文章時很有講究，閱讀下面兩段話，舉例說明長短句的選用和長句擴展的方式。

（1）長江很早便醒過來。它以魚肚色抹着縷縷玫瑰紅的曙天，它以寬闊的江面上的黎明，它以四月的風吹拂着的麥浪似的水波，它以臉上展開的微笑，迎接過江的渡船上的火車和旅客。（郭風〈長江〉）

（2）哦，長江。從你流動和奔騰過來的，縱橫廣闊的土地上，山和一串串的明珠一般的湖泊，江岸上的碼頭，建築物，無邊無際的田野，風車，工廠和一座一座的城市；不止是這些，使你的臉上堆滿了笑容，使你的心好像黎明一般的舒暢，青春一般的歡愉。（郭風〈長江〉）

③ 朗讀下面的小故事〈齊白石買菜〉，體會故事人物齊白石和賣菜小夥子對話的不同語氣語調，並說說這則故事為什麼選擇短句式。

齊白石買菜

一天早晨，齊白石上街買菜，看見一個鄉下小夥子的白菜又大又新鮮，就問："多少錢一斤？"小夥子正要答話，仔細一看，心想，哦，這不是大畫家齊白石嗎？就笑了笑說："您要白菜，不賣！"齊白石一聽不高興地說："那你幹嘛來了？"小夥子忙說："我的白菜用畫換。"齊白石明白了，看來這小夥子認出我了，就說："用畫換？可以啊，不知怎樣換法？"小夥子說："您畫一棵白菜，我給您一車白菜。"齊白石不由笑出了聲："小夥子，你可吃大虧了！""不虧，您畫我就換。""行。"齊白石也來了興致："快拿紙墨來！"小夥子買了紙墨，齊白石提筆抖腕，一幅淡雅清素的水墨《白菜圖》很快就畫出來了。小夥子接過畫，從車上卸下白菜，拉起空車就走。齊白石忙攔住他笑笑："這麼多菜我怎吃得完？"說着，就只拿了幾棵白菜走了。（陳學超等著《普通話朗讀技巧訓練》）

④ 比喻是各類文體都常用的修辭手法，不一定是文學作品才用。下面請看數學家華羅庚和科學家茅以升的兩段實用文字，舉例說明運用比喻應注意的原則。

（1）比如，想泡壺茶喝。當時的情況是：開水沒有，水壺要洗，茶壺茶杯要洗；火生了，茶葉有了。怎麼辦？

辦法甲：洗好水壺，灌上涼水，放在火上；在等待水開的時間裏，洗茶壺、洗茶杯、拿茶葉，等水開了，泡茶喝。

辦法乙：先做好一切準備工作，洗水壺、洗茶壺茶杯，拿茶葉；一切就緒，灌水燒水；坐待水開了泡茶喝。

辦法丙：洗淨水壺，灌上涼水，放在火上；坐待水開；水開了之後，急急忙忙找茶葉，洗茶壺茶杯，泡茶喝。

哪一種辦法最省時間？我們能一眼看出第一種辦法好，後兩種辦法都"窩了工"。

這是小事，但這是引子，可以引出生產管理等方面的有用的方法來。

（華羅庚《統籌方法平話及補充》）

（2）說起來，這並不奇怪。橋是什麼？不過是一條板凳。兩條腿架着一塊板，板上就可承擔重量。把這板凳放大，"跨"過一條河，或是一個山谷，那就形成一座橋。在這裏，板凳的腿就是"橋墩"，橋墩下面，伸入土中的"腳"，就是"基礎"，板凳的板就是"橋樑"。一座橋就是由這三部分構成的，橋上的車輛行人，靠橋樑承載；橋樑的重量，靠橋墩頂托；橋墩的壓力，通過基礎，下達土中或石層。所有橋面上的重量及負擔，最後都落到土中或石層。（茅以升〈橋樑遠景圖〉）

⑤ 冰心的〈談生命〉一文，最初發表於1947年，通篇運用了多種修辭方法，試從文章中舉例說明。

談生命
冰心

我不敢說生命是什麼，我只能說生命像什麼。

生命像向東流的一江春水，他從最高處發源，冰雪是他的前身。他聚集起許多細流，合成一股有力的洪濤，向下奔注，他曲折的穿過了懸崖峭壁，沖倒了層沙積土，挾捲着滾滾的沙石，快樂勇敢地流走，一路上他享受着他所遭遇的一切：

有時候他遇到巉岩前阻，他憤激地奔騰了起來，怒吼着，迴旋着，前波後浪的起伏催逼，直到他過了，沖倒了這危崖他才心平氣和的一瀉千里。有時候他經過了細細的平沙，斜陽芳草裏，看見了夾岸紅艷的桃花，他快樂而又羞怯，靜靜地流着，低低的吟唱着，輕輕地度過這一段浪漫的行程。

有時候他遇到暴風雨，這激電，這迅雷，使他心魂驚駭，疾風吹捲起他，大雨擊打着他，他暫時渾濁了，擾亂了，而雨過天晴，只加給他許多新生的力量。

有時候他遇到了晚霞和新月，向他照耀，向他投影，清冷中帶些幽幽的溫暖：這時他只想憩息，只想睡眠，而那股前進的力量，仍催逼着他向前走……

終於有一天，他遠遠地望見了大海，呵！他已到了行程的終結，這大海，使他屏息，使他低頭，她多麼遼闊，多麼偉大！多麼光明，又多麼黑暗！大海莊嚴的伸出臂兒來接引他，他一聲不響地流入她的懷裏。他消融了，歸化了，說不上快樂，也不有悲哀！

也許有一天，他再從海上蓬蓬地雨點中升起，飛向西來，再形成一道江流，再沖倒兩旁的石壁，再來尋夾岸的桃花。然而我不敢說來生，也不敢相信來生！

生命又像一顆小樹，他從地底聚集起許多生力，在冰雪下欠伸，在早春潤濕的泥土中，勇敢快樂的破殼出來。他也許長在平原上，岩石上，城牆上，只要他抬頭看見了天，呵！看見了天！他便伸出嫩葉來吸收空氣，承受陽光，在雨中吟唱，在風中跳舞。

他也許受着大樹的蔭遮，也許受着大樹的覆壓，而他青春生長的力量，終使他穿枝拂葉的掙脫了出來，在烈日下挺立抬頭！他遇着驕奢的春天，他也許開出滿樹的繁花，蜂蝶圍繞着他飄翔喧鬧，小鳥在他枝頭欣賞唱歌，他會聽見黃鶯清吟，杜鵑啼血，也許還聽見梟鳥的怪鳴。

他長到最茂盛的中年，他伸展出他如蓋的濃蔭，來蔭庇樹下的幽花芳草，他結出纍纍的果實，來呈現大地無盡的甜美與芳馨。秋風起了，將他葉子，由濃綠吹到緋紅，秋陽下他再有一番的莊嚴燦爛，不是開花的驕傲，也不是結果的快樂，而是成功後的寧靜和怡悅！

終於有一天，冬天的朔風把他的黃葉乾枝，捲落吹抖，他無力的在空中旋舞，在根下呻吟，大地莊嚴的伸出臂兒來接引他，他一聲不響的落在她的懷裏。他消融了，歸化了，他說不上快樂，也沒有悲哀！

也許有一天，他再從地下的果仁中，破裂了出來。又長成一棵小樹，再穿過叢莽的嚴遮，再來聽黃鶯的歌唱，然而我不敢說來生，也不敢信來生。

宇宙是個大生命，我們是宇宙大氣中之一息。江流入海，葉落歸根，我們是大生命中之一葉，大生命中之一滴。在宇宙的大生命中，我們是多麼卑微，多麼渺小，而一滴一葉的活動生長合成了整個宇宙的進化運行。要記住：不是每一道江流都能入海，不流動的便成了死湖；不是每一粒種子都能成樹，不生長的便成了空殼！生命中不是永遠快樂，也不是永遠痛苦，快樂和痛苦是相生相成的。等於水道要經過不同的兩岸，樹木要經過常變的四時。在快樂中我們要感謝生命，在痛苦中我們也要感謝生命。快樂固然興奮，苦痛又何嘗不美麗？我曾讀到一個警句，它說："願你生命中有夠多的雲翳，來造成一個美麗的黃昏。"

❻ 下列段中的文字，用了哪些修辭手法，請在每段後的（　）內填入。

| 例 | 果樹對人懷着悲憫之心。石榴樹的表達很熱烈，它的繁茂的樹葉和燦爛的花朵，以及它的重重疊疊的果實都在證明這份情懷；枇杷含蓄而深沉，它決不在意我的客人把它錯當成一棵玉蘭樹，但它在初夏季節告訴你，它不開玉蘭花，只奉獻枇杷的果實。（蘇童〈三棵樹〉） | （　擬人　） |

（1）慨當以慷，憂思難忘。何以解憂，唯有杜康。（曹操〈短歌行〉）　　　　　　　　　　　　　　　　　　　　（　　）

（2）有思考才有思想，有思想才有目標，有目標才有創造，有創造才有成就，有成就才有貢獻，有貢獻才能成功。（　　）

（3）掌櫃仍然同平常一樣，笑着對他說，"孔乙己，你又偷了東西了！"但他這回卻不十分分辯，單說了一句"不要取笑！" "取笑？要是不偷，怎麼會打斷腿？"孔乙己低聲說道，"跌斷，跌，跌……"他的眼色，很像懇求掌櫃，不要再提。（魯迅〈孔乙己〉）（　　）

（4）天空在草面前是屏息低眉的。草原上天有多大，草就有多廣。天空像是草原的一件總不合體的藍綢衣，草在長大在與天空賽跑，天空總是輸。綢衣接了又接，還是捉襟見肘。（楚楚〈草原散章〉）（　　）

（5）鳴沙山已經形成三千多年。它不停地鳴叫，對大自然鳴叫，對人類社會鳴叫。大自然聽不懂，人類社會也無法聽懂。數千年來，它就這麼鳴叫着。它的聲音越來越嘶啞，越來越沉鬱，也越來越深刻。那是一種高亢的宣言，也是一種悲憤的傾訴。（劉元舉〈悟沙〉）（　　）

（6）楊柳青青江水平，聞郎江上唱歌聲；
東邊日出西邊雨，道是無晴卻有晴。（劉禹錫〈竹枝詞〉）　　　　　　　　　　　　　　　　　　　　　　　（　　）

第五章　修辭和風格　｜　511

（7）午後三點鐘光景，人像快要乾死的魚，張開了一張嘴。忽然天空那灰色的幔裂了一條縫！不折不扣一條縫！像明晃晃的刀口在這幔上劃過。然而劃過了，幔又合攏，跟沒有劃過的時候一樣，透不進一絲風兒。一會兒，長空一閃，又是那灰色的幔裂了一次縫。然而中什麼用？（茅盾〈雷雨前〉）（　　）

（8）也有解散辮子，盤得平的，除下帽來，油光可鑑，宛如小姑娘的髮髻一般，還要將脖子扭幾扭。實在標致極了。（魯迅〈藤野先生〉）（　　）

（9）那棵樹立在那條路邊已經很久很久了，當那路還只是一條泥濘的小徑時，它就立在那裏；當這裏駛過第一輛汽車之前，它就立在那裏；當這一帶只有稀稀落落幾處老式平房時，它就立在那裏。（王鼎鈞〈那樹〉）（　　）

（10）離開了泥土的花草，離開了水的魚，能快活嗎？能生存嗎？（徐志摩〈我所知道的康橋〉）（　　）

⑦ 請看兩位作家對杜鵑的描寫，高行健寫的是白杜鵑，白先勇寫的是紅杜鵑，試比較他們用了哪些相同的修辭手法。

（1）沒有松蘿了，沒有冷箭竹叢，沒有小灌木，林子裏的間隙較大，更為明亮，也可以看得比較遠。遠處有一株通體潔白的杜鵑，亭亭玉立，讓人止不住心頭一熱，純潔新鮮得出奇，我越走近，越見高大，上下裏着一簇簇巨大的花團，較之我見過的紅杜鵑花瓣更大更厚實，那潔白潤澤來不及凋謝的花瓣也遍灑樹下，生命力這般旺盛，煥發出一味要呈獻自身的欲望，不可以遏止，不求報償，也沒有目的，也不訴諸象徵和隱喻，毋需附會和聯想，這樣一種不加修飾的自然美。這潔白如雪潤澤如玉的白杜鵑，又一而再，再而三，卻總是單株的，遠近前後，隱約在修長冷峻的冷杉林中，像那隻看不見的不知疲倦勾人魂魄的鳥兒，總引誘人不斷前去。（高行健《靈山》）

（2）當我走到園子裏的時候，卻赫然看見那百多株杜鵑花，一球堆着一球,一片捲起一片,全部爆放開了。好像一腔按捺不住的鮮血,猛地噴了出來,灑得一園子斑斑點點都是血紅血紅的,我從來沒有看見杜鵑花開得那樣放肆,那樣憤怒過。麗兒正和一群女孩子在園裏捉迷藏,她們在那片血一般紅的杜鵑花叢中,穿來穿去。女孩子們尖銳清脆的嬉笑聲,在春日的晴空裏,一陣緊似一陣地蕩漾着。(白先勇〈那片血一般紅的杜鵑花〉)

⑧ 請閱讀下面兩篇文章:小思〈中國的牛〉和朱自清〈月朦朧,鳥朦朧,簾捲海棠紅〉,分析兩篇文章不同的語言風格。

中國的牛

小思

對於中國的牛,我有特別的尊敬感情。

留給我印象最深的,要算一回在田壟上的"相遇"。

一群朋友郊遊,我領頭在狹窄的阡陌上走,怎料迎面來了幾隻耕牛,狹道容不下人和牛,終有一方要讓路。它們還沒有走近,我們已經預計鬥不過畜牲,恐怕難免踩到稻田泥水裏,弄得鞋襪又泥又水了。正在踟躕的時候,帶頭的一隻牛,在離我們不遠的地方停下去,抬起頭看看,稍遲疑一下,就自動走下田去,一隊耕牛,跟住它全走離阡陌,從我們身邊經過。

我們都呆了,回過頭來,望着深褐色的牛隊,在路的盡頭消失,忽然覺得自己受了很大的恩惠。

中國的牛,永遠沉默地為人類做着沉重的工作。在大地上,晨光或烈日下,它拖着沉重的犂,低頭一步又一步,拖出了身後一列又一列鬆土,好讓人們下種。等到滿地金黃或農閒時候,它可能還得擔當搬運負重的工作,或終日繞着石磨,朝同一方向,走不計程的路。

在它沉默勞動中,人便得到應得的收成。

那時候,也許,它可以鬆一肩重擔,站在樹下,吃幾口嫩草。

偶然搖搖尾巴,擺擺耳朵,趕走飛附身上的蒼蠅,已經算是它最閒適的生活了。

中國的牛,沒有成群奔跑的習慣,永遠沉沉實實的。它們不像印度的牛，負着神聖之名，搖着尾巴在大街上閑蕩。

它們不像荷蘭乳牛、日本肉牛，終日無事可做，悠閒！等一死。

它們不像西班牙鬥牛，全身精力，都盡付狂暴鬥爭中。

默默地工作，平心靜氣，這就是中國的牛。（小思、央然編著《小思散文》）

月朦朧，鳥朦朧，簾捲海棠紅
朱自清

　　這是一張尺多寬的小小的橫幅，馬孟容君畫的。上方的左角，斜着一捲綠色的簾子，稀疏而長；當紙的直處三分之一，橫處三分之二。簾子中央，着一黃色的，茶壺嘴似的鈎兒——就是所謂軟金鈎麼？"鈎彎"垂着雙穗，石青色；絲縷微亂，若小曳於輕風中。紙中圓月，淡淡的青光遍滿紙上；月的純淨，柔軟與平和，如一張睡美人的臉。從簾的上端向右斜伸而下，是一枝交纏的海棠花。花葉扶疏，上下錯落着，共有五叢；或散或密，都玲瓏有致。葉嫩綠色，彷彿掐得出水似的；在月光中掩映着，微微有淺深之別。花正盛開，紅艷欲流；黃色的雄蕊歷歷的，閃閃的。襯托在叢綠之間，格外覺着妖嬈了。枝欹斜而騰挪，如少女的一隻臂膊。枝上歇着一對黑色的八哥，背着月光，向着簾裏。一隻歇得高些，小小的眼兒半睜半閉的，似乎在入夢之前，還有所留戀似的。那低些的一隻別過臉來對着這一隻，已縮着頸兒睡了。簾下是空空的，不着一些痕跡。

　　試想在圓月朦朧之夜，海棠是這樣的嫵媚而嫣潤；枝頭的好鳥為什麼卻雙棲而各夢呢？在這夜深人靜的當兒，那高踞着的一隻八哥兒，又為何盡撐着眼皮兒不肯睡去呢？他到底等什麼來着？捨不得那淡淡的月兒麼？捨不得那疏疏的簾兒麼？不，不，不，您得到簾下去找，您得向簾中去找——您該找着那捲簾人了？他的情韻風懷，原是這樣這樣的喲！朦朧的豈獨月呢；豈獨鳥呢？但是，咫尺天涯，教我如何耐得？我拚着千呼萬喚；你能夠出來麼？

　　這頁畫佈局那樣經濟，設色那樣柔活，故精彩足以動人。雖是區區尺幅，而情韻之厚，已足淪肌浹髓而有餘。我看了這畫，瞿然而驚：留戀之懷，不能自己。故將所感受的印象細細寫出，以誌這一段因緣。但我於中西的畫都是門外漢，所說的話不免為內行所笑。——那也只好由他了。

附錄

程祥徽、田小琳著《現代漢語》評介[1]

王均[2]

從五十年代起，國內先後出版了幾十種《現代漢語》教材。最近，我們又很高興地讀到港澳知名語言學者程祥徽先生和田小琳女士合著的《現代漢語》，我覺得這是一本很有特色的新著，正如呂叔湘先生在序言中所說的："無論從時代性或者針對性方面看，這本《現代漢語》都有它的獨到之處。"

本書從一開始就把一些必須弄清楚的基本理論做了清楚的交代。例如：（1）語言以聲音為媒介傳遞資訊與接受資訊，也就是說，人類以有聲語言來達到溝通的目的，這是語言同其他任何符號系統區別所在。（2）語言是聲音與意義的結合物：語言是有聲的，它以聲音負荷意義；語言是有意義的，它的意義以語音為標記；聲音和意義是語言的形式與內容。（3）文字是語言的記錄，沒有被記錄的語言在先，就談不上記錄語言的文字。等等。這些似乎都是不言自明的真理，但對人們弄清語言與文字的關係，卻是必不可少的常識。又如：語言與方言的關係，書面語與口語的關係，如果在口語方面沒有共同的標準語，又沒有共同的書面語，那就不成其為一種語言了。漢語方言差別較大，但各方言區一直流通着一種共同的書面語，這就是漢語世界的特點。作者在介紹漢語方言的情況後特別指出："當前，使用粵語口語的香港、澳門社會施行普通話教育，其實所施行的是普通話的口語教育，因為港澳社會流通的漢語書面語一直就是書面形式的普通

1　編者按：本文刊於香港《語文建設通訊》第32期（1991年4月）。
2　王均（1922-2006），中國現代著名語言學家，原國家語言文字工作委員會副主任。

話。"指明這一長期存在的客觀事實是很有意義的,它可以澄清一部分人的某些混亂思想。

關於漢民族的共同語,作者深刻精當地論述了:共同語的產生何以成為不同方言區的人的共同要求,漢民族共同語是怎樣形成的,以及漢民族共同語的標準有哪些具體內容。瞭解這一切對於宏觀認識漢語的發展趨勢是十分必要的,這對港澳地區今後的語言規劃也是有益的。

"漢字"一章,先講文字學的一般理論,能有助於更清楚地瞭解漢字的特點。書中指出:(一)文字是語言的代用品。一說是語言的存在在先,文字的出現在後;二是說文字是記錄語言的,文字記錄語音,語音包含語義。"所謂識得一個字,無非是曉得了這個字形所表示的聲音,通過字音,進而瞭解了詞義。"(二)文字圖畫與圖形文字。文字圖畫因其不能代表語音而停留在圖畫階段;圖形文字是文字,因其表示的是語音,所以成為語言代用品。(三)表形文字、表意文字和表音文字。漢字是形音義的結合體,可以說是意音文字,是一種獨特的文字系統。(四)文字是發展變化的。(五)方塊漢字的功績。方塊漢字適應漢語的特點,是一種好文字。漢字的超方言性,給世世代代中國人提供了統一的書面溝通工具,為國家的統一文化的繼承發揮了積極的作用。

"漢字"的第二節論"六書",有新意也有針對性,細心地讀會很有收穫。關於區辨象形字、指事字、會意字的方法,關於轉注字不只這一組字在意義的方面輾轉為注,而且須從字義相通、字形(形符)相類、字音相近三方面去鑑別。這些都講得很好:特別是關於形聲字和通假字的論述,我認為頗有一些地方是很有針對性的。比如說:"本有其字"的假借即"通假",就是故意寫"別字",為在古時普遍到"不知假借者,不寬容與讀古書"的地步。作者強調:"既然是'故意',就不是真的是別字,而是'同音代替字'。"要不那麼說,豈不是說寫別字原也"自古有之,不足為病"了嗎?

"漢字"這一章裏,最精彩的是第四節"繁簡由之"。"繁簡現象是各個時代都曾發生過的文字現象。……現代漢字的繁簡二體都具有法定地位。……不同地區行用不同形體的漢字已成為歷史事實,不可能因個人的主觀意志而改變。

唯一可行的路是從學術的目光分析漢字的現狀,克服心理上的障礙,努力把簡繁之間的距離縮短而不是拉大,促使會簡體的人學一些繁體,識繁體的人學一點簡體,做到簡繁由之。"我認為這講得十分在情在理。中國大陸簡化字推行已有三十四五年,如今四十歲以下的人學的都是簡體字。1986年國務院批准重新公佈的《簡化字總表》裏的簡化字是大陸社會用字的規範字,看來沒有多少根據去宣佈廢止。但是,在"繁簡二體在不同地區分別都是標準文字"的情況下,各學一點本地區非規範的字,用於一定的範圍,是無害的。正像這裏書中所寫的:"中國大陸簡化字之所以在外間世界曾經旋起一陣波瀾,主要原因不在簡化字是否簡得科學合理,而是大家缺乏成批地接受簡化字的心理準備。事實上國內行用的簡化字很多都能從反對簡化字的人筆下找到……。如果心理上的障礙排除了,簡化的技術問題是不難解決的。"我很贊同本書作者的見解。

通讀全書,說實在的,我覺得確實各章都是寫得很好的。好就好在每章(語音、文字、詞彙、語法、修辭和風格)都在有限的篇幅裏,精當扼要地結合漢語實際,介紹了這門學科的主要內容。雖不一定很全,但突出了重點。值得稱道的,一是儘量採納漢語研究和教學工作中能站住腳的新成果。例如語言章特別指出操粵語的港澳人學習普通話時的發音難點,並且指出一些主要的語音對應規律;詞彙章特別討論了普通話跟粵方言的詞語差別和各自吸收的外來詞語及其譯寫方法等。既講到香港和大陸及其他華人社區要相互注意彼此詞語上的差異,以便提高溝通的效能,也講到語言的發展規律和規範問題。例如選用詞語要注意語言環境和溝通效能:"在表達時,無論是書面還是口頭上,要力求達到規範,就要避免方言詞的干擾。"要注意"由方言語素構成的地方色彩極重的方言詞,有的字的寫法也是其他方言區的人不認識的",以及要避免文白夾雜和濫用外來語,並應注意音譯詞用規範的寫法等。從宏觀上理解"約定俗成"和注意規範,是語文學習和語文工作中的重要問題。

"修辭風格"一章,本書尤頗多新意。著者提出:語言有兩種存在的形態:靜態的和動態的。語言各要素的構造規則是備用的語言,屬靜態語言;在語言使用中發掘出語言要素的表現力,研究語言要素運用於實際環境的情形,即處於正在使用狀態的語言（相當於索緒爾所稱的"言語"）是動態語言，這是修辭和風格的研究對象。本書又把修辭和風格分做兩部分。修辭部分僅講積極修辭——各種"辭格"，而且首先講消極修辭：用詞要規範準確，造句要合乎語法邏輯，謀篇要語意完整，結構嚴密。"修辭研究語言的表達方式和表達效果，……對語言使用的指導作用還是有局限的"，"研究語言使用與溝通環境、溝通內容的關係的學科叫語言風格學。"本書著者在前人研究的基礎上提出自己的獨到見解，力辨"語言特點"（語言的民族特點和時代特點）不是"語言風格"，給定"語言風格"的定義是專指"具體運用語言時受到不同的溝通場合和不同的溝通目的制約而構成的特殊的言語氣氛"。其目的（也就是"風格學的功用"）在於：（一）指導人們表達得體；（二）指導語言教學，使學生的語言運用適應不同溝通環境的需要；（三）指導整理作家的語言風格系統。著者反覆講了溝通環境、溝通目的、語言氣氛、語體風格與個人風格、語境和得體、風格要素和風格手段，以及"風格系統"等等，最後歸結到"漢語風格學的正式建立"。這就是著者的意圖。無怪乎使人感覺頗有新意。

　　書自然是按照分支學科一章章地寫，作者卻不止一次地提醒："在語言實際運用中，要綜合運用語法、邏輯、修辭以至語音、詞彙等方面的知識。"這是完全正確的。全書系統分明，深入淺出，生動活潑，重點突出，確是一本讀來好懂、讀之有益的好書。

　　最後，再談點個人不成熟的意見：

　　（1）"語音"本章採取先講語音學的基本知識（主要利用普通話的音素講母音、輔音的分類），再講漢語拼音方案、注音字母和國際音標幾種音素符號，然後在"語言的綜合"的一節中又講漢語音節的成素聲母、韻母、聲調等，然後講語音的變化，最後又講普通話音系的特點和語音對應規律。無疑這些知識都是很有必要也很有用的。我有以下三點意見願供作者參考：

　　（a）從普通話語音入手講語音知識無疑是正確的；第二節講過輔音的分類，第三節又講漢語普通話的聲母等，可否將二者合在一處講？第三節"方言區的人學習普通話聲母的難點"，不是講發音上的難點，而是講聲母類別或對應方面容易混淆的問題；韻母部分"操粵語的港澳人學習普通話的困難"與此相同，也是韻類對應上的問題。書中提供了大量練習材料。可否把這些內容都挪到最後一節"語音的對應"裏面去講？最後一節索性叫"語音的對應"，就別用"普通話音系"的標題了，因為普通話音系就包括其聲母、韻母、聲調及其拼合關係，這些已經在前面講了。

（b）在講普通話語音時，本來本書的描寫就很細緻了，但對粵語裏沒有的音是否可以特別提出來講講？例如，普通話 z、c、s，zh、ch、sh 和 j、q、x 三套聲母粵語裏都沒有；粵語的聲母 tʃ、tʃʻ、ʃ 跟上述三套聲母都近似而又互不相同，在這裏講講它們在發音部位上的特點，是不是好些？當然要通過解析，示範和練習。又如普通話的韻母 e 和 er，以及 z、c、s 和 zh、ch、sh、r 後面的韻母 –i（[ɿ] 和 [ʅ]），粵語裏都沒有。沒有 e[ə] 則 en、eng 的讀音也需同樣注意，這可以通過"根"和"更"的普通話與香港或廣州話讀音比較，使學習者得其要領。在此基礎上，來講普通話元音 e（[ə] 和 [ɤ]）的舌位（e 是比 a 舌位高的央元音，ɤ 是比 o 舌位靠後稍高的展唇次高後元音），是否可行？

（c）講漢語拼音方案，同時又講國際音標，兩套音標相互干擾，是有些麻煩。可否先只講漢語拼音方案，待基本掌握後再講一些漢語粵方言和英語裏有的國際音標？在這本教材裏當然不求其全，無非補上幾個音標以便記音和比較語音的異同。舉例來說，擦邊音 ɬ 用四邑、桂南等地的古"心"母字，如以"三四新心"等字做例字就可以了。本書以"三""心"的區別說明粵語元音區分長短音，這是對的；自然，音位的區別分長短跟表情作用語音的緩急長短是兩回事。同樣，普通話的韻母 in、un、ün 是短元音，粵語韻母 in、un、ün 是長元音，這幾個韻母在普通話和粵語方言裏都不區分長短，但實際讀音的區別在適當的場合交代一句，對讀音準確是有好處的。

（2）本書在描寫語音事實時，隨時不忘規範化，這是本書的一大優點。但是，有的時候，光有描寫或說明，而未置可否。如本書講到港澳地區流行的一些形聲法的簡化字，如"袄"（褲）、"咭"（卡）等，還有取假借途徑形成的富有港澳地區特色的簡化字，如"召（椒）鹽"、"炒雙尤（魷）"等。那麼這裏要不要提用字規範的問題呢？

（3）"詞彙"章由詞素構成單詞時，例如第 176 頁（編者按：指原書，非修訂版，下同）所引的部分例子，每個詞下劃一橫線；177 頁有漢語拼音的拼寫形式，都符合 1988 年中國國家教委和國家語委聯合公佈的《漢語拼音正詞法基本規則》的規定。但在同一章內，第三節的多音詞裏，講到有一些詞，"往往是一些較複雜的概念，雙音詞容納不下概念的內涵"，因而形成四音節或四音節以上的詞。這是對的；但我認為，如果接受"理論詞"和"形式詞"的論點，像以下一些四音節（或四音以上）的詞，似乎就可劃分為兩個或兩個以上的"形式詞"（我用斜線把它隔開）：

遺傳／因子　　生物／化學　　物質／文明

宇宙／飛船　　人工／智能　　試管／嬰兒

電子／計算機　　晶體管／功率／放大器

多彈頭／分導　　重返／大氣層／運載／火箭

儘管"馬克思主義、知識份子"之類習慣上已被認為是一個單詞，我認為 185 頁所舉以下的例子仍可把它處理成詞組的形式：

活動／份子　　獨身／主義　　科學／觀點

專有名詞也一樣：

香港／大學　　羅富國／教育學院

北京／大學／研究院　　中國／人民／政治／協商／會議

我們看到北京王府井大街"中國工商銀行"一條龍式連寫成一串的漢語拼音 ZHONGGUOGONGSHANGYINHANG 覺得很不順眼，就因為它不符合《漢語拼音正詞法基本規則》總原則 0.3 條的規定。

（4）"語法"章的框架、內容和寫法我都贊成。就本書著者的學術修養來講，在適當的地方寫點粵語方言和普通話在虛詞用法和詞序上的異同特點，那自然是易如反掌。可能由於篇幅的限制,只好認定普通話的現象和規律來寫了。但有人十分樂意強調粵語方言同普通話在詞彙和語法上的明顯差異。例如句法上雙賓語的位置,比較式句子介賓詞組的位置以及粵語中某幾個副詞必須用在動詞或動賓詞組之後的情況等。像這些方言跟普通話不一致的地方,提一下也許會對粵語區的人掌握普通話有一些幫助。但如果過分誇大這種差異,表現出一種求異的傾向,那就未必妥當。因為所謂異,也是有範圍、有限度的。就像在普通話裏,也有副詞後置的情況,如"好極了""好得很"的"極"和"很",不是無條件的後置,而且詞數也有限。詳細比較粵語和普通話的異同,也不是本書的任務。所以,我對本書的寫法表示贊同。

參考文獻

1. 北京大學中文系現代漢語教研室編,《現代漢語》(重排本),商務印書館,1993 年 7 月第 1 版,2004 年 3 月重排本。
2. 胡裕樹主編,《現代漢語》,上海教育出版社,1995 年 6 月,重訂版第 6 版。
3. 黃伯榮、廖序東主編,《現代漢語》,高等教育出版社,2007 年 4 月,增訂版第 4 版。
4. 張靜主編,《現代漢語》,上海教育出版社,1986 年修訂版。
5. 張志公主編,《現代漢語》,人民教育出版社,1982 年 8 月,1985 年 3 月新版。
6. 程祥徽、田小琳著,《現代漢語》,三聯書店(香港)有限公司,1989 年第 1 版;台灣書林出版有限公司,1992 年再版。
7. 邢福義主編,《現代漢語》,高等教育出版社,1991 年第 1 版,1993 年修訂版。
8. 林祥楣主編,《現代漢語》,語文出版社,1995 年 12 月第 2 版。
9. 錢乃榮主編,《現代漢語》,江蘇教育出版社,2001 年 7 月第 1 版。
10. 周建設主編,《現代漢語教程》,人民教育出版社,2002 年 3 月。
11. 邢福義、汪國勝主編,《現代漢語》,華中師範大學出版社,2003 年 7 月第 1 版。
12. 邵敬敏主編,《現代漢語通論》,上海教育出版社,2007 年第 2 版。
13. 張斌主編,《新編現代漢語》,復旦大學出版社,2008 年第 2 版。
14. 邵敬敏著,《新時期漢語語法學史(1978-2008)》,商務印書館,2011 年。
15. 人民教育出版社中學語文室,《中學教學語法系統提要(試用)》,人民教育出版社,1984 年 1 月。
16. 周祖謨著,《周祖謨語言學論文集》,商務印書館,2001 年。
17. 林燾著,《林燾語言學論文集》,商務印書館,2001 年。
18. 田小琳編著,《香港社區詞詞典》,商務印書館,2009 年。
19. 《燕園遠去的笛聲——林燾先生紀念文集》,商務印書館,2007 年。
20. 中國社會科學院語言研究所詞典編輯室編,《現代漢語詞典第 5 版》,商務印書館,2005 年 6 月。
21. 語言學名詞審定委員會,《全國科學技術名詞審定委員會公佈語言學名詞 CHINESE TERMS IN LINGUISTICS 2011》,商務印書館,2011 年 5 月第 1 版。

修訂版後記

　　20世紀80年代，香港、澳門醞釀着巨大的政治變革：這兩個地區的主權和治權即將分別從英國人和葡萄牙人手中歸還給中國。在那翻天覆地的大變革時代，語言的變化異常迅猛，語言問題一個接一個地提出來急切地尋求答案。躬逢盛世，我們感到幸運，更感到責任重大。我們二人曾受業於王力、呂叔湘、岑麒祥、袁家驊等語言學大師，學到的專業知識像火山一樣想要噴發出來，回答時代的提問。

　　當時，"現代漢語"在中國的大學早已形成一門基礎科目。書店裏擺放的多種現代漢語教材，都是任教於大學的老師們編寫的，理論穩健，語料豐富，具有幾乎不可爭議的權威性；而在香港、澳門，由於管治權還在外來殖民者手上，中文地位低下，甚至連"官方語言"的地位都不具備。在這兩個地區，漢語地位低於英語、葡萄牙語，中文則跟自己的母體疏離：粵方言地位高於普通話，書面語文白夾雜，簡化字被視為錯字。但是因為國家地位的提升、港澳主權回歸的在即和經濟利益的驅使（例如跟大陸的貿易往來），普通話和簡化字的地位也在悄悄地發生變化。我們於70年代末和80年代中進入港澳大學任教，深感若要普及漢語知識、提升學生使用中文的能力，開設"現代漢語"課是極有必要的。然而書店售賣的《現代漢語》不能完全適應港澳需要，例如論述的都是中國大陸語言現象，連詞彙語法都極少從香港、澳門與台灣的作品中取例。恰在此時，香港三聯書店總編輯邀約我們另寫一部符合中國以外地區需求的漢語教科書。這正好與我們的想法一拍即合，於是我們很快開始了1989年版的《現代漢語》的編寫工作。

　　我們的設想得到呂叔湘先生的熱情鼓勵和充分肯定，他在寫給我們的序言中指出："一門課程教學的成功，在很大程度上決定於所用的教材，評價一種教材的優劣，主要看它的時代性和針對性。所謂時代性，指的是它是否概括了這門學科的最新成就。所謂針對性，指的是它是否考慮到學習的人的歷史和地方背景。"我們遵照呂先生的教導,"一方面儘可能容納漢語研究和教學工作中的最新成果,如採用最近推行的教學語法體系;一方面特別注意港澳學生的語言背景,如着重說明粵方言和普通話的語音比較,港澳地區的流行詞語,以及漢字的繁體、簡體等等。"經過二十多年的教學實踐,我們的設想和努力得到了肯定。

二十四年前,我們二人編寫的《現代漢語》由香港三聯書店出版,不久台灣出版機構買去版權,同時在台灣地區發行。港澳及海外地區華文教學紛紛採用為教材。呂先生熱情鼓勵我們:"無論從時代性或者針對性方面看,這本《現代漢語》都有它獨到之處。我預祝它在實際教學中取得應有的成功。"二十四年過去了,截至今日,它在香港和台灣已經重印十三次。這二十四年,語言的交流和碰撞成了世界潮流,整個漢語世界幾乎天天都有新的語言成分產生,都有新的語言問題提出。

二十四年後的今天,為了適應時代的變遷,這部教科書到了必須修訂的時候。這次修訂,我們儘量將二十多年來漢語出現的新現象和漢語研究的新成果吸收進來,例如田小琳的"社區詞",方言區的重新劃定,普通話輕聲詞、兒化詞的新規範,漢字繁簡的新變化,漢字的功績,如何對待新詞新語、字母詞、網路詞語和潮語,語法分析的三個平面,傳統風格學論述等等。這二十多年,關於語言規劃、語言地位、語言接觸等的新見解,我們也都適當攝取到修訂本中來。各部分用例也作了一些補充和更新。各章後還設計了思考和練習。詞彙、語法兩章仍由田小琳掌筆;其餘部分徵求各有關方面專家的意見進行修訂,主要是方言學家張振興教授、文字學家王寧教授、修辭風格學家黎運漢教授;全書由我們共同通稿。在修訂費用上得到澳門基金會部分贊助;在製作出版方面得到香港三聯書店侯明副總編及其團隊的支持和配合,在此我們深表謝忱。

語言永遠處於運動狀態,語言教科書不可能一成不變,語言教材的編著者因而不能一勞永逸,我們的《現代漢語》將會不斷地修訂下去、完善起來。

詩曰:

殊方異語佈神州

路上輶軒聲不休
官話行通台港澳
華文遠播亞非歐
總銘巨匠贈書序
常憶同窗試筆頭
二十四年容易過
且將新意付重修

程祥徽　田小琳
2013年5月

作者簡介

　　程祥徽，1934 年生，湖北省武漢市人。1957 年北京大學中文系語言專業畢業，香港大學哲學碩士。1958 至 1979 年青海民族學院任教，獲教授職稱。1981 年入職澳門東亞大學，任中文公開學院中國文史系主任；後任澳門大學中文系教授、中文系主任、中文學院院長。

　　回歸前任澳門語言狀況關注委員會委員，澳門政府文化委員，澳門法律翻譯辦公室顧問。現任澳門語言學會創會會長及會長，澳門寫作學會創會會長及名譽會長，澳門文化資源協會會長，澳門社會科學學會監事長，中國社會語言學會名譽會長，澳門科技大學訪問教授及多個學術社團顧問，北京市政協第九、十屆港澳委員。2012 年獲頒澳門特區文化功績勳章。

　　出版著作：《漢語語言》（青海民族學院，1961年）、《漢語風格論》（《青海民族學院學報》，1979年第1期）、《語言風格初探》（三聯書店〔香港〕，1985年）、《語言風格》（合著，三聯書店〔香港〕，2002年）、《簡繁由之》（三聯書店〔香港〕，1984年）、《普通話課程》（香港春田出版有限公司，1982年）、《現代漢語》（合著，三聯書店〔香港〕1989年第一版，台灣書林出版社1992年再版）、《語言與溝通》（澳門基金會，1995年）、《中文回歸集》（香港和平圖書・海峰出版社，2000年）、《中文變遷在澳門》（三聯書店〔香港〕，2005年）、《面海三十年》（香港和平圖書有限公司，2011年）。

　　主編了《澳門語言論文集》（澳門社會科學學會，1992年）、《語言風格論集》（南京大學出版社，1994年）、《語言與傳意》（香港和平圖書・海峰出版社，1996年）、《方言與共同語》（香港和平圖書・海峰出版社，1997年）、《語體與文體》（澳門語言學會、澳門寫作學會，2000年），等等。創辦並主編的刊物有《澳門寫作學刊》、《澳門語言學刊》，等等。

　　田小琳，1940 年生，陝西省西安市人。1963 年北京大學中文系漢語言專業畢業，1966年山東大學中文系古漢語專業研究生畢業。

　　1985年到港定居。曾任香港嶺南大學榮譽研究員、嶺南大學中國語文教學與測試中心主任。現任山東大學博士生合作導師、中國人民大學客座教授、陝西師範大學客座教授、西北大學客座教授、上海師範大學客座教授、首都師範大學客座教授、西安軍事語言研究所高級顧問等。

　　學術職務：全國普通話培訓測試專家指導委員會委員，香港城市大學普通話培訓測試中心顧問，中國語言學會理事，中國修辭學會副會長，香港中國語文學會理事，香港普通話研習社顧問，香港小學中國語文教育研究學會顧問，《咬文嚼字》雜誌香港特約編委，《全球華語詞典》編委、港澳編寫組審訂。

　　其他職務：曾任第八、九、十屆北京市港澳政協委員，中華海外聯誼會第二屆理事。現任中華海外聯誼會港澳特邀名譽理事、北京市中華海外聯誼會港澳特邀常務理事。曾任北京大學香港校友會會長、中國高等院校香港校友會聯合會副會長。現任北京大學香港校友會顧問。

　　出版著作：《香港語言生活研究論集》（人民教育出版社，2012年）、《香港社區詞詞典》（商務印書館，2009年）、《田小琳語言學論文集》（東北師範大學出版社，2006年）、《現代漢語教學與研究文集》（商務印書館，2004年）、《漢語句群》（吳為章、田小琳合著，商務印書館，2000年）、《現代漢語》（程祥徽、田小琳合著，三聯書店〔香港〕，1989年第一版，台灣書林出版社1992年再版，多次印刷）、《中國現代修辭學》（香港公開大學出版，香港公開大學教材〔AC265C〕，2005年）、《香港中文教學和普通話教學論集》（人民教育出版社，1997年）、《語法和教學語法》（香港文化教育出版社、河南教育出版社，1990年）、《語文和語文教學》（山東教育出版社，1993年）、《語言和語言教學》（山東教育出版社，1984年）、《現代漢語》上中下三冊（張志公主編，編者：田小琳、劉振鐸、莊文中、黃成穩，人民教育出版社，1982年，中央廣播電視大學教材）、《現代漢語》上中下三冊（張志公主編，編者：田小琳、劉振鐸、莊文中、黃成穩，人民教育出版社，1985年。）（以上兩套印製57萬冊以上）

現代漢語

練習題答案

緒論

❶ 普通話的定義是：以北方方言為標準音，以北京話為基礎方言，以典範的現代白話文著作為語法規範。

❷ (1)蒙古語　(2)藏語　(3)維吾爾語　(4)哈薩克語　(5)朝鮮語
(6)壯語　(7)苗語　(8)布依語　(9)侗語　(10)哈尼語

❸ (1)官話（即北方方言）　(2)晉語　(3)吳語　(4)閩語　(5)客家話
(6)粵語　(7)湘語　(8)贛語　(9)徽語　(10)平話和土話

第一章 語音

① (1) e 後、半高、不圓唇元音　　(2) o 後、半高、圓唇元音
　(3) a 央、低、不圓唇元音　　　(4) ü 前、高、圓唇元音

② (1) p 雙唇、送氣、清、塞音　　(2) m 雙唇、濁、鼻音
　(3) k 舌根、送氣、清、塞音　　(4) q 舌面、送氣、清、塞擦音
　(5) z 舌尖前、不送氣、清、塞擦音　(6) f 唇齒、清、擦音

③ (1)✗ (2)✓ (3)✓ (4)✗ (5)✓ (6)✗

④ 單韻母 ü　i　o
　複韻母 ai　iao　uai　ao　uei　ua
　鼻韻母 uen　ün　ong　eng　uan

⑤

漢字	拼音	聲母	韻母				聲調
			韻頭	韻腹	韻尾		
					元音	輔音	
機	jī	j		i			陰平（第一聲）
良	liáng	l	i	a		ng	陽平（第二聲）
巧	qiǎo	q	i	a	o		上聲（第三聲）
濁	zhuó	zh	u	o			陽平（第二聲）
血	xuè	x	ü	e			去聲（第四聲）
甘	gān	g		a		n	陰平（第一聲）

❻ (1)愛人　　(2)燈籠　　(3)姑娘　　(4)和氣
(5)巴掌　　(6)提防　　(7)骨頭　　(8)核桃
(9)窗戶　　(10)快活　　(11)朋友　　(12)衣服
(13)刺蝟　　(14)窩囊　　(15)意思　　(16)清楚
(17)困難　　(18)冤枉　　(19)招呼　　(20)莊稼

❼ (1)白麵兒　　(2)靠譜兒　　(3)打盹兒　　(4)加塞兒
(5)露餡兒　　(6)褲衩兒　　(7)打嗝兒　　(8)嗓門兒
(9)煙嘴兒　　(10)小偷兒　　(11)小孩兒　　(12)納悶兒
(13)繞彎兒　　(14)玩意兒　　(15)腰板兒　　(16)心眼兒
(17)照面兒　　(18)雜拌兒　　(19)找碴兒　　(20)壓根兒

❽ Zài hàohàn-wúyín de shāmò lǐ, yǒu yī piàn měilì de lǜzhōu, lǜzhōu lǐ cángzhe yī kē shǎnguāng de zhēnzhū. Zhè kē zhēnzhū jiù shì Dūnhuáng Mògāokū. Tā zuòluò zài wǒguó Gānsù Shěng Dūnhuáng Shì Sānwēi Shān hé Míngshā Shān de huáibào zhōng.

第二章 漢字

❶ (1)✓　(2)✗　(3)✗　(4)✓
　(5)✓　(6)✓　(7)✗　(8)✓

❷ (1)末 指事　(2)涉 會意　(3)湖 形聲　(4)校 形聲　(5)爸 形聲
　(6)硫 形聲　(7)竄 會意　(8)馬 象形　(9)固 形聲　(10)男 會意

❸

		形符	聲符			形符	聲符
(1)	盛	皿	成	(2)	釀	酉	襄
(3)	偉	亻	韋	(4)	松	木	公
(5)	嫁	女	家	(6)	娶	女	取
(7)	淚	氵	戾	(8)	嶽	山	獄
(9)	饋	食	貴	(10)	蟻	蟲	義

❹ (1) 后（後）同音字（近音字）代替　(2) 习（習）省寫一部分
　(3) 网（網）起用古字　(4) 干（乾、幹）合併通用字
　(5) 业（業）省寫一部分　(6) 专（專）草書楷化
　(7) 乱（亂）用俗字代替　(8) 只（隻）同音字（近音字）代替
　(9) 凄（淒、棲）合併通用字　(10) 云（雲）起用古字

❺ (1)學而時習之，不亦說乎？（悅）
　(2)河曲智叟亡以應。（無）

(3)將軍身被堅執銳。（披）
(4)政通人和，百廢具興。（俱）
(5)大事書之於策。（冊）
(6)留動而生物，物成生理，謂之形。（流）
(7)逝將去女，適彼樂土。（誓）
(8)謂霸王之業，欲以力征，經營天下。（為）
(9)寡助之至，親戚畔之。（叛）
(10)有求則卑辭，無欲則矯嫚。（驕）

⑥ 黃做聲符，與黃同音的一組字有：潢、璜、磺、鐄、癀、蟥、簧。

⑦ "女"字是個象形字，是對實體進行描繪；"婦"字主要是描述家庭的分工，如"婦，服也。从女持帚灑掃也。"（《說文解字》）其他如"奴、妒、妬、妨、妄、婪、奸、姦"等等，則說明在一段歷史時期內中國婦女處於比較低賤的社會地位。再如"奴顏婢膝"，形容卑躬屈膝、諂媚奉承的樣子。"奴"和"婢"都是"女"字作形符的。

⑧

		部首			部首
(1)	弊	廾	(2)	脊	肉
(3)	貳	貝	(4)	毦	毛
(5)	少	小	(6)	鬱	鬯
(7)	穎	禾	(8)	鼯	鼠
(9)	尷	尢	(10)	齦	齒

⑨ (1)禍起（蕭）牆 xiāo　　(2)花團錦（簇）cù
(3)萬馬齊（喑）yīn　　(4)不絕如（縷）lǚ
(5)萬頭（攢）動 cuán　　(6)（觥）籌交錯 gōng
(7)面面相（覷）qù　　(8)東施效（顰）pín
(9)積微成（著）zhù　　(10)為虎作（倀）chāng
(11)不（虞）之譽 yú　　(12)不容置（喙）huì

⑩ (1)⓼杠過正　矯　(2)㊙然銷魂　黯　(3)痛心㊤首　疾
(4)披星㊥月　戴　(5)好高㊺遠　騖　(6)相形見㊢　絀
(7)風㊫一時　靡　(8)㊛而走險　鋌　(9)㊝遠流長　源
(10)一㊵莫展　籌　(11)義憤填㊠　膺　(12)流言㊯語　蜚

第三章 詞彙

① (1)× (2)✓ (3)✓ (4)× (5)✓
(6)× (7)✓ (8)× (9)✓ (10)×

②

		並列（聯合）	偏正（修飾）	動賓（述賓）	動補（述補）	主謂（陳述）
(1)	教授	✓				
(2)	內科		✓			
(3)	夏至					✓
(4)	改正				✓	
(5)	司機			✓		
(6)	減弱				✓	
(7)	肉麻					✓
(8)	狂歡		✓			
(9)	口紅					✓
(10)	濃縮		✓			
(11)	示威			✓		
(12)	裁判	✓				
(13)	耳鳴					✓
(14)	知己			✓		
(15)	溫柔	✓				

7

		並列 （聯合）	偏正 （修飾）	動賓 （述賓）	動補 （述補）	主謂 （陳述）
(16)	縮小				✓	
(17)	燒鵝			✓		
(18)	揭露				✓	
(19)	播音			✓		
(20)	選擇	✓				

❸ (1) 河山──山河

相同的部分：兩者都指國家的疆土，可以互相換用：如"錦繡河山"，"錦繡山河"。

不同的部分：意義和用法還有區別，"山河"還指具體的大山大河，如"改造山河"，不能說"改造河山"。"山河易改，稟性難移"，不能說成"河山易改，稟性難移"，因為"河山"只指疆土，不可以指具體的山和河。

(2) 核心──中心

相同的部分：均指事物的主要部分。

不同的部分："核心"的意思比"中心"更進一層，是指其中更加重要的部分；"中心"可以指中央位置，如"市中心"，可以指有重要地位的機構，如"科研中心"，"核心"卻沒有這些意義和用法。

(3) 胡說八道──胡言亂語

相同的部分：均指沒有根據地說。

不同的部分："胡說八道"具有口語色彩，多用在對話裏；"胡言亂語"則多用於書面語。人因為神經系統有毛病而不能正常表述，要用"胡言亂語"，不能說"胡說八道"。

(4) 踐踏──蹂躪

相同的部分：均有摧殘義。

不同的部分："蹂躪"意義較"踐踏"為重，詞語搭配不完全相同，"踐踏民主"，"踐踏法制"，不能換成"蹂躪"；婦女遭受"蹂躪"，不能換成"踐踏"。

(5) 擴大──擴張

相同的部分：均有向外伸開，使範圍、數量、規模等變大的意思。

不同的部分："擴大"是中性詞，一般指事物範圍由小到大，例如："擴大面積""擴大市場""擴大建設""擴大影響"。"擴張"着重指向外伸張，放開，例如："擴張血管""擴張胸圍"，還可用於貶義，用於野心、勢力範圍方面，例如："經濟擴張""軍事擴張"。

❹ (1) 煲電話粥 (2) 蛇頭 (3) 電飯煲 (4) 搗漿糊 (5) 打卡 (6) 餐飲
(7) 烏龍球 (8) 藝員 (9) 啤酒肚 (10) 色狼 (11) 荷蘭豆 (12) 落槌

❺

		單義詞	多義詞			單義詞	多義詞
(1)	知識份子	✓		(2)	統一		✓
(3)	新聞		✓	(4)	昆曲	✓	
(5)	磺胺	✓		(6)	諸葛亮		✓
(7)	決斷		✓	(8)	風暴		✓
(9)	奧運會	✓		(10)	《紅樓夢》	✓	
(11)	基地		✓	(12)	刻舟求劍	✓	

⑥

		音譯	音譯+意譯	音譯+漢語語素	借詞	字母詞
(1)	蒙太奇	✓				
(2)	BOBO 族					✓
(3)	烏托邦		✓			
(4)	迷你裙			✓		
(5)	幽默		✓			
(6)	革命				✓	
(7)	X染色體					✓
(8)	俱樂部		✓			
(9)	沙丁魚			✓		
(10)	芭蕾舞			✓		
(11)	比基尼	✓				
(12)	卡拉OK					✓
(13)	厄爾尼諾現象			✓		
(14)	基因		✓			
(15)	宅男				✓	

⑦ (1)御宅族　　(2)G20　　(3)電子郵件　　(4)CEPA
　　(5)追星族　　(6)綠營　　(7)潮語　　(8)發財車
　　(9)通天巴士　(10)自由行　(11)港人港地　(12)博愛座
　　(13)優先座　(14)豆腐渣工程　(15)低碳生活　(16)富二代
　　(17)粉絲　　(18)賣萌　　(19)裸退　　(20)團購

⑧ 人，就有時（或常常）因什麼什麼而不免於悵惘甚至流淚的時候說，都是性高於天、命薄如紙。生涯只此一度，實況中無能為力，就只好作夢，以求慰情聊勝無。黑夜夢太渺茫，所以要白日的，即現實的夢。詩詞，作或讀，都是在作現實的夢。這或者是可憐的，但"天地不仁，以萬物為芻狗"，希求而不能有既是常事，就只好退而安於其次，作或念念"魚龍寂寞秋江冷，故國（讀仄聲）平居有所思"，以至"春花秋月何時了，往事知多少"之類，以求"恰似一江春水向東流"的愁苦時間能夠"化"，化是移情。移情就是移境（由實境而移入詩境），比如讀"姑蘇城外寒山寺，夜半鐘聲到客船"，"今宵剩把銀紅照，猶恐相逢是夢中"之類，短時間因念彼而忘此的情況就更加明顯。由人生的角度看，詩詞的大用就在於幫助癡男怨女取得這種變。變的情況是枯燥冷酷的實境化為若無，溫馨適意的意境化為若有（從使只是片時的"境由心造"）。

⑨ 天聰五年（1631年）七月，皇太極接受漢官寧完我的建議，仿明制設吏、戶、禮、兵、刑、工六部，每部以貝勒一人領其事，下設承政、參政、啟心郎等分掌其職。諸貝勒分掌六部事務，他們和皇太極已不是原先的平列關係，而是封建的君臣隸屬關係。不久皇太極為了直接控制六部。又進一步削弱貝勒的權力，下令"停王貝勒領部院事"，這樣就把貝勒置於國家機構之外，皇太極獨主政務。

⑩ (1)"狡點多變"應改為"機警"，"狡點多變"是貶義詞，不能用來描述我空軍飛行員。
(2)"矯正"應改為"改正"。"矯正"雖有糾正和改正的意思，一般是指改正事物、某個部位的偏差等，含義比較具體，不可與思想、作風、政策搭配。

(3)"接收"應改為"接受"。"接收"和"接受"都有收受和接納的意思。"接收"的對象一般是具體的或者是人員。"接受"的對象可以是具體的也可以是抽象的,如果對象是抽象的,兩者不能換用。

(4)"懼怕"應改為"害怕"。"懼怕"多用於書面語,程度較重,使用的範圍較窄。"害怕"通用於書面語和口語,使用範圍較寬,除了怕的意思外,還有顧慮、擔心的意思。

(5)"俯視"應改為"鳥瞰"。二者都有從高處往下看的意思。"鳥瞰"的視野廣,範圍大;"俯視"的範圍可大可小。"鳥瞰"可用於抽象事物,俯視則只限於具體事物。

第四章 語法

① (1)✓　(2)✓　(3)✗　(4)✓　(5)✗
　(6)✓　(7)✗　(8)✓　(9)✗　(10)✓

②

		性質	狀態	屬性			性質	狀態	屬性
(1)	亮晶晶		✓		(2)	高等			✓
(3)	大型			✓	(4)	黑咕隆咚		✓	
(5)	美好	✓			(6)	公立			✓
(7)	火熱		✓		(8)	熱鬧	✓		
(9)	野生			✓	(10)	噴香		✓	
(11)	熱	✓			(12)	男式			✓
(13)	大方	✓			(14)	高	✓		
(15)	金			✓	(16)	偉大	✓		
(17)	毛茸茸		✓		(18)	稀軟		✓	
(19)	漂亮	✓			(20)	良性			✓

③ (1)①"所有""一切"都可以修飾名詞，"所有"修飾名詞可帶"的"可不帶"的"，例如："所有同學都要去""所有的同學都要去"。"一切"一般不能帶"的"，例如"一切事物都是變化的"。（"一切的一切"是習慣語，強調對事物的最大概括。）
②"一切"是代詞，可作主語和賓語；"所有"做屬性詞用時，只能作定語。

(2)①"一齊""一起"都可作狀語。
②"一起"是從一個整體出發,相當於"一塊兒、一道","一齊"是從人或事物的每個個體出發,相當於"都"。二者一般不能互換,例如:廠長和工人一起勞動(不能說"一齊勞動");請大家一齊鼓掌(不能說"一起鼓掌"。)

(3)①"偶然""偶爾"都可作副詞用,表示"不是經常地"或"出乎意料的"。"偶然"側重在意外,例如:"我偶然發現她有男朋友了"。"偶爾"側重在數量少或次數不多,例如:"她偶爾和朋友外出"。
②"偶然"當形容詞時,可作定語、謂語,例如:"偶然的機會"、"發生這種意外事故非常偶然"。"偶爾"只能作副詞,只可作狀語,不可作定語謂語,例如:"他偶爾打打高爾夫球",不能說"偶爾的機會""發生這種意外事故非常偶爾"。

(4)①"所以"用在下半句(或下個分句),表示結果,常常和前面的"因為""由於"等配對連用。例如:"因為新疆風景優美,所以遊客很多。""由於我們倆從小一起長大,所以我很瞭解他。""因此""因而"只能和"由於"配合,不能與"因為"再呼應。
②"所以"後面加上語氣助詞"呀""嘛",在口語中可以單獨成句,例如:"所以嘛!要不然怎麼說朝裏有人好辦事呢!""所以呀,就屬你的運氣好!""所以"在句中有"就是這個原因"的意思。"因此""因而"無此用法。
③"所以""因而"不能在句中連用。

(5)①"儘管""雖然"都表示讓步,它們表示的是一種事實,例如:"儘管(雖然)時間相當緊,我們還是把畢業論文寫完了。""即使"表示讓步兼假設,例如:"即使時間緊,我們也還是要把論文寫完。""時間緊"是假設的情況。

② "儘管""雖然"後面可以與連詞"但是""可是""然而"等連用。"即使"不能與這些詞連用。例如,不能説"即使明天下大雨,颳颱風,但是部隊照常出發。"可以説"即使明天下大雨,刮颱風,部隊也會照常出發。"

④(1)　動賓短語　　　(2)　兼語短語
　(3)　能願短語　　　(4)　連動短語
　(5)　連動短語　　　(6)　動補短語
　(7)　兼語短語　　　(8)　動賓短語
　(9)　"的"字短語　 (10) 同位短語
　(11) 動補短語　　　(12) 偏正短語
　(13) 複指短語　　　(14) 動賓短語
　(15) 同位短語　　　(16) 並列短語
　(17) 連動短語　　　(18) 動補短語
　(19) 兼語短語　　　(20) 方位短語

⑤(1)(那家)(新)服裝店‖〔已經〕〔開始〕營業了。
　(2)〔明天〕我們‖〔一起〕去(旺角)(二樓)書店。
　(3)(大明的)祖父‖〔被醫院〕搶救〔終於〕醒〈過來〉了。
　(4)(李老師的)話‖〔給我〕留〈下〉了(深刻的)印象。
　(5)香港特區、澳門特區‖〔三十幾年來〕〔在各方面〕〔與中國內地〕交流〈頻繁〉。

❻

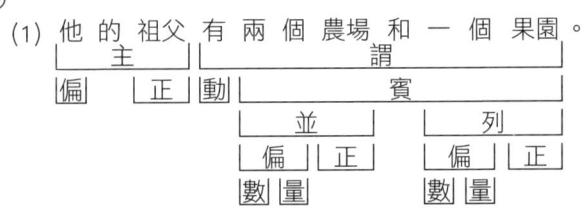

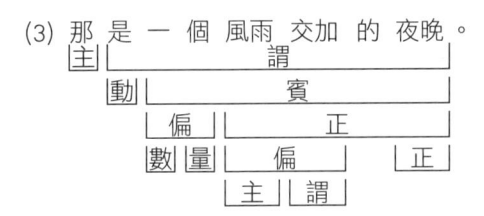

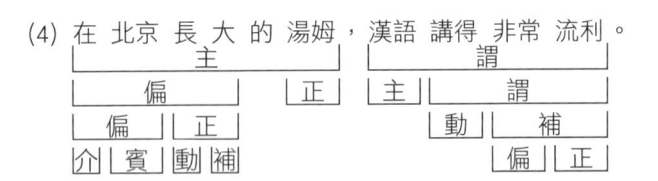

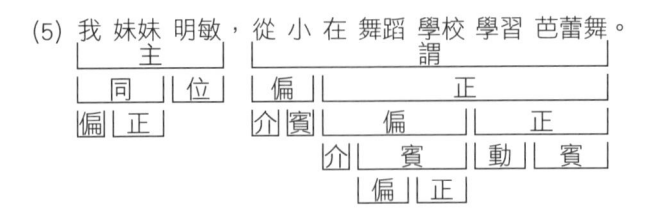

(1) 他 的 祖父 有 兩 個 農場 和 一 個 果園。

(2) 經濟 形勢 下滑 影響 大學生 就業。

(3) 那 是 一 個 風雨 交加 的 夜晚。

(4) 在 北京 長 大 的 湯姆，漢語 講得 非常 流利。

(5) 我 妹妹 明敏，從 小 在 舞蹈 學校 學習 芭蕾舞。

16

⑦(1)我不知道他的身體狀況究竟容不容許吃糖果喝濃咖啡,但是他興致盎然,好像在享受一場春日的下午茶。(轉折複句)

(2)只要施點法,就可以驅走他。(條件複句)

(3)渴望安定的人也許遇見的是一個渴望自由的人,尋找自由的人也許愛上的是一個尋找安定的人。(並列複句)

(4)因為失去了這一切,所以難民家庭那做父母的,就把所有的希望,孤注一擲地投在下一代的教育上頭。(因果複句)

(5)只有教育,是一條垂到井底的繩,下面的人可以攀着繩子爬出井來。(條件複句)

(6)我每天打一通電話,不管在世界上哪個角落。(條件複句)

(7)華安上小學第一天,我和他手牽着手,穿過好幾條街,到維多利亞小學。(承接複句)

(8)蒲公英對我不僅是蒲公英,它總讓我想起年輕時讀愛默生。(遞進複句)

(9)他們只是每天在大河畔跟着父母種地、打魚,跟夥伴們在沙裏踢球。(並列複句)

(10)米加了一點點水,然後加點鹽和油,浸泡一下。(承接複句)

(11)你站立在小路的這一端,看着他逐漸消失在小路轉彎的地方,而且,他用背影默默告訴你:不必追。(遞進複句)

(12)如果説,在政治和社會新聞裏每天都有事件發生,那麼在這個"原居民"族群的世界裏,更是每時每刻都在發生中。(假設複句)

(13)假使以他們為新聞主體,二十四小時的跑馬燈滾動播報是播報不完的。(假設複句)

(14)雖然也可能是萬里之遙,但是那個定點讓你放心——親愛的孩子,他在那裏。(轉折複句)

(15)（她的臉上有種悽惶的神情。）也許拒絕和她說話的兒子令她煩憂，也許家裏有一個正在接受化療的丈夫，也許，她心中壓了一輩子的靈魂的不安突然都在蠢動？（選擇複句）

⑧(1)如果我們選擇的是不要歷史，‖那麼歷史就會成為他者、異者、對立
　　　　　　　　　　　　　　　　（假設）
者的政治與精神資源，政治與精神武器，‖這些會成為我們自身的一個
　　　　　　　　　　　　　　　　　　　（並列）
病灶，一個定時炸彈。（二重複句）

(2)你可能生活在一個偉大的轉變期，‖你可能做了一些有點動靜的事情，
　　　　　　　　　　　　　　　（並列）
‖你可能經歷了事變，‖你可能是歷史的在場者和參與者……｜然而，
（並列）　　　　　（並列）　　　　　　　　　　　　　　（轉折）
你的生活仍然是由一些細節組成的，‖赤背、炒疙瘩、水龍頭、市場、
　　　　　　　　　　　　　　　（解證）
書報攤、吉他、故宮角亭、公園裏的嘈雜音響，永遠難忘。（二重複句）

(3)一部傑出的作品（注：這裏指《紅樓夢》），能夠被那麼多人包括上層下層奇人偉人下里巴人所接受所喜愛，‖同時又能被那麼多專家學
　　　　　　　　　　　　　　　　　　　　（並列）
者往高深裏研究考證，‖能把它的有關學問探索得深不見底，‖能使
　　　　　　　　　　（並列）　　　　　　　　　　　　　　（並列）
閑人望而卻步、‖免開尊口，｜這種現象實在有趣，‖卻也頗無厘頭。
　　　　　　（並列）　　（總分）　　　　　　　　（轉折）
（三重複句）

⑨(1)改正：近年網路小說作品的品質提升了，數量也大幅度增多了。
　　理由：主謂搭配不當。"數量"可以和"增多"搭配，"品質"不可以和"增多"搭配。
(2)改正：作曲家施光南一生創作了很多富有新疆情調的歌曲。
　　理由：主謂搭配不當。"一生"和"創作"不搭配。修正後主語"施光南"和謂語動詞"創作"搭配，"一生"可做"創作"的狀語。
(3)改正：他老人家平易近人的音容笑貌，循循善誘的諄諄教導，時時出現在我的眼前，縈繞在我的耳邊。
　　理由：主謂搭配不當。"音容笑貌"包括了容貌在內，不能縈繞在耳邊。
(4)改正：①作家莫言領獎時的演講，令我留下了深刻的印象。
　　　　②我聽了作家莫言領獎時的演講，留下了深刻的印象。
　　理由：主語殘缺。第1句"演講"作為主語。第2句"我"作為主語。
(5)改正：山區的考生冒着滂沱大雨，踏着泥濘的道路，趕去考場。
　　理由：動賓搭配不當。"冒着"可以和"大雨"搭配，不能和"道路"搭配。
(6)改正：碩士生和博士生寫畢業論文時，都要注意提煉論文的語言和選擇題材。
　　理由：動賓搭配不當。"提煉"可以和"語言"搭配，不可以和"題材"搭配。
(7)改正：小明以實際行動，嚴格要求自己，改正以往的缺點。
　　理由：賓語成分殘缺。動詞"要求"後，應添上賓語"自己"。
(8)改正：中醫師陳醫師認為市民切忌拖延治療肩痛問題。
　　理由：語序不當。"治療"應與"肩痛"相連。
(9)改正：這種電腦控制的玩具暢銷國內外，最近又改進了工藝流程。
　　理由：前後兩個分句沒有因果關係。應刪去"所以"。

19

(10)改正：深秋的校園，枯黃的樹葉鋪滿一地，學生會廣播站播放着歡快的樂曲。

　　理由：前後兩個分句沒有轉折關係。應刪去"卻"。

(11)改正：儘管到山區學校的路比較遠，可是坐巴士去還是很快就可以到的。

　　理由："倘若"是表示假設關係的連詞，而"到山區學校的路比較遠"是事實，不是假設的情況。

(12)改正：這篇文章內容很精彩，語言樸實無華。

　　理由：前後兩個分句沒有轉折關係，應刪去"雖然""卻"。"樸實無華"是褒義詞，不是貶義詞。

(13)改正：這家餐廳的服務對象，主要是住在附近的學生和居民。

　　理由：成分雜糅，搭配不當。"服務對象是學生和居民"這個句子主幹是正確的。加上"面向"結構就混亂了。

(14)改正：他在彰化八卦山看到台灣最大的佛像。

　　理由："佛像"前的定語語序不當。

(15)改正：你對這件事所做的決定，我很遺憾。

　　理由："遺憾"是不及物動詞，不能帶賓語。

(16)改正：①哥哥近日忙於整理珍藏多年的漫畫及研究中國漫畫發展史。

　　　　　②哥哥近日忙於整理珍藏多年的漫畫及中國漫畫發展史的資料。

　　理由：動賓搭配不當。動詞"整理"和"中國漫畫發展史"不能搭配。

(17)改正：①各國救援隊不分晝夜地搜索地震災區的倖存者，使我淚流滿面。

　　　　　②看到各國救援隊不分晝夜地搜索地震災區的倖存者，我淚流滿面。

理由：兩個分句的主語都省略了，以致句子的意思不完整。處理方法有二：
　　　　　①刪去"看到"，讓"各國救援隊"充當兩個分句的主語。
　　　　　②刪去"使"字，讓"我"充當兩個分句的主語。
(18)改正：中國現代作家博物館裏陳列着巴金生前用過的各式各樣的東西。
　　　理由：語序不當。"各式各樣"作為定語應放在"用過的東西"之前。
(19)改正：除了作品中出現的人物之外，我好像還感到了一個人物沒有出現，那就是作者本人。
　　　理由："感到"是謂賓動詞，要求帶謂詞性賓語。
(20)改正：莫言用現實主義手法所寫的小説，往往闡明了歷史不是一個人創造的道理。
　　　理由："闡明"是體賓動詞，只能帶體詞性賓語。
(21)改正：他這位富有經驗的醫生對於愛滋病的研究卻是陌生的。
　　　理由：語序不當，主客顛倒。不是"愛滋病對於醫生"如何，而是"醫生對於愛滋病"如何。
(22)改正：作為一個21世紀的青年學生，一定要學習掌握好英語，這是十分重要的。
　　　理由：成分雜糅。本應分開説的兩句話，雜糅在一起，造成結構上的混亂。
(23)改正：現階段政府有關部門正在草擬全面禁止菸草商在電影院宣傳的決定。
　　　理由：賓語殘缺。"草擬"後面要帶體詞性賓語，句意和句子結構完整。
(24)改正：北京當代芭蕾舞團來台北演出，受到熱烈歡迎，觀眾對演出評價很高。
　　　理由：主語殘缺。前兩分句的主語是北京當代芭蕾舞團，第三分句

　　　　　缺少主語，致使句子結構和句意殘缺不全。
(25)改正：人患感冒後，往往會出現發冷、高燒、頭疼、流鼻涕等症狀。
　　　理由：謂語殘缺。該用謂語的地方沒有謂語，主語得不到明確的陳述和說明，影響句意表達。
(26)改正：難道這不是指的同樣的東西嗎？
　　　理由：用詞重複。表達同一意思時反覆使用同類詞語，使得語言囉唆、累贅。

⑩〈以畫為喻〉原文：
①咱們畫圖，有時候為的實用。②編撰關於動物植物的書籍，要讓讀者明白動物植物外面的形態跟內部的構造，就得畫種種動物植物的圖。③修建一所房屋或者佈置一個花園，要讓住在別地的朋友知道房屋花園是怎麼個光景，就得畫關於這所房屋這個花園的圖。④這類的圖，繪畫動機都在實用。⑤讀者看了，明白了；住在別地的朋友看了，知道了，就體現了它的功能。

①這類圖決不能隨便亂畫。A①首先要把畫的東西看得明白，認得確切。②譬如畫貓吧，它的耳朵怎麼樣，它的眼睛怎麼樣，你如果沒有看得明白，認得確切，怎麼能下手？③隨便畫上豬的耳朵，馬的眼睛，那是個怪東西，決不是貓；人家看了那怪東西的圖，決不能明白貓是怎樣的動物。④所以，要畫貓就得先認清貓。B其次，①還得練成熟習的手腕，心裏想畫貓，手上就得畫成一隻貓。②像貓這種動物，咱們中間誰還沒有認清？③可是咱們不能個個都畫得成一隻貓。④畫不成的原因，就在於熟習的手腕沒有練成。⑤明知道貓的耳朵是怎樣的，眼睛是怎樣的，可是手不應心，畫出來的跟知道的不相一致，這就成了豬的耳朵，馬的眼睛，或者什麼也不像了。⑥所以，要畫貓又得練成從心所欲的手段。

①咱們畫圖,有時候並不為實用。②看見一個鄉下老頭兒,覺得他的軀幹,他的面部的器官,他的蓬鬆的頭髮跟鬍子,線條都非常之美,配合起來是一個美的和諧;咱們要把那美的和諧表現出來,就動手畫那個老頭兒的像。③走到一處地方,看見三棵老柏樹,那高高向上的氣派,那倔強矯健的姿態,那蒼然藹然的顏色,都彷彿是超然不群的人格象徵;咱們要把這一點感興表現出來,就動手畫那三棵老柏樹的圖。④這類的圖,繪畫的動機不為實用,可以說是無所為;但也可以說有所為,為的是表現出咱們所見到的一點東西,從鄉下老頭兒跟三棵老柏樹所見到的一點東西——"美的和諧"、"彷彿是超然不群的人格的象徵"。

這篇文章突出的地方是每段中句群的組織十分嚴謹。可以說是句群組織的典範,每一個句群只有一個中心意思,幾個句子都圍繞這個中心意思來說。句群幾乎都有中心句,中心句的位置有的在句群的前面,有的在後面。

第一段,是由一個句群構成的。中心句是句①,句②③各舉一例說明畫圖的實用性,句④小結句②和句③,句⑤是句④的進一步引申解說。我們採用句子由小往大層層組合的圖例來說明:

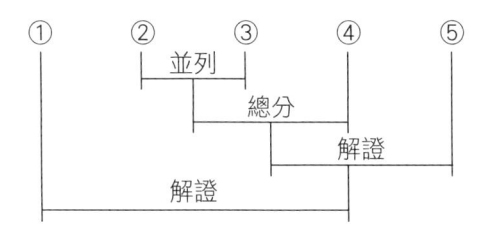

```
①        ②   ③        ④         ⑤
          └並列┘
          └──總分──┘
                    └──解證──┘
          └─────解證─────┘
```

第二段,由一個句子和兩個句群組成。"首先"開始是句群A,"其次"開始是句群B。段落的中心句是第一個句子"這類圖決不能隨便亂畫",為什麼呢?由句群A和句群B來說明。句群A的句①是句群的中心句,句②③④以畫貓為喻,說明句①。句群B的句①是句群的中心句,句②③④⑤是舉例說明①的。句群A和句群B能夠在段落中切分開而沒有疑義,靠的是關聯詞"首先""其次"。

第二段可圖解如下:

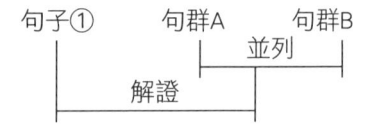

```
句子①      句群A        句群B
            |————並列————|
     |——————解證——————|
```

句群A圖解

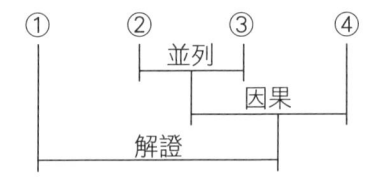

```
①       ②      ③      ④
        |—並列—|
            |—因果—|
 |————解證————|
```

句群B圖解

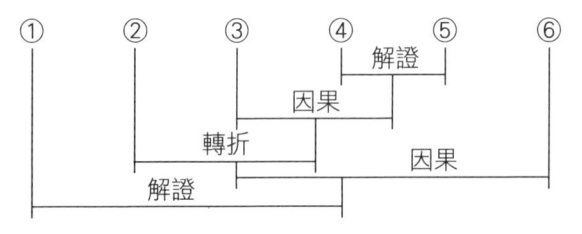

```
①    ②    ③    ④    ⑤    ⑥
                |—解證—|
            |——因果——|
        |—轉折—|
            |————因果————|
 |————解證————|
```

第三段,由一個句群構成。句①為中心句,句②③舉兩個例子,是並列關係,句④是句②③的進一步總說,圖解如下:

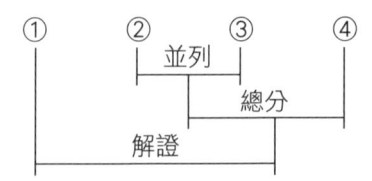

```
①     ②     ③     ④
      |—並列—|
          |—總分—|
 |————解證————|
```

24

由以上三段的分析，可以看出〈以畫為喻〉這篇文章的句群組織十分典範，個個句群都可當作樣板拿出來分析。

第五章 修辭和風格

① (1)侃侃而談　(2)傳誦　　(3)湮沒　　(4)隱藏　　(5)閃爍其詞
　(6)謾罵　　(7)計劃　　(8)衣冠禽獸　(9)家鄉　　(10)宣稱

② 中文句子的長短要看表達的實際需要來選擇，這兩段文字中，第(1)段，第一句是段落的中心句，接着以一個複雜的長句來描寫清晨的長江。在主語"它"之後，用四個"以……"作為長狀語，修飾了最後一個分句的動詞"迎接"。

第(2)段第一句"哦，長江"是歌頌的感嘆句，後一句是一個複雜的兼語句，"從……上"是介賓短語作狀語，然後是一個長主語，包括"山、湖泊、碼頭、建築物、田野、風車、工廠、城市"，使令動詞"使"帶了兩個並列的複句。

長句的結構比較複雜，組織嚴密，訊息容量比較大，有氣勢，短句結構簡單，短小精悍，明白易懂。在文章裏長句和短句交錯使用，使得文章疏密有致，增強了文章的表達力。

③ 故事主要由齊白石和賣菜小夥子的對話構成，一般人物對話多選擇短句式，問答詞語簡單明瞭，生動活潑，短句子的選用與文體本身的風格色彩十分調和。

④ 華羅庚所談的統籌方法是一種安排工作進程的數學方法，在經濟建設和企業管理中普遍應用，這種深奧的組織管理方法，如何講給一般的讀者呢？作者用了人人熟知的泡一壺茶的程序來打比方，說明在生產管理等

方面可用的方法。這種寫法就是以淺顯的事理作比，說明深奧的事理。橋樑專家茅以升給少年兒童寫了一篇〈橋樑遠景圖〉，來推廣有關橋樑的知識。作者用了一個板凳來打比方，做到了深入淺出，讓少年兒童明瞭這個科學知識。

運用比喻，應該注意三個原則：

(1)用具體的作比說明抽象的。例如：用"泡一壺茶"說明"統籌方法"。

(2)用常見的作比說明不常見的。例如："泡一壺茶"是常見的，"板凳"是常見的，用來作比說明"統籌方法"和建橋的知識，大家容易理解。

(3)用淺顯的作比說明深奧的。例如："泡一壺茶"和"板凳"都是淺顯的例子，用以說明深奧的"統籌方法"和複雜的"橋樑結構"，大家容易明白。

⑤ 文中運用了明喻如："生命像向東流的一江春水，他從最高處發源，冰雪是他的前身。""生命又像一顆小樹，他從地底聚集起許多生力，在冰雪下欠伸，在早春潤濕的泥土中，勇敢快樂的破殼出來。"暗喻如："宇宙是個大生命，我們是宇宙大氣中之一息。""江流入海，葉落歸根，我們是大生命中之一葉，大生命中之一滴。"通篇基本上運用了借喻，例如，直接把喻體"春水""小樹"當作本體"生命"來說，省略了本體，只說喻體，這在表達上顯得更直接。

本文又運用了擬物，將"生命"比擬作"春水"，比擬作"小樹"。

文章的句式有時採用排比，如"不是每一道江流都能入海，不流動的便成了死湖；不是每一粒種子都能成樹，不生長的便成了空殼！"又如"在快樂中我們要感謝生命，在痛苦中我們也要感謝生命。"

本文還運用了設問，如"快樂固然興奮，苦痛又何嘗不美麗？"

⑥(1)借代　　(2)頂真　　(3)婉曲　避諱　(4)擬物　擬人　比喻
　(5)排比　擬物　擬人　　(6)雙關　(7)誇張　比喻　擬物
　(8)反語　　(9)排比　反覆　(10)設問

⑦ 他們都用了比喻的修辭手法。例如高行健文："這潔白如雪潤澤如玉的白杜鵑，又一而再，再而三，卻總是單株的，遠近前後，隱約在修長冷峻的冷杉林中，像那隻看不見的不知疲倦勾人魂魄的鳥兒，總引誘人不斷前去。"白先勇文："好像一腔按捺不住的鮮血，猛地噴了出來，灑得一園子斑斑點點都是血紅血紅的。"

他們都用了擬人的手法。例如高行健文："那潔白潤澤來不及凋謝的花瓣也遍灑樹下，生命力這般旺盛，煥發出一味要呈獻自身的欲望，不可以遏止，不求報償，也沒有目的，也不訴諸象徵和隱喻，毋需附會和聯想，這樣一種不加修飾的自然美。"白先勇文："我從來沒有看見杜鵑花開得那樣放肆，那樣憤怒過。"

他們都用了映襯的修辭手法。例如，高行健文用林中的空曠來映襯白杜鵑的亭亭玉立："沒有松蘿了，沒有冷箭竹叢，沒有小灌木，林子裏的間隙較大，更為明亮，也可以看得比較遠。"白先勇文用女孩子們的嬉笑聲，映襯那"全部爆放開的"紅杜鵑："她們在那片血一般紅的杜鵑花叢中，穿來穿去。女孩子們尖銳清脆的嬉笑聲，在春日的晴空裏，一陣緊似一陣地蕩漾着。"

⑧ 語言的風格可以平實也可以華麗，要根據表達需要。平實的語言風格是我們都讚賞的。有時文章也需要艷麗的濃妝——華麗的語言風格。其實如果能夠做到"濃妝淡抹總相宜"，不論是平實的語言風格，還是華麗的語言風格，能用在適當的地方，都是好的。

小思〈中國的牛〉一文，是一篇語言文字十分平實的文章，作者透過自己和朋友郊遊時與牛偶遇一事，歌頌了中國牛那種"默默地工作，平心靜氣"的性格。小思沒有使用華麗的詞藻，同樣能使讀者認同。例如：作者在第五段中，描寫中國的牛，"永遠沉默地為人類做着沉重的工作。在大地上，晨光或烈日下，它拖着沉重的犁，低頭一步又一步，拖出了身後一列又一列鬆土，好讓人們下種。"這完全是白描式的寫法，語言風格符合作者要表達的主題思想。

讀完朱自清〈月朦朧，鳥朦朧，簾捲海棠紅〉一文，從題目上已感到作者華麗的語言風格。藉着這篇文章我們和作者一樣見到了畫家所畫的海棠。這是一幅用文字描繪出的國畫，尺寸大小，如何佈局，圖中的綠色的簾子、淡淡的圓月、紅艷的海棠花，一對黑色的八哥，均已活靈活現歷歷在目。描繪得真是細緻得不能再細緻了。從細緻的描寫中，我們也體會到作者以怎樣的眼光來欣賞一幅畫作。例如：在第一段中，寫花的盛開"紅艷欲流"，"襯托在叢綠之間，格外覺着妖嬈了。枝歙斜而騰挪，如少女的一隻臂膊。"這樣的行文很多，體現了作品的華麗語言風格。